€ 5 -

ein Ullstein Buch

W0344762

ein Ullstein Buch
Nr. 20094
im Verlag Ullstein GmbH,
Frankfurt/M – Berlin – Wien

Ungekürzte Ausgabe

Umschlagentwurf:
Hansbernd Lindemann
Umschlagillustration: Th. Th. Heine,
abgedruckt mit Genehmigung von Erich Seemann

Taschenbuchausgabe mit Genehmigung des
S. Fischer Verlags, Frankfurt/Main

Printed in Germany 1980
Druck und Verarbeitung: Mohndruck
Graphische Betriebe GmbH, Gütersloh
ISBN 3 548 20094 X

Dezember 1980

Ich warte auf Wunder
erschien zuerst 1942 im Exilverlag
»Neuer Verlag« in Stockholm

CIP-Kurztitelaufnahme
der Deutschen Bibliothek

Heine, Thomas Theodor:
Ich warte auf Wunder: Roman /
Th. Th. Heine. – Taschenbuchausg.,
ungekürzte Ausg. – Frankfurt/M, Berlin,
Wien: Ullstein, 1980.
([Ullstein-Bücher] Ullstein-Buch;
Nr. 20094)
ISBN 3-548-20094-X

Th. Th. Heine

Ich warte auf Wunder

Roman

ein Ullstein Buch

Dieses Buch schrieb ich im Jahre 1941 in Oslo. Es ist keine Selbstbiographie und kein Schlüsselroman. Die darin geschilderten Personen und Ereignisse sind nicht Abbilder der Wirklichkeit, sondern frei erfunden.
Norweger brachten mich im Dezember 1942 nach Schweden in Sicherheit und retteten auch mein Manuskript.
Ich danke ihnen herzlich. H.

Wunder der Kindheit

Das Mädchen fuhr mich im Kinderwagen in den Park. Dort waren noch viele andere Mädchen mit Kinderwagen. Sie setzten sich auf eine Wiese, denn sie hatten sich viel zu erzählen. Die Wagen standen abseits in einer Reihe. Meiner war der schönste, denn er war himmelblau.

Plötzlich geschah etwas Schreckliches. Die Mädchen sprangen auf, kreischten, ein Mann mit gezücktem Säbel kam brüllend auf sie zu. Sie wollten mit den Kinderwagen fortlaufen. Die fielen um, wir Kinder purzelten mit unseren Kissen heraus, schrien fürchterlich, wurden schnell wieder in die Wagen gestopft und weggefahren. Der Mann mit dem Säbel, immer schimpfend, hinterher. Ich bemerkte, daß mein Wagen jetzt rosafarben war und daß ich jetzt ein Kissen ohne Spitzenbesatz hatte.

Erst viel später habe ich erfahren, was da passiert war: Das Betreten der Wiesen ist in meiner Heimat streng verboten. Ein Polizist hatte die Mädchen verjagt. In der Eile waren die Kinderwagen umgestürzt, alle Kinder durcheinander gekommen und viele waren verwechselt worden. Die Mädchen haben ihren Herrschaften nichts davon erzählt. Diese waren meistens wohlhabende Leute, die die Kinder ganz den Dienstboten überließen. Und wir waren noch so klein, daß der Austausch nicht entdeckt wurde. Meinen schönen himmelblauen Wagen und mein Spitzenkissen habe ich nicht wiedergesehen. Am meisten wunderte mich, daß mein Papa jetzt einen blonden Bart hatte, vorher war er schwarz gewesen.

Und dann hätte ich beinahe ein Wunder erlebt. Aber das hat man mir auch erst nach vielen Jahren erzählt. Beim Baden kam einmal die Mama dazu und rief sehr erstaunt: »Aber unsere Emma ist jetzt ja ein Junge geworden!« Und dann wurde der Doktor geholt, und er sagte, daß es ein ganz seltener Fall von Geschlechtsumwandlung sei, den man aber merkwürdiger Weise seit einiger Zeit in unserer Stadt mehrere Male beobachtet habe. Er hat dann eine größere wissenschaftliche Arbeit über die Sache geschrieben. Die machte ihn sehr berühmt, und er ist als Professor nach Wien berufen worden. Und ich bin auf diese Weise zu dem seltenen Vornamen Emmaus gekommen.

Man rief mich Maus, was mir gar nicht gefiel. Einmal war eine wirkliche Maus in die Falle gegangen, Mama zeigte sie mir und sagte: »Sie heißt ebenso wie du.« Da bekam ich einen Wutanfall und biß Mama in den Arm, daß es blutete. Sofort wurde ein Familienrat über die Untat abgehalten, zu dem auch Vetter Eberhard, der Staatsanwalt, erschien. Auf seinen Rat machte mir ein Klempnermeister einen Kindermaulkorb aus Draht. Den mußte ich immer tragen. Erst als ich nichts mehr sprechen wollte, auf alle Fragen nur mit »Wauwau« antwortete, durfte ich ihn ablegen. Allerdings, sonntags, wenn Vetter Eberhard zu Besuch kam, mußte ich den Beißkorb noch anziehen, um den Staatsanwalt nicht zu kränken. So an Kaisers Geburtstag. Der wurde bei uns immer durch ein kleines Festessen gefeiert. Zum Dessert gab es eine Germania aus schwarzweißrotem Eis. Und ich saß dabei und hatte den Maulkorb an. Seitdem sind mir Germania und Maulkorb unzertrennliche Begriffe geblieben.

Aber sonst waren meine Eltern sehr nett mit uns Kindern. Eins von uns durfte immer mitfahren, wenn sie eine Reise machten. Ich war mit in Monte Carlo, als ich fünf Jahre alt war. Dort war kein Kind, mit dem ich spielen konnte, und es gab keine Wiesen, und es war sehr langweilig. Unser Mädchen hat sich wohl auch sehr gelangweilt, denn sie ging abends immer fort, kam erst spät morgens wieder, brachte mir Bonbons: »Nichts sagen, Emmaus!«

In der Morgendämmerung wachte ich einmal auf und beschloß, nun endlich allein spazieren zu gehen. Ich zog mich schnell an, nahm mein Spazierstöckchen und ging auf die Straße. »Alle Herren dürfen ohne Kindermädchen ausgehen. Also wenn ich allein ausgehe, bin ich ein Herr.« Ich fühlte mich als Erwachsener. Es war herrlich. Ich kam an einen großen Palast, der sah aus, wie ganz aus Zucker gebaut. Innen noch hell beleuchtet. Viele Menschen gingen ein und aus. Ich erschrak sehr, als ich Papa herauskommen sah. Glücklicherweise bemerkte er mich nicht. Er war ganz grün im Gesicht und sehr traurig und wackelte so komisch mit den Beinen. Der Portier wollte mich nicht hineinlassen, aber ich war schneller und lief die Stufen hinauf. Da war ein großer Tisch, um den saßen und standen viele Herren und Damen. Ich konnte nicht sehen, was sie machten, deshalb bat ich eine Dame, sie sollte mich auf ihren Schoß nehmen. Sie tat es lachend. Sie gefiel mir, denn sie war alt, sehr schön angezogen und roch sehr gut. Sie war ganz weiß angemalt im Gesicht, nur auf jeder Backe ein roter Fleck und die Augen schwarz und blau. Sie gab mir ein Stückchen Schokolade, sagte etwas von fortune, drückte mir ein Goldstück in die Hand, das sollte ich setzen, irgendwohin. Immer wieder eins. Und auf einmal hatte sie einen großen Haufen solcher Goldstücke vor sich liegen und es wurden immer mehr. Alle Leute sahen zu ihr hin, und einige wollten mich ihr wegnehmen, aber sie gab mich nicht her. Schließlich wurde es mir langweilig und ich fing an zu weinen. Sie stand auf, steckte die Goldstücke in ihre große Handtasche, aber es gingen nicht alle hinein, und so stopfte sie auch mir alle Taschen mit Goldstücken voll. Dann küßte sie mich und sagte: »Merci mon petit ami. A demain n'est ce pas?«

Ich war nicht mehr froh, denn ich hatte noch nicht gefrühstückt, lief schnell heim ins Hotel. Da hatte man gar nicht gemerkt, daß ich fort war. Mama saß und weinte, nahm mich in die Arme und küßte mich ab. Sie schluchzte: »Du armes Kind, jetzt haben wir gar kein Geld mehr.« Sie tat mir leid, denn sie hatte mich noch nie so lieb gehabt. »Schau, ich habe dir etwas Schönes zum Spielen mitgebracht«, tröstete ich sie und gab ihr alle Goldstücke aus meinen Taschen. »Emmaus, du Glückskind, wo hast du das her? Wir sind gerettet.« Sie sprang auf und lief ins Nebenzimmer. Dort lag Papa im Bett und schnarchte. Zum Frühstück bekam ich Kuchen und zwei Tassen Schokolade.

An diesem Tage gingen meine Eltern mit mir zum ersten Mal spazieren, auf der Promenade. Komische Menschen waren da. Eine uralte Dame, die wie ein junges Mädchen sehr bunt angezogen war, wurde von Mama besonders abscheulich gefunden. Sie führte zwei dicke Möpse an einem Seidenband, drehte sich nach allen Herren um und lächelte.

Da bemerkte sie mich, kam auf uns zugelaufen, hob mich auf und küßte mich. Sie sprach sehr viel und schnell. Mama war entsetzt und wollte mich fortziehen, aber das ging nicht so leicht. Und ich sagte zu Mama: »Das ist doch meine Freundin, die mir die Goldstücke gegeben hat.« »Kinder sollen mit Kindern spielen und nicht mit alten Cocotten«, antwortete Mama.

Am nächsten Tag sind wir abgereist. Vorher kam die komische Dame zu uns ins Hotel und wollte durchaus, ich sollte mir ihr spielen gehen. Ich hätte Lust dazu gehabt und fragte sie: »Kannst du Seilchen springen?« Nein, so meinte sie es nicht.

Sie hat mir dann zum Abschied einen von ihren Möpsen geschenkt. Den durfte ich mitnehmen. Er hieß Napoleon.

Napoleon war bald der Liebling der Familie und in der ganzen Stadt bekannt, weil er der einzige Mops war, den es dort gab. Er war allerdings sehr fett und faul. Wenn wir einen Spaziergang mit ihm machten, wurde er schnell müde und wir mußten eine Droschke nehmen, um heim zu fahren. Das gefiel ihm sehr gut. Er fing an, allein spazieren zu gehen, in der Stadt in einen Wagen zu springen und den Kutscher anzubellen. Der wußte immer schon, wo Napoleon wohnte, und fuhr ihn uns ins Haus. Das geschah oft und wurde sehr teuer.

Aber es ist ihm nicht immer geglückt. Der König sollte unsere Stadt besuchen und in festlichem Zuge vom Bahnhof abgeholt werden. Aller Wagenverkehr war gesperrt. Napoleon hatte es nicht gewußt und war ratlos. Er versuchte vergeblich, in den Wagen des Königs zu springen. Es blieb ihm nichts übrig als zu Fuß zu gehen. In den geschmückten Straßen stand das Volk Spalier, von grimmigen Polizisten zurückgedrängt, in atemloser Erwartung. Erst kam ein Trupp Kavallerie in Galauniform geritten, langsam und feierlich. Hinter ihnen in der Mitte der Straße, vor der königlichen Equipage, schritt Napoleon. Alle Leute begrüßten ihn lachend, und die Würde des Einzugs hat sehr darunter gelitten.

Deshalb gab es dann viele Schwierigkeiten mit den Behörden. Meinem Vater wurde der Rang als Reserveoffizier aberkannt. Napoleon sollte in den Anklagezustand versetzt werden. Wir fühlten uns alle schuldbewußt und betrübt. Napoleon selbst empfand, daß er nicht mehr beliebt war, wurde immer trauriger und asthmatischer. Als wir wieder einmal in stummer Verzweiflung vor dem Kamin saßen, setzte er sich in unsere Mitte, wartete auf und blickte uns, die Pfoten erhebend, der Reihe nach wehmütig an, als ob er um Verzeihung bitten wollte. Sie wurde ihm nicht gewährt. Er leckte mir die Hand, schnarchte ein paar Mal tief auf, legte sich hin und starb.

Der Behörde wurde dies in einem offiziellen Schreiben mitgeteilt. Ich weinte sehr. Auch Mama war traurig, schlug vor, ihn ausstopfen zu lassen und in den Salon zu stellen. Papa wollte nichts davon wissen, denn er konnte zwecklose Gegenstände nicht leiden. Alles mußte einen Sinn haben. Sogar das Klavier in der guten Stube war so eingerichtet, daß es auch zum Aufbewahren von Likörflaschen diente. Man fand einen Kompromiß: Napoleon wurde ausgestopft und mit einer Uhr ausgefüllt, deren Zifferblatt seitlich auf dem Bauch war. Durch Drehen des Ringelschwanzes wurde sie aufgezogen. So hat er noch viele Jahre auf dem Kamin gestanden.

Nach diesem traurigen Fall lastete die gedrückte Stimmung noch lange auf uns allen. An einem trüben, feuchten Novembertag breitete sie sich fast greifbar in unserer Wohnung aus. Ich saß mit Eltern und Geschwistern beim Mittagessen, in dem hohen düsteren Speisezimmer, von dessen dunkeltapezierten Wänden die Porträts meiner Großeltern sorgenvoll herabzublicken schienen. Lebenswahre Bilder, die Großmutter mit ihrem Strickstrumpf und der Großvater im Schmuck seines mächtigen Vollbarts, vom Gesicht bis zum untersten Westenknopf. Schweigend löffelten wir die Suppe. Konnte wirklich der Gedanke an Napoleons Fehltritt und Tod allein der Grund unserer tiefen Verstimmung sein? Dann klimperte jemand im oberen Stockwerk den Chopinschen Trauermarsch. Es war nicht mehr zum Aushalten. »Ein trostloser Tag!« seufzte meine Mutter. Wilhelmine, so hieß unser Mädchen, brachte das Hammelragout herein. Plötzlich ein Krach, ein Schrei – das Bild meines Großvaters war von der Wand gefallen und mitten in die Schüssel. »Da hat sich was gemeldet«, wimmerte das Mädchen, »es gibt ein Unglück!« »Es hat schon ein Unglück gegeben«, sagte mein Vater, »sogar mehrere. Ich bin nicht mehr Reserveoffizier, und das Hammelragout ist hin.«

Aber Wilhelmines schlimme Ahnung sollte sich bewahrheiten. Am Nachmittag kam die Großmutter in Tränen aufgelöst zu uns. »Um Gotteswillen«, rief Mama, »was ist geschehen? Etwa der Großvater . . . ?« »Ja . . . woher weißt du? Entsetzlich, furchtbar, euer guter, alter Großvater . . . « »Was ist, was ist? Krank?« »Schlimmer, viel schlimmer – in seinen Bart sind die Motten gekommen. Wir haben ihn mit Naphtalin einstreuen müssen.«

Seit dieser Familienkatastrophe bin ich geneigt, an Vorzeichen zu glauben.

Auf die nächste Reise ist mein Bruder mitgenommen worden. Es ging ins bayrische Gebirge, nach Garmisch-Partenkirchen. Dort hat mein Bruder etwas gesehen, das sein ganzes ferneres Geschick beeinflussen sollte.

Sie wurden in einem Kahn über den Baadersee gerudert. In der Mitte sagte der Schiffer: »Wenn die geehrten Herrschaften hier ins Wasser schauen, werden sie die Seejungfrau erblicken.« Sie sahen tatsächlich tief auf dem Grunde des kristallklaren Sees eine Seejungfrau liegen, in den Wellen, die das Boot aufwarf, schien es, als ob sich ihr Fischschwanz bewegte und ihr Gesicht lockend lächelte. Mein Bruder konnte sich von dem Anblick kaum losreißen. Jeden Tag ist er auf den See hinausgefahren, um die Seejungfrau wiederzusehen. Einmal hat er versucht, zu ihr hinabzutauchen. Das Wasser war tief und sehr kalt, er wäre beinahe ertrunken. Er hat sich erkältet und Fieber bekommen, immer hat er von der Seejungfrau phantasiert. Wieder zu Hause, erzählte er mir oft von ihr und wie schön sie sei. Ich habe sie später auch gesehen, aber im Winter, da lag sie auf dem Heuboden zur Aufbewahrung. Sie war aus Holz und gar nicht sehr schön. Aber mein Bruder träumte Tag und Nacht von Seejungfrauen, war von einer verrückten Sehnsucht besessen. Als er 16 Jahre alt war, ist er durchgebrannt, heimlich nach Hamburg gefahren, um Matrose zu werden. Ließ sich auf einem Schiff anheuern, das zur Hebung eines Wracks in See ging. Er wurde Taucher, hoffte immer noch, auf dem Meeresgrund Seejungfrauen zu finden.

Als das Wrack untersucht werden sollte, ließ man ihn im Taucheranzug in die Tiefe gleiten. Dort ging er langsam zwischen unterseeischen Felsen und seltsamen Seetieren. Fische zogen am Glasfenster seines Taucherhelms vorbei und glotzten ihn an. Da sah er etwas Fleischfarbenes, Arme, die ihm zuwinkten – die Seejungfrau. Viel schöner als er sie je erträumt hatte. Er versuchte hinzueilen. Sie kam schon auf ihn zu, wollte ihn küssen, drückte ihren Mund auf die Glasscheibe. Sie umarmten sich wollüstig in sehnsüchtigem Verlangen. »Endlich, endlich, – das ist das Glück.« Ein süßer Wirbel umfaßte ihn, eng vereint mit der Seejungfrau sank er entzückt in Bewußtlosigkeit.

Nach einiger Zeit wanden ihn die Matrosen herauf. Als er an der Oberfläche erschien, sahen sie, daß ein riesiger Oktopus ihn mit seinen Fangarmen umklammert hielt und schon das Glas eingedrückt hatte. Man zog meinen Bruder schnell aus dem Taucheranzug. Er war tot. Ein seliges Lächeln verklärte sein Gesicht.

Früher hatte ich manchmal mit meinem Bruder darüber gesprochen, ob es ein Leben nach dem Tode geben könne. Wir glaubten es zwar nicht recht, aber wir gelobten uns feierlich, daß, wer von uns zuerst sterben würde, dem anderen ein Zeichen geben sollte. Wir waren beide keine großen Helden, die Sache durfte nicht unheimlich sein. So fanden wir, es wäre das Einfachste, der Überlebende bände sich nachts einen Strick an die große Zehe und ließe ihn zum Bett hinaushängen. Der andere sollte dann ein bißchen daran ziehen. So war es beschlossen worden. Als die Trauerbotschaft bei uns eingetroffen war, dachte ich viel an meinen armen Bruder und hielt es für meine Pflicht, unserer Verabredung nachzukommen. Beim Zubettgehen knüpfte ich mir einen Bindfaden an die große Zehe, und das andere Ende reichte fast bis an den Fußboden. Wie immer, wenn ich traurig bin, schlief ich besonders fest und traumlos. Mitten in der Nacht fuhr ich auf. Der Mond schien hell ins Zimmer. Ich war zuerst noch etwas benommen, dann spürte ich ein leises Ziehen an meiner Zehe. Ich fürchtete mich entsetzlich und war in Schweiß gebadet. Endlich fand ich die Kraft, mich im Bett aufzurichten und zu rufen: »Ich danke dir, daß du gekommen bist. Wie ist es im Jenseits?« Der Klang meiner Stimme beruhigte mich. Da zupfte es wieder an meinem Fuß. Ich raffte meine letzte Courage zusammen, machte Licht und erblickte das weiße Fell einer jungen Katze, die mit dem Faden spielte. Sie schnurrte und sprang davon. Ich mußte lachen, band den Faden los und schlief ruhig und ungestört weiter.

Am nächsten Morgen sagte ich zu unserer Hausmeisterin, sie solle nachts ihre Katze besser einsperren. Entrüstet behauptete sie, die sei nicht aus dem Zimmer gekommen, holte sie heraus, um es zu beweisen. Ach ja, sie war ja nicht weiß, sondern schwarz und grau gestromt. Ganz sicher war ich nicht, ob sich mein Bruder nicht doch gemeldet hatte.

Ich fragte unseren Mathematiklehrer, ob so etwas möglich und mit den Naturgesetzen vereinbar sei. Nachdenklich antwortete er: »Vor einem halben Jahr noch hätte ich es glatt verneint. Inzwischen hat aber mein Freund, der berühmte Astronom Professor Zöllner, alle meine Anschauungen umgestürzt. Er hat das Gesetz der vierten Dimension entdeckt und experimentell bewiesen. Er beschäftigt sich nur noch mit den neuesten spiritistischen Problemen. Mr. Slade, ein amerikanisches Medium, führt ihm, natürlich gegen gute Bezahlung, unbegreifliche Dinge vor. Heute abend ist eine Sitzung dort, du darfst mitkommen.«

An jenem Abend saßen wir in Professor Zöllners Studierzimmer. Ein blaubeschirmtes, niedrig brennendes Gaslicht leuchtete kaum heller als ein Glühwurm. Wir hielten uns an den Händen gefaßt und sangen auf Wunsch Mr. Slades das Lied: »Fischerin, du kleine, fahre nicht alleine, fahre nicht im Sturmgebraus auf die wilde See hinaus ... « Wir hatten es schon elfmal hintereinander gesungen, und es zeigte sich immer noch nichts. »Eigentlich schade«, brummte Professor Zöllner, »ich glaube, den Kleinen können die Geister nicht leiden, und gerade heute sollten sie sich materialisieren.« In diesem Augenblick fing es an, stark nach Phosphor zu riechen, dann schwebte eine riesengroße, leuchtende Hand durch den Raum und patschte mir feuchtkalt ins Gesicht. Ich erschrak und wollte nach Hause gehen. Aber der Professor hielt mich zurück, bis er die Hand in Gips abgeformt hatte. Dann drehte er die Gasflamme hoch. Slade lag bleich im Lehnstuhl. Von der Gipsform wurde ein Wachsabguß gemacht. Auf dieser Wachshand bemerkte ich die erhöhten Buchstaben L. G., und Mr. Slade erklärte uns, als er zu sich gekommen war, das sei die Geisterhand Luigi Galvanis gewesen.

Mein Vater besaß eine Gummifabrik, und ich ging manchmal hin, um anzusehen, was da fabriziert wurde. Dort fand ich bald nach jener Sitzung einige Gummihandschuhe, die an der Armseite geschlossen und mit einem langen Schlauch zum Aufblasen versehen waren. Auf den Handschuhen stand L. G., das Firmenzeichen der Leipziger Gummiwarenfabrik. Der Geschäftsführer erzählte mir unter dem Siegel der Verschwiegenheit, daß ein verrückter Amerikaner, namens Slade, sie eigens anfertigen ließe, man verdiene schön an dem Artikel.

Ich stürzte zu Professor Zöllner, um ihn über den Schwindel aufzuklären. Der lächelte überlegen: »Nein, mein Gutester, da haben wir eine viel bessere Erklärung, und die Wissenschaft irrt sich nie.« Ich erzählte dann den Fall meinem Vater, aber der wies mich ab: »Ich kenne keinen Mr. Slade, und wir haben nie Gummihandschuhe fabriziert. Du hast wohl geträumt? Kümmere dich lieber um deine Schulaufgaben!«

Noch heute frage ich mich: war das mit den Gummihandschuhen nur ein Traum oder fürchtete mein Vater, einen Kunden einzubüßen?

Onkel Nevermind

Ich konnte das Gymnasium nicht ganz absolvieren, weil ich vorzeitig hinausgeworfen wurde. Daran war mein Onkel schuld, der überhaupt großen Einfluß auf mich gehabt und mir viel von seiner Lebensauffassung eingeimpft hat. Er war lange in England gewesen, hatte in Birmingham eine Hemdenfabrik gehabt. Er behauptete, die abknöpfbaren Kragen erfunden und dadurch seinen Reichtum erworben zu haben. Für englische Begriffe war sein Vermögen aber nicht so bedeutend, denn er hatte sich ziemlich früh vom Geschäft zurückgezogen, weil er sehr faul war und seinen Idealen leben wollte. Sein Ideal war, das Leben eines englischen Gentleman zu führen, ein Schlößchen, Pferde, Diener zu haben. In Deutschland, wo es damals noch billig war, reichte sein Vermögen dazu aus. Unter »Gentleman« verstand er einen Menschen, der sich durch nichts aus der Fassung bringen läßt, keinerlei Gefühlsregungen unterworfen ist, ohne Leidenschaften, ohne Freude und ohne Schmerz. »Man darf sich nichts bis unter die Haut gehen lassen«, war sein Wahlspruch.

Er wußte, daß er von Natur sehr zur Eifersucht neigte, und hatte deshalb eine abschreckend häßliche Frau geheiratet, in die sich gewiß niemand verlieben konnte. Sie war in ihrer Ehe sehr unbefriedigt, widmete sich der Wohltätigkeit, insbesondere der Blindenfürsorge. Sie ist dann mit einem jungen Blinden durchgegangen. »Nevermind«, sagte darauf der Onkel nur. Der Name Lord Nevermind ist ihm geblieben.

Als mein Bruder an seiner Liebe zu den Meerjungfrauen zugrunde gegangen war, sagte der Onkel auch bloß: »Nevermind. Er war kein Gentleman. Du wirst ein Gentleman sein und die Weiber als das betrachten, was sie sind. Du bist jetzt sechzehn Jahre alt und es ist Zeit für dich zu lernen, daß die sogenannte Liebe ein kolossaler Schwindel ist. Ich will dir etwas zeigen.« Und er führte mich in das anatomische Museum, zeigte mir menschliche Skelette und lehrte mich: »Immer sobald du meinst, ein Mädchen sei schön, mußt du daran denken, daß wenn man ihr die Kleider auszieht und dann die Haut und dann das Fleisch, dann sieht sie so aus.«

Nicht weit vom anatomischen Museum war ein alter, verrufener Stadtteil. In einer engen Gasse lehnten mangelhaft bekleidete Weiber lachend aus offenen Fenstern der niedrigen, schmutzigen Häuser, winkten uns zu und luden uns mit unflätigen Worten zu sich ein. »Schließe die Augen!« sagte Lord Nevermind, »so, jetzt stelle dir das Skelett darunter vor – hast du? – So, jetzt kannst du wieder schauen!« Und zu meinem Erstaunen: »Ich verlasse dich jetzt. Geh du hinein! Man wird drin Geld von dir verlangen. Hier hast du fünf Mark.« – Und weg war er.

»Na, gut, ich will zu den Skeletten hineingehen«, dachte ich. Es war aber ein recht dickes Skelett, was mich in der Tür umarmte und in ein niedriges, muffiges Zimmer schleppte. Da standen Plüschsofas. Auf einem davon saßen noch zwei solche blasse, dicke Weiber in rosaseidenen Hemden und aßen Äpfel. Auf dem Mahagonitisch stand eine Flasche Champagner in einem Kübel und einige Gläser, halbvoll, in einem schwamm eine Fliege. Ein Mann in Hemdärmeln klimperte auf dem verstimmten Klavier, ein Mädchen hielt ihn dabei umarmt. »Kleiner, schenk mir einen Taler in den Strumpf«, schmeichelte meine Dicke. »Warum, mein Fräulein?« fragte ich. Beim Ton meiner Stimme drehte sich der Mann am Klavier um, und es war unser Klassenlehrer. Wir waren beide recht erschrocken. Er konnte kein Wort sagen. Ich sagte: »amo, amas, amat, amamus . . . « Da war er schon aufgesprungen und hinausgestürzt. Draußen hörte ich ihn furchtbar aufgeregt schimpfen und etwas von Polizei sagen. Ich dachte: »Aha, er ist kein Gentleman«. Die Weiber tuschelten untereinander verstört in einer Ecke, und ich hörte sie auch von Polizei sprechen. Ich hatte Polizei nicht gern, seitdem ich und meine Freunde verhaftet worden waren, weil wir Fußball gespielt hatten, ohne vorher um polizeiliche Genehmigung nachgesucht zu haben. Es wurde daher ein bißchen unheimlich, ich verabschiedete mich schnell: »Adieu, liebe Skelette, ich muß noch meine Schulaufgaben machen.« »Komm in einer Stunde wieder, Kleiner, wenn die Luft rein ist.« Ich war froh, als ich draußen war, hatte so ein leeres Gefühl in mir. Ich ging in eine Konditorei, trank eine Tasse Schokolade und einige Gläser süßen Portwein und aß sehr viel Torte dazu, bis die fünf Mark aufgebraucht waren und mir recht übel wurde.

Mein Magen revoltierte, und ich war wohl sehr blaß, als ich dann den Garten von Schloß Nevermind betrat. Der Onkel hatte gerade ausreiten wollen, hielt das Pferd an: »Halloh, Master Emmaus, wie war es? Haben die fünf Mark gereicht?« – »Ja, sie haben gereicht, ich war in der Konditorei, eine Tasse Schokolade, zwei Glas Portwein, sechs Stück Torte.« »Was?! Alles vernascht hast du!« Er wurde dunkelrot im Gesicht, wollte mit der Reitgerte zuschlagen. Dann gab er sich einen Ruck, preßte die Lippen zusammen und ritt davon. »Nevermind!« rief ich ihm nach. Da drehte er sich lächelnd um.

Er hat es mir nicht nachgetragen. Wohl aber unser Klassenlehrer. Eine geheime Lehrerkonferenz wurde einberufen, und die hat mich wegen unsittlichen Lebenswandels mit Schimpf und Schande von der Schule gejagt.

Mein Vater war wütend. Er nahte sich mir mit einem Rohrstock. Ich zog meinen Rock aus und belehrte ihn: »Ich liebe ungleiche Kämpfe nicht. Du bist nicht in Training, und ich bin der beste Boxer in der Schule.« Das begriff er, wollte dann, ich solle nie wieder mit dem Onkel sprechen, besann sich schließlich: »So, nun kann der Onkel auch für deine Zukunft sorgen.« Der übernahm das gern.

Ich hatte gedacht, der Onkel würde so etwas wie Gewissensbisse zeigen. Aber nein, er drückte mir die Hand und sprach: »Nevermind! Du warst ja schon lange genug in der Schule. Alles Wissen bezweckt nur, den Gentleman vom Pöbel zu scheiden. Deshalb ist schon die Rechtschreibung zu so einer schwierigen Geheimwissenschaft gemacht worden, bei uns in England wenigstens. Man könnte sie viel einfacher und vernünftiger machen, aber dann wäre sie bald kein Vorzug der oberen Klassen mehr. Aller Klassenunterschied würde verwischt, und das wäre das Ende der Zivilisation. Zwischen uns und dem Höhlenmenschen steht die Orthographie. Aus dem gleichen Grunde lernt man Grammatik, klassische Sprachen, Geschichte. Du hast alles gelernt, was nötig ist, um ein Gentleman zu sein. Mehr wäre Zeitverlust. – Hast du eine bestimmte Idee, was für einen Beruf du dir aussuchen wirst? Heute abend wollen wir es mit deinem Vater besprechen.«

Ich hielt es für das Beste, Kaufmann zu werden. »Gut, da kommt es ganz darauf an«, meinte Papa, »womit du handeln willst, ob mit Waren oder Imponderabilien, Unwägbarem, Weltanschauungen zum Beispiel. Die damit handeln, nennt man Philosophen. Sie werden vom Staat angestellt, bekommen ein hohes Gehalt, setzen viele Bücher und viele Kinder in die Welt. Mein Freund, Professor Schripzwirft, ist Imponderabilienhändler, Excellenz, Geheimrat, Millionär. Zum Warenhandel dagegen braucht man Geld. Nun ist dir das Studium leider verschlossen und – – –.« Der Onkel unterbrach: »Ich kann nicht finden, daß es für einen Gentleman besser ist, Weltanschauungen zu fabrizieren als Hemden. Und wenn man kein Kapital riskieren will, so gibt es auch andere Imponderabilienbetriebe ohne Universitätsstudium. Künstler zu sein ist das beste Geschäft der Welt, weil man beinahe keine Barmittel darin festlegen muß, ein Gentleman ist, viel verdienen kann und mit dem höchsten Adel gleichberechtigt verkehrt. Es gibt gewiß viele arme Künstler, aber sicher noch mehr arme Kaufleute.« »Und wie viele der größten Künstler sind im Elend gestorben!« warf mein Vater ein. – »Ach was, die waren Genies. Das darf man natürlich nicht. Außerdem, ein Gentleman hat nicht genial zu sein. Emmaus ist kein Genie, also soll er Künstler werden. Maler oder Musiker, was willst du lieber?« »Na, dann schon Maler, da brauche ich wenigstens nicht Klavier zu spielen.« Und so wurde ich Maler.

Am Schluß dieser denkwürdigen Beratung fragte ich den Vater, warum er mich nicht einfach in sein Geschäft nehme. »Weil es vorbei damit ist«, erklärte er. »Ich sagte dir ja, im Geschäft riskiert man sein Kapital. Ich habe meine Gummifabrik jetzt dreißig Jahre und stehe vor dem Bankrott. Ich habe vor zwei Jahren die pneumatischen Gummibrüste erfunden und Millionen darin investiert. Ausgezeichnete Erfindung, aber gerade kam Busen aus der Mode. Ich habe inbrünstig gebetet: ›Herr, laß Busen wieder modern werden‹, und habe auf ein Wunder gewartet.« – »Du auch, Papa?« – »Ach, es gibt keine Wunder mehr – und auch keine Busen.«

Wege zur Kunst

Aber wie wird man Maler? Das wußte keiner von uns so recht. In der Schule hatte ich wöchentlich eine Stunde Zeichenunterricht gehabt, aber da wurden bloß geometrische Figuren gezeichnet und mit Preussischblau und Karminrot angetuscht, wofür man dann im Jahreszeugnis mit der Note ›ungenügend‹ quittiert bekam. Also wie? Wir hatten keinen Verkehr mit Malern, seitdem Onkel Nevermind auf einer Italienreise das mächtige Meisterwerk des großen Tintoretto: »Canale Grande bei Mondschein« sehr teuer gekauft und meinem Vater mitgebracht hatte. Der hatte es über das Sofa gehängt und stolz einige Maler seiner Bekanntschaft zur Besichtigung eingeladen. Als die erklärten, es sei ein gemeiner, wertloser Öldruck, war natürlich der Verkehr mit ihnen abgebrochen worden. Der Tintoretto wurde allerdings einer Wohltätigkeitsverlosung gestiftet. Lord Nevermind redete sich daraufhinaus, daß er nur von englischer Kunst etwas verstehe, insbesondere bei Pferdebildern könne er unfehlbar beurteilen, ob es Vollblut sei.

Da fiel mir der Maler Bindewald ein, der bewohnte in unserem Hinterhaus ein Dachatelier, hatte einen gewissen Ruf als Germanenmaler. Ich war schon einige Male bei ihm gewesen, wenn die Miete abzuholen war, und es hatte mir da gut gefallen. Er war klein, schwächlich, kurzsichtig und etwas krummbeinig. Er stand meistens vor einer riesigen Malstaffelei, als Germane kostümiert, sagte, das brauche er, um die richtige Wotanstimmung zu bekommen. In Felle gekleidet, mit aufgebundenem Haarschopf, geschnürten Sandalen, schwertumgürtet, waltete er in dem Atelier, das wie eine Hundinghütte aussah. Seine Palette war aus einem Schlachtschild hergestellt, als Malstock diente ihm ein Speer. Ich durfte ihm dann immer zusehen, wie er an seinem großen Bild: »Einzug der Helden in Walhall« malte. – Also bekam ich schon einen Begriff von Malerei. War es nicht ein Wunder, aus schmieriger Ölfarbe so herrliche, kraftstrotzende Gestalten zu erschaffen? Von Zeit zu Zeit reichte ihm seine Frau oder eins der Kinder einen kühlen Trunk in einem mächtigen Horne dar. Das leerte er auf einen Zug, nachdem er vorher seinen Zwicker von der Nase genommen hatte, der nun an einem eisernen Kettchen herabbaumelte. Quer durch das ganze Atelier waren meistens Wäscheleinen gespannt, an denen Windeln trockneten. Im Hintergrunde hörte man Kinder schreien.

Bei ihm wollte ich mir Rat holen. Die Frau öffnete mir und rief ins Atelier: »Bindi! Herr Emmaus kommt um die Miete.« »Aber nein«, sagte ich, eintretend. »Sie brauchen überhaupt keine Miete mehr zu zahlen. Papa ist pleite. Die Gummiwarendämmerung ist über uns hereingebrochen. Ich wollte Sie nur etwas fragen.« Er grüßte würdevoll durch Senken des Speeres. »Herr Bindewald, wie werde ich Maler?« – »Wenn du dein Leben der bildenden Kunst weihen willst, geziemt es sich, eine Akademie zu besuchen.« »Ja, welche? Ich habe gehört, in Paris ist es am besten.« »Nie und nimmermehr!« fuhr er auf. »Ich verachte alle welsche Kunst. Keine Kunst ist mit der unseren vergleichbar. Hat je die Kunst der Herren Franzosen auch nur einen einzigen Professor hervorgebracht? – Weise mir Probestücke deines Schaffens.« »Ach, ich habe noch nicht versucht zu malen.« »– Dann Zeichnungen.« »Auch gezeichnet habe ich noch nicht.« »Gut, also du bist künstlerisch noch unverdorben. Aber um in die Akademie aufgenommen zu werden, mußt du Gezeichnetes vorlegen. Hier hast du einen weichen Stift, hier Papier, zeichne etwas nach der Natur. Die Natur darf der Maler nie vernachlässigen, sie ist das Beste, was es in der Art gibt. Thusnelda, bring den Wald herein!« Die Gattin brachte eine kleine halbverdorrte Tanne in einem Blumentopf und stellte sie auf den Tisch. Ich zeichnete sie ab und – oh Wunder! – es ging ganz gut. »Nun zeichne das Antlitz meiner Gattin. Thus'chen, der Jüngling möchte dir die Erstlinge seiner Kunst darbringen. Stehe ihm Modell!« Es gelang mir merkwürdigerweise, war sogar ähnlich. Nun machte mir die Sache Spaß. Ich durfte noch den Meister selbst, in Kampfstellung mit Speer und Palette, skizzieren und begriff, daß, um ein Maler zu werden, nichts nötig ist als der Entschluß.

Herr Bindewald empfahl mir die königlich preußische Akademie Düsseldorf, ich solle dem Direktor Professor Mühling nur einen schönen Gruß von ihm bestellen, dann würde er mich zu einem berühmten Maler machen. Ich schaffte mir ein Skizzenbuch an und zeichnete jeden Tag unentwegt da hinein, bis mir Onkel Nevermind 200 Mark gab und mich in den Zug nach Düsseldorf setzte. Er versprach, mir jeden Monat so viel zu schicken. Als ich am Bahnhof dort ausstieg, sah ich eine Gruppe älterer Herren aufgestellt, in Frack und Zylinderhut. Aus einem Coupé erster Klasse stieg ein großer, würdevoller Mann, den sie mit tiefen Bücklingen ehrfürchtig begrüßten. Ich fragte den Schaffner, was das für ein Fürst sei. »Nein, das ist der Unterrichtsminister, und die Herren sind die Professoren der Akademie.«

Mein weniges Gepäck hinterlegte ich am Bahnhof und ging in die Stadt, um mir ein Zimmer zu suchen. Ich fand mich nicht zurecht und kam, wie es schien, in eine Vorstadt. Es fing schon an dunkel zu werden, und ich hatte Lust, eine Tasse Kaffee zu trinken, fand ein kleines Lokal, das hieß Eldorado. Es war sehr lang und schmal, nicht sauber, wenig Gäste bei abgestandenem Bier. Am unteren Ende war eine Art Bühne, zu der ein paar Stufen hinaufführten, davor ein Klavier, das eine alte Frau heftig bearbeitete. Auf der Bühne saßen vier müde Mädchen, stark und trostlos dekolletiert, in kurzen flitterbesetzten bunten Röcken, unter denen ein Gewirr von Spitze sichtbar war. Drei davon waren häßlich, eine war wunderschön, schwarzhaarig, glutäugig. Gerade stand sie auf und sang mit kecken Bewegungen, ganz im Frou-Frou-Stil jener Zeit, ein Lied, das begann: »Ich bin die Mercedes – mich kennt hier ein jedes« und nach jedem Vers den Refrain hatte: »Man sagt in Sevilla – ich will ja, ich will ja.« Dem schläfrigen Applaus – nur meiner war kräftig – dankte sie schelmisch, besonders zu mir hin, und sang, mich feurig anblickend:

»Wenn man ein süßes kleines Mädel hat,
Beneidet einen bald darum die ganze Stadt.
Ein jeder saacht: Ach hätte
Ich sowas doch im Bette.
Ein liebes Mädel und ein Glas Champagnerwein,
Da kann man glü-glü-glü-glü-glücklich sein.«

Und schon kam sie die Stufen herunter direkt auf mich zu, stützte sich mit den Händen auf meinen Tisch, sah mir ganz nahe ins Gesicht und fragte: »Was wünschen der junge Herr zu trinken?« – »Eine Tasse Kaffee, bitte!« sagte ich. Da lachte sie laut und die anderen Gäste lachten mit, »I wo! Kaffee. Ich dachte, Sie sind ein Kavalier.« Das Herz klopfte mir stark, aber ich dachte an alles, was mich Onkel Nevermind gelehrt hatte, und blieb bei Kaffee. Sie brachte ihn und setzte sich neben mich, ganz nahe, und flüsterte: »Gefalle ich dir denn nicht ein bißchen?« »Doch, Sie gefallen mir sogar sehr gut. Ich möchte Sie morgen porträtieren.« »Pfui Teufel, Maler bist du! Ich dachte Portokassenjüngling. Aber du gefällst mir trotzdem. Du bist doch noch so jung, wie kannst du da schon Maler sein? Und wie ist es mit der Liebe?« »Ich bin vollkommen Autodidakt, das heißt niemand hat es mich gelehrt.« »So?

Dann will ich es dir lernen.« »Können Sie denn malen?« »Nein, aber lieben.« Sie blieb den ganzen Abend bei mir sitzen, ging nur manchmal zum Singen hinauf. Die Alte vom Klavier nahm Mercedes beiseite und ich sah, daß sie leise auf sie einschimpfte. Wieder am Tisch, ermahnte sie mich: »Du mußt eine Flasche Wein bestellen, sonst bekomme ich furchtbaren Krach, kannst ja einen billigen Mosel nehmen.« Das tat ich, und wir unterhielten uns gut. Sie sei zwar geborene Spanierin, aus uraltem gräflichen Geschlecht, aber schon als kleines Kind von Zigeunern nach Düsseldorf verschleppt worden. Sie habe weit unter ihrem Stand geheiratet, einen Walzwerkarbeiter, jetzt sei er durch einen Unfall schon lange arbeitsunfähig, er bekomme nur wenig Unterstützung, und sie müsse verdienen. Die Prozente von den Getränken, das sei ihre ganze Einnahme. Sie tat mir so leid, daß ich doch eine Flasche Champagner bestellte und auch Abendessen für uns beide. Ich erzählte ihr auch alles von mir, und daß ich eigentlich auf der Zimmersuche sei. »Ach, du Armer, dann bist du obdachlos! Heute ist es schon zu spät zum Suchen.« Indem kamen zwei dicke Wachleute herein und geboten: »Polizeistunde!« Es war elf Uhr. Sie bekamen jeder ein Glas Bier, setzten sich und warteten noch eine Viertelstunde. Inzwischen hatte sich Mercedes umgekleidet. Sie sah nun nicht mehr so schön aus in ihrem abgeschabten Kleid und Kopftuch, wie eine Fabrikarbeiterin damals aussah. Die Bezahlung der Zeche riß ein gewaltiges Loch in mein Barvermögen, ich ertrug es als Gentleman. Jetzt mußte man fortgehen.

Als die Schutzmänner verschwunden waren, hängte sich Mercedes an meinen Arm und sagte: »Du kannst bei mir übernachten, wir haben ein Bett frei.« Ich fühlte, daß ich ein Wunder erleben würde, als wir eng umschlungen dahingingen. An den dunklen Stellen des Weges umhalste sie mich einige Male und küßte mich so gründlich, wie ich es nie für möglich gehalten hatte. Es war ein unendlich weiter Weg bis zu den Elendskasernen an der Bilker Chaussee. Ein hoher düstrer Häuserblock. Sie schloß die Haustür auf, wir gingen durch einen dunklen Gang über einen Hof, so eng, daß nur ganz oben in der Mitte ein Stern hereinblickte. In wenigen, schmalen Fenstern war noch Licht. Im Dunkeln stolperten wir über Blech und zerbrochene Kisten, dann durch einen engen Eingang auf ausgetretener, schiefer Treppe in den fünften Stock. Sie zündete ein Streichholz an, schloß eine Tür auf. Ich sah, es waren noch mehr Türen da. »Das ist unser Gästezimmer.« Eine kleine Petroleumlampe mit rotem Schirm brannte darin. Ein dickes Bett mit blau kariertem Überzug, schräge Wände, kleines Dachfenster, neben eingedrückter Ottomane eiserner Waschtisch, am Waschkrug fehlte der Henkel. »Mach es dir bequem, Schatz, ich komme noch einmal nachsehen, ob du etwas brauchst.« »Warum müssen die ein Gästezimmer haben, noch dazu mit eigenem Eingang?« dachte ich. Während Mercedes hinausging, hörte ich Schritte im Treppenhaus und Stimmen, als ob viele Weiber durcheinandersprechen. Ich schaute hinaus. Mercedes rief über das Geländer: «Was ist los?«

»Wilkens haben sie hoppgenommen.«

»Ich komme gleich runter.«

Ich fing an, mich auszuziehen. Im Treppenhaus war es sehr laut geworden, man lief auf und ab. In der Lampe bei mir war kein Petroleum mehr, sie rußte und brannte immer dunkler. Wo blieb Mercedes? Irgendwo hörte ich Kinderstimmen, eins schrie. Es war unheimlich, ich öffnete die Tür zum Nebenzimmer. Ich kam in die Küche, sie roch nach Fett und saurem Schmutz, auf dem Sparherd stand ein Kaffeetopf. Unter der Dachschräge drängten sich zwei Betten, in einem lagen Kinder. Ein einäugiger Mann, krank aussehend, totenbleich, nur mit Hose und Hemd bekleidet, saß in einem zerschlissenen Lehnstuhl, eine Krücke neben sich. Im Arm hielt er ein schreiendes, einige Monate altes Kind, das den Kopf voller Ausschlag hatte, und suchte es zu beruhigen. Er war nicht erstaunt über mein Erscheinen, sagte nur: »Halten Sie mal das Kind, im Herd ist noch Feuer, da ist Milch, die müssen Sie warm machen. Ich will sehen, wo Mercedes bleibt.« Er drückte mir das schreiende Kind in den Arm, nahm seine Krücke und humpelte hinaus. Ich hörte, wie er die Treppe hinuntertappte.

Es war nicht so leicht, mit dem Kind im Arm die Milch warm zu machen und in die Flasche zu füllen. Die Kinder im Bett wachten auf, fingen an zu weinen. Ich setzte mich zu ihnen: »Gleich bekommt ihr Milch.« Ich bemerkte, daß der Herd nur mit Papier geheizt war, ein paar Aufrufe und Mitgliederverzeichnisse lagen noch in der Kiste, die davor stand. Die Kinder wurden ruhiger. Auf dem Bett sitzend, das Kleine im Arm, schlief ich ein. In der Morgendämmerung wachte ich auf, da Fabriksirenen tönten. Ich hörte, wie die Leute im Haus die Treppen hinab zur Arbeit eilten. Weder Mercedes noch der Mann waren zurückgekommen, auch das »Gästezimmer« war leer.

Ich zog mich schnell an, schlich weg von den schlafenden Kindern. Im Treppenhaus fragte ich eine Frau, ob sie Mercedes nicht gesehen habe. »Sind Sie einer von ihre Freier? Na, geht mich nichts an. Die haben sie auch hoppgenommen und ihren Mann auch. Wilkens hat nicht dicht gehalten.«

Wie aus verweinten Augen blickte mir das trübe Haus nach, als ich davon eilte.

Es war sehr früh am Morgen, als ich wieder in das Innere der Stadt kam. Alles war noch verschlossen und verschlafen. Aber in einer altertümlichen Straße tönte aus einer Gastwirtschaft feierlicher Gesang. Ich trat in das Haustor. Seitlich über einer Tür war ein großes Schild: Akademischer Verein Amicitia. Ich ging hinein. Das war eine lange Wirtsstube. Die Fensterläden waren noch geschlossen. Das Gaslicht drang kaum durch den dichten Tabaksqualm. An den Wänden hingen in einer Reihe grünlich bronzierte Totenmasken. Auf dem großen Wirtstisch lag aufgebahrt die Leiche eines jungen Mannes, in bischöflichem Ornat, die Mitra auf dem blonden gelockten Haupt, die Hände mit dem Krummstab über der Brust gekreuzt. In dem bartstoppeligen Gesicht floß es feucht aus einem Winkel des halbgeöffneten Mundes. Etwa zehn Jünglinge, jeder ein Glas in der Hand, schritten in langsamem Zug, schwankend vor Ergriffenheit, ernst und gemessen, um den Tisch mit dem immer wiederholten Grabgesang: »Oh Gott, Oh Gott, Oh Gott – schon wieder einer tot.« Einer schien gefaßter zu sein, war wohl etwas älter als die übrigen, dick aufgeschwemmt, schnurrbärtig, trug ein rotgrünweißes Band schräg über der Brust. Er gab jetzt das Zeichen zum Stehenbleiben, rief mit heiserer Stimme: »Kantus ex. Ein Trauerschoppen unserem viel zu früh dahingeschiedenen Amicitianer Rembrandt! Ich schließe die Kneipe. Dämmerschoppen nächsten Mittwoch.« Sie tranken ihre Gläser aus, stellten die dann neben die Leiche.

Ich war tödlich erschrocken. Alles war so rätselhaft. Von dem Maler Rembrandt hatte ich schon gehört, auch ein Selbstporträt von ihm gesehen, der Aufgebahrte sah wirklich so aus. Ich stürzte auf den Bebänderten zu: »Um Gotteswillen, was ist passiert? Seit wann ist Herr Rembrandt tot? Woran ist er gestorben?«

»Am Suff«, antwortete der, tippte mich mit dem Zeigefinger auf die Brust: »Wer bist du, wie kommst du da herein?«

»Mein Name ist Emmaus, ich will auf die Akademie.«

»So? Dann keile ich dich für die Amicitia.« Er umarmte mich, gab mir einen Kuß, der nach Bier roch. Die anderen waren offenbar von dem Trauerfall zu sehr erschüttert, um von mir Notiz zu nehmen, sie setzten ihre Hüte auf und wankten hinaus. Wir beide blieben noch. Er faßte mich unter den Arm: »Ich heiße Tillmanns, mit dem Kneipnamen Trikkes. Jetzt wollen wir Kaffee trinken, damit wir nüchtern werden.«

Wir gingen hinüber in die Gaststube. Da saßen schon Rheinarbeiter in blauen Kitteln, Holzpantinen an den Füßen, tranken Schnaps, den sie Schabau nannten (letzte Silbe betont). Die gemütliche Wirtin brachte uns Kaffee und Brot.

Trikkes belehrte mich: »In der Amicitia bekommt jeder einen Kneipnamen. Hardekopp zum Beispiel ist Rembrandt genannt worden, weil er ihm so ähnlich sieht. Vielleicht würde er auch ebensogut malen wie Rembrandt, aber er hat keine Zeit dazu, weil er immerfort saufen muß. Nicht einmal eine Wohnung hat er, säuft bis er umfällt, dann wird er immer mit dem Ornat bekleidet und aufgebahrt. Da liegt er bis gegen Abend. Dann wacht er auf und fängt wieder an.«

»Gottseidank, daß er lebt!« seufzte ich erleichtert.

»Was, das nennst du leben?«

Etwas mißtrauisch fragte ich, weshalb die Totenmasken an den Wänden seien, und erfuhr, daß jedem neu Eingetretenen sein Gesicht in Gips abgegossen und als Maske aufgehängt werde.

Rembrandt tat mir leid. Aber bald danach hat ihn die Köchin der Rattenburg, so hieß die Wirtschaft, auf den Weg der Enthaltsamkeit gebracht, wenigstens der alkoholischen. Er ist Photograph geworden, hat sie geheiratet und lange Jahre als braver Familienvater in Halberstadt gelebt. Später hat er wieder angefangen zu malen, ganz altmeisterlich, die Bilder mit Rembrandt signiert und sie nach eigenem Verfahren geräuchert. Sie sind jetzt eine Zierde mancher Museen.

Als Trikkes hörte, daß ich noch kein Zimmer habe, riet er mir, mich in der Rattenburg einzuquartieren, mit ganzer Pension, billig und gut. Das tat ich auch. Er half mir mein Gepäck von der Bahn holen. Ich zeigte ihm meine Zeichnungen. »Wird man mich in der Akademie aufnehmen?« »Ganz gewiß, denn Talent hast du nicht viel. Das ist den Professoren lieber, da können sie zeigen, was für tüchtige Lehrer sie sind. Ihr Glanzstück ist beispielsweise der Historienmaler Schluckes. Er kam absolut talentlos her, und jetzt, nach fünfzehnjährigem fleißigem Studium, ist er schon einer unserer genialsten Maler, Spezialität: Schlachten Friedrichs des Großen, wird bald selbst Akademieprofessor.« Wir gingen zusammen zur Akademie. Mit einigem Bangen betrat ich das Atelier des Direktors Professor Mühling. Ein eisgraues, verhutzeltes

Männchen, saß er auf einer gepolsterten Leiter vor einem mächtigen Bild, das in lebensgroßen Figuren die Himmelfahrt Christi darstellte, malte mit vielen kleinen spitzen Pinseln daran.

Später hat Trikkes mir erklärt: Als Napoleon Düsseldorf eroberte, stahl er die große kurfürstliche Sammlung der besten Rubensbilder und schenkte sie dem bayrischen Hof, sie ist noch jetzt in der Münchner Pinakothek. Nur die Himmelfahrt, das schönste und wertvollste Bild, konnte man damals beiseite räumen. Professor Mühling fand später an dem Bild Zeichenfehler, Übertreibungen des Kolorits und eine allzu sinnliche Auffassung. Seit siebenunddreißig Jahren war er nun mit der Übermalung beschäftigt. Sie war sein Lebenswerk. Kurz vor meiner Ankunft hat dann die preußische Regierung großmütig auch dieses Werk der Münchner Rubens-Sammlung schenken wollen. Freudig bewegt kamen die Münchner Galeriedirektoren hin, um das Bild zu holen. Bei seinem Anblick brachen sie in Tränen aus und erklärten, sie wollten Düsseldorf doch nicht berauben.

Ich half zuerst dem Direktor seine Tabakspfeife suchen. Dann nahm er meine Zeichnungsmappe entgegen, fragte, ob ich Historienmaler werden wolle oder nur Landschaftsmaler. Unsicher, was nützlicher sei, antwortete ich: »Beides«. Also mußte der Sekretär mich zu den beiden in Betracht kommenden Professoren führen. Der dicke, vollbärtige Historienmaler Professor Urschleim lag in seinem Atelier, hemdärmlig, mit Samtpantoffeln, auf dem Sofa und las die Zeitung. Im Hintergrund stand sein Kolossalbild »Die Kindheit des Bacchus«, das ihm der Staat vor zwölf Jahren abgekauft hatte. Jedes Jahr entstanden Risse und Abblätterungen in der Ölfarbe, und er bekam es immer zur Reparatur. So war er seitdem nicht mehr dazugekommen, wieder etwas Neues zu malen. Er blieb ruhig liegen und sagte hinter der Zeitung hervor: »Haben Sie schon Akt gezeichnet?« »Ich weiß nicht – was ist das?« »Den nackten Menschen natürlich. Es gibt nichts Schöneres und Erhabeneres als die nackte menschliche Gestalt.« Ich wollte zeigen, daß ich auch etwas von Kunst verstehe, und bemerkte: »Mir kommt ein nackter Mensch immer komisch vor, Herr Professor, dieselbe Farbe wie ein Schwein.« – »Nun, Sie werden zuerst Antiken zeichnen, nach Gips, bis Sie grün und blau werden, dann wird Ihnen die schweinerne Komik schon vergehen.«

Da dachte ich, ich werde vielleicht doch lieber Landschaftsmaler, ließ mich vom Sekretär zu dem Landschaftsprofessor führen. Ja, der malte wenigstens. Eine Menge gleichgroßer Waldbilder waren auf Staffeleien zu sehen. Auf einigen spazierte ein Reh unter den Bäumen, auf anderen ein Fuchs. Die standen ausgestopft im Atelier und brauchten nur abgemalt zu werden. Die Bäume malte er nach Studien, die er draußen gemacht hatte. Er versprach, mich zuerst im Baumschlagzeichnen zu unterrichten, Linden seien immer rundlich, Eichen mehr gezackt, Tannen spitzig. Später dürfe ich mir dann die Natur ansehen. Er ginge stets mit seinen Schülern auf Studienreise. »Oh fein! Und wird da das Reh und der Fuchs auch mitgenommen?« fragte ich. »Sie müssen erst Anatomie und Perspektive absolvieren«, fand er nun. »Wenn Sie das Examen bestanden haben, kommen Sie wieder. Adieu.«

Der Sekretär, ein freundlicher alter Herr, klopfte mich auf die Schulter: »So dürfen Sie es nicht machen. Sie schaden sich. Die Hauptsache in der Kunst ist, daß man sich nicht schadet.«

Eine Frau trug eine Schüssel mit Schlagsahne vorbei: »Bitte, wo ist die Malklasse von Professor Söhnlein?« »Da die dritte Tür.« »Scheint eine Art Konditorei zu sein«, dachte ich. »Darf ich ›mal hineinschauen?‹« Der Sekretär führte mich hin. In dem großen, blendend hellen Raum standen etwa 6 Malschüler mit ihrer Leinwand und ihren Staffeleien und Paletten und Pinseln um einen erhöhten Tisch. Die Schlagsahne wurde darauf gestellt, da waren schon zwei ganz ebenso gefüllte Schüsseln. Der Sekretär klärte mich auf: »Die Schüler müssen die drei Schüsseln nebeneinander so abmalen, daß man die Verschiedenheit der drei Stoffe erkennen kann.« Ich sah nun genau hin und bemerkte tatsächlich, daß Seifenschaum und Schlagsahne und Eierschaum zu unterscheiden waren. »Das ist die letzte Prüfung. Wenn sie das können, dürfen die Schüler in die Meisterklasse aufrücken.«

Ich meinte: »Vielleicht können sie noch ein rohes und ein gekochtes Ei nebeneinander malen, daß man sie unterscheiden kann.« Der Sekretär schüttelte betrübt den Kopf: »Sie schaden sich, Sie schaden sich, so werden Sie nie ein berühmter Künstler.«

Ich beschloß, brav zu sein, trat am nächsten Tag mit dem vorgeschriebenen Papierrahmen und härtestem Zeichenstift in Professor Urschleims Klasse bei den Gips-Antiken an. Da standen sie, weiß und tot, die Apollos und Aphroditen und Diskuswerfer. Ich sollte nur das linke Auge eines Hermes-Kopfes zeichnen, es müsse viel genauer werden als eine Photographie, vier Wochen solle ich daran arbeiten, er werde mich nicht eher davon loslassen, bis es ganz richtig sei. Ich begriff, warum der

Laokoon so schrecklich gähnte. Wenn Pythia den alten Griechen die gipserne Zukunft geweissagt hätte, wäre uns vielleicht deren ganze Kunst erspart geblieben, denn an sich waren sie keine so üblen Menschen, das hatte ich auf der Schule gelernt. – Mir war die Kunst ja glücklicherweise nicht so wichtig, aber die meisten Mitschüler hielten sich für Genies und litten sehr. Punkt Zwölf stürmten alle hinaus. Ich blieb etwas zurück, schnitt vom Zeichenpapier einen breiten Streifen ab, schrieb mit großen Buchstaben darauf: »Papa, weißt du nicht, daß man beim Gähnen die Hand vor den Mund halten muß?!« Den befestigte ich mit Reißnägeln quer über die Laokoongruppe. Dann ging ich auch.

Nachmittags war Anatomieunterricht, den erteilte ein Anatom, Professor Sürdiek, teils theoretisch, teils, wenn Leichen vorhanden waren, indem er diese sezierte. Die Mitschüler erzählten, daß es ihm besonderen Spaß mache, unsere Nerven dabei auf die Probe zu stellen. Es sei noch jedes Mal einigen übel geworden. Und gerade heute hatte der Rhein ihm wieder so ein Lehrmittel geliefert. Schon vor der Tür roch es fürchterlich nach Karbol. In dem weißgetünchten Raum, dessen eine ganze Wand das Fenster einnahm, lag auf erhöhtem Eisengestell die Leiche, mit einem Tuch bedeckt. Ein wenig Rheinwasser tropfte noch darunter hervor. Auf einem kleinen Tisch daneben waren die chirurgischen Instrumente ausgebreitet. Einige Kübel standen bereit, ganz hinten an der Wand eine sargartige Kiste. Das gesund gerötete Gesicht des ziemlich jungen Professors war durch studentische Schmisse und einen goldenen Zwicker geziert. Er und der Diener waren in weiße Ärztekittel gekleidet. »Ich werde Ihnen heute einige Muskeln herauspräparieren, damit Sie ihre Form besser begreifen, zuerst den rectus femoris, den glutaeus maximus, dann den latissimus dorsi, gedenke aber auch, Ihre allgemeinen anatomischen Kenntnisse zu erweitern.« Und zu dem Diener gewendet: »Abdecken!«

Mit einem geübten Ruck riß der die Decke weg.

Da lag, feucht grünlich schimmernd, eine entkleidete Frau. Es stieg mir schwer vom Magen auf, und ich traute mich nicht, genau hinzusehen. »Ach Unsinn! man muß alles lernen«, sagte ich mir und richtete den Blick auf ihr Gesicht. Ein gräßlicher Schreck krampfte sich um meine Brust: Mercedes! Zitternd hielt ich die Hände vors Gesicht. Einige Schüler murmelten etwas. Professor Sürdiek tat, als wenn er nichts gemerkt hätte, dozierte spöttisch lächelnd weiter: »Ich möchte Ihnen jetzt die Gehirnwindungen erklären, werde zuerst das cranium bloßlegen.« Ich hörte, wie er einige Instrumente faßte und damit hantierte. Tiefe Stille herrschte. Die Hände sanken mir herab.

»Und nun werde ich das os frontalis durchsägen.«

Ich sah, wie er die Säge an den Kopf der Toten setzte. Wahnsinnige Erregung tobte in mir. Wie durch einen Nebel erinnere ich mich, daß ich auf ihn zusprang, ihn am Arm packte und brüllte. »Das tun Sie nicht!« Er versuchte mich abzuschütteln: »Verrückt geworden, was?« »Das tun Sie nicht!« schrie ich noch einmal. Aber er ließ sich nicht abhalten.

Ich weiß nur noch, daß ich ihm einen gewaltigen Kinnhaken versetzt habe und daß er hinfiel.

Als ich wieder zur Besinnung kam, fand ich mich ohne Hut, durch die Straßen irrend. Was war geschehen? Erst allmählich stieg das greuliche Bild wieder vor mir auf. Ich muß Fieber gehabt haben, Frost schüttelte mich, in meinem Kopf war es wirr. Doch fand ich noch den Weg zur Rattenburg, ging sofort ins Bett und schlief.

Erst spät am nächsten Morgen wachte ich auf, besann mich und suchte mir über alles klar zu werden, war nicht zufrieden mit mir. »Ich habe mich nicht als Gentleman benommen, ich hätte es mir nicht unter die Haut gehen lassen sollen«, sagte ich mir. Nach dem Frühstück war ich wieder im Gleichgewicht, ging in die Akademie, als ob nichts gewesen war. Im Zeichensaal sagte man mir, der Professor habe schon nach mir gefragt, ich solle zu ihm ins Atelier kommen. Zu meiner Verwunderung empfing er mich sehr freundlich. »Ei, ei! Was machen Sie für Sachen?! Nerven, Nerven. Aber die Schüler haben schon oft geklagt, daß Sürdiek sie unnötig mit solchen Dingen quält. Nun hat er es. Ich werde ihm sagen, daß er selbst daran schuld ist, sobald ich ihn sehe. Er soll sich beim Fall etwas verletzt haben und in Behandlung sein.« Er drückte mir die Hand und geleitete mich mild zur Tür.

»Ach noch eins wollte ich fragen«, rief er mich zurück. »Wissen Sie, wer den lustigen Zettel am Laokoon befestigt hat?«

Ich hatte das durch die Ereignisse total vergessen und antwortete: »Nein – ach so – ich.«

Stracks änderte sich Haltung und Gesicht des Professors: »So! Also das haben Sie auch verbrochen! Schämen Sie sich nicht, herrliche Meisterwerke so schamlos zu verhöhnen? Und Sie möchten ein Künstler werden! Kommen Sie mir nicht wieder unter die Augen, bevor die Professoren-Konferenz über Ihre Schandtaten entschieden haben wird.«

Ziemlich niedergedrückt holte ich meine Zeichensachen aus der Klasse. Die Mitschüler, besonders die Amicitianer darunter, schüttelten mir warm die Hand: »Das hast du großartig gemacht. Jetzt wirst du allerdings herausfliegen. Wir halten treu und fest zu dir. So möchte man auch boxen können. Gib doch Box-Unterricht.« Dankbar gedachte ich Onkel Neverminds, der es mich gelehrt hatte. Auch abends in der Amicitia wurde ich als Held gefeiert. Das waren wirkliche Freunde!

Zu den Amicitia-Abenden kam auch immer der Gönner und Mäzen des Vereins, Graf Glespel, er fühlte sich nur in der Gesellschaft von uns Jünglingen wohl, hatte mit allen Bruderschaft getrunken. Weich streichelte er meine Hand. »Wenn du jetzt die Akademie verlassen mußt, sei nicht traurig. Wenn es dir Spaß macht, kannst du einstweilen eine Box-Schule eröffnen. Ich miete dir ein Lokal, besorge Sandsäcke, Boxhandschuhe und was man so braucht. Jeder wird es lernen wollen, war ja die beste Reklame.« Gern nahm ich den Vorschlag an. Einige Tage gingen mit Vorbereitungen hin.

Der Verbrecher

Schon bald darauf war ich vor die Professoren-Konferenz geladen. Da saßen alle die Herren, die ich klein und gebückt am Bahnhof gesehen hatte, groß und hochaufgerichtet. Professor Urschleim legte meinen Laokoon-Text im Original vor, er erregte gebührende Entrüstung. Zur Verhandlung über meine Untat in der Anatomie waren einige Schüler als Zeugen geladen. Sie sagten sehr günstig für mich aus und daß es begreiflich sei, wenn ein feinfühlender Mensch durch den Anblick dieser, für unser Studium unnötigen, Brutalität in Sinnesverwirrung geriet. Professor Urschleim beantragte meinen Ausschluß. Direktor Prof. Mühlung meinte, halbjährige Entfernung sei genügend. Der Sekretär bat bescheiden ums Wort: »Wenn ich ergebenst auf einen Punkt aufmerksam machen darf, so möchte ich mir ganz unmaßgeblich zu bemerken erlauben, daß eine Ausschließung des Inkulpaten nicht angängig ist, weil er noch gar nicht offiziell als Schüler aufgenommen wurde.« Auf diese Weise kam ich ohne Hinauswurf davon.

Aber schon erschienen in den Zeitungen große Inserate: »Box-Schule Emmaus, Ratingerstraße 6. Box-Unterricht auf anatomischer Grundlage. Erfolg garantiert.«

Als ich die Annonce im Morgenblatt nachsah, fiel mir eine fettgedruckte Notiz im redaktionellen Teil auf: »Soeben wird uns die Trauerkunde, daß unser verehrter Mitbürger Professor der Anatomie Geheimer Medizinalrat Sürdiek heute Nacht verstorben ist. Er ist ein Opfer seines schweren Berufes geworden. Bei einer Sektion erlitt er eine unbedeutende Verletzung, die aber eine perniziöse septische Infektion zur Folge hatte.« – War mir recht unangenehm. Ich sah auch in den anderen Zeitungen nach. Das Skandalblättchen der Stadt, in dem ich nicht annonciert hatte, sagte es schon deutlicher: »Herr Professor Sürdiek ist das beklagenswerte Opfer einer unglaublich rohen Tat geworden. Bei der Sektion einer weiblichen Wasserleiche wurde er von dem früheren Zuhälter der Frauensperson überfallen und niedergeschlagen. Im Falle verletzte den Herrn Professor eins der chirurgischen Instrumente am Halse. Trotz sofortiger Behandlung trat Sepsis ein, der er heute Nacht erlag. Die Polizei fahndet nach dem Täter. Er soll ein hiesiger Boxlehrer (sic!) sein.«

Als ich am Abend in die Amicitia gehen wollte, stellte sich mir am Eingang eins der Mitglieder entgegen: »Sie dürfen nicht mehr herein, Mördern ist der Zutritt verboten.« »Ich will Trikkes sprechen«, sagte ich. Der kam heraus, steif und fremd: »Sie wünschen?« »Das ist natürlich nur Ulk, nicht wahr, Trikkes?« »Nein, wir können nicht mehr mit Ihnen verkehren, nachdem sich gezeigt hat, daß Sie Mörder sind, noch dazu Mörder eines geheimen Medizinalrates. Wir würden uns unmöglich machen.» Er schlug mir die Tür vor der Nase zu.

In meinem Zimmer hatte ich mir gerade eine Pfeife angezündet, um in Ruhe zu überlegen, was ich nun machen sollte, da kam Graf Glespel. »Ich dachte, mit mir kann man nicht mehr verkehren«, sagte ich. »Saubere Freunde!« Aber er drückte mir herzlich die Hand: »Bezieht sich nicht auf mich. Darfst es den anderen nicht so übel nehmen. Sie alle wollen noch viel im Leben erreichen, möchten das große Rennen nicht als Handicap reiten. Freundschaft ist ein Vergnügen für satte Menschen. Die Sache sieht im Augenblick ein bißchen gefährlich aus, habe mit meinem Rechtsanwalt darüber gesprochen. Mit unserem Box-Salon wird es vorerst nichts, haben auch ganz vergessen, um Konzession nachzusuchen. Schon ein Kapitalverbrechen. Wegen der Sürdiek-Sache wirst du vor Gericht kommen, kann sich aber höchstens um Körperverletzung handeln. Jeden Augenblick kann jetzt die Polizei erscheinen, um dich zu verhaften. Dann wirst du ein wenig irre reden, Fratzen schneiden, Glieder zucken. Jetzt brauchen wir ein ärztliches Attest. Ich habe einen befreundeten Nervenarzt mitgebracht. Autorität, er wartet unten in der Wirtschaft. Ich hole ihn. Jetzt zieh dich aus und leg dich ins Bett.«

Als die beiden kamen, lag ich mit geschlossenen Augen da, krampfte die Hände in die Bettdecke, ließ meine Lippen zittern. Der Arzt, offenbar schon über alles unterrichtet, fühlte meinen Puls, untersuchte mich sehr gründlich, notierte sich meine Personalien. »Also Graf, den Schrieb bekommst du in einer halben Stunde«, damit wollte er gehen. Indem hörte man schwere Tritte vor der Tür, sie wurde aufgerissen. Drei Polizisten traten mächtig herein: »Da haben wir ja den Burschen. Hat sich ins Bett gelegt. Sind Sie der Turnlehrer Emmaus?« Der Arzt trat vor das Bett: »Herr Wachtmeister, ich bin hier zur Behandlung des Patienten. Ich bitte um größte Schonung und Vorsicht. Es handelt sich um eine schwere psychische Erkrankung.« Inzwischen fiel mir Graf Glespels Rat ein. Ich warf mich in wilden Zuckungen hin und her, verdrehte die Augen, rief »Holdiroho-Evoë-Holdrioho« richtete mich im Bett auf und deklamierte mit schreiender Stimme, was mir gerade einfiel:

»Die Polizei, die Polizei, die Polizei hat immer Recht,
Sie ist von göttlicher Natur, von übermenschlichem Geschlecht,
Und gäbe es keine Polizei
Wär Anarchie und Schweinerei.
Sie kümmert sich um jeden Mist.
Drum dreimal hoch der Polizist. Hoch-hoch-hoch!«

»Der Kerl ist doch bei Vernunft. Polizeiarzt wird schon feststellen«, meinte der Wachtmeister und kommandierte: »Aufstehen, hopp! Bißchen plötzlich!« »Das kann ich nicht verantworten«, sagte unser Arzt, »ich muß jetzt eine beruhigende Injektion machen.« Er nahm eine Spritze aus dem Etui, desinfizierte sie, füllte sie aus einem kleinen Fläschchen und spritzte mich in den Arm. »Jetzt wird der Patient sofort in tiefen Schlaf verfallen, er darf unter keinen Umständen gestört werden.« Vermutlich bestand die Einspritzung nur aus aqua destillata, aber gehorsam stellte ich mich schlafend.

Die Polizei zog sehr übelgelaunt ab. Leise beriet sich der Arzt mit dem Grafen. Sie fürchteten, früher oder später würde doch der Polizeiarzt auftauchen, deshalb sei es das Beste, sehr schnell zu verschwinden. Der Graf hatte in einer schönen Gegend ein altes Schloß, Glespelbrunn. Dort sollte ich vorerst Unterkommen finden, und dann wollten wir weiter über meine Zukunft nachdenken. Noch in derselben Nacht fuhren wir hin, einige Stunden Bahnfahrt. Wir hatten ein Coupé erster Klasse für uns allein. Er war rührend besorgt um mich, gerade als ob ich wirklich krank wäre. Durchaus sollte ich meinen Kopf an ihn lehnen, und er streichelte mir die Stirn mit seiner weichen Hand, die sich wie die Hand meiner Mutter anfühlte.

»So, jetzt können dir die bösen Menschen nichts mehr tun, Liebling.«

Dann tröpfelte er ein wenig Parfum auf sein feines Batist-Taschentuch und rieb mir das Gesicht damit ab. Wir hatten in dieser Nacht noch nicht viel Ruhe gefunden. Das Schwanken des Zuges machte mich sehr müde, und einschlafend, träumte ich, daß ich wieder vom Kindermädchen im Arm gewiegt werde, murmelte: »Du hast mir keinen Gutenacht-Kuß gegeben, Mina.«

Vielleicht hatte der Graf auch schon geschlafen und geträumt: »Ja, nenne mich Mina«, stammelte er und küßte mich, aber nicht wie mich als Kind unsere Wilhelmine geküßt hatte, sondern so wie Mercedes.

Sogleich war ich wieder ganz wach. Dieser Kuß paßte so wenig zu dem kratzenden Spitzbart des Grafen, daß ich laut lachen mußte. Ganz verwirrt sprang er auf und lief aus dem Coupé.

Er kam erst zurück, als wir in der Station Glespelbrunn einfuhren.

Schloß Glespelbrunn

Die Equipage – Autos gab es damals noch nicht – war telegraphisch verständigt und erwartete uns an der Bahn, es war ein langer Weg. An einer Straßenbiegung stiegen wir aus, ließen den Wagen vorausfahren, um das letzte Stück des Weges zu Fuß zu gehen. Wir sahen ins Tal hinab. Da lag das Märchenschloß. Ein kleiner See, dunkel von der Spiegelung des hochaufsteigenden Waldes, langhalsige Schwäne zogen träumerisch ihre Bahn. Am Ende des Sees eine Insel. Dort ragten die Mauern des altertümlichen Schlosses unmittelbar vom Wasser auf, mit mächtigen Warttürmen. Das dunkle Rot des Sandsteinbaues hob sich feierlich ab vom schweren Blaugrün der Tannen. Über den Bergwald dämmerte der Morgen herauf. Leichte Nebel entschwebten dem Wasser. Weihevolle Stille, wie verzaubert. Sonderbare Rührung ergriff mich bei diesem wundervollen Anblick, Tränen waren mir nahe. Ich hätte andächtig niederknien können. Deshalb sagte ich: »Na, jetzt wird uns aber das Frühstück schmecken!« Dem Grafen gab es einen Ruck, er antwortete nichts.

Wir wanderten um den See. Auf der Rückseite des Schlosses war die Insel nicht weit vom Ufer entfernt. Eine alte Zugbrücke führte hinüber. Der Graf wurde wieder mitteilsam: »Durch Jahrhunderte war unsere Burg uneinnehmbar. Erst zu meiner Zeit ist es einem Gerichtsvollzieher gelungen, einzudringen. Deshalb habe ich einen großen Teil des Grundbesitzes verkauft oder verpachtet, nur dieses Gebäude und die nächste Umgebung für mich behalten. Es ist sehr für sicheren Aufenthalt geeignet. Ein alter Freund von mir hat sich jetzt auch dorthin geflüchtet. Ist eine merkwürdige Sache mit ihm, erzähle es dir später.«

Wir schritten über die Brücke, durch das offene Portal, traten in einen großen, kühlen, düsteren Vorraum. Im Kamin brannte ein Holzfeuer, trotz des Sommertages. Der Diener meldete, daß er unser Gepäck schon hinaufgebracht habe. Sonst war kein Mensch zu sehen. Er führte uns über die Steintreppe in den oberen Stock zu unseren Zimmern. Aus einer Tür schaute ein Kopf heraus. Der Diener sagte: »Schlafen Sie ruhig weiter, Herr Kommissionsrat, es sind keine Neger.« Die Tür schloß sich wieder. Wir legten uns schlafen. Ich erwachte sehr spät und bekam das Frühstück ins Zimmer gebracht.

Unten in der Halle traf ich den Grafen im Gespräch mit einem auffallend häßlichen Herrn, breite aufgeworfene Lippen, der runde Schädel mit kurzem semmelblondem Wollhaar bedeckt.

»Das ist der junge vielversprechende Maler Emmaus und das ist Herr Kommissionsrat Quartaller, unser führender Kunsthändler. Die Bekanntschaft kann beiderseitig sehr wertvoll sein. Beide meine lieben Gäste. Ich hoffe, daß es hier einigermaßen erträglich ist.«

Wieder mit dem Grafen allein, fragte ich ihn über Quartaller. »Das war ja sein Kopf, der, als wir ankamen, so ängstlich aus der Tür geschaut hatte und der vom Diener beruhigt worden war, daß wir keine Neger seien.«

»Er ist hier, weil er sich in der Burg am sichersten fühlt«, erzählte der Graf, »er glaubt, daß ihm Neger nach dem Leben trachten. Ich hielt das natürlich für eine Verfolgungsidee. Tatsächlich haben aber einige Male Neger heimlich nach ihm gefragt. Da hat Nachforschung ergeben, daß seine Angst doch einen realen Grund hat.« Der Inhalt der Erzählung war: Quartaller hat ein Riesenvermögen in Amerika erworben, auf sonderbare Art. Eines Tages hatte er bemerkt, daß er wie ein blonder Nigger aussehe, und kam auf die Idee, das auszunutzen. Er ließ sich in einer chemischen Fabrik ungeheuere Quantitäten einer bitter schmekkenden, grünlich schillernden, leicht abführenden Flüssigkeit herstellen, in eigentümlich geformte, bunt etikettierte Fläschchen verpacken, ließ eine Menge Broschüren und Reklamen drucken. Dazu viermal seinen Kopf, in kolorierter Photographie, zuerst schwarz geschminkt, täuschend einem Neger gleich, dann etwas heller, dann noch heller, dann wie er in Wirklichkeit aussieht. Darunter stand: »So sah ich aus – so sah ich nach einem halben Jahr aus – so sah ich nach einem Jahr aus – so sah ich nach eineinhalb Jahren aus. – In jahrelangem Studium an den größten Universitäten der Welt hat Professor Morton Davis, ein farbiger Gentleman, entdeckt, wie man ein Weißer werden kann. *Antinegrin* heißt seine epochale Erfindung. Er stellt sie seinen dunkelhäutigen Mitmenschen zur Verfügung. Besuchen Sie ihn in seinem Laboratorium Harlem-River-Street 46.« – Diese Vorräte nahm er mit nach Amerika, nannte sich dort Professor Morton Davis. In dem New Yorker Negerviertel waren bald alle Mauern mit seinen Plakaten bedeckt, in den Negerkirchen wurde, gegen entsprechende Bezahlung, von den Kanzeln herab auf ihn aufmerksam gemacht, die Zeitungen brachten seitengroße Inserate und verkündeten seinen Ruhm in spaltenlangen, ernsten Aufsätzen. Der Zulauf war riesig. In dichten Scharen drängten sich die Schwarzen in seine Räume. Jeder wollte ihn sehen, ihn sprechen, einige Flaschen des teueren Antinegrins kaufen. Er mußte telegraphisch neue Vorräte bestellen und immer neue. Jeden Käufer machte er darauf aufmerksam, daß erst nach halbjährigem Gebrauch des Mittels die Wirkung einzutreten beginne. Viele arme Neger opferten ihre letzten Dollar, reiche legten sich große Vorräte zu. In Negerkreisen sprach man von nichts anderem.

Kurz vor Ablauf des halben Jahres war Professor Morton Davis verschwunden, tauchte wieder als Herr Quartaller in der Heimat auf, mit einigen Millionen Dollar Vermögen. Die Neger fühlten sich nicht nur beschwindelt, sondern auch verhöhnt und, wenn sie ihn erwischt hätten, wäre es ihm nicht gut ergangen. Einstweilen nahm er seinen früheren Beruf als Kunsthändler wieder auf, das große Betriebskapital machte seine Geschäfte ungemein erfolgreich, auch Kommissionsrat wurde er. Unvorsichtigerweise ließ er sich durch bedeutende Ankäufe einer amerikanischen Sammlung nach New York locken. Dort wurde er von einem der Hereingefallenen erkannt und mußte schnell nach Europa zurück flüchten.

Seitdem fürchtet er sich. Der Graf fügte noch hinzu, daß Quartaller das Prinzip des Antinegrins auch im Kunsthandel eingeführt habe, ich solle es mir einmal von ihm erklären lassen.

Der Graf führte mich durch die sonderbar verwinkelten Räume des Schlosses, viele Jahrhunderte hatten daran gebaut und geändert. In gewölbten Gängen hingen dunkle Ahnenbilder. Am Ende einer düsteren, schmalen Treppe eine eiserne Tür zu einer niedrigen Kammer mit kleinem, schwer vergittertem Fenster. »Hier hat sich eine Tragödie abgespielt, als meine Urahnin den Urahnen betrog. Der ist aus den Kreuzzügen zurückgekommen, und die Sache mit dem jungen Minnesänger hat ihm nicht gefallen. So hat er ihn in dieses Verließ gebracht. Siebenundzwanzig Jahre schmachtete der Gefangene darin. Dann ist er eines Tages auf die Idee gekommen, ob er die Tür nicht öffnen könne. Sie war nicht verschlossen, und er ist herausspaziert. Der Ritter hat gerade mit seiner inzwischen alt und dick gewordenen Gattin beim Abendschoppen gesessen, als der Minnesänger erschienen ist. Die beiden haben unbändig gelacht. ›Endlich hast du doch einmal bemerkt, daß das Schloß gar nicht zugesperrt war, nie.‹ Da erst hat den Minnesänger die Verzweiflung gepackt, er hat um eine Laute gebeten, hat sein letztes Lied gesungen und sich dann vom Turm in die Tiefe gestürzt. Sein Geist geht noch manchmal um. Keine zwei Töne singt er richtig. Ich würde ihn besser eingesperrt haben.« Er sah mich durchdringend an und wiederholte: »Ich würde ihn besser eingesperrt haben.« Ich sagte ihm, daß ich schrecklich gern einmal den Geist sehen möchte, aber er konnte mir nichts versprechen, oft habe man ihn jahrelang nicht bemerkt.

Indem war es mir, als sehe ich im Halbdunkel am fernen Ende eines Kreuzgewölbes eine weiße Gestalt lautlos dahingleiten und in einer Tür verschwinden. »Da!« stieß ich hervor. Er drehte sich nach dem Ziel meines Blickes um. »Ach, das war wohl die Pflegerin meiner Frau.« –»Was, du bist verheiratet, Graf?« »Natürlich, alle besseren Grafen sind doch verheiratet«, lachte er. Dann wieder ernst: »Die Arme ist immer leidend, seelische Depressionen. Das bekommen Frauen so leicht, besonders wenn sie idealistisch und romantisch veranlagt sind. Romantik ist ungestillte Sehnsucht. Meine Gegenwart enttäuscht sie immer wieder. Wenn wir getrennt sind, schreiben wir uns sentimentale Briefe. Vielleicht hat sie immer mehr das Schloß Glespelbrunn geliebt als mich. Wenn sie die Schwäne auf dem See dahinziehen sah, schwärmte sie von Lohengrin. Im Anfang unserer Ehe wollte ich ihr einmal zu ihrem Geburtstag eine Freude machen. Ich verschaffte mir ein Lohengrinkostüm, um in einem Nachen stehend, von einem Schwan gezogen, bei ihr zu erscheinen. Versuche hatten gezeigt, daß kein Schwan ein Boot ziehen kann. Ich mußte daher einen Burschen zum Rudern mit hinein nehmen. Alles ging gut. Der Schwan hatte ein breites hellblaues Band um den Hals, an dem er das Boot zog. Ich stand aufrecht darin. Es war sehr stimmungsvoll. Der Ruderbursche hatte leider den Sinn der Unternehmung nicht begriffen, bekam, als ich ins Horn blies, auf einmal die Idee, es ginge zu langsam, legte sich kräftig ins Zeug. Schnell hatte er den armen Schwan überholt, der wurde jämmerlich an seinem Band nachgeschleift, wäre beinahe ertrunken, schlug wild mit den Flügeln um sich, brachte das Boot zum Kentern. Im Wasser attackierte er mich wütend. Ich konnte mich gerade noch, tropfnaß, ans Land in Elsas Arme retten. Ich fand das sehr lustig, aber sie war tief enttäuscht und gekränkt, ließ sich eine Woche lang nicht blicken. Es hat mir allen Nimbus bei ihr zerstört, auf immer.«

Beim Mittagsmahl war zwar für die Gräfin gedeckt, sie erschien jedoch nicht. Gegen Abend reiste der Graf ab, sagte, ich solle es mir gemütlich machen, bleiben so lange ich wolle, die Sache in Düsseldorf werde er schon ordnen. Wenn ich etwas brauche, stehe er stets zur Verfügung, einstweilen werde er mir Malutensilien schicken, damit ich die Kunst nicht vernachlässige.

Ich schrieb an Onkel Nevermind, berichtete allerdings das meiste nicht wahrheitsgemäß. Meine aristokratische Bekanntschaft hat ihm sehr imponiert. Nur mit Mühe konnte ich ihn von seiner Absicht abbringen, mich auf Glespelbrunn zu besuchen.

Am Abend spielte ich mit Herrn Quartaller eine Partie Billard. Dann saßen wir bei Whisky und Soda vor dem Kamin zusammen. Er riet mir sehr dazu, mein Studium in München fortzusetzen – zu jener Zeit bedeutete diese Stadt noch etwas in der Kunst. Er werde mir später gern nützlich sein, Welterfolg hänge heutzutage nur vom Kunsthändler ab. »Bilder sind eine Ware« setzte er mir auseinander, »allerdings keine Ware wie Getreide oder Petroleum oder Tuch, Dinge, die wirklich gebraucht werden. Kunstwerke haben nur eingebildeten Wert, ähnlich wie beim Briefmarkengeschäft, aber mit einem großen Unterschied: Eine Briefmarke wird hoch bezahlt, wenn sie nur in wenigen Exemplaren existiert, selten ist. Ein Maler muß sehr viel produzieren, damit seine Bilder teuer werden, einen Marktwert bekommen. Wenn nur zwei Sammler einen Emmaus haben, ist er billig. Wenn aber zweihundert Sammler einen haben, wollen die übrigen Tausende auch einen besitzen, um jeden Preis, und dann muß der Maler Emmaus eben tausende malen und bekommt viel Geld. Das rentabelste ist, eine Gruppe junger, armer Maler zu einer neuen Kunstrichtung zu veranlassen, ihre Arbeiten zu billigem Preis einzulagern und dann in großer Aufmachung auf den Markt zu werfen. Gern entdeckt man auch alte Meister, von denen die Kunstgeschichte noch nichts weiß, kauft alles von ihnen auf, was zu haben ist, natürlich für ein Nichts. Dann läßt man von den berühmtesten Kunsthistorikern Monographien über sie schreiben, leiht Bilder von ihnen an staatliche Museen aus, gibt andere auf Auktionen, wo sie, mit einiger Hilfe, sensationelle Preise erzielen. So entstehen neue Werte – aus nichts erschaffen – ein Wunder.« – Gefiel mir sehr gut, und am liebsten wäre ich gleich Kunsthändler geworden. Doch schließlich, was der Maler macht, ist noch ein größeres Wunder: Mit ein bißchen Leinwand und Farben Leben hervorzaubern, seine private Welt. Das wollte ich lieber zuerst versuchen.

Einstweilen blieb ich noch in Glespelbrunn. Mittags erschien die Gräfin. Nach den Worten des Grafen hatte ich sie mir zart und träumerisch vorgestellt, aber sie war ungewöhnlich groß, sah fast aus wie ein schlanker Jüngling, obgleich sie nicht mehr recht jung war. Die Haare trug sie, damals eine Seltenheit, ziemlich kurz. Auch von der Gemütsdepression war nichts zu bemerken, sie schritt daher wie ein Festzug. Ein Page hätte besser zu ihr gepaßt als die Pflegerin, von der sie immer begleitet wurde, die auch beim Essen neben ihr saß und ihre Diät beaufsichtigte. Herrn Quartaller schien die Gräfin nicht leiden zu können, beachtete ihn kaum, und er gab sich offenbar auch keine Mühe, ihr zu gefallen. Auf mich machte sie einen tiefen Eindruck, und ihre dunkle, weiche Stimme ergriff mich so stark, daß ich zuerst rot und verlegen wurde, als sie sie an mich richtete. Sie interessierte sich sehr für Kunst, verstand leider viel mehr davon als ich. Als sie hörte, daß ich einige Landschaftsstudien machen wollte, erbot sie sich, mir die schönsten Stellen zu zeigen, vielleicht würde ich einmal mit ihr ausreiten, fragte, ob ich gern reite. Glücklicherweise war ich daheim manchmal mit Lord Nevermind ausgeritten. Ich erzählte ihr von ihm. Sie schwärmte von England, sagte, sie würde am liebsten dort wohnen, um an der Bewegung für das Frauenstimmrecht teilzunehmen, die dort stürmisch ins Leben getreten war.

»Und warum tun Sie das nicht?« fragte ich. Sie beugte sich zu mir und flüsterte:

»Das erzähle ich Ihnen ein anderes Mal.«

Später nahm mich die Pflegerin beiseite und warnte mich, wenn ich mit der Gräfin ausreite oder spazieren gehe, solle ich sehr Obacht geben, sie leide an krankhafter Selbstmordmanie, dürfe keinen Augenblick allein gelassen werden.

Aber als ich sie am nächsten Tag bei ihrem Spazierritt begleiten konnte, sah sie gar nicht nach Lebensüberdruß aus. – In ihrem Reitdreß fand ich sie noch bewundernswerter.

»Es muß doch langweilig sein, immer die Pflegerin um sich zu haben.« »Ja, ich bin hier wie eine Gefangene. Früher einmal habe ich einen Anfall von Verzweiflung gehabt, wurde zu Nervenärzten geschleppt, seitdem ist meine Freiheit dahin. Eine Frau ist in diesem Lande ja nur eine Sache.«

»Ihr Herr Gemahl hat mir die Geschichte von dem Minnesänger erzählt. Sie kennen sie ja gewiß. Vielleicht geht es Ihnen auch so, daß Sie nur die Tür zu öffnen brauchen.«

»Ja, der arme Minnesänger! Meine Pflegerin behauptet, sein Geist sei ihr schon zweimal begegnet, er sei Laute spielend und leise singend durch den Gang geschwebt und dann in seinem Gefängnis verschwunden. Sie war außer sich vor Schreck. Um sie zu beruhigen, habe ich ein Sicherheitsschloß dort anbringen lassen und den Schlüssel an mich genommen.«

Wir ritten morgens durch den Wald an einen Bach, stiegen von den Pferden, lagerten uns ins moosige Gras unter einem Baum. »So ein herrlicher Sommertag hat mich immer ein wenig traurig gemacht«, sagte sie, »ich hatte stets das Gefühl, er vergeht, ohne daß ich etwas damit angefangen habe. Heute aber bin ich froh.«

»Ja, gnädige Frau, alles Schöne gibt uns eine Sehnsucht und den Wunsch, daß etwas damit geschehe und daß es ewig bleibe.«

»Und doch, mein Lieber, ist alles auf dieser Welt nur einmalig. Kein Augenblick kehrt genau so wieder, nie, nie. Das bedrückt mich oft. Morgen schon ist diese gelbe Blume hier verwelkt, die Forelle da im Bach ist schon im nächsten Augenblick verschwunden und wir werden nie wieder genau so im Gras liegen, nie wieder über uns zwischen den Ästen dieselben Sommerwolken ziehen sehen.« Sie blickte mit großen Augen starr vor sich hin.

Dann hatten wir uns auf einmal umschlungen und küßten uns, alles um uns vergessend. Wie zur Entschuldigung stammelte ich nachher: »Sie sind so schön, ein Wunder.«

Ihre geschlossenen Lider zitterten. Nach einer Weile hauchte sie: »Nein ewig – ewig.«

Wir schauten uns, ohne etwas zu sagen, lange in die Augen, drückten uns die Hände. Merkwürdig fühlte sich ihre lange, schmale Hand an, wie Lindenholz, hart und samtig. Als Knabe einmal, in einem gotischen Dom, ich glaube es war in Naumburg, hatte ich die holzgeschnitzte Gestalt der heiligen Roswitha gesehen. Ich weiß nicht, was mich bewegt hat, ihre Hand zu ergreifen. Sie brach ab, und ich nahm sie an mich, trieb lange Zeit einen heimlichen Kultus damit. Die Hand der Gräfin glich ihr genau. Ich sprach davon. »Darf ich Sie Roswitha nennen?« »Ja, aber ich bin keine Heilige, mußt du wissen.« Dann ritten wir heim.

In Glespelbrunn war inzwischen ein Postpaket mit Malsachen für mich angekommen. Gleich am Nachmittag wollte ich mich an einer Landschaftsstudie versuchen. Vorsichtigerweise wählte ich zuerst ein sehr einfaches Motiv: einen Weidenbaum am See.

Nie zuvor hatte ich empfunden, wie schön es ist, wenn das Licht über die Blätter rieselt und bläuliche Schatten sich im Wasser spiegeln. Diese Schönheit rührte mich tief, ich fühlte eine Art verliebtes Glück, als ich sie in mich aufnahm. Und merkwürdigerweise gelang es mir, etwas von diesem Gefühl wiederzugeben, wenn auch nur skizzenhaft. Ich malte, solange es hell genug war. Wie im Traum packte ich meine Geräte zusammen. Da stand Quartaller neben mir. Sofort war meine Stimmung verflogen. »Bravo, junger Freund! Sie sind auf dem besten Wege. Ich möchte Ihre Richtung als primitiven Impressionismus bezeichnen. Damit können wir viel machen.« Er ließ es sich nicht nehmen, mir die Feldstaffelei zu tragen, als wir nach Haus gingen. »Na, wie war der Ritt heute früh?«, fragte er, ein Auge zukneifend. »Nehmen Sie sich ein bißchen in acht mit der Gräfin, ist eine verrückte Schraube, hält jeden Tag für verloren, an dem sie keinen Versuch gemacht hat, sich umzubringen. Verstehe das nicht, Selbstmord ist doch kein Lebenszweck. Der Graf tut mir leid. Er sollte sie nicht daran hindern.« Ich war wütend, hätte Quartaller am liebsten niedergeboxt. Aber er konnte mir noch viel nützen. So sagte ich nur: »Ich halte die Gräfin für ganz vernünftig.«

Am Abend wollte ich von der Plattform des Wartturms aus sehen, wie der Mond über den See scheint, und stieg die enge Wendeltreppe hinauf. Oben fand ich die Gräfin, weit über die Brüstung geneigt, hinunterschauend. Sie fuhr zusammen, als ich sie begrüßte. Schon kam die Pflegerin atemlos die Stiege heraufgestürmt: »Ach, Sie sind bei ihr, Herr Emmaus. Dann ist es gut.« Und sie ging beruhigt und langsam wieder hinunter, indem sie mit warnendem Finger auf die Gräfin deutete. Die hatte ihr den Rücken zugekehrt.

»Siehst du, nicht einmal den wundervollen Mondschein kann ich allein genießen.«

»Ach, störe ich Sie, Roswitha?«

»Nein, du Dummer, dich meinte ich nicht. Es ist so gut, mit dir zusammen hier zu sein.«

Eng nebeneinander blickten wir hinaus. Vom anderen Ufer des Sees hörte man eine Ziehharmonika, Stimmen von Bauernburschen, Lachen eines Mädchens. »Alle sind glücklich«, sagte sie. »Jeder kann glücklich sein, wenn er will, auch wir, Roswitha.«

Sie bebte wie im Schüttelfrost.

»Es ist Ihnen zu kühl hier oben, gehen wir hinunter.«

»Ja, gehen wir!«

Aber ich mußte sie fast tragen, leise, die Stufen hinunter. So kamen wir an die Zimmertür, und es geschah wie von selbst, daß wir eintraten.

Eine, zwei Stunden mochten vergangen sein, als sie aufschreckte: »Die Pflegerin wird mich suchen. Sie darf nicht sehen, daß ich hier war. Schau hinaus, ob sie nicht gerade draußen ist.«

»Ja, ich ziehe mich schnell an.«

»Nein, Emmaus, bleib wie du bist.«

»Unmöglich so im Negligé.«

»Doch, mein Lieber, ich habe eine glänzende Idee«, lachte sie fröhlich, schüttelte sich vor Lachen. Sie sprang aus dem Bett, so frisch und lebhaft, wie ich sie noch nicht gesehen hatte, schloß einen altertümlichen Schrank auf, suchte ein wenig und nahm eine Laute heraus. »Jetzt kostümiere ich dich auf Mittelalter, man hatte damals lange enge Trikothosen, glücklicherweise trägst du solche, obgleich diese Unterkleidung nicht mehr recht modern ist. Darüber ein Wams, das durch einen Gürtel zusammengehalten wurde.« Sie nahm den weißen Gürtel ihres Kleides vom Stuhl, befestigte ihn um meine Taille, so daß das Hemd faltig gerafft war. Auf den Kopf stülpte sie mir einen Schwammbeutel, zierte ihn mit der ausgerissenen Schwanzfeder eines Adlers, der als Jagdtrophäe auf dem Schrank stand. Den ganzen Inhalt ihrer Puderdose verschwendete sie auf mein Gesicht. Die spitzigen Hausschuhe und die Laute rieb sie mit Zahnpulver ein. Nun war ich ganz weiß in weiß.

»Ausgezeichnet! Du bist wirklich der Geist des Minnesängers, könnte nicht echter sein. Wenn sie dich sieht, wird sie sich in den entferntesten Winkel verkriechen. Gehe hinaus mit schwebendem Gang, klimpere und singe ein bißchen vor dich hin.«

Die Komödie machte mir Spaß. Draußen war nichts von der Pflegerin zu sehen. Ich schwebte weiter, mit leisen Tönen, treppauf und treppab. Plötzlich sah ich vom Ende eines langen Korridors her, in dem düster einige Lampen brannten, eine weiße Gestalt auf mich zukommen, meinte zuerst, es sei die Pflegerin, erschrak tödlich, als ich erkannte, daß es der Geist des Minnesängers war. Die Füße schlotterten mir, am liebsten wäre ich davongelaufen. Aber ich ließ mir die Angst nicht unter die Haut gehen, wer weiß, wann ich wieder Gelegenheit haben würde, ein wirkliches Gespenst zu sehen. Ich setzte meinen Weg fort, singend und klimpernd. Ebenso kam mir der Geist entgegen: Kalter Schweiß lief mir den Rücken herunter.

Am Ende des Ganges stand ich dann vor dem großen Spiegel, der ihn abschloß. Ich hatte mich selbst gesehen, kam mir sehr lächerlich vor, aber ich hatte ja nicht wissen können, daß ich so täuschend aussah. Indem hörte ich einen Todesschrei hinter mir, drehte mich um, die Pflegerin lag ohnmächtig am Boden. Ich lief, jetzt ohne Musikbegleitung, zur Gräfin zurück, berichtete ihr von der fatalen Wirkung. Sie lachte ausgelassen: »So, jetzt werden wir sie los. Komm!«

Wir fanden die Arme noch immer bewußtlos, hoben sie auf und trugen sie fort, ich meinte in das Schlafgemach der Gräfin. Aber nein, sie steuerte auf die Gefängniskammer zu, und ich gehorchte. Sie nahm den Schlüssel aus ihrem Täschchen, sperrte auf. Wir ließen die Pflegerin in dem Raum zu Boden gleiten, schlossen die Tür wieder zu und entfernten uns. Ein Freudentaumel berauschte die Gräfin. »Nun bin ich frei!« Sie lachte wie ein vergnügter Teufel, faßte mich und wirbelte mit mir dahin, bis sie in ihrem Gemach verschwand. Ich hörte sie immer noch lachen, als ich zurück ging. In meinem Zimmer setzte ich mich nachdenklich, doch erfüllt von nie gekanntem Glückgefühl, auf den Rand des Bettes und schlief ein.

Ich muß lange geschlafen haben, als ich aufwachte, dämmerte schon der Morgen. Allmählich erst erinnerte ich mich an das Erlebnis dieser Nacht. Furchtbare Angst befiel mich. Was mochte der Pflegerin zugestoßen sein? Vielleicht war sie tot und ich dann schon zweifacher Mörder. Sie mußte sofort befreit werden. Ich sprang auf, um zur Gräfin zu eilen. Atemlos an ihrer Tür angekommen, hörte ich ein sonderbares, rasselndes Geräusch hervordringen. Ich klopfte, es wurde nicht geantwortet, versuchte zu öffnen, es war abgeschlossen. Da erinnerte ich mich, daß vor ihren Fenstern eine Art Wehrgang war, zu einem Balkon umgebaut, auf den eine Tür vom Zimmer hinaus führte. Aus einem Treppenfenster hinauskletternd erreichte ich ihn. Die Tür dort stand offen. Ich lief hin, hörte immer noch das furchtbare Rasseln, sah ins Zimmer.

Die Gräfin lag tief schlafend im Bett, mit glücklichem Lächeln. Neben ihr im Bett erblickte ich den laut schnarchenden Herrn Quartaller.

Es war mir, als habe mich ein schwerer Hammer auf den Kopf geschlagen, ich rang nach Luft, alles drehte sich um mich.

Wieder bei Besinnung, sagte ich mir: »Vor allem keine Aufregung, Gentleman bleiben! Aber so eine Gemeinheit gegen den Grafen hätte ich Quartaller nicht zugetraut.« Dieser unappetitliche Mensch und

Roswitha! Ich erinnerte mich an eine Lilie, die ich in der Stadt einmal im Unrat einer Aschentonne liegen gesehen hatte, verspürte eine Art körperliches Weh oberhalb des Magens, stellte fest: Seelenschmerz ist ein sehr unangenehmes Gefühl.

Ach so, die eingesperrte Pflegerin hatte ich ganz vergessen. Ich schlich davon, kletterte wieder zurück zur Treppe und ging, so schnell es mir meine zitternden Füße erlaubten, zu jener Kammer hin. Der Schlüssel steckte im Schloß, ja, wir hatten ihn nicht abgezogen, aber zugesperrt hatten wir. Und die Tür stand halb offen. Was war das? Ich schaute hinein. Die Kammer war leer.

Ein gewaltiger Stoß traf mich von hinten wie der Luftdruck, wenn Sturm einen Fensterflügel aufreißt, drückte mich in den Raum, warf die Tür hinter mir zu. Ich wollte wieder hinaus, sie ließ sich nicht öffnen, ich glaubte zu hören, wie der Schlüssel umgedreht wurde, glaubte leises Singen und Lautenspielen zu hören, das sich entfernte, vielleicht nur eine Vorspiegelung meiner erregten Sinne. Alles Rütteln am Türschloß half nichts, auch nicht mein Klopfen und Rufen. Ich versuchte es wieder und wieder. Allmählich wurde ich ruhiger. Traurigkeit senkte sich auf mich herab in dem modrigen Dämmer. Ich setzte mich auf einen Steinvorsprung unterhalb des vergitterten Fensterchens, stützte den Kopf in die Hände und dachte lange Zeit über alles nach. Jetzt mochte ich nicht länger in Glespelbrunn bleiben. Am liebsten wäre ich noch am gleichen Tag abgereist, nach München, wollte Roswitha nie wieder sehen. Aber vielleicht würde ich auch siebenundzwanzig Jahre in diesem Gefängnis sitzen müssen wie der Minnesänger. Merkwürdig, wie sich das Geschehen wiederholt! Und der hatte nur *gemeint*, daß er eingesperrt sei. Das sollte mir nicht passieren. Ich versuchte noch einmal die Tür zu öffnen und, siehe da, es gelang. Tief aufatmend schritt ich heraus, fand, daß man seit den Kreuzzügen doch einige Fortschritte gemacht hatte. In meinem Zimmer beseitigte ich die Spuren des gespenstischen Abenteuers. Dann packte ich meine Sachen zur Abreise.

Ich hielt es für meine Pflicht, dem Grafen eine Warnung zukommen zu lassen, schrieb einen anonymen Brief, mit verstellter Handschrift, so als ob er von einer Dienstperson käme:

Hochwohlgeboren Herr Graf Glespel auf Glespelbrunn!

Meine Wenigkeit wolte sich nehmlich nur erlauben Ew. Hochwohlgeb. in Kentniß geben im Schloß is nicht in Ordnung indem die Sitten verläzt werden von Ihren Herrn Gwartaler wo mit der gnäd. Frau Gräfin in Bett ligt Ew. Hochgeboren nicht wissen und ein Schand is und eine Sünd werden schon sehn

hochachtend und getreu
Die Bedrefende.

Gleichzeitig schrieb ich ihm auf anderem Papier mit anderer Tinte und Schrift, daß ich jetzt nach München reise und dankte ihm herzlich für die Gastfreundschaft und alles, was er für mich getan hatte. Beide Briefe habe ich später im Ort zur Post gegeben.

Der Zug ginge erst am Nachmittag, sagte mir der Kutscher, er würde mich hinfahren. Inzwischen bekam ich so großen Hunger, daß ich doch das Mittagmahl nicht auslassen wollte. Die Gräfin erschien nicht, aber Herr Quartaller. Ein ekelhafter Kerl! Wie konnte er es nur wagen, Roswitha zu entweihen! Ich ließ mir nichts anmerken, sagte ihm, daß ich am Nachmittag nach München reise. Er erzählte mir, die Pflegerin sei schwer erkrankt, sie habe hohes Fieber, man erwarte den Arzt jeden Augenblick. Dann bekam ich von ihm noch einige Empfehlungsbriefe an Münchner Maler.

Ich habe mich nicht von der Gräfin verabschiedet, als ich fortgefahren bin. Von der Anhöhe wandte ich mich noch einmal um nach dem zauberhaften Schloß, das sich so friedlich im Wasser spiegelte, als wäre es der Inbegriff von ruhigem Glück. Da sah ich, daß Roswitha auf dem Turm stand, und sie winkte mir mit dem Taschentuch nach. Allen Schmerz fühlte ich von neuem. »Du kannst mich ja gern haben!« dachte ich. Aber ich winkte zurück. Dann im Zug hatte ich viele Stunden Zeit zum Nachsinnen, erlebte im Erinnern noch einmal die letzten Wonnen und die bittere Enttäuschung. Wie wohl der Graf die Mitteilung aufnehmen würde? Würde er ihr Glauben schenken? Vielleicht konnte es zu einem Pistolenduell kommen. Das ist nicht geschehen, aber ich vermute, daß der Graf nicht unbeteiligt war an dem, was Quartaller dann zustieß und wovon ich erst viel später gehört habe. Wenigstens ist es ein auffallendes Zusammentreffen, daß sehr bald nachher Quartallers Aufenthalt seinen Feinden bekannt wurde.

Mit wandernden Zigeunern erschienen einige Neger in der Gegend und es gelang ihnen, Quartaller zu entführen. Sie haben ihn nicht getötet, sondern sie schleppten ihn in den Zigeunerwagen und behandelten ihm Haut und Kopfhaar so gründlich mit Chemikalien, daß sie dauerhaft geschwärzt waren. Dann brachten sie ihn nächtlicher Weile wieder in das Schloß. Sein Anblick soll viel zur Aufheiterung der Gräfin beigetragen haben.

Für jeden anderen Menschen wäre es eine Katastrophe gewesen. Konnte er denn als Neger überhaupt seinen Kunsthändlerberuf weiter ausüben? Ja, Quartaller konnte das. Er reiste nach Afrika, kaufte alles zusammen, was er von den primitiven Kunstwerken der Wilden bekommen konnte. Mit einigen Schiffsladungen Negerplastik kehrte er nach Europa zurück, eröffnete unter einem Suaheli-Namen in Berlin ein Spezialgeschäft für Negerkunst. Von daher datierte diese Mode, welche sich bald die Welt eroberte, zeitweise die zivilisierte Kunst ganz in den Hintergrund drängte. Kunsthistoriker schrieben dicke Werke darüber, alle Museen, alle Sammler kauften, alle Wohnungen waren damit angefüllt. Es war ein Bombengeschäft. Allmählich verblaßten die Chemikalien, er mußte sich einige Male nachfärben lassen. Erst als die Mode abzuflauen begann, tat er das nicht mehr, ließ sogar den Bleichungsprozeß in fachmännischer Behandlung beschleunigen. Eines Tages konnte er wieder als Quartaller erscheinen, wieder europäische Kunst managen.

Münchner Kunst

Von dem allen wußte ich noch nichts, als ich nach München kam und seine Empfehlungsschreiben abgab. Sie waren an ziemlich unbekannte Maler gerichtet, vielleicht meinte er, daß diese sich eifriger für mich bemühen würden als die berühmten. Ich sah im Adreßbuch ihre Wohnungen nach und bemerkte dabei, welche ungeheuere Menge Kunstmaler es in dieser Stadt gab. Ich zählte etwa fünftausend. Ich fragte den Maler Langmaier, den ich zuerst besuchte, wie es möglich sei, daß so viele existieren können. »Eigentlich ist es nicht möglich«, belehrte er mich, »es ist ein Wunder, nur dadurch erklärlich, daß hier die Malerei nicht so sehr ein Beruf ist als eine Art Sekte. So gut wie in einer Stadt fünftausend Adventisten leben können, können es auch fünftausend Kunstmaler. Die ganze Sache ist ein Mysterium. Jeder dieser Brüder malt im Jahre wenigstens fünf Bilder, das sind fünfundzwanzigtausend Bilder jährlich, davon finden vielleicht zweitausend einen Käufer. Was wird aus den übrigen dreiundzwanzigtausend?«

Langmaier wohnte und arbeitete in einem kleinen Dachraum. Er hatte sich gerade den Kaffee auf einem stinkenden Petroleumkocher aufgewärmt, tauchte trockenes Schwarzbrot hinein und frühstückte. Unter der Dachschräge stand sein dürftiges, unordentliches Bett. Viele Bilder waren an die Wände gelehnt, meistens Rindvieh oder Schafe auf der Weide in bayrischer Gebirgsgegend. Einige standen auf Staffeleien, und bei diesen hatte er angefangen, die Berge im Hintergrund zu entfernen und mit ebener holländischer Landschaft zu übermalen. Er erklärte mir, daß man jetzt herausgefunden habe, daß das Holländische viel natürlicher sei als das Gebirgige, er verbessere jetzt alle seine Bilder auf diese Weise. »Sie kommen gerade zu einer großen Zeit hierher, der Naturalismus dringt vor. Man malt jetzt hell und grau, nicht mehr braun und dunkel. Heftige Kämpfe sind entbrannt, weil auf der großen Ausstellung keiner der Hellmaler eine Medaille bekommen hat. Heute abend versammelt sich die ganze Künstlerschaft, um die Frage zu entscheiden, ob braun oder grau gemalt werden soll. Wollen Sie dabei sein?«

Ich wollte.

In dem riesigen Saale der Bürgerbrauerei waren die fünftausend

Kunstmaler versammelt, standen dicht gedrängt, hie und da auch eine Malerin. Wir hatten an einem der langen Tische Platz gefunden, wo jeder einen steinernen Literkrug vor sich stehen hatte und immer wieder austrank, ich auch. Das hätte ich nicht tun sollen, denn es stieg mir zu Kopf, und ich erinnere mich nur nebelhaft an alles, was geschah. Der Vorsitzende, ein würdiger Herr, dessen Vollbart die Bauchrundung berührte, eröffnete die Versammlung feierlich, die er einberufen habe, um die deutsche Kunst vor dem Niedergang zu bewahren, denn die Aufgabe der Malerei sei es, das Schöne und Ideale darzustellen, nicht das Häßliche und Gemeine. Großer Lärm für und wider erhob sich.

Herr Lühre, der Hauptvertreter der neuen Richtung, dessen Bild: »Christus bei den Fabrikarbeitern« großes Aufsehen erregt hatte, erhielt das Wort und sagte kurz und bündig, die neue Kunst beanspruche eigene Jury und die Hälfte aller Medaillen und Staatsankäufe. Professor Rosslip, der bekannte Bauernmaler, sprach dagegen, denn die wahre Kunst sei braun.

»Nein«, antwortete Lühre, »die wahre Kunst ist hellgrau, und wenn das den alten Herrn nicht paßt, so lassen wir sie in ihrer braunen Sauce schmoren und machen eine eigene Ausstellung.« In dem Höllenspektakel, der entstand, da alle durcheinanderschrien, pfiff ich auf vier Fingern so laut ich konnte, man hörte es im Lärm gar nicht, ich pfiff immer weiter, auch als längst Stille eingetreten war. Der Vorsitzende sprach: »Ich bitte die Herren, sich dem Ernst der Stunde angemessen zu benehmen, und besonders dieser Herr dort hat sogar gepfiffen. Das ist ungehörig.« Niemand wußte, für welche Partei ich gepfiffen hatte, und so stimmten ihm alle zu, deuteten mit Fingern auf mich, riefen Pfui. Worauf der Vorsitzende so mutig wurde, daß er verlangte, ich solle zu ihm auf das Podium kommen, meinen Namen nennen und mich entschuldigen. Unter der Einwirkung des Bieres folgte ich seiner Aufforderung, wurde mit verstärktem Pfuiruf empfangen. Ich erhob meine Hände wie segnend zu der Versammlung hin und sagte: »Medaillen sind keine Auszeichnung, sondern eine Erniedrigung für den Künstler, man soll sie abschaffen. Und man soll weder braun malen noch grau, sondern natürlich. Diese Anträge stelle ich, mein Name ist Emmaus.« Es gab einen großen Tumult, man stürzte wütend auf mich zu, fünftausend gegen einen.

Unten an den Eingangsstufen des Bürgerbräusaales fand ich mich, körperlich leicht beschädigt, wieder.

Ich wußte nicht, wo ich mich befand, hatte das Gefühl, ich sei gestorben, und der liebliche blonde Mädchenkopf, der sich über mich beugte, war offenbar ein Engel, der mich in den Himmel bringen wollte.

»Hat man Ihnen sehr weh getan?« fragte der Engel und streichelte mir die Haare aus dem Gesicht.

Da sah ich, daß es eine junge Dame war, die neben mir kniete. Sie war mir beim Aufstehen behilflich, wir stellten fest, daß ich nur einige blutende Schrammen davongetragen hatte.

»Ich bewundere den Mut, mit dem Sie für Ihre Überzeugung eingetreten sind.«

»Waren Sie denn auch in der Versammlung?« fragte ich – unbegreiflich, daß mir dieses herrliche Geschöpf nicht unter den versammelten Fünftausend aufgefallen war, allerdings war sie klein und zierlich.

»Ja, ich bin Malerin, Schülerin Professor Timms. Jetzt müssen wir Ihre Verletzungen ein wenig versorgen, ich habe Verbandzeug im Atelier, wollen Sie mitkommen?«

Wir fuhren in einer Droschke hin. Es war am anderen Ende der Stadt, sehr nett in einem Gartengebäude ebenerdig gelegen. Sie wusch die Wunden sachverständig aus, desinfizierte und bepflasterte sie. Auf ihren Wunsch erholte ich mich ein wenig, auf einer Ottomane liegend, während sie Kaffee kochte. Nach dem Auftritt in der Versammlung meinte sie, ich müsse ein sehr bedeutender Künstler sein, ziemlich kleinlaut erklärte ich, daß ich noch nichts geleistet habe und erst noch die Akademie besuchen wolle.

»Ach, jetzt sind dort Ferien«, sagte sie. »Das Beste wird sein, Sie gehen zuerst in die Timmschule, die ist im Sommer auf dem Land, ganz nahe, in Etzenhofen, schöne flache Gegend, ohne die ekelhaften Berge. Da wird gelandschaftet und im Freien nach Modell gemalt. Es wird Ihnen nützen.« Sie erzählte mir, daß sie aus Lübeck sei, ihren Eltern durchgebrannt, denn ihr Vater, der Schiffsreeder Kläusgen, habe nicht erlauben wollen, daß sie Künstlerin werde. Sie sei mit ihrer Familie ganz zerfallen, nur einen Wechsel von achthundert Mark schicke man ihr jeden Monat, damit sie nicht ganz untergehe. Sie zeigte mir einige ihrer hellen farbigen Arbeiten; schienen mir sehr talentvoll. Auf einer Staffelei stand ein großes Bild, mit einem Tuch bedeckt. Sie wollte es mir nicht zeigen.

»Es ist mir gerade von der Ausstellung zurückgewiesen worden, ist ein Selbstporträt, und überhaupt – – –.« Sie errötete heftig, und das machte mich noch neugieriger. Ich wollte das Tuch herunternehmen, sie wollte mich daran hindern, es gab eine Art scherzhaftes Ringen. Überraschend, wie kräftig sie war, und ich spürte dabei ihren warmen, schlanken Körper durch das dünne Kleid und ihre feste Mädchenbrust. Ich verhielt mich wohl nicht objektiv genug, denn sie gab mir eine schallende Ohrfeige, so daß ein Pflaster in meinem Gesicht aufsprang und das Blut wieder floß.

»So, jetzt muß ich Sie wohl neu verbinden«, rief sie wütend. »Immer hoffe ich eine gleichgestimmte Seele zu finden, und dann ist es nur ein Männchen. Ich will aber kein Weibchen sein. Das begreifen die Leute nicht, und deshalb wollte man auch dieses hier nicht ausstellen.« Sie riß das Tuch herunter. Ich sah das Bild. Sie hatte sich in ganzer Figur porträtiert, nackt, Palette und Pinsel in der Hand. Ein schöner Körper, wunderbar gemalt.

»Und das hat man zurückgewiesen! Unglaublich!« sagte ich ergriffen und wollte ihr die Hand drücken. Sie zog sie zurück: »Ja, weil alle Schweine sind.«

»Und Sie sind eine ganz große Künstlerin, verzeihen Sie mir.« Sie verzieh und erneuerte den Verband.

»Also morgen kommen Sie nach Etzenhofen, fragen Sie nur nach Rita Kläusgen, ich werde Sie Professor Timm vorstellen. Am besten ist es, zusammen hinauszuradeln.«

Ziemlich spät kam ich in das Hotel zurück.

Es war wohl für das Kunststudium nötig, ein Fahrrad zu kaufen. Ich tat es, lernte das Fahren bald. Aber dann hatte man noch vor einer Versammlung polizeilicher und sportlicher Fachleute eine Prüfung zu bestehen, ehe man die vorgeschriebene Nummer bekam, zugleich mit der Ermahnung, nicht zu schnell zu fahren und bei Begegnung mit Hofequipagen oder scheuenden Pferden sofort abzusteigen. So war ich noch eine Zeitlang in der Stadt zurückgehalten.

Herr Langmaier wollte, nach dem Vorfall neulich, nichts mehr von mir wissen, und ich wagte daher nicht, die anderen Empfehlungen an Maler abzugeben.

Zenzi

Glücklicherweise lernte ich beim Radfahrunterricht eine junge Münchnerin kennen. Sie hieß Kreszenz Wachengans. Ihr Vater, sozialdemokratischer Landtagsabgeordneter, hatte in der äußeren Stadt ein Mietshaus mit Kramladen, in dem sie verkaufte. Er redete mich mit Genosse an. Sie roch immer nach Seife und Hering. Im Freien störte das weniger. Ich holte sie einige Male in ihrem Laden ab. Sie war hübsch, nur etwas rundlich. Ich hielt sie für ein sehr einfaches Wesen und war dann erstaunt zu bemerken, daß sie eine Vorliebe für alles Absonderliche hatte. Das zeigte sich schon in der Art, wie sie ihre Schaufenster dekorierte. Da stand eine Pyramide von Heringsdosen, oben darauf eine lebensgroße gipserne Bismarckbüste mit einem Hering im Mund und der Inschrift: »Der Kanzler hat gesagt, bei Wachengans gibt es die besten Bismarckheringe.« Die Reklamewirkung war sehr gut, aber am nächsten Tage konfiszierte die Polizei das Ganze und übergab es der Staatsanwaltschaft zur weiteren Verfolgung.

Dann stellte sie eine Büste von Karl Marx auf, inmitten eines üppigen Aufbaues von Rasierseife und einer Dekoration von roten Fahnen. Aus seinem Bart quoll ein Spruchband, auf dem stand: »Ich mußte einen Vollbart tragen, weil ich keine Rasierseife bei Wachengans kaufte.« Darauf wurde der unglückliche Vater aus der Partei ausgeschlossen. Das nützte ihm aber in dem Bismarckheringsprozeß, so daß er nur einen Monat Gefängnis bekam, und diese Strafe rehabilitierte ihn dann wieder bei der Partei.

Zenzi Wachengans schwärmte für Schlawiner, so nannte man in München die Bohemiens. Arme Maler und Dichter konnten bei ihr immer auf Kredit einkaufen. Hinten, im Nebenzimmer des Ladens, hatte sie allmählich eine kleine Bibliothek gesammelt, und dort wurde mit bevorzugten Kunden oft bis spät in die Nacht hinein über Kunst und Literatur debattiert, wobei man manche Flasche Schnaps aus dem väterlichen Geschäft vertilgte. Ich erfuhr da, daß die ganze Literatur umgestürzt werden müsse, weil die Zeit der Romantik vorbei sei. Wissenschaftliche Methode, Milieuschilderung waren die Schlagworte. Als der konsequenteste Naturalist galt Max Gustav Gschwendner. Er wollte in einer, vorerst auf dreißig Bände berechneten, Romanfolge das ganze Münchner Leben wahrheitsgetreu schildern. Er arbeitete gerade am ersten Buch: »Das Bier.« »Täglich gehe ich ins Hofbräuhaus«, sagte er, »nichts entgeht meiner unglaublich scharfen Beobachtungsgabe. Mit mir wird eine neue Epoche beginnen.« Später hat sich dann leider ergeben, daß er beim Beobachten nicht so trocken dasitzen konnte, er mußte auch experimentell die Wirkung des Bieres allzu gründlich feststellen. Und so ist das geniale Werk nie fertig geworden, nicht einmal der erste Band.

Andere Schlawiner mißbilligten dagegen den Experimentalroman. Franz Friedrich Drohm erklärte: »Naturalismus – ja, aber nicht im Zola'schen Sinne! Der Deutsche darf die Natur nicht wie ein Arzt sezieren, er muß sich vor ihr in Demut beugen.« Er war der Führer der »Demütigen«.

Dann brachte der Bulgare Dimitri Aklakoff die neuesten Werke Nietzsches mit und verkündete: »Keine Demut, sondern Kraft! Alles kommt auf Dynamik an.« Auch er fand viele Anhänger, die sehr selbstbewußt auftraten. Das gefiel den Demütigen nicht, es kam zu einer Rauferei, bei der die Dynamischen von den Demütigen gründlich verprügelt und zum Laden hinausgeworfen wurden. Vater Wachengans kam im Nachthemd aus der Wohnung herunter und schrie: »Bagaasche übereinander! Jetzt habe ich aber genug von deine Schlawiner!«

Ein paar Tage blieb das Nebenzimmer verwaist. Dann waren eines Abends wieder alle friedlich beisammen und wollten ihre Diskussion fortsetzen. Zenzi hatte sich aber inzwischen weiter entwickelt und las Stellen aus einem Buch vor, das hieß: »Der Einzige und sein Eigentum« von Max Stirner. Sie entnahm daraus, daß Einsamkeit die einzig mögliche Daseinsform sei und schlug vor, nicht mehr zusammen zu kommen. Doch Franz Friedrich Drohm hatte eine glänzende Idee, in zündender Rede setzt er auseinander: »Ja, Einsamkeit sei unsere neue Losung! Der Schnaps hier ist sowieso schon lange nicht mehr erstklassig. Gegenüber in der Wirtschaft zum Humpelmair gibt es ein gescheites Bier, und dort ist gerade die Kegelbahn frei. Gründen wir den Kegelklub der Einsamen!« Also geschah es, und Zenzi durfte mitkegeln. Das hat ihr auf die Dauer nicht behagt. Sie hat ihr Fahrrad gegen ein zweisitziges – Tandem nannte man es – umgetauscht. Der Bulgare Aklakoff hatte sie dazu überredet, er wollte mit ihr bis in seine Heimat radeln. Dort würden sie heiraten und auf den unermeßlich großen Gütern seiner Eltern ein herrliches dynamisches Leben führen. Nach einem tüchtigen Griff in die Kasse ist sie heimlich mit ihm entflohen.

Sie sind aber nur bis Augsburg gekommen. Als Zenzi morgens in dem kleinen Hotel aufwachte, war sie allein im Bett. Aklakoff war mit der Kassa verschwunden und hatte das Tandem verkauft. Großmütig hatte er noch die Hotelrechnung bezahlt, allerdings von ihrem Geld. Auch ein paar Mark für die Rückreise hatte er ihr dagelassen.

Rita

Über all dem hatte ich Rita Kläusgen fast vergessen. Da begegnete ich ihr auf der Straße. »Halloh«, rief sie mir zu, »wann kommen Sie nach Etzenhofen?« – Am folgenden Morgen radelten wir zusammen hinaus, schwer mit Rucksäcken voller Malgerät und einigen Toilettesachen bepackt. Sie fuhr sehr schnell, so daß ich Mühe hatte, ihr Tempo einzuhalten. Es war heiß, ich fand das Unternehmen nicht sehr erfreulich, wir sprachen nichts.

Plötzlich drehte sie sich mir zu und fragte: »Finden Sie mich schön?«

Ich antwortete: »Nein.«

Wir verstummten wieder.

Nach einer ganzen Weile sagte sie: »Wieso nicht?«

»Weil Sie schwitzen«, antwortete ich.

Wieder langes Schweigen, dann sagte sie: »Sie auch.«

Wir kamen durch ein Wäldchen, und ich schlug vor, da ein wenig zu rasten. »Nein, ich liebe solche Idyllen nicht«, wies sie mich ab.

Endlich nahten wir uns den Kleinbauernhäusern Etzenhofens, die waren um einen niedrigen Hügel verstreut, auf dem die Dorfkirche inmitten des Friedhofes stand. Im Schatten eines uralten Nußbaums erblickte ich eine riesige Malleinwand, dahinter einen dicken, hemdärmeligen Mann, mit Palette und Pinsel in der Hand. Es schien dort gerade eine Beerdigung stattzufinden, aber der Trauerzug, mit Leichenwagen, bäuerlichen Leidtragenden und Musik hatte Halt gemacht.

»Das ist Professor Timm«, sagte Rita ehrfürchtig, »er malt an seinem großen Bild ›Ländliches Begräbnis‹. Er hat sich den ganzen Leichenzug aufgestellt, braucht ihn nur abzumalen.« Wir stiegen von den Rädern und sahen ihm aus einiger Entfernung zu, wie er langsam und bedächtig den Pinsel handhabte. Ab und zu trat er zurück, um sein Werk zu überschauen und sich die Stirn zu trocknen, denn die Hitze war unerträglich. Er lehnte sich an den Baum, lehnte und lehnte, ließ die Palette sinken und war eingeschlummert. Der Leichenzug stand unentwegt Modell. Der Trauermarsch wurde weitergeblasen und übertönte das Zirpen der Grillen. Es war sehr heiß.

Aber Rita Kläusgen war ganz munter, lief auf die Musikanten zu und gab ihnen etwas Geld. Da intonierten die eine lustige Tanzweise. Sie packte mich, und wir tanzten nach den Klängen des Ländlers auf der Wiese, wobei wir den stehend schlafenden Professor umkreisten. Er erwachte und wollte weitermalen. Aber Rita stellte mich ihm als neuen Schüler vor. Das war ihm eine gute Gelegenheit, um mit der Arbeit aufzuhören, umsomehr da sich ein Gewitter am Himmel zusammengezogen hatte. Der Leichenzug durfte abtreten.

Ich wollte dem Professor das Bild nach Haus tragen. Er ließ es gern geschehen. Es war eine sehr große Leinwand, auf der Rückseite war der Blendrahmen mit gekreuzten Holzlatten versteift. Durch diese steckte ich meinen Arm. Rita war mir behilflich, mit dieser Last auf mein Rad zu steigen, und ich wollte schnell den Hügel hinabfahren, da es bereits donnerte. Ein Windstoß warf sich mir entgegen, faßte die Leinwand von unten und hob sie mit mir in die Höhe. Ich konnte sie nicht loslassen, hielt das Fahrrad krampfhaft zwischen den Schenkeln festgeklemmt, und plötzlich bemerkte ich, wie Rita, der Professor und der Nußbaum immer kleiner wurden, dann sah ich auch den Kirchturm unter mir, hoch über der Erde schwebte ich dahin. Die unten blickten, entsetzt schreiend, zu mir empor. Ich hatte keine Angst, fühlte ein erhabenes Glück wie in einem Traum, segelte über den weidenbesäumten Fluß und abgemähte Felder. Der Wind ließ nach und ich landete unbeschädigt auf einer Wiese, nahe bei einem Weg. Auf dem radelte ich nach dem Dorf zurück, kam gerade an, als die ersten Tropfen fielen.

»Ich war wirklich besorgt«, sagte der Professor. Ich lachte: »Ist nicht so gefährlich gewesen.« Er darauf: »Na, wie leicht hätte das Bild hin sein können!«

Beim Mittagessen war in dem Dorfwirtshaus die lustige Gesellschaft der Timm-Schüler und -Schülerinnen beisammen. Mein Abenteuer wurde besprochen und belacht. Einer erhob sich feierlich, drückte mir die Hand und sprach: »Der heutige Tag wird im Buch der Geschichte vermerkt werden. Zum ersten Mal ist es einem Menschen gelungen, wie ein Vogel zu fliegen. Ich gratuliere Ihnen zu der genialen Erfindung.« Alle stimmten fröhlich zu. Er hatte das als Scherz gemeint, aber mich machte es nachdenklich. Von da ab mußte ich immer wieder an meinen Flug denken, und ob es nicht möglich sei, einen Apparat zu bauen, mit dem sich das Wunder-Erlebnis beliebig wiederholen ließe.

Das Gewitter war in einen trostlosen Landregen übergegangen. So blieb die Gesellschaft beieinander, und alle spielten Karten. Der Professor sah mich abseits sitzen, kam zu mir und fragte mich, ob ich denn nicht Tarock spielen könne. Ich verneinte es.

»Aber das müssen Sie!« belehrte er mich. »Zwei Dinge braucht der Münchner Maler, um vorwärts zu kommen: Tarockspiel und Jagd. Künstlerisches Talent ist zwar erwünscht, aber nicht Bedingung. Ohne die Protektion des allgewaltigen Porträt-Meisters Mosbacher ist man unmöglich, und er interessiert sich nur für Tarockspieler. Später muß man beim Regenten gut angeschrieben sein, und der interessiert sich nur für Jäger. Ich spiele jeden Abend mit Mosbacher in der Künstlergesellschaft Isaria Tarock, lasse ihn unauffällig gewinnen. So werden meine Bilder auf jeder Ausstellung prämiiert und für die staatlichen Sammlungen angekauft. Der Regent schätzt mich als erfahrenen Jäger. Ich darf mit ihm immer in den Allgäuer Bergen auf die Pirsch gehen. Da werden auch jedesmal ein oder zwei riesige Adler erlegt, die in den Felsen horsten. Ein Geheimnis, das ganz unter uns bleiben muß: Ich habe dort einen kleinen Besitz, auf dem habe ich eine Adlerzucht angelegt. Wenn sich die königliche Hoheit zur Jagd ansagt, werden die größten Exemplare hoch oben über einem fast unzugänglichen Abgrund so festgemacht, daß sie leicht zu schießen sind. Diese Jagdbeute freut den alten Regenten stets unbändig. Er kauft immerzu Bilder von mir und hat mir hohe Ordensauszeichnungen verliehen. Nach dem nächsten Adler soll ich den Hubertus-Orden bekommen, mit dem ist die persönliche Nobilitierung verbunden. Ich betrachte Jagd und Kartenspiel als einen wichtigen Teil der künstlerischen Ausbildung, unterrichte deshalb meine Schüler auch in diesen beiden Fächern.«

An jenem Tage erlernte ich das Tarockspiel. Professor Timm konnte bei mir eine ausgesprochene Begabung feststellen, ein Urteil, das er einige Tage später stark revidieren mußte, als er mich auch in der Jagd unterweisen wollte.

Draußen regnete es unaufhörlich, und es war unmöglich, an diesem Tag zurückzuradeln. Wie die meisten der Schüler hatte Rita ein Zimmer bei Bauersleuten den Sommer über gemietet, und ich konnte dort auch eins haben. Wir gingen hin, als der Regen zeitweise nachließ, hatten schnell mit der Bäuerin ausgehandelt. Dann schauten wir uns den Kuhstall an. Dort war es warm und dämpfig.

»Diese großen Farbflecken im dämmerigen Licht, wäre das nicht schön zu malen, Fräulein Rita?«

»Ja, Herr Emmaus, ich habe es versucht, aber ich wurde zu traurig davon, kam mir vor wie zu Hause in der Familie, das zufriedene Halbdunkel, so behäbig und animalisch. Nie hat eine Kuh über ihr Schicksal nachgedacht, hat keine Ahnung von Leben, Freiheit und der großen Welt.«

»Wir könnten vielleicht ein Glas Milch trinken«, sagte ich, nahmen sie mit in Ritas Zimmerchen hinauf, saßen auf dem Sofa und rauchten Zigaretten dazu.

Sie setzte das Gespräch fort: »Die Männer möchten uns Frauen zu Kühen machen, gönnen uns keine Individualität, sie sehen uns an und denken immer nur an Erotik. Ich kenne diesen Blick – ein Feigenblatt gehörte über Ihr Gesicht.«

»Warum haben Sie mich aber heute früh gefragt, ob ich Sie schön finde?«

»Weil ich wissen wollte, ob ich vor Ihnen sicher bin. Ich gefalle Ihnen nicht. Gut! Also werden Sie sich nicht in mich verlieben und schließlich heiraten wollen, wie alle anderen.«

Ich war überrascht: »Wirklich? Haben Sie nie geliebt? So wenig neugierig zu sein! Eine ganz seltene Persönlichkeit sind Sie.« – Pause.

Dann zündete sie sich eine neue Zigarette an und sprach nachdenklich: »Neugierig wäre ich eigentlich schon, aber wie leicht könnte sowas in tiefe Gefühle ausarten oder gar in Ehe, und dann wäre es vorbei mit meiner Freiheit und meiner Kunst.«

»Ach, Rita, das ist ja ganz genau, was ich auch meine, Erotik und Liebe gehören nicht zueinander, das Funktionelle muß vom Geistigen getrennt bleiben.«

Wir verstanden uns und drückten uns die Hand. Dann durfte ich eine kleine Porträtzeichnung von ihr machen, und sie machte eine von mir. Wir tauschten sie aus. »Immer wollen wir gute Freunde bleiben«, gelobten wir uns beim Gutenachtsagen. Ich fügte hinzu: »und ich verspreche Ihnen, mich nie in Sie zu verlieben, nie will ich heiraten. Darf ich nachher zu Ihnen kommen?« »Vielleicht«, antwortete sie sehr ernst.

Und so geschah es.

Als wir uns am nächsten Morgen beim Frühstück im Wirtshaus begrüßten, sagte sie leise: »Ich danke Ihnen, Herr Emmaus.« Ich verneigte mich: »Oh, bitte sehr, Fräulein Rita, ganz auf meiner Seite.«

Es regnete weiter. Professor Timm hatte im Tanzsaal der Wirtschaft ein Modell gestellt, das die Schüler eifrig abmalten. Es war ein idiotischer Alter mit einem Kropf, der Dorftrottel. Ich wunderte mich, daß er mit »Herr Bürgermeister« angeredet wurde. Aber das war er in der Tat. Da er sowieso auf Gemeindekosten versorgt werden mußte, hatten ihm die Bauern dieses Amt übertragen, um das Bürgermeistergehalt zu sparen.

Der Hase und seine Folgen

Nachmittags klarte es auf, und der Professor lud mich ein, mit ihm zur Jagd zu gehen. Wir pirschten auf Hasen. Bald entdeckte ich einen, der sich in eine Ackerfurche geduckt hatte. Ich beschlich ihn mutig. Als ich unmittelbar vor ihm stand, machte er Männchen, blickte mich treuherzig an und erhob die Vorderpfoten. Schnell pflückte ich ein paar Kohlblätter ab und reichte sie ihm. Er verspeiste sie, und ich mußte neue pflücken. Auch die verschlang er im Nu. Dabei streichelte ich ihn und sagte: »Häslein darf nicht so gierig sein, sonst kriegt Häslein Wehweh im Magen.«

Noch von meiner Knabenzeit her hatte ich die Gewohnheit, immer einen Bindfaden bei mir zu tragen. Ich machte eine Schlinge, legte sie ihm um den Hals, lockte: »Komm, braves Häslein!« und es ließ sich willig wegführen.

Wie Professor Timm mich so mit dem Hasen daherkommen sah, war er sehr erstaunt, sein Jagdhund noch mehr. Der stürzte sich mit wütendem Gebell auf meinen Hasen und wollte ihn zerreißen. Aber wozu hatte ich denn ein Gewehr mitbekommen? Ich schoß dem bösen Hund eine Schrotladung hinein, daß er heulend davonschlich. Der Professor, dunkelrot vor Zorn, brüllte mich an: »Herr Emmaus, Sie sind absolut talentlos. Nie werden Sie ein Maler. Ich kann Sie nicht mehr unterrichten. Adiö!« Und er riß mir die Flinte aus der Hand.

Betrübt bin ich, mit meinem Hasen an der Schnur, zum Dorf zurückgewandert.

»Ach was! Ich darf mir das nicht unter die Haut gehen lassen«, redete ich mir zu. »Ist es nicht ein bedeutungsvolles Wunder, daß dieses Tier der Wildnis sich sofort zu mir hingezogen gefühlt hat, sich willig von mir führen läßt? So wie es ein Wunder war, was ich mit Rita erlebte, ein Wunder, daß ich fliegen konnte. Die Welt ist voller Wunder, sie warten auf mich.« Ich wurde wieder froh.

»Peter! Peter!« rief da eine hohe weibliche Stimme hinter mir. »Da ist ja unser süßer Peter«, fiel eine etwas tiefere Frauenstimme ein. Gleichzeitig hörte ich das Geräusch eines Fuhrwerks, drehte mich um.

Ein eleganter städtischer Wagen, livrierter Kutscher auf dem Bock, hielt an. Zwei Damen sprangen aufgeregt heraus, winkten und lachten.

Ich war stehen geblieben, mein Hase zog an der Leine, wollte zu ihnen hinspringen. Sie kamen herbei, nahmen ihn entzückt auf den Arm.

»Ein Glück, daß Sie ihn gefunden haben! Wir hatten ihn ein bißchen spazieren gefahren, um ihm seine Heimat zu zeigen, mußten ihn einmal heraustun, weil er ein kleines Geschäftchen machen wollte, und plötzlich war er verschwunden. Wir haben ihn überall gesucht, war nirgends zu sehen. Der arme Peter wäre verhungert, denn er ißt nur aus der Hand.«

»Ja, ich habe ihn mit Kohl gefüttert, brauchte den bloß abzupflükken.«

»Um Gotteswillen! Rohen Kohl! Peter darf nur Gekochtes essen. Wenn er uns nur nicht krank wird!«

Trotzdem dankten sie mir überschwenglich. Sie erzählten, daß Peter ein geborener Etzenhofener sei. Ein böser Jäger habe die Hasen-Mama erschossen, und sie hätten das ganz kleine Waisentierchen bekommen und mit der Flasche aufgezogen, es gelinge nur in sehr seltenen Fällen, Feldhasen zu zähmen. Aber Peter folge aufs Wort, laufe ihnen im Haus auf Schritt und Tritt nach.

»Ein entzückendes Geschöpf!« rief ich aus, sah aber dabei weniger den Hasen an als die junge Dame. Da luden sie mich ein, auf eine Tasse Tee mit ihnen nach ihrem Sommersitz zu fahren, nicht weit davon, am Aubinger See. Bei der Fahrt bemerkte ich, daß beide Damen dem Hasen sehr ähnlich sahen; es war wie Mutter, Tochter und Enkel. Runde, etwas vorquellende, braune Augen, große Nagezähne, zurücktretendes Kinn, geräumige Backenflächen, die bei der Mama schon etwas fülliger waren und eine Falte am üppigen Hals bildeten. Sie war sehr gesprächig, erzählte, daß ihnen das große Lössel-Magazin an der Lössel-Passage gehöre, wo man alle Haushaltungssachen kaufen könne. Sie hätten ganz klein angefangen, aber jetzt ginge es ihnen, Gottseidank, sehr gut, (sie pochte dabei an das Holz des Wagenrandes), müßten das Geschäft ständig erweitern, es nehme schon den ganzen Häuserblock ein.

»Aber gnädige Frau sind doch nicht im Geschäft tätig?«

»Oh nein, schon längst nicht mehr, ich widme mich ganz dem Hauswesen und der Natur. Anna, gibt es etwas Schöneres als die Natur?«

»Nein, Mama.«

»Na also! Und das Heim! Die Frau gehört ins Haus. Nur da kann sie einen Mann voll und ganz glücklich machen, nicht wahr, Anna?«

»Ja, Mama.«

»Der Architekt hat uns einen Tennisplatz bei dem Landhaus aufgeschwätzt. Wir benutzen ihn nie. Anna, spielst Du gern Tennis?«

»Nein, Mama.«

Ich war dann erstaunt, daß das Landhaus gar nicht so schrecklich war, wie ich erwartet hatte. Es war in einem angenehmen, übersichtlichen Biedermeierstil gebaut, mit geschmackvollen alten Möbeln. Aber in der Halle und längs der Treppe waren Vogelkäfige mit unendlich vielen exotischen Vögeln eingebaut, an den Fenstern und auf den Blumentischen standen dichte Scharen von Kakteen. Im Salon neben dem Flügel wuchs ein riesiger Gummibaum, der sich so ausgebreitet hatte, daß seine Blätter den ganzen Raum ausfüllten, keinen Lichtstrahl mehr durchließen.

»Ich erlaube nie, daß ein Zweig abgeschnitten wird«, sagte Frau Lössel, trat auf den Flügel zu und fuhr mit dem Finger über die polierte Fläche.

»Schon wieder nicht abgestaubt! Was man mit den Dienstboten heutzutage ausstehen muß! Furchtbar!« Sie läutete nach dem Mädchen.

»Marie, haben Sie heute abgestaubt?«

»Ja, gnädige Frau.«

»Freche Lüge, hinaus! Servieren Sie den Tee und lassen Sie sich nicht mehr blicken.«

Als wir uns zum Teetisch gesetzt hatten, läutete sie das Mädchen wieder herbei:

»Marie, was fehlt am Tisch?« Marie wußte es nicht.

»Ich frage Sie noch einmal, was fehlt am Tisch?!«

»Ich weiß es wirklich nicht, gnädige Frau.«

Mit donnernder Stimme. »Zum letzten Mal, Marie, was fehlt am Tisch?!«

Marie weinte: »Aber wirklich, gnädige Frau.«

»So will ich es Ihnen sagen, Sie Schlampen: die Zuckerzange fehlt am Tisch!«

Das Mädchen lief heulend hinaus, Anna folgte ihr, um sie zu beruhigen.

Frau Lössel wandte sich zu mir: »Sie müssen entschuldigen, meine Anna verwöhnt die Dienstboten so furchtbar, erlaubt den Mädchen sogar zum Tanzen zu gehen! Und was ist die Folge? Ein Bursche wollte dann kammerfensterln, hatte sich schon die Leiter aus unserer Remise geholt. Unverschämtheit!«

»Dagegen gibt es doch ein einfaches Mittel, gnädige Frau. Man sägt einige Sprossen der Leiter zu dreiviertel durch.«

»Wundervoll! Wollen Sie mir helfen, das zu machen?«

Mit einer kleinen Handsäge vollführten wir es heimlich.

»Sie scheinen viel Sinn für Häuslichkeit zu haben, Herr Emmaus, und außerdem einen erfinderischen Kopf. Sie sagten, daß Sie Maler werden. Ist eigentlich schade. Was kann ein junger Künstler schon heutzutage verdienen! Sind Sie vermögend?«

»Ich brauche keine Sorgen zu haben«, antwortete ich ausweichend und geniert, »die Malerei ist für mich mehr eine Laune. Ich bin mit einer großen Erfindung beschäftigt.«

»Hochinteressant! Meine Anna ist auch so eine Erfinderin. Die Schmalzkuchen heute zum Tee hat sie selbst erfunden und ganz allein hergestellt.«

»Die waren hervorragend, gnädige Frau. Ihre Tochter ist ein bewundernswertes Mädchen.«

»Na, verlieben Sie sich nur nicht in sie! Sie ist sehr schüchtern, will von den Herren nichts wissen. Sie hätte natürlich schon oft heiraten können, bekommt ja hübsch etwas mit. Kürzlich hat ihr sogar der berühmte Professor Timm einen Antrag gemacht. Da er gerade hier in der Nähe wohnt, sollte er ein Porträt von ihr malen, gleich hier im Haus. Aber schon bei der zweiten Sitzung ist Anna davongelaufen, solche Sachen hat er ihr zugemutet. Da fällt mir ein, vielleicht könnten Sie das Bild fertig machen, es steht noch oben in ihrem Zimmer. Wollen Sie nicht ein paar Tage bei uns bleiben? Ich lasse Ihnen das Gastzimmer richten.«

Ich holte meine Sachen im Dorfwirtshaus, erfuhr dort, daß Rita nach München geradelt sei und gesagt habe, sie komme nicht mehr.

Beim Abendessen erzählte mir Frau Lössel von Haus und Garten und wieviel Verständnis ihre Anna dafür habe. Herr Lössel sei leider etwas kränklich, gegenwärtig zur Kur in Karlsbad. Wenn er außer seinem treuen alten Geschäftsführer noch eine junge tüchtige Kraft fände, könne er sich mehr vom Geschäft zurückziehen. Nach der Mahlzeit mußte mir Anna auf dem Klavier vorspielen, dazu muntere französische und sentimentale englische Lieder singen, home sweet home. Sie sei in Lausanne und in England im Pensionat gewesen, spreche alle Sprachen, sei überhaupt sehr gebildet. Errötend sagte sie: »Aber, Mama!«

Ich mußte von meiner Erfindung erzählen, ich hatte schon eine Skizze für den Flugapparat gemacht, erklärte ihn und erwähnte, daß sich der Hügel am See sehr gut zu Versuchen eignen würde. Dann sagten wir Peter Gutenacht. Er wurde in sein Bettchen vor dem Kamin gelegt, und wir gingen schlafen.

Ich weiß nicht, wieviel Stunden ich geschlafen hatte, als ich von Lärm und Gepolter vor dem Haus erwachte. Ich schaute hinaus, bemerkte, daß auch die Damen erschrocken aus ihren Fenstern sahen. Frau Lössel rief: »Wer ist da?«

»Aha«, dachte ich mir, »das Kammerfenster.« Richtig, da stand die Leiter an der Wand, Sprossen waren herausgebrochen, unten lag ein wimmernder Mann. Ich bekleidete mich schnell ein wenig, auch die Damen stürzten, in Schlafröcken, aus ihren Zimmern. Eine Laterne zündeten wir an und leuchteten hinaus. Die Leiter lehnte nicht am Fenster der Mädchenkammer, sondern unter Annas Zimmer. Ich leuchtete dem Burschen ins Gesicht.

»Guten Abend, Herr Professor Timm«, sagte ich, »darf ich Sie mit den Damen bekannt machen?«

»Ich hatte schon die Ehre. Ich habe jetzt in der Dunkelheit den Weg verfehlt, bin hingefallen.«

Peter war mit herausgekommen, beschnupperte den Professor.

»Geh weg, Viech!« stöhnte er. »Ich habe mir den Fuß gebrochen.«

Mutter und Tochter dankten mir stürmisch für die Rettung und umarmten mich.

Der Kutscher wurde geweckt und mußte anspannen, mit vieler Mühe hoben wir beide den schweren Professor in den Wagen und fuhren ihn nach Aubing ins Distriktkrankenhaus.

Unterwegs versuchte er sich etwas aufzurichten: »Wissen Sie, daß mein Hund verendet ist? Ich könnte Sie belangen.«

Darauf ich: »Und ich könnte dem Regenten über Ihre Adlerzucht berichten.«

Mit schwacher Stimme gab er von sich: »Sie sind vielleicht doch nicht ganz talentlos, Herr Emmaus.«

Am folgenden Morgen sollte ich das Porträt weitermalen. Timms Staffelei und Farben waren noch da, die konnte ich benutzen. Das Bild war ganz gut angefangen, aber es paßte mir nicht recht. Ich wischte es mit einem in Terpentin getränkten Lappen weg, sagte: »Es wird dem Zauber Ihrer Persönlichkeit nicht gerecht, gnädiges Fräulein.«

Ich wollte es ganz anders machen: Ein richtiges Familienbild, Mutter, Tochter und Peter. Eigentlich war es frech von mir, mich daran zu wagen, ich konnte ja gar nichts, aber ich erwartete ein Wunder, war überzeugt, daß es gelingen würde. Die Damen waren entzückt, daß ich auch das Häslein Peter mit darauf bringen wollte.

Quartaller hatte mir einmal den Kupferstich eines Madonnenbildes von Leonardo da Vinci gezeigt, auf dem zwei Frauen das Jesuskind betreuen; nach dem komponierte ich das Porträt. Unversehens ergriff mich eine künstlerische Begeisterung: Das blasse Graublond der Gesichter harmonierte so gut mit der Fellfarbe des Hasen und dem Rot der Sammetfauteuils, ich brachte im Hintergrund das Schwarz des Flügels und das Grün der Zimmerpflanzen als pikante Kontraste an und, ohne es eigentlich zu wollen, betonte ich die Familienähnlichkeit der Drei. Vier Tage hintereinander malte ich mit Feuereifer, solange es das Licht zuließ, und die Damen saßen mit rührender Ausdauer Modell, wenn sie auch oft aufstanden, um das Bild zu sehen und es Peter zu zeigen.

Frau Lössel hatte mich gleich zu Anfang gebeten, eins ihrer Unterkinne wegzulassen. Ich unterschlug alle beide, indem ich sie in einem Schatten verschwinden ließ.

Man war hochbefriedigt von dem Bild, behauptete, Timm hätte es sicher nicht so gut gemacht. Als es fertig war, fragte mich die gnädige Frau, ob mir das gleiche Honorar genügen würde, wie es Professor Timm zugedacht war. Ich bejahte herablassend. Sie läutete dem Mädchen und ließ mir auf einem silbernen Teller ein verschlossenes Kuvert reichen, das ich mit leichtem Dank, uneröffnet, nachlässig in die äußere Jackettasche schob.

Es hat mir nie an Selbstkritik gefehlt, aber diese Arbeit war wirklich gut, zwar ein bißchen primitiv und ungeschickt, doch gerade das gab ihr eine große Intensität des malerischen Gefühls.

Ich konnte es kaum erwarten, in mein Zimmer hinaufzugehen und das Kuvert zu öffnen. Fünftausend Mark waren darin. Ich war also ein Genie, bemerkte mit Abscheu, daß ich vor freudiger Erregung Herzklopfen bekam, beschloß, es mit dem Gleichmut des Gentleman hinzunehmen, mir auch dieses nicht unter die Haut gehen zu lassen.

Als das Bild in späterer Zeit einmal ausgestellt worden ist, hat es jubelnden Beifall gefunden, und es gilt noch heute, unter dem Titel: »Familie Hase«, als Markstein der gesellschaftssatirischen Malerei. Unsinn! Nie habe ich satirisch sein wollen.

»Fast schade, daß das Bild schon fertig ist«, sagte Frau Lössel, »aber Sie können wohl noch ein paar Tage bleiben, nicht wahr? Das Wetter ist wieder so schön warm geworden. Anna, willst du Herrn Emmaus einmal unseren Geflügelhof zeigen?«

»Ja, Mama – wenn es ihn nicht langweilt.«

Ich half ihr die Enten füttern, jede hatte einen Namen, auf den Enterich Korbinian war sie besonders stolz. Sie watschelten zum See, und wir gingen mit. Dort stand eine Badehütte.

»Hätten Sie nicht Lust zu baden, gnädiges Fräulein? Das sind ja bald die letzten sonnigen Tage.«

»Ich habe so lange nicht geschwommen, eigentlich nicht, seitdem ich aus der Pension gekommen bin. Ich will Mama fragen und den Badeanzug mitnehmen.«

Mama kam mit herunter: »Wird das Wasser nicht zu kalt sein, Kinder? Verkühlt euch nur nicht!«

»Kinder«, kam mir etwas sonderbar vor, ich beachtete es aber nicht weiter. Sie setzte sich mit einer Handarbeit auf eine Bank. Während Anna sich in der Kabine auskleidete, holte ich meine Schwimmhose aus dem Rucksack, zog sie im nahen Gebüsch an. Wir schwammen weit hinaus, bis Mama warnend ihre Stimme ertönen ließ. So gingen wir an einer anderen Stelle ans Ufer, legten uns in der Sonne ins Gras, sahen den Schmetterlingen zu.

Die Badeanzüge zu jener Zeit waren weniger sportlich als sittsam, trotzdem bemerkte ich unter dem nassen Leinen überraschend schöne Körperformen.

»Sie müßten ein wenig mehr Sport treiben, Fräulein Anna. Diese schlanken Beine, diese wundervoll geformte Brust, das sind Gaben Gottes, die Sie sich erhalten müssen. Wenigstens sollten Sie radfahren, Tennis spielen, besonders Gymnastik üben.«

»Ja, Herr Emmaus.«

»Hat Ihnen das noch niemand gesagt?«

»Nein, Herr Emmaus, und – vielleicht wird es Mama nicht erlauben.«

»Aber ich werde mir Ihrer Mama sprechen.«

»Ja, bitte, Herr Emmaus.«

Frau Lössel hatte von ihrem Sitz aus unseren Lagerplatz beständig im Auge behalten, rief uns zu. So gingen wir das kleine Stück Wegs zu Fuß zurück, wobei ich Anna den Arm bot. Während ich mich in dem Gebüsch wieder ankleidete, hörte ich, wie sie leise sagte: »Mama, Herr Emmaus möchte mit dir sprechen – – –.«

»Ausgeschlossen!« fiel sie sofort ein, »er ist mir zwar lieb und wert, und ich habe selbst schon daran gedacht, doch solange er noch keine Position hat – – –.«

»Aber Mama, ich – – –.«

»Keine Widerrede! Du bist noch jung. Mit zwanzig Jahren kann man noch warten. Wir wollen ihn im Auge behalten. Jetzt zieh dich an!«

»Ja, Mama.«

Ich blieb den ganzen Abend sehr nachdenklich, hatte das Gefühl einer drohenden Gefahr. Rita hätte dieses hier mißbilligt. Aber schließlich war Rita nur eine Episode, und Anna würde auch nur eine Episode bleiben und die konnte mir sehr viel nützen. Gefahren soll man nicht zur Kenntnis nehmen. Wartet nur, wie schnell meine Position gesichert sein wird, wenn ich erst meine Erfindung ausgearbeitet habe. Im Dorf gab es einen Tischler, zu dem ging ich am nächsten Morgen und bestellte meinen Apparat. In einer Woche würde er fertig sein, ich wollte selbst daran mitarbeiten.

Kommerzienrats

Mittags gab es eine Überraschung. Rot und aufgeregt vor Freude kam Frau Lössel auf mich zugestürzt, ein Schreiben in der Hand. »Raten Sie, was hier darin steht? Nein, Sie raten es nicht. Diese Ehre! Meinem Gatten ist der Kommerzienratstitel verliehen worden. Anna, Du bist eine Kommerzienratstochter.«

Ich drückte ihr ehrerbietig die Hand: »Meinen herzlichsten innigsten Glückwunsch, Frau Kommerzienrat.«

Sie läutete dem Mädchen: »Das gesamte Personal soll kommen. Es ist etwas passiert.« Bald waren alle ganz erschrocken versammelt, die Mädchen, der Kutscher, der Gärtner mit seiner Frau.

Die Gnädige sprach erhobenen Hauptes: »Von heute ab habt ihr mich nicht mehr ›Gnädige Frau‹ zu titulieren oder gar ›Frau Lössel‹, sondern Frau Kommerzienrat. Wir sind erhöht worden. Zum Mittagessen bekommt heute jedes von euch eine Maß Bier. Abtreten!«

Bei der Mahlzeit war sie sehr gut aufgelegt, bedauerte nur, daß ihr Gatte nicht anwesend sei. »Ich habe es natürlich meinem Schorsch sofort nach Karlsbad telegraphiert. Der wird schauen! Aber er darf seine Kur noch nicht unterbrechen. Wenn er wieder da ist, werden wir ein großes Fest in unserem Münchner Heim feiern. Sie werden uns doch dabei beehren, Herr Emmaus, vielleicht Ihren geschätzten künstlerischen Rat dazu geben? Unsere Stadtwohnung ist selbstredend viel eleganter als diese hier, und unsere herrliche Gemäldesammlung wird Sie interessieren. Früher hat mein Mann nur Briefmarken gesammelt. Bis ich ihm gesagt habe: ›Schorsch, es muß was an die Wand!‹ Da hat er sie gegen Bilder eingetauscht.«

Frau Lössel pflegte zum Essen stets eine Halbe Bier zu trinken, ihre Tochter ein Quart. »Anna«, sagte sie, »das ist vielleicht unser letztes Bier. Bei Kommerzienrats trinkt man nur Wein.«

Sie verzichtete heute auf ihr Nachmittagsschläfchen, ließ anspannen und fuhr mit Anna in die Stadt. Es war so vieles zu besorgen: Neue Visitenkarten mußten bestellt werden, neue Messingtürschilder, Briefpapier mit geprägtem Aufdruck, ganz schlicht: Josefine Lössler, Kommerzienrätin. Vielleicht konnte man auch einige Bekannte treffen, um ihre vorläufigen Glückwünsche entgegenzunehmen, zu sehen, wie sie vor Neid platzen.

Ich blieb da und hatte Zeit, mich meiner Erfindung zu widmen und über sie nachzudenken. Das würde eine der größten menschlichen Errungenschaften werden. Im Geiste erblickte ich eine neugestaltete Welt, auf der die Erdbewohner frei und friedlich durch die Lüfte miteinander verkehren, die Gegensätze der Völker ausgeglichen werden, so daß sich alle zu einer großen Einheit von Glück und Menschenliebe zusammenfinden. Zuerst machte ich ein ganz kleines Modell, nicht sehr viel größer als eine Hand. Statt des Fahrrads mußte ich bei diesem eine andere Triebkraft verwenden, benutzte ein aufgewundenes Gummiband. Der Versuch gelang. Sobald der Gummi losschnellte, erhob sich das kleine Ding hoch in die Luft, schwebte, kam unbeschädigt wieder herab.

Es dunkelte schon, als die Damen am Abend zurückkamen. Die Kommerzienrätin brachte einen großen Korb voll französischem Sekt mit, denn im Keller hier draußen war nur deutscher. Auf dem Abendtisch hatte ich mit Hilfe des Gärtners ein großes Blumenarrangement aufgebaut. Das freute sie sehr. Wir blieben nachher noch beisammen, um die neue Würde mit Champagner und Kuchen einzuweihen. Die Kommerzienrätin zog sich sogar dazu um, erschien in stark decolletiertem Abendkleid. (Ich entschuldigte mich, daß ich meinen Frack nicht mit hätte.)

»Leider habe ich nur wenige Bekannte in München getroffen, die meisten sind noch am Land. Frau Loibelfing, wissen Sie, von der Wurstfabrik Loibelfing und Co, wurde direkt grün vor Wut, als ich es ihr mitteilte. ›Ah, da gratuliere ich herzlich‹, sagte sie. ›Mein Gatte hätte es ja schon voriges Jahr werden können, aber er hat abgelehnt. Na, da wird nun Ihr Töchterchen wohl einen Mann finden.‹ Was sagen Sie zu so einer Frechheit? Aber ich habe geantwortet: ›Ach wie schade, daß es Herr Loibelfing nicht angenommen hat, sonst könnten wir noch weiter mit Ihnen verkehren.‹ Die hat gelangt!«

Wir setzten uns in bequeme, weiche Lehnstühle. Viel Sekt war in einer Zinkwanne kalt gestellt. Den ließen wir drei uns schmecken, sowie die ausgezeichneten Fruchttörtchen, eine Schöpfung Fräulein Annas. Diese hatte die Mandoline geholt und sang mit ihrem dünnen Stimmchen fröhliche Volkslieder, in deren Refrain manchmal ihre Mutter, die immer aufgeräumter wurde, volltönend mit einstimmte. In lebhaften Farben schilderte sie das Glück, auf den kommerzienrätlichen Höhen der Menschheit zu wandeln, erzählte dann, immer zutraulicher, wie bescheiden sie anfangs in einer Mietwohnung leben mußten, nur mit einer Aufwartefrau dreimal die Woche und einem Bad, das von mehreren Parteien gemeinsam benutzt wurde. Man könne es sich nicht vorstellen, daß noch heute manche Menschen so vegetieren. Und wie die Aufwärterin gestohlen habe! Bier und die Drei-Liter-Flasche angesetzten Blaubeerschnaps und schließlich sogar ihren Pelzmantel, allerdings nur gewöhnlichen Nerzmurmel, an Breitschwanz war damals noch nicht im Traum zu denken. Und da hat man die Person betrunken auf der Straße gefunden, im Pelz mit der offenen Schnapsflasche im Arm. Auf die Polizei wurde sie gebracht, der Pelz war voll Blaubeeren, ganz ruiniert. Die Kommerzienrätin fiel in so heftiges Lachen, daß wir sie auf den Rücken klopfen mußten, kam aus dem Lachen nicht mehr heraus.

Sie sprach auch viel von ihrem Mann, wie gut er immer zu ihr gewesen sei. Jetzt allerdings sei er nicht mehr so närrisch verliebt wie am Anfang. Abends im Bett lese er immer die Zeitung, und wenn sie sage: »Komm, Schorsch, gibst du mir heute keinen Kuß?«, lege er ihr die Zeitung aufs Gesicht. Und sie sehne sich so nach einem Kind. »Anna, hättest du nicht gern ein Brüderchen gehabt?«

»Ja, Mama, aber wir haben ja Peter.«

Wir wurden sehr angeheitert, saßen nun nebeneinander auf dem Sofa, hatten uns eingehängt und schaukelten, ein Lied singend, hin und her, lachten, tranken immer wieder. Ich war auch schon ganz benebelt, fühlte mich unendlich glücklich, umarmte die Damen, küßte sie auf die Backen, küßte auch Peter und gab ihm Kuchen, da er durchaus keinen Sekt trinken mochte. Anna fiel zuerst ab, stand auf, um Peter schlafen zu legen, konnte sich kaum mehr aufrecht halten, lallte: »Bettchen gehen« und entschwankte.

Wir zechten weiter. »Nun hat sie uns verlassen, und wir sind ganz einsam«, lachte die Kommerzienrätin. »Einsam«, wiederholte sie, wurde bei diesem Wort auf einmal ernst und dann immer betrübter. »So furchtbar einsam – wenn ich Sie nicht hätte, Emmaus – Sie sind mir ja so sympathisch – Sie sind mir ja so sympathisch – Sie müssen immer bei uns bleiben – immer bei uns.«

Sie weinte, lehnte ihren Kopf an mich. In meinem Rausch tat sie mir schrecklich leid, ich umfaßte sie ebenfalls weinend: »Ja, immer will ich bei Ihnen sein.«

Sie schluchzte: »Du bist mein liebes Kind.«

»Und du meine liebe Mama«, stammelte ich, barg mein Gesicht dicht an ihrem Kleid, blies mit fest angepreßten Lippen den Atem durch die dünne Seide, daß es ganz heiß darunter wurde.

Sie seufzte tief auf. Ich blickte in die herrlichen kühlen Farbtöne ihrer üppigen Rubensbrust. Ein Schwindel erfaßte mich, ein Verlangen nach ihrer Mütterlichkeit. Als Kindchen hatte ich nie so recht an der Brust meiner Mutter liegen dürfen, unbewußt war wohl eine Sehnsucht danach in mir geblieben, packte mich jetzt unbezwinglich. Heiß drückte ich meinen Mund auf die Fülle. Im Rausche schwangen unsere Sinne im gleichen Akkord.

»Komm, mein Kind«, hauchte sie und gab mir die Brust wie einem Säugling. Unersättlich und entzückt konzentrierte sich mir der Lebenstrieb in den Lippen, die nach mütterlicher Nahrung strebten.

Welcher Wirbelsturm hat uns dann in ihr Schlafzimmer hinaufgetragen? Wir lagen in dem ungeheuer breiten, daunenweichen Bett. Alle Bewußtheit von Raum und Dimensionen, ja meiner Identität, war mir entschwunden. War ich das All? War ich ein Punkt? War ich ein Körnchen, das sich in die Unendlichkeit fruchtbaren Ackerbodens sehnt? Ich wußte es nicht.

Mächtiger urzeitlicher Strom eines unerklärlichen Gefühls hatte uns beide fortgerissen. »Heim will ich, Mutter, in dich.«

»Komm Kind, ich nehme dich auf.« – – –

Ich erwachte, weil ich, ganz unter der Bettdecke verkrochen, schwer atmete. Sonderbar zusammengekauert lag ich, die Knie in die Höhe gezogen, den Kopf tief gesenkt, die Arme eingebeugt, – wie ein Kind im Mutterleib. Ängstlich hob ich die Decke, schöpfte Luft. Es dämmerte bereits. Mama lag mit lächelnden Lidern im Halbschlaf auf dem Rükken. Der Anblick ihrer Üppigkeit erweckte von neuem kindliche Zuneigung in mir. Ich flüsterte: »Mama, ich komme zu dir.« Sie hüllte die Arme um mich und ließ mich in ihrer Mütterlichkeit versinken.

Als wir nach einer Weile ganz wach im Bett lagen, die Köpfe nah beieinander auf den Kissen, sagte sie leise: »Emmaus, du darfst nicht schlecht von mir denken.«

»Nein, Frau Kommerzienrat, jetzt achte ich Sie höher als je.«

»Du mußt immer bei uns bleiben, Emmaus. Du kannst Anna heiraten, ich habe nichts mehr dagegen.«

»Aber Mama, ich habe ja keine Position.«

»Die wirst du bald bekommen. Ich bin von deinen Fähigkeiten voll und ganz überzeugt.«

Indem krähte ein Hahn, und ich verabschiedete mich schnell, um unbemerkt in mein Zimmer zu gelangen.

Danach haben wir beide den Rausch dieser Nacht aus dem Bewußtsein entlassen, korrekte Verkehrsformen eingehalten.

Wir schliefen lang, trafen uns erst beim Mittagessen, Anna sehr blaß, ich mit einigem Kopfweh, nur die Kommerzienrätin ganz frisch und wie neu erblüht. Wir sprachen wenig.

Beim Dessert, als das Mädchen hinausgegangen war, begann die Kommerzienrätin: »Anna, Herr Emmaus hat gestern mit mir gesprochen. Es ist ihm gelungen, mich zu überzeugen. Ich bin jetzt einverstanden.«

»Ja, wirklich Mama? Das freut mich. Die Gymnastik wird mir gut tun.«

Mama war entsetzt: »Na, hör mal Anna, das ist ein reichlich frivoler Ausdruck. Du darfst nicht bloß an die ehelichen Freuden denken, dazu ist die Ehe denn doch eine zu ernste Sache.«

Anna glotzte verständnislos. »Wieso, Mama?«

»Nun zier dich doch nicht, Kind! Ihr wollt eben heiraten und euere gute Mama gibt euch ihren Segen.«

Anna sprang auf und lief weinend aus dem Zimmer.

Da war ich in einer schönen Patsche! Ich überlegte schnell, wie sich alles verhielt: Ich wollte nicht heiraten, Anna wollte nicht heiraten, wollte die Kommerzienrätin, daß ich heirate? Gewiß nicht, sie wollte bloß, daß ich nicht entschwinde. Es war also nur nötig, alles aufzuklären, manchmal ist es am besten, bei der Wahrheit zu bleiben. So sagte ich nach einer Pause: »Mir scheint ein kleiner Irrtum vorzuliegen, Frau Kommerzienrätin. In der Tat hätte ich nicht gewagt, einer Kommerzienratstochter die Heirat anzutragen. Es war gar nicht die Rede davon. Ich hatte ihr nur geraten, etwas Gymnastik und Sport zu treiben. Darüber mit Ihnen zu reden, hatte ich ihr versprochen. Sie werden es ihr wohl nicht verbieten. Ich hoffe jedoch, Ihrem Hause nah verbunden zu bleiben und vielleicht später, wenn ich es zu etwas gebracht habe, werde ich mir doch noch erlauben, um die Hand Ihrer Tochter anzuhalten, das heißt, wenn sie mich mag.«

»Ach, so ist das, Herr Emmaus! Die Hauptsache ist, daß du, pardon, Sie uns erhalten bleiben. In ein paar Tagen will mein Mann, der Kommerzienrat, wiederkommen, wir werden dann zusammen über Ihre Zukunft beraten.«

»Sie sind zu gütig, gnädige Frau«, sagte ich und verabschiedete mich einstweilen mit einem Handkuß.

Uff – die Gefahr war beseitigt.

Anna beruhigte sich schnell, als ich ihr erklärte, es sei nur ein Mißverständnis gewesen, und daß wir jetzt den Gymnastiklehrer besorgen, sowie den Tennisplatz herrichten lassen wollten.

Den Gymnastiklehrer fanden wir durch ein Inserat, allerdings nannte er sich Trainer, das klang vornehmer. Er war ein in allen Sportarten geübter Kraftmensch, hatte geöltes, in der Mitte gescheiteltes, schwarzes Lockenhaar, einen lang ausgezwirbelten, dünnen Schnurrbart, war wohl vorher Artist gewesen, er hieß Witzgall. Ich besorgte ihm in der Stadt alles zum Tennisspiel und zu den Körperübungen Nötige. Der Tennisplatz war gut, aber ganz verwahrlost, unter seiner fachmännischen Leitung wurde er von Gärtnergehilfen in Stand gesetzt, ein Geräteschuppen für die Gymnastik adaptiert. Anna entwickelte sich schnell zu einer sehr guten Tennisspielerin, wurde viel frischer und munterer, so daß sie fast anfing mir zu gefallen. Sogar ihre Mama versuchte manchmal mitzutun, besonders bei der Gymnastik, und es bekam ihr gut. Die Zahl ihrer Unterkinne nahm ab, ihr Körper straffte sich, sie zeigte viel Lebhaftigkeit und gute Laune. Der Trainer brauchte jetzt nur mehr dreimal wöchentlich zu kommen, ich konnte ja immer mit den Damen üben. Darüber vernachlässigte ich nicht die Arbeit an meiner Erfindung. Bald sollte der Apparat zu einem Probeflug fertig sein, stand schon in einem Schuppen auf der Anhöhe beim See. Witzgall interessierte sich auch sehr dafür, blieb manchmal über die Zeit, um mir behilflich zu sein. Was mir weniger gefiel, war, daß er sich auch für Fräulein Anna zu interessieren schien, besonders das Gymnastik-Training ließ mich bemerken, daß er sie oft in einer Weise berührte, die sportlich nicht begründet war, und ihr dabei tief in die Augen zu schauen suchte. Und Anna wehrte dem nicht, ermunterte ihn sogar durch freundliches Lächeln. In meinem Revier sollte er nicht jagen, ich beschloß, bei Zeiten einzugreifen. Nur abwarten!

So vergingen Wochen, es herbstelte schon. In den letzten Tagen begann die neue Lebhaftigkeit der Kommerzienrätin wieder nachzulassen. Die Rückkehr ihres Gatten verzögerte sich von Tag zu Tag, und das Warten machte sie nervös. Wir saßen allein beieinander in der Abenddämmerung.

»Warum der Schorsch nur so lang ausbleibt? Ich werde hinfahren und ihn holen.«

»Der Kommerzienrat wird doch nicht kränker geworden sein?« fragte ich besorgt.

»Oh nein, Herr Emmaus, er schreibt mir sehr vergnügt. Höchstens hat er dort ein Gschpusi angefangen.«

»Aha, Frau Kommerzienrat sind ein bißchen eifersüchtig.«

»Aber was fällt Ihnen ein! Ich gönne ihm jedes Vergnügen. Es ist nur – nämlich – es ist nur – auch er soll nicht eifersüchtig werden, deshalb muß ich hinfahren.« Plötzlich erfaßte sie meine Hände, drückte sie heftig:

»Emmaus, du lieber, guter Emmaus, ich bekomme ein Kind. Ich bin ja so glücklich, so unsagbar glücklich, aber es muß sein Kind sein.«

»Oh verflucht!« murmelte ich. Dann erregte mich aber die Kunde mächtig. Ich schloß die Kommerzienrätin in meine Arme, küßte sie innig und lang.

Sie entwand sich mir: »Emmaus, wir müssen vernünftig sein und vorsichtig.«

»Ja, Mama, du hast recht. Niemand wird etwas von uns wissen. Gnädige Frau, Sie können sich auf mich verlassen.«

Am nächsten Tag ist sie nach Karlsbad gereist.

Der Flugapparat

Der Trainer wollte ihre Abwesenheit benützen, um Fräulein Anna näher zu kommen. Ich überraschte beide, wie sie auf einer Bank zusammen saßen, in recht bedenklicher Situation, ließ mir aber nichts anmerken.

Am Freitag Vormittag sollte mein Apparat fertig werden. Herr Witzgall hatte schon immer bei dem Probeflug zugegen sein wollen. Das Wetter war günstig, es wehte ein kräftiger Wind. Ich erklärte ihm die Handhabung. Unterhalb der Tragfläche war in einem Gestell das Fahrrad abnehmbar montiert, Schnüre, die von den Lenkstangen ausgingen, konnten die Tragfläche nach allen Richtungen heben und senken. Es kam darauf an, zuerst möglichst schnell den Hügel hinab gegen den Wind zu radeln, um von dem Luftdruck in die Höhe gehoben zu werden. Das versuchte ich, aber ich fuhr zu langsam, erhob mich nur einige Meter in die Luft, glitt dann hinunter, mußte den Apparat wieder die Anhöhe hinaufschieben.

Witzgall sagte verächtlich: »Das wundert mich nicht, war ja kein Tempo. Ich bin Rekordfahrer, ich kann es viel besser. Ich mache eine große Nummer daraus: ›Witzgall, der fliegende Mensch‹, werde sie in Europa und Amerika vorführen.«

»Daraus wird nichts, Herr Witzgall! Ich will mit meiner Erfindung die Menschheit beglücken, die große Einheit der Völker möglich machen, und Sie wollen damit im Zirkus auftreten! Das lasse ich nicht zu. Für heute ist Schluß. Sie sollen nicht fliegen.«

Ich drehte ihm den Rücken zu und lockerte die Schraube, mit der das Fahrrad am Gestell befestigt war. Er sah das nicht, schob mich gewaltsam beiseite und schwang sich auf den Sitz.

Ich sagte zu dem Tischler, der dabei stand: »Sie haben gehört, ich habe es ihm verboten.«

»Jawohl, Herr Emmaus.«

Witzgall radelte mit aller Kraft den Hügel hinunter, der Wind hob ihn hoch, immer höher, er winkte mir zu, jetzt schwebte er schon in über hundert Meter Höhe. Ich sah, daß er die Tragflächenverschiebung bewirken wollte.

Da geschah es. Das Fahrrad löste sich ab, sackte herunter, hing einen

Augenblick an den Schnüren, bevor sie zerrissen. Dann sauste es zur Erde. Witzgall überschlug sich in der Luft, schrie, stürzte mit dumpfem Aufschlag auf abgemähten Grasboden nicht weit davon, daneben das zertrümmerte Rad und eine Strecke abseits, ebenfalls in Stücken, der übrige Apparat. Wir sprangen hin. Der Abgestürzte lag auf dem Gesicht in knieender Stellung, Blut quoll hervor, ein Zucken lief durch seinen Körper, er schleuderte die Beine in die Höhe, dann streckten sie sich zitternd. Wir versuchten ihn aufzurichten. Er sank schwer zurück.

»Schrecklich!« rief ich aus, zu dem Tischler gewendet: »Ich hatte ihn doch ausdrücklich verwarnt und es ihm strengstens verboten.«

»Gewiß, das habe ich gehört, Herr Emmaus.«

Bauern kamen von der Feldarbeit herbeigelaufen, holten Polizei vom Dorf und den Arzt. Der stellte fest, daß das Genick gebrochen sei, nichts mehr zu machen. Tot. Erledigt. Dann nahm die Polizei ein Protokoll auf. Alles mußte unverändert liegen bleiben bis zum Eintreffen des telegraphisch verständigten Amtsrichters.

Ich begab mich zum Haus zurück, berichtete Fräulein Anna von dem furchtbaren Ereignis. Sie wurde sehr bleich, mußte sich hinsetzen, sagte nur: »Armer Herr Witzgall! Er war ein schöner Mann.« Mittags konnte sie keinen Bissen essen, ich hatte einen wahren Heißhunger, wie immer bei Todesfällen und derartigen Aufregungen.

Der Amtsrichter, am Nachmittag, stellte ein genaues Verhör an, hatte Lust, mir ein Verschulden beizumessen. Aber die Aussage des Tischlers machte es ihm unmöglich. Der war jetzt schon bereit zu beschwören, daß ich Witzgall mit aller Kraft vom Apparat zurückzudrängen suchte und gesagt hätte: »Ich verbiete es Ihnen, denn es ist lebensgefährlich.« So konnte mir der Richter nichts anhaben, er sagte nur: »Sie dürfen solche Apparate nicht mehr bauen, das wäre strafbar.«

Wie durch Fernwitterung angelockt, erschien ein Berichterstatter des illustrierten Blattes »Der Meteor«, nahm Photographien auf und verfaßte eine Reportage. Später hat mich dann der Herausgeber eingeladen, ihn in seiner Redaktion zu besuchen, weil er einen großen Artikel über mich und meine Erfindung bringen wollte.

Ich schrieb der Kommerzienrätin nach Karlsbad, was geschehen war. Als Antwort kam dann ein Telegramm: begräbnis erster klasse übernehmen kosten kommerzienrats.

In Etzenhofen wurde er begraben. Der Athletenverein »Biceps«, der »Veloklub«, die »Südbayrische Hochradgesellschaft«, der »Artistenbund« hatten Abordnungen und Kränze geschickt, die Grabrede des Pfarrers war lang und erhebend, warme Nachrufe wurden gehalten, es fehlte nicht an Musik und Gesang, Berge von Blumen häuften sich. Die Bauern sagten, so eine schöne Leich' hätten sie noch nicht gesehen.

Ich wagte noch nicht, einen neuen Apparat herzustellen, machte nur einige kleine Modelle, bei denen ich noch eine Verbesserung anbrachte: Die Gummischnur setzte ein Flügelrad in Bewegung, das den nötigen Luftstrom erzeugte.

Gerade ließ ich wieder so ein kleines Ding fliegen, als eine schnarrende Stimme hinter mir sagte: »Ausgezeichnet, gerade was ich suche.«

Es war der Kommerzienrat mit seiner Gattin.

Sie stellte mich ihm vor: »Das ist Herr Emmaus, von dem ich dir schon erzählt habe.«

Er war ein kleiner magerer Mann, fahlgelber Teint, Zwicker auf der Nase, angegrauter schwarzer Spitzbart, kurze energische Bewegungen, elegant gekleidet mit hellen Gamaschen, die ungewöhnlich hohen Absätze seiner Schuhe fielen mir auf, die ihn wohl größer erscheinen lassen sollten, also ein bißchen eitel.

Deshalb sagte ich: »Ist mir eine besondere Ehre, wenn sich der Herr Kommerzienrat für meine Erfindung interessiert. Es freut mich, Herrn Kommerzienrat völlig wiederhergestellt zu sehen.«

»Na, die Galle hat mir genug zu schaffen gemacht. Aber jetzt will ich mich wieder ganz dem Geschäft widmen. Kommen Sie, Herr Emmaus, das hier kann eine große Sache werden.« Er nahm das Flugmodell von der Erde auf, mit dem anderen Arm faßte er mich unter, führte mich mit schnellem, hüpfenden Schritt ins Haus. Ich fühlte mich sehr gehoben, dachte: Ein Mann, der die Bedeutung meiner Erfindung erkannt hat und sie durchsetzen wird.

Bald saßen wir am Kamin in den Lehnstühlen, das Modell ruhte vor uns auf Peters kleiner Bettstelle. Er klopfte mir auf die Schulter: »Sie haben da etwas Hervorragendes geschaffen, eine Sache, die sich die Welt erobern wird.«

Innerlich wurde ich ganz warm und groß, fiel freudig ein: »Ja, und ich glaube, daß die Welt dadurch beglückt werden wird.«

»Ganz gewiß, Herr Emmaus, besonders die Kinder. Wir werden enorm daran verdienen.«

»Wohl, aber warum gerade die Kinder, Herr Kommerzienrat?«

»Nun ja, Erwachsene werden auch damit spielen, aber in erster Linie brauchen wir doch einen Spielzeugartikel für die lieben Kleinen. Ich schätze, der Artikel läßt sich in Massenfabrikation ganz billig erzeugen. Er wird der ganz große Weihnachtsclou sein, bei uns und in der ganzen Welt. Wir werden sofort um Musterschutz nachsuchen. Sie übernehmen die Leitung der Fabrikation.«

Ich war aus den Wolken gefallen, ganz klein lag ich unten. Ich verstummte zuerst, dann zögernd: »Eigentlich wollte ich – – –«, er unterbrach mich: »Niemand wird Ihnen bessere Bedingungen bieten als ich. Morgen legen wir alles vertraglich fest. Sie werden nicht zu kurz kommen. Abgemacht?« Er bot mir die Hand.

Ich schlug ein.

Er nahm mich noch am selben Tage mit nach München, Frau und Tochter wollten bald nachkommen, den Landaufenthalt beenden. Dienstpersonal war ja auch in der Stadtwohnung. Sie bewohnten eine große Etage in ihrem eleganten Mietshaus. Furchtbar hohe Zimmer, schwere, dunkle Vorhänge vor den Fenstern, Möbel im Renaissancestil, überall dicke orientalische Teppiche, sehr viele Bilder an den Wänden, die mir, trotz der kostbaren Goldrahmen, letzter Schund zu sein schienen.

»Nicht eins ist dabei, das ich nicht weit unter dem Wert gekauft habe, im Bilderkauf kenne ich mich aus, habe so meine Methoden. Wie gefällt Ihnen meine Sammlung?«

»Großartig, Herr Kommerzienrat, man sollte eher meinen, daß Sie sie über dem Wert gekauft haben.«

Aber er hielt es für Zustimmung, fuhr fort: »Ich liebe die Kunst. Meine Frau schwärmt von Ihrer Malerei, und das Porträt, das Sie gemalt haben, prima, direkt prima. Sie sollen dieses schöne Talent keineswegs vernachlässigen. So oder so, lassen Sie sich sagen: Sie machen Ihren Weg. Richten Sie sich ein schönes Atelier ein! Mein Haus hier hat hinten im Garten ein großes Rückgebäude, da sind von unten bis oben nur Ateliers darin. Alle berühmten Maler haben in Georgenstraße 142 B einmal gearbeitet oder sind noch dort. Jetzt wird gerade ein Atelier frei, schauen Sie es sich an, hat auch anschließend ein schönes Südzimmer.«

Mir fiel ein, mit welchen Argumenten mich Onkel Nevermind zur Malerei bestimmt hatte, und ich sagte: »Ja, aber ich werde nur teure Bilder malen, die Rohstoffe, die man dazu braucht, sind die gleichen wie bei den billigen.«

Das gefiel dem Kommerzienrat, er lobte mich: »Sie haben einen bei großen Künstlern seltenen Sinn für das Geschäft. So werden Sie sofort begreifen, welche immensen Vorteile ich Ihnen in dem Vertrag über unser Spielzeug biete.«

Ich las ihn durch, er war in der Tat überraschend günstig für mich, so schwieg ich zuerst eine Weile. Dann: »Herr Kommerzienrat, ich habe so viel Freundlichkeit in Ihrem Hause genossen, daß es undankbar wäre, wenn ich ihn nicht annehmen wollte.«

Nachdem ich unterschrieben hatte, überlegten wir, welchen Namen wir dem Ding geben sollten. Schließlich dachte ich an die Flugversuche des Ikarus, und wir nannten es: Ikarusell.

Ich zog in das Ateliergebäude, Kommerzienrats hatten viele überflüssige Möbel, die sie mir vorerst liehen, bis ich mir eigene angeschafft haben würde. Mein erstes Atelier! Noch dazu ein riesengroßer Raum, und ich bekam eine unbändige Lust, wieder zu malen. Aber zuerst mußte ich dort die Werkzeichnung für das Ikarusell machen, empfand es fast wie eine Entweihung.

Der Kommerzienrat hatte in der Vorstadt eine große Werkstätte mit den modernsten Maschinen, in der allerhand Holzwaren für das Lössel-Magazin hergestellt wurden. Ich erklärte dem Vorarbeiter, was zu machen sei. Wir richteten uns auf rationelle Groß-Erzeugung ein.

Bald waren die ersten paar hundert Exemplare fertig, wurden im Magazin verkauft. Die Kinder waren von dem Spielzeug begeistert, und wir mußten mit Überstunden arbeiten, um die Nachfrage zu befriedigen. Die Werkstätte vergrößerte sich zu einer Fabrik, als die Lieferungen nach auswärts aufgenommen worden waren.

Nach einem Jahr hat es in ganz Deutschland und bald in der ganzen Welt kein Kind ohne Ikarusell gegeben.

Ich hatte schnell erfaßt, worauf es bei der Leitung einer Fabrik ankam, gelernt, die Materialien gut und billig einzuhandeln, die Arbeit richtig zu verteilen, die Löhne niederzuhalten, die Angestellten gegeneinander auszuspielen. Der Kommerzienrat fand, daß seine Menschenkenntnis sich wieder glänzend bewährt habe, sparte nicht mit seinem Lob.

Als ich, wie häufig, mittags bei ihnen speiste, sagte er, indem er auf seine bereits recht unförmige Frau deutete: »Wenn unser Sohn einmal so ein guter Geschäftsmann wird wie Sie, kann ich mir gratulieren.«

Die Kommerzienrätin errötete. Er versuchte, mich auch mehr und mehr mit dem Betrieb des Magazins vertraut zu machen, fragte mich oft um Rat über geschäftliche Dinge, den ich, leicht geschmeichelt, nach bestem Wissen und Gewissen erteilte.

Sollte mein Leben in dieser Bahn weiterrollen? Wenn ich auf der Straße Knaben sah, die das Ikarusell in die Luft steigen ließen, bekam ich einen Wutanfall. Einmal im Stadtpark, als mir einer stolz zeigte, wie hoch seins flog, gab ich ihm eine Ohrfeige und zertrat es. Er lief heulend weg.

Aber dann fand ich, daß ich nicht als Gentleman gehandelt hatte. War ich überhaupt noch ein Gentleman? Ich setzte mich betrübt auf eine Bank und dachte über mich nach. Das Resultat befriedigte mich nicht.

Zu Haus schrieb ich an Onkel Nevermind, schilderte ihm mein ganzes bisheriges Leben mit allen Einzelheiten und bat ihn um Rat, was ich tun solle. Als ich den Brief abgeschickt hatte, wurde mir erst recht klar, wie verzweifelt ich eigentlich war. Er antwortete mir nicht. Nach drei Wochen erhielt ich die Nachricht von seinem Tode. Er war auf schreckliche Art gestorben. Zum Frühstück pflegte er ein großes Glas kalte Milch auf einen Zug zu leeren. Das hatte er wieder einmal getan und bekam alsbald furchtbare Magenschmerzen, wand sich in Krämpfen. Der schnell gerufene Arzt fand Magen und Speiseröhre wie Stein verhärtet, konnte es sich nicht erklären, ließ sich von der Köchin sagen, was er zu sich genommen habe. Da fand sich dann die Erklärung: In der Küche sollte eine Ausbesserung am Plafond gemacht werden, der Stukkateur hatte sich den Gips in einem Glas angerührt. Das war mit der Milch verwechselt worden, und Onkel Nevermind hatte den flüssigen Gips hinunter gestürzt. Der war natürlich schnell erhärtet. Eine Operation wurde vorgenommen, konnte ihn aber nicht mehr retten.

Ich fuhr zum Begräbnis nach meiner Heimatstadt. Der Onkel hatte bei einem Advokaten ein Testament hinterlegt. Das setzte mich zum Haupterben ein, unter der Bedingung, daß ich ihn nach seinen Angaben bestatten lassen würde. Er wollte verbrannt werden, ohne irgendwelche Zeremonien und ohne daß jemand dabei anwesend sei. Seine Asche sei mir zu übergeben, und ich solle sie in die Wasserspülung des Klosetts schütten.

»Niemals«, rief ich aus, »lieber verzichte ich auf die Erbschaft.« Dann sagte ich mir aber, der Wille des Verstorbenen müsse mir heilig sein, und ich führte ihn aus. Ich warf schöne Blumen als letzten Gruß hinterher. Das war allerdings nicht ganz in seinem Sinne, und es rächte sich, indem die Spülung dadurch verstopft wurde und der Installateur kommen mußte, um den Schaden zu reparieren.

Als ich zurückkam, war der Kommerzienrat gerade Vater geworden. Alles war gut verlaufen, und es schien ein kräftiger Junge zu sein. Leider hatte er eine Hasenscharte, und die Kommerzienrätin behauptete, sie habe sich an Peter versehen, wollte den sofort abschaffen. Der glückliche Vater meinte aber, es wäre, weil das Kind um einen Monat zu früh das Licht der Welt erblickt habe, ein Argument, dem sie nicht widersprach. Ich sollte der Taufpate des herzigen Kleinen werden und er den Vornamen Emmaus bekommen. Dem widersetzte ich mich, riet zu dem schönen Namen Ikarus, als Erinnerung an unseren größten Geschäftserfolg. So wurde er Ikarus genannt.

Später zog man einen berühmten Arzt wegen der Hasenscharte zu Rate. Er tröstete, man könne diesen Fehler seit neuerer Zeit durch Operation beheben.

Er untersuchte das Kind genau und schüttelte den Kopf bedenklich: »Ich hoffe, daß ihm weiter nichts fehlt.« Als ich den Arzt hinaus begleitete, fragte er mich als den Freund des Hauses im Vertrauen, ob die Eltern des Kleinen dem Alkohol sehr zugetan seien. Ich antwortete, mir sei nichts davon bekannt, nur zu ganz seltenen Gelegenheiten; ob das denn einen Einfluß haben könne.

»Allerdings! Bei Alkoholeinwirkung erzeugte Kinder sind oft schwachsinnig. Wollen vorläufig abwarten.«

Die Zahnräder des Alltags erfaßten mich wieder. Millionen des abscheulichen Spielzeugs wurden im Verlauf zweier Jahre hergestellt. Glücklicherweise war der Betrieb schon so eingearbeitet, daß mir bald etwas mehr Zeit zum Malen blieb, besonders als nun der Absatz stark nachzulassen begann. Die künstlerische Atmosphäre des Ateliergebäudes zog mich wieder in ihren Bann. Das ganz große Atelier neben meinem hatte der junge Professor Hopf, das kommende Genie Münchens. Er wandte sich wieder mehr von der Natur ab und, da er keine klassische Bildung besaß, malte er mit Vorliebe antike Gestalten. Er war Spezialist in Kentauren, aber auch Minerva, Diana und Venus malte er oft und benutzte dazu nicht nur Berufsmodelle, sondern viele Damen der Münchner Gesellschaft machten es sich zu einer Ehre und einem Vergnügen, ihm, oft unbekleidet, Modell zu stehen. Ich konnte mir seine Erfolge bei den Frauen nicht recht erklären, er sah ungeschlacht und bäuerisch aus, redete fast kein Wort, blickte seine Opfer nur tief durchdringend an, und schon war es um sie geschehen.

Es kam manchmal vor, daß eine Dame seine Tür verschlossen fand, weil schon eine andere bei ihm war. Je nach Temperament wartete sie dann geduldig oder mit hysterischen Ausbrüchen. So taten sie mir oft leid und, wenn es mir einfiel, lud ich sie ein, bei mir zu warten, bemühte mich, ihnen den Meister auf jede Weise zu ersetzen.

Allerdings malte ich sie nicht als antike Göttinnen, sondern als entkleidete Münchnerinnen, das gefiel ihnen besser. Professor Hopf wurde dadurch mein Feind, und als ich ein Bild zur Jahresausstellung schickte, sorgte er als Obmann der Jury für dessen Zurückweisung.

Im Atelier auf der anderen Seite malte Professor Lühre, der nach dem Erfolg seines Bildes »Christus bei den Fabrikarbeitern« bemüht war, die biblische Geschichte weiter in moderne Umgebung zu versetzen. Sein Bild »– der werfe den ersten Stein auf sie« wurde eine Weltsensation. Magdalena war in einer Vorstadtstraße von der Sittenpolizei verhaftet worden, und Christus rettete sie.

Weiterhin war das Atelier Waldemar Knöpfels, des berühmten Militärmalers. Er besaß dort eine der größten Sammlungen von Uniformen aus allen Jahrhunderten. Damit die Motten nicht hineinkommen sollten, zog er täglich eine davon nicht nur seinen Modellstehern an, sondern auch sich selbst. Ich sah ihn zufällig in seinem Atelier, wie er als Napoleon Friedrich den Großen malte, fragte, ob ich das skizzieren dürfe, und er erlaubte es lachend.

Kommerzienrats besuchten mich selten im Atelier, ich hatte gesagt, daß ich dort nicht gern gestört werde. Ich war sehr überrascht, da eines Tages Fräulein Anna zu mir kam und sagte, sie möchte gern meine Bilder sehen.

Sie sah die Nacktbilder, fragte schüchtern: »Haben sich die Damen denn ganz ausgezogen?«

»Natürlich, Fräulein Anna, das tun sie gern, außer, wenn sie keinen schönen Körper haben, übrigens, ich glaube, Sie treiben keine Gymnastik mehr, da wird Ihre Figur stark nachgelassen haben.«

»Oh nein, Herr Emmaus!«

»Na, ich glaube doch! Lassen Sie sehen!«

»Aber nein, Herr Emmaus!«

»Ziehen Sie sich ruhig aus, was ist denn dabei?« Ich fing an, die rückwärtsgeschlossene Bluse aufzuknöpfen. Nach Vorschrift der damaligen Mode waren es 85 Knöpfe. Dabei fand ich Zeit nachzudenken. Beim sechzigsten Knopf angelangt, hatte ich es mir überlegt, fing an wieder zuzuknöpfen.

Als der letzte Knopf geschlossen war, drehte ich sie um und sagte: »Sie haben recht, Fräulein Anna, Ihre Figur ist noch wundervoll.«

Sie schien ein bißchen enttäuscht zu sein, und zum Spaß und als Trost fuhr ich fort: »Lieben Sie mich, Fräulein Anna?«

»Ach ja, Herr Emmaus.«

»Na also, dann auf Wiedersehen, Fräulein Anna.«

Meine Freude darüber, daß das Ikarusell nicht mehr zog, wurde vom Kommerzienrat nicht geteilt. Es machte ihm schwere Sorgen. Er glaubte, der Rückgang sei auf das Erlahmen meines Geschäftsinteresses zurückzuführen, und diese habe seine Ursache darin, daß ich durch meine Erbschaft ein reicher Mann geworden war. Er schlug mir deshalb vor, sein Compagnon zu werden, mich mit meinem Kapital an seinem Geschäft zu beteiligen. Ich wollte mich noch nicht entscheiden, sagte, ich könne das Geld nicht recht bald flüssig machen.

»Hat ja nicht solche Eile, lieber Herr Emmaus, lassen Sie es sich durch den Kopf gehen. Würde Sie gern dauernd mit meiner Firma verbunden wissen, und ich glaube, ich glaube, meine Anna würde es auch gern sehen.« Dabei lächelte er schelmisch und tippte mir mit dem Zeigefinger auf den Bauch. Ich zog vor, es zu überhören.

Unter vier Augen fragte ich Anna ganz obenhin: »Warum hat Sie Ihre Mama neulich zu mir ins Atelier geschickt?«

»Ach nein, Herr Emmaus, das war doch der Papa.«

Vorläufig sprach der Kommerzienrat nicht wieder von meiner Teilhaberschaft, suchte aber immer neues Interesse bei mir zu erwecken, appellierte an mein Genie zur Erfindung eines neuen zugkräftigen Spielzeugs. Vergeblich. Dann wollte er es selbst versuchen, er habe eine großartige Idee. Mit Mechanikern und Holzschnitzern schloß er sich täglich einige Stunden im Laboratorium der Fabrik ein.

»Sie werden staunen, lieber Emmaus! Das Geschäft machen wir dann zusammen. Na, was ist jetzt? Mit der Malerei tut sich ja sowieso nicht viel. Professor Hopf hat der Frau Direktor Seidlmaier gesagt, er habe Ihre Bilder nicht aufhängen lassen in der Glaspalast-Ausstellung. – Haben Sie es sich schon überlegt?«

»Noch nicht, Herr Kommerzienrat, muß erst sehen, ob ich das Kapital freimachen kann.«

Abends saß ich in schwerer Verstimmung in meinem Atelier bei einer Flasche uralten Portweins, noch aus dem Keller meines Onkels. Also das sollte aus mir werden! Braver, erfolgreicher Geschäftsmann,

Schwiegersohn eines Kommerzienrats, vielleicht selbst Kommerzienrat, Ehrenmitglied der Handelskammer, Familienvater, Millionär. Sind Millionäre überhaupt glücklich? Ist das Leben im Palast weniger ekelhaft als in der Hütte? Nein, aber man erträgt es mit mehr Genuß. Ist Genuß und Glück dasselbe? Soll ich, soll ich nicht? Wenn ich an ein Jenseits glauben würde, lieber Onkel Nevermind, bäte ich dich jetzt noch einmal: rate mir, was soll ich tun?

Indem klopfte es an die Tür. In meiner Depression wollte ich niemanden sehen, öffnete nicht. Das Klopfen wiederholte sich stärker. So rief ich »Herein!« Der Postbote brachte mir einen Expreßbrief. Die Adresse zeigte die Handschrift meines Onkels. Es benahm mir den Atem. Mit zitternder Hand öffnete ich das Kuvert. Es enthielt einen großen Briefbogen, auf dem stand nur: Get out of that! Uncle N.

Ich war so erschüttert, daß ich sofort noch zwei Gläser Portwein trinken mußte. Endlich griff das Wunder wieder in mein Leben ein. Gerettet! Also die Seele lebt nach dem Tode weiter, kann mit uns in Verbindung treten. Die sterblichen Reste des Onkels sind längst in das Nichts hinabgespült, aber sein Geist existiert noch und will mich betreuen. Immerhin bewahrte ich Skepsis genug, um den Poststempel anzuschauen. Leider war er unleserlich.

Um ganz sicher zu gehen, habe ich dann später auf der Post nachgefragt, wo und wann der Brief aufgegeben sei. Mit vielen Entschuldigungen hat man mir dort gesagt, daß der Brief schon vor zwei Jahren eingetroffen und dem Boten zur Zustellung übergeben worden war. Der wäre unterwegs eingekehrt, hätte sich betrunken, den Brief nicht abgeliefert. Jetzt sei man ihm auf seine Unregelmäßigkeiten gekommen und habe alle Briefe, die man in seiner Wohnung fand, nachträglich zugestellt. Man hat mich gefragt, ob ich Schadenersatz beanspruche. Nein, daß wollte ich nicht. Also war es die damals vergeblich erwartete Antwort auf meinen Brief. Die Wirkung blieb die gleiche.

Nun war ich froh. Ich versank in meinen Klubsessel, leerte den Rest der Flasche, rauchte einige Pfeifen – glücklich. Da klopfte es wieder an die Tür. »Aha, da kommt sein Geist persönlich. Herein, Onkel!« Eintrat der Kommerzienrat, aufgeregt, ein sehr großes Paket im Arm. »Entschuldigen Sie, mein lieber Emmaus, daß ich noch so spät komme, sah Licht bei Ihnen, wollte Ihnen gleich meine neue Sache vorführen, ist heute Abend erst fertig geworden. Eine Freude kommt nie zu bald.« Strahlend entnahm er der unförmigen Pappschachtel sein Wunderwerk: Die lebende Puppe.

Sie hatte die Höhe eines sechsjährigen Kindes, der Kopf war etwas zu groß, aber sehr herzig, mit blonden Ringellocken, blauen Augen, die sie bewegen, auf- und zuklappen konnte. Sie bewegte auch die Lippen, ging, tanzte, benutzte die Arme, sogar zu beten brachte sie fertig. Sie war lieblich in hellblaue Seide gekleidet und elegante Spitzenwäsche. Der Kommerzienrat schlug ihren Rock in die Höhe, zeigte mir auf dem Hinterteil eine Vorrichtung wie die Tasten einer Schreibmaschine. Jedes Wort, das man darauf abklapperte, sprach sie dann. Außerdem war eine Taste mit 1 bezeichnet, eine mit 2, drückte man auf 1 würde sie lachen, auf 2 weinen. Eine Taste 0 und 00 sollte später noch dazu kommen.

Der Kommerzienrat zog die Feder auf und buchstabierte: ICH BIN DIE LEBENDE PUPPE NEUSCHÖPFUNG DES LÖSSEL MAGAZINS. 1. 2. Sie spazierte, Arme schlenkernd, herum, sprach mit krähender Stimme die Worte genau nach Vorschrift, lachte erst, dann weinte sie, mit richtigen Tränen.

»Na, was sagen Sie nun?«, fragte er stolz, »Allerdings, die Herstellung wird eine Stange Geld kosten, brauchen einige ganz neue Maschinen zur Massenfabrikation. Sie werden das schon deichseln, mein Lieber, nicht wahr? Verlasse mich da ganz auf Ihre erprobte Tüchtigkeit. Ich suche noch nach einem schlagkräftigen Namen, vielleicht fällt Ihnen etwas ein.«

»Wie wäre es mit dem Namen Idiota oder Kretina, Herr Kommerzienrat? Und dann möchte ich noch eine Verbesserung vorschlagen. Kann sie nicht eine Schnur in die Hand nehmen und sich aufhängen?«

Er sah mich etwas erschrocken an, aber da ich ganz ernst blieb, meinte er: »Ich glaube nicht, daß das viel zum Erfolg beitragen würde.«

Konnte es etwas Scheußlicheres als diese Puppe geben? Und an so etwas sollte ich mitschuldig sein, damit verbunden und verheiratet! Pfui Teufel! Es war mir, als packte eine Kralle meinen Magen, wühlte mein ganzes Innere um. Maßloser Ekel und Zorn ergriff mich. Ich sprang auf, schlug mit der Faust auf den Tisch und brüllte: »Hinaus – nur hinaus!«

Nie habe ich einen Menschen so erstaunt gesehen wie den Kommerzienrat, er stand erstarrt, mit weit aufgerissenen Augen. Ich nahm ihn am Arm, führte ihn hinaus, warf ihm die Puppe und Schachtel nach, schlug die Tür krachend zu.

Dann sank ich in den Klubsessel zurück, wurde allmählich ruhiger, sagte mir: »Manchmal ist es befreiend, kein Gentleman zu sein. Sogar old Nevermind würde mir Dispens erteilt haben.«

Nun mußte sich vieles ändern. Aber das wollte ich morgen überlegen. Heute ging ich schlafen – tief und traumlos.

Ich erwachte spät. Wie beim Beginn eines jeden Tages suchte ich mir zuerst vorzustellen: Was gibt es heute Erfreuliches zu denken? Da war dieses Mal eine ganze Menge. Später, beim Rasieren, stellten sich auch einige Bedenken ein. Mein Atelier würde mir natürlich gekündigt werden, das paßte mir nicht, gerade jetzt wollte ich es behalten. Abwarten! Die vereinbarte Kündigungsfrist war vierteljährlich. Es war schon halb zwölf Uhr, als ich mir von der Hausmeisterin den Kaffee bringen ließ. Sie sagte mir, die Kommerzienrätin lasse fragen, ob sie mich besuchen könne, sie stehe draußen.

»Gewiß, ich lasse bitten.«

Sie kam mit ganz verweintem Gesicht herein, den kleinen Ikarus auf dem Arm. Ich begrüßte sie sehr formell.

Eine Weile, nachdem die Hausmeisterin gegangen war, schlich ich zur Tür und öffnete sie schnell, so daß sie dieser heftig ans Ohr schlug. »Pardon«, sagte ich, »aber lassen Sie sich nicht unnötig aufhalten.«

Die Kommerzienrätin weinte: »Lieber Emmaus, was hast du angestellt! Schorsch hat mir alles erzählt. Nun ist es aus, und ich werde wieder ganz allein sein. Ihr müßt euch vertragen! Emmaus, ich habe dich ja so lieb. Schau doch deinen herzigen Buben! Ikarus, mach schön bittebitte.«

Das Kind glotzte, der Speichel lief ihm aus dem Mund, »Glu – Glu« brachte es nur hervor.

Ikarus konnte noch nicht sprechen, nicht gehen und stehen und war noch nicht zimmerrein.

»Entschuldigen Sie, gnädige Frau, aber Ikarus ist leider ein Idiot, wie mir scheint.«

»Ach nein, Emmaus, er kann es sich nur nicht so geben, ist ein bißerl schüchtern, und heute ist er so erschrocken, wie ihm der Kommerzienrat die Puppe gezeigt hat und sie ist auf ihn zugelaufen und hat gesprochen: ›Komm, mein lieber Ikarus, gib dem Püppchen einen Kuß‹. Da hat er geschrien und seine Krämpfe bekommen.«

Ich mußte lachen: »Das kann ich verstehen, gnädige Frau, ich habe auch geschrien.«

Sie fing das Lachen sofort auf. »Na siehst du. Du darfst das nicht so tragisch nehmen. Und wir müssen auf jeden Fall die Puppe machen und viel Geld damit verdienen. Der arme Schorschl hat solche Sorgen. Du weißt doch, wegen der Sache mit Sagebrecht.«

Ich wußte nur, daß Sagebrecht, der langjährige Prokurist und Geschäftsführer, abgegangen war, gerade als sein zwanzigjähriges Jubiläum gefeiert werden sollte.

»Er wird schon zu ersetzen sein«, sagte ich, dann mit plötzlicher Erleuchtung: »Wieviel war es denn?«

»Alles! Und einen Brief hat er hinterlassen, er sei viel zu bescheiden, um die Ehrungen zu seinem Jubiläum abzuwarten und entziehe sich ihnen durch eine Reise ins Ausland. Und nun stellt sich heraus, wie er gestohlen hat. Es ist gar kein Geld mehr da, und neben seinem Privatkontor hatte sich der alte Bock heimlich einen Harem eingerichtet, und drei Fräuleins erwarten Kinder von ihm, und sie wollen die Firma auf Alimente einklagen, und ich glaube der Schorschl war daran auch ein bißchen beteiligt. Alles, was wir mit dem Ikarusell verdient haben, ist auch weg, und wenn du jetzt die letzte Abrechnung verlangst, sind wir bankrott. Aber mit der Puppe können wir uns herausreißen.«

»Wunderbar!« lachte ich, »und da hat der Schorschl gesagt, Sie sollten zu mir gehen?«

»Das nicht gerade, aber natürlich weiß er es.«

»Na, liebe Frau Kommerzienrat, lassen Sie es sich nicht unter die Haut gehen! Es wird schon alles in Ordnung kommen.«

»Emmaus, willst du mir nicht versprechen – – –«

»Versprechen kann ich heute nichts, Frau Kommerzienrat.«

Sie hob mir das Kind entgegen: »Ikarus, sag schön Pfü Gott, Papa.«

»Glu – Glu«, machte Ikarus.

»Und gib ihm ein Patschhändchen und ein Küßchen.«

Schon war er ganz nah an meinem Gesicht. »Glu – Glu«, kam aus seiner Kehle, und an anderer Stelle kam etwas Nasses. Ich retirierte schleunigst, und die Kommerzienrätin entschwand mit schnellem Lebewohl.

Ich hatte gedacht, ich würde mir nach dem Frühstück gemütlich eine Pfeife anzünden und über meine Zukunftspläne nachdenken können. Nun war es wieder nichts damit. Die verfluchten Geschäfte ließen mich nicht los. Ich eilte in die Fabrik, machte mir eine Aufstellung über den Betrag meines Guthabens. – Seit meiner Erbschaft hatte ich nicht mehr abgerechnet, so war es eine sehr beträchtliche Summe. Dann ging ich zu einem Rechtsanwalt, den ich kannte, sagte ihm, wie die Sachen bei Lössel standen. Er meinte, ich müsse mich dazu halten, um noch etwas zu retten. Wir bestellten uns den Kommerzienrat in die Kanzlei, für heute war es schon zu spät, aber für den nächsten Tag.

Er kam pünktlich. Wir erwähnten mit keinem Wort, daß wir wußten, wie schlecht sein Geschäft stand. Der Anwalt legte ihm meine Aufstellung vor, fragte, ob er sie anerkenne und bereit sei, sofort bar zu bezahlen. Der Kommerzienrat, sehr bleich, wollte erst in seinen Büchern nachsehen, und Barzahlung komme momentan nicht in Betracht, er habe mir statt dessen Geschäftsbeteiligung angeboten.

Ich wollte das Verfahren abkürzen, sagte: »Die habe ich aber abgelehnt. Ich mache Ihnen einen Vorschlag zur Güte. Ich verzichte auf Einklagung des Guthabens und nehme statt dessen das Haus in der Georgenstraße samt Ateliergebäude in Zahlung, dürfte so ziemlich zum Ausgleich genügen.«

Er wollte erst überlegen, seinen Anwalt befragen. Wir stellten ihm ein Ultimatum, er müsse sich bis zum nächsten Morgen entscheiden und dann müßte die Übertragung sofort protokolliert werden, sonst zöge ich mein Anerbieten zurück.

»Überhaupt gehört das Haus ja meiner Frau«, wandte er ein.

»Um so besser«, sagte mein Anwalt. Dann kann die Übertragung bei einem Konkurs nicht angefochten werden.«

»Es wird jetzt zu keinem Konkurs kommen«, meinte der Kommerzienrat und ging.

Am Ende der Woche gehörte mir das Haus. Mein Anwalt gratulierte mir. Ich ließ durch ihn sofort Herrn Professor Hopf das Atelier kündigen, in einem Monat müsse er ausziehen. Gegen Kommerzienrats war ich milde, sie durften vorläufig wohnen bleiben, ich verlangte nicht einmal Miete.

Vor zwei Jahren hatte ich die vom Onkel geerbte Villa verkauft, weil ich nicht Hausbesitzer sein wollte, und nun war ich es doch geworden. Nur der Besitzlose ist wahrhaft frei – vorausgesetzt, daß er genug Geld hat. Aber das wenigstens hatte ich ja – jetzt mußte ich bloß vorsichtig vermeiden, irgend etwas anzufangen, das nach Haushalt aussah oder nach festem Beruf. Mein Leben war immer ziemlich bescheiden, ja unkomfortabel geblieben und sollte weiter so bleiben. Im Unterbewußtsein ahnte ich: in einem bequemen Leben gibt es keine Wunder.

Ich begann ein großes Bild. Die Zeit des Naturalismus war in München vorbei. Ein Bild sollte wieder etwas ausdrücken. Man nannte das damals Symbolismus. Auf meiner Leinwand schleppte eine nackte, nur mit einem Brautschleier bekleidete Frau an einer Rosenkette einen Mann im Frack, dessen Augen verbunden waren, auf einem schmalen

Brettersteg, der hoch über felsige Abgründe führte. Am Ende des Stegs war ein Ding aufgebaut, das zwischen Altar und Schafott die Mitte hielt. Daneben stand der Priester mit einem Richtbeil. Allerdings war es nicht ganz deutlich, daß er ein Geistlicher sein sollte, man konnte ihn auch für einen Scharfrichter in mittelalterlichem Kostüm ansehen. Das Bild war in düsteren, blaugrauen Farben gehalten, aus denen nur die Rosen, die Frau und die weiße Hemdbrust des Mannes hervorleuchteten.

Endlich wieder etwas, das mich ganz erfüllte! Ich malte mit Begeisterung, solange es hell war, und bis zur völligen Erschöpfung. Vor dem fertigen Bilde verfiel ich in Depression. Das Feuer war erloschen, und ich war wieder ein kümmerliches Aschenhäufchen.

In diesem Augenblick kam Professor Hopf zu mir, die Hausmeisterin habe ihm erzählt, daß ich ein so schönes Bild male, ob er es sehen dürfe. Er war voller Bewunderung, fragte, ob ich es nicht zur nächsten Ausstellung schicken wolle.

»Damit Sie es mir wieder zurückweisen, nicht wahr?«

»Ach, damals, daran war ich wirklich unschuldig, und es herrschte großer Platzmangel.« – Er empfahl mir dann, symbolische Bilder nicht in Öl, sondern in Temperafarben zu malen. Wenn es mich interessiere, würde er mir gern diese Technik zeigen. Allerdings müsse er in ein paar Tagen ausziehen, habe noch kein passendes Atelier gefunden, ob ich vielleicht eins wisse.

Da mußte ich sehr lachen. »Vielleicht läßt es sich machen, Herr Professor, daß Sie noch bleiben. Wenn Sie sicher sind, daß meine Bilder bei der nächsten Ausstellung aufgehängt werden –«

»Das kann ich versprechen, Herr Emmaus.«

»Und einen guten Platz im ersten Saal!«

»Selbstverständlich.«

»Und wenn Sie, Herr Professor, dafür sorgen werden, daß ich eine Medaille bekomme.«

»Ich werde mein Möglichstes tun.«

»Dann will ich die Kündigung zurückziehen.«

»Ich gebe Ihnen mein Wort darauf, Herr Emmaus. – Übrigens wußte ich nicht, daß Ihnen jetzt der Atelierbau gehört.«

»Habe ich auch gar nicht gemeint, Herr Professor.« Wir lachten beide und schieden als Freunde.

Dieser Blick hinter die Kulissen des Kunstbetriebs dämpfte mir die

Freude an der Malerei. Die Farben auf meiner Palette trockneten wieder ein. »Ebenso dreckig wie alle anderen Berufe«, dachte ich. Vielleicht hätte sich mein Leben in anderer Richtung entwickelt, wenn ich seinerzeit der Einladung des Meteor-Herausgebers gefolgt wäre. Warum hatte ich nie wieder daran gedacht? Aber der »Meteor« erschien ja noch immer jede Woche leuchtend am Zeitungshimmel. Ich ging hin.

Der Meteor

Das war ein altersgraues Gebäude in der Filsinger Gasse, stammte noch aus Münchens Urzeit, gotisch. Nach der Straße zu ganz schmal, erstreckte es sich tief in den Häuserblock hinein, mit Höfen, Laubengängen, offenen Holzveranden den Stockwerken entlang. Die Treppe ging schnurgerade direkt von der Straße aus bis zum Dach durch die ganze Tiefe des Hauses. – In den unteren Etagen waren die Büroräume und ein Teil der Druckerei. Die Redaktion war oben im vierten Stock.

Alle Redaktionen, die ich bisher gesehen hatte, wurden wie ein Heiligtum behütet. Der Besucher mußte ein Formular ausfüllen, auf dem er seinen Namen und den Zweck des Besuches anzugeben hatte, dann erhielt er nach langem Warten Bescheid, ob und wann der Redakteur oder gar der allgewaltige Herr Chefredakteur zu sprechen sei. Das gab es beim Meteor nicht. Am Eingang war nicht einmal eine Klingel. So klopfte ich. Es wurde nicht geöffnet, obgleich viele Stimmen von innen zu hören waren. Ich drückte die Klinke, und die Tür ging auf. Ich ging hinein und war gleich mitten im Heiligtum. Ein riesengroßer Raum, sichtlich durch Herausnahme vieler Zimmerwände entstanden, in dem offenbar noch niemals Ordnung gemacht worden war. In der Nähe der vielen Fenster standen breite Schreibtische, an den Wänden einige Regale voll Bücher, Zeitungen, Photographien, Manuskripte, die aber längst nicht mehr Platz darin hatten, herausgequollen waren und den größten Teil des Fußbodens in unregelmäßigen Haufen bedeckten. Auf einem der Haufen spielte ein Kind mit einer Puppe. Dazwischen stand hie und da ein Stuhl, auch einige Lehnstühle. Auf einem saß ein alter Herr mit rosigem Gesicht und weißem Haarschopf, blies recht schön auf einer Klarinette. An der Wand war ein Telephonapparat angebracht, damals eine neue Erfindung. An einigen Schreibtischen saßen Männer, auch einige Frauen, schrieben, sprachen laut miteinander und mit den vielen Menschen, die sich außer ihnen in dem Raum aufhielten, hin und her liefen, kamen und gingen. Ab und zu versuchte jemand zu telephonieren, bekam keine Verbindung, brüllte. Der Lärm und das Durcheinander überraschten mich so, daß ich erstarrt stehen blieb.

Ganz hinten an der Wand sah ich eine kleine Tür. Darauf war durch Heftzwecken ein Bogen Papier mit der Inschrift »Privat« befestigt. Neben dieser Tür eine Ottomane, auf der lag eine bleiche junge Frau, rauchte Zigaretten und las Manuskripte. Niemand schien mich zu bemerken. Allmählich kam ich ein wenig zu mir, dachte, der Redakteur müsse in dem Privatraum sein, bahnte mir mit den Füßen dorthin einen Weg durch das Papier, klopfte an.

Die Dame auf der Ottomane faßte mich beim Rockzipfel: »Was wollen Sie da drin? Sie werden ihn wecken!«

»Wecken?« sagte ich, »schläft denn der Herr Chefredakteur?«

»Unsinn, Washington schläft.«

Indem hörte man hinter der Tür ein Kind schreien. »Sehen Sie, Sie haben ihn geweckt!«, sie sprang auf, enthüllte ihre Brust, stürzte durch die Tür und kam gleich darauf mit einem Säugling zurück, der gierig an ihr trank. Mit ihm legte sie sich wieder auf die Ottomane, steckte eine frische Zigarette in den Mund, las in den Manuskripten, nahm mich nicht weiter zur Kenntnis.

Um mich bemerkbar zu machen, gab ich ihr Feuer. Sie deutete mit der Zigarette nach einem der Schreibtische: »Suchen Sie Quartaller? Da sitzt er.«

»Quartaller?! – Quartaller?!« stammelte ich.

»Nun ja, wollen Sie nicht zum Herausgeber des Meteor?«

Wirklich, da saß Quartaller. Jetzt kannte ich ihn erst wieder. Er war ziemlich verändert, sah nicht mehr so brutal aus, vielleicht weil er sehr abgemagert war, eine große Hornbrille trug und die Haare nicht mehr als semmelblonde Wolle, sondern als lange, graue Strähnen seinen Kopf bedeckten. Welches Patentmittel mochte ihm das Kraushaar geglättet haben?

Er schien nicht überrascht, mich hier zu sehen, zog einen Stuhl heran, gab mir eine Zigarette. »Merkwürdig! Eben hatte ich an Sie gedacht. Sehen Sie hier!« Er zeigte mir einen Bericht über die geglückten Flugversuche eines Berliner Erfinders. Er korrigierte einiges darin, befestigte zwei photographische Aufnahmen an dem Manuskript. »Daffodil!« schrie er. Zehn Stimmen wiederholten: »Daffodil! wo ist Daffodil?« In der Wand öffnete sich eine unsichtbare Tapetentür. Daffodil kam mit schnellem Gang, ein sehr junger dunkelhaariger Mensch mit energischem Kinn, elegant und schmächtig. »Daffodil, geben Sie das sofort zum Satz! Halt, holen Sie mir erst die Nummer, in der wir damals über den Flugabsturz Witzgalls berichtet haben.« Daffodil überlegte einen Augenblick, dann eilte er zu einem der Papierhaufen, holte mit sicherem Griff das Gewünschte heraus, legte es auf den Schreibtisch.

Das Telephon läutete, – wieder und wieder. Endlich ging ein Fräulein hin, stenographierte auf einen Block, gab den Zettel Quartaller. Der warf einen Blick darauf und sagte zu Daffodil: »Berliner Erfinder soeben bei Flug abgestürzt. Tot. Geben Sie noch nicht in Druck. Blümel soll Parallele mit Sache Witzgall schreiben.« Dann machte er einen Papierball und warf ihn auf den immer noch Klarinette blasenden Herrn im Lehnstuhl, winkte ihm: »Bitte, einen Augenblick!« Er kam langsam herbei, ohne mit Klarinetteblasen aufzuhören. »Herr Emmaus – Herr Professor Steinbeis, der bedeutendste Physiker unserer Zeit. Professor, meinst du, daß ein Mensch ohne Gasballon fliegen kann? Willst du mir vielleicht sofort eine Abhandlung von vierzig Zeilen darüber verfassen?« Professor Steinbeis setzte sich an den freien Platz eines Schreibtischs, legte die Klarinette weg und begann zu schreiben. »Noch etwas warten, Daffodil. Inzwischen brauchen wir etwas zu trinken«, sagte Quartaller. Daffodil verschwand wieder hinter der Tapetentür, kam zurück mit einem Tablett voller Gläser, in Begleitung eines livrierten Dieners, der einen großen Eiskühler mit Sektflaschen trug. Tablett und Kühler wurden auf eine freie Stelle des Fußbodens gestellt, Gläser auf den Schreibtischen verteilt, Champagner eingeschenkt.

Alle tranken mit großer Selbstverständlichkeit, war scheinbar so der Brauch. »Herr Emmaus, ich hatte Ihnen doch damals geschrieben. Warum sind Sie nicht gekommen?«

»Ich wußte nicht, daß Sie es waren, die Unterschrift war unleserlich. Ich reagiere nie auf Briefe mit unlesbarer Unterschrift. Aufrichtige Menschen schreiben ihren Namen deutlich.«

»Ganz meine Meinung! Aber wozu Aufrichtigkeit? Tiere sind aufrichtig. Wenn Sie das wollen, genügt ein Hund.«

Professor Steinbeis legte seine Abhandlung vor, hatte offenbar schon vorher viel über die Frage nachgedacht. »Schwerer als die Luft kann man nicht fliegen«, erklärte er. Quartaller warf einen Blick auf das Geschriebene. »Ganz ausgezeichnet!« war sein Urteil. »Darf ich dir gleich das Honorar geben?« Er nahm zwei Hundertmarkscheine aus der Westentasche, überreichte sie mit leichter Verbeugung und der Frage: »Wie machen das dann aber die Vögel?« »Das ist Instinkt«, belehrte ihn überlegen lächelnd der Professor, »und Ausnahmen bestätigen eben die Regel.«

Die Geldscheine legte er in ein Briefkuvert, klebte es zu und empfahl sich. Ich bemerkte, daß sich von einem der Schreibtische ein Fräulein erhob und ihm nachging. Sie kam bald zurück, verbarg das Briefkuvert in ihrem Handtäschen.

Als Professor Steinbeis fort war, warf Quartaller die Abhandlung in den Papierkorb. Daffodil brachte Blümels Manuskript. Es wurde in Druck gegeben.

»Eigentlich bringen wir ja jetzt nicht mehr viele Reportagen«, bemerkte Quartaller, »nur ganz besondere Sachen. Die wöchentlichen Photographien von den Kaiserreisen wurden mir zu langweilig. Das Publikum will sie allerdings sehen, habe dafür die ›Zeitwoge‹ gegründet, keine Nummer ohne Kaiserbild, Auflage schon über Hunderttausend. Katja war zwar dagegen, aber ich habe sie überstimmt. Ach so, Sie kennen Katja noch nicht. Katja!« brüllte er. »Katja!«

Katja erhob sich von der Ottomane, knöpfte ihre Bluse zu, gab den kleinen Washington Herrn Daffodil zum Halten, kam. Ich wurde ihr vorgestellt.

»Hör mal, Quart, ich habe gesehen, daß Papa wieder etwas schrieb. Laß sehen.« Quartaller zeigte auf den Papierkorb.

»Na, dann ist es gut«, atmete sie auf. Er soll keine Wissenschaft für uns verzapfen, man wird ihn sonst nicht mehr ernst nehmen. Neulich sein großer Artikel: ›Das weibliche Geschlecht – eine heilbare Krankheit?‹ hat zwar dem Blatt genützt, aber ihm selbst sehr geschadet.«

»Ah, Sie sind eine Tochter des berühmten Professor Steinbeis?« sagte ich ehrerbietig. Natürlich kannte ich sein berühmtes Werk: »Wann ging die Welt unter?« Es hatte einen unerhörten, internationalen Erfolg gehabt. In Europa und Amerika gab es keinen Menschen, der nicht davon gehört hatte. Hunderttausende hatten es gekauft und viele davon sogar die ersten zwanzig Seiten gelesen, auf denen die Behauptung aufgestellt wurde, daß die Welt bereits untergegangen ist, zu einem genau feststellbaren Zeitpunkt, dem achtzehnten Januar 1871. Man habe es bloß noch nicht gemerkt, denn es dauere oft Jahrtausende, bis ein kosmisches Geschehen in Erscheinung trete. Auf den übrigen 965 Seiten war der wissenschaftliche Beweis für diese These erbracht, mit tiefsinnigen astronomischen, mathematischen und physikalischen Deduktionen, sie waren etwas schwer verständlich. An der Universität Boston wurde zu ihrer Erklärung ein eigener Lehrstuhl für Weltuntergang geschaffen.

»Und Sie sind mit Herrn Quartaller verheiratet? Ist das, weil die Welt untergegangen ist?«

Beide schauten mich zornig an. Sie sagte: »Quatsch!«, und er deutete auf eine Zeitungsannonce, die, sauber auf Papier geklebt und eingerahmt, auf dem Schreibtisch stand. Darauf war zu lesen: »Wir zeigen an, daß wir uns heute in freier Ehe verbunden haben. Katja Steinbeis, Tochter des Professors Oswald Steinbeis, nebst Sohn Washington. – Quartaller, Herausgeber des Meteor, nebst Tochter Roswitha.«

»Sie können mich aber ruhig Frau Quartaller nennen, wenn Sie wollen.«

»Ja, Frau Quartaller, aber einen Augenblick, bitte! Ich kann so schnell nicht denken. Roswitha, das ist wohl das liebliche Kind, das da drüben auf dem Papierhaufen waltet? Aber sind Sie nicht seine Mutter? Jedes Kind muß doch mehr oder weniger eine Mutter haben.«

Katja lachte und hielt die Hand vor den Mund. Quartaller sah mich scharf an und sagte: »Das Kind stammt aus dem Schlosse Glespelbrunn, seine Mutter wählte ihm den Namen Roswitha.«

Ich habe ein ziemlich dummes Gesicht gemacht, vielleicht sogar ein bißchen weinerlich, denn Katja, in deren Lachen nun auch Quartaller einstimmte, strich mir über das Haar und tröstete mich: »Nicht traurig sein, Herr Emmaus!«

So gab ich mir einen Ruck und entließ alle peinlichen Gedanken, begann ein sachliches Gespräch.

»Sagen Sie mir, Herr Quartaller, was will eigentlich der Meteor? Die meisten Nummern, die ich sah, waren so verschieden von einander, daß ich nicht klug daraus werde.«

»Ja, mein Lieber, dadurch unterscheiden wir uns eben von allem, was es bisher gab. Jede Zeitung wurde mit einer vorgefaßten Meinung angefangen. Der Herausgeber wollte irgend eine literarische oder künstlerische oder politische Idee durchsetzen, sein Blatt wurde schnell langweilig, verkalkte. Ich habe die Diktatur des Chefredakteurs ausgerottet. Der Meteor vertritt keine Weltanschauung, will weiter nichts als den besten Schriftstellern, Künstlern, Politikern, Wissenschaftlern, berühmten und noch unbekannten, Gelegenheit geben, frei und unbeeinflußt an die Öffentlichkeit zu treten. Jede Nummer ist die Summe der Leistungen ihrer Mitarbeiter. Jeder darf hier mitarbeiten, der etwas bedeutet. Und daß die Besten kommen, dafür sorgt die Höhe der Honorare. Der Meteor zahlt mehr als irgend ein anderes Blatt und zahlt sofort, nicht erst nach Erscheinen des Beitrags. Aber allmählich bildet sich doch ein Stamm von Mitarbeitern, und der Meteor bekommt ganz von selbst ein eigenes Gesicht. Bereits spricht man von einem Meteor-Stil in der Kunst. Die alten Stile haben abgewirtschaftet, und im Meteor haben die jungen Künstler zuerst der Welt gezeigt, welche Schönheit in eigentümlich geschwungenen Linien menschlicher Körper und pflanzlicher Gebilde liegt. In Graphik, Textilkunst, Möbeln, Geräten, ja Architektur setzt sich der Meteor-Stil durch. Auch in der Literatur bricht Neues hervor. Die ›Briefe bayrischer Bauern‹, die Doktor Aloys Huber für uns schreibt, sind ganz etwas Eigenartiges. – Ah, Herr Doktor, gerade habe ich von Ihnen gesprochen.«

Ein breitschultriger Mann war herangetreten, kurze Lederhosen, Gebirgstracht, sah wie ein Bauernbursche aus, bis auf den schwarz gerandeten Zwicker vor den Augen. Ein Dackelhund begleitete ihn.

»Grüß Gott, Herr Meteor. Ich hätte eine neue Idee. Ihr Roman geht ja in der nächsten Nummer zu Ende. Da hab ich gemeint, ich übertrage die Bibel ins Bayrische, und Sie lassen sie in Fortsetzungen erscheinen. Hier wären die ersten Kapitel.« Quartaller durchflog ein paar Seiten des Manuskripts, war von dem Vorschlag entzückt.

Huber fuhr fort: »Und mein Freund, der Gradl Sepp, kann Zeichnungen dazu machen. Wird gut sein, daß er wieder mehr zeichnet. Seitdem er verliebt ist, fängt er an Poesie zu verbrechen, und das ist ein Mist. Da hinten sitzt er ja wieder bei der Fräulein Spannagl, hält sie von der Arbeit ab, hat die Hand an ihrer Taille und nimmt ihr Maß zu einem lyrischen Gedicht.« Ich schaute hin. Den Gradl kannte ich, er war damals einer der Begabtesten der Timmschule in Etzenhofen. Und das war das Fräulein, das vorhin das Geldkuvert von Professor Steinbeis bekommen hatte. Daffodil mußte Gradl heranholen, ich fand es ziemlich unverschämt, wie er dabei Gradls Hand sanft von dem Busen der Dame entfernte und mit ihr verstohlen einen spöttischen Blick wechselte. Ich bemerkte, daß sie ein schönes, etwas puppenhaftes Gesicht hatte.

Dann lud Frau Katja mich und Doktor Huber ein, bei ihnen zu Abend zu essen, Ehrhardstraße 19, am besten wäre es, wir kämen gleich mit Quartaller hin. Sie ging etwas früher, mit den Kindern, die nach Haus geholt wurden.

Auf dem Wege sagte ich dem Doktor Huber viel Schmeichelhaftes über seine »Bauernbriefe« und über seine Idee, die Bibel ins Bayrische zu übersetzen, er könne der bayrische Luther werden. Das gefiel ihm weniger. »Wissens, der Luther ist mir zu preußisch. Wie der die Bauern an die Großkopfeten verraten hat, das war schon nimmer schön. Vor ihm ist es viel gemütlicher in Deutschland gewesen. Ohne Luther hätte es nie den preußischen Parademarsch gegeben. Aber unsere Bauern hier sind ihm nicht auf den Leim gegangen, die waren ihm zu schlau. Ich bin Advokat in Aubing, da kenne ich sie gut. Neulich haben sie mich elend geschlenkt, die Tropfen. Wissens, ich hab doch die Etzenhofener Jagd in Pacht. Dort haben die Krähen schrecklich überhand genommen, haben viel Schaden angerichtet, Rebhuhneier und junge Hasen gefressen. Da hat der Förster gemeint, wir wollen sie vergiften. Ich habe ein Rattengift mitgebracht, und wir haben giftige Fleischbrocken ausgelegt auf die Äcker. Aber nach der Ernte treiben dort die Bauern ihre Schweine auf's Feld, die haben die Krähen verscheucht und keine Krähe hat ein Fleisch angerührt. Wie ich nach der Jagd in der Dorfwirtschaft sitze, kommt ein Bauer daher mit einer verreckten Sau auf dem Schubkarren, sagt: ›nix für ungut, Herr Doktor, aber die Sau hat das Gift gefressen, das wo Sie ausgelegt haben. Sie müssen zahlen.‹ Also habe ich den Schaden bezahlt und dem Bauern noch eine Maß Bier gekauft. Dann ist er fort mit dem toten Vieh. Nach einer Viertelstunde kommt ein zweiter Bauer mit einer eingegangenen Sau daher. Das war mir sehr zuwider, und ich hab sie auch bezahlt. Und das ist so weiter gegangen. Einer nach dem anderen sind sie dahergekommen. Wie ich die fünfte gezahlt hatte, habe ich kein Geld mehr dabei gehabt, bin nach Aubing hinein und hab mir schnell vom Hierlbräu eins zu leihen genommen. Der ist mit nach Etzenhofen hinaus, und ich hab noch zwei Schweine bezahlen müssen. Aber nach dem achten hat dann der Hierlbräu zu dem Bauern gesagt: ›Geh, Wastl, die Sau läßt du jetzt hier.‹ Sie blieb einstweilen auf dem Dunghaufen liegen. Und das war die letzte. Kein Bauer hat mehr eine gebracht. Da haben wir nachgefragt, und es war überhaupt nur *eine* verreckt, die hatten sich die sieben anderen Bauern ausgeliehen.«

Quartaller bat den Doktor Huber, das in seinem nächsten Bauernbrief zu bringen, aber so wie es *der Bauer* erzählen würde.

Quartallers Wohnung war im ersten Stock eines eleganten, neuen Mietshauses am Isarufer. Dicker roter Plüschbelag machte die Treppen kostbar. Die Zimmer waren ganz im Meteorstil eingerichtet, ohne eine einzige gerade Linie, alles geschlängelt, mit vielen geschnitzten Pflanzen und Blumen an giftgrün gefärbten Möbeln. Auf Tapeten und Vorhängen trieben mit Vorliebe Seerosen ihr Wesen, auch auf den Teppichen erfreuten sie das Auge, aus wasserblauem Grund aufsteigend, zwischen vornehmen Schwänen, die stolz darauf waren, ihre Hälse im Meteorstil abbiegen zu können. Alle Möbel sahen aus, als ob sie im Begriff wären wegzulaufen, besonders die Stuhlbeine schienen es sehr eilig zu haben. Viel chinesisches und japanisches Porzellan stand herum, an den Wänden waren japanische Drucke und einige dunkle, alte Bilder.

»Schön haben Sie es hier«, sagte ich.

»Ja, nicht wahr? Alles von Professor Krüglin selbst entworfen. Ich könnte mich nicht mehr wohl fühlen zwischen Dingen, die nicht entworfen sind.«

Man aß auch von Meteorstil-Geschirr, mit Besteck, dessen Formen so bewegt waren, daß man jeden Augenblick fürchten mußte, es würde davonhüpfen. Und das wäre schade gewesen, denn wie uns Quartaller erzählte, hatte Krüglin die Entwürfe dazu nur unter der Bedingung geliefert, daß sie in purem Gold ausgeführt wurden. »Nachträglich haben wir es allerdings versilbern lassen, um nicht protzenhaft zu erscheinen.«

Zum Essen wurde nur Champagner getrunken, ein Diener und ein Mädchen servierten, sehr korrekt, mit weißen Handschuhen, wie überhaupt hier vornehmer, geordneter Haushalt markiert wurde. Allerdings in einer Pause stand das Mädchen träumerisch abseits unter einer Palme und bohrte in der Nase. Frau Katja rief ihr halblaut zu: »Marie, bessere Mädchen ziehen den Handschuh aus, wenn sie in der Nase bohren wollen.«

Nachher saßen wir, rauchend und Kaffee trinkend, in die bequemen Klubsessel versunken. Doktor Huber hatte seinen Dackel im Arm und eine lange Virginiazigarre im Mund, schlief ein, rauchte schlafend weiter, wenn sie ausging, wachte er auf, zündete sie neu an und schlief.

Ich fragte Quartaller, wie es gekommen sei, daß er seinen blühenden Kunsthandel aufgegeben habe, um Zeitungsherausgeber zu werden.

»Allzu blühend«, sagte er, »habe einiges Unangenehme damit erlebt, so daß er mir verleidet wurde. Ich erzähle es sonst niemandem, aber zu Ihnen habe ich Vertrauen. In einem kleinen böhmischen Dorf hatte ich ein verschollenes Hauptwerk Dürers, ›die große Anbetung‹, in einer Kirche entdeckt. Es war in sehr schlechtem Zustand, ganz verschimmelt und verdorben. Aus Kunstbegeisterung erbot ich mich, es kostenlos restaurieren zu lassen, die Kirchenverwaltung ging gern darauf ein. Ich hatte einen ausgezeichneten Spezialisten dafür. Er machte mir gleichzeitig eine Kopie, die vom Original absolut nicht zu unterscheiden war. Durch ein Versehen wurde dann die Kopie anstatt des echten Bildes zurückgegeben, unter heißem Dank der geistlichen Obrigkeit.

Später hörte ich, daß eine große Galerie das Bild von der armen kleinen Gemeinde erworben hatte. Dort hängt es noch als Hauptzierde der Sammlung. Inzwischen war die japanische Kunst für Europa entdeckt worden, ich hatte hunderte von japanischen Meisterwerken importiert und sehr viel daran verdient. Gleichzeitig fing Japan an, sich für europäische Kunst zu interessieren, in Tokio war ein eigenes Museum dafür gebaut worden. Ich bot meinen Dürer an, schickte Photos und Expertisen, gedachte, außer barem Geld, eine ganze Schiffsladung erlesenster japanischer Kunst dafür einzutauschen. Man war bereit, darauf einzugehen. Ich ließ die riesengroße Holztafel gut verpacken und fuhr von Hamburg aus mit dem japanischen Dampfer ›Nishi maru‹ nach dem fernen Osten, hatte das Bild natürlich hoch versichert. Die Fahrt verlief sehr angenehm, besonders weil ich auf dem Schiff eine entzückende junge Dame kennen gelernt hatte. Sie war Journalistin, wollte Studien über die japanischen Frauen und ihre soziale Lage machen, die gleichzeitig in einer großen amerikanischen und in einer deutschen Zeitung veröffentlicht werden sollten. Außerdem wollte sie in Tokio über die japanische Ausgabe des Buches ihres Vaters ›Wann ging die Welt unter?‹ verhandeln. Sie brachte mir zuerst Interesse am Zeitungswesen bei. Ich war sehr verliebt in sie.« Er ergriff Katjas Hand.

Sie sprach, erst lächelnd, dann ernst: »Er gefiel mir auch. Ich fand ihn zwar sehr häßlich, aber ich liebe unternehmende Männer, die Ideen haben und die nicht an der Gleichberechtigung der Frauen zweifeln. Genau genommen war ich mir nicht klar darüber, was ich für ihn empfand. Wenn man auf einer weiten Schiffahrt ausschließlich mit einem Manne zusammen ist, bekommt es leicht etwas von einer Hochzeitsreise, einer platonischen natürlich. In der wundervollen tropischen Nacht schauten wir, eng nebeneinander, über das Schiffsgeländer hinaus in die blaue Dunkelheit. Da tauchte plötzlich ein riesenhaftes, weißleuchtendes Kriegsschiff auf, ganz nahe vor uns, mit Kurs direkt auf uns zu. Seine Schornsteine rauchten nicht, kein Mensch war darauf zu sehen, es gab kein Warnungszeichen, alles war unheimlich still an Bord. Es kam mir vor, als ob das Schiff durchsichtig wäre, der Horizont und die kleinen Wellenkämme waren dahinter sichtbar. Schon war es bemerkt worden. Laute, schrille Warnungssignale tönten von der Nishi maru. Aber schweigend setzte es seinen Kurs fort, direkt auf uns zu. Wir waren starr vor Schreck. Mit dumpf knirschendem Krach rammte es unser Schiff. Das bekam Schlagseite. Viele Leute stürzten an Deck. Es war allgemeines, aufgeregtes Durcheinander, Schreien, Verzweiflung. Um Schwimmgürtel wurde wild gekämpft, Rettungsboote wurden herabgelassen, überfüllt, kenterten. Wir beide wurden merkwürdig ruhig, hielten uns umschlungen, fühlten wohl das Gleiche: im Angesicht des Todes ein unbändiges Verlangen nach Leben und Liebe. Wir haben ihm nachgegeben. So wären wir dann, ohne Entsetzen und Grauen, süß in das Nichts hinabgeglitten. Das Schiff versank. Im letzten Rettungsboot schlugen sich die Menschen, stießen Schwimmende zurück, die hineinkommen wollten, auf einmal trieb es Kiel oben. Ich versuchte zu schwimmen, verlor das Bewußtsein.

Als ich wieder zu mir kam, hatte mich Quart auf eine Art Floß hinaufgezogen. Er war ganz munter, sagte: ›Weißt du, worauf wir sitzen? Auf Dürers Anbetung.‹ Wirklich, das war die große flache Kiste mit dem großen Brett des Bildes darin, es war ein wunderbares Fahrzeug. Leider mußten wir mehrere Japaner, die sich zu uns herauf retten wollten, freundlichst und mit einiger Brachialgewalt ersuchen, wieder zu verschwinden. Nur einer Ratte, die geschwommen kam, erlaubten wir dazubleiben. Von der Nishi Maru war nichts mehr zu sehen, aber auch das andere Schiff war spurlos verschwunden. Wir sahen überall im Meer die Rückenflossen der Haifische. Viele Schwimmer stießen einen letzten Schrei aus, bevor sie hinabgezogen wurden. Wir hielten uns in der Mitte unseres Floßes, trieben so dahin bis zum Morgen. Dann kam ein italienischer Dampfer in Sicht, der uns rettete.«

Sie schwieg nachdenklich und von der Erinnerung ergriffen. Quartaller setzte die Erzählung fort: »Als man uns ins Boot zog, bat ich die Matrosen in meinem besten Italienisch, die Anbetung mitzunehmen. Sie lachten, glaubten wohl, ich rede im Fieber. Es wäre auch nicht möglich gewesen, das Floß mit in das Boot zu bringen. Aber die Ratte hüpfte hinein, bemerkte ich. Das italienische Schiff war auf der Heimfahrt nach Genua. Glücklicherweise hatte ich meine Brieftasche gerettet. Wir hätten vom nächsten Hafen aus die Reise nach Japan fortsetzen können, verzichteten aber darauf.

An Bord hielt man uns für ein Ehepaar, wir widersprachen dem nicht. In Genua equipierten wir uns neu, verbrachten dann ein paar herrliche Wochen in Bordighera. Von dort aus schrieb ich an die Versicherungsgesellschaft, um den Verlust des Bildes ersetzt zu bekommen. Katja hatte an ihre Blätter eine packende Schilderung des rätselhaften Schiffsunglücks geschickt, auch von der Rettung durch das Dürerbild erzählt. Wir lasen den Artikel, behaglich am Badestrand in der Sonne liegend.

Weniger behaglich wurde mir zumute, als in einer der nächsten Nummern eine Zuschrift jenes Galeriedirektors erschien, der das Bild aus der böhmischen Kirche gekauft hatte. Es müsse ein Irrtum vorliegen, denn die echte ›Große Anbetung‹ Dürers befinde sich wohlbehalten im Besitze des Museums.

Ich hätte ihm gern seine Freude gelassen, aber was würde die Versicherungsgesellschaft dazu sagen? Wir reisten ab.

Nach Ankunft in der Heimat war mein erster Gang zu der Versicherungsgesellschaft. Ich hatte die Police nicht mit auf die Reise genommen, so konnte ich sie vorlegen. Aus ihr ergab sich klar, daß ich bei Totalverlust anderthalb Millionen Mark zu bekommen habe. Ob ich den Betrag gleich in Empfang nehmen möchte, fragte mich der Direktor etwas ironisch, was ich natürlich bejahte. »Ganz recht«, meinte er, »erst aber müssen alle Bedingungen erfüllt sein.« Er deutete auf einige graue Flecke des Versicherungsscheins, gab mir ein Vergrößerungsglas in die Hand. Da löste sich der graue Ton in Buchstaben auf, und ich konnte lesen, daß bei Versicherungen von über 50 000 Mark Wert Schadenersatz nur beansprucht werden könne, wenn einwandfrei nachgewiesen werde, daß erstens der Gegenstand tatsächlich den angegebenen Wert gehabt habe, zweitens, daß er wirklich total zu Verlust gegangen sei, drittens, daß dabei keinerlei Verschulden des Versicherungsnehmers vorliege. Und das hatte ich unterschrieben!«

»So eine Lumperei!« rief ich aus. – Doktor Huber erwachte, sagte: »Ja, Lumpen sind es, alle miteinander«, zündete sich die Zigarre neu an und schlief weiter.

Quartaller fuhr fort: »Ich ging zu meinem Rechtsanwalt. Das Ergebnis der Besprechung war, daß Punkt 2 und 3 leicht zu erfüllen seien, aber Punkt 1 würde schwierig sein, und, nachdem ich ihm erzählt hatte, unter welchen Umständen ich Besitzer des Bildes geworden war, machte er ein sehr bedenkliches Gesicht. Er riet mir, die Sache unter allen Umständen und zu jedem Preis schleunigst aus der Welt zu schaffen. Der einzige Ausweg sei, den Versicherungswert auf 50 000 Mark zu ermäßigen, dann würden die verschärften Bedingungen wegfallen.

Er hat dann selbst mit der Versicherung verhandelt, hat zu dem Direktor gesagt: ›Diese Art von Police mit unleserlichen Bedingungen verstößt nicht nur gegen die guten Sitten, sondern auch gegen einige

Paragraphen des Strafgesetzbuchs. Ich rate Ihnen in Ihrem eigenen Interesse, meinem Klienten den versicherten Betrag voll auszuzahlen.‹ Worauf ihm der Direktor die Zeitung mit der Berichtigung des Galeriedirektors vorlegte und bemerkte: ›Unsere Nachforschungen sind noch im Gange.‹

›Einstweilen kann ich dann ja den Staatsanwalt veranlassen, Ihre Policen ein wenig zu prüfen‹, antwortete der Anwalt. So haben sie sich hin und her gehakelt und schließlich auf 90 000 Mark geeinigt. Beide Parteien waren froh, so glimpflich davonzukommen. Immerhin hatte ich nichts dabei verloren.

Aber dann war noch ein anderer Fall, der sehr unangenehm aussah. Vor einiger Zeit hatte ich von dem italienischen Bildhauer Rossi ein ungeheuer seltenes Stück erworben: die einzige Plastik Raphaels, eine wundervolle Madonna, in gefärbtem Wachs modelliert. Der Direktor der preußischen Sammlungen, Geheimrat von Wackes, hatte sich das Unikum nicht entgehen lassen. Ich hatte es ihm, aus alter Freundschaft, für dreiviertel Millionen Mark überlassen. Nun wurde die Echtheit des Kunstwerks bezweifelt, der Geheimrat in der Presse stark angegriffen. Um seinen Ruf als größte Autorität der Kunstwissenschaft besorgt, ließ er es von einer Kommission anerkannter Fachleute prüfen. Sie stellten fest, daß die Formgebung zweifellos die Raphaels sei, aber das Material der Plastik sei nicht Wachs, sondern Paraffin. Das habe es zu Raphaels Zeit zwar noch nicht gegeben, ebensowenig wie die verwendeten Anilinfarben, doch sei es ihm, als großem Genie, vielleicht möglich gewesen, diese Dinge eigens für seine Zwecke zu erfinden und herzustellen. Bedenklich sei es auch, daß das Innere der hohlen Figur mit Zeitungspapier ausgefüllt sei, das entschieden nicht der Renaissancezeit entstamme, Nummern der Times von 1875. Wackes ließ mich nach Berlin kommen, zeigte mir das Gutachten. Zu allem Unglück war Rossi kurz zuvor gestorben, und ich konnte nicht einmal nachweisen, daß ich die Plastik von ihm hatte. Der Geheimrat raste. Ich bot ihm Rückerstattung des Kaufpreises an. ›Das fehlte mir gerade noch!‹ brüllte er, ›dann wäre meine Unfehlbarkeit für immer zerstört, meine Expertisen würden wertlos. Ich besitze Einfluß genug, um die Veröffentlichung des Gutachtens zu unterdrücken, die Presse zum Schweigen zu bringen. Ich verlange von Ihnen nur zwei Dinge: Sie müssen unverbrüchliches Stillschweigen darüber bewahren, daß Sie mich hineingelegt haben, und Sie müssen sich verpflichten, aus dem Kunsthandel für immer zu verschwinden.‹ Ich mußte ihm das schriftlich geben, und die Sache war erledigt. Sie begreifen wohl, daß mir durch solche Erfahrungen die Freude am Kunsthandel genommen worden ist. Katja hatte immer gesagt, das sei kein Beruf für mich, Kunsthändler seien Vampyre, die sich von den Leichen toter und vom Blut lebender Künstler nähren.«

Frau Katja stimmte bei: »Ich habe herausgefunden, daß der Kunsthandel genau das Gegenteil vom Zeitungswesen ist. Der Kunsthändler will an nur wenige teuer verkaufen, der Zeitungsherausgeber an viele billig. Bisher allerdings wollte auch der möglichst billig einkaufen, und das war ein Irrtum. Einige Leute in Amerika hatten schon länger entdeckt, daß sehr hoch bezahlte Beiträge die Qualität und den Erfolg eines Blattes bedingen. Wir haben dieses Prinzip hier eingeführt und dadurch neues Leben in den Zeitungsbetrieb gebracht, gezeigt, welche ungeahnten Möglichkeiten es da gibt.«

Es war spät geworden, und ich wollte mich verabschieden. »Sie werden doch noch nicht schlafen gehen«, sagte Quartaller, »wir wollten noch in's Kolosseum auf die Redoute.« Es war nämlich Faschingszeit, überall ergab man sich Tanzvergnügungen, mehr oder weniger maskiert, die in den Kolosseumssälen waren die beliebtesten.

Bei dem Stichwort »Kolosseum« wachte Doktor Huber auf: »Jessas! Da hab' ich ganz vergessen, daß ich mich im Kolosseum mit der Corietta zusammenbestellt habe, die wird mir einen schönen Krach machen.«

Wir fuhren alle vier in einer Droschke hin. Doktor Huber war ganz munter geworden, erzählte während der Fahrt viel von Corietta. »Sie ist eine Tänzerin aus Tahiti, tritt im Viktoria-Varieté mit ihrem Partner Gagino auf. Das ist ein schrecklicher Mensch, nutzt das arme Mädchen furchtbar aus, bedroht ihre Unschuld. Sie ist nämlich noch ganz unverdorben. Das habe ich gleich erkannt. Sie hat mir sehr gefallen, weil sie so ein rassiges schwarzes Geschau hat. Nach der Vorstellung bin ich mit ihr und dem Gagino in eine Weinwirtschaft gegangen. Sie hat mich heimlich mit der Fußspitze angestoßen, und ich habe sie unter dem Tisch bei der Hand gefaßt und dann bei den Knien und so. Und der Gagino hat nichts gemerkt, weil ich ihm immer frisch eingeschenkt habe. Aber er war doch nicht so betrunken, wie ich meinte, denn auf einmal hat er mich um fünfzig Mark angepumpt und dann hat er gesagt, er könne nicht länger bleiben, weil er am nächsten Tag früh aufstehen müsse und üben, ich soll die Corietta heimbegleiten, er sehe, ich sei ein

Kavalier und er könne sie mir anvertrauen. Wie er fort war, hat die Corietta zu weinen angefangen und hat mich gebeten, sie von Gagino zu befreien, sonst würde der ihr schließlich etwas antun und sie wolle doch ein sittsames Mädchen bleiben. Sie hat mich sehr gedauert, und ich habe ihr gesagt, sie solle von ihm weggehen, sie könne zu mir nach Aubing ziehen. Einstweilen ist sie mit mir in's Hotel gekommen. Aber am Morgen hat sie dann wieder geweint, weil sie sich vor Gagino gefürchtet hat, und sie ist zu ihm zurückgekehrt. Ich war dann oft mit ihr beisammen, und sie hat mich auch in Aubing besucht und sie möchte mir dort die Wirtschaft führen.«

Indem waren wir beim Kolosseum angelangt. Die Garderobenfrau wollte zuerst den Dackel nicht aufbewahren. Während wir darüber noch verhandelten, kam eine Gesellschaft junger Leute lustig in sehr animierter Stimmung die Treppe herunter, wollten ihre Garderobe holen. Sie lärmten und lachten, hielten sich untergefaßt, drei Mädchen, die dabei waren, wurden abgeküßt, handgreiflich, tief in den Kleiderausschnitt hinein, sie juchzten ein wenig, gaben die Küsse schallend zurück. Auf einmal riß sich der Dackel los, sprang an dem einen Mädchen freudig kläffend in die Höhe.

Sie war als Indianerin kostümiert, hatte blauschwarzes Haar, bräunliche Hautfarbe. Beim Anblick des Dackels veränderte sich sofort ihre Haltung »Also meine Herren, auf Wiedersehen! Ich bleib noch ein bissel. Grüß dich Gott, Loisl, bist du doch noch gekommen! Waldl, jetzt sitz schön beim Garderobenfrauerl!« Schon stieg sie mit Doktor Huber die Treppe zum Saal hinauf, so schnell war das gegangen, daß ihre heitere Gesellschaft begrifflos stehen blieb. Sie tauchten unter in der dicht gedrängt tanzenden Menge, unermüdlich waren die beiden, kein Tanz wurde ausgelassen. Ein merkwürdiges Bild: der blonde, bäuerliche Huber und die schlanke zierliche Exotin mit ihren schlangenartigen Bewegungen, es war, als ob ihn eine Viper umzüngelte. Der »Frassee« war, wie immer, der Höhepunkt der Tänze, artete zu einer wilden Orgie aus, bei der die Weiber hochgehoben, in der Luft herumgeschwenkt, von gierigen Händen abgegriffen wurden, alles durcheinanderschrie und lachte, der Rhythmus zeitweise ganz verloren ging.

Wir saßen zuerst etwas abseits in einer Loge, wo wir Professor Steinbeis an einem Tisch mit Fräulein Spannagl vorgefunden hatten. Das Dirndlkostüm paßte gut zu ihrem hübschen Puppengesicht mit der blonden Gretchenfrisur.

Ein maskierter Harlekin trat an unseren Tisch, trank von unserem Sekt und sagte zu dem Professor: »Gib fei Obacht auf dein Töchterl, daß sie dir nicht ausgespannt wird.«

Der Professor wurde rot und etwas verlegen, lachte dann: »Du wirst schon auch eine finden, laß mir mein Vergnügen, man ist ja nur einmal alt.«

»Na dann Prost!«, trank der Narr ihm zu, »weil's gleich ist, die Welt ist ja doch schon untergegangen, hast du gesagt.«

Steinbeis war nämlich eine stadtbekannte Persönlichkeit, und gerade jetzt, in einer Tanzpause, erhob sich großes Halloh, da sechs Steinbeise, Klarinette blasend, im Gänsemarsch durch den Saal wanderten. Die Masken waren täuschend ähnlich, der weiße abstehende Haarschopf, das alte, rosige, etwas weiche Gesicht, das kleine Bäuchlein. Alles lachte, auch der Professor selbst. Er erhob sich, ging hinunter an die Spitze des Zuges und führte ihn dirigierend an. Jubelnder Applaus. Dann brachte er seine sechs Ebenbilder mit an unseren Tisch, der durch einen zweiten vergrößert wurde. Alle bekamen Champagner, tranken viel. Fräulein Spannagl saß zwischen zwei Steinbeisen, die sie von beiden Seiten küßten. Der eine wollte sie auf seinen Schoß ziehen, der andere wollte es nicht zulassen, packte ihre Beine. Stühle fielen um, Sekt floß über den Tisch. Die beiden Steinbeise kamen in's Raufen. Ein anderer Steinbeis trat herzu, hob das Dirndl auf und führte es sehr korrekt, mit leichter Verbeugung zum Tanzen. Die Raufenden wurden bald getrennt, aber ihre Maskierung war zerstört, und man sah, daß der eine Herr Daffodil war, der andere Herr Gradl. Als Fräulein Spannagl nach einiger Zeit wieder am Tisch erschien, mit ihrem Tänzer, hatte der sich bereits in der Garderobe entsteinbeist, stellte sich als Assessor von Schneemöller vor. Fräulein Spannagl tanzte nur mehr mit ihm. Von allen sieben Steinbeisen blieb schließlich der echte allein zurück, eine Klarinette hatte man ihm dagelassen, auf der blies er die Tanzmelodien mit, trank sehr viel.

Als ich mit Frau Katja getanzt hatte, fragte ich sie: »Liebt Professor Steinbeis Fräulein Spannagl? Könnte ja ihr Vater sein.«

»Ist er und deshalb liebt er sie.«

Ich war überrascht: »Also ist sie Ihre Schwester. Wieso heißt sie dann Spannagl?«

»Stiefschwester, und sie heißt so nach ihren Adoptiveltern, meine Mutter ist bei meiner Geburt gestorben. Papa ist dann später zu wissenschaftlichen Untersuchungen nach Borneo gereist. Von dort hat er diese Tochter mitgebracht. Auf der Rückreise hat er den Kapitän des Schiffes veranlaßt, sie zu adoptieren, der hieß Spannagl. Warum er das gemacht hat, war mir lange ein Rätsel, bis ich einmal seine geheimen Aufzeichnungen über die Forschungsergebnisse von Borneo zu lesen bekam. Er war dorthingefahren, um Blutanalysen an Orang Utangs vorzunehmen. Dabei war es für den Forscher wichtig, festzustellen, ob Mensch und Orang Utang sich zusammen fortpflanzen können. Papa hat es experimentell bewiesen. Es wurde eine Tochter, und sie hatte, körperlich und geistig, nur väterliche Eigenschaften geerbt, nichts erinnerte an ihre Mama. So sollte es Geheimnis bleiben, wer ihre wirkliche Mutter war. Sie selbst ahnt es nicht, denkt, sie sei ein außereheliches Kind des Professors, und ihre Mutter sei dann an den Kapitän verheiratet worden. Ich bitte Sie um strengste Diskretion, Herr Emmaus, allerdings würde es Ihnen ja auch niemand glauben.«

Dadurch ist mir Fräulein Spannagl eine sehr interessante Erscheinung geblieben. Ihr ferneres Schicksal ist tragisch genug gewesen. Der Assessor von Schneemöller hatte sich auf jener Redoute in sie verliebt. Er ist dann in den diplomatischen Dienst eingetreten, hat schnell Karriere gemacht. Als Botschaftsrat hat er sie geheiratet. Es ist eine glückliche Ehe gewesen, besonders als sie nach zwei Jahren ein Kind erwarteten. Es ist ein Sohn geworden, aber alsbald nach der Geburt hat sich etwas Furchtbares gezeigt: ein völliger Rückschlag auf die Großmutter. Das Kind war durchaus ein Orang Utang. Professor Steinbeis hat den Fall wissenschaftlich hochinteressant gefunden und in der Freude seines Herzens dem Vater den Zusammenhang erklärt. Der hat sich sofort eine Kugel durch den Kopf geschossen. Seine unglückliche Gattin hat im Irrenhaus geendet. Zuerst hat man gemeint, es würde möglich sein, den Jungen von Schneemöller als Menschen aufwachsen zu lassen, ihn vielleicht zu dem väterlichen Beruf zu erziehen. Dann war man aber genötigt, ihn dem zoologischen Garten zu schenken.

Doch an jenem Redouten-Abend herrschte ahnungslose Fröhlichkeit, die dem Herrn Assessor von Schneemöller nur dadurch etwas getrübt wurde, daß eine ziemlich robust aussehende Dame in gelbem Domino ihn mit dem Fächer auf die Schulter klopfte und zum Tanzen aufforderte. Wie wir später erfuhren, war sie die Gattin seines Vorgesetzten, und so konnte er sich dem nicht entziehen. Sie ließ ihn nicht so schnell wieder los.

Fräulein Spannagl, ein bißchen enttäuscht, war dann nicht mehr so abweisend gegen Gradl und Daffodil.

Ich bemühte mich auch ein wenig um sie, vermutete nach Frau Katjas Erzählung verborgene Urwald-Leidenschaften bei ihr. Aber nichts deutete daraufhin, und ich kam zu der Ansicht, das sei vielleicht nur ein Scherz gewesen. Wir führten sie in's Bierstübel hinunter, wo eine Bauernkapelle spielte. Bei Weißwürsten und Bier war es dort lärmend fidel. Der Assessor konnte Fräulein Spannagl oben im Saal nicht mehr finden, ging verstimmt nach Haus, während sie unten bald in Gradls, bald in meinen, bald in Daffodils Armen lag. Schließlich führte Daffodil sie zur Garderobe, kleidete sie an und entschwand mit ihr. Gradl blieb traurig zurück, hatte zuviel Bier getrunken, weinte: »So ein ekelhafter Schmock, ich verstehe nicht, was die Weiber an ihm finden, und mich können alle nicht leiden, und nicht einmal Gedichte soll ich machen, sagt der Doktor Huber. Mein Herz muß schweigen und ich leide still – denn dieses Mädchen liebt Herrn Daffodil.«

Ich bin in diesem Fasching noch auf viele Redouten gegangen. Auf einer der letzten traf ich eine lustige kleine Colombine, die sich gleich zu mir gesellte, vielleicht weil ich zufällig als Pierrot kostümiert war. Ich tanzte fortwährend mit ihr, aber sie wollte sich durchaus nicht demaskieren.

»Deine Stimme kommt mir so bekannt vor«, sagte ich.

»Ja? Ich habe dich gleich erkannt. Hast du das Hasenmädchen geheiratet?« Plötzlich wurde es mir klar. »Rita!« rief ich, »endlich treffe ich dich einmal wieder.«

An diesem Abend tanzten wir nicht mehr, wir mußten uns zu viel erzählen. Sie hatte ihre Gesichtsmaske abgelegt, war noch schön, aber einige Linien hatten sich eingegraben, die auf Leid deuteten.

Sie sprach von ihrer Kunst. »Ich male jetzt arme Frauen, müde Arbeiter, Kinder aus Elendsvierteln. Nicht nur malerisch interessieren sie mich, auch menschlich fühle ich mich von ihrem Schicksal ergriffen.«

»Ja, ich habe einige deiner Bilder und Radierungen gesehen. Wirklich ausgezeichnet! Ich verstehe, daß du mit Vorliebe arme Leute malst, sie sitzen ja viel ruhiger Modell als reiche.«

»Ach, nimm mir nicht meine Begeisterung! Ich zweifle so schon viel an mir. Oft denke ich jetzt, das ist alles Unsinn, was ich mache, fühle, wie mir das Leben zerrinnt. Jene Nacht mit dir – ich kann sie nicht vergessen.«

»Du hast dich also immer noch nicht für die Liebe entschieden, sie schließt doch die Kunst nicht aus.«

»Einmal im März, als es hier regnerisch, neblig und kalt war, bekam ich Verlangen nach Sonne und Süden, fuhr nach Taormina, Tag und Nacht ohne Unterbrechung. Dort kam ich mir vor wie in einem verzauberten Land. Alles blühte und duftete und glänzte. Am ersten Abend traf ich Nino.«

»Wer ist Nino?«

»Er war ein ganz junger italienischer Marineleutnant, fast noch ein Knabe. Wir hatten uns nie zuvor gesehen, nur vielleicht im Traum, es war, als kennten wir uns schon lange. Er lud mich ein, mit ihm aufs Meer zu rudern. Das Boot glitt sanft dahin, und er sang mit schöner Tenorstimme. Alles an Nino war mild und zart. Dann geleitete er mich hinauf zu meinem kleinen Albergo. Wir saßen noch lange als die einzigen Gäste vor dem Haus im Garten mit dem Blick über Felsen und Meer, speisten, tranken ein wenig Wein. Er wagte kaum mich zu berühren, aber er sank vor mir nieder und stammelte, daß er mich liebe und daß ich immer bei ihm sein solle. Ich streichelte sein Haar und küßte ihn auf die Stirn. Er ist dann die Nacht über bei mir geblieben. Es war eine wundervolle Nacht. Am Morgen hat er gefragt, wann wir heiraten werden. Einstweilen haben wir uns mit einem langen, innigen Kuß verabschiedet, weil er zum Dienst auf das Schiff mußte, das erst am nächsten Tag spät zurückkommen sollte.

Ich bin noch am selben Mittag abgereist, ohne eine Zeile zu hinterlassen, direkt, ohne Aufenthalt, bis ich wieder in München war. So habe ich mir das Wunder dieses Traums bewahrt.«

»Und Nino?«

»Ist tot. Kurz darauf habe ich in der Zeitung gelesen, daß er dort beim Baden im Meer von einem Haifisch getötet worden ist.«

»So etwas Komisches! Die wahre große Liebe, und ein Haifisch frißt sie dir auf.« Ich mußte sehr lachen, obgleich ich es zu unterdrücken suchte.

Rita war ein bißchen gekränkt: »Ich habe das Gefühl, als ob ich Nino meiner Kunst geopfert hätte, und ich frage mich manchmal, ob Liebe nicht mehr wert ist als Kunst. Lachen kann ich darüber nicht.«

Wirklich schien ihr das Weinen nahe. Sie tat mir leid. Ich nahm sie auf meine Knie, umarmte sie, als ob ich ein Kind trösten wollte. Ich spürte, wie sie ganz weich und hingebend wurde, und das berührte mich tief.

Wo ist die Grenze zwischen Mitleid und Liebe? Zum ersten Male hatte ich eine warme, große Empfindung für Rita, war davon ganz erfüllt.

»Sei nicht traurig, Kindchen, wir beide zusammen, das ist das Glück.«

»Ach, Emmaus«, hauchte sie und küßte mich so heiß, als ob sie mich verschlingen wollte. Zum Teufel! da fiel mir auf einmal der Haifisch ein, und ich platzte los in unbändigem Lachen. Sofort war alles aus. Sie glaubte sich verhöhnt. Ich versuchte vergeblich, sie zurückzuhalten, sie stieß mich kräftig von sich und war fort. Nun tat sie mir noch mehr leid. Ich fühlte mich höchst sonderbar bewegt.

»Aha, das ist Liebe«, dachte ich. »Vorsicht! Nicht unter die Haut gehen lassen!«

Ich setzte mich in den Winkel einer stillen Loge, rauchte eine Zigarette, um mein Gleichgewicht wieder zu finden. In der Nebenloge sprachen zwei Männer miteinander, eine Stimme glaubte ich als die des Doktor Huber zu erkennen. Ich lüftete den Abteilungsvorhang ein bißchen, dort saß er in der Tat, mit einem mageren, schwarzhaarigen Mann, der als Stutzer der Direktoirezeit kostümiert war. Nun sprachen sie leiser: »Also, Gagerl, was zu viel ist, ist zuviel. Fünfzehntausend, das kann ich nicht dermachen. Sagen wir die Hälfte!«

»Wenn es zu teuer ist, brauchst du sie ja nicht zu nehmen. Weißt du, ich bin dein Freund und ich rate dir, nimm sie nicht. Sie bleibt dir nicht. Ist keine Frau für dich. Gehabt hast du sie ja eh schon.«

»Und du hättest sie nicht schnell noch heiraten sollen. Hör', Gagerl, und das ist mein letztes Wort: Achttausend und du mußt gleich um die Scheidung eingeben, und morgen wird der Vertrag unterschrieben. Ich kann nun mal ohne das Korietterl nicht leben.«

»Na, wenn ich dir einen Gefallen damit tue, Loisl, abgemacht! Und morgen wird protokolliert und gezahlt.«

»Schön, und hier hast du einen Taler als Drangeld, ist bei die Bauern so der Brauch beim Kuhhandel.«

Ich hörte, wie sie sich kräftig die Hand drückten, so kräftig, daß Gagino aufschrie.

»Seid ihr nun endlich fertig mit euerem Schmarren?« tönte die schrille Stimme Coriettas. »Nun komm, Gago, jetzt wollen wir zum letzten Mal miteinander tanzen.«

Ich verließ die Loge, um das zu sehen. Die Tänzerin war in einem leichten Empirekostüm, halbnackt. Es bildete sich bald ein Zuschauerkreis um die beiden, der ehrfürchtig flüsterte: »Corietta und Gagino.« Und sie tanzten fabelhaft, wenn auch etwas akrobatisch, so doch wirklich schön und mit hinreißendem Schwung.

Riesiger Applaus folgte, besonders von Doktor Hubers kräftigen Händen. Ich hörte, wie er murmelte: »Ist ja halb geschenkt.«

Drüben, an eine Säule gelehnt, sah ich Rita stehen. Sie hatte ihre Maske wieder aufgesetzt, darunter waren in dem weißen Gesichtspuder zwei senkrechte dunklere Streifen, wohl von Tränen. Das rührte mich. Sie war nicht allein, ein großer Matrose hatte sie unter den Arm gefaßt und sprach eindringlich mit ihr, sie hörte aber offenbar nicht zu. Ich ging hin.

In der Nähe bemerkte ich, daß der Matrose eine Frau war, starkbusig, aber mit schmalen Hüften. Ich vernahm ihre tiefe Stimme: »Ich habe es dir ja immer gesagt, die Männer sind für die Liebe total ungeeignet.« Dann tanzten die beiden miteinander, und ich wollte heimgehen. Wie ich noch in der Garderobe war, kam Rita aus dem Saal, von der Matrosin fast mit Gewalt zurückgehalten, die in ihren Bemühungen von zwei anderen weiblichen Masken unterstützt wurde, eine als Bäckerbursche kostümiert, eine als Ritter, mit aufgeklebtem Schnurrbart. »Nein, du darfst jetzt noch nicht fort. Wir können dich so nicht dir selbst überlassen, wäre unverantwortlich.«

»Laßt mich doch allein, das ist das Beste für mich.«

»Einsamkeit kann gut sein, es kommt nur darauf an, ohne wen man ist. Du bleibst jetzt da und übernachtest heute bei mir.«

»Pfui Teufel! Nur das nicht!« rief Rita unwillkürlich. Wie Furien stürzten sich die drei Weiber auf sie, schimpften sie: »Mannstolles Frauenzimmer, Hündin.« Der Matrose riß sie an den Haaren, der Ritter zog seinen Blechdegen. Rita taumelte, weinte noch mehr. Ich trat herzu, bot ihr den Arm, sagte lächelnd: »Die Herren scheinen nicht zu wissen, wie sie sich einer Dame gegenüber zu benehmen haben.« Die Angreifer, geschmeichelt, daß man sie für Männer hielt, verstummten, zogen sich zurück.

Im Wagen – Georgenstraße 142 B hatte ich dem Kutscher zugerufen – fragte ich Rita: »Was waren das für Weiber?«

»Ich habe sie im Verein für soziale Fürsorge kennengelernt, sie sind im Vorstand, waren bisher immer sehr nett zu mir. Oh, Emmaus, ich bin dir so dankbar. Nicht wahr, du lachst mich deshalb nicht wieder aus?«

»Nein, ich nehme dich sehr ernst. Ich fürchte, ich liebe dich ein bißchen, und das willst du ja nicht haben.«

»Doch! Ich will es und ich will leben.«

In der Nacht hat Rita in meinen Armen von Taormina geträumt, flüsterte »Nino« und küßte mich mit halbgeöffnetem Mund. Als ich am Morgen aufwachte, war sie nicht mehr neben mir.

Ich fand sie im Atelier, unbekleidet stand sie ganz versunken in den Anblick meines Hinrichtungs-Bildes. Nie hatte ich etwas Schöneres gesehen als diesen zierlichen Körper.

»Du wirst dich erkälten«, sagte ich, hob sie auf und trug sie in's Bett zurück. Dann lagen unsere Gesichter einander zugewandt auf dem Kopfkissen, ganz nahe, und ich ließ meine Augen durch ihre Züge wandern wie durch eine liebliche Landschaft.

»Du hast Fortschritte gemacht«, sagte sie.

»Du auch.«

»Ich meine das Bild! Ich halte es für wirklich bedeutend. Nie werde ich so frei schaffen können, bleibe immer von den kleinen Zufälligkeiten der Natur abhängig. Deinen ganzen Abscheu vor der Ehe hast du darin ausgedrückt. Vernichtend, aber großartig.«

»Wann werden wir heiraten?«

»Ist das ein Zitat oder ein Vorschlag, Emmaus?«

»Kein Vorschlag, ein Ultimatum.«

Wir kleideten uns an. »Zu dumm, kein Kleid, keine Toilettesachen habe ich da! Kann ich deine Zahnbürste benutzen, Emmaus?«

»Ja, und ich nach dir. Das ist die wirkliche Liebe, wenn es einen nicht vor einer gemeinsamen Zahnbürste graust.«

Dann saßen wir beim Frühstück, sie hatte den Mantel über ihrem Kolombinenkostüm an. Ich sagte: »Also, wann heiraten wir?«

»Immer.«

»Wieso immer? Heißt das nein?«

»Wir haben ja heute geheiratet, und so soll es ewig sein. Alle die greulichen Formalitäten so einer Hinrichtung! Und dann würde meine Familie mir verzeihen, und du hättest Schwiegereltern und Schwägerinnen. Ich möchte dich nicht als Onkel sehen. Und wir würden alt zusammen werden und Gewohnheitstiere. Der Wein schmeckt längst nicht mehr, und man bleibt bei den leeren Flaschen sitzen.«

»Rita, freie Liebe ist etwas furchtbar Spießiges. Denke an Quartaller!«

Ich erzählte ihr von seinem Inserat.

Es klopfte an der Tür. »Wer ist da?«

»Quartaller.« Ich zögerte.

»Laß ihn ruhig hereinkommen«, meinte Rita.

»Ah, Sie haben Besuch, Herr Emmaus. – Störe vielleicht? Wollte schon lange mal Ihr Atelier sehen.«

»Freut mich. Wir sind gerade erst von der Redoute heimgekommen. Rita, das ist der Herr Meteor-Quartaller, das ist Rita Kläusgen. Sie hätten längst Arbeiten von ihr abbilden sollen, die soziale Note fehlt bisher im Meteor.«

»Das will ich sehr gern, ich bin schon immer ein Bewunderer ihrer Kunst. Aber was haben Sie da für ein fabelhaftes Bild!« Er betrachtete es lange. »Da tut es mir fast leid, daß ich nicht mehr Kunsthändler bin. Darf ich es im Meteor reproduzieren, ja? Wie heißt es? Hinrichtung eines Junggesellen? Oder wohl einfach »Die Ehe«? Ich habe gar nicht gewußt, daß Sie so satirisch veranlagt sind.«

»Der Teufel soll alle Satire holen, ich bin nur Maler.«

»Können Sie mir nicht jede Woche eine farbige Zeichnung in der Art wie dieses Gemälde machen? Es gibt noch so viele ungehobene Schätze.«

»Vielleicht, aber erst möchten Sie doch Werke von Fräulein Kläusgen bringen.«

Wir fuhren in Ritas Atalier, es war immer noch in jenem Gartengebäude. Quartaller erwarb dort das Reproduktionsrecht einer Reihe von Zeichnungen, die er sich so aussuchte, daß er sie zu einem Zyklus: »Die Ärmsten« verwenden konnte. Er bat um die Erlaubnis, unter jede ein entsprechendes Gedicht setzen zu dürfen, der Lyriker Eugen Lomohl würde sicher den richtigen Ton finden.

Frauenrechte

Im Meteor begann jetzt Doktor Hubers bayrische Bibelübertragung zu erscheinen und fand viel Beifall. Huber war mit einem Schlag berühmt. Niemand hatte gedacht, daß die gute alte Bibel als Fortsetzungserzählung so spannend wirken könnte. Die Auflage des Blattes stieg ungeheuer. Fand auch Billigung und Unterstützung religiöser Kreise. Die Bibelgesellschaft abonnierte für die Dauer des Erscheinens auf 30 000 Exemplare, die sie an die ärmere Bevölkerung und auf dem Lande gratis verteilen wollte. Sie beabsichtigte, später die Bayrische Volksbibel auch als Buch herauszubringen und in riesiger Auflage zu verbreiten. Daffodil ließ sich heimlich das Recht übertragen, den Text des Buches mit Inseraten zu durchsetzen und hat damit den Grund zu seinem Reichtum gelegt. Der Meteor konnte viele zustimmende Briefe sowohl von Theologen wie von Folkloristen veröffentlichen, gewann einige dieser Einsender zur Mitarbeit, war auf dem besten Wege, sich in der Richtung frommer Volkstümlichkeit weiter zu entwickeln. Da erschien in der Nummer vom ersten April die folgende Einsendung:

An die Redaktion des Meteor!

In der dritten Fortsetzung Ihres Romans »Die Bibel« haben Sie unwahre Behauptungen über mich und meinen Gatten veröffentlicht. Auf Grund des Preßgesetzes ersuche ich Sie, in Ihrer nächsten Ausgabe, an der gleichen Stelle und im gleichen Druck, folgende Berichtigung zu bringen:

Nicht wahr ist, daß ich meinen Mann Adam verführt habe, einen verbotenen Apfel zu essen.

Nicht wahr ist, daß wir deshalb aus dem Paradies vertrieben worden sind.

Wahr ist vielmehr, daß ich meinem Mann schon immer gesagt habe: »Adam, du wirst zu fett, du mußt mehr Obst essen.« Dabei habe ich ihn jedoch ausdrücklich vor dem verbotenen Apfelbaum gewarnt.

Wahr ist ferner dies: Herr Jehovah, der Besitzer der Anlage, ist eines Tages zur Inspizierung gekommen und hat gefragt: »Nun, Herr Adam, wie gefällt es Ihnen im Paradies?« Mein Mann hat gesagt: »Danke der Nachfrage, Hochwürden, es gefällt mir soweit sehr gut, aber wie ist es eigentlich mit der Arbeitslosenunterstützung?« Darauf sprach Herr Jehovah: »Allright, ich werde für Abhilfe sorgen. Sie werden Bescheid bekommen. Jetzt muß ich wieder in den Himmel.« Ich habe ihn zum Tor begleitet und gemerkt, daß er sich ein bißchen geärgert hatte. Deshalb habe ich gesagt: »Nichts für ungut, Hochwürden, mein Mann redet manchmal so daher. Er meint es gar nicht bös.« Und Herr Jehovah hat ganz freundlich getan und mir die Hand gedrückt mit den Worten: »Ich weiß, Sie sind eine brave Frau und lassen sich nicht so aufhetzen wie Ihr Mann. Sie haben es sicher nicht leicht mit ihm. Ich werde schauen, daß Herr Adam eine Arbeit bekommt. Auf Wiedersehen, liebe Frau Eva.« Also sprach Herr Jehovah. Am nächsten Morgen um sechs Uhr hat schon der Cherub am Tor geläutet. Ich habe aufgemacht, und er ist gleich hereingeschritten. »Wo ist Herr Adam?« hat er gefragt. »Bitt schön, Herr Obercherub, er schläft noch«, habe ich geantwortet. Da hat er seinen feurigen Säbel gezogen und hat ihn geweckt. Und er hat einen Befehl vorgezeigt, darin stand: Herr Adam hat mit seiner Frau Eva sofort das Paradies zu verlassen und sich an die ihm zugewiesene Arbeitsstelle zu begeben. Die Paradiesverwaltung, gez. Jehovah.

»Hände hoch!« hat er gerufen und dann hat er uns hinausgebracht. Ich habe geweint, und mein Mann hat gedroht: »Ich werde mich beschweren.« Seitdem muß mein Mann mehr arbeiten, als ihm gut ist, und Überstunden muß er machen, und die Arbeitslosenunterstützung ist ihm bis heute noch nicht nachbezahlt worden.

Das ist die volle und ganze Wahrheit, welche ich nötigenfalls beeiden kann.

Hochachtend

Eva.

Die ganze Auflage dieser Nummer war alsbald ausverkauft, Liebhaberpreise wurden für einzelne auftauchende Exemplare geboten. Gerade sollte ein Neudruck in die Presse gehen, als die Beschlagnahme verfügt wurde. Polizei erschien im Verlag, um die vorhandenen Exemplare zu konfiszieren, fand aber keine mehr vor. Ganz Deutschland sprach vom Meteor, hunderte von Abbestellungen liefen ein, aber tausende von neuen Abonnements. Die Bibelgesellschaft beschloß, vorerst das Blatt weiterzubeziehen, denn es sei nicht zu verkennen, daß durch den leider wenig geschmackvollen Aprilscherz das neuerwachte Interesse an der Bibel nicht ab-, sondern zugenommen habe. Die noch bei der Verwaltung der Gesellschaft lagernden Exemplare der Aprilnummer wurden allerdings nicht mehr gratis verteilt, sondern unter der Hand so teuer verkauft, daß die Finanzen des löblichen Unternehmens sich in ungeahnter Weise verbesserten. Bei Presse und Publikum wurden aber viele Stimmen der Entrüstung laut, und man sah dem weiteren Eingreifen des Staatsanwaltes mit Spannung entgegen. Leider war es der Polizei bei ihrem Besuch in der Redaktion geglückt, das Originalmanuskript der Einsendung zu erwischen, die allerdings anonym war. Reproduktionen einiger Proben der sehr eigenartigen Handschrift ließ die Polizei veröffentlichen und bot eine Belohnung für Mitteilungen, die zur Feststellung des Schreibers führen könnten. Der Erfolg war, daß plötzlich das Verfahren eingestellt wurde. Es hatte sich ergeben, daß die Handschrift zweifellos die der Gattin des allgemein verehrten Theologieprofessors Geheimrat Doktor von Slapgosch war, einer der angesehensten Vorkämpferinnen der Frauenbewegung. Ihre Persönlichkeit war Beweis genug dafür, daß kein strafbares Vergehen vorlag, sondern einzig und allein ein scharfes Eintreten für die Rechte der Frau in eigentümlich gewählter Form, die auch soziale Belange nicht außer acht ließ. Infolgedessen wurde Quartaller ebenfalls außer Verfolgung gesetzt. Ich gratulierte ihm und bemerkte, daß ich diese Frau gern kennenlernen möchte.

»Ach, sie ist gar nicht weiter interessant«, sagte er eifrig, »ich rate Ihnen, es nicht zu versuchen.«

Das fiel mir auf, er kannte sie also.

Gerade hatte die Liga für Frauenrechte eine große Versammlung einberufen, Vortrag von Frau Professor von Slapgosch: Ist die Frau ein wichtiger Teil der Bevölkerung? Ich ging hin. Der Saal war übervoll, mit Mühe bekam ich noch einen Platz ganz am Ende. Ich hatte gedacht, es würden nur Frauen dort sein, aber es hatten sich auch viele Männer eingefunden, und die Versammlung wurde von einem Mann eröffnet, Studienrat Oberhummer, einem würdigen vollbärtigen Herrn. Er begrüßte die Versammlung, das zahlreiche Erscheinen sei ein Beweis dafür, daß die Liga einer dringenden Forderung der Zeit entspreche. Die Frau, einmal für das öffentliche Leben entdeckt, werde nicht wieder in das Dunkel der Küche und des Schlafzimmers verschwinden. (Beifall.) »Vorkämpferinnen von der Bedeutung einer Frau Professor von Slapgosch, welche gerade wieder in ebenso origineller wie gefahrvoller Weise gegen die traditionelle Herabwürdigung ihres Geschlechts aufgetreten ist (lebhafter Beifall), werden die Bewegung zum Siege führen.« Er erteilte ihr das Wort.

Ich war überrascht, daß es keine bebrillte Alte war, die sich am Rednerpult aufstellte, sondern eine schlanke, straffe Gestalt, die durch das hochgeschlossene, enganliegende schwarze Kleid noch mehr zur Geltung kam. Händeklatschen und Zurufe begrüßten sie stürmisch.

»Frauen der Welt, erwachet!«, begann sie pathetisch, »werdet euch euerer Kraft bewußt! Mehr als die Hälfte der Bewohner dieses Erdballs besteht aus Frauen. Sollen sie immer nichts sein als Spielzeug und Ornament? Haustiere zum Vergnügen und zur Bequemlichkeit der anderen Hälfte? – – – «

Die Stimme hatte ich doch schon irgendwo gehört, nun kam mir die ganze Erscheinung bekannt vor. Ich zwängte mich durch die dichtgedrängten Zuhörer zum Rednerpult hin. Jetzt stand ich unmittelbar davor, sah sie ganz in der Nähe.

»Roswitha!« schrie ich.

Sie hielt inne, schaute mich an und ich sie. Dann wollte sie zu reden fortfahren, stammelte, schwankte, suchte sich am Pult festzuhalten, griff nach dem Wasserglas. Beim Versuch zu trinken verschüttete sie es über ihr Kleid. Das verwirrte sie noch mehr. Im Saal wurde es unruhig. In meiner Nähe hatten einige bemerkt, daß ich mit meinem Zuruf irgendwie Ursache der Störung war, sprachen auf mich ein. »Weiter!« rief man von hinten.

Die Vortragende war nun ganz aus dem Konzept gekommen, konnte sich nicht wieder erholen. Eine Dame des Komitees trat herzu und geleitete sie hinaus. Im Vorraum ist sie weinend in einen Sessel gesunken.

Herr Studienrat Oberhummer erklärte der Versammlung, daß Frau Professor von Slapgosch durch plötzliche Unpäßlichkeit behindert sei, an ihrer Stelle werde Fräulein Rübegut die Rede fortsetzen.

Eine unsympathische robuste Frauensperson trat auf, ich erkannte in ihr den Matrosen von der Redoute. Man hörte sie ohne Aufmerksamkeit an. Ich verließ den Saal, suchte zu Roswitha zu gelangen, aber man ließ mich nicht zu ihr.

Ich war nicht zufrieden mit mir. Ich hätte Roswithas Kreise nicht stören sollen. Aber die Überraschung des Augenblicks war zu groß gewesen, momentan hatte mich die ganze Verliebtheit von Glespelbrunn wieder erfaßt, und der Funke war wohl auf sie übergesprungen. Der Gedanke, daß sie jetzt die ehrsame Gattin eines Theologieprofessors sei, kühlte meine Gefühle jedoch so stark ab, daß ich mir sagte: »Ich will ein Gentleman sein, will ihr Leben nicht zerstören.« Ich beschloß, ihr weiterhin fern zu bleiben.

Aber die kleine Roswitha auf dem Papierhaufen?! Quartaller würde mich doch bloß anlügen. So fragte ich beim nächsten Zusammentreffen Frau Katja über die Mutter des Kindes und hörte unter dem Siegel der Verschwiegenheit, nachdem ich versprochen hatte, auch Quartaller mein Wissen nicht zu verraten: »Ich weiß, Sie haben die Gräfin Glespel geliebt, aber das ist ja nun lange genug her, so daß es Sie nicht mehr tief schmerzen wird zu vernehmen, daß das ihr und Quarts Töchterchen ist, vermutlich. Die Gräfin hätte schon immer gern ein Kind gehabt, von ihrem Gatten war keine Aussicht dazu. So wollte sie es sich nicht nehmen lassen, selbst auf die Gefahr hin, daß der Graf die Gelegenheit zu einer Ehescheidung aufgreifen würde. Und das hat er wirklich getan. Aber bevor sie noch richtig in Gang gekommen ist, war der große Düsseldorfer Homosexuellen-Prozeß, in dem er als Zeuge vernommen worden ist. Vielleicht hat Quart seine Hand dabei im Spiele gehabt. Der Graf hat falsch ausgesagt und ist zu Zuchthaus verurteilt worden. Er hat sich aufgehängt. Noch vorher war das Kind in Berlin heimlich geboren und unter anderem Namen in Kost gegeben worden. Nach der Katastrophe hätte sie es ja zu sich nehmen können, und Quart wollte sie gern zur Frau. Aber das war gerade damals, als er in Berlin Negerkunsthandel betrieb, und außerdem wollte sie nichts von ihm wissen, solange er sich nicht von dem Verdacht der Denunziation gereinigt hätte. In dieser Zeit der Verzweiflung suchte die Gräfin Trost im Glauben, und bei der Gelegenheit hat sie den Theologen von Slapgosch getroffen, einen entfernten Verwandten ihres Gatten. Dessen unglückliche Veranlagung war ihm bekannt, und er hielt infolgedessen seine Witwe für gänzlich unberührt. Von dem Kind wußte er nämlich nichts, darf es auch nie wissen. Er hat sich der Frau mit soviel Mitleid angenommen, daß er sich schließlich in sie verliebt hat. Sie hat ihm allerdings gesagt, daß ihr Herz einem anderen gehöre, aber geheiratet haben sie doch. Quart hat das Kind adoptiert.«

In jeder Nummer des Meteor erwartete ich, die Reproduktion meines Bildes zu finden. Schließlich fragte ich Quartaller, weshalb er so lange damit zögere. »Das Publikum muß erst den Schock verdaut haben, Ihr Ehe-Bild, Herr Emmaus, könnte es von neuem aufregen. Haben Sie nicht bemerkt, daß ich jetzt nur ausgesprochen beruhigende Dinge behandle, ohne direkt langweilig zu werden?«

Doch, ich fand das Blatt wurde höchst uninteressant. Da war ein Aufsatz von Professor Steinbeis über rudimentäre Organe der menschlichen Kleidung, in dem er anführte, daß diese nur scheinbar willkürliche, zierende Formen aufweise. Jede einzelne sei das verstümmelte Überbleibsel einer früheren Zweckdienlichkeit, das wärmende Halstuch sei zur Krawatte zusammengeschrumpft, das gestärkte Vorhemd sei ein Nachkomme des mittelalterlichen Brustpanzers. So könne der Gelehrte das Entstehungsalter jeder Kleiderform bestimmen und aus ihr wiederum Rückschlüsse auf das Leben unserer Urahnen ziehen. Auf diesem Wege gelangte er zu dem Forschungsergebnis, daß wir nicht vom Schimpansen oder sonst einem Menschenaffen abstammen, sondern von einer langgeschwänzten Affenart, die schon auf ungeahnt früher Entwicklungsstufe Kleider getragen hätte. Nur so sei der Schlitz des Frackschoßes zu erklären, der Affe brauchte ihn, um seinen Schwanz hindurchzustecken. Die beigegebene Abbildung war allerdings überzeugend. Anschließend wollte er in einer späteren Untersuchung vom wissenschaftlichen Standpunkt aus die Frage erörtern: Warum knöpfen sich die Männer nach rechts, die Frauen nach links?« Dann war da ein Artikel des auch als Volksredner bekannten Bildhauers Rodinger: »Jedem Deutschen sein Denkmal!« Es sei unbegreiflich, daß nur eine kleine Zahl Menschen, meist den bevorrechteten Klassen angehörend, als Denkmalfigur auf die Mitbürger herabschauen dürfe. Jeder Deutsche müsse sein Denkmal bekommen. Dadurch werde auch endlich Beschäftigung für unsere Bildhauer geschaffen, die wahrlich keinen in der Welt nachstehen. Er glaube, daß schon eine nahe Zukunft seine Forderung erfüllen und die schreiende Ungerechtigkeit beseitigen werde.

Auch Professor von Slapgosch hatte eine kleine Abhandlung veröffentlicht, die sich mit den damaligen ersten Versuchen auf dem Gebiete der Atomzertrümmerung befaßte, scharf gegen sie Stellung nahm und ihr Verbot wünschte. Gott habe die Atome erschaffen und der Mensch dürfe sie nicht zertrümmern wollen.

Ein Zoologe schrieb über »Hunderassen als Propheten der Geschichte« und wies nach, daß allen historischen Entwicklungen das Aufkommen einer ihr entsprechenden Hunderasse vorangehe. So sei schon zur Rokokozeit, als noch der elegante Windhund herrschte, das Bürgertum durch die Entstehung des Mopses vorgeahnt worden. Das Verschwinden dieses fetten Tieres und seine Ablösung durch den behenden Foxterrier habe auf die nun folgende Zeit des Sports hingewiesen. Jetzt sei der deutsche Wolfshund die verbreitetste Hunderasse geworden. Noch könnten wir nicht wissen, was das für die Zukunft bedeuten werde, vermutlich nichts Erfreuliches.

»Mit solchen Harmlosigkeiten locken Sie keinen Hund vom Ofen. Wieviel ist die Auflage schon zurückgegangen? Ich möchte Ihnen eine Meteornummer zusammenstellen.«

»Einverstanden.«

»Aber ich muß ganz freie Hand haben, auch für die Honorarvereinbarung.«

»Einverstanden.«

»Was mir fehlt, ist ein Zeichner mondäner Gesellschaft, eleganter Frauen. Haben Sie einen auf Lager, Herr Quartaller?«

»Ja, Bjarne Resniksen.«

»Ach, Unsinn! Den kenne ich doch, das ist der kleine Athlet aus Island. Er kam einmal auf unsere Kegelbahn der Einsamen, konnte kaum ein Wort Deutsch, dachte, er könne es durch reichliche Aufnahme deutschen Bieres erlernen, sah aus wie ein besoffener Eskimo. Vierschrötig und natürlich, alles andere als elegant.«

»Daffodil!« brüllte Quartaller. »Daffodil! Daffodil!« echoten alle in der Redaktion Herumsitzenden. Er kam aus Katjas Privatzimmer gestürzt, mußte Resniksens Zeichnungen suchen, zog sie mit sicherem Griff aus einem der Papierhaufen.

Ich war erstaunt. Das war gerade das, was ich suchte. Wie war es nur möglich, daß dieser halbwilde Naturbursche die raffinierte Eleganz zierlicher Damenschönheit, die Vornehmheit geschniegelter Herren, das glänzende Milieu exklusiver Kreise so nachfühlen und in wenigen, schön geschwungenen Linien wiedergeben konnte? Der Sinn für zarte Spitzenunterwäsche, die damals, Frou-Frou genannt, den Mittelpunkt weiblicher Verführungskunst bildete, war ihm gewiß nicht mit der nordischen Muttermilch eingeflößt worden: Ein Wunder mußte geschehen sein.

Bjarne und Isolde

Ich fragte dann die allwissende Katja, ob sie mir die Sache erklären könne. Sie belehrte mich: »Die Auflösung jedes Rätsels heißt Frau.« Der erfolgreiche Berliner Lustspieldichter Waldemar Schlänglich brachte seinen begüterten Lebensabend in München zu. In seinem gastlichen Heim pflegte er eine vornehme Geselligkeit. Alles in der Stadt, was Intellekt, Eleganz oder sonst eine Vorzüglichkeit besaß, drängte sich zu seinen literarischen Tees, die, da er Witwer war, von seiner schönen Tochter Isolde in Szene gesetzt wurden. Ausländer waren besonders gern dort gesehen, man konnte immer die neuesten Pariser Damenmoden bewundern und die neuesten Weltanschauungen. Niemand weiß, wie es kam, daß in dieser verfeinerten Atmosphäre auf einmal Bjarne Resniksen auftauchte wie eine urweltliche Erscheinung. Irgend jemand hatte ihn in einen Smoking gesteckt, der ihm zu eng war, aus den zu kurzen Ärmeln hingen riesige Hände heraus. – Er lachte breit und stieß unartikulierte, primitive Laute aus. – Erst als man hörte, daß er aus Island komme, begegnete man ihm mit Duldung und Interesse. Ein berühmter englisch-irischer Dichter, auf der Durchreise Zierde des Salons, fragte ihn in seiner geistreichen Art, ob er der Ober-Analphabet von Island sei. Resniksen hatte die Frage nicht verstanden, aber er stimmte laut in das allgemeine diskrete Lachen ein, bog des Dichters Kopf zu sich herab und küßte ihn. »Du er söt«, sagte er, dann faßte er ihn an den Armen und hob den ganzen Dichter ohne Anstrengung hoch, stellte ihn sanft wieder auf den Boden, dabei geriet die dichterische Unterhose in Unordnung, ein weißes Band rutschte über den Schuh hinunter, zugleich mit den Falten des Strumpfes. Man lachte wieder. Leider fiel dem englischen Dichter nicht gleich der richtige Aphorismus ein, und er empfahl sich bald.

Dieser Sieg der Muskeln über den Geist hatte hier den Reiz des Ungewohnten, besonders für die Damen. Isolde war stark bewegt, ein warmes Gefühl stieg in ihr auf. Sie witterte unverbrauchte Kraft unter dem linkisch-frohen Äußeren. Sie nahm Resniksen beiseite in eine geschützte Stelle des Wintergartens und begann ein Gespräch mit ihm. Es gelang ihr, sich zu verständigen. Sie war mit ihrem Vater einmal im Sommer auf Island gewesen. Die herbe nordische Natur, die geradlinigen Menschen hatten einen tiefen Eindruck hinterlassen. Auch einige Brocken der Sprache hatte sie sich zu eigen gemacht, und das erleichterte jetzt die Unterhaltung. Sie zeigte ihm ihre photographischen Aufnahmen von Landschaft und Leuten, auch Holzschnitt-Postkarten isländischer Bauern- und Fischertypen hatte sie in einer kleinen Krambude dort erworben.

»Die habe ich gemacht«, sagte Resniksen. Es ergab sich, daß sie in dem Laden seiner Eltern gekauft waren. Isolde war zuerst ein bißchen enttäuscht, daß er nicht von Fischern oder Bauern stammte. Er war auch nicht ganz so primitiv wie es schien, hatte in den langen Winternächten viele Werke der nordischen Dichtkunst gelesen und eine alte Wikingersage illustriert. Dieser Talentbeweis hatte ihm von der Kirchen- und Schulbehörde seiner Heimat ein Stipendium eingetragen, das ihn zur weiteren Ausbildung nach München brachte.

Während des Gesprächs zeichnete er etwas auf ein kleines Blatt Papier, das zufällig dort lag, mit wenigen Strichen gab es ein vorzügliches Bild von Isoldes schlanker Gestalt. Sie war entzückt davon, hatte aber eine sonderbare Scheu, es die anderen sehen zu lassen, verbarg es in ihrem Blusenausschnitt. »Nein, es ist nicht gut, gib es mir wieder«, bat er, er sagte nämlich zu allen ›Du‹.

Sie wollte es nicht hergeben, er griff danach, seine Hand kam in Berührung mit ihrer Brust, verweilte dort, nahm sie gefangen. »Du er söt.«

Isolde atmete schwer, ihre Augenlider bebten halbgeschlossen, ihre Hüften wanden sich. Dann raffte sie sich zusammen, drängte seine Hand hinaus.

»Lassen Sie! Man wird es bemerken. Nun haben Sie die Zeichnung zerknittert. Ich behalte sie doch.«

Er mußte versprechen, ihr bald mehr von seinen Arbeiten zu zeigen, Skizzen, die er aus Island mitgebracht hatte.

Als die Gesellschaft fort war, saß Isolde am Abend mit ihrem Vater im Garten unter der alten Linde.

»Wie gefällt dir Bjarne Resniksen?« fragte sie.

»Nicht so gut wie dir, glaube ich.«

»Ja, er gefällt mir. Hättest du etwas gegen ihn?«

»Nein, durchaus nicht, mein Kind, aber denke an Arwed Chuzky.«

»Ach, Papa, das ist doch ganz etwas anderes. – Resniksen ist ein unverdorbener Naturmensch und Chuzky war – nun ja –.«

Arwed Chuzky war nämlich die eigentliche Ursache ihres Wegzugs von Berlin gewesen. Der war Berichterstatter einer großen Berliner Zeitung, kam eines Tages zu Waldemar Schlänglich, um Informationen über dessen neues Lustspiel einzuholen, lernte bei dieser Gelegenheit Isolde kennen. Er sah gut aus, groß, hager, durchgeistigt. Seine Unterhaltung verriet viel Wissen, tiefe Bildung und Originalität. Ein Charmeur trotz seinen 46 Jahren, ein hochbedeutender Mensch, viel zu schade für seinen Beruf. Es war eine Liebe auf den ersten Blick, gegenseitig, so glaubte die junge Dame wenigstens. Isolde, die viel dichterische Begabung hatte, führte damals ein heimliches Tagebuch. Dem berichtete sie täglich von all ihren Erlebnissen und Empfindungen. Die Beziehungen zu Chuzky waren ausführlich geschildert, mit Einzelheiten, die sich nicht zur öffentlichen Wiedergabe geeignet hätten. Auch das unerwünschte Resultat der Liebe und seine vorzeitige Beseitigung hatte sie dem Tagebuch anvertraut. Dieses Buch wurde auf einmal vermißt. Chuzky behauptete, er habe es gefunden, und bat Papa Schlänglich um eine sehr erhebliche Summe, sonst sehe er sich leider genötigt, es im Kreise seiner Bekannten zirkulieren zu lassen. Die Summe wurde ihm bewilligt und gegen Auslieferung des Buches übergeben. Damit schien der Fall Chuzky erledigt. Nach einem halben Jahre stellte sich aber Chuzky neuerdings mit noch höherer Geldforderung ein, er habe natürlich die betreffenden Stellen Seite für Seite photographisch kopiert. Schlänglichs waren verzweifelt, glaubten auch zu bemerken, daß schon mehr Leute um die Sache wußten. Sie baten sich Bedenkzeit aus und berieten mit ihrem Rechtsbeistand. Der brachte in Erfahrung, daß Chuzky ähnliche Manöver schon öfter ausgeführt hatte. Gegenwärtig habe er sich an die Gattin eines höheren Offiziers herangepirscht, man wisse nicht, ob er auch da schon begonnen habe, die Schraube anzudrehen. Der Anwalt lud Chuzky zu einer Besprechung ein. Er kam nicht. Man durchlebte angstvolle Tage. Da wurde Chuzkys Leiche aus dem Landwehrkanal gezogen, der Kopf war durchschossen. Das Verbrechen aufzuklären, ist der Polizei nicht gelungen.

Nach dieser Erfahrung war es begreiflich, daß Isolde nun einen möglichst entgegengesetzten männlichen Typ bevorzugte. Aber auch Papa Schlänglichs Besorgnis war zu verstehen. »Versprich mir, Isolde, daß du dich nicht wieder in so eine Gefahr begeben willst.«

Sie versprach es, hielt ihr Wort, war sehr sachlich im Verkehr mit Resniksen.

Er brachte ihr bald die isländischen Skizzen. Sie erkannte sein großes Talent, das kaum noch einer Ausbildung bedurfte, vielmehr wie jede ursprüngliche Begabung fertig zur Welt gekommen schien. Sie beschloß, ihn so an sich und an München zu fesseln, daß er keine Lust zur Rückkehr in die Heimat haben würde. Dazu mußte ihm zuerst ein wenig äußerer Schliff beigebracht werden, er mußte die deutsche Sprache gründlich erlernen, alle Elemente der üblichen literarischen Bildung in sich aufnehmen. Das alles ließ sich ihm in zwanglosen Gesprächen anerziehen. Sie begann sogleich damit, lud ihn zu täglichem Besuche ein. Er folgte der Einladung gern, auch der schöne große Garten interessierte ihn sehr, mit den herrlichen alten Bäumen, sonnigen Blumenbeeten und dem Schwimmbassin, dessen Wasser aus dem vorbeifließenden Bach abgeleitet war. Er wollte dem Gärtner sachkundig bei der Arbeit helfen. In der Gartenarbeit wurde Isolde seine gelehrige Schülerin, damit er nicht allein der empfangende Teil sei. Sein natürlicher Verstand hatte schnell bemerkt, worauf sie hinaus wollte, und er folgte willig ihrem Ziel. Nicht lange dauerte es, dann lasen sie zusammen Goethe, manche Gedichte von Hölderlin und Mörike, ja Stefan George wußte er auswendig, schwärmte für sie.

In der Gesellschaft wurde er bald eine recht repräsentable Figur. Da er, als ein Mensch des Auges gewohnt war wiederzugeben, was er sah, machte es sich ganz von selbst, daß er keine robusten ländlichen Gestalten mehr darstellte, sondern die eleganten Erscheinungen der Salons zu zeichnen versuchte. Isolde, in allen Toilettekünsten erfahren, gab ihm manchen nützlichen Hinweis, ermunterte ihn zu Fortschritt in dieser Richtung, zu ausführlichen Schilderungen mondäner Szenen. Schon interessierte ihn kein anderes Stoffgebiet mehr, und er konnte bald auch ohne Isoldes Anleitung unterscheiden, welche Damen der letzten Modeforderung entsprachen. Der leichten, sicheren Linie seiner künstlerischen Handschrift gelang es spielend, ihren ganzen Charme auf das Zeichenpapier zu zaubern. Oft kam es vor, daß er eine von ihnen bat, ihm zu einer schnellen Skizze Modell zu sitzen. Sie taten es gern, fanden ihn sehr originell. Isolde bemerkte mit Befriedigung, daß er eine Vorliebe für die Aristokratie entwickelte, sich wie ein Kind freute, als er zum ersten Mal in ein adeliges Haus eingeladen wurde.

Er war nun so gesellschaftsfähig, daß ihn die Fürstin Ratschari bat, sie auf ihrer Reise nach Italien zu begleiten, was Isolde weniger gefiel. »Das hat Papa von seiner schwarzen Besorgnis«, dachte sie, denn, ihrem Versprechen getreu, hatte sie Resniksen nie wieder zu einer Annäherung ermuntert, und er hatte sich stets unheimlich korrekt benommen, hielt das wohl für ein Erfordernis der feinen Bildung.

»Schließlich werde ich ihn vielleicht für eine andere dressiert haben.« Das durfte nicht sein. Sie liebte ihn, anders als sie Chuzky geliebt hatte, mehr wie ein Trainer, der den Wert eines Füllens erkannt, es aufgezogen hat und nun befürchten muß, daß das Pferd für einen anderen Stall das Derby macht. Sie hatte ihn absichtlich noch nie veranlaßt, mit seiner Kunst an die Öffentlichkeit zu treten. Das sollte später kommen, er sollte groß und berühmt werden, aber erst, wenn er ganz mit ihr verbunden wäre.

Ob er sie liebte? Die große Liebe, meinte sie, sei bei Männern viel mehr als bei Frauen eine Frage der Sinnlichkeit und des Zufalls. Ein Mann, dessen Gedanken sich, durch irgend eine Fügung, ausschließlich auf eine bestimmte Frau konzentrieren, wird sich immer in sie verlieben, sie begehren, außer wenn er seine Wünsche für aussichtlos hält. Und die Fürstin wollte schon nächste Woche mit ihm nach Italien fahren!

»Warum so nachdenklich?« fragte Resniksen, als er zur gewohnten Stunde kam. »Oh, nichts weiter, nur meine Zofe will für ein paar Tage nach Haus fahren, kranke Mutter wie immer.«

Am Abend sagte sie zu dem Mädchen: »Möchten Sie nicht von morgen ab eine Woche Urlaub haben? Die Zeit paßt mir gerade.« Natürlich mochte sie.

Am übernächsten Tage nahmen sie mit Papa im Garten den Tee. Dann ging der an den Bach zum Forellen angeln, bei der Gewitterschwüle würden sie gut anbeißen. Das war seine Liebhaberei, und als Fischer war er oft in den illustrierten Zeitungen abgebildet.

Resniksen und Isolde begaben sich in's Haus. Er sollte sie in ihrem wundervollen neuen Abendkleid zeichnen. Sie ging in ihr Zimmer hinauf, um sich umzukleiden. Oben in der Tür drehte sie sich um und sprach hinunter: »Resniksen, Sie müssen mir ein bißchen helfen. Ich kann es unmöglich allein anziehen, und meine Zofe ist nicht da.« Er kam.

Das Abendkleid lag schon wie ein zarter Traum auf dem Bett ausgebreitet. Er durfte es bewundern. Sie kleidete sich aus. Er war geniert. »Zu diesem Kleid muß ich auch andere Wäsche anziehen, bitte drehen Sie sich einen Augenblick um.« Er gehorchte. Sie entnahm dem

Schrank die feinen Spitzen-Dessous, legte sie auf die Chaiselongue, Duft stieg auf. Nun stand sie vor dem hohen, schmalen Toilettespiegel, betrachtete sich.

Im Spiegel sah sie Resniksen, brav abgewendet, hinter sich. »Ich bin größer als Sie«, sagte sie lachend. »Ist nicht wahr«, er stellte sich neben sie.

»Nein, so ist es nicht richtig, mit dem Gesicht zueinander!« sie drehte ihn sich zu. Der Spiegel war schmal, sie mußten sich eng zusammenschmiegen. Dann sah sie ihm fest und tief in die Augen. Er errötete, gab den Blick zurück.

»Wir haben genau die richtige Größe füreinander, Bjarne, unsere Lippen würden sich gerade berühren.«

Er wollte es versuchen. Sie drehte sich schnell um: »Machen Sie keinen Unsinn! Sie wollten mir doch beim Umkleiden helfen. Ich bringe mein Korsett nicht auf. Können Sie gut Knoten lösen?« Er konnte es. Und dann mußte er es aufschnüren.

»Was ist das für ein Papier?«

»Ach, Bjarne, das ist die kleine Zeichnung, die Sie damals von mir gemacht haben, ich trage sie immer bei mir, an derselben Stelle.«

Wie vorausgesehen, erinnerte er sich seiner damaligen Liebkosung, wiederholte sie. Aber jetzt brauchten sie keine Zuschauer zu fürchten. Sie sank in seine Arme, er stieß einen wild grunzenden Laut aus, umfaßte sie, trug sie wie eine Beute zur Chaiselongue.

»Söte liten Isolde«, hauchte er mit so weicher Stimme, wie sie nie von ihm gehört hatte.

Als sie wieder zu sich kamen, küßte er ihr die Hände.

»Werden wir uns immer so lieben?« fragte sie.

»Immer, du bist meine kleine Frau. Ich bleibe bei dir.«

»Wir könnten Papa sagen, daß wir uns verlobt haben.«

»Ja, das wollen wir.« Und von neuem umarmten sie sich.

Indem war die Schwüle des Nachmittags in ein Gewitter übergegangen. Es war sehr dunkel geworden. Durch das Grollen des Donners hörten sie draußen Papa Schlänglichs freudige Stimme: »Isolde, ich habe einen ganz großen Fisch gefangen.«

»Ich auch«, antwortete sie leise.

Aber schon stand Schlänglich im Zimmer, sah mit Entsetzen, was da vorging, dachte nichts als: »Schon wieder ein Erpresser«, ließ seinen Fisch fallen und stürzte hinaus. Die Forelle lag am Boden, machte noch einige Zuckungen. Die Beiden setzten sich auf, saßen Hand in Hand auf dem Rand der Chaiselongue, verlegen.

Schließlich hob Resniksen den Fisch auf. »Eine schöne Forelle«, sagte er.

»Ja, Bjarne, ich habe gar nicht gewußt, daß es so große gibt. Wollen wir jetzt zeichnen?«

Er hatte keine Lust. Sie zog ihr Kleid wieder an, nahm den Fisch und ging zuerst allein hinunter, um Papa alles zu erklären.

Dann hörte Resniksen, wie sie aufschrie: »Bjarne, komm schnell!« rief sie. Erschrocken lief er hinunter. Schlänglich lag bewußtlos unten an der Treppe, dunkelrot im Gesicht. Er hatte sich übergeben, ein Zittern durchlief ihn. Sie trugen ihn in das Zimmer, legten ihn auf das Sofa, holten Wasser, knöpften ihm den Kragen auf.

Isolde sah im Konversationslexikon nach, Band 16, Romantik bis Schopfantilope, wie ein Schlaganfall zu behandeln sei. Schon erschien der Arzt, fand den Zustand sehr bedenklich, ließ den Patienten natürlich sofort ins Bett legen. Dann tröstete er aber, es käme oft vor, daß sich Apoplektiker wieder vollständig erholen.

Es folgte eine schwere Zeit für Isolde. Bjarne, der die Italienreise natürlich aufgegeben hatte, nahm sich ihrer sehr an, war rührend besorgt. Papa Schlänglichs linke Seite blieb gelähmt, und oft schien auch sein Denkvermögen noch gestört zu sein. Anfangs geriet er in Erregung, sobald er Bjarne sah, fragte ängstlich: »Wieviel verlangen Sie?« Der ließ sich dadurch aber nicht abhalten, dem Kranken Gesellschaft zu leisten, kleine Handreichungen zu machen, die Zeitung vorzulesen und so sein volles Vertrauen zu gewinnen. Später fuhr er ihn sogar manchmal im Rollstuhl auf den Gartenwegen.

»Kann Resniksen nicht immer bei uns bleiben, Isolde?«

»Ja, gewiß, nun will ich es dir sagen, wir haben uns verlobt, möchten bald heiraten.«

Papa lächelte befriedigt, dann fiel ihm die Szene ein, die ihn so erschreckt hatte, seine Gedanken verwirrten sich wieder, und er fragte: »Was verlangt er?«

»Nur mich«, beruhigte sie ihn.

»Das ist viel«, seufzte er, »aber ich will es ihm geben.« Dann wurde er langsam wieder klarer, war einverstanden, daß die Hochzeit möglichst bald stattfinde, der Schwiegersohn könne bequem bei ihnen wohnen.

Die Hochzeit war ganz im Stillen. Schade, man hätte eine große Angelegenheit daraus machen können, mit Zeitungsberichten und Abbildungen. Papa war traurig, daß sein Zustand es nicht erlaubte. »Aber wenigstens ein Glas Wein wollen wir trinken.« Nicht ohne Besorgnis sahen die Kinder, daß er einige Gläser Sekt trank, auf das Wohl des jungen Paares, und er wurde sehr fröhlich.

Am nächsten Morgen lag er tot im Bett.

Das alles war längst vorausgegangen, als ich Bjarne Resniksen besuchte. Ich gab dem Diener meine Karte ab. »Die gnädige Frau läßt bitten.« Ich wurde in den Salon geführt, hörte, wie sie im Nebenzimmer leise sagte: »Bjarne, Besuch kommt. Schnell, zieh dich aus!« Dann erschien sie, sah sehr gut aus in ihrer Trauerkleidung.

Ich sagte, daß ich mit Resniksen über Zeichnungen für den Meteor sprechen wolle.

»Ach, ja, ich habe einige seiner Arbeiten in die Redaktion gebracht. Wissen Sie, mein Mann ist so naiv, ich muß alles Geschäftliche für ihn besorgen. Kommen Sie, er ist im Garten.« Wir gingen hinaus, sie führte mich zu dem Schwimmbassin.

Sein runder Kopf tauchte prustend auf. »Ist er nicht ganz wie ein Seehund?«, sagte sie bewundernd. Er stieg aus dem Wasser, ohne Badehose, nur mit einem Trauerflor um den Arm bekleidet.

Wir begrüßten uns. »Was macht die Zenzi?« fragte er mich. Ich wußte es nicht.

»Wer ist das?« wollte Isolde, sehr interessiert, wissen.

Wir gingen durch den Garten zu einem mächtigen alten Pappelbaum. »Das ist sein Atelier. Bjarne, zeige dem Herrn, wie du arbeitest.«

Er kletterte, immer noch nackt, mit großer Geschicklichkeit hinauf. Oben in einer Astgabel war ein Zeichentisch und ein Sitz eingebaut. Papier, Stifte, Federn, Tusche breitete er aus.

»So arbeitet er am liebsten. Er ist ein Naturkind.«

»Und da macht er diese mondänen Zeichnungen? Merkwürdig!«

»Ja, ist er nicht ein Phänomen? Am liebsten bleibt er den ganzen Tag in seinem Baum, vergißt oft die Mahlzeiten. Nur seinen Lebertran verlangt er immer.«

»Wozu?«

»Das ist sein Lieblingsgetränk, er ist eine Art Eskimo.« Er durfte wieder herunterkommen und uns zu der alt-isländischen Bauernhütte führen, die im Garten gebaut war, ganz aus Holz. Das Dach, mit Gras bepflanzt, hatte in der Mitte am höchsten Punkt eine Öffnung als

Rauchabzug. Darunter war im Innern die Feuerstelle, über der ein Teekessel hing. Geschnitzte Trollfiguren zierten Armlehnen und Rücken der Sitzgelegenheiten, an den Wänden hingen handgewebte Bauernteppiche mit Darstellungen alter Sagen, von Bären und Rentieren. »Hier arbeitet er, wenn es regnet.«

Ein Gong ertönte. »Das Zeichen zum Tee«, sagte Isolde, und wir gingen zum Haus.

Dort war inzwischen noch ein Besuch eingetroffen, Baron Zimperg mit seiner Tochter. Man sagte sich Gutentag, und ich wurde vorgestellt. Die junge Dame errötete, als sie der Nackte begrüßte, aber ihr Vater hielt seinen Hut wie zufällig so, daß die bedenklichste Stelle des Körpers ihrem Blick entzogen war.

Zum Tee durfte sich Bjarne anziehen, erschien in tadellos eleganter Kleidung, benahm sich auch korrekt, nur duzte er alle. Isolde brachte eine Mappe mit seinen Skizzen, erklärte uns, nur ein naiver, am Busen der Natur aufgewachsener Mensch könne die gesellschaftliche Überfeinerung so wahr erfassen und bis ins letzte Raffinement nachfühlen. Ich stimmte ihr bei, erbat als erste Zeichnung die Darstellung eines vornehmen, üppigen Diners.

Von dort ging ich zu Rita. Sie war so erfreut, mich zu sehen, daß es erst allmählich gelang, das Gespräch auf den Zweck meines Besuches zu bringen. Sie sollte endlich mit ihrem Zyklus ›Die Ärmsten‹ fortfahren, ich wünschte von ihr die Schilderung eines kärglichen Mahls in einer sehr armen Arbeiterfamilie. Sie versprach es. Und dann wurde unsere Unterhaltung wieder unsachlich. Sehr.

Rita wie Bjarne lieferten ihre Zeichnungen nach wenigen Tagen ab. Man konnte sich keinen schärferen Gegensatz denken. Beim Mittagessen der armen Familie in der engen, schmutzigen Küche gab es nicht einmal genug Kartoffeln. Die Kleidung war schäbig, die Gesichter mager und vergrämt, weinerliche Kinder. – Die Gesellschaft feiner Herren und Damen saß glückstrahlend bei üppigen Gerichten an blumengeschmückter Tafel, livrierte Diener schenkten Wein in schön geschliffene Gläser. Ein wohlbeleibter Herr brachte gerade einen Toast aus.

Diese beiden Bilder sollten unmittelbar nebeneinander stehen, Beginn eines Zyklus: ›Die Reichsten‹ und eines: ›Die Ärmsten‹. Ich meinte, sie bedürften weiter keiner Worte, aber Quartaller war der Ansicht, man könne nie deutlich genug sein. So setzten wir unter die Armen:

»Mutter, ist es wahr, daß der Herr Generaldirektor so viel Kartoffeln essen darf wie er will?« und unter die Reichen: »Meine Damen und Herren! Beim Genusse der auserlesenen Speisen und Getränke wollen wir auch der Mühseligen und Beladenen gedenken, denen diese Freuden nicht zuteil werden. Ich leere mein Glas auf das Wohl der Armen. Sie leben hoch!«

Rita hätte vorgezogen, ihre Zeichnung von einem mehr lyrischen Text begleitet zu sehen. Aber Lyrik ist gereimte Langeweile. In der gleichen Nummer war so ein stimmungsvolles Gedicht von Eugen Lomohl, das die Schönheit der heimatlichen Natur besang. Zu diesem hatte uns Gradl eine ebenso stimmungsvolle Zeichnung gemacht, nur waren da in der deutschen Landschaft anstatt der Bäume Pfähle mit Verbotstafeln, dazwischen wandelte ein Schutzmann. Gradl lieferte auch schöne, volkstümliche Illustrationen zu Hubers bayrischer Bibel, deren Fortsetzungen noch lange nicht zu Ende gingen. Jetzt endlich wurde mein Bild ›Die Ehe‹ abgedruckt. Quartaller hatte auch da einen Text hinzufügen wollen. Ich widersetzte mich dem mit Erfolg. Doktor Huber, der dazu kam, gab mir recht. »Wir müssen schauen, daß wir kein Witzblatt werden, es gibt nichts Faderes. Schließlich würden wir die beliebten Zeichnungsfolgen bringen, wo am Ende immer einer in eine Tonne fällt. Das ist dann Komik.«

Bei Corietta

Aber was haben Sie gegen die Ehe?« wandte er sich an mich, »ist doch so etwas Liebes! Besuchen Sie uns einmal draußen in Schliersee! Fahren Sie morgen mit mir hinaus!« Ich sagte zu. Ich wußte, daß er seine Anwaltspraxis in Aubing aufgegeben, nahe am Gebirge ein großes Bauernhaus billig erworben hatte. Die Bibelübersetzung war einträglich, allerdings hatte der Meteor einen sehr hohen Vorschuß bewilligt.

Während der zweistündigen Bahnfahrt erzählte er mir viel von Corietta. Sie habe sich ausgezeichnet in die ländliche Umgebung eingewöhnt, verstehe von der Wirtschaft schon mehr als eine Bäuerin, sorge dafür, daß nichts vertan werde, die Knechte hätten schon aufgesagt, weil sie den Lohn herabsetzen wollte und ihnen kein Bier mehr gab. Ich wunderte mich, daß sie ihre tropische Heimat nicht entbehrte.

»Ja, und denken Sie sich, sie ist gar nicht aus Tahiti, sieht nur so aus, weil ihre Großmutter eine Zigeunerin war. In die hatte sich der Sohn eines oberbayrischen Großbauern verliebt und hat sie geheiratet. Der Vater hat ihn deshalb verstoßen. So ist er mit seiner Zigeunerin nach Penzberg gezogen und hat dort im Kohlenbergwerk gearbeitet, sein Sohn, Coriettas Vater, war auch Bergmann, kreuzbrave Leut', hatten nebenbei ein Kleinhäusleranwesen mit zwei Kühen in Pacht. Es ging ihnen ganz gut. Dann ist das große Grubenunglück gewesen, und der Vater und der Großvater sind dabei ums Leben gekommen. Bald darauf gab es im Stall die Maul- und Klauenseuche, und das Vieh war auch hin. Seitdem sind sie mehr und mehr abgeschwommen. Jetzt ist ihnen aufgesagt worden, weil sie die Pacht schuldig geblieben sind. Der Bub mag nämlich nix arbeiten, der Hallodri, und Gusti, die Schwester, ist ein rechtes Mensch. Bloß die Corietta hat gut getan.«

Auf dem Wege vom Bahnhof begegneten wir einer Bauerndirne mit zwei Burschen, die schritten verdrossen daher, beantworteten kaum unser Grüß-Gott.

»Wo geht's denn hin, Leuteln?« fragte sie Huber.

»Mußt mit deinem Zigeunermensch schon allein hausen«, brummte der eine, und sie gingen weiter.

»Das sind meine Knechte und die Magd. Sind ja närrisch.«

Er wohnte weitab vom Dorf, einsam zwischen üppigen Wiesen. Das war ein richtiges sauberes Gebirgsbauernhaus, mit Schindeldach, grünen Fensterläden, einer Holzaltane ringsherum im ersten Stock, das Stallgebäude anschließend. Die schöne geschnitzte Tür war verschlossen, wurde nicht geöffnet. So gingen wir in den Stall, wo wir Corietta, die Kühe melkend, antrafen. Sie begrüßte uns sehr erfreut. Die bäuerliche Tracht kleidete sie gut. Sie berichtete gleich, daß die Dienstleute fortgelaufen seien, die ausgeschamten.

»Mußt halt du das Futter holen, Loisl, für das Vieh.«

»Ja, gern, Schatzerl.« Wir setzten uns zusammen in die Stube, tranken ein Glas Milch, aßen Schwarzbrot dazu.

»Das backt das Corietterl selber«, sagte Doktor Huber. Dann ging er hinauf sich umziehen. In der ländlichen Kleidung, kurze Lederhose, schwere genagelte Schuhe, kam er bald wieder, eine halblange Jägerpfeife rauchend, begab sich mit Schubkarre und Sense auf die Wiese. Wir blieben zurück in dem echt bäuerlichen Raum mit dem großen grünen Kachelofen und den Wandbänken. Corietta setzte sich dicht neben mich auf die Bank.

»Zum letzten Male habe ich Sie im Kolosseum gesehen«, sagte ich. »Sie tanzten wundervoll. Aber jetzt haben Sie es schöner.«

»Der arme Loisl konnte ja nimmer schlafen vor lauter Zeitlang nach mir. Jetzt schläft er gut. Kaum ist er im Bett, schnarcht er schon. Da hab ich ausgetanzt.«

»Haben Sie etwa Heimweh nach Tahiti?«

»Tahiti? Ach, du Dummerl!« lachte sie und schlug mir auf den Arm. »Hast du eine Zigarette?«

Sie wollte sie durchaus nicht am Streichholz anzünden, sondern an der, die ich rauchte, hielt mir dazu den Kopf mit beiden Händen fest.

Ich wurde ängstlich, ging mir die Gegend anschauen. Sie begab sich in den Stall, um auszumisten, Zigarette im Mund.

Ich mietete mir unten am See ein Ruderboot. Draußen begegnete ich einem anderen Boot, in dem saß ein städtischer Herr und fischte mit der Schleppangel. Es war Gagino. Ich habe das aber nicht erwähnt, als wir mittags beim Essen saßen. Die Stimmung war so schon etwas gedrückt.

»Bist ein bisserl zu genau mit die Leut, Corietterl, jetzt müssen wir uns die Arbeit selber machen.«

»Aber du, Loisl, du kannst nix als das Geld nauswerfen, und wenn du ein wenig was Gescheites arbeiten sollst, nachher bist gleich müd. Ich pfeif dir bald auf deine ganze Landwirtschaft. Meinst du nicht, ich soll heim schreiben, daß mein Bruder, der Xaverl, herkommt und meine Schwester, die Gusti, daß sie uns bei der Arbeit helfen?«

»Nein, wir werden schon wen finden.«

»Ich hab aber bereits geschrieben.«

Dann vorm Haus, beim Kaffee, hatte Doktor Huber gerade gesagt: »Weißt, liebes Schatzerl, wenn ein Gast da ist, hättest du doch ein paar Kaffeebohnen zu dem Gerstenkaffee hineintun können«, da sprang der Dackel mit wütendem Gebell auf ein kleines Bauernfuhrwerk los, das, von einem alten, lahmen Gaul gezogen, vor dem Gartentor anhielt. Ein mürrischer Bauer lenkte es. Darauf befanden sich: eine abgerackerte, bejahrte Arbeiterfrau, ein Mädel, schäbig, aber sehr farbenfroh gekleidet, besonders der Hut war ein Prachtstück, drei kleine, schmutzige, weinende Kinder, ein Kinderwagen, ein schadhafter Koffer, ein Waschkorb, Kisten ohne Deckel, mit verwahrlostem Hausrat angefüllt, ein Kanarienvogel im Käfig, ein gerahmtes Heiligenbild. Ein junger Bursche, der wie ein Vorstadtzuhälter aussah, schob sein Fahrrad, sagte zu dem Fuhrmann: »Der Doktor Huber wird dich schon zahlen, fehlt sich nix, jetzt hilfst mit abladen.« »Jessas, und ihre Bamsen hat sie auch mitgebracht, die Gusti! Seids außi geschafft worden aus eurer Villa? Ist ja viel kommoder hier, könnts für ganz wohnen bleiben bei uns, Platz ist genug.«

Ich erinnerte mich, daß ich mich beeilen müsse, wenn ich meinen Zug erreichen wollte, verabschiedete mich mit herzlichem Dank für die liebenswürdige Bewirtung. Zur Bahn hat mich niemand begleitet.

Traurig saß ich im Zug. Die Welt war klein und häßlich, ein Riesenbetrug. Wenn etwas schön und poesievoll erscheint, muß man sehr auf der Hut sein, es ist nichts als ein großer Schwindel der Natur, veranstaltet, damit die Menschheit nicht ausstirbt. Wozu?

Ein alter Bauer neben mir schnupfte, bot mir eine Prise an, schneuzte sich in ein großes rotes Sacktuch, betrachtete das Produkt interessiert, erzählte, daß er in die Stadt müsse, um seinen Kropf operieren zu lassen, er könne schon nimmer schnaufen.

Einmal, vor langer Zeit, hat einem schönen jungen Bauernburschen ein fesches Bauernmädel gefallen. Vielleicht ist er ins Kammerfenster zu ihr gestiegen oder in einer lauen Juni-Nacht ist er mit ihr im Heu gelegen. Und das Resultat? Hier sitzt es, alt und unappetitlich, mit einer unförmigen Geschwulst am Hals, muß sich operieren lassen.

Drei widerliche Geschäftsreisende im Coupé tranken Bier aus Flaschen, spielten Karten, und ich stellte mir vor, daß jeder von ihnen das Ergebnis eines Augenblicks schwärmerischer Zuneigung ist.

Und wie schön mochte das junge liebende Paar ausgesehen haben, aus dessen Begeisterung jene jämmerliche Frau dort drüben, mit der lupuszerfressenen Wange, hervorgegangen war?

Sogar beim Schaffner, der die Billete kupieren kam, rekonstruierte ich mir seine Entstehung.

Ein jeder Mensch ist uns ein Zeugnis, daß irgendwer einst irgendwen geliebt hat.

Und ich liebte Rita. Aber das war ganz etwas anderes. Sie war wirklich schön. Ich habe mich bei ihr von dem abscheulichen Tag erholt, erzählte ihr alles, was ich da erlebt und gedacht hatte.

»Ja«, sagte sie, »und so muß jedes Bild Beweis sein, daß einmal ein Künstler in irgendeine Anschauung verliebt gewesen ist. Dann lebt das Werk weiter, vielleicht ewig.«

»Möchtest du das, Rita? Ich lege keinen Wert auf Nachruhm. Ob das Schwein wohl glücklich ist bei dem Gedanken, daß man seine Schinken vorzüglich finden wird, wenn es tot ist?«

»Vielleicht. Weißt du überhaupt, wozu du lebst?«

»Eigentlich nicht. Ich treibe so dahin.«

»Das ist, weil alles bei dir nicht intensiv ist. Nichts erregt dich im Innersten, wühlt dich auf.«

»Ich bin eben ein Gentleman.«

»Das soll doch nur eine Form sein, kein Inhalt.«

»Jede Form wird Inhalt, wenn man sie lange genug übt. – Übrigens ist es gar nicht wahr, daß ich nie ein starkes Gefühl habe. Ich brauche dich nur anzusehen, Rita – – –.«

»Warte einen Augenblick! Du hast mir erzählt, daß dein Onkel dich gelehrt hat, wenn dir ein Mädchen gefällt, solltest du dir ihr Skelett vorstellen. Hast du das bei mir getan?«

»Nein, und ich will es gar nicht versuchen.«

»Glücklicherweise ist seitdem die Röntgenphotographie erfunden worden. Ich habe so eine Aufnahme von mir machen lassen. Sogar vergrößert. Schau her!«

Das war eine große Photographie, die sie mir zeigte. Darauf waren die Umrisse ihres Körpers nur schwach sichtbar, die Knochen in voller Deutlichkeit. Ich betrachtete das Bild genau, und es grauste mich durchaus nicht. Das Rezept des Onkels versagte.

»Du hast ein entzückendes Skelett. Ich liebe es.« In der Tat, ich fühlte eine so heiße Zuneigung zu ihm, daß mir die Wirklichkeit daneben verblaßte. Ich schloß sie in meine Arme, fast enttäuscht, den warmen Körper zu spüren. Unwillkürlich fanden meine Hände ihren Hüftknochen, ihre Rippen, ihre Halswirbel, ich küßte ihre Zähne.

»Ich liebe dein Skelett.«

»Ach Gott!« stöhnte Rita.

Dann kauerte sie auf der Ottomane, die Hände vorm Gesicht.

»Emmaus, ich glaube, du bist ein Lustmörder.«

Aber schon war ich wieder bei Sinnen, lachte: »Nein, ich fürchte, das wäre kein Beruf für mich. Schenk mir die Photographie!«

Sie sprang auf, zerriß das Bild in kleine Stücke, warf die in den Papierkorb.

Satirische Zeichnungen

Ich fühlte, daß sie mich in diesem Augenblick haßte, mir ganz entfremdet war. »Geh' jetzt nach Haus«, bat sie. Wenn ich das tat, war es aus zwischen uns, für immer.

Also sagte ich: »Wir müssen noch deine nächste Zeichnung besprechen.« So kamen wir auf ein angenehm sachliches Thema. Es gab ja glücklicherweise leider Armut genug. Sie hatte Skizzen eines engen düsteren Hofes zwischen hohen Arbeiterkasernen. Im Vordergrund wühlten Kinder, zerlumpt, in den Schätzen einer umgestürzten Aschentonne. Ganz oben auf der Hauswand war ein kleines Streifchen Sonnenschein zu sehen. Zwei verirrte Schmetterlinge spielten in der Luft. Eine abgezehrte, schwangere junge Frau schaute mit großen Augen nach oben. Frühling. Das wählte ich aus. Beim Abschied gab mir Rita die Hand, wollte sich nicht küssen lassen.

Als vornehmes Gegenstück dazu zeichnete Resniksen ein elegantes Paar. Eben waren die Automobile aufgekommen, noch nicht sehr vollkommen, verschärften sie doch den Gegensatz zwischen reich und arm. Die beiden ließen sich durch eine blühende, sonnige Frühlingslandschaft chauffieren. Als Text hat dann Quartaller darunter gesetzt: »Der Motor quietscht schon wieder. Oder sind das nur die ekelhaften Lerchen da in der Luft?« Und zu dem Bild der Armen: »Es wird Frühling, man findet wieder Veilchen in der Aschentonne, und die Sonne kommt schon bis zum fünften Stock herunter.«

Auch ich war innerlich voller Frühling, begann in meinem Atelier ein Bild. Ich malte eine gebratene Gans, die lag auf einer Schüssel in einer üppig blühenden Wiese, eine lebende Gans stand daneben, ein Blümchen im Schnabel, und betrachtete sie aufmerksam. Beim Gebüsch saß ein Liebespaar, eng umschlungen, er wandte sich ein wenig ab und küßte einen Totenschädel, den er in der anderen Hand hielt. Alles möglichst naturgetreu.

Als dann Quartaller das fertige Bild sah, sagte er: »Aha, Surrealismus.« Dann freute es mich nicht mehr.

»Der Teufel soll die Malerei holen!«

»Hat er schon, Herr Emmaus. Wen interessiert sie heute noch? Da legt einer seine ganze Seele in ein Bild, und dann hängt es bei Meiers über dem Sofa. Zeichnen Sie mir lieber etwas für den Meteor. Die letzten Nummern haben Aufsehen erregt. Die Auflage steigt wieder. Das ist die wahre Kunst der Zeit. Wir wollen aktuell sein. Die Dynamik unserer Regierung – – –.«

»Halt! Weiß schon. Ich versuche es.« Vor mir stieg groß die Gestalt des Dynamissimus auf, des militaristischen Phantoms, das uns und unsere Zivilisation bedrohte.

Ich zeichnete ihn, wie er im Parademarsch über die Erdkugel schritt, eine Wünschelrute in der Hand, die ihm anzeigen sollte, welches Land jetzt zu beunruhigen wäre. Dynamissimus!

Die Behörden waren erschreckt, als diese Zeichnung erschien, untersagten den Bahnhofsbuchhandlungen, den Meteor zu verkaufen.

Quartaller ließ überall riesengroße Plakate anschlagen: ›Der Meteor ist das einzige auf allen deutschen Bahnen verbotene Blatt!‹ In der gleichen Nummer war eine herzige Zeichnung von Resniksen, auf der schöne Spitzendessous zu sehen waren: Eine elegante Schauspielerin, in sehr verfänglicher Situation mit dem lüsternen alten Theaterdirektor. Text darunter: »Also nicht wahr, Direktorchen, jetzt bekomme ich die Rolle?« Und als Gegenpol ein Armenbild Ritas, auf dem eine schäbige junge Straßendirne in Nacht und Schneegestöber von der Sittenpolizei verhaftet wird. Sie sagt: »Lassen Sie mich gehen, Vater ist arbeitslos, Mutter spuckt Blut, wir haben keine Kohlen.«

In dieser Art ging es in den folgenden Nummern weiter, nur in der nächsten war meine Dynamissimus-Zeichnung harmlos genug, um die Behörde zu beruhigen. Sie zeigte ihn auf der Jagd, der Rehbock deutet mit dem Vorderlauf auf eine Stelle seiner Flanke und spricht: »Welche Ehre, von Dynamissimus höchstselbst erlegt zu werden. Bitte ergebenst, Blattschuß hier!«

Dann kamen wieder etwas kräftigere Dinge, wie z. B. Dynamissimus bei Krupp: »Bravo, lieber Krupp, ich erhebe Sie in den erblichen Adelsstand, fabrizieren ja alles, was zur Ehre des Vaterlands gehört, von der Kanone bis zum Holzbein. Heißen also ab heute von Krupp, die Kriegsverletzten bekommen zur Erinnerung an Sie den Titel Krüppel.«

Es folgte: Dynamissimus weiht die Gedächtniskirche ein. »Der Höchste hat Mich in seinen besonderen Schutz genommen. Aus Erkenntlichkeit habe ich ihm diese Kirche bauen lassen und sogar allerhöchstselbst entworfen. Der liebe Gott hurrah, hurrah, hurrah!« – Auch die anderen Mitarbeiter wurden von dieser Geistesrichtung ergriffen.

Gradl brachte dadurch endlich ein Gedicht an. Er zeichnete einen Bauern, der beim Umackern einen Schädel im Feld gefunden hat, und dichtete dazu:

»Heuer im März fand der Bauer beim Pflügen, da er die fruchtbare Scholle gewendet,
Totengebeine der feindlichen Krieger, die hier vor Zeiten im Kampfe geendet.
Hat sie der Kriegsruhm verlockt und verblendet?
Blieben wohl lieber daheim bei den Saaten.
Friedliche Bauern. Sie wurden Soldaten, denn, ach, schon damals gab's Diplomaten.«

Auf einer meiner Zeichnungen führte Dynamissimus, hoch zu Roß, seine Truppen gegen streikende Arbeiter mit den Worten: »Wenn man nicht mal auf Vater und Mutter schießen sollte, dann pfeife ich auf die ganze Zivilisation.« Aber unglücklicherweise sagte Majestät kurz nach Erscheinen des Blattes wirklich ganz etwas Ähnliches bei Gelegenheit von Streik-Unruhen im Rheinland. Die Nummer wurde konfisziert, Anklage wegen Majestätsbeleidigung erhoben.

Quartaller schien so etwas geahnt zu haben. Seit einiger Zeit war auf dem Blatt nicht mehr er als verantwortlicher Redakteur angegeben, sondern Daffodil. Unten in der Druckerei holten Polizisten die wenigen noch vorhandenen Exemplare sowie die Korrekturbogen und Manuskripte der Nummer. Dann erschien die Polizei, drei Mann hoch, grimmig dreinschauend, in der Redaktion, um Daffodil zu verhaften. Quartaller empfing sie.

Er konnte bezaubernd liebenswürdig sein, wenn er wollte, und jetzt gab er sich alle Mühe: »Sie machen sich keinen Begriff, Herr Wachtmeister, was man bei einer Zeitung mit den unteren Organen auszustehen hat! Ehe man sich's versieht, bringt so ein Redakteur etwas in das Blatt hinein – etwas – nun, das eben nicht hinein gehört. Es tut mir aufrichtig leid, daß sich die Herren herbemühen mußten. Ich weiß, Sie haben Wichtigeres zu tun, aber ich möchte die Herren doch herzlich bitten, sich noch ein Viertelstündchen zu gedulden. Schauen Sie her: in diesen Papierhaufen kennt sich nur Herr Daffodil aus. – Darf er sie nicht erst noch ein wenig ordnen, bevor Sie ihn abführen? Vielleicht haben die Herren die Güte, im Nebenzimmer zu warten?«

Gerade kam Doktor Huber, er kannte den Wachtmeister gut, denn der war früher in Aubing stationiert gewesen. Sie begrüßten sich herzlich. »Geh zu, Wachtmeister, wirst doch nicht gleich wieder fort wollen! Wie wär's jetzt mit einem kleinen Tarok? Deine Leut' möchten sicher auch gern ein Spiel machen.« So setzte er sich mit ihnen bequem in einen Nebenraum, Karten waren da, Zigarren, grad' gemütlich war es. – Die Aufwartefrau und der Diener holten Bier in Maßkrügen aus dem nahen Pschorrbräu. Es wurde so fleißig getrunken, daß die immer unterwegs sein mußten. Inzwischen brachte Daffodil unglaublich schnell etwas Ordnung in die Papiere, verschwand dann. Im Nebenzimmer wurde es immer fideler, schon hörte man sie Soldatenlieder und Schnadahüpferln singen. Wurst, Käse, ja sogar eine Kalbshaxe – die war für den Herrn Wachtmeister – holte der Diener aus dem Bräu. Es wurde spät. Das Personal machte Feierabend, auch Quartaller ging endlich nach Hause. Ein Polizist rief aus dem Zimmer: »Ist keine Ziehharmonika da? Wir möchten ein wenig aufspielen.« Als niemand antwortete, schaute er heraus: »Ja, was wär' denn jetzt das? Wo sind denn die? Und unser Herr Daffodil?« Auf einmal fiel den Polizisten ein, weshalb sie hergekommen waren. Sie schnallten ihre Säbel um die halbzugeknöpften Uniformröcke, lehnten schwankend an der Wand, unklar, aber verzweifelt. Doktor Huber, der wenig getrunken hatte, erbot sich, nachzuschauen, wo die Leute hingekommen seien, verschwand ebenfalls, kam nicht wieder. Die Aufwartefrau sagte: »Ja, meine Herren, jetzt muß ich aber zusperren«, komplimentierte die Schutzleute zur Tür hinaus, hörte, wie sie die Treppe hinabstolperten.

Daheim fand Quartaller auf dem Eßtisch einen mit Bleistift geschriebenen Zettel liegen. »Ich begleite Daffodil zur Bahn. Vielleicht fahre ich ein bißchen mit. Schau nach, daß die Kinder ordentlich versorgt werden, Washington hat etwas Leibweh. Katja.«

Er setzte sich zum Abendessen, hatte aber keinen rechten Appetit, kaute lange an einem Bissen. Mit vollem Mund versank er in Nachdenken.

Plötzlich packte er einen Teller, hob ihn hoch und zerschlug ihn auf dem Tisch. Noch zwei schleuderte er ihm nach. Am Boden lagen Scherben. Erschrocken kam das Mädchen herein. »Resi, welchen Koffer hat die gnädige Frau mitgenommen?«

»Den großen, flachen, bitt' schön, und den Schrankkoffer und die Handtasche. Vielleicht wird man ihr etwas nachsenden müssen, hat die gnä' Frau gemeint.«

»Kann sie sich denken! – Werfen Sie Washington zum Fenster hinaus!«

»Wie bitte, gnä' Herr?«

»Ach so.«

Gut, daß der Telephonapparat jetzt in der Wohnung eingebaut worden war. »Fräulein, bitte verbinden Sie mich mit der Polizeidirektion. – Ja, ich warte am Apparat – Was? Immer noch belegt? – Ihr Telephon ist ein Gelump, Sie Gans, lassen Sie es sich einsalzen! – Ah, habe die Ehre Herr Polizeipräsident, hier spricht Verleger Quartaller, Meteor-Verlag, verzeihen Herr Präsident, wenn ich störe, habe soeben zu meinem größten Bedauern erfahren, daß der vormalige Redakteur Daffodil auf unbegreifliche Weise der Polizei entwischt ist und die Flucht ergriffen hat – Jawohl, Herr Präsident, vermutlich Eisenbahn – Herr Präsident dürfen nicht etwa glauben – Nein, gewiß, war peinlichst überrascht – Na, sicher bald – Aber selbstredend! – Habe die Ehre, ergebenster Diener, Herr Polizeipräsident.«

Nach den Bestimmungen des Pressegesetzes hatte der verantwortliche Redakteur für die Verbrechen des Blattes zu büßen. Erst wenn er geflohen, verstorben oder sonstwie unerreichbar war, mußte ein anderer Sündenbock gefunden werden, das konnte, ganz nach Gutdünken der Behörde, der Herausgeber der Zeitung oder der Autor der Pressesünde sein. In diesem Fall beschloß man, sich an den Autor zu halten, also an mich. Da ich Hausbesitzer war, bestand keine Fluchtgefahr, man sah von meiner Verhaftung ab.

Ich wurde zum Untersuchungsrichter vorgeladen. Pünktlich erschien ich im Justizgebäude bei Herrn Amtsrichter Lenz. Das war ein kleiner, rundlicher Mann mit schnellen Bewegungen, sein freundliches, immer lächelndes Knabengesicht gewann Bedeutung durch einen goldenen Zwicker, einige studentische Schmisse, ein hochgezogenes Schnurrbärtchen und durch eine ausgedehnte Glatze. Er empfing mich mit großer Freundlichkeit, ich mußte mich ihm gegenüber an seinen Schreibtisch setzen und eine Zigarette rauchen. Er war sehr gesprächig, zeigte Kunstinteresse, kannte alle meine Bilder, sagte mir viel Schmeichelhaftes darüber. Leider sei er nicht begütert genug, um Gemälde zu sammeln, habe es nur zu einer Sammlung von Autogrammen aller bedeutenden Künstler gebracht, meins fehle ihm noch, und er bat mich darum. Zum Andenken an die sonderbare Veranlassung unseres Zusammentreffens mußte ich ihm den Text der inkriminierten Zeichnung dazu schreiben. Er entnahm den Druck einer Schublade. »Schade, daß Sie so wenig malen, Herr Emmaus, ist doch viel ungefährlicher als solche Zeichnungen zu machen. Was haben Sie sich zum Beispiel bei dieser gedacht?«

Aha, er wollte mich fangen, aber so schlau wie der war ich längst: »Gar nichts, Herr Amtsrichter, es kam mir nur auf das künstlerische Motiv an: zeichnerische Gegenüberstellung von Uniformen und Arbeitergestalten.«

»Ja, das habe ich erwartet. Und haben Sie den ungemein treffenden Text verfaßt?«

»Nein, Herr Amtsrichter, um den kümmere ich mich nie, interessiert mich nicht. Ich liefere eine Zeichnung, und dazu macht dann irgend ein Schmock die Worte. Ich erfahre sie erst, wenn ich die Nummer gedruckt sehe.«

»Natürlich! Und können Sie mir sagen, wessen Handschrift das ist, vielleicht Herrn Daffodils?« Er legte mir ein Papier vor, auf dem ich der Druckerei den Text mit einigen Angaben, wie er zu setzen sei, mitgeteilt hatte.

»Nein, diese Handschrift kenne ich nicht.«

»Merkwürdig, daß sie der des Autogramms so sehr gleicht, das Sie mir eben liebenswürdiger Weise geschenkt haben.« Er legte beide nebeneinander, lachte fröhlich, ich stimmte ein.

Als sich unsere Heiterkeit etwas gelegt hatte, nahm er das Gespräch wieder auf: »Eigentlich hatte ich auch Maler werden wollen. Furchtbar langweiliger Beruf, Protokolle abfassen zu müssen! Also in das hier darf ich wohl hineinschreiben, daß Sie der Autor dieses ausgezeichneten Textes sind, nicht wahr? Sie brauchen keine Angst zu haben, Herr Emmaus, – es wird Ihnen nicht viel geschehen. Wir hätten die Sache gar nicht aufgegriffen, wenn nicht die Preußen – – na Sie wissen ja. Wir lieben Dynamissimus so wenig wie Sie. Daß Sie ihn bekämpfen wollen, wird Ihr Vergehen in milderem Licht erscheinen lassen, so darf ich wohl dazusetzen, daß das Ihre Absicht war?«

»Natürlich, Herr Amtsrichter.«

Ich mußte dann das Protokoll unterschreiben, fragte ihn, ob ich wohl freigesprochen werden würde.

»Das glaube ich nicht, aber die Höchststrafe ist 5 Jahre Gefängnis.« Er sagte es lachend, wie einen vorzüglichen Witz.

Und ich im gleichen Sinne: »Warum nicht Zuchthaus?«

»Nein, das nur, wenn eine ehrlose Gesinnung vorliegt oder frühere Verbrechen, und das kommt wohl bei Ihnen nicht in Betracht. Was ich noch sagen wollte, möchten Sie uns nicht eine kleine Kaution stellen? Wissen Sie, die Staatsanwälte sind böse Leute, es könnte dem einfallen, Sie doch in Haft zu nehmen, da Ihr Komplize geflüchtet ist.«

»Gern. Wieviel?«

»Nur 50 000 Mark.« Ich war ein bißchen erschrocken, aber das Geld war ja schließlich nicht verloren. So erklärte ich mich einverstanden, den Betrag baldigst zu erlegen, und es wurde mit zu Protokoll genommen. Ich mußte das Protokoll unterschreiben. Beim Abschied wollte ich dem freundlichen Herrn die Hand drücken, aber er übersah es.

Mit gemischten Gefühlen verließ ich das Justizgebäude.

Quartaller war in sehr nervöser Stimmung, als ich ihn aufsuchte. »Nehmen Sie sich meinen Fall nicht so zu Herzen!« wollte ich ihn trösten, »der Untersuchungsrichter hat mir gesagt, es wird glimpflich abgehen.«

»Ihren Fall? Wer spricht von Ihrem Fall? Katja ist mit Daffodil abgereist. Mit diesem Schmock! Nicht mit dem kleinen Finger möchte ich ihn anrühren. Das hat man von der freien Ehe, nun kann ich mich nicht einmal scheiden lassen.«

»Lassen Sie es sich nicht unter die Haut gehen, lieber Quartaller! Sie wird schon wiederkommen. Frauen kommen immer wieder. Wo sind sie denn hingefahren?«

»Weiß ich's? Fragen Sie die Polizei. Und ich sitze da mit den zwei kleinen Kindern.« Er tat mir leid, aber ich konnte ihm nicht helfen, hatte genug mit mir selbst zu schaffen, mußte die 50 000 Mark Kaution flüssig machen und beim Gericht deponieren, mich mit einem Rechtsanwalt besprechen. Der meinte, ich hätte das schon eher tun sollen, dann würde mich der Untersuchungsrichter nicht so hineingelegt haben, jetzt sei die Sache nicht mehr so einfach.

»Ach was«, sagte ich, »jede Wette möchte ich eingehen, daß ich freigesprochen werde.«

»Das wäre ein Wunder.«

»Nun ja, ich warte immer auf Wunder.«

Dann mußte ich mich doch etwas des Meteors annehmen, Quartaller war ganz zusammengebrochen. Herr Blümel bekam die Stellung Daffodils, bewies, daß Ordnungssinn besser ist als Intuition. Jetzt war alles in Kartotheken und Regalen alphabetisch geordnet, bald ein musterhafter Betrieb. Das wirkte auch auf Quartaller nervenberuhigend, umsomehr als der Erfolg des Blattes ungeheuer stieg, denn wir ließen uns durch die bedrohliche Anklage nicht beirren. Meine Dynamissimus-Zeichnungen, die Bilder der Ärmsten und der Reichsten wurden fortgesetzt, erregten Wutausbrüche in den Zeitungen aller Parteien.

Quartaller meinte, es sei ein Fehler, daß wir keine Partei hätten, auf die wir uns stützen könnten. »Gründen wir die Meteor-Partei!« schlug ich vor. »Wird gemacht!« rief Quartaller, war wieder ganz ermuntert.

Die Partei

Aber wie gründet man eine Partei? Wie überlegten intensiv und stellten schließlich fest, daß dazu vor allem ein zugkräftiges, programmatisches Schlagwort nötig sei, ob es einen Sinn habe, das sei weniger wichtig. Ich schlug vor ›Kampf gegen die Naturgesetze‹. Als zu weitgehend verworfen. ›Jedermann Kaiser‹, das war so gedacht, daß der jetzige abgesetzt werde. Der neue dürfe immer nur ein Jahr lang regieren, und wer es sein solle, werde alljährlich durch Lotterie festgestellt, zu der jeder Deutsche ein Los bekomme. Abgelehnt weil zu speziell. ›Trennung des Staates von der Politik‹, darauf einigten wir uns schließlich. Was das bedeute, war uns noch nicht klar, aber es werde sich schon ergeben.

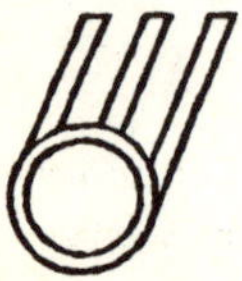

Einstweilen entwarf ich das Parteiabzeichen, sollte einen vom Himmel fallenden Meteor symbolisieren. Wir bestellten vorläufig 100 000 Stück, aus Messingblech gestanzt mit Nadel, am Rockaufschlag zu befestigen. Als Parteifarben wählte ich Blau und Gelb, gelber Meteor auf dunkelblauem Grund, wir ließen Fahnen und Armbinden mit diesem Wappen anfertigen. Parteigruß sollte sein: Linker Ellbogen in spitzem Winkel nach außen gehoben, linker Mittelfinger auf das linke Auge gelegt, rechtes blickt.

Quartaller wollte sofort eine große Volksversammlung einberufen. Ich hielt das für verfrüht. Jede neue Partei hat ihren Ursprung an den Stammtischen der Wirtshäuser. In allen Münchner Lokalen wird unter das Bierglas immer ein Untersatz aus weißem Pappdeckel gelegt, Vorräte davon liegen auf dem Tisch. Wir kauften 40 000 solcher Untersätze, ließen sie mit dem Parteiwappen bedrucken und der Aufschrift: ›Trennung des Staates von der Politik verlangt die Meteorpartei. Tretet ihr bei!‹

Dieselbe Zahl Zündholzschachteln erwarben wir, sie wurden mit ebenso bedrucktem Papier beklebt.

Im städtischen Arbeitsamt engagierten wir 40 intelligent erscheinende junge Burschen, versahen sie mit Armbinde und Abzeichen, nahmen sie als erste Mitglieder in die Partei auf. Gegen gute Bezahlung hatten sie die Aufgabe, in allen Gastwirtschaften der Stadt die Untersätze und Zündholzschachteln zu verteilen und dafür zu sorgen, daß sie auf die Biertische gelegt wurden. Was sie bei dieser Gelegenheit tranken, ging natürlich auf unsere Rechnung, mit dem Erfolg, daß sie am Schluß ihrer Arbeit so animiert waren, daß sie durch die Straßen zogen, Passanten anrempelten und sie zwingen wollten, der Partei beizutreten. Bei ungefähr 20 gelang es ihnen in der Tat.

Wenn der Biertrinker sein Krügel zum Munde hob, pflegte er einen Blick auf den Untersatz zu werfen, auf dessen Rand die Kellnerin durch einen Bleistrich immer die Zahl des Konsums vermerkte. Dabei fiel sein Blick auf unsere Ankündigung, und sie gab einen willkommenen Gesprächsstoff, da man ohnehin immer nicht wußte, wovon man reden sollte. Danach zündete er seine Zigarre an, las dasselbe auf der Streichholzschachtel, sein Interesse wurde wachgehalten. »Ja, wär gar nicht so dumm, wenn man den Staat von der Politik trennen könnte, machen eh lauter Dummheiten, und die Steuern werden alleweil höher.« »Recht haben S', Herr Nachbar, auf so was hab ich schon lang gespitzt. Gescheit sind die Meteorleut.« »Und ich möchte morgen der Partei beitreten, wenn meine Alte nix dawider hat.«

Zeitungsverkäufer mit der neuen Nummer des Meteor kamen herein, sie fand reißenden Absatz. Über eine ganze Annoncenseite weg war da zu lesen:

Mitbürger! Bayerisches Volk! Deutsche!

Die Verbindung von Staat und Politik ist wie eine schlechte Ehe. Sie muß geschieden werden. Schnell – ehe es zu spät ist. Noch kann namenloses Unheil verhindert werden.

Die Meteorpartei bringt Trennung des Staates von der Politik.
Die Meteorpartei ist Deine Rettung.
Die Meteorpartei braucht Dich.
Tritt ihr bei!
Anmeldungen im Hauptquartier Filsingergasse 11 erster Stock.
Wir erwarten Dich.

Die Meteorparteileitung
Quartaller. Emmaus. Huber.

Doktor Huber hatte nämlich unserem Plan begeistert zugestimmt: »Auf geht's, jetzt werden wir es denen einmal zeigen!« Er war auch Mitverfasser des Aufrufs; das von der schlechten Ehe war seine Idee. Wir beabsichtigten, ihn als ersten Vertreter der Partei bei der nächsten Abgeordnetenwahl aufzustellen.

Hunderte neue Mitglieder meldeten sich zum Eintritt, standen Queue am Parteibüro. Quartaller meinte, jetzt sei doch die große Volksversammlung an der Zeit. Ich war nicht seiner Meinung. Weder er noch ich wußten ja, was die Partei wollte, kamen auch trotz langem Brüten zu keiner Klarheit darüber. Quartaller hatte eine Idee: Wir lassen es uns von den guten Leuten selbst sagen, stellen es durch ein Preisausschreiben fest.

In der nächsten Nummer sah man eine große Annonce:

Meteor-Preisausschreiben.

Von dem heißen Wunsche beseelt, beim restlosen Eintreten für unsere Idee voll und ganz in Übereinstimmung mit dem Willen unserer Parteigenossen und Anhänger zu handeln, richten wir an alle Meteoristen die Frage:

Was habt Ihr zu unserem Ziel, Trennung des Staates von der Politik, zu sagen?

Für die beste Antwort setzen wir einen Preis von 1 000 Mark aus, für die zweitbeste 600 Mark, für die drittbeste 400 Mark. Wir bitten, sich kurz zu fassen, keine Einsendung soll länger sein als 30 Druckzeilen. Die Jury besteht aus der Parteileitung. Die Auszahlung erfolgt in bar sofort nach Entscheidung.

Meteorparteileitung. i. A. Quartaller.

Genoveva

Plötzlich fiel mir ein, daß wir keine Zeichnung von Rita mehr zur Verfügung hatten. Ich konnte nur mit Schmerz an den disharmonischen Ausklang unseres letzten Beisammenseins denken, sehnte mich danach, ihre beleidigte Seele zu streicheln. Als ich hinkam, fand ich die Tür verschlossen, alles wie ausgestorben. Ich erfuhr, daß sie schon seit einiger Zeit nicht mehr gesehen worden sei. Niemand konnte mir sagen, wo sie sich befinde. Ich schrieb ihr einen rekommandierten Brief. Die Post brachte ihn zurück: ›Adressat abgereist. Adresse unbekannt.‹

Fort. Ausgelöscht. Trauer befiel mich, drückte mir auf den Magen, halbierte mein Gehirn. Dann lachte ich mich aus: »Scheint also, daß ich dieses Mädchen liebe. Richtig der Natur auf den Leim gekrochen! Gibt eigentlich nichts Komischeres als eine unglückliche Liebe.« Ich stellte mich vor den Spiegel, um zu sehen, wie man in diesem Zustand aussieht. Zwerchfellatmung soll gut dagegen sein. Ich probierte sie, bekam wirklich ein leichteres Gefühl im Magen, zündete mir eine Zigarette an. Vorbei.

Aber wer sollte nun die Armeleut-Zeichnungen machen? Es würde sich schon jemand finden, einstweilen konnte es Gradl übernehmen oder ich. So ging ich, um Anregung zu suchen, in die armen Viertel des Ostens, wo zwischen hohen, kahlen Mietskasernen die kleinen verfallenen Herbergshäuser umso dürftiger wirken. Es regnete kalt und war windig. Eins der Häuschen wurde gerade unter Leitung eines Schutzmanns zwangsweise evakuiert, weil es, schon ganz schief, einzustürzen drohte. In stummer Verzweiflung standen zwei Frauen neben einem Handkarren, auf dem der traurige Hausrat verstaut war. Zu oberst bemerkte ich ein Federbett, der Wind wehte das schützende Zeitungspapier weg. Die eine Frau hob es auf aus dem Schmutz, legte es wieder hin. Auf dem Bett lag eine Petroleumlampe, das Öl floß heraus, bildete einen dunklen Fleck auf dem rotkarierten Überzug. Ein Kleiderschrank, eine Kommode und ein Sofa, aus dem die Sprungfedern überall neugierig herausschauten, hatten noch keinen Platz gefunden, sanken in die aufgeweichte Erde des schmalen Vorgärtchens ein, lehnten schutzsuchend an der Mauer unter dem vorspringenden Schindeldach. Außen am Haus führte eine zerfallene Holztreppe zum ersten Stock hinauf.

Darunter war der Abort und daneben eine große Hundehütte. Ein zottiges Ungetüm undefinierbarer Rasse schaute müde heraus. »Wo der Vater nur bleibt?« sagte eine der Frauen. »Wird wohl wieder einen Rausch haben, Frau Leibenfrost«, meinte der Schutzmann gemütlich.

Aber da kam er schon, groß, kräftig, gebeugter Haltung, in verschlißenem, geflicktem Manchesteranzug, war nur leicht angetrunken. Er hatte ein kleines Paket in der Hand, wickelte das Papier umständlich auf, Knochen waren darin.

»Schau, Mauspetz, ich hab' was für dich.« Das Untier sprang freudig wedelnd aus der Hundehütte und nahm die Mahlzeit in Empfang.

Der Schutzmann half dem Mann bei seinen Bemühungen, den tief eingesunkenen Karren auf die Straße zu ziehen, die beiden Frauen schoben an, endlich bewegten sich die Räder.

Indem glaubte ich ein Traumbild zu erblicken: Ein blasses, schmales Mädchen, noch fast ein Kind, kam langsam die offene Treppe herunter, in hellem dünnem Sommerkleidchen, ein Tuch über Kopf und Schultern, die großen grauen Augen weit und verloren aufgerissen, rötlich braune Haarsträhnen drangen unter dem Kopftuch hervor. In den mageren Händen hielt sie einen Strauß weißer Lilien.

»Mutter!« rief sie mit schwacher Stimme.

Die jüngere der Frauen drehte sich um: »So? Ist dir's doch endlich gefällig? Gleich kommst du her und schiebst mit!«

»Ich bin so schwach.«

»Gehst her oder nicht, du Schlampen?« Dann zu dem Schutzmann: »Wissen S', Herr Wachtmeister, ein Kreuz ist's mit der Vevi, gar nichts tun mag sie, immer will sie krank sein, höchstens umeinander strawanzen und Blumen handeln.«

»Werden wir gleich haben«, sagte die ältere Frau, sprang hin und packte Vevi am Arm, um sie mitzuzerren. Die taumelte, fiel, lag auf dem nassen Erdboden. Die Blumen waren ihr aus der Hand gefallen, und die Großmutter zertrat sie schimpfend.

Da stürzte Mauspetz, der erst bloß geknurrt hatte, mit wütendem Gebell aus seiner Hütte, die Alte mußte loslassen.

»So, dann bleibst eben da, kannst hier im Regen warten.« Schnell lief sie die Treppe hinauf, schloß die Tür ab, nahm den Schlüssel an sich und ging wieder zum Karren.

Vater Leibenfrost drehte sich noch einmal um, rief: »Wir holen dich nachher.«

Ich trat hinzu, half dem Mädchen beim Aufstehen. Sie stand traurig und zitternd im Regen. Mauspetz leckte ihr die Hand, faßte vorsichtig mit den Zähnen ihr Kleid und versuchte, sie nach seiner Hütte hin zu ziehen.

Schwer, in solcher Situation ein Gespräch anzufangen.

»Schade um die schönen Blumen, Fräulein«, sagte ich.

»Ja, nun kann ich sie nicht mehr verkaufen.«

»Doch, ich möchte sie gern kaufen.«

»Warum? Sind ja hin.«

»Zum Andenken.«

»Woran?«

»An Sie.« Ich reichte ihr ein Zehnmarkstück. Sie nahm es nicht, fing an zu weinen: »Sie wollen die Blumen ja gar nicht haben, ich weiß schon, was – –.« Sie mußte sich vor Schwäche an das Geländer lehnen.

»Ich wollte Sie nicht kränken, verzeihen Sie!« – Sie schaute mich mit großen Augen an, versuchte vergeblich zu lächeln.

»Wo werden Sie jetzt hinziehen?« fragte ich.

»Ich weiß nicht.«

»Ich glaube, Sie sind krank. Haben Sie Schmerzen?«

»Ja, es sticht mich so in der Brust. Ich habe schon drei Tage keine Blumen mehr verkaufen können. Die Mutter hat mich gehauen deshalb.«

»Was sagt der Vater dazu?«

»Säuft.«

»Was ist er?«

»Sozialdemokrat.«

»Ach nein, was für einen Beruf?«

»Er hilft manchmal auf dem Bau. Eigentlich bin ich nur ein Ziehkind. Ich soll aus Berlin sein, ›Saupreußin‹ schimpft mich Mutter oft.«

»Wenn Sie wieder gesund sind, möchte ich Sie malen.«

»Ja, ich bin schon mal Modell gestanden, in der Akademie.«

Ich schrieb ihr meine Adresse auf. Wir warteten weiter im Regen. Mein wasserdichter Mantel triefte. Das Mädchen mußte schon bis auf die Haut durchnäßt sein.

»So geht das nicht, ich hole eine Droschke«, sagte ich.

Sie nickte stumm. Ich mußte ziemlich weit gehen, bis ich eine fand. Als ich zurückkam, war nichts von dem Mädchen zu sehen. Aber die Möbelstücke standen noch da, also war sie nicht geholt worden.

»Fräulein Vevi!« rief ich endlich. Mauspetz bellte leise und freundlich zur Antwort. Er lag im Regen vor seiner Hütte, den struppigen Körper, schützend über Vevis Beine gedeckt, die herausragten. Er hatte dem Mädchen sein Heim mitleidig überlassen, sie war hineingekrochen, lag warm auf dem Stroh. Mitleid ist ein ziemlich angenehmes Gefühl, darum ist es so geschätzt, oft ein Surrogat der Liebe, aber oft eine Liebe in Vorbereitung. Also auf der Hut sein!

Aber ich konnte nicht umhin.

Ich wußte sehr wohl, das Richtige wäre jetzt gewesen fortzugehen, Genoveva in der Hundehütte zu lassen, mich mit der Ausbeute künstlerischer Anregungen zu begnügen, umsomehr als das unglückliche Geschöpf nicht herauskam, als ich ihr sagte, die Droschke sei da. Sie schien stark zu fiebern, murmelte Unverständliches. Es mußte etwas geschehen. So zog ich sie sacht an den Beinen aus der Hundehütte, trug sie in die Droschke. Sie war sehr leicht. Mauspetz widersetzte sich nicht, begleitete uns und versuchte, Abschied nehmend, die Pfote zu reichen. Ich ließ zum Schwabinger Krankenhaus fahren, dessen Oberarzt ich kannte. Als wir ankamen, hatte sie heftigen Schüttelfrost und war nicht bei Bewußtsein. Die Einlieferung war etwas schwierig, weil ich keine näheren Angaben über ihre Persönlichkeit machen konnte. Ich hinterließ aber meine Adresse, unterschrieb, daß ich für alle Kosten aufkomme, suchte den Oberarzt Professor Kerschbaumer auf und legte ihm den Fall besonders ans Herz. Ich verschwieg ihm nicht, wo und wie ich die Patientin aufgelesen hatte. Er schaute mich prüfend und zweifelnd über seine dicken Brillengläser hinweg an.

Ich ging nach Haus und begann sofort eine Zeichnung: Den trostlosen Auszug in die Obdachlosigkeit bei Regen und Wind, neben einem teils eingefallenen, teils abgerissenen Häuschen. Aus der Hundehütte im Vordergrund schauen die ärmlichen Beine Vevis heraus, der Hund sitzt treu daneben.

Als Gegenstück dazu sollte Resniksen eine elegante, schöne Dame bei der Morgentoilette zeichnen. Sie hat einen kleinen Pekineser Schoßhund in ihr üppiges, weiches Daunenbett gelegt.

Als ich die Zeichnung in die Redaktion des Meteor brachte, liefen schon Antworten auf das Preisausschreiben ein. Quartaller und Doktor Huber waren beschäftigt, sie durchzulesen. Bald kam dann ein so starker Strom von Zuschriften, daß wir dieser Überschwemmung verzweifelt gegenüberstanden. Wir mußten angestrengt arbeiten, um mit ihrer Prüfung fertig zu werden. Einige der markantesten will ich wiedergeben:

Politik und Staat gehören zusammen wie die Haut zur Wurst. Die Wurst ist genießbar, die Haut kann man wegwerfen.

Franz Moswidl, Restaurateur, Zur deutschen Eiche.

Politik führt immer zum Krieg, Krieg ist organisierter Mord, also ist Politik Vorbereitung des Mordes, ein strafbares Verbrechen, das kein Staat dulden sollte. Zu seiner Verhütung braucht man nur die bestehenden Strafgesetze richtig anzuwenden.

Dr. Ignaz Biederholt, Kriegsinvalide. Inhaber des E.K.I.

Man unterscheidet a) innere b) äußere Politik. Die innere Politik bezweckt Unterdrückung des eigenen Staates, die äußere Unterdrückung fremder Staaten. Die Staaten sollen sich das nicht mehr gefallen lassen. Nieder mit der Politik!

Karl Neppicht, Buchhalter.

Sechzig Millionen Menschen lassen sich von einer Million Bürokraten bevormunden, die von Zeit zu Zeit die Farbe ihrer Gesäßschwielen ändert. Diesen Farbwechsel nennt man Politik. Weg damit!

Schorsch Sodbrenn, Tierausstopfer.

Die Politik ist in ihrer Bewegungsfreiheit dadurch behindert, daß sie immer Rücksicht auf die schwerfällige Maschinerie des Staates nehmen muß. Ich begrüße daher Ihren Vorschlag, Staat und Politik voneinander zu trennen.

von Schneemöller, Lieutenant d. R.

In Urzeiten, als die Mehrzahl der Menschen ohne Bildung war, mußten sie besonders dazu geeignete Personen mit der Führung ihrer Geschäfte betrauen. So entstand die Kaste der Politiker. In unserer aufgeklärten Zeit ist die ein Atavismus, ein rudimentäres Organ, ein Wurmfortsatz des Blinddarms, der zu gefährlichen Entzündungen führt und beizeiten auf operativem Weg zu entfernen ist.

Steinbeis, Professor.

Politik muß ein Privatvergnügen der betreffenden Herren bleiben wie Schachspiel oder Bridge. Man sollte gesetzlich verbieten, daß ihre Beschlüsse ausgeführt werden, dann hat der Staat eine Ruhe, braucht keine Soldaten mehr, halb soviel Steuern, das goldene Zeitalter beginnt.

B. Doleschall, Sanitäre Anlagen.

Den ersten Preis erhielt die Einsendung des Bankdirektors Werner Kluft, weil sie das Problem am treffendsten löste:

»Der Staat ist ein Zusammenschluß von Menschen zu gemeinsamen Unternehmungen wie Straßenbau, Flußregulierungen, Gesundheitspflege, Unterricht, Münzwesen, Schutz des Eigentums und der Individuen. Also rein technische Zwecke, ein Betrieb wie jeder andere.

Er wird jetzt von einer Gruppe verwaltet, die aus anderen Gesichtspunkten handelt: aus persönlichen Interessen, Ehrgeiz, Geltungsbedürfnis. Ihre Maßnahmen haben nichts mehr mit den praktischen Zielen des Staates zu tun und schädigen sie. Was diese Gruppe macht, ist die sogenannte Politik. Anstatt diese ungeeigneten Angestellten fristlos zu entlassen, werden sie hochgeehrt und privilegiert. Sie zu beseitigen, den Staat wieder praktischer Betätigung zuzuführen, ist die Aufgabe des Meteorismus. Am besten läßt sie sich verwirklichen, wenn der Staat als eine Aktiengesellschaft konstituiert wird.

Jeder Staatsbürger Aktionär!«

»Genauso habe ich es mir gedacht«, sagte Quartaller, und nun waren wir alle überzeugt, daß unser Losungswort einen tiefen und bedeutenden Sinn habe. Den zweiten Preis gaben wir dem Dr. Biederholt, den dritten bekam Restaurateur Moswiedl, wegen der Kürze und Schlagkraft seiner Einsendung.

Allen nicht prämiierten Konkurrenz-Teilnehmern sandten wir einen Trostpreis von 50 Mark, zugleich mit der Aufforderung, der Partei beizutreten. Das taten fast alle, und wir baten sie, neue Mitglieder zu werben. Direktor Kluft luden wir zu einer Besprechung ein und nahmen ihn in den Parteivorstand auf. Dann beriefen wir die Volksversammlung in den großen Saal des Löwenbräukellers. Riesige Plakate kündeten sie in der ganzen Stadt an, leuchteten von allen Mauern, wurden von Aufzügen junger Parteigenossen durch die Straßen getragen. Resniksen hatte ihnen die kleidsame Meteor-Tracht entworfen: Ultramarinblaue Bluse mit einem M und dem Meteorzeichen auf dem Ärmel, kurze, weite, schwarze Hosen, kanarienvogelgelbe Wadenstrümpfe, spitzes hellblaues Gebirgshütel auf dem Kopf. Bald trugen wir Meteoristen alle diese Kleidung, waren daran schon von weitem kenntlich. Wir übertrugen die Lizenz der Anfertigung einer großen Kleiderfabrik, natürlich gegen entsprechende Provision und unter der Bedingung, daß bei der Herstellung nur Meteoristen beschäftigt werden durften.

Als ich nachts nach Haus kam, stieß ich vor meiner Tür an etwas Dunkles, Weiches, erschrak, spürte dann eine warme, feuchte Zunge an meiner Hand und merkte, daß es ein Hund war. Mauspetz besuchte mich, kam schweifwedelnd mit hinein.

Er sah mich fragend an, und ich sagte ihm: »Vevi ist im Krankenhaus, ich werde sie besuchen.« Es war, als ob er es verstanden hätte, er legte sich befriedigt vor mein Bett. Ich gab ihm zu trinken und hatte eine Wurst für ihn. Seitdem verließ er mich nicht mehr, wollte mich auch auf allen Gängen begleiten.

Man lachte allgemein über das rasselose Untier. So bat ich einen bekannten Kynologen, einen Aufsatz über dieses seltene Exemplar einer neuentdeckten Hunderasse zu schreiben, die aus den Steppen Turkestans stamme. Mit schönen Photographien erschien der Artikel im Meteor. Da stand auch, daß die Turkmenen diese Hunde ›Muspet‹ nennen, das Wort bedeute soviel wie ›Der Getreue‹. Damit war der wahre blamable Name verernstlicht. Nun erregte mein Meteorhund überall Bewunderung, man bot mir fabelhafte Summen für ihn, aber ich wollte mich nicht von ihm trennen.

Im Schwabinger Krankenhaus fand ich Vevi sehr schwach. Die Pflegerin sagte, sie sei noch nicht über die Krisis hinaus. Mein Besuch durfte nur kurz sein, sie reichte mir ihr dünnes, heißes Händchen.

»Wird sie ebenso schön aussehen, wenn sie einmal wieder gesund ist«, dachte ich, »wenn sie volle rote Backen bekommt?«

Jetzt an der Schwelle des Todes war sie wundervoll, von einer zarten, schon überirdischen Schönheit. So war es nicht bloß Mitleid, was ich für sie empfand, heißes, leidenschaftliches Gefühl erfüllte mich, schien mir aber eine Entweihung dieser keuschen, jenseitigen Herrlichkeit.

»Wenn mich nur der Vater nicht holen kommt!« hauchte sie ängstlich.

»Davon hat sie immer phantasiert«, sagte die Krankenschwester.

»Mache dir keine Gedanken darüber, Genoveva, ich werde schon dafür sorgen, daß du in Ruhe gelassen wirst. Mauspetz ist bei mir und du sollst es auch gut haben.«

Als ich fortging, hatte sie das Gesicht in die Kissen gedrückt und weinte.

Draußen fragte mich die Schwester, wie das mit ihren Eltern sei, man habe die verständigen wollen, sie waren aber nicht aufzufinden. Es blieb mir nichts übrig, als die traurigen Verhältnisse zu erklären, und wie ich dazu gekommen war, mich des Mädchens anzunehmen.

»Armes Kind!« sagte sie.

Unten traf ich den Portier in lebhaftem Disput mit einem zerlumpten Mann, der etwas angetrunken war.

»Nein, in diesem Zustand können Sie keinen Krankenbesuch machen. Gehen Sie jetzt!«

»Aber die Polizei hat mir gesagt, daß sie da herin ist bei euch. Ich bin der Leibenfrost, das wäre noch schöner, wenn ich sie nicht besuchen dürfte, meine Tochter. Hat gewiß Zeitlang nach ihrem Vater, das arme Hascherl, mein einziges Kind, mein einziges.« Er schluchzte, eine Träne war ihm an der Nase entlang gelaufen, hing als Tropfen an der Spitze.

»Miserablige Bagaasche übereinander!« brüllte er plötzlich, schrie laut: »Vevi, Vevi, zu mein Veverl will ich.« Der Tropfen fiel herab.

Der Portier packte den Kerl am Arm, um ihn hinauszuschieben. Er wehrte sich, wollte zuschlagen.

»Herr Leibenfrost«, sagte ich, »natürlich werden Sie Ihre Tochter sehen, sie ist aber jetzt noch zu krank. Beruhigen Sie sich und trinken Sie ein Glas Bier mit mir.«

»Da sieht man gleich, was ein besserer Herr ist, ich geh'schon mit Ihnen, Herr Doktor.« Er hielt mich wohl für einen Arzt. Wir begaben uns in den Wirtsgarten der nahen Brauerei.

Er trank mir zu: »Ihr Wohlsein, Herr Doktor, und nichts für ungut. Aber wenn man sein einziges Kind nicht einmal besuchen darf---«, er fing wieder an zu schluchzen.

»Wo wohnen Sie denn jetzt, Herr Leibenfrost?«

»Oh mei, wohnen! Mein Haus haben sie mir abgerissen, nun wohnen wir in einem Wagen darin und fahren so ein bißerl umeinander. Ich tu' Sägen feilen und Häfen binden mit Draht.«

»Da werden Sie wohl nicht viel verdienen. Hier haben Sie zwanzig Mark. Soviel will ich Ihnen jede Woche geben, wenn Sie mir versprechen, nicht mehr in das Krankenhaus zu gehen und Ihre Damen auch nicht.«

»Ganz wie der Herr Doktor wünschen.«

»Ich schicke Ihnen das Geld postlagernd. Sie können es jeden Samstag holen. Aber wird das Versprechen nicht gehalten, dann gibt es nichts.«

»Selbstverständlich, und die Weiber, mit denen werd' ich schon fertig. Respekt, Herr Doktor! Sie sind ein feiner Mann, direkt gebildet. Zwanzig Markl, das ist vielleicht ein bißl wenig. Wissen S', mit der Sägefeilerei da steckt man nichts auf. Ich könnt' halt einen Gemüsegarten pachten, da baueten wir Salat und Gurken, ich und die zwei Weiber und die Vevi, und meine Alte verkaufet das Sach dann am Markt. Ist mir billig angeboten worden, ganz nah, in Moosach, mit einem Häusel darauf. Möchten S' nicht dazu verhelfen?«

»Ich will sehen, was sich tun läßt, erst abwarten, ob Sie Ihr Versprechen halten. Übrigens, Herr Leibenfrost, die Vevi ist ja gar nicht Ihre Tochter.«

»Wer hat Ihnen denn sowas gesagt, Herr Doktor? So eine ausgeschamte Lüge!«

Er trank ausgiebig aus seinem Krug, rülpste, wischte sich mit dem Handrücken das Bier vom Schnurrbart. »Na, wenn es Herr Doktor eh schon wissen, sie ist eine Preußin. Ich bin im Gebirg daheim, am Walchensee, da haben wir die Heimat gehabt und ein paar Küh', und ich hab als Maurer gearbeitet, wissen S', wo das große Kraftwerk gebaut worden ist. Ganz gut ist's uns gegangen, und an die Sommerfrischler haben wir auch immer vermietet. Da haben welche aus Berlin bei uns gewohnt mit einem kleinen Töchterl und, wie sie fort sind im Herbst, haben wir es dabehalten dürfen, das war das Veverl. Gern haben wir es behalten, weil's gar so lieb war.«

»Was hat man Ihnen gezahlt?«

»Tausend auf die Hand und dann hundertfünfzig im Monat Kostgeld. Ein paar Mal hat der Vater das Geld selber gebracht und nachgeschaut, solange wir auf der Heimat wohnten. Da hab ich natürlich nichts mehr zu arbeiten brauchen, und dann haben wir unser Anwesen eingetauscht gegen das Häuserl in der Stadt. Ein viel besseres Bier gibt es nämlich hier, immer frisch angezapft. Da herin hat er das Veverl nimmer besucht, aber das Geld ist immer pünktlich gekommen, war ja advokatisch gemacht. Bis vor ein paar Jahren, da hat es mit einmal aufgehört. Ich hab ihm geschrieben, daß er einschreiben soll. Der Brief ist zurückgekommen und darauf ist gestanden: Adressat gestorben. Wenn der Herr Doktor das vielleicht weiterzahlen möchten?«

»Gespaßige Geschichte, die Sie mir da erzählen. Wie hieß denn der Vater?«

»Lassen'S mich ein wenig nachdenken. Fallt mir schon noch ein. Ja, jetzt hab ichs, Chuzky hat er gehießen.«

»Was? Arwed Chuzky?!«

»Ganz recht, Sind Sie mit dem Herrn bekannt? Stellt er sich vielleicht nur tot? Herr Doktor wollen mir doch wohl nicht auch wegsterben?«

Die Sache war ein wenig mysteriös. Näheres war aus Leibenfrost jetzt, nach der dritten Maß, nicht mehr herauszubringen. Von der Mutter wußte er nur zu sagen: »Die ist weg.« Ich nahm mir vor, den Fall zu untersuchen, sobald ich mehr Muße dazu hätte. Jetzt beschäftigte mich noch zu vieles.

Zu Haus fand ich eine Vorladung zur Gerichtsverhandlung wegen Verbrechens der Majestätsbeleidigung, begangen durch die Presse. In der folgenden Woche sollte sie sein, vor dem Schwurgericht. Ich beschloß, den Doktor Huber mit meiner Verteidigung zu betrauen, entließ auch diese Sorge vorläufig aus meinem Bewußtsein.

Politik

Für Samstag, 6 Uhr abends, war die Versammlung im Löwenbräusaal anberaumt. Der Andrang war so gewaltig, daß sich der Saal als zu klein erwies, schon halb sechs Uhr konnte niemand mehr hinein, waren alle Biervorräte ausgetrunken. So trat Quartaller an das Rednerpult und gab bekannt: »Mitbürger! Meteoristen! Zahlreich seid ihr gekommen, wir danken euch! Alle sollen Platz finden. Wir verlegen die Versammlung in den großen Saal des Bürgerbräukellers, er hat doppelt so viel Raum. Wir ziehen jetzt in geordnetem Marsch dorthin. Auf Wiedersehen in einer Stunde!«

Das Bürgerbräu befand sich am entgegengesetzten Ende der Stadt, alles setzte sich dorthin in Bewegung. Der Weg führte durch das Zentrum, am Rathaus vorbei. Junge Meteoristen sorgten für Ordnung. An der Spitze und in der Mitte des Zuges wurden Meteorfahnen getragen. Irgendwoher hatte sich eine Musikkapelle angeschlossen, blies Märsche. Eilends wurden Flugzettel verteilt, auf denen war das Parteiprogramm Direktor Klufts gedruckt und das Meteorlied mit Melodie, das uns der Lyriker Lomohl gedichtet und der Musiker Strauß vertont hatte. Komponisten heißen immer Strauß. Der erste Vers lautete:

Aus dunkler Nacht empor
Strahlt hell der Meteor.
Vollbringt die große Tat,
Trennt Politik vom Staat.
Wir brauchen kein Kommando, keine Heere,
Wir sind des Vaterlandes Aktionäre.

Schutzleute versuchten den Zug zu zerstreuen. Es gelang ihnen nicht, so begleiteten sie ihn. Am Rathaus machten wir Halt. Quartaller hatte gehört, daß der Bürgermeister, Herr von Kölbl, noch dort anwesend sei, ging hinein zu ihm, wurde vorgelassen, da sein Blatt einmal einen großen Artikel über ihn bei Gelegenheit seiner Nobilitierung gebracht hatte.

»Es würde uns eine ganz besondere Ehre sein, wenn Herr Oberbürgermeister bei der konstituierenden Versammlung der Meteorpartei im Bürgerbräusaal anwesend sein wollten.«

»Ausgeschlossen, lieber Herr Quartaller, daß ich an so einer revolutionären Sache teilnehme.«

»Aber ich bitte Sie, hochverehrter Herr Oberbürgermeister, unsere Partei steht voll und ganz auf dem Boden der Gesetzmäßigkeit, der Erhaltung von Monarchie und Kirche. Dort unten warten dicht gedrängt die Scharen unserer Anhänger, lassen sich zu musterhafter Ordnung von der Polizei anleiten, und da kniet unser Vorstandsmitglied Doktor Aloys Huber vor der Mariensäule und erfleht den göttlichen Segen.«

Der Bürgermeister blickte zum Fenster hinaus, sah diese Worte bestätigt, sprach zögernd:

»Gut, ich werde mir die Sache anschauen, sobald ich hier mit einiger dringenden Arbeit fertig bin. Auf Wiedersehen im Bürgerbräu!«

Der Saal war im Nu überfüllt. Auf dem erhöhten Podium saß der Vorstand: Quartaller, Huber, Kluft und ich. Neben uns stand ein Trompeter, den wir der Musikkapelle entnommen hatten. Die Fahnen waren hinter uns aufgestellt. Jetzt bemerkten wir, daß wir vergessen hatten, uns zu überlegen, wer reden sollte und was. Endlich ließ Quartaller den Trompeter ein Signal blasen. Ruhe trat ein. Doktor Huber entschloß sich, trat an das Rednerpult und sprach:

»Liebe Landsleute! Das ist gescheit, daß so viele da sind. Nun sollt ihr hören, warum wir eine neue Partei brauchen, die Meteorpartei. Der berühmte Kunstmaler Emmaus will es euch sagen.«

»Oh verflucht!« dachte ich, aber schon war ich auf das Rednerpult geschoben worden.

Am liebsten hätte ich geredet: »Das ist alles eine Hanswursterei. Laßt mir meine Ruh'!«

Aber, als ich den Mund aufmachte, kam heraus: »Mitbürger! Münchner! Bayern! Am Bahnhofsplatz ist das Warenhaus Tietz, ein paar Straßen weiter das Warenhaus Oberpollinger. Beide machen gute Geschäfte. Man kann dort alles kaufen von Büstenhaltern über Salzheringe bis zu Schreibmaschinen. Nun stellen Sie sich vor, wenn es dem Tietz auf einmal einfiele, seine Verkäufer zu bewaffnen, um den Oberpollinger zu überfallen und an sich zu reißen. Der würde natürlich auch seinen Ladenjünglingen Gewehre geben. Beide müßten viel mehr Personal einstellen und im Waffengebrauch üben. Das kostet schrecklich viel Geld, und die Geschäfte leiden darunter, werden vernachlässigt, stehen dann bald vor dem Bankerott. Damit wieder normale Zustände eintreten, verlangt der Oberpollinger vom Tietz, daß er abrüste. Ultimatums gehen hinüber und herüber. ›Lieber ein Ende mit Schrecken als ein Schrecken ohne Ende‹, sagte der Oberpollinger und rückt mit seinen Scharen aus, um den Tietz zu vernichten. Der will ihm zuvorkommen, zieht dem Feind entgegen. Am Karlsplatz treffen die Streitkräfte aufeinander, es gibt viele Tote und Verwundete. Die Schlacht bleibt unentschieden, ein ehrenvoller Friede wird geschlossen, in dem aber der Oberpollinger für 1 000 Jahre auf den Verkauf von Unterhosen verzichten muß. In beiden Warenhäusern werden Ehrentafeln für die gefallenen Helden angebracht, weitergerüstet, die Mauern auf Festungsstärke ausgebaut. Die Geschäfte gehen zurück, der Umsatz wird immer geringer. Pleite, Schluß.

Finden Sie, daß diese Geschäftsleute vernünftig gehandelt haben?« (Lachen. Rufe: Nein, Nein. Zur Sache!) »Bitte, ich spreche zur Sache. Unser Staat macht genau das Gleiche – alle Staaten. Anstatt nur für geordneten, rentablen Betrieb zu sorgen, wird alles Geld für Mordwaffen ausgegeben, um andere Staaten teils zu überfallen, teils sich gegen Überfälle zu sichern.

Wie konnte so ein Unfug einreißen? – Es gibt viele nützliche Unternehmungen, die der einzelne nicht durchführen kann, sondern nur eine Zusammenarbeit aller. Ich nenne bloß: Straßenbauten, Unterricht, Hygiene, Geldwesen, Sicherung des Eigentums und der Individuen. Diese Zusammenarbeit ist der Zweck des Staates. Man hat Betriebsleiter mit ihrer Durchführung betraut. Aber sie haben ganz vergessen, wozu wir sie angestellt haben.

Sie bilden eine Kaste, die sich als Selbstzweck betrachtet. Sie dulden sogar, daß Unternehmungen bestehen, die diametral entgegengesetzte Ziele verfolgen, nämlich die Konzerne der Mordwaffenfabrikanten. Anstatt diese gefährlichen Unternehmen aufzulösen, machen unsere Betriebsleiter gemeinsame Sache mit ihnen, kaufen ihnen ihre schädlichen Erzeugnisse ab. Für unser Geld, unser sauer verdientes Geld! Wenn die Staaten die Mordwaffen gegeneinander verwenden, das nennt man dann ›Äußere Politik‹. Sie verwenden sie aber auch zur Bedrohung des eigenen Volkes, also ihrer eigenen Dienstgeber, – (Rufe: Pfui, Pfui!) – das nennt man ›Innere Politik‹. Die Hausfrau braucht Butter, aber sie wird gezwungen, Kanonen zu kaufen.

Wodurch hat die Waffenfabrikation so eine Macht bekommen? Weil sie rein geschäftsmäßig organisiert ist, Aktiengesellschaften. Auch der Staat muß eine Aktiengesellschaft werden, Direktoren anstellen, die seine Interessen wahrnehmen und entlassen werden, wenn sie das nicht tun.

Die Meteorpartei steht fest und treu auf dem Boden der Gesetzmäßigkeit. Sie will keinen Umsturz, sie will nur, daß der Staat seine Aufgaben erfüllt. Restlos, voll und ganz. Nicht mit Gewalt soll das erzwungen werden, sondern durch Majoritätsbeschluß. Deutschland in der Welt voran! Alle übrigen Völker werden unserem Beispiel folgen müssen, denn überall herrscht der gleiche Mißstand.

Der Meteor erhebt Deutschland zur Aktiengesellschaft. Jeder Volksgenosse wird Inhaber einer Aktie zum Nennwert von 100 Mark. Bei sechzig Millionen Deutschen ergibt das ein Gründungskapital von 6 Milliarden. Damit läßt sich viel Nützliches schaffen. Der erzielte Gewinn wird als Dividende ausgeschüttet. An Stelle des Reichstags tritt die Generalversammlung der Aktionäre, mit dem Recht, Direktoren und Aufsichtsrat zu ernennen. – Keine Revolution, sondern Evolution! Deutschland A. G. Halloh! Halloh! Halloh!«

Beifall, rasender Lärm, in dem einige Protestrufe untergingen. Der Trompeter blies die Weise des Meteorlieds, der Gesang rauschte durch die Halle.

Nun gedachte Direktor Kluft, Aufschlüsse über die Technik der Gründung einer Aktiengesellschaft zu geben, aber Herr von Schneemöller bat um's Wort, und es wurde ihm erteilt. Als Ruhe eingetreten war, begann er:

»Verehrte Anwesende! Der Herr Vorredner hat einige wichtige Punkte außer acht gelassen. Er hat vergessen, daß wir eine Monarchie sind, eine erbliche Monarchie. Welche Stellung ist dem Monarchen in der Deutschland A. G. zugedacht? Vielleicht die eines Portiers? Unser verehrter König Otto von Bayern ist ja schon seit vielen Jahren geisteskrank. Die Leitung der Politik liegt also in den besten Händen. Will man ihn vom Thron stoßen? Will man – – –.«

Indem war der Oberbürgermeister in den Saal gekommen, was viel Aufsehen erregte. Er war zum Podium gegangen, hatte einen wachhabenden Polizisten zu sich gewinkt und leise mit ihm gesprochen. Der war nun vorgetreten und verkündete, den Redner unterbrechend: »Ich löse die Versammlung auf, alle Teilnehmer haben den Saal zu verlassen.«

Doch Herr von Schneemöller wollte durchaus weitersprechen, mit Donnerstimme rief er: »Will man unsere altbewährte bayrische Paranoia durch ein fragwürdiges Experiment ersetzen? Mit nichten möchte ich leugnen, daß Irrsinn Grundlage und Vorbedingung der Staatskunst ist. Wenn Sie ihren Blick auf Preußen richten – – –.«

Da hatte ihn schon der Polizist am Kragen gefaßt, riß ihn unsanft von der Rednerbühne und erklärte ihn für verhaftet.

Unter allgemeiner Bestürzung wurde er abgeführt. Es nützte ihm nichts, daß er beteuerte: »Ich bin Reserveoffizier, bin im diplomatischen Dienst!«

Er ist dann zwar nur zu einer geringen Geldstrafe verurteilt worden, aber das Mißverständnis hätte ihm beinahe seine Karriere verdorben, besonders da der Vorgang, von unserem Photographen aufgenommen, im Meteor abgebildet erschien, neben einem Photo mit der Unterschrift: ›Die führenden Meteoristen Quartaller und Emmaus verlassen den Bürgerbräusaal in freundschaftlichem Gespräch mit Herrn Oberbürgermeister von Kölbl.‹

In allen Blättern wurde ausführlich, meistens zustimmend, über unsere Versammlung berichtet, bedauert, daß sie durch die Taktlosigkeit eines Außenseiters der Auflösung verfiel. Der Zustrom zur Partei schwoll gewaltig an, Tausende wollten auch sofort Aktien der Deutschland A. G. zeichnen, mußten sich vormerken lassen. Wir beschlossen, die Werbung intensiv über das ganze Land auszudehnen und einen großen Propagandazug nach Berlin zu unternehmen.

Ich hatte nun bis zu meiner Gerichtsverhandlung noch ein paar Tage Zeit, die wollte ich benutzen, um dem Chuzky-Geheimnis nachzuspüren. Leibenfrost wußte sicher mehr, als er mir gesagt hatte. Es gelang mir, seinen Wagen zu finden, und ich nahm ihn wieder mit zum Bier. Er machte ausgiebig Gebrauch von der Gelegenheit, wurde bald gesprächig.

»Gelt, Herr Doktor, der Chuzky war ein Freund von Ihnen, haben S'gesagt? Weshalb hat der eigentlich sein Weib umgebracht?«

»Aber, Herr Leibenfrost, sowas hat doch der gute Arwed nicht gemacht. Wo denken Sie hin!?«

»Noja, dabei gewesen bin ich grad nicht. Aber wie die bei uns gewohnt haben, da war einmal ihre Magd auf ein paar Tag' zum Urlaub gefahren. In der Früh hat meine Frau den Kaffee naufbringen wollen, da hat Herr Chuzky zur Treppe heruntergerufen: ›Frau Leibenfrost, bringen Sie die Milch für Genoveva und für uns heute nur *einen* Kaffee, meine Frau ist tot‹.

Sie hat gedacht, er macht Spaß. Aber die Frau ist tot im Bett gelegen.

Wie ich zu Mittag heimgekommen bin, war mir das sehr zuwider, und ich hab gleich den Doktor holen wollen und den Schandarm. Das hat der Chuzky nicht zugelassen, weil es so viel Schererei machet, und dann würde die Leich' seziert werden und das wäre zu grauslich, und dann müsset man sie in einen Zinksarg tun und nach Berlin bringen, das kämet schrecklich teuer, an die tausend Mark. Da wär' ihm schon lieber, er könnte mich das Geld verdienen lassen. Oh ja, das hat mir gefallen. Aber wie ich das machen sollt? Er hat es mir erklärt, und wir sind einig geworden. Auf die Nacht, wie es dunkel war, hab' ich sie dann auf einen Schubkarren geladen und mit Heu zugedeckt und hab' sie zum Kraftwerk gefahren. Da hatten wir den Tag grad' angefangen, die große Staumauer zu machen. Der Beton war noch naß. Ich hab' einen frischen gemischt und die gnädige Frau einbetoniert, dann bin ich heim. Am andern Tag ist dort weiter Beton eingeschüttet worden, und niemand hat was bemerkt, und ich hab' meine tausend Markl bekommen.

Aber die Woche darauf hab' ich gemeint, ich muß es doch dem Schandarm sagen und beichten müsset ich es auch. Da hat er mir noch fünfhundert gegeben, und ich sollet das Maul halten, und dann haben wir das wegen der Vevi ausgemacht, und er hat es in Tölz beim Advokaten unterschrieben.

Das Gewissen hat mich noch oft gedrückt. Dann hab ich immer Herrn Chuzky nach Berlin geschrieben, daß ich beichten gehen müsset, und er hat mich dann wieder beruhigt, meistens fünfhundert und einmal, wie es mich besonders arg geplagt hatte, tausend. War ein nobliger Herr. Meinen'S nicht, Herr Doktor, daß er sie umgebracht hat?«

»Haben die denn schlecht miteinander gelebt?«

»Oh nein, grad' gern haben sie einander gehabt, aber – –.«

Er sprach nicht weiter, stierte vor sich hin, und ich konnte nichts mehr aus ihm herausbringen. Vielleicht hatte er schon zu viel getrunken. –

Im Krankenhaus fand ich Vevi auf dem Wege der Besserung, aber noch sehr schwach, ich durfte sie nur ganz kurz sprechen. –

Dann kam der Verhandlungstag. Ich betrat den Saal gemeinsam mit meinem Verteidiger Doktor Aloys Huber. Wir waren in der Meteoristen-Tracht, Doktor Huber trug seine Verteidiger-Robe darüber. Der Zuhörerraum war dicht besetzt von Parteimitgliedern. Ich grüßte die Richter mit dem Meteoristengruß. Sofort erhob sich der Vorsitzende:

»Angeklagter Emmaus, diese Art des Grußes ist hier durchaus ungehörig, ich verbiete sie strengstens. Ebensowenig kann ich zulassen, daß Sie hier in einer uniformartigen Kostümierung erscheinen. Das entspricht nicht der Würde des Gerichts. Merken Sie sich das für die Zukunft.«

Doktor Huber schlug seine Robe zurück, zeigte, daß er darunter das gleiche Kostüm trug, und ersuchte um Gerichtsbeschluß, ob es zulässig sei.

Der Vorsitzende brauste auf: »Dazu bedarf es keines Beschlusses. Die Vorschriften der Gerichtsordnung genügen. Der Herr Verteidiger soll sofort dieses Kostüm ablegen. Die Verhandlung wird auf eine Viertelstunde unterbrochen.« Doktor Huber verneigte sich, nahm seine Aktenmappe und verließ den Saal. Als die Verhandlung wieder aufgenommen wurde, war er mit zugeknöpfter Robe zur Stelle, wurde prüfend vom Vorsitzenden betrachtet.

Es waren keine Zeugen vorgeladen, denn, wie der Vorsitzende in seiner Eröffnungsrede sagte, bei der Offensichtlichkeit des Tatbestandes und dem vollen Geständnis des Angeklagten in der Voruntersuchung erübrige sich das. Er entnahm den Akten die betreffende Meteornummer, gleichzeitig ließ er den Geschworenen Exemplare derselben überreichen, die studierten sie mit Wohlgefallen.

»Angeklagter, Sie geben zu, daß Sie diese Zeichnung und die darunterstehenden Worte gemacht haben?«

»Ja.«

»Und daß Sie dadurch gegen seine Majestät den Kaiser Stellung nehmen wollten?«

Ich sah, wie ein Geschworener mir Zeichen machte, ich solle es nicht zugeben, aber ich antwortete: »Ja.«

Der Vorsitzende fuhr fort: »Über den beleidigenden Charakter von Bild und Text kann wohl kein Zweifel sein. Wieviel bekommen Sie für so eine Zeichnung?«

»Der Herr Untersuchungsrichter hat mir gesagt, bis zu fünf Jahren Gefängnis.«

»Ich meine natürlich, welche Bezahlung. Stellen Sie sich nicht dümmer, als Sie sind.«

Doktor Huber fuhr auf: »Ich protestiere gegen die Beleidigung meines Klienten.«

»Sie haben gar nichts zu protestieren, Herr Verteidiger!«

»Wenn der Herr Vorsitzende die Verhandlung nicht objektiv führen will – –.« In der Erregung hatte er eine so weit ausholende Geste gemacht, daß sich seine Robe öffnete. Die Augen der Richter stierten erschrocken auf ihn hin.

Der Vorsitzende: »Herr Verteidiger, das ist unerhört! Sie erscheinen hier bloß mit einem Hemd bekleidet, nicht einmal Unterhosen haben Sie an.«

»Bitte, Herr Vorsitzender, ich habe nur Ihren Befehl ausgeführt. Sie verlangten, daß ich sofort meine Meteoristen-Kleidung ausziehe, das habe ich getan, eine andere hatte ich nicht zur Stelle.«

Entrüstung bei den Geschworenen, Lachen und Applaus bei den Zuhörern. Der Vorsitzende drohte ihnen mit Räumung. Die Richter zogen sich zu einer Beratung zurück, verkündeten dann dem Verteidiger eine Ordnungsstrafe von 50 Mark und daß er einstweilen sein Meteoristengewand wieder anziehen solle. Nach einer Pause ging die Verhandlung weiter.

Befragt, ob ich die beleidigende Absicht zugebe, antwortete ich: »Nein. Als Meteorist stehe ich durchaus auf dem Boden der Monarchie, ich wollte nur darauf hinweisen, wie sehr es dem monarchischen Prinzip schadet, wenn sein höchster Vertreter sich der Anstiftung zum Morde schuldig macht, eines strafbaren Verbrechens. Der Meteor vertritt die Überzeugung, daß es Aufgabe des Staates ist, Morde zu verhindern, nicht sie zu fördern.«

Das Plaidoyer des Staatsanwalts, das sehr kurz war, fand, daß ich mich durch diese Worte einer neuerlichen Majestätsbeleidigung schuldig gemacht habe.

»Die verbrecherische Gesinnung des Angeklagten geht schon daraus hervor, daß seine sogenannte Meteorpartei offenen Landesverrat betreibt, sie will das Vaterland wehrlos machen.«

In seiner Verteidigungsrede sagte Doktor Huber: »Die Worte, welche mein Klient auf seiner Zeichnung den Kaiser sprechen läßt, sind authentisch. Der Kaiser hat sie gesprochen, und wenn sie eine Majestätsbeleidigung enthalten, so hat der Kaiser die selbst begangen. Das ist rechtlich sehr wohl möglich, denn ›Majestät‹ ist ein Begriff, keine Einzelperson. Ich muß mir also den Antrag vorbehalten, den Kaiser ebenfalls unter Anklage der Majestätsbeleidigung zu stellen, falls die Herren Geschworenen meinen Klienten für schuldig befinden.«

Das war eine ungeschickte Verteidigung, denn die Geschworenen waren naiv genug zu glauben, sie könnten durch meine Verurteilung den Kaiser auf die Anklagebank bringen. So bejahten sie einstimmig die Schuldfrage.

Die Richter verurteilten mich zu fünf Jahren Gefängnis. Von sofortiger Verhaftung wurde abgesehen, da meine 50 000 Mark Kaution genügend Sicherheit böten. Gegen Schwurgerichts-Urteile gab es keine Berufung. Aber ich ließ es mir nicht unter die Haut gehen. Irgend ein Wunder würde sich rechtzeitig einstellen. Beim Verlassen des Gerichtsgebäudes wurde ich stürmisch von der Meteoristen-Menge begrüßt. Einige Jünglinge nahmen mich auf die Schultern, wollten mich nach Hause tragen. Das war sehr unbequem, so winkte ich eine Droschke herbei, es war eine offene, aber sie ließen mich nicht los, setzten sich hinein und behielten mich auf ihren Schultern. Sie sangen dazu das Meteorlied.

Alle Zeitungen mißbilligten das harte Urteil. Die nächste Meteornummer erschien mit Trauerrand.

Quartaller war entzückt: »Unsere Auflage verdoppelt sich.« Professor Steinbeis hielt es aber für wichtiger, daß etwas wegen meiner Gefängnisstrafe unternommen werde, mindestens müsse sie im Gnadenwege in Festungshaft umgewandelt werden, die Künstlerschaft werde sicher eine Eingabe an den Regenten machen. Der alte Prinz-Regent, der in Vertretung des wahnsinnigen Königs regierte, gab sehr viel auf die Meinung der Künstler, war besonders mit dem berühmten Professor Mosbacher befreundet. Den kannte Steinbeis gut vom Tarok im Künstlerverein Isaria her. »Das trifft sich ausgezeichnet, Mosbacher malt gerade den Regenten als Ritter des Hubertusordens, morgen gehen wir zu ihm.«

Beim Betreten seiner Villa glaubte ich, in einen alt-italienischen Palazzo versetzt zu sein, alles so täuschend und echt nachgeahmt. In dem hofartigen Garten plätscherte neben Zypressen ein antiker Springbrunnen, mit wundervollen Steinfiguren. Eine breite Freitreppe führte in florentinische Gemächer. Im Vestibul stand ein reich verzierter, broncener altrömischer Lehnsessel, mit herrlicher grüner Patina. Ich bewunderte ihn sehr und hatte gerade an einem weiß abgebröckelten Stückchen erkannt, daß er von Gips war, als der livrierte Diener wieder erschien: Der Meister lasse bitten.

Wir betraten ehrfürchtig das prunkvolle Atelier. Venezianische Wandschmuck in Gold und Bronce, kostbare Marmorsäulen, dicke purpurne Portièren, kassettierte Deckentäfelung. Auf einer Art Thron saß der Regent in dem schwarzen mittelalterlichen Hubertuskostüm, daneben malte der Meister sein lebensgroßes Porträt, ganz in die Arbeit vertieft. An eine Marmorsäule gelehnt, wartete ich in weihevoller Bewunderung.

Heimlich nahm ich mein Taschenmesser heraus und kratzte ein bißchen an dem Marmor. Richtig, es war auch nur Gips. Und der prächtige Samtvorhang fühlte sich deutlich wie Baumwolle an. Aber so mußte es ausgesehen haben, als Tizian Kaiser Karl den Fünften porträtierte. Die alte Erzählung fiel mir ein, wie der Monarch sich gebückt habe, um dem Meister den Pinsel vom Boden aufzuheben.

Vielleicht hatte Mosbacher sich ebenfalls daran erinnert und gedachte, seinen Besuchern ein denkwürdiges Schauspiel zu geben. Auch er ließ seinen Pinsel fallen, erwartete, daß der Regent ihn aufheben würde. Der rührte sich aber nicht. Er war nämlich eingeschlafen. Mosbacher sah uns prüfend an, es gelang uns ernst zu bleiben, als hätten wir nichts bemerkt. Trotzdem fühlte sich der Meister unsicher, bat uns in einigen Tagen wiederzukommen, er dürfe jetzt seine Arbeit nicht unterbrechen.

Steinbeis verfaßte inzwischen für mich ein Gnadengesuch, das wollten wir dann dem Regenten selbst überreichen.

Als wir am Ende der Woche unseren Besuch wiederholten, führte Professor Mosbacher sofort den damals mißlungenen Trick vor, der Pinsel fiel zu Boden, der Regent sprang eilends von seinem Thron herunter, hob ihn auf und überreichte ihn dem Meister mit einer Verbeugung. Der bedankte sich nicht einmal.

Bewundernd sagte ich: »Herr Professor sind wirklich nicht nur ein Fürstenmaler, sondern auch ein Malerfürst.« Dadurch kam er in sehr liebenswürdige Stimmung. Wir saßen lange Zeit in seiner altpompejanischen Trinkstube beim Wein, und er nahm unser Ansuchen mit großem Wohlwollen entgegen, wollte aber durchaus nicht, daß wir selbst es dem Regenten überreichten. Er werde das schon machen. Als wir fortgingen, durch den Garten, entfernte sich auch gerade der Regent, jetzt in bewunderswert einfacher bürgerlicher Kleidung, beinahe dürftig.

Wir verneigten uns tief, und er grüßte uns sehr leutselig: »Grüß Gott die Herren, heut malt der Mosbacher nimmer. Möchten'S mir nicht ein Zwanzigerl schenken auf ein' Kaffee?«

Wir waren maßlos erstaunt. Litt er vielleicht auch schon an der Familienkrankheit? Natürlich beeilten wir uns, ihm den königlichen Wunsch zu erfüllen.

Dann stellte sich heraus: Den alten Regenten hatten die Porträtsitzungen zu sehr angestrengt, er war immer dabei eingeschlafen, so hatte der Meister einen täuschend ähnlichen Modellsteher gefunden, ihm das Hubertus-Kostüm angezogen und malte jetzt nach ihm das Porträt weiter.

Tatsächlich ist durch allerhöchste Gnade meine Strafe auf 4 Jahre Festungshaft abgemildert worden, die ich in der Feste Oberhaus bei Passau absitzen sollte.

Den Meteoristen genügte diese Ermäßigung nicht. Eine Woge der Entrüstung überflutete die Massen, ließ die Führung unseren Händen entgleiten, drohte, der Partei einen revolutionären Charakter zu geben. Schon veranstaltete sie Versammlungen, ohne uns zu befragen. Die Sache fing an, uns unangenehm zu werden, umsomehr, da wir, die Gründer und Vorstandsmitglieder, es nicht für opportun hielten, öffentlich von unseren allzu eifrigen Anhängern abzurücken.

Besonders peinlich war es mir, als eine Versammlung mit dem Schlagwort ›Der Fall Emmaus‹ stattfinden sollte. Ich blieb ihr fern, schickte aber den Lyriker Eugen Lomohl mit geheimen Direktiven hin. Nachdem man dort zuerst einige wilde Reden gehalten hatte, in denen ich als Märtyrer der Meteorsache gefeiert, meine gewaltsame Befreiung gefordert, allgemeiner Aufstand angekündigt wurde, meldete sich Lomohl zum Wort und sprach: »Meteoristen! Ich bin der Dichter des Meteorliedes, so darf ich annehmen, daß mein Wort Beachtung findet. Der Meteorismus lehnt grundsätzlich den Gebrauch von Waffen ab. Wenn wir gewalttätig vorgehen, geben wir unseren Gegnern Gelegenheit, uns mit Gewalt zu unterdrücken, mit Waffengewalt. Das wollen wir nicht. Sicher ist es süß und angenehm, für eine edle Sache zu sterben, aber noch süßer und angenehmer ist es, für eine edle Sache zu leben. Unsere Waffe ist der Stimmzettel. Er wird uns zum Siege führen. Papier ist besser als Stahl.« Seine Rede fand nur wenig Beifall, aber er blieb beim Rednerpult stehen.

Eine dicke, schwitzende Frau, auch in Meteorbluse, bahnte sich den Weg nach vorn, es war die Zenzi Wachengans. »Meteoristen!« schrie sie. »Die Frau soll reden, wenn die Männer nichts zusammenbringen. Für manche Zwecke ist Papier gewiß besser, da hat der Lomohl recht, aber nicht für alle (Gelächter). Der Emmaus muß gerettet werden. Nur durch Revolution können wir uns von den Politikern befreien. Wir brauchen keine Waffen. Wir können sie mit der freien Hand aufhängen. Auf, Meteoristen! Laßt uns Barrikaden bauen!«

Alles schaute verächtlich auf Lomohl, der beteiligte sich lebhaft an dem allgemeinen Applaus. Er ergriff dann noch einmal das Wort, ohne sich durch Zwischenrufe abhalten zu lassen. »Meteoristen! Ich bin mit der Vorrednerin voll und ganz einverstanden. Gut, Revolution! Der Meteorismus verlangt strenge Gesetzmäßigkeit auch bei Revolutionen. Die Vorrednerin hat richtig erkannt, keine Revolution ohne Barrikaden. Barrikaden sind Bauwerke wie alle anderen. Frühere Revolutionen sind mißglückt, weil die Barrikaden nicht fachgemäß gebaut wurden. Wir wollen die tüchtigsten Architekten beauftragen, uns Pläne und Kostenvoranschläge zu machen, wir lassen sie dann von den tüchtigsten Bauarbeitern ausführen, Tausende finden lohnende Beschaftigung. Und selbstverständlich sind die Pläne vor der Ausführung dem Stadtbauamt zur Begutachtung und Genehmigung vorzulegen. Ich bitte, die hier anwesenden Herren Bauarbeiter und Architekten, die bereit sind, an der großen und einträglichen revolutionären Arbeit teilzunehmen, ihre Namen und Adressen in die Liste einzutragen, die ich hier auflege. Bitte, meine Herren!«

Der Beifall überwog den Widerspruch. Viele schrieben sich in die Liste ein. Man verabredete eine vorbereitende Besprechung der Architekten. Die Versammlung wurde geschlossen, ging friedlich auseinander.

Die Pläne sind gemacht worden, schöne Pläne, die meisten im zeitgenössischen Meteorstil, manche mehr klassizistisch, nur einer war gotisch. Sie wurden dem Bauamt eingereicht, gerieten in den Instanzenzug. Sie befinden sich wohl noch heute dort.

Diese Gefahr war beseitigt. Die braven Meteoristen beruhigten sich allmählich über meine Verurteilung. Mich hatte sie nie beunruhigt. Ich hörte, in der Festung Oberhaus sei es nicht schlimm. Ein uralter Oberst der königlichen Leibgarde, Herr von Pressath, sei dort Kommandant, eine Art Altersversorgung für ihn, er sei taub, halb blind und ein bißchen gelähmt, wolle nur seine Ruhe haben. Professor Mosbacher verschaffte mir ein eigenhändiges Empfehlungsschreiben des Prinzregenten an ihn. Immerhin war die Aussicht, vier Jahre hinter Festungsmauern zu schmachten, nicht angenehm. Alle Unannehmlichkeiten muß man dilatorisch behandeln. So fragte ich bei der Behörde an, ob ein Termin für meinen Strafantritt festgesetzt sei. Nein, es war noch keiner festgesetzt, nur würde ich meine Kaution von 50 000 Mark erst bei Strafantritt zurückbekommen. Das mochte bedeuten, daß ich um den Preis von 50 000 Mark meine Freiheit behalten könnte. Ziemlich teuer!

Einstweilen wollte ich abwarten, zeichnen, malen, vielleicht ein bißchen die Partei organisieren, die jetzt im ganzen Reich, ja auch im Ausland, Anhänger werben sollte.

Auf einmal schienen meine Bilder sehr geschätzt zu werden. Ein kunstverständiger Architekt aus dem Rheinland Namens Eschwege besuchte mich und kaufte alles, was ich an Malereien im Atelier hatte, zahlte jeden Preis, den ich verlangte, bat mich, ihn sofort zu verständigen, sobald ich Neues geschaffen hätte. Zeichnungen erwarb er nicht, meinte, es sei schade, daß ich mein Talent mit diesen ephemeren Dingen verdürbe. »Meine Frau ist derselben Meinung, sie läßt Sie übrigens schön grüßen, sie hält sehr viel von Ihrer Malerei, sie war früher in München, sie kannte Sie persönlich.«

»Ja? Wie hieß sie denn?«

»Sie war Malerin, hieß Rita Kläusgen. Jetzt malt sie nicht mehr, widmet sich ganz der Familie und der sozialen Fürsorge.«

»Rita?!« rief ich, faßte mich aber schnell. »So? Das ist schade, sie war sehr begabt. Bitte, empfehlen Sie mich der Frau Gemahlin.«

Als ich das Quartaller erzählte und ihm den Namen Eschwege nannte, lachte er: »Wissen Sie, daß das der Mann ist, der die Bilder für Krupps Kunstsammlung kauft? Die Waffenfabrikanten wollen den Meteor auf diese Weise bekämpfen. Er hat auch Resniksen veranlassen wollen, Ölbilder für ihn zu malen, nicht mehr zu zeichnen. Glücklicherweise ist Resniksen farbenblind. Bei Gradl hat Eschwege ein großes Bild einer Eisengießerei bestellt. Haben Sie denn nicht gewußt, daß er uns die Kläusgen ausgespannt hat? Er hatte sie mit den gleichen Absichten besucht, scheint sich aber dabei wirklich in sie verliebt zu haben, hat sie vom Fleck weg geheiratet, und nach sieben Monaten haben sie schon ein Kind gehabt«, dabei sah er mich scharf und spöttisch über seine Brillengläser hinweg an, »sie scheint die Kunst aufgegeben zu haben. Die Nachtigall singt nicht mehr, wenn sie Eier legt. Unter der Hand haben die Waffenfabrikanten versucht, unser Blatt zu kaufen, es war die Rede von 3 Millionen. Wir werden das alles veröffentlichen, gibt eine neue Sensation.«

»Nichts übereilen, lieber Quartaller! Eschwege will auch eine große Monographie ›Über den Maler Emmaus‹ erscheinen lassen, Geheimrat von Wackes wird ihr Verfasser sein. Das möchte ich erst noch abwarten. Übrigens, wenn man Ihnen 10 Millionen bietet, werden Sie schließlich doch noch in den Verkauf des Blattes einwilligen, fürchte ich.«

»Vielleicht – –« sagte Quartaller, er wurde nachdenklich. Ich auch.

Daraufhin hatte ich mit Doktor Huber, Direktor Kluft, Resniksen und dem Dichter Lomohl eine Beratung in meinem Atelier. Ich sagte Ihnen, welche Gefahr uns von den vereinigten Waffenfabrikanten drohe und daß Quartaller möglicherweise das Blatt an sie verkaufen würde, seinem Vorleben nach sei er dazu imstande. Alle waren entrüstet, dem müsse vorgebeugt werden. Auf Doktor Hubers Vorschlag kamen wir am Sonntag Nachmittag mit Quartaller in der Redaktion zusammen und verlangten von ihm, daß er sich verpflichte, das Blatt nicht ohne unsere Zustimmung zu verkaufen. Darauf einzugehen war er gern bereit, aber schriftlich bestätigen wollte er es nicht.

»So verlangen wir, daß das Besitzrecht an dem Zeitungstitel ›Meteor‹ den Vorstandsmitgliedern der Partei notariell übertragen wird.«

»Ich denke gar nicht daran«, antwortete er, »der Meteor gehört mir, ich kann damit machen, was ich will.«

»Auch verkaufen?«

»Selbstverständlich.«

»Auch an die Waffenfabrikanten?«

»Meine Herren, ganz im Vertrauen, mir sind neun Millionen dafür geboten worden. Ich will Sie gern auch etwas verdienen lassen. Jeder von Ihnen soll 100 000 Mark in bar bekommen, und Sie werden Ihre geschätzte Mitarbeit weiterhin dem Blatt und der Partei widmen.«

»Niemals!« rief Doktor Huber.

In diesem Augenblick ging die Tür des Nebenraumes auf, Katja stürzte herein, sprang auf Quartaller zu und schrie: »Schämst du dich nicht?! So bis in den tiefsten Grund deiner Seele hinein verstunken! Pfui Teufel!« Sie ohrfeigte ihn rechts und links. Er sank in seinem Sessel zusammen. »Bin ich deshalb zu dir zurückgekommen? Ich dachte, du hättest dich gebessert. Ich wollte an euerem großen, edlen Unternehmen teilnehmen. Wir waren froh wieder beisammen zu sein. Und nun so etwas!«

Quartaller wischte sich den Schweiß von der Stirn. »Aber Katja, liebe Katja, das war gar nicht so gemeint. Das Geld wäre natürlich der Partei zugute gekommen. Sei doch vernünftig.« Er versuchte ihre Hand zu erfassen.

Sie trat zurück: »Keinen Augenblick länger bleibe ich bei dir, wenn du nicht Sicherheit gibst, daß der Meteor nicht verraten und verkauft wird. Du wirst den Vorschlag der Herren annehmen.«

»Das war doch von Anfang an meine Absicht, liebe Katja. Wie kannst du mich nur so mißverstehen.«

Ohne ein Wort weiter zog sie ihren Mantel an und ging.

Er saß eine Weile vernichtet, ganz klein, sah uns scheu an, erhob sich schnell und lief ihr nach. Wir lachten sehr.

Schon am folgenden Tage wurde der Vertrag notariell unterzeichnet. Katja blieb wieder bei Quartaller. Sie haben bald danach auf dem Standesamt geheiratet.

Frau Katja

Durch die Politik hatte ich keine Zeit gefunden, an Vevi zu denken. Sie mußte jetzt schon gesund sein. Ich begab mich in das Krankenhaus, zahlte die Rechnung. Der Direktor sagte mir, die Patientin könne jetzt als geheilt entlassen werden, ihre Lunge brauche aber noch Schonung. Ich bat, sie noch einen Tag dort zu lassen, ich würde sie dann selbst abholen. Jetzt sprach ich sie nicht, ich wollte erst überlegen, was nun weiter mit ihr geschehen sollte. Das war ein schwieriges Problem. Mußte ich mich damit belasten? War es nicht das einfachste, sie ihrem Pflegevater zurückzugeben, mich weiter nicht um den Fall zu kümmern? Der Gedanke machte mich so traurig, daß ich sah, ich würde es nicht übers Herz bringen. Aber was sollte ich mit dem Mädchen anfangen?

Daheim begrüßte mich Mauspetz schweifwedelnd. »Vevi kommt«, sagte ich zu ihm, und er führte einen Freudentanz auf, sprang zur Tür und wollte hinaus.

So machte ich mit ihm einen Spaziergang, in Gedanken versunken, er lief voraus. Auf einmal bemerkte ich, daß er mich in die Ehrhardstraße geführt hatte, vor Quartallers Haus stehen blieb und mich fragend ansah.

»Das Tier ist gescheiter als ich. Ich muß Katja um Rat fragen.« Sie war glücklicherweise allein zu Haus, wir tranken Tee.

»Sie sind betrübt?« fragte sie mich.

»Allerdings, Frau Katja, und nur Sie können mir sagen, was ich tun soll. Sie sind so klug.« Dann erzählte ich ihr alles sehr ausführlich. Sie hörte mich aufmerksam an, dachte eine Weile nach, dann sprach sie:

»Allerdings, Sie dürften sich mit dem begnügen, was Sie für das arme Mädchen getan haben, dürften sie jetzt ihrer sogenannten Familie überlassen. Aber das können Sie nicht, denn Sie sind verliebt.«

»Ich halte es mehr für Mitleid, Frau Katja.«

»Daß Sie das meinen, zeigt, wie ernst der Fall ist. Aus Liebe und Mitleid wird eine Ehe. Ich schlage vor, daß Genoveva eine Weile bei mir bleibt, wenn sie Lust dazu hat. Sie soll erst wieder ganz zu Kräften kommen, dann wollen wir weiter sehen. Ich möchte sie morgen mit Ihnen vom Krankenhaus abholen. Wir haben hier mehr Zimmer, als wir brauchen können.«

»Ich danke Ihnen herzlich, aber was wird Quartaller dazu sagen?«

»Quart wird ganz meiner Meinung sein. Ich bin sehr neugierig auf Dorothys Tochter.«

»Dorothy?«

»Ja, das war ihre Mutter. Sie hieß Dorothy Browning, ich war mit ihr gut bekannt in meiner New Yorker Zeit. Ich schrieb damals für die ›American Post‹, Sie kennen ja diese Riesenzeitung, Dorothy war dort eine der Sekretärinnen, war ein entzückendes Geschöpf. Als sich Beverly Wilcox, der Besitzer des Blattes, mit ihr verlobte, wurde sie viel beneidet. Da warf ihr das Schicksal Chuzky in den Weg, der war nur ein kleiner Reporter. Noch heute ist es mir unerklärlich, wie er es fertig brachte, Dorothys Liebe zu gewinnen. Für ihn verzichtete sie auf ihre Zukunft. Ich glaube sogar, daß Chuzky sie zu jener Zeit auch tief und aufrichtig liebte. Sie heirateten, büßten beide ihre Beschäftigung ein, und Wilcox sorgte dafür, daß sie keine neue fanden. Es ging ihnen schlecht. Chuzky blieb nichts übrig, als mit seiner jungen Frau nach Europa zurückzukehren, ich bezahlte ihnen die Reise. Sie haben dann in Berlin gelebt, ziemlich kümmerlich. Plötzlich starb Wilcox. In seinem Testament vermachte er Dorothy fünftausend Dollar. Chuzky sollte hunderttausend Dollar erben unter der Bedingung, daß die Ehe getrennt würde. Das erzählten sie mir, als ich sie in Berlin besuchte, lachten über die Zumutung, waren ja so verliebt ineinander und in ihr Kind. Immerhin, die fünftausend Dollar waren ihnen willkommen. Sie konnten jetzt sogar eine Sommerreise machen, begrüßten mich in München, als sie in die bayrischen Berge fuhren. Sie blieben lange dort. Dann kam eines Tages Chuzky sehr aufgeregt nach München, fragte mich, ob seine Frau vielleicht bei mir sei, sie sei plötzlich fortgefahren mitsamt dem Töchterchen, ohne ein Abschiedswort. Unauffindbar. Vielleicht erwarte sie ihn in Berlin, sie habe ihm vorgeworfen, daß die Sommerfrische nicht komfortabel genug sei. Er schien mir wirklich verzweifelt, ich versuchte, ihn zu trösten, versprach jede Hilfe. Er berichtete mir aus Berlin, Dorothy sei noch immer spurlos verschwunden, vielleicht nach Amerika. Er habe es der Polizei gemeldet, ja sogar ein Detektivbüro mit Nachforschung beauftragt, das habe sich einen größeren Vorschuß zahlen lassen und, wie üblich, nichts gefunden. Dann hörte ich nichts mehr von ihm. Als ich wieder einmal in Berlin zu tun hatte, suchte ich ihn auf. Er empfing mich sehr unfreundlich, behauptete, ich hätte Dorothy gegen ihn aufgehetzt. Er wollte jetzt nach Amerika fahren und sie dort suchen. Tatsächlich ist er nach New York gereist, hat dort die hunderttausend Dollar erheben wollen. Der Nachlaßverwalter hat aber den Beweis der Trennung als ungenügend betrachtet. Chuzky ist unverrichteter Dinge zurückgekehrt. Ich habe später gehört, daß er ein Lump war und auf unrühmliche Art zu Tode gekommen ist. Die hunderttausend Dollar werden wohl noch auf der Bank deponiert sein, vielleicht kann man sie für Genoveva retten. Arme Dorothy! Was Sie mir sagen, gibt eine furchtbare Lösung des Rätsels.«

Den Kopf in die Hand gestützt, verfiel sie in Nachdenken, dann strich sie sich über die Augen, als wollte sie etwas wegwischen, sagte lächelnd: »Ich finde es rührend, daß Sie gerade mich um Rat fragen, mich für klug halten. Ich habe doch Dummheiten genug gemacht.«

»Sie? – Ach ja, wo ist Daffodil?«

»In Prag, Direktor der Zralok-Werke.«

»Die große Waffenfabrik? Wie ist er dazu gekommen? Warum haben Sie das zugelassen?«

»Wenigstens habe ich nicht die Dummheit gemacht, ihn zu heiraten. Er wollte es, aber ich fand, daß ich zu alt für ihn bin, traute ihm auch nicht recht, so sehr ich ihn liebte. Ich wollte lieber selbständig sein, eröffnete eine Schule für rhythmische Gymnastik. Das war etwas Neues für Prag. Bei allen jungen Mädchen und dicken Damen der Gesellschaft gehörte es zum guten Ton, täglich bei Katja Steinbeisova zu trainieren. Ich muß sagen, Daffodil verdankte ich, daß mein Unternehmen so bald reüssierte. Er gründete in Prag sogleich eine sehr erfolgreiche und einträgliche Annoncenagentur, gewann dadurch schnell Einfluß auf die Presse, veranlaßte sie, große Reklameartikel über mein Institut zu bringen, mit ausgezeichneten Abbildungen. Wieder und wieder erschien er bei den Übungen mit seinem Photographen, und die Damen sahen mit Stolz ihre Schönheit in den Blättern veröffentlicht. Bald kannte er alle Tanz-Schülerinnen, stand mit ihnen auf freundschaftlichem Fuß. Ich hatte nichts dagegen, denn ich bin von Natur nicht sehr eifersüchtig.

Eines Abends fragte er mich: ›Also du willst mich wirklich nicht heiraten? Aber vielleicht hast du recht, wenn du mich nicht magst. Dann heirate ich Lona Zralokova.‹

›Ich gratuliere‹, sagte ich darauf, ›sie ist eine der schönsten in der Schule, hoffentlich verfettet sie später nicht ebenso wie ihre Mama. Liebe oder Geschäft?‹

Er sah mir tief in die Augen: ›Ich liebe nur dich, Katja, nur dich. Aber es gibt Zwischenstufen, wo die zarten Gefühle gut mit dem finanziellen Hintergrund zusammenstimmen, zu einer großen und edlen Harmonie verschmelzen.‹

›Immerhin‹, wendete ich ein, ›an dem Geld der Zralokwerke klebt Blut. Stört dich das nicht?‹

›Nicht besonders, und Zralok wird vielleicht auf Wunsch seines Schwiegersohns anstatt der Mordwaffen friedliche Gegenstände herstellen, Autos, landwirtschaftliche Maschinen.‹ So suchte er sich und mich zu beruhigen. Tatsächlich fabrizieren die Zralok-Werke jetzt auch Autos, sehr gute sogar. Sie haben sicher Lomohls Buch ›Lyrische Reise im Zralokwagen‹ gelesen. Aber sonst dachte der alte Zralok nicht daran, die Waffenfabrikation einzuschränken oder gar sich aus dem Konzern der Rüstungsmagnaten zurückzuziehen. Daffodil hat mich enttäuscht. Er erzählte mir ganz naiv, die Vorräte der Waffenfabriken hätten sich jetzt in allen Ländern so angehäuft, daß nur ein europäischer Krieg die Rentabilität sichern könne. Er hat selbst an einer vorbereitenden Besprechung teilgenommen und Vorschläge ausgearbeitet, wie sich die Erhitzung der nationalen Gefühle in eine Belebung des Waffenmarktes umsetzen ließe. Er reist oft nach Wien und Berlin, und an der Riviera trifft er die englischen und französischen Beherrscher der Branche. Der Meteor glaubt, Kriege werden von den Politikern gemacht. Ganz richtig, aber heutzutage sind die Politiker bloß Werkzeuge der internationalen Waffenfabrikanten. Die brauchen einen Krieg, und sie werden ihn bekommen.«

Genoveva übersiedelte zu Frau Katja, fand sich schnell und selbstverständlich in die neue Umgebung, nur hatte sie noch viel zu lernen, besuchte ein Institut, war eine gute Schülerin. Auch sonst mußte sie ganz neu aufgebaut werden, besaß nicht einmal die nötigste Kleidung.

»Zahlt das alles Herr Emmaus? Er soll nicht soviel für mich ausgeben!«

»Das braucht dich nicht zu genieren«, tröstete Katja sie, »Eva ist auch aus einer Rippe Adams hergestellt worden. Die Brieftasche sitzt ungefähr an der gleichen Stelle.«

»Und nun bin ich im Paradies –.«

Mauspetz zog zu ihr, und damit entließ ich das Mädchen für eine Weile aus meinen Gedanken, denn der Ernst des Lebens trat an mich heran. Er tat das in Gestalt eines Gerichtsbeamten, der mir, gegen Quittung, ein

Schreiben überreichte, ich solle bis spätestens zum 15ten Mai meine Festungshaft antreten. Mein Gesuch um weiteren Aufschub wurde abgewiesen, von Berlin war eine dringende Aufforderung eingelaufen, nicht länger zuzuwarten. Daffodil hatte dort bei einer Sitzung seines Konzerns den Fall zur Sprache gebracht und die Saumseligkeit der bayrischen Behörde getadelt.

Eschwege war ihm entgegengetreten, hatte gesagt, gerade sei er auf dem besten Wege, mich für die Rüstungsinteressen zu gewinnen, und überhaupt sei es eine Barbarei, einen bedeutenden Künstler jahrelang einzusperren. Er hat sich dadurch sehr geschadet, seine glänzend bezahlte Vertrauensstellung eingebüßt und mußte nun versuchen, sich als Architekt eine neue Existenz aufzubauen. Es ist ihm nicht gelungen. Das habe ich aber erst geraume Zeit später – nach dem großen Kriege – erfahren, als ich an einem heißen Frühlingstag mit meiner Frau eine Autotour längs den Ufern eines Vorgebirgssees machte.

Da überholten wir auf der staubigen Landstraße einen sonderbaren Aufzug: Eine alte Frau fuhr schweißtriefend auf einem Schubkarren einen großen Reisekoffer, der mit Blumen bedeckt war. Sieben Kinder, in verschiedenen Größen abgestuft, gingen hinterher, vier davon waren Mädchen; die weinten. Die älteste, fast erwachsene Tochter, ein langes knochiges Ding, löste die Frau gerade bei ihrer anstrengenden Tätigkeit ab, da der Weg bergauf ging. Im Gesicht der mageren, kleinen Frau lag ein Abgrund von Verzweiflung und Kummer. Ich hielt an und fragte, ob ich behilflich sein könne, vielleicht ließe sich der Koffer auf den Gepäckträger meines Wagens stellen. Sie lehnte, sehr höflich dankend, ab. Mir fiel ihre norddeutsche Aussprache auf.

»Aber Sie werden doch bei der Hitze den schweren Koffer nicht schleppen wollen! Hopp, aufladen! Wo wollt's denn hin?«

»Nach Seebrunn, wir wollen den Vater begraben, er ist in dem Koffer.«

Der Fall interessierte mich, und ich ließ nicht locker. Es gelang, Koffer, Frau und drei Kinder im Auto unterzubringen, die vier größeren sollten mit der Schubkarre und den Blumen zu Fuß nachkommen, es war nicht mehr sehr weit nach Seebrunn.

»Wir wohnen fernab vom nächsten Hof«, erzählte die Frau, »und wir haben gar kein Geld, nicht einmal für einen Sarg und ein Begräbnis. Die Bauern können uns nicht leiden, weil wir Fremde sind, sie nennen uns ›Reingeschmeckte‹, keiner wollte uns ein Fuhrwerk leihen. So lieb von Ihnen, daß Sie uns fahren, Herr Emmaus.«

»Was, Sie kennen mich?!«

Ich betrachtete sie genauer, nun schien sie mir gar nicht so sehr alt zu sein, und sie erinnerte mich an irgendwen.

»Natürlich, ich bin doch Frau Eschwege.«

»Rita!«, ich war erschüttert. Meine Frau, der ich manches von unserer Bekanntschaft erzählt hatte, wandte sich ab und weinte, Ritas Augen blieben tränenlos und starr.

In Seebrunn haben wir dafür gesorgt, daß Eschwege anständig begraben wurde, sogar in einem Sarg. Rita hat mir über ihr Leben berichtet: »Es war Daffodil gelungen, Eschwege bei der Direktion der Kruppwerke als gefährlichen Pazifisten zu verdächtigen und seine fristlose Entlassung zu bewirken. Er wollte nun selbständig als Architekt arbeiten, aber sein Ruf war so geschädigt worden, daß er keine Aufträge bekam. Er fand eine Anstellung als Hilfskraft in einem Architektenbüro, denn er war sehr tüchtig. Aber auf Verlangen der Mächtigen wurde ihm bald auch dort gekündigt. Verbittert wandte er sich der sozialdemokratischen Agitation zu, veröffentlichte in Parteiblättern Artikel über die Hintergründe der Waffenfabrikation. Dadurch brachte er sich um jede Zukunftsmöglichkeit in seinem Fach. Und Parteibauten fielen ihm nicht zu, die waren längst bei alten Mitgliedern in festen Händen. Er litt sehr darunter, daß er ganz ohne Verdienst blieb. Wir lebten von dem, was mir mein Vater zukommen ließ. Eschwege fuhr zu ihm nach Lübeck, fragte, ob dort nicht eine Tätigkeit zu finden sei, erzählte, wie es ihm ergangen war. Er mußte sich sagen lassen:

›Nein, hier will, Gottseidank, niemand etwas mit Sozialdemokraten zu schaffen haben. Ich habe nur einen Rat: Schleunigst verschwinden.‹

Und dann hörten auch die väterlichen Zuschüsse auf.

So besann ich mich wieder auf meine Malerei, fing an, Blumenstilleben zu malen, farbige, angenehme Bilder. Sie fanden gern Abnehmer, ja, mit einer großen Kunstfirma bekam ich einen sehr günstigen Vertrag, die Farbendrucke nach meinen Blumenbildern sind in der ganzen Welt verbreitet. Das Familienleben war glücklich, wenigstens blieb kein Jahr der Kinderwagen leer. Einige sind wieder gestorben. Unsere Älteste heißt Emma. Dann kam der Krieg. Eschwege war voller vaterländischer Begeisterung und sah eine Möglichkeit, sich von dem pazifistischen Verruf zu reinigen. Er hat sich im Feld ausgezeichnet, das E. K. I. bekommen, ist Offizier geworden. In Belgien wurde er gasvergiftet, davon hat er sich nie ganz erholt. In dem Elend der Nachkriegszeit hatten viele das Verlangen, auf dem Lande zu leben, ihren eigenen Kohl zu bauen, schlossen sich zu Kolonien zusammen. Eschwege fing wieder an zu hoffen. Mit ehemaligen Kameraden gründete er eine Siedlungsgemeinschaft. Sie legten ihre geringen Ersparnisse in dem Unternehmen an, auch ich hatte durch meine Blumenbilder ein Weniges erübrigt. Die Grundstücke und die noch fehlenden Geldmittel wurden uns kreditiert. Keiner verstand etwas von Landwirtschaft, und so wurde uns ungeeignetes, torfiges Land hier am See viel zu teuer aufgehängt. Eschwege entwarf sehr nette Häuschen, alle halfen selbst mit bauen. Als die Kolonisten mit ihren Familien einzogen, wurde ein Fest gefeiert, man war fröhlich.

Die Freude währte nicht lange. Die ungewohnte Arbeit war den Siedlern und ihren Familien zu anstrengend, der feuchte Boden erforderte schwierige Drainagen, es wuchs nichts. Nässe und Schimmel war an allen Wänden, Streit und Elend herrschte. Eschwege sollte an allem schuld sein. Er wurde als Schwindler denunziert, auf Rückerstattung verklagt, allerdings freigesprochen. Eines Tages war die Siedlung verlassen, die meisten Häuser sind Ruinen, jetzt wohnen nur wir noch dort. Die Gläubiger wollten alles versteigern lassen, glücklicherweise fand sich kein Bieter. Wir graben und pflanzen Gemüse und Kartoffeln zum Essen. Auch Blumen, die male ich dann und verdiene noch immer ein wenig damit, nicht mehr viel, gerade daß wir am Leben bleiben. Ich unterrichte die Kinder selbst, die Dorfschule liegt weit entfernt, und dort wurden sie von Lehrern und Mitschülern wie Auswurf der Menschheit behandelt. Ein aufreibendes Leben. Eschwege hat es nicht ausgehalten, er hat schon lange gelegen.« – – –

Aber damals, als ich zur Verbüßung meiner Strafe abkommandiert wurde, ahnte ich noch nichts von diesen Zusammenhängen und den Intrigen im Hintergrund, wunderte mich nur darüber, wer Lomohl die Geldmittel gegeben haben mochte, mit denen er ein Konkurrenzunternehmen des Meteor gründete. Es hieß ›Die Standarte‹, war in allen Äußerlichkeiten unserem Blatt genau nachgeahmt, legte sich auch eine Standarten-Partei zu. Schon die erste Nummer zog scharf gegen unsere ›Vaterlandslosigkeit‹ zu Felde. Lomohl hatte seine Poesie jetzt ganz auf diesen Ton gestimmt.

»Feurige Helden seid mir gegrüßt!
Labsal sind euch die donnernden Schlachten.

Frieden und Menschlichkeit gilts zu verachten.
Blutigst wird Frevel der Feinde gebüßt.«

So lautete der erste Vers seines programmatischen Gedichts. Es ist in die deutschen Schul-Lesebücher aufgenommen worden. Der Meteor ließ alle direkten Angriffe unbeantwortet, begann nur eine Reihe literargeschichtlicher Aufsätze, deren erste den Lyriker Eugen Lomohl behandelten. Voller Lob und Anerkennung seines dichterischen Werkes, mit vielen Zitaten daraus, die zufällig das genaue Gegenteil seiner jetzigen Gesinnung bezeugten. Eins davon fing an:

»Will denn der Kriegsgott die Erde noch immer mit
seiner lastenden Rüstung beschweren,
Daß sich die Blümlein vor Sehnsucht verzehren
Tief in der Dunkelheit drückender Qual?
Möchten so gerne die Menschen beglücken,
Wiesen und Hügel möchten sie schmücken,
Aber sie können nicht heben noch rücken
Ihn den Gewaltigen, starrend in Stahl.«

Auch sein Lebenslauf wurde ausführlich und liebevoll geschildert: Schon in frühester Jugend war seine dichterische Begabung mächtig hervorgequollen, so oft in des alten Lomohl Zuckerbäckerei den Bonbons bei der Verpackung Poesie beizulegen war. Dann, als Knabe, verwendete Eugen den Vorrat väterlicher Süßwaren als Propagandamittel seiner Friedensbestrebungen, wenn ihn die viel kräftigeren Kameraden prügeln wollten, weil er, ein Musterschüler, nur auf das Studium bedacht war und jede Teilnahme an kampfartigem Sport ablehnte. Später konnte der konsequente Pazifist sein Militärjahr nicht abdienen, da er beim Knall der Schießübungen stets von schweren Nervenkrisen befallen wurde. Männlich und zielbewußt erduldete er die Spottreden, die ihm das eintrug, und als ein Corpstudent es gar zu arg trieb und ihm im Laufe eines Gesprächs eine Ohrfeige verabreichte, beschämte er den Rohling durch die verächtliche Äußerung: »Seien Sie froh, daß ich keinen Ehrbegriff habe, sonst müßte ich Sie jetzt zum Duell fordern.«

Der erste Artikel schloß mit einem photographischen Bildnis des Poeten aus der Zeit, da er noch mit langer blonder Dichtermähne in einer Art Biedermeierkostüm unter uns wandelte. Es zeigte ihn Flöte blasend, bei einem blühenden Baum, um ihn herum hüpften fröhlich bändergeschmückte Lämmlein auf der Wiese. Darunter war sein blutrünstiger Heldengesang abgedruckt.

Lomohl wollte uns verklagen, aber wir überzeugten seinen Rechtsanwalt, daß wir den Wahrheitsbeweis erbringen würden. So mußte er ihm abraten. Die Angriffe der ›Standarte‹ gegen uns wurden schwächer, bald hat sie den Kampf aufgegeben und ist mit einer geschickten Drehung in eine Automobilzeitung umgewandelt worden. Auf diese Weise ging das Kapital nicht verloren, und Lomohl konnte seine Stellung behalten.

Dieses siegreiche Scharmützel hat Doktor Aloys Huber allein geplant und durchgeführt, ich hatte da bereits den Schauplatz der Ereignisse verlassen. Ganz still und ohne jeden Abschied hatte ich mein schweres Geschick auf mich nehmen wollen. Aber als ich mit Packen meiner Koffer beschäftigt war, öffnete sich leise die Tür. Mit großen ängstlichen Augen stand Genoveva im Atelier. Wie ein verirrtes Reh. Mit einer Schultasche. Es war mir einigermaßen peinlich. In meiner Verlegenheit sagte ich: »Du kommst aus der Schule? Schulmädchen riechen nach Butterbrot.«

»Butterbrot riecht gut«, antwortete sie ernst.

»Natürlich, das habe ich ja gemeint.«

»Und Tabak riecht auch gut, bei Ihnen wenigstens.«

Ich lachte: »Solche Komplimente machen sich Hunde, die sich beschnüffeln.«

»Möchten Sie nicht Mauspetz mit in die Festung nehmen, daß Sie nicht so allein sind?«

»Das wird nicht gehen, liebes Kind.«

»Werden Sie dort an die Kette gelegt?«

»Vielleicht.«

»Ich will mit Ihnen fahren. Ich werde Ihnen jeden Tag Blumen in das Burgverließ bringen. Sie waren so lieb mit mir.«

»Ein Gefangener darf höchstens von seiner Frau besucht werden.«

»Kann ich nicht Ihre Frau sein?«

»Du bist ja noch viel zu klein.«

»Ich bin beinahe so groß wie Sie.« Tatsächlich bemerkte ich nun, daß sie in der kurzen Zeit erstaunlich gewachsen war.

»Schau, Vevi, du mußt vernünftig sein. Du bist fast noch ein Kind, und wenn ich vier Jahre hinter Gittern geschmachtet haben werde, bin ich möglicherweise ein Greis.«

Ich holte eine Flasche roten Südwein herbei, schenkte uns ein.

»Also auf ein frohes Wiedersehen.« Wir stießen an, sie leerte das Glas fast mit einem Schluck, ließ es wieder füllen.

»Ich will aber kein Kind mehr sein!«

Wirklich schien sie mir ganz erwachsen, wie sie jetzt den Oberkörper zurückbog, daß ihre jungfräulichen Brüste hervortraten, und wie sie mich, leise lächelnd, durch die dunklen langen Wimpern hindurch anblickte.

»Und wir kennen uns ja noch viel zu wenig, Vevi. Wir haben uns noch nicht einmal einen Kuß gegeben.«

Das hätte ich nicht sagen sollen; mit schneller kurzer Bewegung küßte sie mich, wie ein pickendes Vöglein, auf den Mund.

»Da!« sagte sie. Und nun wurde es mir schwer, die Wärme meiner Gefühle zurückzuhalten. Ich umarmte sie heiß und heftig. Sie schlang die Arme um meinen Hals. So standen wir uns nah gegenüber, die Schultasche hielt sie noch in der Hand, und sie baumelte auf meinem Rücken. Ein bißchen komisch. Das brachte mich zur Besinnung.

»Nein, Vevi, wir wollen ganz brave Kinder sein.«

Sie legte die Tasche weg und trank in einem langen Zug den ganzen Wein direkt aus der Flasche. Das gefiel mir nicht, und ich blickte sie etwas erstaunt an.

»Also, lebwohl für heute«, sagte ich kühl und schob sie sanft zur Tür hinaus. Ich blieb verwirrt zurück. Da bemerkte ich, sie hatte die Schultasche liegen lassen. Ich stürzte hinaus und wollte sie ihr nachbringen. Aber Vevi stand draußen an die Wand gelehnt, wie erstarrt.

»Du mußt den Abschied nicht so schwernehmen«, sagte ich.

»Oh Gott«, stöhnte sie. Ich nahm sie wieder mit hinein.

»Schau Vevi, ich liebe dich ja, sei nicht traurig.«

Ihre Hände waren eiskalt, ihr Mund zuckte. Sie konnte gerade noch hervorbringen: »Ach, das ist es nicht«, als sie sich schon heftig übergeben mußte. Sie lag dann, fast bewußtlos, auf dem Divan, kam nach einer Weile wieder zu sich, sah die rote Bescherung.

»Blutsturz?« hauchte sie entsetzt.

»Nein, Malaga«, beruhigte ich sie und gab ihr ein Glas Wasser.

»Ach, nun graust es Sie ganz gewiß. Sie werden mich niemals heiraten.«

»Allerdings so schnell wohl nicht.«

Sie suchte sich, schwankend und bleich, einen Putzeimer und säuberte den unappetitlichen Fleck. Sie wagte nicht, mich anzusehen, sank darauf, leise weinend, wieder in die Polster. Sie tat mir leid. Um ihr zu zeigen, daß es mich nicht vor ihr ekelte, setzte ich mich zu ihr auf den Divan und küßte sie.

Die Abenddämmerung brach herein, und wir sind noch lange, innig vereint, beieinandergeblieben, Raum und Zeit vergessend.

Ich begleitete sie dann heim, und wir haben uns ziemlich formell verabschiedet.

Festungshaft

Ich kam spät abends in Passau an. Man brachte mein Gepäck nach dem angeblich besten Hotel der Stadt, dem ›Goldenen Stern‹. Die dicke Wirtin zeigte mir das Zimmer. »Das Bettuch scheint mir nicht recht sauber zu sein«, bemerkte ich. – »Natürlich, die Herrschaften aus München wollen immer was Extraiges haben. Drei schöne Leut' haben schon in dem Bett da geschlafen, und keiner hat was auszusetzen gehabt.« Sie ließ sich aber überreden. Dann speiste ich im Gastzimmer zu Abend. Die alte Kellnerin strickte an einem Strumpf, ein Fremder, offenbar Handlungsreisender, spielte mit einem behäbigen Geschäftsmann und einem Schandarm Karten bei Bier und Zigarrendunst. Fliegen träumten auf dem schmutzigen Tischtuch.

»Das ist ja so dreckig wie ein Bettuch, Fräulein, gibt es kein reines?«

»Haben Sie es gehört?« sagte sie zu den Kartenspielern hinüber. Die schauten mich grimmig an. Schon hatte ich fünf Feinde in Passau. So durfte ich es nicht machen.

Ich ging dann, mir die Stadt ein wenig anzuschauen. Menschenleer und verschlafen lagen die altertümlichen Straßen im Mondschein. Ich kam an die dunkle Donau und die Stelle, wo sie sich mit den rauschenden Wassern des Inns und der Ilz vereinigt. Einige große Kähne waren da verankert, als ob sie nie fortfahren wollten, auf einem miaute eine Katze. Am Ufer lag ein Liebespaar auf einer Bank, immer die gleiche Geschichte. Von der Landzunge ragten Mauern und ein niedriger Turm auf, aber das konnte nicht meine Festung sein, die sollte oben auf dem Berg liegen. Ich ging über eine Kettenbrücke, stieg durch steile mittelalterliche Gassen, kam wohl bis zur Festung Oberhaus und genoß den herrlichen Anblick auf die mondbeglänzte Flußlandschaft. Auf dem Rückweg verirrte ich mich in dem romantischen Gewinkel, fand mich aber wieder zurecht. Im Goldenen Stern war schon alles finster, die Tür verschlossen. Ich läutete an dem messingnen Glockenzug, hörte keinen Ton, klopfte, rief, es wurde nicht aufgemacht. Ich hämmerte an die geschlossenen Fensterläden. Alles blieb still im Haus. Plötzlich stand der Schandarm neben mir.

»Was machen'S denn da für einen Krawall?« Ich erklärte ihm, daß ich da wohne und hineinwolle.

»Ist doch schon lange Polizeistund', da hätten'S eben eher heimgehen müssen. Jetzt kommen'S nimmer hinein.«

»Nette Zustände bei euch in Passau! Und wo soll ich übernachten?« schrie ich ihn an.

»Jetzt sein'S stad! Sie haben schon zuvor so aufbegehrt in der Wirtschaft. Sie kennt man schon. Überhaupts, Sie kommen jetzt mit auf die Wache! Ruhestörung.«

»Dann bringen Sie mich doch lieber gleich nach Oberhaus, ich soll dort morgen meine Festungshaft antreten.«

»So? Nach Oberhaus gehören'S, da werd' ich Sie gleich hinbringen. Daß Sie mir aber keinen Fluchtversuch machen!«

Er zog seinen Säbel, packte mich mit der Linken am Handgelenk.

»Marsch!« kommandierte er, führte mich in strammem Tritt durch die träumenden Straßen.

»Schritt halten! Verstanden? Links-rechts, links-rechts!« befahl er. »Nur über die Kettenbrücke wird nicht im Schritt marschiert, ist verboten, wegen Erschütterung.« – Aber auch als wir die passiert hatten, gelang es mir nicht, Tempo zu halten.

Er schimpfte mich: »Haben'S denn gar keine Bildung nicht? Ich möcht' Sie schon schleifen.« Ein streunender Hund bellte uns an, der Schandarm schlug mit dem Säbel nach ihm, traf ihn nicht, stolperte, fluchte. Da merkte ich erst, daß er stark angetrunken war. Auf dem schlechten Pflaster der ansteigenden Gassen konnte er selbst nicht mehr Schritt halten, obgleich jetzt ich kommandierte:

»Links-rechts, links-rechts!« Mein Handgelenk hatte er längst losgelassen, schließlich mußte ich ihm den Arm reichen und ihn führen. Er versuchte vergeblich, den Säbel in die Scheide zu stecken. Mitleidig nahm ich ihm den ab und trug ihn über meiner linken Schulter.

Endlich waren wir an der Festung Oberhaus angekommen. Ein düsterer Bau mit dicken Mauern, stellenweise sehr schadhaft. Wir standen vor einem mächtigen Tor von Eichenholz mit geschmiedeten Beschlägen und schwerem, reichverziertem Schloß. Keine Glocke, nur ein mittelalterlicher Türklopfer. Ich klopfte, der Schandarm klopfte, ich klopfte, er, lauter und lauter, es rührte sich nichts.

»Aufgemacht! Aufgemaaacht!« schrie er. Totenstille.

»Rufen'S mit!« befahl er. Nun brüllten wir beide aus Leibeskräften, trommelten abwechselnd mit dem Säbel auf das Eisenwerk. Ganz erfolglos.

»Was tun wir jetzt?« fragte er verzweifelt. Links und rechts vom Tor waren Ecksteine. Wir setzten uns jeder auf einen und überlegten. Ich gab ihm eine Zigarre, steckte mir auch eine an.

»Vielleicht könnten'S hineinklettern«, sagte er.

»Nein, Herr Oberschandarm, das wäre Einbruch, machen Sie es.«

»Ich, mit meinem Bauch! Das geht nicht, und überhaupt, bin denn ich hier Festungsgefangener oder Sie? Machen'S das nur selbst.« Wir suchten nach einer geeigneten Stelle. Uralter Efeu rankte an der Mauer empor, bedeckte sie mit armdicken Zweigen und dichten Blättern bis oben über die Zinnen und zu den Fenstern. Hinter einem bemerkte ich einen schwachen Lichtschein. Da mußte es gehen.

»Ich warte am Tor«, sagte der Schandarm, »Sie holen mich dann hinein.«

»Nein, Herr Oberschandarmeriewachtmeister, und inzwischen laufen Sie mir davon. Ich nehme Ihren Säbel als Pfand mit, sonst bleibe ich da.« Ich schnallte ihm das Bandelier ab, umgürtete mich mit seinem Schwert und kletterte an dem Geäst empor.

Oben auf der Mauer kroch ich bis zu jenem Fenster. Es war nur angelehnt, ich stieg hinein, befand mich in einem langen Gang mit vielen Türen. Ganz hinten hing eine kleine, düster verstaubte Öllampe. Hier an der Querwand war eine größere Tür. Beim Schein eines Zündholzes las ich auf einem Messingschild: ›Oberst Guido von Pressath. Kommandant.‹ Eine Eule huschte an mir vorbei zum Fenster hinaus.

Ich hörte wimmerndes Stöhnen hinter der Tür und schwaches Rufen, »Dellinger, Dellinger«, glaubte ich zu verstehen. Ich klopfte an, es wurde nicht Herein gerufen, die Laute hörten nicht auf. Vorsichtig öffnete ich, stand in einem saalartigen großen Raum mit gewölbter Decke, hohen spitzbogigen Fenstern. Die einzige Beleuchtung war eine dicke Wachskerze in einem silbernen Kandelaber auf einem Tischchen, das neben einem riesigen alten Himmelbett stand. Um den Leuchter waren Medizin-Gefäße versammelt. Über einen Stuhl war, sehr ordentlich, eine Uniformhose und ein weißer Waffenrock der Leibgarde gelegt, die Epauletten blinkten im flackernden Kerzenlicht. Neben dem Stuhl standen Filzpantoffeln und ein Krückstock. Vom Bett war eine der Decken herabgeglitten, in den Kissen lag ein großer, magerer Greis, im Nachthemd, stieß unter seinem mächtigen Schnauzbart schmerzliche Töne hervor. Er bemerkte mich nicht. Ich tippte ihm leise auf den Arm.

»Bist endlich da, Dellinger, du Malefiz!« grunzte er. »Mein Zipperlein tut wieder arg, bis in den Rücken hinauf, mußt mich gleich einreiben.«

»Melde mich gehorsamst, Festungshäftling Emmaus«, sagte ich, die Hacken zusammenschlagend. Er hörte mich nicht, sondern fuhr fort:

»Da am Tischerl steht die Büchse Opodeldok, schnell reibst mich ein!« Er legte sich auf den Bauch, streifte das Hemd hinauf, wies mir den Rücken.

»Zu Befehl«, schnarrte ich möglichst militärisch, fand die Opodeldok-Büchse, strich mir einiges von der gelben Salbe auf die Handflächen und massierte damit gründlich seinen knochigen Rücken und die runzligen Beine.

»Gleich ist's mir viel besser, Dellinger, nun gib mir noch das Nachtgeschirr.« Ich tat es.

»Das geht auch schon ein bisserl leichter, nun kannst wieder schlafen gehen, Dellinger.«

»Ich bin ja nicht der Dellinger, Herr Oberst!« – Aber er war offenbar stocktaub. Auf dem großen alten Eichentisch im Zimmer bemerkte ich ein Hörrohr und eine Brille, reichte ihm beides. Er setzte die Brille auf, nahm das Höhrrohr an's Ohr, – aber schon war er eingeschlafen. Ich deckte ihn gut zu.

Was sollte ich anfangen? Ich war allmählich auch sehr müde geworden. Da stand ein bequemer Ohrenlehnstuhl. Ich setzte mich hinein, nachdem ich die Kerze ausgeblasen hatte. Bald schlummerte ich, tief und traumlos.

In der Morgendämmerung wurde ich wach, fröstelte, brauchte eine Weile, bis ich mich auf alles besann. Der Kommandant schlief noch fest. Ich fürchtete die Anstrengung, dem Schwerhörigen begreiflich zu machen, wieso ich da hergekommen war. Deshalb erhob ich mich leise, schnallte mir den Säbel wieder um und schlich hinaus. Es galt vor allem, Dellinger zu suchen. Ich wollte alle Türen abklopfen, bis ich ihn finden würde, allerdings wußte ich nicht einmal, wer Dellinger war.

Die Aufgabe wurde mir erleichtert, da ich gedämpfte Schritte hörte und, zum Stiegenhaus eilend, einen Soldaten die Treppe hinaufgehen sah. Das mochte Dellinger sein. Natürlich würde er unangenehme Fragen an mich richten. Dem mußte ich zuvorkommen. Ich füllte daher meinen Brustkorb mit Luft und schnauzte:

»Dellinger, wo kommen Sie her?«

»Zu Befehl, ich war in der Ilz-Vorstadt bei meiner Braut.«

»Ordonnanz hat zur Stelle zu sein. Daß mir sowas nicht wieder vorkommt! Abtreten!« Er machte kehrt und entfernte sich. Ich rief ihn zurück, er blieb in strammer Haltung vor mir stehen, ich sprach:

»Dellinger, bin hier auf Festung kommandiert, nehme an, Herr Oberst hat Zimmer für mich bereit stellen lassen. Zeigen!«

»Zu Befehl! Herr Oberst hat Herrn von Emmaus schon lang erwartet, ich hole die Schlüssel.«

»Gut. Aber erst nehmen Sie diesen Säbel und bringen ihn dem Schandarm, der draußen vor dem Tor steht.«

»Jawohl, Herr von Emmaus, ich habe ihn gesehen, wie ich heimkam, er sitzt auf dem Prellstein und schläft.«

»Sagen Sie ihm, er darf jetzt nach Haus gehen, soll mir mein Gepäck vom Goldenen Stern heraufbesorgen.«

Dellinger schloß eine der vielen Türen auf, sie führte in einen langen, hellbefensterten Gang, bis zum anderen Ende des Gebäudes, dort lag mein Gefängnis. Es waren zwei große, sehr hübsche helle Zimmer, mit wundervoller Aussicht über die Stadt, die Flüsse und die Berge. Schöne alte Kirschholzmöbel. Das Schlafzimmer hatte eine Tür auf einen Balkon, hoch über dem Abgrund. An den Fenstern waren bunte, lustige Cretonne-Vorhänge.

»Genehmigt«, sagte ich. »Um sieben Uhr bringen Sie mir das Frühstück, Kaffee, zwei Buttersemmeln, zwei Eier.«

Ich ließ es mir auf dem Balkon servieren. Gegen neun Uhr kam der Schandarm mit meinen Koffern, ganz verschwitzt. Der Hausbursche vom Goldenen Stern hatte geholfen, sie auf einem Handwagerl den Berg hinaufzufahren. Dem bezahlte ich die Hotelrechnung, beide entlohnte ich reichlich.

Um 10 Uhr ließ ich mich durch Dellinger beim Kommandanten melden, machte meine Aufwartung. Er saß vor einem großen, alten Schreibtisch mit vielen, schön eingelegten Schubfächern, zwischen Bergen beschriebenen Papiers, erhob sich und wendete sich mir zu. Ich hätte die traurige Gestalt der vergangenen Nacht nicht wiedererkannt. In der straffen Haltung seiner hohen, schlanken Figur wirkte er imponierend. Jetzt war der aufgezwirbelte Schnurrbart schwarz gefärbt, die Stirn war von einem Gestrüpp dichter schneeweißer Haare eingerahmt, er trug ein Monokel in's Auge geklemmt. Den Uniformrock zierte ein Orden. Es war nicht einmal komisch, daß er das Hörrohr an's Ohr hob, denn er tat es mit der Feierlichkeit einer religiösen Zeremonie. Er reichte mir freundlich die Hand, ließ mich niedersitzen, entnahm einer Aktenmappe ein Schriftstück, auf das er einen flüchtigen Blick warf.

»Herr Emmaus, Sie haben das Malör gehabt, zu vier Jahren Festungshaft verurteilt zu werden, sollen diese Zeit auf Oberhaus zubringen. Die Festung untersteht meinem Kommando. Ich betrachte es als meine Aufgabe, Ihnen den Aufenthalt hier so angenehm wie möglich zu gestalten, Ihnen den Verlust der persönlichen Freiheit nicht allzusehr fühlbar zu machen. Deshalb habe ich Ihnen Zimmer ausgewählt, die etwas abgesondert liegen, man kann von dort auch auf einer eigenen Wendeltreppe direkt ins Freie gelangen. Womit Sie sich hier beschäftigen wollen, unterliegt keinen Vorschriften, soweit es nicht gegen die Gesetze verstößt. Ich habe die Pflicht, Ihre Korrespondenz zu überwachen; wenn Sie einverstanden sind, verzichte ich aber darauf. Ich mache Sie aufmerksam, daß keinerlei Pläne oder Abbildungen der Baulichkeiten veröffentlicht werden dürfen, die für den Feind von Wichtigkeit sein könnten.«

»Gestatten Herr Oberst, ist die Festung denn strategisch von Bedeutung?«

»Selbstverständlich, im Jahre 1219 hat sie die anstürmenden Ungarn abgewehrt. Die Bewirtschaftung liegt in den bewährten Händen der alten Frau Guggemos. Wenn Sie betreffs der Verpflegung oder der Einrichtung besondere Wünsche haben, so wenden Sie sich an sie. Für Kost und Wohnung sind ihr wöchentlich dreißig Mark im voraus zu zahlen. Als Ordonnanz bedient Sie mein Dellinger, es steht Ihnen aber auch frei, eine Zivilperson zu Ihrer Bedienung einzustellen. Ich müßte Ihnen eigentlich das Ehrenwort abnehmen, daß Sie nicht fliehen werden. Aber es wird Ihnen schon hier gefallen, da braucht es das nicht. Passau ist eine hochinteressante Stadt, schreibe an einem Werk über ihre geschichtliche Vergangenheit.« Er zeigte auf die Manuskripthaufen, die den Schreibtisch bedeckten. Nachdem er mich noch für den Nachmittag eingeladen hatte, den Kaffee bei ihm im Garten zu trinken, war die Audienz beendet.

Frau Guggemos, die Haushälterin, stellte sich mir in meinen Gemächern vor, nahm ihr Geld in Empfang und ließ sich über meine Lebensgewohnheiten aufklären. Aus ihrem alten Vollmondgesicht strahlte ungehemmte Neugierde, sie wollte meine Lieblingsspeisen wissen, was ich verbrochen habe, ob ich ein Studierter sei, ob katholisch, vermögend, verheiratet oder wenigstens ein bisserl verlobt.

Da war der Kommandant viel taktvoller. Er stellte keinerlei Fragen an mich, als wir in der Geißblattlaube des Festungsgärtchens beim Nachmittagskaffee zusammen saßen. Doch, mit der Gesprächigkeit der Einsamen, hatte er das Bedürfnis sich mitzuteilen. So erfuhr ich alles über sein Leben.

Als junger Offizier hatte er die Leibwache Ludwigs II., des Königs von Bayern, befehligt, in jenen Tagen, da den sein furchtbares Geschick ereilte. Den Irrenarzt, der damals mit seinen Wärtern nach Schloß Berg gekommen war, um den wahnsinnigen König fortzubringen, hielt Oberst von Pressath jetzt noch immer für einen Abgesandten des ränkevollen Preußen. Der König hatte befohlen, diese preußischen Verbrecher gefangen zu nehmen und ihnen bei lebendigem Leibe die Haut abzuziehen. Der gehorsame Offizier war, hoch zu Roß, an der Spitze seiner Gardisten zum Schloß gezogen, hatte die Wärter fesseln und in den Keller sperren lassen. Ihren Anführer hatte man nicht zu fassen bekommen, denn inzwischen hatte sich die Tragödie schon vollendet. König und Irrenarzt lagen ertrunken im See. Die näheren Umstände sind nie aufgeklärt worden.

Der brave Offizier hat für seine Treue keine Anerkennung gefunden, im Gegenteil, sie hat ihn unmöglich gemacht. Aber, als den am besten über die Vorgänge Unterrichteten, mußte man ihn vorsichtig anfassen, so wurde er nicht verabschiedet, sondern, unter Beförderung zum Oberst, als Kommandant der Festung Oberhaus kaltgestellt.

Auch mich betrachtete er als Opfer preußischer Umtriebe, versicherte mich seiner vollen Sympathie.

Jene Ereignisse, die seine Laufbahn zerstört hatten, lagen nun schon viele Jahre zurück. Im ersten Zorn hatte er damals seinen Abschied nehmen wollen. Er war mit der schönen jungen Witwe eines Münchner Millionärs verlobt, gedachte nun, als Privatmann, sich dem Rennsport zu widmen. Aber sie wollte ihn nur als Offizier heiraten, und da hatte sie keine Lust, in Passau zu versauern. Sie zerstritten sich, und die Verlobung wurde aufgehoben. So übernahm er den Posten, blieb unvermählt und einsam. Längst hätte er jetzt das Recht auf Pensionierung gehabt, man wollte jedoch den Mitwisser unbequemer Geheimnisse nicht aus der Dienstverpflichtung entlassen. Bitter beklagte er, daß man ihn, den Sproß eines der ältesten Adelsgeschlechter, zum Kerkermeister entwürdige, noch dazu habe man seine Standesgenossen, Offiziere, die wegen Duells auf Festung kamen, nie nach Oberhaus geschickt, sondern auf die Feste Landsberg. Er hat Trost in schriftstellerischer Tätigkeit gesucht, ein fünfaktiges Drama ›Burg Treuwahn‹ verfaßt, das seine Leidensgeschichte als mittelalterliche Legende behandelte, teils im Versmaße Shakespeares, teils in dem des Nibelungenliedes. Leider ist es bei keinem Münchner Theater angenommen worden, wegen bühnentechnischer Schwierigkeiten; die große Szene sei nicht darstellbar, wo der getreue Ritter sich selbst die Haut abzieht und sie seinem königlichen Herrn darreicht, der ihn gnädig ersucht, sie wieder anzulegen, während ihn gleichzeitig von hinten der Dolch des Meuchelmörders trifft. In Berlin steht das Theater maschinell auf höherer Stufe, und man hat diese Bedenken nicht gehabt, ›Burg Treuwahn‹ ist dort ein Zugstück geworden. Bei der Jubiläumsaufführung, der fünfhundertsten, hat man unbedingt des Autors Anwesenheit verlangt. Er hat seinen Widerwillen überwunden und ist nach Berlin gefahren.

Oh bittere Enttäuschung! Dort ist sein Trauerspiel als lustiges Stück, als Posse, aufgeführt worden, und das barbarische Publikum hat sich in Lachkrämpfen gewälzt. Man hat ihn auf die Bühne geschleppt, Lorbeerkränze überreicht. Tränenden Auges hat er nur sagen können: »Das hier ist das Trauerspiel meines Lebens. In Berlin wäre selbst Hamlet ein Lacherfolg geworden.« An Tantiemen hat ihm das Stück ein Vermögen eingetragen. Das konnte aber seinen Gram nicht lindern. Er werde, sagte er, der stupiden Welt keine Tragödie mehr schenken, wenn er auch noch viel Schmerzliches erlebt habe, das dringend nach dramatischer Behandlung verlange. So den Fall Eierer.

Eierer war ein junger protestantischer Theologiestudent, ernst seiner Wissenschaft ergeben. Über die Auslegung einer Stelle der heiligen Schrift war er mit seinem Professor in Meinungsverschiedenheiten geraten, so heftig, daß sich der Professor zu Tätlichkeiten hinreißen ließ. Im Verlaufe der Rauferei hat der Student dem Theologieprofessor ein Ohr abgebissen, ist zu sechs Monaten Festungshaft verurteilt worden. Nun gab es damals auf Oberhaus jeden Donnerstag zum Mittagessen Schweinsohr mit Sauerkraut und Erbsenpüree. Eierer stierte entsetzt auf das gesottene Ohr, war einer Ohnmacht nahe. Als sich das Schweinsohr jeden Donnerstag wiederholte, hielt er es für einen Teil seiner Strafe, selbstquälerisch zwang er sich, es aufzuessen. Aber die ganze Zeit lebte er in Angst vor dem Donnerstag, verfiel in Trübsinn. Schließlich ist er an einem Donnerstag auf die Zinne des Turmes gestiegen. Das Schweinsohr im Mund, das Haupt mit Erbsenpüree gesalbt, den Rock mit Kraut beschmiert, hat er sich in die Tiefe gestürzt. »Fürwahr eine Tragödie Shakespeareschen Ausmaßes!«

»Erschütternd! Und Herr Oberst dürfen sie der Menschheit nicht vorenthalten!«

Er ließ sich nicht überreden, wollte seine Zeit ganz historischen Studien widmen.

In den folgenden Wochen habe ich viele Landschaften gemalt, wenn mich nicht gerade unser Meteor dringend um eine Zeichnung ersuchte.

Ich saß unten am Ilzfluß und aquarellierte von da eine Aussicht auf die Festung. Ein Tourist stand lange Zeit hinter mir und schaute zu. Dann sagte er: »Da is es hübsch oben, wer wohnt denn eegentlich dort?«

»Ich.«

»Ach nee? Da mecht'ch gleich in de Sommerfrische. Vermieten Se nischt?«

Das war eine gute Idee. Ich schaute mir den Mann an. Er mochte etwa vierzig Jahre alt sein, klein, blaß, blond, breithüftig, x-beinig, trug den Strohhut mit einem Gummibändchen am Rockknopf aufgehängt, also aus Sachsen.

»Wird Ihnen zu teuer sein«, wehrte ich ab.

»Na, heeren Se mal, ich habe doch die Trikotaaschenfabrik in Chemnitz, Reinhold Meetzsch und Co. Die geht ganz von alleene. Da mach ich im Sommer eegal fort, weil's in Chemnitz so stinkt. Meine Liddie is mit den Kindern inde säksche Schweiz, ich habe eegentlich die Donau runter fahren wollen, mit'n Dampfschiff, nach Wien. Aber hier wäre enne scheene Bleibe.«

»Kostet 150 Mark die Woche, zwei Zimmer mit voller Pension.« Jetzt wollte ich weitermalen, verabredete mit ihm Zusammenkunft nachmittags an der gleichen Stelle.

Als er fortgegangen war, packte ich zusammen und eilte hinauf, nahm mir Frau Guggemos vor.

»Dreißig Mark die Woche ist eigentlich sehr wenig. Da können Sie doch nichts ersparen. Möchten Sie nicht lieber hundertfünfzig haben?«

Ihr Vollmond strahlte hell. »Sie sind ein Braver, Herr von Emmaus, das hab ich gleich gemerkt, da werd ich ja reich.«

Gewiß, Frau Guggemos, ich möchte Sie reich und glücklich sehen. Natürlich, ich kann so viel nicht zahlen, aber ein Freund von mir, Herr Meetzsch aus Chemnitz, will mein Zimmer den Sommer über mieten und vielleicht auch für länger.«

Eine Wolke beschattete den Vollmond. »Ach so, Herr Emmaus, – geht denn das?«

»Alles geht. Hundertfünfzig Mark die Woche. Siebentausendachthundert Mark im Jahr! Wer lang fragt, geht lang irr.«

»Ja, schön wär's schon, und dann kann der Dellinger auch bald die Urschel heiraten, wissen'S, seine Braut, wo mein Enkelkind is, werd gleich reden mit ihm.«

Dellinger gelang es schnell, die letzten Bedenken der Frau Guggemos zu beseitigen. Am Nachmittag ging ich mit Herrn Meetzsch hinauf. Er war entzückt von der schönen Sommerfrische.

»Da mechte ich eegal wohnen. Wenn die Kinder ämal groß sin, kriegen se die Fabrik un ich ziehe mit meiner Liddie wech von Chemnitz. Da koofe ich Ihnen den ganzen Zimt hier ab. Kennen Sie Chemnitz? Nee? Sin Se froh! Professor Pubius hat gesagt, in Chemnitz müßte die Urheimat des Menschengeschlechts sein, denn daß da Eener nachher von woanders hätte hingemacht, das kennte mer sich nich denken.«

Ich ließ ihn einen Mietvertrag unterschreiben: monatlich im voraus zahlbar, Einzug in der nächsten Woche. So lange mußte er noch im Goldenen Stern wohnen bleiben, konnte ja inzwischen schöne Ausflüge machen, in den bayrischen Wald oder nach Schärding.

Seitdem ich von München fortgefahren war, hatte ich Vevi nur einmal eine Ansichtskarte geschickt, jetzt schrieb ich ihr einen Eilbrief:

»Liebe Vevi! Du hast wohl jetzt Ferien. Ich möchte mit Dir eine Reise machen, vielleicht nach Wien. Wenn Du Lust dazu hast, fahre am Montag mit dem Nachtschnellzug nach Passau. Beiliegend dreihundert Mark. Dein Emmaus.«

Telegraphisch bekam ich Antwort: »ja. brauche ich brautkleid? vevi.«

Ich drahtete zurück: »Brautkleid unnötig badeanzug myrtenkranz emmaus.«

Ich packte einen Koffer und ließ ihn an den Dampfschiffhalteplatz bringen. Was von meinen Sachen zurückbleiben sollte, übergab ich Dellinger zur Aufbewahrung. Am Dienstag früh war ich pünktlich an der Bahn, der Zug hatte viel Verspätung, und plötzlich war er eingefahren, ehe ich es noch wußte. Ich merkte es erst, als mich Mauspetz freudig bellend ansprang. Den hatte ich ganz vergessen, war nicht sehr erfreut darüber, daß er mitgekommen war. Gerade konnte ich noch Vevi beim Aussteigen helfen, wir begrüßten uns herzlich.

Besorgt fragte sie: »Sind Sie entsprungen?«

»Nachher erzähle ich dir alles, jetzt sollst du erst frühstücken. Dein Gepäck schicke ich schon zum Dampfschiff, es fährt halb zwölf.«

Wir hatten uns zum Frühstück in die Bahnhofsrestauration gesetzt, als Vevi erschrocken auffuhr: »Wieviel Stück waren es?«

»Zwei Koffer und die Handtasche.«

»Keine Schachtel?«

»Nein.«

»Jessas, dann habe ich die beim Umsteigen in Regensburg liegen lassen. So ein Unglück! Der Myrtenkranz war drin.«

Ich lachte: »Nicht so schlimm, du brauchst ihn nicht so notwendig, es war ja nur Spaß.«

»Aber der Büchsenöffner war auch dabei und die Feile und die Zange und die kleine Eisensäge, das ganze Werkzeug, um Sie aus der schauerlichen Einsperrung zu befreien.« Ihre Tränen flossen, ich konnte sie beruhigen:

»Das brauchen wir noch weniger. Ich habe mein Gefängnis vermietet.«

»Und sollen wir den Mietling nicht befreien? Wird er nicht jetzt statt Ihrer gefoltert? Sind Sie sehr gefoltert worden? Lieber Herr Emmaus, sagen Sie mir die ganze Wahrheit, ich bin auf alles gefaßt.«

Sie war rührend in ihrer warmherzigen Sorge um mich und schön und schlank, und sie verzehrte vier Buttersemmeln zum Kaffee und aß drei Eier, und ich war rettungslos verliebt in sie.

»Jetzt wollen wir ein bißchen spazieren gehen, liebes Kind, wir haben noch Zeit, ich will dir die Stadt zeigen. Du und Mauspetz, ihr braucht Bewegung nach der Fahrt.«

Vom Tal sah die alte Festung wirklich ein wenig ernsthaft aus. Vevi schauerte bei dem Anblick. »Armer Herr Emmaus, Sie müssen furchtbare Tage dort durchlebt haben. Wie froh bin ich, daß ich Sie jetzt befreit habe!«

So stark vermag die Einbildungskraft zu wirken.

»Ja, du liebe, ich bin dir herzlich dankbar, daß du gekommen bist.«

»Ich habe die ganze Zeit immer nur an Sie gedacht. Meine Mathematikaufgaben habe ich verpatzt und im Französischen habe ich die Note: ›ungenügend‹ bekommen. Ich habe mir gewünscht, Ihre Leiden mit Ihnen tragen zu können, aber Sie hatten mir gesagt, ich dürfte Sie nur als Ihre Frau besuchen. Mauspetz hätte uns gegen die Folterknechte verteidigt.«

»Eigentlich bist du ja meine Frau – seitdem wir den Malaga zusammen getrunken haben.«

»Genügt sowas? Ich dachte nicht, daß das so einfach geht, so ohne Pfarrer und ohne Amt.«

»Das ist es eben. Und du bist noch minderjährig, da brauchen wir die Einwilligung deines Vaters zum Aufgebot. Ich weiß eigentlich nicht einmal, wie du heißt.«

»Genoveva Leibenfrost.«

»Nein, das ist nicht so sicher, und wenn der alte Leibenfrost wirklich als dein Vater gilt, wird er Schwierigkeiten machen, mindestens viel Geld für die Einwilligung haben wollen.«

»Dann ist es schade, daß mein richtiger Vater verschwunden ist.«

»Doch nicht, der hätte noch mehr verlangt. Mit den Behörden wird es Schererei geben, warten wir also lieber noch damit. Einstweilen machen wir uns keine Sorge und wir reisen als Herr und Frau Emmaus. – Du mußt ›du‹ zu mir sagen.«

»So mitten auf dem Spaziergang? Das geht doch nicht gut.« Ihre Augen wurden groß und nachdenklich, sie hängte sich an meinen Arm, schmiegte sich dicht an mich. Mauspetz umtanzte uns.

»Du hast recht, Vevi, ein bißchen Zeremonie soll sein.«

»Ich küßte sie. Lange konnten sich unsere Lippen nicht trennen, wir waren beide tief innerlich bewegt, wortlos.

Dann sagte sie: »Emmaus, wirst du mir bei meinen Aufgaben helfen? Die Lehrerin verlangt, daß ich in den Ferien nachhole, was ich deinetwegen vernachlässigt habe. Meine Schulbücher sind im Koffer.«

»Gewiß! Wir wollen sie dann in die Donau werfen.«

Es war eine wundervolle Fahrt, fast als einzige Passagiere neben Kisten, Ballen und Bierfässern, mit dem etwas altmodischen Dampfschiff auf dem sonnenbeschienenen Strom, zwischen bergigen Ufern, blühenden Gärten, Wäldern und Felsen, die oft steil und so nah herantraten, daß sich rauschende Wirbel im Wasser bildeten. Wir sonnten uns geraume Zeit in Liegestühlen, nebeneinander, Hand in Hand, auf dem Verdeck. Möven begleiteten das Schiff streckenweise, Vevi warf ihnen Brot zu. Mauspetz meinte, es wäre für ihn, sprang danach, wäre beinahe über Bord gefallen. Vevi hatte aufgeschrien, dann lächelte sie wieder glückselig:

»Ich dachte nicht, daß es so schön in der Welt sein kann. Man sollte überhaupt nur Hochzeitsreisen machen.«

»Leider ist das nicht der einzige Zweck des Lebens.«

»Bitte nicht so ernsthaft, Emmaus! Hat das Leben überhaupt einen Zweck? Welchen Zweck haben die Sonne und die Blumen und die Möven dort? Nur wenn etwas unangenehm ist, findet man, daß es einen Zweck hat.«

»Vielleicht soll man nicht Zweck sagen, sondern Ziel. Alles bewegt sich unabänderlich auf ein Ziel hin, man kann das Gottes Willen nennen oder Naturgesetz.«

»Aber unangenehm ist das. Du solltest etwas dagegen tun, Emmaus. Du bist doch so gescheit.«

»Du verlangst, daß Wunder geschehen, liebe Vevi. Ich warte auch darauf. Oft habe ich geglaubt, sie wären möglich, und dann sind sie immer nur ein Traum geblieben.«

»Unsinn! Alles ist Wunder, und auch die Bibel ist voll davon, also können sie nicht gegen Gottes Willen sein. Im Gegenteil, ich glaube, sie machen ihm Spaß.«

Abends kamen wir nach Linz. Erst am nächsten Morgen zeitig sollte ein Schiff nach Wien weitergehen, so blieben wir im Hotel, als Emmaus mit Frau. In jenen glücklichen Zeiten brauchte man keinen Paß. Wir soupierten in der lauen Abendluft auf der Hotelterrasse, bei milder Musik, unter vielen ziemlich eleganten Menschen, gingen bald schlafen.

In der Nacht schreckte Vevi auf, stöhnte: »Laßt ihn los, ihr dürft ihn nicht rösten, er wird schon ganz knusprig.«

Sie schlang die Arme um mich, flüsterte: »Nein, der Henker kann dir nichts tun, Mauspetz beißt ihn hinten in die Hose.«

Beim Frühstück sagte sie: »Die Lehrerin hat uns aufgegeben, wir sollen einen deutschen Aufsatz machen: Der schönste Tag meiner Ferien. Ich weiß schon, was ich hineinschreibe, auch von der Nacht einiges. Die wird schauen.«

»Nun hör' endlich auf von deiner Schule, Vevi, wir beide sind ja schon ziemlich erwachsen.«

»Aber ich möchte so klug werden wie du.«

»Eine Frau ist immer klüger als ein Mann.«

Morgennebel wallten noch auf der Donau, als wir weiterfuhren. In Melk stiegen wir aus, verbrachten einen herrlichen, sonnigen Tag in dem schönen, alten Ort, besichtigten das Kloster, wanderten zwischen heißen Rebgärten, badeten im Fluß, tranken abends eine Flasche Wein bei der hochgelegenen Schenke am Ufer, bevor wir uns zurückzogen.

Am nächsten Tag war es ein größerer, moderner Dampfer, der uns nach Wien brachte. Die Flußufer weiteten sich, schilfbesäumt, zu grünenden Ebenen, dann stiegen in der Ferne hellblaue Bergsilhouetten am Horizont auf, Häuser zeigten sich, Fabriken, Lagerplätze, Silos, der Dampfer legte an.

Wien wirkte an dieser Stelle nicht imponierend, wir waren ein wenig enttäuscht. Die Stadt, weit und vornehm gebaut, sagte uns besser zu, da wir im Taxi zum Hotel Imperial fuhren. Alle Straßen wimmelten von Menschen, Lärm und Aufregung. Viele drängten sich um Plakate, die angeschlagen waren, lasen sie und brachen in laute Rufe aus. Frauen weinten, Männer knöpften sich energisch den Rock zu und entfernten sich festen, eiligen Schritts. »Die Wiener sind sehr nervöse Leute«, konstatierten wir.

Beim Aussteigen konnte sich Vevi nicht enthalten, den Fiaker zu fragen: »Sind die Wiener immer so närrisch?«

»Aber, bitt schön, gnä' Frau Baronin, wann doch bereits der Krieg erklärt is.«

Krieg

Ich hatte schon lange keine Zeitung mehr gelesen, wie auf dem Mond gelebt, wußte nichts von der Ermordung des Kronprinzen, nichts von dem Ultimatum an Serbien, nichts von Deutschlands Hilfe, und Vevi wußte nicht viel mehr.

Im Hotel ließen wir uns alles berichten, man glaubte uns unsere Unwissenheit nicht, hielt uns für Spione, wie jeden Fremden in der Erregung jener Tage. Nur zögernd und mit heimlichem Geflüster gab man uns ein Zimmer, gewiß das schäbigste des Hotels. Verstimmt saßen wir darin bei unseren Koffern.

»Oh verflucht!« sagte ich, »also Krieg.«

»Nun wirst du wohl ein Held werden, Emmaus?«

»Nicht absichtlich. Überhaupt, ich darf ja gar nicht einrücken, ich bin doch Gefangener.«

»Siehst du, Emmaus, wie gut, daß ich dich nicht befreit habe!«

Ich rief die Hoteldirektion an: »Ist das Ihr bestes Zimmer?« – »Bedauere sehr, es ist kein anderes frei.«

»Dann lassen Sie unser Gepäck wieder herunterholen, wir reisen ab.«

Mauspetz, mit feiner Empfindung für unsere Gefühle, hinterließ seine Visitenkarte im Zimmer.

Wir fuhren zum Bahnhof. Der nächste Zug in der Richtung nach Passau sollte um zehn Uhr gehen. Es wurde viel später, und er war sehr überfüllt, an Schlafwagenplätze nicht zu denken, wir mußten froh sein, eng eingekeilt, überhaupt sitzen zu können. Mauspetz war sehr im Wege.

»In dieser Zeit mit so ein' großem Viech zu reisen, das gehört verboten.«

»Erlauben Sie mal«, sagte Vevi hochnäsig, »wo sich unser Mauspetz doch als Kriegshund melden will! Der wird vielleicht mehr Franzosen fressen wie Sie.«

Sofort war er der Liebling des Coupés, man streichelte und fütterte ihn, eine dicke Frau wollte ihn durchaus auf den Schoß nehmen, war aber zu abschüssig.

Ich hatte noch Zeit gehabt, einige Nahrungsmittel und eine Menge Zeitungen zu kaufen, ersah aus diesen, daß die Weltgeschichte, nach jahrelanger Bescheidenheit, jetzt sehr überhand zu nehmen drohte. Sicher verdankte man das Daffodil und seinem Konzern. Hei! Wie würde der Meteor diese Zusammenhänge beleuchten! Wie würde Doktor Huber, der inzwischen Landtagsabgeordneter der Meteorpartei geworden war, in zündender Rede das Volk auffordern, den Rüstungsgaunern nicht in's Garn zu gehen, wie würde er messerscharf nachweisen, in welchen Abgrund die Verquickung von Staat und Politik führen muß.

»Meteor-Extranummer. Krieg!« wurde ausgerufen. Fiebernd vor Neugierde erwarb ich sie, wollte sie erst während der Fahrt in Ruhe ausschlürfen.

Da war es, als ob alles um mich zusammenstürzte, beinahe wäre ich aufgesprungen und hätte die Notbremse gezogen. War das der Meteor oder die Standarte? Mit voller Lungenkraft blies er in die Kriegsposaune.

Schon die Titelzeichnung war mir ein lähmender Schreck. Sie hieß: ›Nun aber feste druff – –‹, zeigte einen deutschen Michel, der Engländer, Franzosen und Russen durch einen Fußtritt über den Abhang eines Felsens hinunterbefördert.

Darunter stand ein Vers: »Entente-Verbrüderung ist nur ein Bluff, – Wir lachen Hohn und hauen feste druff.«

Als Zeichner hatte Erich Horzel signiert. Wer war Erich Horzel? Der Manier nach sah die Zeichnung aus, als wäre sie von mir, bei näherem Zusehen hatte sie aber auch viel von Resniksen. Von dem war innen in der Nummer ein Bild, das zunächst der guten Meteor-Tradition zu entsprechen schien: Ein elegant eingerichtetes Büro, in dem der behäbige, gut gekleidete Direktor das hübsche Tippfräulein umgefaßt hat und ihr diktiert, während daneben Haufen von Totenschädeln auf dem blutbefleckten Schreibtisch liegen. Text: »Der Krieg ist ein Geschäft wie jedes andere.«

Aber die Überschrift war: Firma Albion & Co.

Richtig, da war auch Eugen Lomohl selbst mit Kriegslyrik:

»Es geht in's Land auf heißen Sohlen – Der schwüle Erntemond August –
Das Vaterland ruft unverhohlen – Ich hab's gewollt, ich hab gemußt. –
Wie lieblich tönt das Schädelspalten, – Wenn grell des Krieges Flamme loht! –
Gott wird das Deutsche Reich erhalten – Das eure Habsucht frech bedroht.«

Dazu hatte Gradl ein Bild gezeichnet, auf dem alles Nötige zu sehen war: Augustsonne, Ernte, Schädelspalten, Feinde, Verteidigung.

Von Doktor Huber war eine rührende Bauerngeschichte zu lesen, wo eine kernige Gebirgsbäuerin beklagt, daß sie nur sechs Söhne in's Feld schicken kann, weil der Bauer schon vor dreiundzwanzig Jahren von einem Wilderer erschossen worden ist und sie seitdem kein Mannsbild mehr angeschaut hat. Nix für ungut, sie hat ja nicht wissen können, daß das Vaterland soviel Soldaten brauchen würde. »Und wer von euch Buben kein eisernes Kreuz bekommt, der soll eins von Holz haben wie euer Vater selig«, ruft ihnen die Heldenmutter beim Abschied zu.

Und dann war noch ein ganzseitiges Bild von Erich Horzel. Da stand Kaiser Wilhelm, turmgroß, in Ritterrüstung, den winzig kleinen Feinden gegenüber. Es hieß: ›Der Riese und die Pygmäen‹, und der Text lautete: Um gigantische Pläne zu verwirklichen, muß man selbst ein Gigant sein.

In diesem Sinne war die ganze Nummer konsequent und begeisternd durchgeführt. Vevi erbleichte beim Durchblättern. Lange überlegte ich, was ich nun tun solle und kam zu dem Ergebnis: Nichts. Ruhig in mein Gefängnis kriechen, Welt und Meteor dem Ablauf ihrer astronomischen Bahn überlassen.

Wir waren nur etwas bedenklich, ob es gelingen würde, meinen Mieter wieder auszuquartieren, er konnte sich ja auf den Vertrag berufen.

Die Reise war fürchterlich. Man hielt oft stundenlang an, um Militärtransporte passieren zu lassen. Häufig mußten wir umsteigen, in bereits überfüllte Züge, unter Drängen, Stoßen, Schreien, dann enggepreßt im Wagen stehen. Der arme Mauspetz wurde wiederholt auf die Füße getreten, heulte, konnte das ganze nicht begreifen. Reservisten rückten ein mit kleinen Köfferchen. Auf allen Stationen wogende Menschenmassen voll Begeisterung. Vaterlandslieder ertönten. Eltern nahmen Abschied von ihren Söhnen, ernst aber gefaßt, winkten. Dieses Fegefeuer dauerte fast zweieinhalb Tage. Endlich kamen wir um die Mittagszeit in Passau an, restaurierten uns erst einmal in der Bahnhofswirtschaft.

Kaum hatten wir uns ein wenig erholt, bemerkte ich Herrn Meetzsch, der reisefertig, mit Rucksack und vielem Handgepäck, hereinkam. Er tat, als hätte er mich nicht gesehen, und wollte wieder entweichen. Ich erwischte ihn aber.

»Nee, Herr Emmaus, das is aber wirklich großartch, daß ich Sie treffe«, plumps, setzte er sich an unseren Tisch, »da genn mer ja noch schnell zusammen ä Gläschen Bier schmettern. Ich muß nämlich fortmachen.«

»Herr Fabrikbesitzer Meetzsch – Comtesse Leibenfrost-Chuzky«, stellte ich vor. Er war aufgesprungen und verneigte sich tief.

»Ich steere die Herrschaften doch wohl nich? Nämlich nu is uff eemal Krieg, da kann'ch nich hier bleim. Ich mechte ä bißchen siegen. Für Kaiser und Reich. Hurrah.«

»Ja, das Vaterland ruft«, bemerkte Vevi.

»Nich wahr? Freilein Comtesse, un dabei waarsch doch so gemiedlich hier in der Sommerfrische, un vorausbezahlt hatte ich ooch. Vierhundertfünfzig Mark kriege ich retour von Herrn Emmaus für die übrigen drei Wochen. Die gann ich jetzt gleich mitnäm. Ich hätte sonst drum geschriem.«

»Da sind Sie leider im Irrtum, Herr Fabrikbesitzer«, entgegnete ich, »die Miete ist verfallen, im Gegenteil, Sie schulden mir noch sechshundert Mark für einen weiteren Monat, denn es gibt eine Kündigungsfrist.«

Vevi mischte sich ein: »Herr Emmaus, vielleicht könnten Sie dem tapferen Krieger die Hälfte seiner Schuld nachlassen, wenn er sie sofort bezahlt.«

Wir einigten uns schließlich auf zweihundert Mark, die mir Herr Meetzsch in bar überreichte, bestätigten uns beiderseitig schriftlich, daß alles geordnet sei. Er trank schnell sein Bier aus, verabschiedete sich herzlich und respektvoll.

»Viel Glorreiches!« wünschte ihm Vevi. Ich drückte ihr warm die Hand:

»Vevi, du hast Talent.«

Einstweilen stellten wir unser Gepäck am Bahnhof ein und wanderten hinauf nach Oberhaus, gingen über die Privattreppe zu meinen Zimmern. Vevi war überrascht, wie schön es da war.

»Und das soll eine Folterkammer sein! Da hätte ich selber Lust zu wohnen.«

»Wirst du auch, nur abwarten.« – Ich holte mir Frau Guggemos herbei. Sie war ganz verstört:

»Denken'S Ihnen nur, der Herr Meetzsch is weg, und Geld hat er von mir zurück verlangt. Aber ich hab's ihm zünftig gesagt, das kann er sich im Kamin naufschreiben, unser Herr Emmaus wird's ihm schon zeigen, dem Ganzandern, dem windigen.«

»Beruhigen Sie sich, Frau Guggemos, seien wir froh, daß er weg ist. Ich bleibe jetzt wieder bei Ihnen und zahlen werde ich Ihnen ebensoviel wie er, vielleicht sogar etwas mehr, wenn ich noch ein Zimmer dazu haben kann. Ich heirate nämlich.«

»Ist das vielleicht gar die Fräulein Braut? Nein, wie mich das freut! Und so sauber!« Sie schüttelte ihr die Hand.

»Noch eins, Frau Guggemos, was hat denn der Herr Kommandant dazu gesagt, daß ich fort war?«

»Der Herr Oberst? Der hat es gar nicht gemerkt, man muß doch nicht gleich alles bereden, und der Dellinger hat ihm seine Augengläser beiseite geschafft.«

»Gut. Und muß der Dellinger jetzt nicht einrücken?«

»I wo! Mit seinem doppelten Leistenbruch, für den hat er doch die Dienstmedaille bekommen.«

»So? Leistenbruch? Da wird die Urschel keine große Freude dran haben.«

»Da irren Sie sich aber, sie sagte, Leistenbruch ist viel schöner als Holzbein.«

Ich hatte Vevi vorerst im Hotel einquartieren wollen, aber Frau Guggemos bestand darauf, sie solle gleich mit in der Festung wohnen, natürlich in einem eigenen Zimmer.

»Das ist wegen der Schenier, bis einmal geheiratet ist.« Das Zimmer lag unmittelbar neben meinem, wurde gleich instand gesetzt, gelüftet, Bett frisch überzogen.

Sogar ein Bad war dabei. Ein reicher Bankier hatte sich das einrichten lassen, als er wegen Kleptomanie dort sitzen mußte. Eigentlich hatte er eine Gefängnisstrafe bekommen, aber gegen Erlegung von dreißigtausend Mark war sie in Festung umgewandelt worden, und dann hat er später noch einmal dreißigtausend Mark gezahlt, und dafür ist ihm der Adel verliehen worden.

Die reizenden alten Möbel und die herrliche Aussicht entzückten Vevi, sie umarmte abwechselnd Frau Guggemos und mich. Das Abendessen in meinem Zimmer war sehr gemütlich.

»Später müssen wir auch eine Küche dazu haben«, meinte Vevi. Das Wort ›Küche‹ fiel mir schwer aufs Herz, Symbol und Quintessenz des Zustandes der Verehelichung. Wie war ich nur da hineingeglitten? So ganz selbstverständlich. Mußte es sein? Noch konnte ich mich retten. Nein, ich konnte es nicht. Wie ein Wunder war Genoveva in meinem

Leben erschienen, schon der Gedanke, daß sie wieder daraus entschwinden könne, ließ mich in heißem Krampf erbeben. Wir waren uns Schicksal, gehörten zueinander. Als ob sie meine Empfindungen erraten hätte, zog sie mich in überströmendem Gefühl an sich.

»In Ewigkeit. Amen«, hauchte sie.

»All right«, sagte ich. »Nun wollen wir schauen, daß wir bald Deine Papiere bekommen, das Beste wird sein, wir fahren ein paar Tage nach München. Dieses Mal lasse ich mir aber Urlaub geben.«

Inzwischen war unser Gepäck heraufgebracht worden. Die Wirkung der anstrengenden Fahrt machte sich geltend, wir sagten uns bald Gutenacht.

Am nächsten Morgen meldete ich mich zum Besuche beim Kommandanten. Er war sehr gut aufgelegt.

»Sie kommen zu glücklicher Zeit, Herr Emmaus, gerade habe ich meine Augengläser wiedergefunden, ich hatte sie verlegt, Brille wie Einglas, habe sie sehr vermißt. Sie fühlen sich hoffentlich wohl bei uns.«

»Danke, ausgezeichnet, Herr Oberst, ich bin gern hier. Aber darf ich Herrn Oberst um einen kurzen Urlaub ersuchen, ich muß auf ein paar Tage nach München fahren.« Seine Züge verfinsterten sich:

»Wird schwer gehen, ist gegen das Reglement.«

»Aber, bitt schön, Herr Oberst, vielleicht werde ich mich zum Heeresdienst melden müssen.«

»Heeresdienst, wieso?«

»Weil doch Krieg ist.«

»Was für ein Krieg?« Es zeigte sich, daß der Kommandant, seitdem er ohne Brille war, weder Zeitungen noch Briefe gelesen hatte. Hatte ich auf dem Mond gelebt, so lebte er auf dem Sirius. Nun wurde er sehr erregt.

»Festung Oberhaus muß natürlich in Verteidigungszustand gesetzt werden. Unsere Kanone ist von 1768. Werde sofort die Heeresleitung interpellieren.«

»Wenn ich mir bescheidenst eine Bemerkung erlauben darf, Herr Kommandant, Oberhaus ist eine gänzlich uneinnehmbare Festung. Außerdem werden die Feinde in wenigen Tagen zerschmettert sein und nie soweit vordringen. Passau ist fest in unserer Hand. Ein Ausbau unserer Festung könnte leicht von der Verstärkung mehr gefährdeter Positionen ablenken. Ihn zu verlangen würde sowohl Herrn Oberst selbst wie der jetzt gewiß stark in Anspruch genommenen Heeresleitung nur unnötige Störung verursachen.«

Er dachte eine Weile nach, sah die Zeitungen durch, dann drückte er mir die Hand: »Sie sind zwar nur ein Zivilist, aber offenbar strategisch begabt. Werde den Dingen ihren Lauf lassen. Diene damit dem Vaterland am besten. Urlaub genehmigt.«

Ich ließ mir die Genehmigung schriftlich ausfertigen.

Beim Abschied sagte er mir: »Ich fürchte, man wird Sie nicht zum Heeresdienst zulassen, solange Sie Gefangener sind. Aber vielleicht können Sie begnadigt werden.«

Mauspetz durfte nicht mit nach München fahren, blieb aber ganz gern bei Frau Guggemos. Auf der Bahn waren schon wieder etwas geordnetere Verhältnisse, so dauerte die Reise nicht viel über einen Tag. Die Stadt fanden wir von heftiger Kriegsbegeisterung erfaßt. Nie zuvor hatte ich das gute München so im Tiefsten erregt gesehen. Doch! – einmal – im Jahre 1895, als der Bierpreis auf vierundzwanzig Pfennige der Liter erhöht werden sollte. Auch damals hatte es überall lärmende Dispute auf den Straßen gegeben, Umzüge mit Gesang. Gedräng um die neuesten Bekanntmachungen, vom Volkszorn zerstörte Lokale. Jetzt drängte man sich um die ersten plakatierten Frontberichte, einige Cafés und Restaurants hatte die wütende Menge demoliert, weil die Musik dort ein ausländisches Stück gespielt hatte oder auf der Speisekarte noch immer das Wort ›Roastbeef‹ stand. Aus den rauchenden Trümmern leuchtete der Anschlag: »An feindliche Ausländer wird nichts verabreicht«, dazu hatte ein Patriot mit Rotstift geschrieben: ›höchstens Watschen‹. Extrablätter voll gewaltiger Siege wurden ausgerufen, gierig konsumiert, eine alte Frau war so begeistert, daß sie plötzlich aus vollem Hals Hurrah schrie, ihren Schirm aufspannte und in der Luft herumschwenkte, Eier, die sie in einem Korb trug, hoch empor warf, so daß sie sich wie explodierende Granaten gelb über die Passanten ausbreiteten. Unter Lachen und Weinen umarmte sie einen Polizisten und fiel schließlich bewußtlos hin. Ein Herr, der eine ausländische Zeitung in der Hand trug, war daran sofort als Spion erkannt und übel zugerichtet worden. Es war eine schwedische Zeitung, aber wer konnte sich mit der Prüfung solcher Einzelheiten aufhalten?

Unser erster Weg war zu Frau Katja. Nur der alte Diener war in der Wohnung. Wir erfuhren von ihm, daß Frau Katja zu ihrem Vater gezogen sei, mitsamt den Kindern. Professor Steinbeis bewohnte eine schöne Villa im Herzogpark. Ich telephonierte hin, Frau Katja bat uns, sofort zu ihr zu kommen. Sie empfing uns erregter, als ich sie je zuvor gesehen hatte.

»Jetzt habe ich endgültig Schluß gemacht mit Quartaller. Haben Sie gesehen, wie er den Meteor zugerichtet hat? Ein Mensch ändert sich nie. Jetzt, wo es darauf ankam, unsere humanitären Ziele durchzusetzen, hat er sie verraten und verkauft, unwiederbringlich, an ihre schlimmsten Feinde. Schade, daß Sie nicht hier waren! Aber Sie hätten den Lumpenstreich auch nicht verhindern können. Von Daffodil war ja nichts anderes zu erwarten. Doch bei Quartaller habe ich immer wieder an einen guten Kern geglaubt. So dumm war ich! Billig hat er sich seine Gesinnung ja nicht abkaufen lassen. Er sagte mir ganz offen:

›Katja, wirst du denn nie begreifen, daß Ideale nur den Zweck haben, den Preis zu erhöhen? Jetzt scheffeln wir Gold.‹ In einer Auflage von fünf Millionen Exemplaren wird der Meteor gedruckt, vier davon übernimmt der Rüstungskonzern, bar, zum vollen Preis, schickt sie gratis an die Frontkämpfer. Außerdem hat die Militärverwaltung Extra-Ausgaben des Meteor bestellt, ganze Waggonladungen davon werden im neutralen Ausland zu Propagandazwecken verteilt, Text in die Sprache der betreffenden Länder übersetzt. Lomohl zeichnet als verantwortlicher Redakteur. Doktor Aloys Huber hat über Nacht seine Einstellung vollkommen geändert: er glüht von ehrlicher Kriegsbegeisterung. Mein Vater versuchte, das Unheil aufzuhalten, schrieb dem Meteor einen flammenden Aufruf zum Schutze der bedrohten Zivilisation. Der wurde nicht abgedruckt. Verhaftung wegen Landesverrats drohte. Nur sein hohes Alter und seine internationale Berühmtheit haben ihn bisher davor bewahrt. Er hat den Glauben an Europa verloren. Wir reisen nach Amerika, bleiben dort. Genoveva, möchtest du nicht mitkommen? Dort war ja die Heimat deiner Mutter. Ich habe schon alles dazu vorbereitet, alle deine Dokumente habe ich besorgt. Du könntest da drüben vielleicht auch die Erbschaft ausgefolgt bekommen.«

Vevi umarmte Katja: »Ihre Fürsorge ist rührend, ich danke Ihnen von Herzen. Aber ich kann nur dort sein, wo Emmaus ist. Was meinst du zu Amerika?« wandte sie sich an mich.

»Vevi, ich möchte lieber hier bleiben. Ich will noch nicht an Europa verzweifeln, kann mich nicht so schnell losreißen. Das ist sehr gut, Frau Katja, daß Sie sich Vevis Papiere verschafft haben. Wir brauchen sie gerade. Wir wollen uns nämlich heiraten, je eher je lieber.«

Katja war voller Freude darüber, küßte Vevi auf die Backe, mich auf die Stirn, gab uns so ihren Segen.

Im Verlaufe unseres Beisammenseins fragte ich Frau Katja, wer dieser Erich Horzel sei, der mich anscheinend beim Meteor ersetzen sollte.

»Die Welt ist ein Kasperltheater«, erklärte sie, »zur rechten Zeit springt immer der rechte Spezifankerl hervor. Der Augenblick brauchte seinen Erich Horzel, und siehe, er war da. Er kam aus Magdeburg. Dort war er Reklamezeichner im Geschäft seines Vaters: Willibald Horzel, Versandhaus für Patentartikel, eine wichtige Inseratenkundschaft des Meteor. Erich entwarf die Annoncen, in denen die herzigen, praktischen Neuheiten angepriesen waren, in unerschöpflicher Abwechslung, zu Schmuck und Vervollkommnung des Heims. Sie erinnern sich gewiß an das Eichhornlicht: eine rotierende Trommel, in der ein gefangenes Eichhörnchen immerzu rundum laufen mußte, setzte einen kleinen Dynamoapparat in Bewegung und lieferte die Kraft für ein Tischlämpchen. Dann die Lesestütze der gebildeten Hausfrau, auf die sie das Buch auflegen konnte, während sie gleichzeitig den Kochtopf umrührte. Und Großpapas Kraftperlen. Und der Schnarchdämpfer, durch den das eheliche Schlafgemach erst zum wahren Paradies wurde, und die unfehlbare Wünschelrute zum Auffinden verlorener Kragenknöpfe und der musikspendende Irrigator und der automatische Nasenbohrverhinderer für die lieben Kleinen und der Beinformer Adonis mit dem Wahlspruch ›Kampf gegen X und O‹. So brachte Willibald Horzel jede Woche eine neue Kultursegnung auf den Markt, hatte eine Annoncenseite im Meteor fest gepachtet, auf der sein Sohn Erich sie in verlockenden Zeichnungen darstellte, ein glänzendes Geschäft. Der Krieg schuf neue ungeahnte Möglichkeiten. Willibald Horzel wirft sich auf die Herstellung von Schanzkörben nach patentiertem Verfahren, die Heeresleitung hat sie millionenweise bestellt. Schon hat er auch die Prothesenfabrikation aufgenommen, behauptet, seine Erzeugnisse übertreffen die natürlichen Gliedmaßen. ›An Horzels Prothesen – wird die Welt genesen.‹ Auf dem Wege über die Inserate war es ihm gelungen, in den inneren Kreis der Meteorleitung einzudringen. Ein anderer seiner Söhne, Rechtsanwalt Dr. Hugo Horzel, hatte beim Rüstungskonzern die Stellung eines Syndikus ergattert, er führte die Verhandlungen, die unseren Meteor den Waffenfabrikanten in die Hände spielten. Erich Horzel bekam dabei einen sehr einträglichen Mitarbeitervertrag und eine leitende Stellung in der Redaktion. So saß plötzlich, niemand wußte recht wieso, die Familie Horzel teilhabend und tonangebend in unserem Betrieb. Herr Emmaus, Sie haben doch dort Rechte, die Sie wahren sollten.«

»Ja, ich will mir zuerst mal die Gesellschaft anschauen. Haben die immer noch Mittwoch nachmittags Sitzung?«

»Nein, soviel ich weiß, ist sie jetzt donnerstags.«

»Gut, ich will morgen hingehen.«

Vevi blieb in der Steinbeis-Villa. Ich suchte meinen Advokaten, Dr. Wurmbrand, auf, hauptsächlich um ihn zu befragen, wie ich am besten den alten Leibenfrost an einem Einspruch gegen die Verehelichung seiner minderjährigen Tochter hindern könnte. Der Anwalt lachte:

»Sie brauchen ihm überhaupt nichts zu sagen. Es gibt ein neues Gesetz: Kriegstrauung. Die ist ohne die ganzen langweiligen, zeitraubenden Formalitäten. Man legt einfach die Legitimationspapiere dem Standesamt vor, erklärt sich vor zwei Zeugen bereit, einander zu heiraten, zahlt fünf Mark und kann gleich auf die Ausfertigung warten. Natürlich kann man sich nachher noch kirchlich trauen lassen, so wie man nach dem Diner einen Kaffee trinken kann, gebräuchlich, aber nicht notwendig.«

Schwieriger fand er die Frage, wie ich meine Rechte gegen den Meteor wahren könne. Man würde den Fall sicher zu einem Kampf zwischen Pazifismus und Wehrwillen verdrehen, keine Rechtsangelegenheit, sondern nationaler Belang. Bei einem Prozeß würde kein Gericht zu meinen Gunsten entscheiden, möge das Recht noch so klar auf meiner Seite sein. Später, wenn sich die Wogen der Vaterland-Begeisterung etwas geglättet hätten, könnten sich vielleicht doch wieder gerechte Richter finden. So sei es wohl das Beste, die Sache vorerst dilatorisch zu behandeln, einstweilen nur formell zu protestieren. Er verfaßte ein Schreiben, in dem er als mein Rechtsvertreter energisch Einspruch gegen die Verletzung meiner ideellen und materiellen Interessen erhob und sich die Wahrung meiner Rechtsansprüche vorbehielt. Es wurde als eingeschriebener Brief an die Meteordirektion abgesandt. Mein Vorhaben, in der nächsten Meteorsitzung persönlich zu erscheinen, hielt er für gewagt, mindestens dürfe ich nicht ohne seine Begleitung hingehen. So beschlossen wir es.

Am nächsten Vormittag ging ich mit Vevi auf das Standesamt. Professor Steinbeis und Katja begleiteten uns als Trauzeugen. Vevi war ein bißchen enttäuscht, daß sie keinen Myrtenkranz brauchte, daß wir in gewöhnlichem Straßenanzug waren, und ich ihr nicht einmal ein Brautbukett spendiert hatte. Ich wollte sie trösten und sagte:

»Wir können uns ja danach noch vor dem Altar trauen lassen.«

Zu meinem Erstaunen wollte sie nichts davon wissen: »Dazu bin ich zu religiös. Man soll Gott nicht mit seinen sexuellen Angelegenheiten belästigen, besonders wo er jetzt so viel zu tun hat, um die deutschen Soldaten zum Siege zu führen. Jeden Tag wird er in allen Kirchen darum angefleht. Sicher ist er schon ganz nervös.«

Aber selbst Professor Steinbeis fand es gar zu unzeremoniell, daß wir vom Standesamt aus nicht einmal ein Glas Wein trinken gingen, sondern mit der Elektrischen heimfuhren. Ich zahlte wenigstens die Billette.

»Psychologisch interessant!« erklärte mir Professor Steinbeis. »Im Unterbewußtsein haben Sie deutlich Furcht und Abscheu vor der Ehe; tritt durch Vernachlässigung der Zeremonien in Erscheinung. Unwillkürlich. Jede, noch so unbeabsichtigte Unterlassung ist seelisch begründet. Sie haben sogar vergessen, Eheringe zu besorgen. Liebe Genoveva, du brauchst gar kein weinerliches Gesicht zu machen. Daß Emmaus sich trotz seiner Ehefeindschaft mit dir verheiratet hat, zeigt gerade, wie stark seine Liebe zu dir ist.«

Ich umarmte sie: »Professor Steinbeis hat recht. Unverzeihlich, daß ich die Ringe vergessen habe. Wir kaufen sie jetzt gleich.« Das taten wir, und bei dieser Gelegenheit schenkte ich ihr eine schöne Perlenkette, um die Psychologie aufzuheben.

Am Nachmittag wollte ich Dr. Wurmbrand zur Meteorsitzung abholen. Ich hatte dazu mein Meteorpartei-Kostüm angezogen. Der Advokat erschrak; »Wissen Sie nicht, daß sich die Partei aufgelöst hat und daß ihre Abzeichen verboten sind?« – Ich wußte es nicht, eilte nach Haus und zog mich um. So kamen wir etwas verspätet hin und fanden schon die ganze Gesellschaft versammelt. Ich setzte mein strahlendstes Lächeln auf, als ich, dicht neben Dr. Wurmbrand, mit dem Meteorgruß eintrat. Alle waren in militärischen Uniformen, saßen in den bequemen Klubsesseln um den großen Tisch, auf dem Tee und Bier serviert war, haufenweise Manuskripte, Schreibpapier, Zeichnungen lagen. Doktor Huber war, Zigarre im Mund, eingeschlafen, erwachte mit weit aufgerissenen Augen. Wenn ein Gespenst in der Versammlung erschienen wäre, hätten sie nicht entsetzter sein können. Quartaller fand zuerst seine Fassung wieder; kam freudestrahlend auf mich zu:

»Ach, das ist aber schön, lieber Emmaus, daß Sie wieder einmal kommen. Nein, wie mich das freut!«

»Ja, lieber Quartaller, ich hatte Sehnsucht nach Ihnen. Aber bin ich hier recht? Sieht wie ein Kriegsrat aus.«

»Sie meinen, weil wir in Feldgrau sind? Wir haben uns natürlich alle zum Heeresdienst gestellt, wurden leider für unabkömmlich erklärt, können dem Vaterland hier mehr nützen als an der Front.«

»Selbstverständlich. Darf ich den Herren meinen Rechtsbeistand vorstellen? Herr Dr. Wurmbrand.« Man erhob sich, grüßte korrekt. Doktor Huber zündete seine Zigarre wieder an, sprach:

»Sehr erfreut, Herr Kollega, aber Sie werden schon entschuldigen, zu unseren Sitzungen haben leider Außenseiter keinen Zutritt. Nix für ungut.« Ich antwortete:

»Lieber Herr Doktor Huber, das ist mir neu. Darf ich Sie bitten, mir diese Bestimmung in den Statuten zu zeigen? Außerdem sehe ich hier mehrere Außenseiter, Herren, deren Bekanntschaft zu machen ich noch nicht das Vergnügen hatte, und nach Paragraph II a der Statuten kann ohne meine Zustimmung hier niemand aufgenommen werden.« Doktor Huber entgegnete: »Es freut mich, daß Sie so gut über die Rechtslage informiert sind. Wir stehen jetzt aber unter einem höheren Gesetz: Kriegsrecht bricht Friedensrecht. Was die Militärverwaltung als der Vaterlandsverteidigung dienlich erachtet, hat zu geschehen. Deshalb sind bei unseren Sitzungen jetzt zwei Bevollmächtigte der Berliner Heeresleitung anwesend, Herr Hauptmann von Schunke, Herr Regierungsrat Oberleutnant Pippenzupp.«

Sie erhoben sich, kurz grüßend.

»Ihre Abwesenheit als Festungshäftling hat verhindert, daß bei Aufnahme neuer Mitarbeiter Ihr ungeheuer wertvoller Rat eingeholt wurde. Ich bin aber überzeugt, daß auch Sie die genialen Leistungen Erich Horzels voll und ganz zu würdigen wissen.«

Erich Horzel hüpfte auf mich zu: Großer Kopf, hohe Stirn, trotz seiner Jugend bereits Glatze, eingesäumt von schwarzem Lockengekräusel, spitze in die Höhe stehende Nase zwischen Apfelbäckchen, niedliches herzförmiges Mündchen, Augen schwarzglänzend und unvermittelt wie Heidelbeeren, magerer kleiner Körper, an dem überraschend ein Bäuchlein hervortrat. Beide Hände streckte er mir entgegen in überströmender Herzlichkeit, stieß beim Sprechen ein wenig mit der Zunge an.

»Der schönste Augenblick meines Lebens, verehrter Herr Emmaus! Ihr geringster Schüler legt Ihnen seine volle Bewunderung zu Füßen. Immer war es mein sehnsüchtigster Traum, Ihnen selbst von Angesicht zu Angesicht gegenüberstehen zu dürfen. Er ist erfüllt. Ich bin beglückt.« Er versuchte mich zu umarmen, sprang komisch einen Schritt zurück und verneigte sich tief. Er stellte mir dann seinen Bruder vor, Syndikus Dr. Hugo Horzel.

»Er fehlt bei keiner Sitzung, interessiert sich ungeheuer für den Meteor, hat immer schon gefragt, ob Sie nicht bald wieder tätig sein werden.«

»Und inzwischen«, bemerkte ich, »sind meine letzten Zeichnungen, die ich aus Passau gesandt hatte, nicht veröffentlicht worden.«

»Sch! Sch!« wehrte er ab, »das war nur in Ihrem eigenen Interesse. Auf der einen hatten Sie Kanonen als Kühe gezeichnet, die von Waffenfabrikanten gemolken werden, auf der anderen Politiker, die sich prügeln, während die Soldaten der verschiedenen Völker lachend zuschauen und die Waffen weggeworfen haben. Sie wären sicher vor ein Kriegsgericht gekommen, vielleicht erschossen worden.«

Die beiden Brüder verzogen sich ein wenig in den Hintergrund, flüsterten miteinander, schlüpften dann zeitweilig in ein Nebenzimmer. Dr. Wurmbrand hatte es bemerkt. Als sie zurückgekommen waren, ging er in jenes Zimmer, kam bald leise lächelnd zurück, nahm mich zu einer Unterredung beiseite. Erich Horzel bot mir seinen Sitz an:

»Meister, nehmen Sie Ihren Platz ein. Bier oder Tee?« Doktor Huber sah ihn wütend an, wollte etwas sagen, Horzel winkte ihm ab.

Indem hörte man schwere Tritte außen vor der Tür, sie wurde aufgestoßen. Eine Militärpatrouille, sechs Mann hoch, stampfte herein, von einem Feldwebel geführt.

»Wo ist der Festungsgefangene Emmaus?« rief er dröhnend. Ein leerer Raum entstand um mich und Dr. Wurmbrand.

»Mein Name ist Emmaus. Sie wünschen?«

»Sie sind aus dem Festungsgefängnis entsprungen. Marsch!« Er packte mich.

Die Soldaten nahmen mich in ihre Mitte.

»Bei Fluchtversuch werden Sie erschossen.« Dr. Wurmbrand trat auf den Feldwebel zu, wies ihm ein ernsthaft aussehendes Schriftstück. Der warf einen Blick darauf.«

»Geht mich nichts an, Haftbefehl besteht.«

Unter Totenstille wurde ich abgeführt. Dr. Wurmbrand ging in einigem Abstand mit. Als wir draußen waren, hörte ich schallendes Gelächter aus dem Sitzungszimmer, Doktor Hubers tiefe, volle Stimme mischte sich mit dem wiehernden Diskant der Horzels.

Auf der Straße erregte mein Transport einiges Aufsehen.

»Einen Spion haben's derwischt«, hörte ich. »Schämen's Ihnen!« rief ein würdiger Herr aus seinem Vollbart, eine Marktfrau wollte mich anspucken, traf aber einen Soldaten, mußte die Flucht ergreifen. Ich wurde in eine Kaserne gebracht, durch endlose Gänge geführt, in eine kleine Zelle gesperrt, vor dem vergitterten Fenster war außen ein Brett, so daß nur wenig Licht eindringen konnte. Eine Holzpritsche war das einzige Möbel. Ich setzte mich darauf, hörte die Wache draußen auf und ab gehen. Erst spät am Abend wurde die Tür geöffnet. Draußen stand Dr. Wurmbrand und der Feldwebel.

»Entlassen!« sagte der, kein Wort der Entschuldigung. Wir gingen fort.

»Das haben Sie gut gemacht, Herr Doktor, ich danke Ihnen.«

»Na ja, der General mußte Sie natürlich wieder loslassen, da Sie mit bewilligtem Urlaub in München sind. Nur gut, daß wir die Bestätigung vorzeigen konnten. Ich habe ihn auch gefragt, ob Ihnen die Festungshaft im Gnadenwege erlassen werden würde, damit Sie sich zum Heere melden können. Er hielt es für ausgeschlossen: Einem Pazifisten werde man keinen Tag seiner Strafzeit schenken. Dem Bürofräulein in der Redaktion wollen wir eine schöne Bonbonniere stiften, war doch nett von ihr, mir zu berichten, daß Horzels der Stadtkommandantur telephoniert haben, der berüchtigte Festungssträfling Emmaus sei ausgebrochen, und man könne ihn in der Meteorsitzung festnehmen. Immerhin wird es gut sein, wenn Sie bald auf Oberhaus zurückkehren, sonst bekommt der brave Oberst von Pressath noch Unannehmlichkeiten.« Ich sagte, daß ich schon am nächsten Tage reisen wolle, und wir verabschiedeten uns.

In der Steinbeisvilla hatte man sich mein langes Ausbleiben nicht erklären können. Ein nettes kleines Festsouper war hergerichtet, wartete vergeblich auf mich. Professor Steinbeis hatte versucht, Vevi damit zu trösten, daß Zuspätkommen zu den Mahlzeiten ein wissenschaftlich festgestelltes Merkmal des verehelichten Zustands sei. Sie war sehr beunruhigt, meinte, sicher sei mir etwas passiert. Endlich – endlich kam ich, stürmisch und mit Tränen begrüßt, berichtete kurz, was mir zugestoßen war.

»Ich fühlte, du warst in Gefahr, lieber Emmaus. Viele Vaterunser habe ich im Stillen gebetet, nun bin ich froh, daß sie genützt haben.« Das Essen war zum Teil etwas verbraten, aber doch noch sehr gut, und dem herrlichen Wein hatte es nichts geschadet, daß er einige Stunden älter geworden war. Professor Steinbeis war innerlich bewegt, leerte sein Glas auf eine bessere Zukunft:

»Wer hätte gedacht, daß alle unsere Weltverbesserungsideen so leicht und im ersten Ansturm weggewischt werden könnten? In Amerika wird festerer Boden für sie sein, von dort aus wird sich der Meteorgedanke durchsetzen.« Ich konnte ihm nicht ganz beistimmen:

»Gerade in Amerika scheint mir die Verknüpfung von Staat und Politik sehr eng zu sein. Es ist nur ein geographischer Zufall, daß sie dort so selten zu kriegerischen Verwicklungen führt. Alle fünf Jahre ist Präsidentenwahl. Die Wahlkampagne kostet immer so viel wie ein kleiner europäischer Krieg, kann nur von Milliardären und Großindustrie finanziert werden. Die wollen dann etwas haben für ihr Geld. Ihre Interessen sind Amerikas Politik, und der Staat ist nicht unabhängiger davon als irgend ein europäischer. In Europa ist die Lage deutlicher und wird eher zu Krise und Heilung kommen.« Es war sehr spät geworden, und ich wollte mich verabschieden. Vevi war enttäuscht, daß sie nicht bei mir sein sollte.

»So etwas nennt sich nun Brautnacht! Überhaupt richtig heiraten mußt du erst noch lernen.« Ich ließ mich gern überzeugen und gab nach. Als wir bei mir ankamen, war sie so müde, daß sie schon beim Auskleiden einschlief.

»So was nennt sich nun Braut!« sagte ich, aber sie hörte es nicht mehr. Um so lieblicher war der erste Morgen unserer Ehe, und wie sie uns dann den Frühstückstisch deckte und Tee kochte, hatte ich das wärmende Gefühl angenehmer Spießbürgerlichkeit.

Wir verbrachten noch einen Tag mit allerhand Besorgungen, denn wir würden vielleicht mehrere Jahre nicht wieder nach München kommen.

»Ich habe das Gefühl, als seien wir im Begriff, eine lange Forschungsreise in exotisches Gebiet anzutreten.«

»Meinst du die Ehe, Emmaus? Glücklicherweise haben wir uns ein bißchen informiert. Aber du hast recht, was wissen wir eigentlich von einander? Weiß ich, was du tun würdest, wenn ich dir andauernd von der Schändlichkeit der Dienstboten erzählte, den ganzen Tag Klavier spielte, mit der Stricknadel die Ohren ausputzte, Knoblauch essen, rosa Flanellunterkleidung tragen würde? So wenig wie du weißt, was ich tun würde, wenn du mich mit der Frau Guggemos betrögest, wenn du versuchtest, beim Küssen die Zigarre im Mund zu halten, wenn du mir von den Hämorrhoiden deines Großvaters und den unübertrefflichen Zwetschenknödeln deiner Mutter erzählen würdest.«

Idylle

So kamen wir wieder nach Passau. Ich war nicht ganz sicher, wie der Kommandant die Zweischläfrigkeit meiner Gefangenschaft aufnehmen würde. Schwierigkeiten nicht zur Kenntnis nehmen, ist immer die beste Lösung. Ich führte Vevi bei der Hand und machte mit ihr Besuch beim Herrn Oberst.

»Melde mich gehorsamst zurück von Urlaubsreise. Gestatte mir, Herrn Oberst meine Gattin vorzustellen: Frau Genoveva Emmaus, geborene Comtesse Chuzky-Leibenfrost, hatte Herrn Oberst ja zwecks Verehelichung um Urlaub gebeten.«

»Gewiß, gewiß – sehr erfreut«, sagte er, bat uns höflich niederzusitzen. Vevi lächelte ihn beinahe schmachtend an:

»Wundervoll ist es hier oben bei Ihnen, Herr Kommandant, ich bin so glücklich, meinem Gatten hier Gesellschaft leisten zu können.«

»Gesellschaft? Ach so, natürlich, freut mich, wenn Sie sich hier heimisch fühlen. Gewiß Tochter des Grafen Adolar Chuzky, Regimentskamerad von mir, ach nein, der könnte höchstens Ihr Großvater sein – ja, ja, er hatte auch einen Sohn, Arwed, tat nicht recht gut, kam vor die Hunde. Aber das war gewiß andere Linie, nicht Chuzky auf Leibenfrost.« Er hoffte, sie recht bald wiederzusehen, begleitete uns hinaus, schnitt ihr im Garten ein paar schöne Rosen ab, küßte ihr die Hand.

Vevi stellte die Blumen in einer Vase auf unseren Wohnzimmertisch.

»Dein Kommandant hat mir gut gefallen, wirklich ein vornehmer Mensch. Wir sollten uns etwas um ihn kümmern in seiner Einsamkeit.« Unsere nächste gemeinschaftliche Beschäftigung war, Mauspetz gründlich zu waschen und zu frisieren. Er hatte das sehr nötig, war übrigens restlos glücklich, uns beide beisammen zu haben.

»Womit beschäftigt sich ein Gefangener?« fragte Vevi, »ich hatte mir vorgestellt, daß er den ganzen Tag beim Fenster steht, an den Gitterstäben rüttelt und sich sehnt, aber nun sind wir gar nicht vergittert und brauchen uns nicht hinauszusehnen. Im Gegenteil. Weißt du, ich habe doch ein bißchen Angst, daß sie dich einmal begnadigen werden, und dann mußt du in den Krieg und wirst schrecklich tapfer, und Horzel wird sich freuen, wenn er dir zwei Holzbeine zu Vorzugspreisen liefern kann, eins für wochentags, eins für sonntagnachmittags zum Ausgehen. Und ich muß dann tun, als ob ich gar nichts bemerkt habe, aus Taktgefühl, und als ob ich genau so verliebt bin, denn man liebt die Seele, nicht die Beine. Wie ist das eigentlich, behält ein Mann das Holzbein nachts im Bett an?«

»Ja, das wäre peinlich. Man muß vorbeugen.«

Ich schrieb einen Brief: »Lieber Quartaller! Entschuldigen Sie, daß ich Ihnen neulich nicht Adjö sagen konnte. Es war so wonniglich, Sie wiederzusehen. Ich möchte gern den Meteor in die rechte Bahn zurückleiten, die Partei neu aufleben lassen. Trennung von Staat und Politik ist jetzt mehr als je nötig. Man sagt mir, Sie haben gute Beziehungen zur Rüstungsindustrie und also auch zu Regierungskreisen. Veranlassen Sie bitte, daß mir der Rest meiner Strafe im Gnadenwege erlassen wird. Es ist bitter für mich, hinter düsteren Gefängnismauern zu schmachten, wenn draußen der Kampf für Frieden und Freiheit meiner Kraft bedarf. In alter Freundschaft Ihr Emmaus.«

So, dadurch war ich vor einer Begnadigung sicher, und wir konnten in Ruhe an die Arbeit gehen. An die Arbeit? Ja, in unserer Lage war die Hauptsache, daß man nie das Gefühl, unbeschäftigt zu sein, aufkommen ließ. Der Tag muß einem zu kurz werden, knappe Zeiteinteilung erfordern. Vevi hatte noch viel zu lernen, und ich konnte ihr dabei behilflich sein. Und ich wollte eine Theorie des Meteorismus verfassen, die Trennung des Staates von der Politik historisch und sozialwissenschaftlich begründen, auch die Wege zur praktischen Durchführung weisen. Einen Teil meiner Zeit würde ich der Malerei widmen. Ausflüge in die schöne Umgebung, Jagd, Fischerei würden uns zur Erholung dienen. Wir gingen in die Stadt hinunter, ich kaufte mir 500 Bogen Kanzleipapier für das Manuskript meines Werkes.

Alle Häuser waren beflaggt: großer Sieg. Neue Truppen zogen fort mit Blechmusik und Hurrah. Heeresberichte waren angeschlagen, man drängte sich vor ihnen. Wir kauften einige Zeitungen, auch die neueste Nummer des Meteor. Aber er nannte sich jetzt ›Meteor und Standarte‹. Später wurde der Titel ›Standarte und Meteor‹. Dann ist ›Meteor‹ nur klein gedruckt worden, schließlich ganz verschwunden und das Blatt hieß nun bloß noch ›Standarte‹. So ist die peinliche Erinnerung ausgelöscht worden. Wir schauten nur flüchtig in die Zeitungen.

»Am besten ist, wir ignorieren diesen Krieg«, meinte Vevi, »ich finde ihn einfach unerfreulich.«

»Ja, aber sage es nicht zu laut!« Wir kamen an einer Samenhandlung vorbei, da waren Papiertüten mit Abbildungen herrlicher Blumen, sie interessierten Vevi sehr.

»Ich möchte solche Blumen haben, kann ich mir ein Beet anlegen?«

»Gewiß, aber verstehst du denn etwas davon?« »Ein wenig. Wie ich mit Blumen handelte, habe ich sie mir bei einem Gärtner geholt, der hat mir einiges gezeigt, und der Dellinger besorgt ja dem Oberst seinen Garten, so kann er mir helfen.« Wir erwarben Samen und Gartengeräte. Als wir dann hinauf kamen, ließen wir uns ein sonniges Stück Gartenland anweisen. Aber für dieses Jahr war es schon zu spät zur Anlage, meinte Dellinger, es ginge höchstens in einem Gewächshaus.

»Ja, wir wollen ein Gewächshaus bauen.« Wir mußten den Kommandanten um Erlaubnis dazu fragen. Er erteilte sie gern, wenn wir es auf eigene Kosten bauen lassen wollten, empfahl uns eine Firma, die es gut liefern würde, mit praktischer Heizanlage. Vevi war begeistert für die Idee, hat nicht geruht, bis das Glashaus fertig war.

»Etwas Interessantes habe ich hier gefunden«, sagte der Oberst und zeigte uns eine alte Chronik der Stadt Passau. »Sehen Sie diesen Holzschnitt: Die Perlenfischerei im Ilzfluß.« Da ist berichtet, daß früher hier in der Ilz Perlen gewonnen wurden, und einige besonders schöne Exemplare sind in Naturgrößen abgebildet. Ich würde gern nachforschen, ob es dort noch Perlmuscheln gibt. Leider erlaubt mir das meine Gicht nicht. Vielleicht hätten Sie Lust, gelegentlich die Sache zu untersuchen.« Ich versprach es, obgleich mir der Fall recht sagenhaft schien. Der Oberst hatte in seiner großen Bibliothek auch viele Bücher über Gartenpflege, die stellte er Vevi zur Verfügung, und sie suchte sich gleich einige aus.

Mein Buch sollte ungeheuer gelehrt und gründlich werden. Es begann mit der Erklärung des Staatsbegriffes, wie ihn Plato und Aristoteles aufgestellt hatten, als einer Einrichtung zur Erhaltung von Glück, Tugend und persönlicher Sicherheit, zeigte, daß die Philosophen aller Zeiten ungefähr dieselbe Meinung hatten bis zu Kant, der den Zweck des Staates darin sah, den Sinn des Rechts zu verwirklichen, nötigenfalls auch durch Zwang. Alle hielten den Staat für eine ethische Veranstaltung auf Grundlage des natürlichen, menschlichen Geselligkeitstriebs: eine gemütliche Sache wie ein Stammtisch, ein Verein der Hundezüchter, ein Tennisklub, mit Statuten, Mitgliedsbeiträgen, Vorsitzenden. Die Ungemütlichkeit fängt an, wenn der Verein zu blühend wird, sich ein Vereinsgebäude zulegt. Sofort wird er ein räumlicher Begriff, hat das Verlangen sich auszudehnen, größer, mächtiger zu sein als die anderen. So war es auch beim Staat, wenn er nicht mehr bloß ein ethisch-praktischer Klub sein wollte, sondern etwas Geographisches. Da fing das Elend an, man nennt es Geopolitik. Da galten Ethik, Glück, persönliche Sicherheit nichts mehr, sondern einzig die Sucht sich auszudehnen; dazu zwang der Vorstand die Vereinsmitglieder mit Gewalt. So kam die Politik in die Welt. Ganz schlimm ist der Zustand geworden, seitdem Macchiavelli seine berühmte Satire gegen diesen Unfug geschrieben hat. Die ist leider von allen Vereinsvorständen für Ernst gehalten worden, und sie haben sich bemüht, danach zu handeln, alle Moral und Vernunft über Bord zu werfen.

Das mit allen Einzelheiten, historischen Daten, Zitaten, Quellenangaben darzustellen, würde auf lange hinaus meine Zeit in Anspruch nehmen. Im zweiten Teil wollte ich die Mittel und Wege zur Beseitigung dieser Mißstände angeben, zur Rettung der Menschheit vor drohendem Untergang. Die Aufgabe konnte nicht schwierig sein. Man brauchte sich nur vorzustellen: was würde der Hundezüchterverein tun, wenn sein Vorstand, anstatt Hundeausstellungen zu veranstalten, seine Zeit damit zubringen wollte, anderen Vereinen ihre Lokale streitig zu machen, Prozesse gegen sie zu führen, was viel Geld und Erhöhung der Mitgliedsbeiträge erfordern würde, und wenn er gegen widersprechende Mitglieder mit Gewalt vorgehen, tätlich werden, sie in Hundehütten einsperren wollte. Man würde ihm zuerst einmal keine Beiträge mehr zahlen, dann ihn absetzen, Entschädigung von ihm fordern. Und was der Vorstand des Vereins ›Staat‹ treibt, ist ja noch viel schlimmer. Er verschwendet das Vereinsvermögen für Mordwerkzeuge, um mit diesen die Mitglieder anderer Vereine auszurotten, zwingt seine eigenen Mitglieder, diese Verbrechen zu begehen. Ein gefährliches Unternehmen, bei dem die riskieren, getötet oder verstümmelt zu werden. Das ist Politik. Unverständlich, daß sich die braven Mitglieder dazu zwingen lassen, anstatt die Waffen gegen die Herren vom Vorstand zu kehren und den anderen Vereinen freundschaftlich die Hand zu reichen. Die einfachste Sache von der Welt, dem abzuhelfen, sollte man meinen. Aber nichts setzt sich schwerer durch als die Vernunft, vielleicht weil sie zu wenig an die Phantasie appelliert. Vernunft ist immer ein bißchen unkünstlerisch. Die leider viel zu früh verstorbene Meteorpartei war da auf dem richtigen Wege, hatte Riten, Kostüme, Feierlichkeiten, Symbole.

Diese Dinge wollte ich in einer Art Katechismus festlegen. Eines Tages mußte die Partei wieder aufgerichtet werden, das würde sich ganz von selbst ergeben. Mein Buch sollte ihre Bibel sein. Zwei Stunden täglich, vormittags, waren dieser Arbeit gewidmet. Dann wollte ich immer eine Stunde lang Vevi bei ihren Lektionen helfen, aber ich hatte mir das leichter vorgestellt. Wir waren oft beide zu wenig sachlich. Vevi sagte zwar, sie habe nie gedacht, daß Unterricht so schön sein könne. Als Pädagoge war ich jedoch nicht ganz das Richtige. Merkwürdig benahm sich Mauspetz dabei. Wenn wir von unserer Aufgabe abschweiften, gab er uns deutlich sein Mißfallen zu erkennen, brummte und suchte uns von einander wegzuzerren. Er hatte in manchen Dingen seine eigenen Ansichten.

Nichts freute ihn mehr als uns durch Wald und Feld zu begleiten, und so dachte ich, er würde sich leicht zur Jagd abrichten lassen. Aber als ich einmal einen Rehbock geschossen hatte, benahm sich Mauspetz sehr unkorrekt. Er lief zu dem Bock, setzte sich neben ihn und heulte jämmerlich. Dann versuchte er, mit seiner Zunge die Blutung zum Stillstand zu bringen, streichelte und liebkoste den tödlich Verwundeten mit der Pfote. Auf mich war er sehr bös, wollte mich nicht in die Nähe kommen lassen, biß und knurrte. Ein Jagdhund, der die Partei des Wildes nimmt – unmöglich. Aber Vevi fand, Mauspetz habe recht, und sie hätte es ebenso gemacht.

Das Gewächshaus war fertig, und wir hatten vollauf zu tun, es einzurichten. Da waren lange, flache Kästen, die mit Erde gefüllt werden mußten, Regale, auf denen kleine Tonkästen und Blumentöpfe standen, eine Bewässerungsanlage, mit der man auch feinen Sprühregen erzeugen konnte, eine Warmwasserheizung, die von außen gefeuert wurde. Dellinger stellte uns einen Komposthaufen zur Verfügung, Vevi und ich fuhren um die Wette die fette, schwarze Erde in das Glashaus.

Sie sagte: »Ich will den ganzen Winter hier Blumen und Gemüse haben, zu Weihnachten frischen Salat, Gurken und Tomaten und besonders Maréchal-Niel-Rosen, die blühen am üppigsten im Gewächshaus.« Ich mußte ihr eine besorgen, sie wuchs gut an, und es dauerte nicht allzulange, da hatte sie sich mächtig ausgebreitet, fast wie eine Schlingpflanze, mit gelben Blüten, die herrlich dufteten. Die Samen von Gemüse und vielerlei Blumen keimten und wuchsen, und es war eine mühsame Arbeit, sie alle zu pikieren. Im Herbst, als es draußen kalt und regnerisch wurde, war das warme, feuchte Treibhaus ein angenehmer Aufenthalt, man fühlte sich wie auf einer fernen, exotischen Insel – wir zwei, losgelöst von Raum und Zeit. Später habe ich Vevi einmal dort gemalt, nackt zwischen ihren Pflanzen stehend, in der einen Hand eine hellgrüne Gießkanne, mit der anderen biegt sie einen Rosenzweig zu sich herab.

Ich hatte das Fischrecht in der Ilz gepachtet. Dort gab es schöne Forellen. Wir hatten Wurfangeln und künstliche Fliegen, und es war eine spannende Beschäftigung, die auszuschleudern und im rechten Augenblick so anzureißen, daß der Fisch fest daran saß. Vevi hatte die schlechte Gewohnheit, dabei die Angel in die Höhe zu schnellen, und einmal, als ich von der Jagd kam, fand ich sie verzweifelt am Fluß, in die Zweige eines hohen Erlenbaumes hinaufschauend. Da ganz oben hing ihre Forelle.

»Du mußt hinaufklettern und sie holen«, verlangte sie. Ich nahm aber meine Büchse, schoß durch die Angelschnur, und der Fisch fiel zappelnd herab.

Leider sahen das ein paar Holzflößer und lachten unbändig. Es sprach sich herum, und seitdem hieß ich bei ihnen: Der Närrische, wo die Fisch' von die Bäum' schießt.

Nicht weniger närrisch fanden sie es, daß ich Muscheln einsammelte, mit einem Kescher den Grund des Gewässers nach ihnen absuchte. Mehrere Körbe voll hatte ich schon heraufgeschleppt, sie lagen im Garten angehäuft, damit sie sich, absterbend, von selbst öffnen sollten. Ein paar Muscheln hatte ich untersucht, aber keine Perlen gefunden. Ich hielt den Bericht der Chronik für eine Fabel. Eines Tages waren meine Muscheln verschwunden. Vevi hatte entdeckt, daß sie sehr geeignet zu Beeteinfassungen waren, die schwarzen Schalenreihen rings um die farbigen Blumenteppiche sahen wirklich sehr hübsch aus, und ich mochte nichts dagegen einwenden.

Aber es war, als ob sich die Muscheln rächen wollten. Ich traf Vevi weinend und ganz verstört im Garten. Beim Einsammeln von Tulpenzwiebeln war der Faden ihrer Perlenkette, des Hochzeitsgeschenks, zerrissen, und bis sie es merkte, waren schon fast alle herabgefallen, im Boden verkrümelt.

»Bedeutet sicher ein Unglück!«

»Unsinn! Ich habe dir ja immer gesagt, du solltest die Kette nicht bei der Arbeit anlegen. Nun wollen wir schauen, ob wir die Perlen nicht wieder finden.« Das Suchen war mühsam.

»Ich habe eine«, rief sie freudig, »und noch eine und noch.« Auch ich fand eine ganze Anzahl. Wir sammelten sie in ein Gefäß. Schließlich hatten wir eine große Menge wieder.

»Es kommt mir vor, als seien es mehr geworden«, meinte sie. Wirklich, nun schien es mir auch so. Wir zählten sie, es waren hundertsechsundsiebzig, also sechs Perlen mehr, als die Kette hatte. Wir konnten uns das Wunder nicht erklären. In der Stadt Passau gab es einen kleinen Goldarbeiter, dem brachten wir sie hin, damit er sie wieder aufreihe. Er prüfte sie und bemerkte: »Aber acht davon sind noch nicht durchbohrt, soll ich das machen? Es sind gerade besonders schöne.« Ich hatte eine Idee, sagte: »Ach nein, da haben wir die unrechten ausgesucht, wir bringen Ihnen die gelochten noch.« Die acht nahmen wir wieder mit. Draußen sah mich Vevi vorwurfsvoll an:

»Warum hast du das gemacht?« »Nur ruhig, Vevi, ein kleines Wunder ist geschehen, die acht sind sicher aus den Muscheln. Nun müssen wir aber die zwei Stück suchen, die noch von deinen fehlen.« Sie war begeistert. Tatsächlich gelang es uns, die übrigen zwei zu finden.

»So hat es nicht Unglück bedeutet, sondern Glück.«

»Aber, Vevi, wir wollen es niemandem erzählen.«

»Auch dem Oberst nicht?«

»Noch nicht, es muß erst ein wenig vorbereitet werden.« Die Muscheln nahmen wir sorgfältig aus der Erde, prüften jede einzelne und entdeckten wirklich noch drei Perlen in ihnen.

Wenn wir dem Oberst unseren Fund berichteten, hätte er zwar eine große Freude, aber er würde es gewiß einer Behörde melden, der Staat würde die Ausbeutung in die Hand nehmen. Einnahmen daraus erzielen, diese zur Anschaffung von Mordwerkzeugen verwenden. Das zu verhindern war also meine moralische Pflicht. Ich hatte das Fischrecht nur in dem Teil des Flusses gepachtet, der dem Bezirk Passau gehörte. Nun wollte ich es käuflich erwerben und zwar auf dem ganzen Lauf des Flusses. Die Ilz ist nur 54 Kilometer lang, entspringt im Waldgebirge, wird hauptsächlich zur Holzflößerei benutzt, so gab es glücklicherweise keine Berufsfischer dort. Ich mußte mit mehreren Gemeinden darüber unterhandeln, ein Teil gehörte auch staatlichen Forstverwaltungen. Die Verhandlungen zogen sich sehr in die Länge, man versuchte die Preise ungebührlich in die Höhe zu schrauben, da man mich für einen Fischnarren hielt. So kamen die Verhandlungen erst im nächsten Frühjahr zum Abschluß, wurden auf dem Notariat Passau protokolliert, es war ausdrücklich darin bestimmt, daß mir das unbeschränkte Recht auf alle Fische, Krebse, Muscheln und sonstigen Wassertiere zustehe. Inzwischen ließen wir die Muscheln unbehelligt. Beiläufig erzählte ich dem Kommandanten, daß ich das Fischrecht kaufen wollte, lieferte ihm manche schöne Forelle für seinen Tisch.

Da er so einsam war, hatte ihm Vevi vorgeschlagen, wir wollten wöchentlich einmal zum Bridgespiel zusammen kommen, als Vierter fand sich dazu ein Dozent der Passauer theologischen Hochschule, Dr. Borromäus Herfurth. Er war Jesuit und in allen Wissenschaften zu Hause. So konnte er mir bei Abfassung meines Buches nützlich sein, ich verdankte ihm viele historische Angaben. In manchen Punkten unserer Auffassung von Staat und Politik stimmten wir merkwürdig weit überein. Er erklärte mir, daß die ersten Christen den irdischen Staat überhaupt abgelehnt haben, weshalb die damaligen Herrscher sie ungefähr so betrachteten und behandelten, wie die heutigen die Kommunisten. Später allerdings habe sich diese Staatsverneinung nicht aufrecht erhalten lassen, besonders als die christliche Lehre sich als Kirche konstituiert hatte, doch auch da sei Nächstenliebe die Grundlage der Staatsidee geblieben. Der Staat sei eine göttliche Einrichtung, civitas Dei, die nur nach Gottes Gesetzen regiert werden dürfe. Nationale oder gar räumliche Ziele seien zu verwerfen. Die Kirche sei das Vollzugsorgan Gottes. Alles, was man heute Politik nenne, stehe im schärfsten Gegensatz dazu. Er meinte, daß alle Pfarrer, die den Segen Gottes für die Kriegsheere erbitten, dafür später in der Hölle braten werden. Als bei einem neuen Siege Glockengeläute anbefohlen war, hat tatsächlich die Glocke der Domkirche geschwiegen.

Und Siege gab es jetzt genug. Sogar bis zu uns herauf drang manchmal das Hurrahgeschrei. So laut, daß selbst der Oberst es ohne Hörrohr vernehmen konnte und glaubte, sein Gehör habe sich gebessert.

»Das Stahlbad wirkt verjüngend«, sagte er, denn auch er begann, von der Kriegsstimmung angesteckt zu werden. Zwar gefiel es ihm nicht, daß die Heeresführer, fern vom Schuß, sicher im Hinterland saßen.

»Mein hochseliger König Ludwig II. hätte das anders gemacht. In goldener Rüstung und wehendem Purpurmantel wäre er auf falbem Schlachtroß, schwertschwingend, seinen Truppen vorangesprengt, allerdings gegen Preußen. Davon träumte er oft.« Und gar als der Schützengrabenkrieg begann, war der Oberst voller Verachtung und froh, daß sein Alter ihm nicht gestattete, an dem Feldzug der Maulwürfe teilzunehmen. Zu Weihnachten hat ihm Vevi ein Tischtuch geschenkt, auf das sie in verschiedenen Farben die Landkarte Europas gestickt hatte, sehr hübsch. Bei den Mahlzeiten gab er sich darauf mit Brotkügelchen die Stellung unserer Truppen an, wo besonders blutige Schlachten waren, machte er einen Rotweinfleck, die strategischen Rückzüge markierte er mit Senf. Ich hatte nicht gewußt, daß Vevi so schöne Handarbeiten machen konnte.

Mich überraschte sie durch ein geschmackvoll gesticktes Kissen in Kreuzstich mit der Inschrift: »Nur vier Jährchen.« Überhaupt war unser Weihnachtsfest sehr stimmungsvoll. Draußen lag schon Schnee, und im Gewächshaus war es, wie sie es sich gewünscht hatte. Es hing voller Gurken, reife Tomaten glühten in ihrem dunklen Laub, es gab Salat, neue Kartoffeln und viele wundervolle Blumen. Eine große, hohe Azalee hatten wir als Christbaum hergerichtet, mit Kerzen besteckt zwischen den roten Blüten, einige Würste für Mauspetz hingen auch daran. Und als Überraschung hatten wir ihm eine neue Hütte machen lassen, mit Kufen darunter wie ein Schaukelstuhl, da lag er darin, schaute vergnügt mit dem Kopf heraus und schaukelte sich.

Der Kommandant hatte es sich nicht nehmen lassen, am zweiten Weihnachtsfeiertag ein kleines Gastmahl für Kriegsbeschädigte zu geben. Zehn Mann – Dellinger hatte sie ausgesucht – waren eingeladen. Ein sonst unbenutzter Saal war dazu hergerichtet worden, festlich geschmückt, in der Mitte eine große Tafel, darauf stand ein Lichterbaum. Auch wir mußten teilnehmen. Wir wurden ein bißchen traurig, als die Gäste kamen, man sah ihnen an, was sie erlitten hatten. Zwei davon mußten im Rollstuhl gefahren werden, vier hatten Holzbeine, Weihnachtsgaben des Staates, die sie zum ersten Mal trugen, zwei hatten Armprothesen, dann einer mit schwarzer Binde über einem Auge, einem hatte das Christkindl schon ein Glasauge gebracht. Ländliche, starkknochige Menschen, wohl Holzflößer, Bauern, Handwerker. Ungeschickt und geniert traten sie ein, manche versuchten zu lächeln. Neben der Tür stand ein Bierfaß, schon angezapft, eine Menge Maßkrüge daneben, wurde sofort mit deutlicher Befriedigung wahrgenommen. Der Oberst in Gala-Uniform begrüßte die Gäste herzlich, schüttelte jedem die Hand. Bei denen mit Armprothese war er einen Augenblick in Verlegenheit, dann klopfte er sie auf die Schulter. Man setzte sich um den Tisch, die im Rollstuhl Gefahrenen mußten herausgehoben werden, Dellinger und ich machten das. Auf der einen Seite der Tafel präsidierte der Kommandant, auf der anderen Vevi. Neben jedem Teller der Besucher war ein kleines Weihnachtspackerl, alle mit gleichem Inhalt: Zigarren, Schnupftabak mit dazugehörigem Glas, eine Tafel Schokolade, eine Flasche Kirschgeist, ein griffestes Messer. Einige untersuchten gleich den Inhalt der Pakete, der eine sagte: »Aber das kann man ja nicht verlangen«, der andere hielt den Kirschgeist in der Hand und fragte Vevi: »Sie, Fräulein, haben'S einen Korkenziecher?« Frau Guggemos und ihre Enkelin Ursula servierten. Dellinger schenkte das Bier aus, jeder tat sofort einen kräftigen Zug. Es gab zuerst eine Nudelsuppe, die löffelten alle andächtig, manche setzten zum Schluß den Teller an den Mund, um den letzten Rest zu schlürfen. Dann erschienen mächtige Schüsseln, auf dreien waren gebratene Gänse, auf der vierten ein knusperiges Spanferkel, dazu gab es Sauerkraut und Knödel. Alle Augen weiteten sich, freudige ›Ah‹ ertönten.

»Aber Frau Guggemos, die Braten sind ja nicht tranchiert!« sagte der Oberst vorwurfsvoll.

»Wenn wir doch kein gescheites Messer nicht dazu haben, und Zeit war auch keine mehr, Herr Oberst.«

»Geben Sie her!« Die Platten wurden vor ihm aufgestellt, er zog seinen Säbel und zerteilte Spanferkel und Gänse kunstgerecht.

»Das ist schon das erste Mal, daß ich seh', daß ein Offizier seinen Säbel braucht«, sagte mein Nachbar halblaut.

Die Teller waren aufgehäuft voll, bewundernswert, wie schnell sie sich leerten, unter schmatzendem Geräusch der Befriedigung, oft mit glucksendem Bier nachgespült. Die Beschäftigung war zu ernst, um Zeit zu viel Gesprächen zu lassen.

Der Oberst klopfte mit dem Messer an seinen Bierkrug, erhob sich, redete: »Liebe Kameraden! Ich sage Kameraden, denn im Kriege sind wir alle gleich. Es freut mich, euch hier beisammen zu sehen in der Heimat. Ihr habt tapfer gekämpft, das Vaterland mit Einsatz eures Lebens verteidigt. Es wird euch ewig Dank wissen. Einige von euch sind, wie ich mit Stolz bemerke, sogar mit dem Eisernen Kreuz ausgezeichnet worden. Und wenn Ihr auch nicht unbeschädigt geblieben seid, so möge es euch zur Befriedigung dienen, daß ihr dadurch zur Vernichtung des Feindes beigetragen habt. Laßt es euch gut schmecken! Es lebe der Endsieg, Hurrah, Hurrah, Hurrah!« Der Oberst erhob seinen Bierkrug, aber niemand stimmte in den Ruf ein, nur der mit der Augenbinde sagte leise in trauriger Kadenz:

»Hurrah – ja, Hurrah.« Die anderen fanden offenbar, daß der Mund, solange er zum Essen dient, nicht zu Hurrahzwecken mißbraucht werden soll. So trank der Oberst betrübt und allein ein paar Schluck, setzte sich wieder. Mein Nachbar flüsterte vor sich hin:

»Krampf! Alles Krampf!«

»Wieso«, fragte ich, »Sie sind doch mit dem Eisernen Kreuz dekoriert.«

»Ja, weil ich vier Franzosen auf einmal durchgetan hab', einen mit dem Gewehrkolben, drei mit meinem Knicker. Un bei der Kirchweih in Dettenweiß hab ich einmal ein Bürscherl a weng gestupft mit dem Messer, wissen'S Notwehr, un er is hin worden un i hab' zwei Jahr dafür sitzen müssen.« Viele hatten schon die dritte oder vierte Portion auf dem Teller und konnten sie nicht mehr ganz bezwingen.

»A Papier bräuchten mir, Fräulein«, wandten sie sich an Vevi. Sie holte einige Zeitungen, und die Gäste wickelten sich das Übriggebliebene ein zum Mitnehmen, auch den größten Teil der Schmalzkrapfen, die es als Nachspeise gab, denn sie brachten nur wenig davon noch hinunter. Manche rülpsten laut und befriedigt. Bier konnten sie unentwegt weiter trinken und kamen allmählich in Stimmung, wurden gesprächig.

»Wieder mal haben wir nix zu fressen gehabt, da sind wir a bisserl requirieren gangen, drei Mann. Mir haben versucht, die Hühner zu fangen, aber ich hab keins derwischt. Da bin ich nein ins Haus, war ein ganz windiges, nur eine Stuben. Da ist der Häusler gesessen mit seine Kinder und haben gebetet und eine Kerzen is auf dem Tisch gestanden. Geweint haben's und gesagt: »Mama malade«, das sollte heißen: »Die Mutter ist krank.« Sie is im Bett drin gelegen, tief in die Federn, den Kopf eingewickelt in ein Tuch. Ich wollt schon leis wieder nausgehen. Da hör ich, wie die Mama grunzt, und gequiekt hat sie auch. Aha, ich kenn' gleich, sie haben die Sau im Bett versteckt. Ich feuer' nein, die Federn fliegen umanand, aber die Sau rumpelt raus, fährt mir unter die Beine und schmeißt mich hin. Eh ich aufspringen kann, nimmt der Franzos mein Gewehr und schießt mich, ganz nah, in den Arm. Im Lazarett haben's mir ihn abnehmen müssen. Der Franzos is natürlich gehenkt worden, Franktireur. Die Sau haben mir nimmer derwischt. Schad!«

Einer erzählte: »In Belgien hab ich ganz allein einmal zwanzig Mann umzingelt und gefangen. Nahe bei unserem Graben war ein Wald, den sollte ich ein bisserl rekognoszieren. Ich schleich mich nein, richtig, an einer Lichtung sitzen zwanzig Engländer, junge Buben in nagelneuen Uniformen, hatten gespaßige Mützen auf mit ganz lange Schirm', wollten grad abkochen, die Gewehr' hatten's zammgestellt. Ich pirsch mich hin, Gewehr im Anschlag, ruf': ›Hände hoch!‹ Das tun sie ganz brav. Einer sagt auf Deutsch: ›Sie sollen uns nichts tun, wir kommen schon mit.‹ Ein paar fangen richtig an zu weinen. Ich stell sie auf, zwei und zwei, kommandier: ›Vorwärts Marsch!‹ Sie müssen vor mir her marschieren, Hände immer in der Luft. Na, unser Leutnant wird schaun, denk ich, da bekomm ich sicher das E. K. I. Ja, der Leutnant hat geschaut, wie ich daherkomm mit meine Gefangene.

›Du Rindviech!‹ hat er geschrien, ›das sind ja Deutsche! Vom Regiment List.‹ Ich konnt ja nicht wissen, daß sie solche Schulbuben ins Feld geschickt hatten und mit so narrische Uniformen.«

Der Stuckenschmied stand auf, um eine Rede zu halten, klopfte an seinen Bierkrug, wie er es beim Oberst gesehen hatte: »Werte Festversammlung, sehr geehrter Herr Oberst, alle miteinander und die Dame! Das Essen war reichlich und gut und das Bier auch. Deshalb hat uns das Wiedersehen in der Heimat gefreut und weil wir die Köpf' nimmer hinhalten brauchen für die feinen Herrn, wo daheim sitzen in die warmen Stuben bei ihre Frau Gemahlinnen. Un grad gemütlich haben es die und uns lassen's verrecken in die Schützengräben, die dreckigen. Ein jeder von uns kennt seine Pflicht und die heißt Vaterland. Und was die Feinde sind, die kennen auch ihre Pflicht und die heißt auch Vaterland. Die wären lieber daheim blieben bei ihre Geschäft, wie wir auch. Aber die Großkopfeten haben es befohlen, un da kannst halt nix machen.«

»Halts Maul, bist ja besuffen«, rief ein anderer dazwischen. »I geb dir glei besuffen, bist ebba froh, daß d'nur noch ein' Haxen hast?«

»Hast ja keine Buildung nicht, so was zu sagen beim Herrn Oberst, wo uns grad so gut auftischt hat ganz umsonst.«

»Red jetzt i oder du, du Hanswurscht?«

»I gib dir ein' Hanswurscht, Tropf damischer!« Schon schütteten sie sich das Bier ins Gesicht. Der Einbeinige nahm seine Krücke und wollte über den Tisch weg auf den Stuckenschmied losschlagen, der zückte sein griffestes Messer. Einige versuchten, sie zurückzureißen, andere wollten wieder die daran hindern, es wurde mit Maßkrügen und Krükken zugeschlagen, sogar die Gelähmten langten nach den Messern. Allgemeines Durcheinander, Raufen und Geschrei entstand. Einige fielen hin, versuchten sich am Tischtuch festzuhalten. Der Dellinger konnte gerade noch dem Stuckenschmied das Messer entwinden, sonst wäre Blut geflossen. Der Oberst, puterrot im Gesicht, sprang auf und kommandierte:

»Achtung! Stillgestanden.« Es war, als hätte man im Marionettentheater die Puppen am Draht gezogen, unwillkürlich versuchten alle zu gehorchen, in möglichst strammer Haltung.

»Ganze Kolonne – rechts um kehrt! Abtreten!« Sie folgten willig dem Befehl, den meisten gelang es nur mit Mühe, teils wegen der Gebrechen, teils wegen der Räusche. Ihre Packerl mitzunehmen haben sie nicht vergessen.

»Fröhliche Weihnachten, Kameraden!« rief ihnen der Oberst, nun wieder beruhigt, nach.

»Es war reichlich und gut«, antworteten sie.

Der Oberst bot Vevi galant den Arm, wir sollten bei ihm eine Tasse Kaffee trinken. Im Saal sah es wüst aus, zerbrochenes Geschirr, umgeworfene Stühle, ausgeschüttetes Bier. Das Tischtuch war halb herabgerissen. Da, wo es noch auflag, glotzte uns etwas, wie erschrocken, an, das Glasauge war dem einen herausgefallen und lag dort. Frau Guggemos wickelte es sorgfältig in Papier, um es ihm hinzubringen.

Im neuen Jahre machte sich bereits der Mangel an Nahrungsmitteln bemerkbar. Rationierungskarten wurden eingeführt, die Hausfrauen brachten ihre Zeit mit Schlangestehen vor den Läden zu, Mittagessen wurden verspätet, Gatten schimpften, wenn sie hungrig heimkamen und warten mußten. Man hörte seltener ›Hurrah‹ rufen, und wenn Bürger die angeschlagenen Heeresberichte lasen, sagten sie: »Schmarren« oder »Krampf«.

So fuhr alles, meist auf Fahrrädern, hinaus zu den Bauern, die kehrten sich nicht an die Verbote, verkauften ihre Butter und Eier zu Rekordpreisen.

»So a Kriegerl is gar nicht dumm«, meinten sie. Manche wurden so reich, daß sie nicht wußten, wohin mit dem Geld. Amtlich und sogar von der Kanzel herab wurden sie aufgefordert, es in Kriegsanleihe anzulegen, aber sie trauten der Sache nicht, kauften sich lieber Klaviere, und zu dieser Zeit hielt zum ersten Mal das Wasserclosett seinen Einzug in jene ländlichen Bezirke.

Im Frühjahr bekam ich zu meiner Überraschung einen Brief von Quartaller: »Teurer Freund! Leider sind all meine Bemühungen, für Sie

Begnadigung zu erwirken, erfolglos geblieben, was ich umsomehr bedauere, als sowohl das Vaterland wie unser Blatt dadurch Ihre wertvolle Mitarbeit noch weiter entbehren muß. Schmerzlicherweise haben wir auch einen anderen fast unersetzlichen Mitarbeiter eingebüßt: Doktor Aloys Huber starb den Heldentod. Er hatte es sich nicht nehmen lassen, am Kampf für Kaiser und Reich teilzunehmen, kommandierte in Rußland eine Verpflegungskolonne. Da ist das Furchtbare geschehen. Abends im Quartier bei schlechter Beleuchtung hat er seine Hühneraugen geschnitten und sich dabei verletzt. Blutvergiftung trat hinzu, und nach einer Woche war der tapfere Krieger in Walhall eingegangen. Seine irdischen Überreste sind in München beigesetzt worden. Der Sarg war mit dem E.K. I. geschmückt, das ihm die Heeresleitung nachträglich verliehen hatte. Sein glorreiches Beispiel wird uns allen als Fanal voranleuchten, ich beklage aufrichtig, daß Sie, lieber Freund, verhindert sind, ihm nachzueifern. Aber ein anderer Weg zeigt sich, wie Sie dem Vaterlande nützen werden. Ein zweiter Bruder unseres genialen Erich Horzel ist dirigierender Arzt der Münchner Militärspitale. Die steigende Zahl der Verwundeten macht die Umschau nach neuen Lokalitäten notwendig. Da hat ihn unser stets hilfsbereiter Erich auf Ihr Haus und Ateliergebäude in der Georgenstraße aufmerksam gemacht. Es wurde besichtigt, für den Zweck hervorragend geeignet befunden, und die Behörden sind der Sache näher getreten, wollen es, natürlich zu angemessenem Preis, erwerben. Ich zweifle nicht, daß Sie voll und ganz damit einverstanden sind, schon um die sonst drohende Zwangsenteignung zu vermeiden. Wenn ich Ihnen in dieser Angelegenheit irgendwie behilflich sein kann, bin ich jederzeit herzlich gern dazu bereit.

Getreulich Ihr alter Freund Quartaller.
Ehrendoktor der Universität Berlin.«

So, Ehrendoktor war er auch schon! Es lohnte sich, mit den Einflußreichen gut zu stehen. Ich gab ihm keine Antwort, schickte seinen Brief meinem Anwalt Dr. Wurmbrand, ersuchte ihn, die Sache, wenn irgend möglich, zu hintertreiben und fügte hinzu, daß ich das Haus auf keinen Fall verkaufen wolle. Nach einer Woche antwortete er mir, die Angelegenheit liege nicht günstig für mich, die Behörden beständen darauf, das Haus und besonders das Ateliergebäude sofort zu einem Sanatorium umzubauen. Einspruch würde infolge des Kriegsrechts wenig nützen. Er empfahl mir, darauf einzugehen und meinen Preis zu nennen. Das Atelierhaus bedeutete mir gefühlsmäßig so viel, daß der Gedanke es zu verlieren unerträglich für mich war. Ich lehnte den Verkauf kategorisch ab, hatte den Glauben, er würde doch, irgendwie, auf wunderbare Weise, verhindert werden. Es dauerte nicht lange, so erhielt ich die Mitteilung, daß die Enteignung beschlossen, der Wert nach sachverständiger Schätzung auf dreihunderttausend Mark bemessen sei. Aus. Die Zinsen daraus hätten nicht den Einnahmen entsprochen, die ich aus den Mieten gehabt hatte, aber ich besaß auch noch Geld auf der Bank, brauchte also keine Existenzsorgen zu haben. Doch war ich sehr deprimiert, besonders da die Einrichtung des Ateliers bei einem Spediteur eingelagert werden mußte.

»Jetzt siehst du aus wie ein ernster Mann, das gefällt mir nicht«, sagte Vevi.

»Du hast recht, ich will es mir nicht unter die Haut gehen lassen. Der Teufel soll den Ernst des Lebens holen.«

»Er überkommt uns, wenn wir etwas besitzen, uns daran verankern.«

»So? Aber wie du deine Perlen verloren hattest, hast du geweint, und wenn man dir heute dein Gewächshaus nehmen wollte, würdest du auch weinen.«

»Das verstehst du nicht, Emmaus, Tränen der Frauen haben nichts mit Ernst zu tun. So wenig wie die der Kinder.«

Dabei ruhten wir im Grase, ließen uns von der Frühlingssonne bescheinen. Muspet lag daneben, schnappte nach einer Butterblume, die ihn an der Nase kitzelte. Zwei Libellen flirrten vorbei, mit den Enden ihrer Leiber verbunden.

»Schau, Emmaus! Heut Nacht hab ich geträumt, daß wir so zusammen durch die Luft flogen, weithin über die Täler, das war so schön – so schön, daß ich weinen mußte. Wie ich aufwachte, war das Kopfkissen ganz naß.«

»Ja, Libellen sind glücklich.«

»Menschen auch.«

»Horzels nicht. Arme Horzels! Sie haben nichts auf der Welt als ihr bißchen Neid, werden immer neidisch sein müssen, auch wenn es ihnen noch so gut geht. Jeder Mensch bewegt sich in der Bahn seines Schicksals, das Naturgesetz in der Westentasche. Man muß es nur rechtzeitig erkennen oder eigentlich erfühlen. So weiß ich, ich werde nie mit ganzer Kraft einen richtigen Beruf ausüben, immer wird mir das Leben ein

Spiel mit Wundern sein, ich werde immer mein genügendes Auskommen haben, ich werde immer –«

»Emmaus, ich möchte einmal versuchen, rote Gurken zu züchten, glaubst du, daß es geht? Eine meiner Gurken hat einen kleinen rötlichen Schimmer, ich will Samen von ihr nehmen, die Blüten immer wieder von den rötlichsten befruchten lassen, bis ich zinnoberrote erzielt habe.«

»Ich werde immer«

»Und dann möchte ich Tomaten mit Kartoffeln kreuzen, sind ja«

»Ich werde immer«

»Pflanzen der gleichen Gattung, so wird man von ihnen im Boden Kartoffeln und über der Erde Tomaten ernten.«

Unsere Gedanken hatten sich in diesem Augenblick weit voneinander entfernt. Das taten sie manchmal, aber sie kamen dann immer wieder zusammen, oft in einem Kuß.

Oberhausbesitzer

Als ich dem Kommandanten erzählte, was mit meinem Münchener Haus geschehen solle, wurde er besorgt: »Wer weiß, was denen noch einfallen wird, mit Oberhaus zu machen, vielleicht auch ein Sanatorium oder gar ein Gefangenenlager. Wenn ich Ihre dreihunderttausend Mark hätte, würde ich dem Staat den ganzen Krempel abkaufen, ist ja eh nicht so viel wert.«

Ich hatte eine Idee, schrieb meinem Anwalt einen Eilbrief: »Sagen Sie den Behörden, daß ich es mit meiner vaterländischen Gesinnung nicht vereinigen kann, in diesen schweren Zeiten vom Staate Geld anzunehmen, das er gewiß zu Landesverteidigungszwecken notwendig braucht. Schlagen Sie vor, daß mir statt dessen die Feste Oberhaus im Tauschwege überlassen werde. Bedingung sei, daß keine neuerliche Enteignung stattfinde; die Protokollierung müsse sofort erfolgen, Eigentumsübertragung brauche erst nach Ablauf meiner Haftstrafe zu geschehen.« Der Kommandant war mit dem Plan sehr einverstanden, umsomehr, als ich mich verpflichtete, daß sich an seiner Stellung nichts ändern solle.

Dieses Mal hatte mein Anwalt mehr Glück. Die Behörde ging mit Freude auf den Vorschlag ein, denn ganz Oberhaus stand von altersher nur mit sechzigtausend Gulden zu Buch, war morsch und baufällig. So erreichte er sogar, daß mir eine Differenz von hunderttausend Mark ausbezahlt werden sollte, allerdings in Kriegsanleihe. Natürlich zogen sich die Formalitäten ein wenig in die Länge, doch nach zwei Monaten war alles fix und fertig, protokolliert und unterzeichnet. Eine Weile würden wir also wieder Ruhe haben.

»Ist es nicht wie ein Wunder?« sagte ich zu Vevi.

»Wieso Wunder? Wenn ich doch so fleißig darum gebetet habe.«

»Wenn das so praktisch ist, dann bete doch auch einmal, daß die Lebensmittelrationen erhöht werden. Jeden Monat sind sie kleiner.«

»Ich will sehen, was sich tun läßt, und werde Gott bitten, daß er die vielen unnötigen Verordnungen der Behörden aufhebt, dann kommt alles von selbst wieder in Ordnung. Oder vielleicht wäre es noch besser, ich bitte Gott gleich, daß er den Krieg bald aufhören läßt.«

»Wird er nicht machen können, die Rüstungsindustrie ist mächtiger als er. Sie ist sogar mächtiger als der Papst, sein Friedensvorschlag ist abgelehnt worden, weil sie festgestellt hat, daß noch nicht alle Waffenvorräte aufgebraucht sind.«

»Also dann werde ich mich nicht in die Politik einmischen. Und mit den Nahrungsmitteln, da wollen wir der Vorsehung ein bißchen behilflich sein. Zu unserem Besitztum Oberhaus gehören auch ein paar Wiesen und ein Acker. Da kann man eßbare Sachen herstellen.«

Ein paar Tage darauf saß ich in meine Arbeit vertieft am Schreibtisch, als Vevi hereintrat:

»Emmaus, eine Dame möchte dich sprechen.« Ärgerlich über die Störung brummte ich: »Wohl wieder für Wohltätigkeit? Soll eintreten.«

»Nein, komm, sie wartet draußen.« So zog ich schnell meinen Rock an und ging mit. Ernst und feierlich stellte Vevi vor:

»Mein Gatte Emmaus – Meine Kuh Rosel.«

Ich, mit Verbeugung: »Sehr angenehm! Aber soll die Dame vielleicht auf dem Sofa schlafen? Wir haben doch keinen Stall.«

»Daran habe ich noch gar nicht gedacht. Du mußt mir die Freude nicht verderben. Unten im Ort ist Viehmarkt, da habe ich Rosel gekauft und gleich mit heraufgebracht, eigentlich am Strick heraufgezogen. Der Schandarm hat sie mir ausgesucht, damit ich nicht angeschmiert werde.«

»Die Ankunft dieser Dame stellt uns vor drei Probleme, erstens Behausung, zweitens Fütterung, drittens Ausmistung.«

»Emmaus, du wirst ein bißchen pedantisch. Und von der Milch sagst du nichts?«

So ließen wir gleich den Zimmermann kommen und bestellten, provisorisch, einen hölzernen Stall, sollte schon am nächsten Tag gemacht werden. Die Futterfrage war einfach zu lösen. Einstweilen hatte Vevi die Kuh mit der Brotration gefüttert, die uns für drei Wochen reichen sollte. Jetzt wurde das liebe Tier an einen jungen Apfelbaum gebunden, auf der Wiese bei üppigem Gras.

»Nun laß es dir gut schmecken!« Aber als wir nach einer Weile hinschauten, hatte sie den Strick gefressen und war gerade dabei, den Rest der Rinde des Bäumchens sauber abzuschälen.

»Den Mist brauche ich notwendig für meine Beete, das war auch ein Grund, warum ich Rosel haben mußte.« Stolz trug Vevi einen Topf voll in ihr Warmhaus. Die Milch war nicht ebenso leicht zu bekommen.

»Du wirst ihr noch das Euter ausreißen«, warnte ich. Frau Guggemos mußte helfen.

Es war eine schwüle Wärme in der Luft. So konnten wir Rosel die Nacht über draußen lassen, befestigten sie mit einer Kette an dem Leitungsmast. – Aus tiefstem Schlaf weckte mich Vevi:

»Rosel brüllt. Ich glaube, es regnet. Sie wird naß. Sie erkältet sich. Du mußt etwas unternehmen.« Aber was? Wir schauten zum Fenster hinaus, es goß in Strömen. Endlich nahmen wir ein paar Reisedecken, meinen Regenmantel, zwei Pyjama-Hosen und eine Laterne, gingen zu Rosel hinaus. Die Hosen zogen wir ihr mit einiger Mühe über die Beine, wickelten den Körper in Mantel und Reisedecken, banden alles mit Stricken fest. Sie legte sich zufrieden hin. Aber der Kopf konnte noch naß werden, wir spannten einen Regenschirm auf und befestigten ihn an den Hörnern. »Schlaf wohl, Rosel!« Wir waren ganz durchnäßt, als wir ins Bett krochen. Vevi betete ein Vaterunser für Rosel, bevor sie einschlief.

»Weißt du, Emmaus, sie kann es ja noch nicht selbst.«

Natürlich, der Zimmermann ließ sich am nächsten Tag nicht blicken. Wir schickten hinunter, da wurden wenigstens die Bretter gebracht. Und dabei regnete es ununterbrochen. Rosels Bekleidung war schon ganz durchnäßt. »Vielleicht bringen wir sie in den Turm hinein«, schlug Dellinger vor. Da war eine enge steile Wendeltreppe. Vevi ging voran, zog die Kuh am Strick, Dellinger und ich schoben von hinten. Wir brauchten einige Stunden, bis wir sie endlich hinaufbugsiert hatten, vor Angst hinterließ sie viele Verdauungsspuren auf den Stufen. Da oben im Turmzimmer hatte sie schöne Aussicht, war froh, im Trockenen zu sein. Wir brachten ihr Speise und Trank. Als wir wieder unten waren, sahen wir, wie sie den Kopf vergnügt zum Fenster rausstreckte. Wir winkten ihr zu. »Muh«, antwortete sie. Aber auch am folgenden Tag wurde der Bretter-Stall noch lange nicht fertig. Rosel gefiel es oben nicht mehr, sie brüllte ungeduldig, verlangte wohl nach Weide. Es war ein lebensgefährliches Unternehmen, sie herabzuschaffen, erforderte Zeit und manchen Schweißtropfen. Das konnte man nicht täglich wiederholen. Der Oberst schlug vor, wir sollten sie ins Gewächshaus tun. Daß uns das noch nicht eingefallen war! Man konnte ihr ja etwas über das Maul binden, damit sie kein Unheil anrichtete.

»Es gibt eiserne Maulkörbe für bissige Ochsen«, sagte Dellinger.

»Nein, so etwas trägt Rosel nicht«, fuhr Vevi auf, »es würde ihr Gemüt bedrücken, und dann gibt sie sauere Milch!« Aber ich hatte einen aus Weiden geflochtenen Papierkorb, wir machten zwei Öffnungen für die Hörner, zwei für die Augen. Am Abend stülpten wir ihn ihr über den Kopf, banden ihn hinter den Hörnern fest. Ausgezeichnet! Dann brachten wir Rosel in's Gewächshaus, die Kette, mit der sie festgemacht war, wurde so lang gelassen, daß Raum genug blieb, sowohl zum Niederlegen als um den Kuhdünger gleich der Pflanzenerde zukommen zu lassen. Dann sagten wir Rosel Gutenacht.

Am nächsten Morgen hatte der Regen aufgehört, zeitig gingen wir hinunter, um Rosel hinauszuführen. Als wir die Gewächshaustür öffneten, stieß Vevi einen so fürchterlichen Schrei aus, daß es mir durch Mark und Bein ging. Laut aufheulend umklammerte sie mich. Rosel hatte zuerst den Papierkorb verspeist und dann sämtliche Pflanzen: Blumen, Gurken, Tomaten, Keimpflanzen. Die Marechal Niel-Rose war nur mehr ein trauriger Stumpf, eine Blüte davon hielt Rosel noch im Maul, während sie, am Boden ruhend, wollüstig wiederkäute. Vevi zog mich von der Stätte des Entsetzens fort. Beim Frühstück brachte sie keinen Bissen hinunter. Mir schmeckte es ganz gut, was mich ein wenig beschämte.

»Bist du jetzt fertig mit deinem Kaffee, Emmaus? Dann will ich mich an deiner Brust ausweinen.« Das tat sie ausgiebig, stöhnte: »Unsagbares Unglück! Jetzt ist zum ersten Mal der Ernst des Lebens in seiner ganzen grauenvollen Schwere an uns herangetreten.«

»Ja, liebe Vevi, es ist direkt ein Malheur. Immerhin, man muß versuchen, Rosels Mentalität zu verstehen, sich in ihre seelischen Vorgänge hineinzuversetzen.«

»Glaubst du, sie ist durch den Krieg so verroht?«

»Im Gegenteil, sie ist vielleicht zu zartfühlend. Die Sache mit dem Papierkorb hat sie wohl als Ausdruck unseres Mißtrauens betrachtet, durch diese Kränkung sind alle ihre ethischen Hemmungen zerstört worden, animalische Instinkte hervorgebrochen.«

»So sind wir vielleicht nicht frei von Schuld. Wir müssen ihr beim Wiederaufbau ihrer Seele behilflich sein.«

Nun war Genoveva wieder ganz gefaßt und voll Energie, konnte den Zimmermann, der eigentlich an allem schuld war, so ausschimpfen, daß er den provisorischen Stall noch am gleichen Tage fertig stellte. Später sollte ein richtiger Steinbau an seine Stelle treten. Ohne ein Wort des Vorwurfs an Rosel setzte sie das Glashaus zu neuem Wachstum instand.

Glücklicherweise hatten wir die Wiese nicht zur Grasnutzung verpachtet, denn wir planten, dort einen Tennisplatz anzulegen. So fehlte es nicht an Grünfutter. Morgens um vier weckte mich Vevi: »Emmaus, du mußt jetzt zum Mähen gehen, ich habe Sensen gekauft.«

»Nein, ich beabsichtige nicht, diesen Sport zu treiben, kann es gar nicht.«

»Ich kann es ebensowenig, aber gewiß gibt es Mähschulen. Wir werden es lernen und dann werden wir dabei photographiert. Mähen ist kolossal modern. Du hast doch den Nachruf auf Doktor Huber in der Standarte gelesen, da war sein Porträt nicht am Schreibtisch, sondern mit der Sense auf der Wiese. Und Resniksens Photographie als Mäher erscheint immer wieder in allen illustrierten Zeitungen, noch dazu nackt. Alle Dichter, alle Maler, alle Filmgrößen lassen sich jetzt bei der Heuarbeit interviewen. Wenn deine Biographie herausgegeben wird und du bist darin nicht mähend abgebildet, heißt es gleich, dir fehlt die Bodenständigkeit, und dann bist du erledigt. Horzel nimmt sicher schon längst Mäh-Unterricht. Und jetzt wären wir gerade so schön im Begriff, in die Bodenständigkeit hineinzurutschen.«

»Vevi, du bist inkonsequent. Neulich hast du gesagt, man dürfe sich nicht zu sehr am Besitz verankern.«

»Ich meinte natürlich, mit dem Gefühl soll man es nicht. Den wahrhaft Bodenständigen erkennt man daran, daß er lieber in der Stadt wohnen würde. Das ist der Traum jedes Bauern. Aber für uns Stadtmenschen ist das Land eine erfüllte Sehnsucht. Und wir werden da photographiert und beschrieben. Später bekommen wir wieder Verlangen nach der Stadt. Bis jetzt ist meine Sehnsucht noch im Gange. Ich will mir ein nettes Mäh-Kostüm machen lassen. Du kannst es entwerfen.«

Das tat ich: lange, weite, hellblaue Hosen, rot und schwarz karierter Janker. Es stand ihr sehr gut, und infolgedessen lernte sie das Mähen schnell, von einem Bauern. Mir gelang es nicht, ich bin leider kein Sensen-Talent, muß mich damit abfinden. Ich werde nie berühmt werden.

Eine neue Kalamität zeigte sich: Die Kuh, jetzt seelisch wieder im Gleichgewicht, gab zuviel Milch. Keiner im Haus trank mehr als die paar Tropfen zum Kaffee. Wir hätten den Überschuß an die Milchzentrale abführen können, aber dadurch wäre unser Stall offiziell geworden, eine dauernde Verpflichtung dazu entstanden. So wurde fleißig gebuttert. Manche schöne Stunde meines Lebens mußte ich am Butterfaß rührend zubringen. Wir schwammen in Butter. Und die Buttermilch blieb übrig, was sollte mit ihr geschehen?

»Ich weiß schon, was wir mit der Milch machen können«, sagte Vevi geheimnisvoll.

»Um Gotteswillen, du willst doch nicht etwa ein Kind haben?«

»Nein, ein Schwein. Wird mit Milch aufgezogen.«

»Und dann an die Fleischzentrale abgeliefert, wie das Gesetz es gebeut?«

»Nein, Geheimschwein.« In der Gemischtwarenhandlung erwarb sie, unter vielsagendem Lächeln der Ladenfrau, eine Kinder-Milchflasche mit Gummisauger. Bei einem Bauern kaufte sie, zum Rekordpreis, ein neugeborenes Ferkel. So ein Handel war damals durch die Rationierungsgesetze streng verboten, mit Gefängnis strafbar. Deshalb warteten wir die nächste mondlose Nacht ab, schlichen in der Dunkelheit zu dem einsam gelegenen Hof. Wir wickelten das Kleine sorgfältig in ein Tuch, und ich nahm es in den Rucksack. Dann leise auf Seitenwegen nach Hause. Wir kamen uns vor wie Kidnapper. Ab und zu mußten wir Halt machen, um es aus der Flasche trinken zu lassen, wenn es unruhig wurde. Spät nachts gelangten wir heim, ziemlich ermüdet. Noch durfte es bei uns im Zimmer schlafen, wir zogen die Schublade einer Kommode heraus und bereiteten ihm darin ein Bettchen.

»Schau, Emmaus, es ist eine Sie und so süß und blond. Wir wollen sie Grete nennen.« Dann am nächsten Tag mußten wir ein Versteck für sie finden. Im Keller war ein geeigneter Verschlag, da sollte Grete wohnen, zuerst mit der Milchflasche gesäugt werden, dann gemästet und im Herbst geschlachtet oder zu Weihnachten. Jetzt war sie noch ahnungslos vergnügt, wie ein Rekrut, der ausgebildet wird, um zu gegebener Zeit in das Schlachten geführt zu werden.

Muntere Lieder singend marschierten immer neue Truppen zur Bahn, um verladen und abtransportiert zu werden, wir hörten es manchmal bis zu uns herauf. Der Kommandant saß am offenen Fenster mit dem Hörrohr, Tränen traten ihm in die Augen. So legte er das Hörrohr beiseite, da wurde er ruhiger, las die Zeitung. ›Unsere Verluste waren nur unbedeutend‹ stand dort.

»Was mag wohl die Mutter eines Gefallenen denken, wenn sie das liest? Nur unbedeutend!«

Heute war Bridge-Nachmittag. Er spielte zerstreut. »Unsere Verluste waren nur unbedeutend«, seufzte er vor sich hin, als wir fertig waren, stützte den Kopf in die Hand und verlor sich in Gedanken. Wir wunderten uns. Beim Abschied fiel Doktor Herfurths Blick auf das Zeitungsblatt, und er verstand. »Ich will versuchen, den Eltern Trost zu bringen«, sagte er.

Um den Oberst wieder ein wenig aufzumuntern, berichtete ich ihm doch von meinem Perlenfund, ich riskierte ja nichts mehr, da sie mir jetzt rechtmäßig gehörten. Inzwischen hatte ich schon öfter Muscheln herausgefischt und untersucht. So viele Perlen wie bei dem ersten Fund hatten sich nicht wieder ergeben, aber immerhin lag eine ganz nette Anzahl wohlverschlossen bei mir in einer Schublade. Nicht alle waren völlig tadellos, manche nicht schön in der Form oder etwas zu gelblich. Diese zeigte ich dem Oberst, und er war hocherfreut und stolz, daß seine historischen Studien zu einem praktischen Resultat geführt hatten. Er riet mir, die Perlenfischerei möglichst heimlich zu betreiben, damit ein allgemeiner Muscheldiebstahl vermieden werde, sonst würden sie bald wieder ausgerottet sein. Ich war selbst schon so vorsichtig gewesen, immer nur wenige auf einmal, gelegentlich oder in der Dunkelheit, zu holen. Vevi wollte gleich noch eine Perlenkette haben, aber ich überzeugte sie, daß wir in diesen unsicheren Zeiten für die Zukunft vorsorgen müßten.

Allerdings fügte sie hinzu: »Emmaus, nun wirst du endgültig ein Spießbürger.«

Ich lachte: »Spießbürger sagt man nicht mehr. Der moderne Ausdruck dafür ist Kleinbürger. Bei einer Versammlung der seligen Meteorpartei warf uns ein Gegner vor, wir seien eine Partei der Kleinbürger. Das war die schlimmste Beleidigung, man ließ ihn nicht weitersprechen und beförderte ihn gewaltsam hinaus. Aber dann setzte ich auseinander: Kleinbürger sind die Grundpfeiler der Zivilisation und entschieden den Großbürgern vorzuziehen, die nur durch Verspeisung der Kleinen so groß werden. Worauf man den Vorredner wieder hereinholte.«

Ihr Gewächshaus war jetzt wieder ganz in Ordnung, voll Blumen und Pflanzen. Einige Samen hatte sie aus der Katastrophe gerettet, und schon zeigte die Farbe einer ihrer Zuchtgurken einen deutlichen Stich in's Rosenrote. Auch die Kreuzung zwischen Tomate und Kartoffel war ihr gelungen, vorläufig allerdings mit dem Ergebnis, daß sie weder im Boden noch über der Erde Früchte tragen wollte. Einige Sorgen machte uns Mauspetz. Er hatte Gretes Wohnung entdeckt und eine heftige Zuneigung zu ihr gefaßt. Immer wieder schlich er sich hinunter und saß stundenlang dort in stummer Bewunderung ihrer Schönheit, oft streckte er seinen Kopf durch die Latten und leckte ihr die Schnauze. Grete nahm die Sache nicht so ernst, grunzte nur vergnügt. Sie fand wohl, daß er viel zu alt für sie sei, hielt ihn zum Besten. Wir fragten uns: wird er je zulassen, daß man sie schlachtet?

Doch gegen Weihnachten hat die Schlachtung stattgefunden. Da war Grete zu einer fetten Jungfrau herangewachsen. Ein Schwein heimlich zu schlachten, war ein schweres Verbrechen, darauf stand Zuchthausstrafe, man nannte das ›Schwarzschlachten‹. Ein eigener Beruf ›Schwarzschlächter‹ hatte sich herausgebildet. Man ließ den Schwarzschlächter nächtlich in die Häuser kommen, um die Tötung und Verwurstung vorzunehmen. Es war stockdunkle Nacht draußen, Schneetreiben, unheimliche Stimmung lag über der Feste, Genoveva ging wie Lady Macbeth im Hause umher. Mauspetz war in ein entferntes Zimmer eingesperrt, heulte verzweifelt und kratzte an der Tür. In der Waschküche waren die Fenster verhängt, daß man nicht hineinsehen konnte, der Kessel geheizt, Holzschaffe und Gefäße bereit gestellt. Wurstdärme waren schon vorher gebracht und ausgewaschen worden.

Nachts elf Uhr klopfte es an die Tür: »Der Schwarzschlächter ist da.«

Er schlich herein, im schneebedeckten Mantel mit hochgeklapptem Kragen, schwarze Maske vor dem Gesicht, die legte er nicht ab, aber den Mantel. Er streifte sich die Hemdärmel in die Höhe, zeigte Riesenhände und muskulöse, haarige Arme, trug eine Schürze vorgebunden, seitwärts am Kettchen einen Metzgerdolch.

»Wo ist die Sau?« flüsterte er. Wir führten ihn zu Grete. Er band ihr einen Strick um's Bein und zog sie heraus. Sie ahnte ihr Schicksal, wehrte sich, schrie entsetzlich. Dellinger wollte ihr das Maul zuhalten, aber sie warf ihn um, entwischte. Wir stürzten uns über sie, bekamen sie wieder zu packen. Endlich war sie in die Waschküche geschleift, da stieß sie einen letzten fürchterlichen Todesschrei aus, als sie ermordet wurde.

Die Würste waren ausgezeichnet, das Fleisch auch. Mauspetz hat nichts davon anrühren mögen.

Aber das ist erst später gewesen, jetzt war es noch Sommer.

Ich fand Vevi beschäftigt, meine Fahrradreifen aufzupumpen.

»Weshalb machst du das?«

»Du mußt zu den Bauern hinausradeln, Gerste holen. Ich habe Hühner gekauft.« Sie führte mich in Rosels Stall, da saßen in einer Ecke fünf traurige Hühner und ein Hahn.

»Mischung zwischen Orpingtonrasse und Wyandotte«, erklärte sie mir, »für Eier und Fleisch gleich gut.« Ich meinte aber, es seien ganz gewöhnliche Bauernhühner, und da war sie ein bißchen gekränkt.

»Sie sind schon am Verhungern, deshalb habe ich sie um den halben Preis einhandeln können. Wir brauchen unbedingt einen Zentner Gerste. Hier hast du einen Sack. Schau, daß du ihn voll bekommst.«

»Mußte das sein?« fragte ich.

Sie zog nur die Augenbrauen in die Höhe und sagte »Ja«. So fuhr ich über Land, Berge hinauf und hinunter, fragte bei mehreren Bauern an, bis ich einen fand, der geneigt war, Gerste abzugeben, phantastisch teuer. Sechzig Pfund bekam ich. Glücklicherweise betrog er mich beim Abwiegen, dadurch wurde die Last etwas leichter, die Hälfte davon im Rucksack, die Hälfte hinten auf dem Gepäckträger. Die Wege schienen mir jetzt bedeutend steiler anzusteigen, umso schneller sauste ich bergab. Für die Reifen war die Belastung zu schwer, und ich saß mehrmals, Pneumatik flickend, am Straßenrand. Vevi und die Hühner gackerten voller Freude, als ich endlich, ganz erschöpft, ankam. Zugleich mit mir trat der Schandarm ein. Die Behörde wußte also schon um unsere neue Erwerbung, und er überreichte uns das Hühnerpaß-Büchlein. Darin standen fünfzehn Paragraphen mit allen diese Tiere betreffenden Vorschriften und Angaben der Strafen, die bei Nichtbefolgung drohten. Ich rechnete sie zusammen, wir riskierten im ganzen zwölf Jahre Gefängnis und achttausend Mark Geldstrafe. Der Schandarm trug das Geflügel, einzeln, mit Signalement, besonderen Kennzeichen und Fußabdruck in den Paß ein und wies uns dringend auf das Gesetz hin, in dem vorgeschrieben war, wöchentlich zwei Eier von jedem Huhn an die Behörde abzuliefern, verboten, Getreide, Kartoffeln oder sonstige Nahrungsmittel zu verfüttern.

»Glauben Sie denn, Herr Wachtmeister, daß die Hühner altes Zeitungspapier fressen?«

»Vielleicht nicht, aber Regenwürmer, die sind auch noch nicht rationiert.«

Voll Ungeduld hatten die Hühner auf sein Weggehen gewartet. Jetzt endlich bekamen sie das lang entbehrte Körnerfutter, dann gingen sie zur Ruhe, nachdem einige von ihnen noch eine wichtige Konferenz mit dem Gockel gehabt hatten. Im Ort gab es kleine gedruckte Plakate zu kaufen: ›Deutschland erwartet, daß jedes Huhn seine Pflicht tun wird.‹ So eins hängten wir ihnen an die Wand. Leider bewiesen sie einen erstaunlichen Mangel an vaterländischer Gesinnung. In der ersten Woche legten alle zusammen nur vier Eier, in der zweiten sank die Zahl auf drei, um in der dritten auf fünf zu steigen, was dann die Durchschnittsleistung blieb. Vevi nahm es sich sehr zu Herzen, und ich sah, wie sie dahinwelkte. So fuhr ich, ohne ihr Wissen, wieder zu den Bauern, um mich unter dem Siegel der Verschwiegenheit bewuchern zu lassen, erwarb immer so viel Eier, daß ich den Hühnern täglich im geheimen eine genügende Anzahl in's Nest legen konnte. War das auch kostspielig, so war es doch billiger als die Strafen, die wir sonst verwirkt hätten. Und Vevi blühte wieder auf. Drei Jahre lang habe ich das so gemacht. Bis dann unsere Vermögenslage sich zeitweise verschlechterte. Da hatten wir zum Mittagessen Suppenhuhn.

»Vevi, wo hast du denn dieses zähe Tier her?« fragte ich.

»Ich schlachte jetzt unsere Hühner, du darfst sie abmelden. Weißt du, wir können uns diesen Luxus nicht mehr leisten, du mußt doch in den drei Jahren schon ein Vermögen für Eier ausgegeben haben.«

»Was? Du hast es gemerkt?«

»Natürlich. Von Anfang an.«

»Warum hast du mir das nicht gesagt, Vevi?«

»In der Ehe darf man sich gegenseitig nicht die Illusionen rauben. Ich wollte dir die Freude nicht verderben.«

Daß sich schließlich unsere Finanzen verschlechterten, war eine natürliche Folge des Krieges, der da schon fast vier Jahre dauerte. Die Zinsen der Kriegsanleihe wurden nur noch zögernd ausbezahlt, trotzdem mußte ein großer Teil der Bankdepots zwangsweise in Kriegsanleihe angelegt werden. Alle Preise stiegen ungeheuer, ebenso die Steuern. Die Mark wurde weniger wert, alles gierte nach Anlagen in Sachwerten oder ausländischer Valuta. Ich wollte die drohende Gefahr nicht zur Kenntnis nehmen, irgend ein Wunder würde uns rechtzeitig retten. Aber als wir um Stundung der Steuern nachsuchen mußten und Frau Guggemos ihre Bezahlung verspätet erhielt, deshalb zu lächeln aufhörte und andeutete, sie gedächte, sich in's Privatleben zurückzuziehen, wurde Vevi sehr ernst, meinte, es müsse etwas geschehen. Wir setzten uns zusammen, um nachzudenken. Gerade war es ihr endlich geglückt, die rote Gurke zu züchten, herrlich zinnoberrot. Sie hatte eine große Menge Samen davon eingesammelt. Mit einiger Propaganda hätte das ein glänzendes Geschäft sein können – im Frieden. Ich konnte ihr nicht verhehlen, daß dieser Wert jetzt nicht zu realisieren war. Sie blickte traurig, sagte:

»Und gerade jetzt, wo ich ein Kind bekommen werde.«

»Oh verflucht! Warum so plötzlich?«

»Plötzlich nennst du das! Fast vier Jahre, Emmaus!«

»Wir wollten doch nicht züchten.«

»Ich will. Ich dachte, es würde dich freuen.«

»Ja, das tut es. Aber nicht so sehr.«

»Warum nicht sehr? Alle Väter freuen sich sehr.«

»Kinderbekommen ist kleinbürgerlich.«

»Also die Grundlage der Zivilisation, nicht wahr? Ich werde meine Perlenkette verkaufen, dein Hochzeitsgeschenk.«

»Weil ich dich gekränkt habe? Aber nein, jetzt weiß ich, was wir tun können.«

Ich ließ mir vom Kommandanten Urlaub zu einer Reise bewilligen, fuhr nach München, nahm hundertfünfzig Perlen mit. In einem Kunstgewerbeladen kaufte ich ein wertvoll aussehendes, goldgeprägtes, orientalisches Lederetui, da tat ich sie hinein. Dann ging ich in die städtische Pfandleihanstalt, gab sie zum Versetzen. Als sie abgeschätzt waren, sagte ich, ich habe es mir anders überlegt. So erfuhr ich, was sie mindestens wert waren.

Dann bot ich sie einem alten, guten Juweliergeschäft zum Kauf an. Ich merkte, wie erstaunt der Mann über diese Pracht war. Er holte seinen Geschäftsführer herbei, sie konferierten leise, prüften jedes einzelne Stück durch die Lupe, bekamen gierige Augen. Die Zeit war günstig für den Verkauf leicht transportabler Wertgegenstände. Man bot mir einen so hohen Preis, daß mir der Atem stockte. Aber sie waren vorsichtig, fragten ganz nebenbei, wie ich in den Besitz der Perlen gelangt sei.

Lachend sagte ich: »Geerbt. Großpapa. War ein Maharadjah.«

Sie baten mich um Namen und Adresse. Das gefiel mir nicht. Ich packte ein, sagte, ich wolle wiederkommen.

Im Hinausgehen hörte ich noch, wie der Juwelier an die Polizei telephonierte. So verschwand ich schnell durch Seitengassen.

Nein, solide Geschäftsleute waren wohl zu schwerfällig. Ich wußte, im Café Gaßler war eine Ecke, wo die Schieber und Schleichhändler zusammenkamen, um Waren und Valuten zu schachern. Die würden keine dummen Fragen stellen. Ich setzte mich in ihre Nähe, sofort wurde ihr Gespräch leise, Goldwaren, Dollarscheine verschwanden in den Taschen.

Ich war mit Josef, dem Zahlkellner, gut bekannt, trug ihm auf, den

Herren zu sagen, daß ich kein Spitzel sei, etwas zu handeln habe. Einer, der wie ein biederer alter Bauer aussah, stand auf, ging an mir vorbei, indem er ohne mich anzusehen flüsterte:

»Haben'S Dollar? Ich hab' Butter und Schreibmaschinen.«

»Perlen«, flüsterte ich vor mich hin. Er deutete mit dem Daumen über die Schulter nach seinem Tisch. Ohne weitere Formalitäten nahm ich bei der Gesellschaft Platz, hörte eine Weile zu, wie Leder, Kaffee, Altmetall gehandelt wurde. Fünf goldene Armbanduhren fanden willige Abnehmer. Ich hatte schon vorher aus meinem Etui die Hälfte des Inhalts entfernt, jetzt zog ich es heraus, öffnete es, zeigte meine Ware. Sie erregte großes Interesse. Die Kauflustigen hatten ein Vergrößerungsglas, untersuchten die Perlen genau, jede einzeln, wogen sie in der Hand, beklopften sie, dann zählten sie sie ab.

»Mark oder Valuta?« fragte einer. Ich nannte meinen Preis in Mark, der höher war, als mir der Juwelier für die doppelte Anzahl geboten hatte.

»Gemacht«, sagte der Käufer, »schöne War', bin jederzeit Abnehmer, wenn'S mehr davon in die Hand bekommen.«

Dann gingen wir zusammen hinaus in den Abort, ich übergab ihm die Perlen, nachdem er mir den Betrag in Reichskassenscheinen ausgezahlt hatte. Das Etui durfte ich behalten, den Rest der Perlen tat ich wieder hinein, heute würde ich sie noch nicht verkaufen, die Preise waren sicher ansteigend.

Ich ging an meinen Tisch zurück, um die Zeitungen zu lesen, hörte, wie jemand von hinten strammen Schrittes herantrat, war etwas erschrocken, als ich, mich halb umdrehend, bemerkte, daß er in Uniform war. Aber es war ein ganz junger Bursche, er grüßte verlegen, stammelte: »Meine Mama hätte Ihnen gern Gutentag gesagt.« Er deutete nach einem entfernten Sofatisch, da saß eine alte, fette Frau, die ziemlich gewöhnlich aussah.

»Ist wohl ein Irrtum, ich kenne die Dame nicht. Mein Name ist Emmaus.«

»Jawohl, Herr Professor, ich heiße Ikarus Lössel.« Da mußte ich sehr lachen. Einen Augenblick schwankte ich, ob ich hingehen sollte, aber ich war gut gelaunt. Strahlend begrüßte sie mich, den Mund noch voll Kuchen, wollte sich erheben, gelang ihr aber nicht, sie sank in das tiefe Sofa zurück. Jetzt, in der Nähe, bemerkte ich, daß sie sehr gut gekleidet war. Ihr Gesicht bestand aus einer Sammlung schlaffer Wülste, stark gepudert und geschminkt.

»Das freut mich aber wirklich, Herr Professor. Endlich sehe ich dich einmal wieder, und so gut schauen Sie aus. Ich hatte schon gefürchtet, Sie wären im Krieg. Wie ist's Ihnen denn gegangen die ganze Zeit? Uns geht es jetzt wieder gut. Wissen's zuerst ist es uns ja schlecht gegangen, wie das Magazin hin war. Da haben wir ein kleines Seifengeschäft aufgemacht. Grad, daß wir durchgekommen sind. Aber jetzt, seit dem Krieg, ist es besser und besser geworden. Ich hab so meine Beziehungen, bekomm' immer Ware herein und jeder Preis wird einem jetzt gezahlt. Seife und Butter und Kleiderstoffe und Würste. Wenn Sie mal was brauchen, Ihnen geb' ich's zum Einkaufspreis. Jetzt sind wir wieder reich. Ach, das hat mir so leid getan, daß man Ihnen das Haus genommen hat. Haben Sie denn überhaupt noch ein Geld? Wenn Du was brauchst, wird mich jederzeit freuen, wenn ich Dir aushelfen kann. Und was sagen Sie zu meinem Ikarus? Unter uns gesagt, der Bub sieht Ihnen runtergerissen gleich.« In der Tat, ich konnte nicht umhin, die Ähnlichkeit zu bemerken, war mir nicht erfreulich, aber ich sagte:

»Ja, er ist ein sauberer Jüngling geworden. Er war doch wohl ein wenig leidend, ist das jetzt besser?«

»Zuerst war das ganz schlimm, wir mußten ihn in eine Anstalt geben. Da hat man ihn mit Hormonen kuriert, und er ist gesund geworden, hat sogar Lesen und Schreiben gelernt. Manchmal hat er noch ein bisserl einen Anfall, hauptsächlich bei Schreck. Wenn geschossen wird, das kann er gar nicht vertragen, und nun muß er einrücken, der arme Bub, hoffentlich passiert ihm nichts. Wo wohnen Sie denn jetzt, lieber Herr Emmaus? Einen Ring haben Sie auch an, sind Sie etwa gar verheiratet?«

»Ja, ich bin glücklicher Ehemann, habe einen Besitz bei Passau. Entschuldigen Sie mich, bitte, einen Augenblick.«

Mir war etwas eingefallen, ich stand auf und ging noch einmal an den Tisch der Schieber zurück. Dort kaufte ich zwei goldene Armbanduhren, steckte sie in die Tasche.

Wieder bei Frau Lössel am Tisch, sprach ich feierlich:

»Herr Ikarus, in Erinnerung an die glücklichen Stunden, die ich im Hause Ihrer Eltern verleben durfte, möchte ich Ihnen dieses kleine Andenken mitgeben.« Ich überreichte ihm die Armbanduhr. Er wurde rot, stotterte:

»Aber nein, das braucht's doch nicht.«

»So bedank dich doch schön, Ikarusserl! Und daß Sie ›Herr‹ zu ihm sagen und ›Sie‹, das ist aber nicht richtig.« Ikarus zog die Armbanduhr auf, stellte umständlich die Zeiger nach der Wanduhr des Cafés. Dann legte er das Geschenk an, erhob sich, gab Händchen: »Schönen, schönen Dank«, sagte er und hatte eine Träne im Auge. Dann stierte er vor sich hin, am Daumen lutschend.

»Jetzt muß ich mich aber empfehlen, gnädige Frau, sonst versäume ich den Zug, hat mich sehr gefreut, Sie wiederzusehen, Empfehlung an den Herrn Gemahl. Angenehmen Weltkrieg, Ikarus!« Ich drückte beiden die Hand und ging weg, sah mich nicht um.

Die andere Uhr war für Vevi bestimmt, aber ich wollte ihr noch eine Kleinigkeit dazu kaufen. Bei Konditor Wothan war schönes Konfekt im Schaufenster. Im Laden sagte man:

»Konfekt? Gibt es doch schon lang nimmer, in der Auslage das sind nur Attrappen, lackiertes Holz. Kuchen aus Sägemehl haben wir, können die Bude bald zusperren.« Da erkannte mich der Konditor wieder, er war eifriger Meteorist gewesen:

»Ah, sind S'auch wieder hiesig, Herr Emmaus? Schad, daß die Partei aufgelöst ist. Jetzt sieht man erst, wie recht sie hatte. Was schaut denn raus bei der Politik? Nix als Unglück. Alle meine Freund' meinen das auch. Könnten wir nicht wieder bißerl anfangen mit dem Meteor?«

»Seien Sie vorsichtig, Herr Wothan, kommt Zeit kommt Rat. Vielleicht schauen Sie sich inzwischen nach einem zuverlässigen Drucker um, für Werbeschriften.« Wir trennten uns mit dem Meteorgruß. Dann gedachte ich, ihr feine Toilettenseife zu kaufen, im Parfümerieladen hatte man aber nur Bimsstein. Oder ein nettes Handtäschchen aus Krokodilhaut, schaute ganz schön her im Fenster des Ledergeschäfts, war aber nur aus Papier und zerriß beim Besichtigen. Oder Strümpfe, die waren aus einem Surrogat für Ersatzstoffe der Kunstseide hergestellt und nur gegen Bezugschein zu haben und bloß einer in jedem Monat, entweder für das rechte Bein oder für das linke, nach freier Wahl. So gab ich es auf.

»Hast du fleißig gebetet, Vevi?« fragte ich, als ich zurückkam.

»Allerdings, hast du vielleicht etwas dagegen?«

»Im Gegenteil, schau her, was du damit erreicht hast.« Ich zeigte ihr den Packen Scheine, nannte die Summe.

»Natürlich. Und das ist sogar viel mehr, als ich erbeten habe. Nun sind wir die Sorge los.«

»Gar nicht so natürlich. Wie die Rosel beim Füttern deine Armbanduhr verschluckt hat, hast du auch gebetet und nichts hat es genutzt, die Uhr ist nicht wieder zum Vorschein gekommen. Ich habe dir deshalb hier eine neue mitgebracht.«

»Ah, das ist fein, ich danke dir.« Sie betrachtete freudig das Geschenk, dann blickte sie schräg hinauf zu mir.

»Es ist ja meine Uhr. Wo hast du sie gefunden?«

»Meinst du wirklich?«

»Also ist auch da mein Gebet erhört worden, ich hatte schon gedacht, es wäre vielleicht Sünde, daß ich Gott um so etwas bemühen wollte.«

Ich ließ sie bei ihrem Glauben. War es wirklich Aberglaube?

In der folgenden Zeit habe ich dann die Perlenfischerei etwas eifriger betrieben, der gute Verkauf hatte mich angespornt. Wer weiß, wozu man noch Geld brauchen würde!

Mein Buch hatte ich jetzt fertig, es war eine Art Bibel des Meteorismus geworden, betitelt ›Mein Meteor‹. Wie bei der heiligen Schrift bestand der erste Teil aus einer historischen Übersicht, der zweite aus Glaubensartikeln und Hinweisen auf Zukünftiges.

Der Graue

Eines Tages besuchte mich ein kleiner, bekümmert aussehender, älterer Herr, begrüßte mich mit dem Parteigruß, überreichte mir einen Brief von Konditor Wothan: »Das ist der Buchdrucker Lorenz Wirsing, ein alter Freund von mir, absolut zuverlässig, tüchtiger Fachmannn. Er hat eine kleine Werkstatt für Akzidenzdruck, vielleicht könnten wir sie ihm etwas vergrößern.« Nachdem ich eine Weile mit ihm gesprochen hatte, schien er mir in der Tat vertrauenswürdig zu sein. Ich setzte ein Flugblatt auf:

»Deutsche! Ihr leidet Unsägliches. Die Verquickung von Staat und Politik führt euch in den Abgrund. Nur Trennung von Staat und Politik kann euch retten. Das war das Ziel der Meteorpartei. Deshalb wurde sie unterdrückt. Die Meteorpartei kommt jetzt wieder. Sie wird euch retten. Seid bereit.

Der Meteor.«

Ich gab Format, Papier und Druckart an, fragte: »Können Sie das drukken, vorläufig zwei Millionen Stück?« Er meinte, seine Maschinen seien nicht ausreichend dazu, eigentlich müßte es auf Rotationspresse gedruckt werden.

»Nun, drucken Sie einstweilen so viel Sie können, lassen Sie die Zettel von getreuen Leuten in der Stadt verbreiten, an die Wände kleben. Dann werden wir weiter sehen. Was wird es kosten?« Er machte einen Überschlag, nannte den Preis. Ich bezahlte ihm einen freigebigen Vorschuß. Herr Wirsing verlor ein wenig sein kummervolles Aussehen. Als er kam, war er ganz grau in grau gewesen: graues Haar, graues Gesicht, graue Hände, graue Kleidung. Jetzt wurde wenigstens sein Gesicht rosig.

Am liebsten hätte ich mich jetzt längere Zeit nicht um die Entwicklung der Welt und ihrer Geschichte gekümmert. Alles, was geschieht, ist häßlich, schön ist nur, was beruht. Auch die Kunst ist nur schön, wenn sie sich mit ruhenden Dingen befaßt. Gibt es etwas Abscheulicheres als ein Schlachtenbild, wo alles Bewegung und Krampf ist? Doktor Herfurth hatte mir ein altes Bild gezeigt, das einen Höllensturz darstellte, und war enttäuscht, als ich es aus diesem Gesichtspunkt ablehnte und ihm außerdem sagen mußte, daß keiner der alten Meister den Teufel richtig dargestellt habe. Das Wesen des Teufels ist Schwere, er hüpft nicht auf Bocksfüßen, er trampelt.

Ich malte eine wiederkäuende Kuh, die im Grase lag, daneben Vevi im Liegestuhl, ein Buch lesend. Ich hatte ihr versprechen müssen, das Bild nicht ›Wiederkäuer‹ zu nennen. Doktor Herfurth kam dazu und setzte unser Kunstgespräch fort, bestrebt, mich zu der orthodoxen Auffassung von Satans wahrer Natur zu bekehren. Im Eifer, ihm zu zeigen, wie ich mir die Teufelsgestalt dachte, stellte ich sie, mit wenigen dunklen Pinselstrichen, auf die Wiese. Da ließ ich sie, das Bild ist so geblieben, und die Kunstkritiker haben sich später über den Tiefsinn der Idee die Köpfe zerbrochen.

Ein Porträt Doktor Herfurths habe ich gemalt, kurz bevor er nach Rom in ein hohes geistliches Amt berufen wurde. »Wenn Sie einmal dort Papst werden und das Innere der Peterskirche braucht eine neue Wandbemalung, denken Sie, bitte, an mich, Hochwürden.«

»Gewiß, Herr Emmaus, aber ich glaube, die alte ist noch ganz gut.«

Inzwischen ging unser Heer in Feindesland immer weiter vor und unsere Wirtschaft in der Heimat immer weiter zurück. Es wurde klar, daß sie nie zusammenkommen konnten. Die Kluft, die zwischen beiden entstanden war, füllte sich mehr und mehr mit Unzufriedenheit aus und mit Kriegsverletzten, vernichteten Existenzen, Geldentwertung, Hunger. Die Katastrophe war nur noch eine Frage der Zeit.

Mit feiner Witterung begann die Wochenschrift ›Standarte‹ ihre Haltung zu ändern, wozu auch beitragen mochte, daß weder die Soldaten im Felde noch irgendwer in der Heimat das Blatt mehr anschauen wollte. Die Militärverwaltung nahm kein einziges Exemplar mehr ab, der Absatz sank rapid. So versuchte die Redaktion, sich wieder mehr im alten Meteor-Sinne zu betätigen, vorläufig mit dem Resultat, daß der Rüstungskonzern seine Subvention einstellte. In dieser Zeit wurden zum ersten Mal unsere Meteor-Flugblätter verbreitet und an die Mauern geklebt. Sie hatten ungeahnte Wirkung: Zunächst die, daß Quartaller verhaftet, die ›Standarte‹ konfisziert und verboten wurde. Die Militärbehörde war nämlich fest überzeugt, daß diese Propaganda auf das Konto des alten ›Meteor‹ zu setzen sei, mochte er sich noch so sehr als ›Standarte‹ tarnen. Quartaller konnte sich gegen die unerhörte Beschuldigung nicht verteidigen, denn, bevor er noch dazu kam, war er schon standrechtlich erschossen. Auch alle Mitarbeiter und Redakteure wurden festgenommen. Nur Resniksen war es gelungen, rechtzeitig nach Island zu flüchten. Eugen Lomohl, der als verantwortlicher Redakteur der Zeitschrift zeichnete, konnte nicht eingestehen, an der Herstellung und Verbreitung der Flugblätter beteiligt zu sein. Man betrachtete das als freche Verstocktheit, gnadenweise wurde er nur zu lebenslänglichem Kerker verurteilt, verschärft durch zwei Fasttage wöchentlich. Er bat, man möge ihm die Fasttage erlassen, weil er magenleidend sei. Das wurde ihm zunächst gewährt. Nach drei Monaten hat die oberste Instanz aber die Begünstigung widerrufen und verordnet, daß die versäumten Fasttage sofort nachzuholen seien. Da das sechsundzwanzig Fasttage hintereinander ergab, ist diese Zierde der deutschen Dichtkunst leider im Gefängnis verhungert. Die Brüder Horzel hatten den wirtschaftlichen Zusammenbruch der ›Standarte‹ vorausgesehen und sich bereits vierzehn Tage vor unserem Flugblattversuch von ihr zurückgezogen, sich zum Heeresdienst an die Front gemeldet, ihr vaterländisches Gewissen verlangte das dringend. Nun vermutete die Militärbehörde, sie hätten heimliche Agitation im Heere betreiben wollen, holte sie zurück und sperrte sie ein. Es war Haussuchung bei ihnen gehalten worden. Dabei hatte sich allerdings nichts Belastendes ergeben, was aber nur ihre Schlauheit und Vorsicht zeigte. Unter ihren Briefschaften fand sich mancher Beweis ihrer Feindschaft gegen mich, und es wurde ersichtlich, wie sie mich hinterlistig um mein Haus gebracht hatten. Das kam mir jetzt sehr zugute, verhinderte, daß Verdacht auf mich fiel.

Wirsing war klug genug, seine Tätigkeit vorläufig ruhen zu lassen, ich hätte es ihm gar nicht anzuempfehlen brauchen.

Es dauerte nicht lange, da war der ganze Standarten-Verlag bankrott, kam samt Druckerei zur Versteigerung. Das Angebot Herrn Wirsings war so lächerlich gering, daß wir fürchteten, es würde nicht angenommen werden. Doch die beiden anderen Gebote, das eine von Horzels Vater, das andere von einem rheinischen Großindustriellen, der dem Rüstungskonzern nahe stand, waren noch viel niedriger. So erhielt Wirsing den Zuschlag. Ich war geheimer Teilhaber. Nun mußten Druckerei und Verlag zuerst vorsichtig geführt werden, um nicht neuerdings Mißtrauen der Behörden zu erregen.

Ich bat Oberst von Pressath, seine Geschichte der Stadt Passau, die längst vollendet in seinem Schreibtisch ruhte, im Verlag Lorenz Wirsing erscheinen zu lassen, verschaffte ihm einen überraschend günstigen Vertrag.

Monsignore Doktor Herfurth vermittelte uns Druck und Verlag religiöser Abhandlungen und katholischer Schulbücher, an diesen war sogar viel zu verdienen.

Um ganz sicher zu gehen, verlegten wir auch eine nationalhoffnungsvolle Broschüre: ›Deutsche seid unverzagt!‹ von Korvettenkapitän Graf Edderkopp und den hochgesinnten Roman eines bekannten Kolonialschriftstellers: ›Afrika – Lebenstraum – Lebensraum.‹

So waren wir ein Unternehmen, dessen Treue zu Thron und Altar niemand anzuzweifeln gewagt hätte.

Eine weitere ungeahnte schnelle Wirkung hatte unser Meteor-Flugblatt gehabt: Es überzeugte von neuem eine sehr große Zahl früherer Mitglieder, daß nur die Meteorpartei die Menschheit retten könne, und es bildeten sich, unabhängig voneinander, überall im Verborgenen Gruppen und Verbände, die nur darauf warteten, in Tätigkeit zu treten. Dieses Feuer durfte nicht wieder erlöschen. Wirsing druckte heimlich Millionen von Werbeschriften und verstand es, sie im ganzen Reich auf eine Weise zu verbreiten, daß es schien, als seien sie nicht in München gedruckt worden, sondern in Berlin.

»Warum macht ihr so gefährliche Sachen«, fragte mich Vevi, »was haben wir davon? Sicher sind euere Ideen richtig. Aber weshalb muß jeder Mensch, der eine richtige Idee hat, andere dazu bekehren wollen? Wo er doch ruhig abwarten könnte, bis es denen selber einfällt. Du wirst nie ein Apostel werden, ein Apostel ist immer ein aufgeregter Mensch und das bist du nicht. Im Grunde seiner Seele möchte jeder Mann ein Held sein, auch wenn er es nicht kann. Du kannst Bilder malen, du kannst in der Sonne liegen, um über die Welt und ihre Wunder nachzudenken, ich kann Tiere und Pflanzen züchten. Dazu hat uns Gott bestimmt.«

»Vielleicht hast du recht, aber findest du nicht, daß es wertvoller ist, neue Menschen zu erziehen als neue Gurken?«

»Nein! Und die Gurken schießen uns nicht tot.«

Ich bin gewiß nicht leicht zu beeinflussen, aber nun faßte ich den Entschluß, den Dingen vorerst ihren Lauf zu lassen. Wirsing würde es schon machen, er war voll zäher, grauer Energie, eine knochige Natur.

Im Garten hatten wir eine Pflanzung junger Apfelbäume angelegt. Einer davon trug jetzt zum ersten Mal Früchte, sie leuchteten rot aus dem dunklen Laub. Ich versank in seinen Anblick, fühlte mich von der Schönheit tief bewegt. Ich malte ihn. Als ich fertig war, kam Vevi, umarmte mich freudig. Fühlte sie sich als Siegerin? Ein Bild erschien mir: Der Baum des Paradieses wächst aus Evas Unterleib empor, sie liegt lächelnd auf der Erde, Adam steht verdutzt daneben, den gepflückten Apfel in der Hand. So fügte ich diese Figuren hinzu. Mag sein, daß ich die Malerei dadurch verdorben habe.

In der Folge habe ich viele Landschaften gemalt, die ganze Seligkeit jener Tage strahlte aus ihnen. Es war eine glückliche Zeit. Nur selten bedrückte mich der Gedanke, daß wir vielleicht die einzigen zwei wunschlosen Menschen waren, die es jetzt im Lande gab.

Genoveva begann rundlich zu werden. »Es bewegt sich schon. Fühle!« sagte sie am Abend. Ich mußte die Hand auflegen:

»Ja, ich glaube, es übt Kniebeugen, hoffentlich wird es kein Sportsmensch.«

»Warum nicht? Sport ist das beste Surrogat für Arbeit, das es gibt.«

»Nein, sonst würden Arbeiter nicht Sport betreiben.«

»Sie brauchen eben nicht mehr so viel zu arbeiten, seitdem man Maschinen hat, je mehr Maschinen, desto mehr Arbeiter-Fußball.«

»Ich will nicht, daß es Fußball spielt, dann noch lieber Tennis.«

»Aber vielleicht möchte es Boxer werden. Weshalb machst du ihm Vorschriften? Ich glaube, du liebst es gar nicht.«

»Doch, ein bißchen, besonders solange es noch ein Teil von dir ist.« Ich küßte den warmen Leib. – Wir lebten wie verzaubert dahin auf unserer Höhe, ringsum in den Niederungen war Elend, wachsende Not und Verzweiflung.

Die Glocken läuteten: Waffenstillstand. Der Krieg war verloren. Soldaten strömten zurück, unregelmäßig, verwirrt, voller Zorn gegen die Mächtigen. Sie konnten sich nicht so schnell daran gewöhnen, wieder Einzelwesen zu sein, deshalb bildeten sie, nach russischem Muster, Arbeiter- und Soldatenräte. Die sollten das Land regieren.

Zeitig in der Frühe war ich mit Dellinger beschäftigt, im Keller den Verschlag für ein erwartetes neues Heimschwein herzurichten, als plötzlich zwei leicht angetrunkene Soldaten in schäbiger Uniform, mit roten Armbinden, neben uns standen, Gewehre umgehängt, unrasiert, verwahrlost.

»Welcher von euch ist der Festungshäftling Emmaus?«

»Ich, was wünscht ihr?«

»Der Arbeiter- und Soldatenrat läßt dir sagen: Der König ist abgesetzt, der Kaiser auch. Sind ausgerückt. Die Offiziere haben nichts mehr zu befehlen. Genosse Emmaus, du bist frei.« Ich drückte ihnen die Hände, sprach:

»Kameraden, Genossen, ich danke euch. Die Stunde der Befreiung hat geschlagen. Ich übernehme hiermit die Festung Oberhaus. Sie bleibt in unserer Hand.« Dellinger fing an zu lachen. Das konnte gefährlich werden.

»Genosse Dellinger«, sprach ich, indem ich ihm heimlich auf den Fuß trat, »ich sehe, daß auch du dich über unsere Befreiung freust. Diese Kameraden haben mir die Verantwortung für den Festungsbetrieb übertragen. Du wirst deine Arbeit fortsetzen wie bisher, ebenso die Genossin Guggemos.« Er blieb im Keller, ich stieg mit den beiden Soldaten die Treppe hinauf. Sie wollten mir den Vortritt lassen.

»Nein, bitte, nach euch«, sagte ich.

»Nein, nach dir.«

»Aber bitte sehr, ich bin hier zu Hause.« So gingen sie voraus, was immerhin sicherer war, denn sie hatten Gewehre.

»Jetzt wollen wir zum Kommandanten«, sagten sie. Ich war darüber beunruhigt, er würde die Situation nicht gleich begreifen. Mein erster Gedanke war, unter irgend einem Vorwand vorauszueilen, um ihm alles zu erklären. Aber bei seiner Taubheit hätte ich so brüllen müssen, daß man es im ganzen Haus gehört haben würde. Angstschweiß stand mir auf der Stirn, als wir bei ihm eintraten, ohne Anklopfen, denn das hörte er doch nie. Er saß, mit dem Rücken zur Tür, vor seinem Schreibtisch. Auf dem lag ein Extrablatt der Passauer Zeitung mit der Nachricht von Waffenstillstand, Zusammenbruch und Monarchenflucht. Über einen Stuhl war sein Gala-Uniformrock gehängt, von dem hatte er die Orden und die Epauletten entfernt, sie lagen in einer noch offenen Schachtel, daneben auf der Tischplatte sein Säbel, eine Paketadresse und ein angefangener Brief in des Obersten altmodischer, zitteriger Schrift:

»An die löbliche königliche bayrische Heeresverwaltung. Nach den letzten Ereignissen glaubt der ergebenst Unterzeichnete es nicht mit seiner Ehre vereinbaren zu können, fürderhin der kgl. bayer. Armee anzugehören und sendet – – –«, dann war die Feder zu einem Tintenstrich ausgeglitten, lag am Boden.

Der Oberst hatte uns nicht bemerkt, ich tippte ihm vorsichtig auf die Schulter, er rührte sich nicht. Ich suchte, mich seitwärts stellend, von ihm gesehen zu werden.

Glasig stierten seine Augen hinter den Brillengläsern. Ich faßte nach seiner Hand, die schlaff über der Armlehne hing, sie war eiskalt.

Ich berührte ihn leicht, er sank steif vornüber wie eine Holzpuppe.

»Er ist ohnmächtig geworden, wir wollen ihn auf das Sofa legen.« Die Soldaten faßten mit an, er war leicht zu heben.

»I wo! Der ist maustot, schon eine ganze Weile, das kenn' ich«, lachte der eine, der andere nahm die Mütze ab und bekreuzigte sich.

Eine Fliege saß auf der Unterlippe des Kommandanten.

»So, nun wären wir hier fertig, nun können wir wieder Adjö sagen.«

»Einen Augenblick, Genossen! Ihr müßt mir sofort einen Arzt heraufschicken. Und dann, ihr seht, der Kommandant teilte durchaus unsere Ansichten. Sorgt dafür, daß er als Soldat begraben wird. Auf Wiedersehen, Genossen.«

Sie versprachen es, waren jetzt ganz nüchtern geworden, wir gaben uns zum Abschied die Hand. Der Arzt kam bald, stellte den Tod fest und Herzschlag als Ursache. Er übernahm es, die Obrigkeit zu benachrichtigen.

»Wird nicht ganz leicht sein«, bemerkte er dazu, »denn es gibt keine mehr«. Dellinger und Frau Guggemos waren sehr erschüttert. Nun hatte ich die schwere Aufgabe, Vevi den plötzlichen Tod des Obersten mitzuteilen, ich bin sehr ungeschickt bei so etwas. Wo steckte sie denn? Nur gut, daß sie nicht unversehens dazu gekommen war, sie hatte wohl nichts von den Vorgängen gemerkt. Im Hause fand ich sie nicht, ich ging sie im Garten suchen. Da kam sie schon aus dem Gewächshaus, Mauspetz schmiegte sich schmeichelnd an sie.

»Ich dachte schon, Mauspetz ist toll geworden«, sagte sie, »er hat mich ins Gewächshaus begleitet, als ich wieder hinausgehen wollte, stellte er sich quer vor die Tür und ließ mich nicht vorbei. Zureden half nichts, ich versuchte, ihn mit Gewalt beiseite zu schieben, da knurrte er, fletschte die Zähne, biß nach mir. Ich glaube, fast zwei Stunden hat er mich so im Gewächshaus festgehalten. Jetzt endlich hat er, wie um Entschuldigung bittend, meine Hand geleckt und den Ausweg freigegeben. Wenn er nur nicht doch verrückt wird! Schau, jetzt läuft er winselnd in's Haus.«

»Nein, er ist sehr vernünftig, er wollte dir jede Aufregung ersparen.« Ich erzählte ihr, welche Besucher da gewesen waren.

»Und jetzt sitzt er wahrscheinlich vor der Tür des Kommandanten und weint.«

»Warum?«

»Der arme Kommandant!«

»Sag mir alles. Haben sie ihn umgebracht?«

»Nein, sie haben ihm gar nichts getan. Sie waren ganz nett. Sie haben sogar versprochen, daß er sein Soldatenbegräbnis bekommt.«

»Also ist er tot?«

»Natürlich, man wird ihn doch nicht lebendig begraben.«

»Ja, das wäre schrecklich.«

»Furchtbare Idee, lebendig begraben zu werden!«

»Ach Emmaus, wie gut, daß ihm das erspart geblieben ist! Er war ein braver Mensch.« Sie weinte, es waren aber nur Tränen zweiten Grades.

Nach einigen Tagen hat das Begräbnis mit kirchlichen und militärischen Ehren stattgefunden. Das Militärische dabei würde allerdings den seligen Kommandanten nicht recht befriedigt haben. Es war zwar gut gemeint, aber die Soldaten waren nicht ganz kommentmäßig in Uniformen und Haltung. Doch Gewehrsalven wurden abgeschossen, der Stuckenschmied hielt eine schöne Rede auf ›Genosse Pressath‹, in der er jene denkwürdige Einladung in Oberhaus beschrieb. Der Pfarrer sprach ergreifende Worte. Vevi hatte all die schönen Blumen ihres Glashauses abgeschnitten und als letzten Gruß geschickt. Sie selbst war nicht erschienen, aber Mauspetz.

In Passau, wie in den meisten Provinzstädten, trat bald wieder etwas Ordnung ein. Es war zwar ein Arbeiter- und Soldatenrat eingesetzt, aber dieser Rat hatte keine Ahnung von der Verwaltungstechnik. Damit nun nicht alles in's Stocken käme, hatten sich die Beamten aufopfernderweise bereit erklärt, auf ihren Posten zu bleiben und ihre Funktionen weiter wie bisher auszuüben. Auch die Geistlichkeit hatte, nach einigem Zögern, jeden Widerstand aufgegeben, überlegte bereits, ob in der Kirche für die Räterepublik gebetet werden solle. Die alten Behörden der Stadt suchten also die neue Wirtschaft in Gang zu bringen, es gab wieder mehr Lebensmittel, lang verzögerte Ausbesserungen wurden vorgenommen, Arbeiter fanden Beschäftigung. Stillschweigend war man übereingekommen, politische Fragen nicht in der Öffentlichkeit zu erörtern. Passau war somit ein Staatswesen mit rein praktischen Zielen, ohne Politik, die Verwirklichung des meteoristischen Ideals. Schade, daß der Oberst diese letzte Entwicklung seiner geliebten Stadt nicht mehr erlebte, er hätte sonst seiner Chronik einen Nachtrag beifügen können: ›Passau der Welt voran.‹

Nicht so glatt entwickelten sich die Dinge in den Großstädten. In München herrschte heilloses Durcheinander, hier prallten die Meinungen schärfer aufeinander. Die Kirche lehnte es bestimmt ab, die Revolution einzusegnen. Die Beamten erklärten sich zwar bereit, weiter zu funktionieren, ihr Angebot wurde aber abgelehnt, weil sich die Räte die schönen Stellungen nicht entgehen lassen wollten. Arbeiter und Soldaten setzten sich in den Amtsstuben fest, kannten sich nicht aus, brachten die ganze Wirtschaft in Verwirrung. Alles stockte, die Läden waren geschlossen, wurden manchmal geplündert, aufgeregte Menschen diskutierten in den Straßen, ab und zu wurden vorlaute Bekenner reaktionärer Anschauungen auf der Stelle erschossen, denn es gab viele Bewaffnete. Redaktionen wurden besetzt, gezwungen, ihre Zeitungen einzustellen oder im Sinne der Räterepublik zu verändern. Druckereien wurden verstaatlicht.

Nur Herrn Lorenz Wirsing gelang es, seinen Betrieb aufrecht zu erhalten. Als man kam, um ihn zu enteignen, führte er die Soldatenräte in die Geheimabteilung seiner Offizin, zeigte ihnen die Matern der Meteor-Flugblätter und die Maschinen, auf denen sie gedruckt wurden. So konnte er seine oppositionelle Stellungnahme nachweisen und blieb verschont.

Nur eine Flasche Wacholderbranntwein und ein Kistchen Zigarren, die im Kontor standen, wurden sozialisiert.

Wirsing begann jetzt, in ungeheuer großer Auflage mein Buch zu drucken. Doch auch sonst hielt er es für geboten, daß die Meteorpartei wieder kräftig hervortrete. Fortwährend fanden Volksversammlungen statt, in denen Redner ihre Weltverbesserungsvorschläge austobten. Immer von neuem schrieb Wirsing mir, es sei jetzt an der Zeit, daß ich zu unserer Sache zurückkehre, nach München käme. Vevi war dagegen:

»Ich könnte dir ja seine Briefe unterschlagen, es wäre vielleicht meine Pflicht, aber eine Frau muß trachten, ihren Mann so wenig in seinen freien Entschlüssen zu beeinflussen, daß er ganz von selbst alles unterläßt, was ihr Kummer macht. Unser Kind soll nicht als Waise zur Welt kommen. Oder sogar als Doppelwaise.«

»Das wäre ein Kunststück. Du hast recht. Ich beabsichtige nicht, Waisenzüchter zu werden, und als Witwe würdest du mir nicht gefallen. Schwarz kleidet dich nicht. Aber immerhin – – –«

»Was immerhin?«

»Nichts – ich meinte nur – Winterlandschaften male ich nicht gern. Die Füße gefrieren einem und die Ölfarben. Schnee ist traurig.«

»Ich auch. Ach, Emmaus, guter Emmaus, manchmal bist du mir so fern.«

Sie umarmte mich stürmisch, weinte Tränen ersten Grades. »Jetzt kommt Weihnachten. Das war immer so schön. Wie wird es dieses Jahr sein?«

Ich streichelte ihr Haar. Im Munde verspürte ich einen Geschmack, als habe ich in eine Schlehe gebissen.

Von draußen ertönte eine Hupe. Zum ersten Mal, daß ein Auto es fertig brachte, den steilen Berg herauf zu fahren, noch dazu bei diesem Schnee. Wirsing kam, mich zu holen.

Ich fuhr mit.

Er saß grau und verkniffen am Lenkrad, in grauem Mantel, chauffierte sehr gut. Auch der Wagen war grau. »Das Graue kommt über mich«, dachte ich. Wenn er sprach, war es immer so leise und eindringlich, als vertraue er mir ein wichtiges Geheimnis an. Er sprach wenig.

»Morgen ist große Volksversammlung im Bürgerbräusaale, Sie werden für die Meteorpartei sprechen, Herr Emmaus.«

»Nein, ich bin kein Redner. Ich will umkehren. Fahren Sie zurück!«

»Ich habe für Sie ein Zimmer im Hotel Vier Jahreszeiten reserviert, war schwierig, alles überfüllt.«

»Nein, fahren Sie mich zurück!«

Er warf mir nur einen verächtlichen Blick zu, die dünnen Lippen zu einem Grinsen verzerrt, seine zusammengepreßten Kiefer traten in starken Muskeln hervor. Ich versuchte, ihm in's Lenkrad zu fassen. Seine linke Hand ergriff meinen Arm, schob ihn zurück mit eiserner Kraft.

Das einst so vornehme Hotel war jetzt angefüllt mit Soldatenräten, Schiebern, Huren. Im Souterrain befand sich eine Weinstube, in der ich früher oft gespeist und manche fröhliche Stunde verlebt hatte. Jetzt ging es wüst dort zu. Es gelang mir, meinen altgewohnten, stillen Eckplatz zu erwischen, der mir lieb war, denn von ihm aus konnte man die Gäste sehen, wenn sie die Treppe herabkamen, und er war eine akustische Merkwürdigkeit: dort sitzend, hörte man deutlich die leisesten Gespräche, die weit entfernt an der anderen Seite des Lokals geführt wurden. Aber jetzt sprach man sehr laut. Kriegsverdiener tranken Sekt aus Bierkrügen. Da war auch der Händler, der meine Perlen gekauft hatte. Gerade verschacherte er eine davon, zeigte sie seiner Gesellschaft. Der Geldwert war inzwischen so gesunken, daß sie tausendmal so viel kostete, als ich dafür bekommen hatte, jeder wollte sie haben, man überbot den Preis. Ich nahm zwei Perlen aus meiner Westentasche, eine davon war ein Riesenexemplar. Ich klemmte sie wie ein kleines Monokel in's Auge, stand auf und warf dem Mann eine leere Zündholzschachtel an den Kopf, um ihn auf mich aufmerksam zu machen, trank ihm zu. Er erkannte mich, kam erfreut an meinen Tisch. Wir wurden bald handelseinig. Von einem Gast, der eben zwei bratfertige Gänse verkauft hatte, erwarb er den leeren Rucksack, den bekam ich voll Geldscheine gestopft. Ich wollte am nächsten Tag die Hälfte davon an Vevi schicken. Soldaten verkauften Silbersachen, die sie vom Felde der Ehre mit heimgebracht hatten, verschenkten auch einiges davon an zutunliche Mädchen. Einer hatte ein herziges Spiel erfunden: er nahm einen silbernen Löffel quer in den Mund, und die Dame mußte versuchen, ihn mit ihren Lippen an sich zu reißen. Wenn es gelang, durfte sie ihn behalten. Das führte zu ausgiebigen Küssen und oft zu Ringkämpfen, die im Lokal nicht fertig ausgetragen werden konnten. Ein alter Bekannter kam die Treppe herunter: Daffodil. Merkwürdigerweise war er nicht in vornehmer Gesellschaft, sondern Arm in Arm mit gewöhnlichen Rätesoldaten in abgeschabten Uniformen, roter Armbinde. Der Oberkellner hatte Mühe, ihnen begreiflich zu machen, daß Gewehre in der Garderobe abzugeben seien, die Armeerevolver behielten sie an. Ich studierte die Weinkarte, und Daffodil bemerkte mich nicht. Gerade war ein Tisch frei geworden, weit von meinem entfernt, aber akustisch für mich sehr günstig, ich verstand jedes Wort, das sie flüsterten. »Da war nix zu machen, Genosse Daffodil. Vorgestern haben wir ihm aufgelauert, der Stiermeier und ich. Aber grad wie wir losschießen wollen, dreht sich der Wirsing um, knipst sein Taschenlamperl an, haut mir eine Mordswatschen hinein und tritt den Stiermeier in den Bauch, daß er umfällt. Hätten's nicht gedacht von so ein' kleinem Manderl, gelt Stiermeier? Schönen Gruß an Herrn Daffodil hat der Wirsing gesagt und weg war er.«

»Das habt ihr ungeschickt gemacht, liebe Genossen, da zahl ich euch nix. Na, das, was ihr im vorhinein bekommen habt, dürft ihr behalten. Vielleicht gelingt es euch später einmal. Aber mit dem Emmaus müßt ihr es besser anstellen. Gewiß ist er morgen im Bürgerbräu bei der Versammlung.«

»Wir kennen ihn aber nicht. Wie schaut er denn aus?«

»Ich bin morgen dort und zeige ihn euch. Ah, da kommt Genosse Zralok, mit dem habe ich etwas Wichtiges zu besprechen. Ihr geht jetzt wohl heim? Kellner, zwei Flaschen Champagner für die Herren, Henkel Trocken! Die könnt ihr euch mitnehmen! Also bis morgen im Bürgerbräu.«

Ich hörte deutlich, wie Stiermeier murmelte: »Das wollen Genossen sein! Großkopfete sind's, Kapitalisten, und zahlen wollen's nix. Ausschmieren wollen's uns, gelt Guggemos? Das nächste Mal soll sich der Daffodil selber in den Bauch treten lassen. Gehn mer, Guggemos!« Sie gingen mißmutig mit ihren Sektflaschen weg, während Daffodil einen großen, dicken, pelzbekleideten Herrn begrüßte, der gerade in Gesellschaft einer übertrieben eleganten, jungen Kabarettsängerin eingetreten war.

Ich zahlte schnell, nahm meinen Rucksack und ging den beiden Soldaten nach. Mir war eingefallen, daß unsere Wirtschafterin Frau Guggemos einen Neffen beim Militär hatte, der Name war nicht häufig.

»Grüß Gott, Genosse Guggemos, ich soll dir Grüße ausrichten von deiner Tante in Oberhaus, du sollst sie mal besuchen.« Er blieb erstaunt stehen, ich ließ ihn nicht dazu kommen, mich zu fragen, woher ich ihn kenne.

»Gelt, und das ist der Stiermeierfranzl?«

»Nein, der Franzl ist mein Bruder, ich bin der Schorschl.«

»Was tut ihr denn mit dem Schampus? Das grauslige Zeug laßt sie nur selber saufen, die Schieber, jetzt geht's mit mir auf ein Maß Bier nüber ins's Hofbräu.« Ich bewirtete sie ausgiebig mit Bier und Würsten, hier fühlten sie sich viel gemütlicher als in der protzigen Weinstube, kamen sehr in Stimmung.

»Weshalb habt ihr denn den Wirsing durchtun wollen?«

»Mir? Wer sagt denn jetzt sowas? So eine Lüge eine ausgeschämte!«

»Nur stad, Kameraden! Wenn es doch der Daffodil heut mittag im Café Luitpold erzählt hat.«

»Schauts so einen Lumpen an! Geht her und verrat die ganze Geschicht' und mir dürfen die Köpf' hinhalten für die großen Herrn und dann zahln's nix.«

»Seids schön dumm! Der Wirsing ist ein ganz kommoder Mann und er arbeitet für das Volkswohl und gegen die Waffenfabrikanten und deshalb wollen die ihn abdackeln lassen. Daffodil ist der oberste Direktor von denen, ist kein Genosse, sondern ein Reaktionär, ein verdächtiger.«

»Da wären mir ja sauber eingegangen!«

»Überhaupts, das gehört sich nicht, daß ein Genosse den andern totschießt, mag er noch so gut bezahlt werden dafür.«

»Ist denn der Wirsing ein Genosse?«

»Natürlich. Er ist Meteorist und die wollen ganz dasselbe: nie wieder Krieg, nie wieder Politik, Freiheit. Ich bin auch Meteorist. Deshalb will der Daffodil, daß ihr mich morgen abkillen sollt. Ich bin nämlich der Emmaus. Könnt's ja gleich jetzt machen, wenn ihr wollt.«

»Jetzt, wo es grad so gemütlich is? Du, Stiermeier, ist es nicht gescheiter, wir schießen morgen den Daffodil 'nauf?«

»Freilich. Was meinst denn du, Genosse Emmaus?«

»Ich meine, die dumme Schießerei muß überhaupt aufhören, jetzt wo der Krieg aus ist. Die Waffenindustrie kann man nur kaputt machen, wenn man ihr Gelump nicht mehr verwendet.«

»Vielleicht könnte man ihn aber ein bisserl mit dem Messer stupfen, daß er hin wird.«

»Nein, Kameraden, das würde ihn nicht überzeugen und niemanden. Eine Watschen genügt.« Ich entnahm meinem Rucksack ein kleines Bündel Geldscheine, teilte es gleichmäßig an die beiden aus.

»Alles für das Wohl des Volkes«, sagte ich feierlich.

»In Ewigkeit Amen«, antwortete Guggemos, und sie stopften das Geld in die Hosentaschen. Dann ließen sie die beiden Sektflaschen aufknallen, schenkten die Maßkrüge voll. Ich mußte mithalten. Sie wurden immer fröhlicher, sangen die Arbeitermarseillaise. Ihr Gesang ging allmählich in ›Ich hatt' einen Kameraden‹ über, schließlich gröhlten sie ›Die Wacht am Rhein‹. Da merkte ich, daß es Zeit wurde schlafen zu gehen. Herzlich verabschiedete ich mich von meinen Mördern.

Am folgenden Morgen hatte ich eine Besprechung mit Wirsing. Ich fand das ehemalige Redaktionslokal voll neuer und alter Meteoristen. Alle in der Meteortracht, mit verschiedenen Grad-Abzeichen, die mir neu waren, auf Ärmeln, Mützen, Aufschlägen. Wirsing hatte fleißig organisiert. Als ich eintrat, stand er auf, schritt gemessenen Schrittes auf mich zu. Alles schwieg, und er sagte mit seiner leisen Geheimnis-Stimme:

»Emmaus ist eingetreten.« Stehend erhoben alle die Arme zum Meteorgruß, ich erwiderte ihn. Ich war der Einzige, der nicht im Meteorkostüm war. Die Unordnung in diesem Raum war noch die gleiche wie zur Quartaller-Zeit, eher noch größer, da jetzt überall Stühle herumstanden. Auf die setzte man sich, schweigend, rauchend, bald war die

Luft verqualmt. In der Mitte war jetzt ein langer Tisch, auf dem Haufen von Drucksachen lagen, die niemand ansah. Ich saß an der einen Schmalseite, Wirsing an der gegenüberliegenden. Er klopfte mit einem Bleistift auf die Platte, dann sprach er, ohne aufzustehen, fast flüsternd, so daß man lauschen mußte:

»Meteoristen! Ich gebe kurz einen Bericht über die Lage. Wir haben durch Flugschriften und Agitation viele neue Anhänger geworben. In München allein zählt der Meteor jetzt zehntausend achthundert und zwanzig eingeschriebene Mitglieder, und wohl ebenso viele sympathisieren mit unserer Sache. Die Partei der Räte und Soldaten hat in vielen Punkten die gleichen Ziele wie wir, zum Beispiel Beseitigung der Diplomatie, gleiches Recht für alle, Volkswohlfahrt, nie wieder Krieg. In anderen Punkten sind ihre Anschauungen von den unseren verschieden, das Selbstbestimmungsrecht der Einzelperson erkennen sie nicht an, sie wollen das Privateigentum aufheben, sie glauben, den Krieg ausrotten zu können, indem sie Andersdenkende mit Waffengewalt unterdrücken. Was sie erstreben, ist eine Beamtenhierarchie, nur mit anderem Vorzeichen als die bisherige, wir erstreben Beseitigung der Beamtenwirtschaft und Verwaltung des Staates nach gesunden kaufmännischen Gesichtspunkten. Damit uns die Räte nicht bekämpfen, sondern fördern, müssen wir das Gemeinsame unserer Anschauungen betonen, die Unterschiede vorläufig im Hintergrund lassen. In diesem Sinne wollen wir heute in der großen Volksversammlung auftreten. Ich schlage vor, daß dort der Begründer unserer Partei, Emmaus, der für unsere Sache vier Jahre hinter Kerkermauern geschmachtet hat, das Wort ergreift.« Alle stimmten begeistert zu. Ich antwortete:

»Meteoristen! Euer Vertrauen ehrt mich, aber ich bin ein schlechter Redner. Mein Stimmorgan ist nicht volltönend und mir fehlt die Gabe, hinreißend und mit Feuer zu sprechen. Gewiß ist unter euch einer oder der andere, der dieses Talent besitzt. Ich möchte ihn mit der Aufgabe betrauen. Noch eins ist zu erwähnen: Wir dürfen in der Versammlung nicht als geschlossene Partei auftreten, noch nicht. Deshalb empfehle ich, daß keiner in Meteoristentracht hingeht, wir müssen uns einzeln und unauffällig unter die übrigen Anwesenden mischen, um nicht als abgesonderte Gruppe den Räteparteilern gegenüberzustehen. Das hat noch einen anderen praktischen Grund: Der Rüstungskonzern weiß, daß wir ihm gefährlicher sind als die Räte, und hat bereits versucht, leitende Meteoristen ermorden zu lassen. Wir müssen wachsam sein, das können wir am besten, wenn unsere Mitglieder unkenntlich im Saale verstreut sind.«

Vielleicht meinte man, daß ich aus Furcht vor einem Attentat nicht reden wolle, jedenfalls fand sich kein anderer, der es für mich übernahm. So blieb mir nichts übrig, als einzuwilligen.

Volksversammlung

Der Riesensaal des Bürgerbräus war überfüllt, tausende fanden keinen Platz, drängten sich, trotz der Winterkälte, im Freien um die Eingänge. Viele Rätesoldaten waren da, meistens bewaffnet, auch viele Bürger aller Schichten, sogar Bauern und zahlreiche Frauen und Mädchen. Die meisten Biertische waren aus dem Saal entfernt, um Raum zu schaffen, man stand Schulter an Schulter. Auf dem Podium saß eine Art Komitee, bestehend aus einigen Landtagsabgeordneten, einigen Abgesandten der russischen Räterepublik, aus Herrn Simon Ochler, früher ein kleiner Literat des Arbeiterblattes, nun Vorsitzender des Arbeiter- und Soldatenrats, und aus Herrn Wirsing, der hatte eine große Pappschachtel neben sich gestellt. Man beabsichtigte, die Versammlung in größter Ordnung durchzuführen, nur angemeldete Redner sollten sprechen, sie hielten sich in der Nähe des Podiums auf. Ich auch. Daneben hatten sich die Musikanten der Gewerkschaft mit ihren Instrumenten niedergelassen.

Ochler ergriff das Wort. Sein Aussehen war weit von dem eines Arbeiters oder Soldaten entfernt, offenbar nach dem Bildnis von Karl Marx gestaltet. Er hatte langwallende, graumelierte Haare, einen schütteren weißen Vollbart, sein Kopf saß viel zu groß auf dem dürftigen Körperchen, er trug einen schwarzen Zwicker im Gesicht an einem Kettchen, das seinem kragenlosen roten Hemde entsprang. Das Hemd stand offen und ließ unter dem Bart noch ein wenig von seiner behaarten Brust sehen. Trotz des roten Hemdes trug er steife, weiße Röllchen, die ihm beim Sprechen immer aus den Ärmeln hervorrutschten und durch eine Handbewegung zurückgeschnellt werden mußten. »Arbeiter und Soldaten! Wir wollen zuerst die Marseillaise singen.« Die Musik setzte ein, ohrenbetäubend schallte der Gesang der Menge, auch Ochlers Mund war weit aufgesperrt, deutlich sang er mit. Als es ruhig geworden war, sprach Ochler: »Arbeiter, Soldaten, Deutsche, Europäer! Die Weltrevolution marschiert. Tausend Jahre, ja Äonen der Schmach liegen hinter uns, sind überwunden. Der Kapitalismus ist besiegt, wälzt sich wie ein getöteter Drache am Boden in seinem Blute, dem Blute, das er dem werktätigen Volke ausgesaugt hat. Nie wird er sich wieder erheben, nie wieder die Welt mit seinem Gifthauch verpesten.«

»Lauter! Lauter!« rief man im Saale, seine dünne Stimme drang nicht durch, und er suchte sie gewaltsam zu steigern, das ergab ein komisches Krähen, als er fortfuhr:

»Die Monarchie ist restlos vernichtet, der Militarismus auch, zur Gänze, auf ewig. Das verdankt der Erdkreis dem deutschen Soldaten, der jetzt in den Streik getreten ist, den glorreichsten, den erhabensten aller Streiks, den die Weltgeschichte kennt. Deutsche, Genossen! Noch wissen die Feinde der Monarchie Deutschlands nicht, daß wir diese genau so bekämpfen, wie sie es so erfolgreich getan haben. ›Liebet eure Feinde‹, lautete ein Wahlspruch des nun zum alten Eisen geworfenen Aberglaubens. Aber ihr Feinde draußen an des Reiches Grenzen, wisset, daß wir euch lieben, weil ihr unsere Ausbeuter zerschlagen habt. Alles für das Volk und durch das Volk! Es lebe die Weltrevolution! Heil Moskau!«

Der Beifall war nicht sehr stark, denn seine Stimme war nur in der Nähe hörbar gewesen, in den entfernteren Teilen des Saales applaudierte man mehr aus Pflichtgefühl, besonders die Frauen.

Die Stimme des folgenden Redners klang kräftiger, es war die eines Landtagsabgeordneten der Arbeiterpartei, Kißblech:

»Genossen! Den lichtvollen Ausführungen unseres Vorsitzenden, Genosse Ochler, habe ich nur wenig hinzuzufügen. Ich schlage vor, daß eine allgemeine Volksabstimmung veranstaltet wird, zum Zwecke der Wahl eines Präsidenten des Freistaates Bayern, ja vielleicht des Freistaates Deutschland. Wir stellen nur *einen* Kandidaten für dieses Amt auf: Genosse Ochler. Die Wahl wird geheim und gänzlich unbeeinflußt sein, wobei ich aber nicht unterlassen will, darauf aufmerksam zu machen, daß jeder, der dem Genossen Ochler seine Stimme vorenthält, sich des Verrats am deutschen Volke schuldig macht und die Folgen selbst zu tragen hat. Erst nach dieser Wahl wird der Arbeiter- und Soldatenrat die zur Neuordnung nötigen Gesetze beschließen wie: Aufhebung des Privateigentums, Abschaffung des Militärs, des Adels und der Kirche sowie aller Klassenvorrechte, Verstaatlichung des Grundbesitzes und der Betriebe und nie wieder Krieg. Genossen, wir stehen an einer Zeitwende epochalen Ausmaßes, wir gehen der herrlichsten Periode entgegen, welche die Geschichte aller Völker jemals erlebt hat. So stimmt mit mir ein in den Ruf: Die Weltrevolution, sie lebe hoch!«

»Hoch, hoch, hoch«, brüllte die Versammlung, rauschender Beifall erfüllte den Saal, wollte sich nicht beruhigen.

Den Lärm benutzte Daffodil, um Stiermeier und Guggemos auf mich hinzuweisen. »Jetzt schießt los, der Augenblick ist günstig.« »Ja, sehr günstig, du Lump, du dreckiger«, sagte Guggemos und gab Daffodil eine knallende Ohrfeige. Stiermeier wollte nicht zurückstehen und haute ihn mit der Faust auf den Magen. »Du Reaktionär, ausgeschamter! Du Lockspitzel!« »Was ist denn los?«, riefen die Nächststehenden. »Einen Spitzel haben s' derwischt.« Getümmel und wüstes Durcheinander entstand, Weiber kreischten, Männer schrien, Daffodil wurde hinausgeworfen. Während dieses Zwischenfalls hatte Wirsing seiner Schachtel ein Mikrophon entnommen und für mich am Rednerpult aufgestellt, damit meine Stimme laut genug sei.

Mir wurde sehr bange bei dieser Vorbereitung. Ich sollte reden, eine Volksmenge überzeugen, die ganz anderer Meinung war. Was ging mich die Weltgeschichte an? Nur ein Wunder konnte mich jetzt retten. Plötzlich verspürte ich ein grimmiges Bauchweh, wohl von dem kalten Bier, das ich in der Aufregung schnell hineingetrunken hatte. Ich mußte unbedingt hinauskommen, mischte mich unter die tobende Menge, hielt mich zu denen, die Daffodil in's Freie beförderten. Auf einmal war ich draußen, dachte an einem stillen Ort über alles nach und beschloß, nicht wieder in den Saal zu gehen. Was drinnen weiter geschah, weiß ich nur aus Berichten.

Wirsing verkündete: »Genossen! Die Meteorpartei grüßt euch, schreitet mit euch auf eurer segensreichen Bahn. Der Obermeteorist Emmaus will euch das näher erklären. Darf er ein paar Worte an euch richten?« Zustimmungsrufe aus der Menge. Wirsing zog sich zurück, indem er suchende Blicke umhergleiten ließ. Lähmende Stille trat ein. Alles wartete vergeblich auf mich.

Da erhob sich ein junger Soldat, der vorher neben Daffodil gestanden hatte, stürzte zum Rednerpult, schwang sich hinauf. Er sah mir so ähnlich, daß viele zuerst meinten, ich sei es, bis sie merkten, wieviel jünger er war. Diesem Umstand verdankte er wohl, daß man ihn überhaupt hinaufgelangen ließ. Nun stand er am Mikrophon, seine Stimme, vielfach verstärkt, dröhnte bis in die entferntesten Winkel, ja hallte durch die geöffneten Türen zu den Draußenstehenden. Die weit aufgerissenen Augen, die verkrampften Züge schienen die eines Fiebernden zu sein, Schaum stand ihm vor dem Munde, beim Sprechen bewegte er wild die geballten Fäuste: »Soldaten! Deutsche! Ich komme von der Front, aus dem Heil bringenden Stahlbad. Ich rufe euch zu: haltet ein, ihr taumelt dem Abgrund entgegen. Die euch Freiheit und Gleichheit versprechen, sind die Sendlinge unserer Feinde. Das glorreiche deutsche Heer ist unbesiegt, nur der feige Dolchstoß von daheim hat es zum Rückzug gezwungen. Wir wollen weiter kämpfen, siegen oder sterben.«

Lärm erhob sich, Protestrufe, doch mit Hilfe des Mikrophons übertönte er alle. »Wenn hier gesagt wurde: Nie wieder Krieg, so sage ich: Nie wieder Friede! Nie, ehe wir den uns gebührenden Platz an der Sonne erobert haben. Die Zukunft der Welt wird deutsch sein oder sie wird der Vergangenheit angehören. Das Militär, unsere wundervolle Wehrmacht, muß erhalten bleiben, sonst sind wir den verbrecherischen Feinden leichte Beute, wehrlos.«

Wirsing versuchte ihn wegzudrängen, da er aber auch gleichzeitig das Mikrophon beiseite schieben wollte, gelang ihm beides nicht, man begann zu lachen, so gab er es auf. »Der Adel darf nicht abgeschafft werden. Im Gegenteil. Jeder Deutsche soll das Recht haben, einen beliebigen Adelstitel zu führen, damit er sich von den ausländischen Untermenschen abhebt. Jeder Deutsche ein Graf und ich ihr Herzog! Die Kirche muß erhalten bleiben, damit sie unsere Waffen segnen kann. Das Privateigentum muß erhalten bleiben, denn wovon sollen sonst Steuern bezahlt, Kriege finanziert werden? Wir wollen es mit hundert Prozent besteuern.«

»Da bleibt ja nix.«

»Auch ein Kommunismus«, wurde dazwischen gerufen.« Nein! tausendmal nein! kein Kommunismus! keine Revolution! kein Meteor! ›Standarte‹ nennt sich die herrliche Partei, die euch erretten wird aus Schande und namenlosem Elend. Schon eilen ihre Truppen herbei, um euch zu befreien von den gewissenlosen Volksverführern. Scharet euch um mich, denn wisset, ich bin Ikarus der Held, der die Flügel ausbreitet, um zum Licht emporzusteigen. Folget mir nach, und unser ist der Sieg.«

Er breitete die Arme aus und schaute starr nach oben. Es war, als ob von seinem Fieber eine Hypnose ausging, vieler Frauen Blicke schmolzen verzückt wie in Wollust, aber auch manche Männer unterlagen einem Fluidum, das sich ganz gegen ihre Überzeugung auf sie herabsenkte. Massen kann man zu allem überreden, es kommt nur darauf an, in welchem Ton es gesagt wird. Trotzdem widerstanden viele, und der Spektakel wurde so arg, daß er selbst durch das Mikrophon nicht zu übertönen war. So schwieg Ikarus, sofort erschlafften seine Züge, die

Arme sanken herab, es war, als ob er kleiner würde, die Augen verloren ihr Feuer unter müden Lidern. Wirsing und Kißblech benutzten dieses Nachlassen, um Ikarus wegzuziehen und abzuführen. Am Daumen lutschend folgte er ihnen willig.

Aber so groß war die Zauberkraft, die Ikarus ausgeübt hatte, daß vielen der Hingerissenen dieser jämmerliche Abgang nicht ins Bewußtsein kam, sie waren fest überzeugt, er sei mit ausgebreiteten Flügeln über die Köpfe der Menge hinweg entschwebt. Das glaubten sie gesehen zu haben. Lebhafte Diskussionen entstanden in der Versammlung. Manche waren so erregt, daß sie fortgingen, um in der Stadt Kunde von dem Geschehenen zu geben. Endlich gelang es Wirsing, sich durch das Mikrophon ein wenig Gehör zu verschaffen.

»Genossen! Ich brauche euch wohl nicht zu sagen, der Irre, den ihr soeben hier gehört habt, war nicht Emmaus. Emmaus ist auf geheimnisvolle Weise aus unserer Mitte entschwunden, ich fürchte, er ist in die Gewalt der Reaktion gelangt, entführt worden. Wir werden ihn befreien. Bei späterer Gelegenheit wird er, so hoffe ich, das Wort an euch richten können.«

Er packte sein Mikrophon zusammen, tat es wieder in die Schachtel und ging fort. Kein Redner meldete sich mehr, unter Absingung der Arbeitermarseillaise brach man auf.

Ich hatte in der Gastwirtschaft schnell ein Glas Schnaps getrunken, und mein Inneres war wieder in Ordnung gekommen. Ich eilte zum Hotel, nahm meine Sachen, um schleunigst in ein anderes zu übersiedeln, damit mich Wirsing nicht erwische. Alle Hotels waren überfüllt, ich fand nirgends Platz. Ich wollte in dem Wartesaal des Bahnhofs die Nacht über bleiben, er war abgeschlossen. In der großen Eingangshalle des Bahnhofs waren sechs Feldbetten aufgeschlagen, auf denen schliefen Rätesoldaten als Wache, das Gewehr und meistens auch ein Mädchen im Arm, einige, in ziemlich entkleidetem Zustand, benahmen sich sehr unzweideutig. Ich schaute verschämt weg.

»Grüß Gott, Genosse Emmaus«, rief einer davon, es war Guggemos. »Weil du nur grad da bist! Ich hab schon gemeint, die Spitzel hätten dich gefunden und aus wär's. Bist ihnen auskommen, gelt? Wo willst denn hin?« Ich sagte ihm, daß ich nirgends eine Schlafstelle finden könne. »Bleibst halt hier bei mir. Das Mensch werfen wir naus.« Er rüttelte sie:

»He, mach daß d'weiter kommst! Kann dich nimmer brauchen hier.« Das ging nicht so leicht.

»Schaut's mir doch so einen Pazi an!« schrie sie. »Und so was will a Genosse sein! Erst vergewaltigt er ein' und dann schmeißt er ein' naus. Alles für das Volk und durch das Volk. Ich mach dir ja so einen Krach – du Dreckhammel.« Unvermittelt fing sie an laut zu heulen, wie ein Tier. Passanten blieben stehen und lachten. Soldaten wurden wach, riefen »Schmeiß's doch naus! Sollen wir helfen?« Zwei kamen herbei, faßten mit an, zu dritt trugen sie das brüllende und strampelnde, nur mit einem Hemdchen bekleidete arme Ding hinaus auf den kalten Perron, warfen ihre Kleider neben sie hin.

»Geh, Guggemos, das war gemein, ist doch ein ganz nettes Mädchen, bring ihr das, bitte.« Ich gab ihm einen Hunderter, und er ging wieder zu ihr hin. Ob er ihr ihn wirklich gegeben hat, ist allerdings nicht ganz sicher.

»So da leg dich jetzt nieder«, sagte er zu mir, »hast a Zigaretten?« Ich hatte.

»Magst ein Bier? Wir haben hier ein Faßl, eigens für die Wache.«

»Trink nur, Guggemos, ich kann jetzt nicht, hab's ein wenig in die Gedärm', drum hab' ich auch nicht reden können in der Versammlung.« Er trank. Dann lachte er:

»Gelt, das war eine Gaudi mit dem Ikarus? Ich kenn' den Vogel, ist von unserm Regiment. Meinst Wunder, wie tapfer er war nach seine Sprüch'. Aber sobald das Schießen losgegangen ist, hat er alleweil Krämpf' kriegt und ist umgefallen. Bei Soissons ist er doch mal in's Feuer gekommen. Da hat er so viel Angst gehabt, geweint hat er und nach seiner Mama geschrien, und dann ist er liegen blieben und sie haben ihn in's Lazarett geschafft. Hat ihm aber nix weiter gefehlt, nur a bisserl narrisch. Das ist ihm, scheints', geblieben, sonst hätt' er nicht so saudumm daherreden können. Und die Weiber heut' haben ihm alles glaubt, sind ja nicht viel dumm die Weiber! Vielleicht hatt' ihn auch der Daffodil angelernt. Hast es gesehen, wie mir den verhaut haben? Der traut sich nimmer.« Er trank sein Bier aus, legte sich neben mich, deckte uns beide gut zu mit der groben Decke, und bald schliefen wir.

Ich wachte von einem scharfen, säuerlichen Ledergeruch auf, der mir die Nase beizte, erinnerte mich, daß das Soldatengeruch war, und da wußte ich erst wieder, wo ich war. Die Lampen leuchteten noch hoch an der gewölbten Decke der Halle, aber draußen wurde es schon hell. Guggemos schnarchte fest, den leeren Bierkrug im Arm. Ich wickelte mich vorsichtig aus der Decke, zog meine Schuhe an, ich hatte mich nur wenig entkleidet, und ging leise weg mit meinem Rucksack und dem Handköfferchen. Dieses gab ich in der Garderobe zur Aufbewahrung ab, den Rucksack hängte ich um. Ich frühstückte in der Bahnhofsrestauration, stellte fest, daß der nächste Zug nach Passau erst Mittags fahren sollte. So ging ich in die Stadt, um einige Einkäufe zu machen. Es lag kein Schnee mehr, war trüb und warm, die Straßen mit dickem Schlamm bedeckt, stellenweise fast unpassierbar, denn sie wurden nicht mehr gesäubert. Wer hätte es auch machen sollen, da jetzt alle Menschen gleich waren oder alle Grafen? Im Warenhaus, dem Bahnhof gegenüber, kaufte ich einen schönen Kinderwagen und eine vollständige Baby-Ausstattung. Ich hatte keine Ahnung, was alles dazugehörte, aber ein Ladenfräulein nahm sich meiner an, als ich ihr sagte, es sei nicht für mich, sondern für eine entfernte Kusine. Sie erzählte dabei, daß sie sich genau auskenne, weil sie auch ein Kindchen habe, sehr herzig, aber der Vater, der Lump, habe sich gedrückt, ein besserer Herr sei er auch noch gewesen, ein Student, dem habe sie mit ihrem sauer verdienten Gehalt erst das Studium ermöglicht, Mediziner sollte er werden, weil sie gemeint habe, da könnte sie sicher sein, daß nichts passiert.

»Aber nix hat er verstanden und, wie es so weit war, hat er gesagt: ›Das ist strafbar, das mache ich nicht‹, und weg war er. Ist halt ein Kreuz.« Die Sachen wurden in den Kinderwagen gepackt, und ich nahm ihn gleich mit, schob ihn zum Bahnhof, um ihn dort aufbewahren zu lassen bis zur Abfahrt. Wie ich hinüberkam, war dort angeschlagen, der ganze Zugverkehr sei eingestellt, Generalstreik. ›Alles durch das Volk und für das Volk‹ dachte ich. Wenn nur die Garderobe noch funktioniert! Doch die war eben im Begriff, in den Streik zu treten. Ich konnte gerade noch meinen Handkoffer herausbekommen, legte ihn mit in den Kinderwagen und dachte nach, welches Wunder mich jetzt nach Passau bringen würde. Aber wer weiß, ob man sich noch auf Wunder verlassen konnte, in dieser Zeit, wo alles stürzte. Es blieb nichts anderes übrig, ich mußte versuchen, zu Fuß dorthin zu wandern, meinen Kinderwagen auf der Landstraße zu schieben, in vierzehn Tagen könnte ich vielleicht in Passau sein oder in drei Wochen. Ich machte mich auf den Weg. Da kam ich an einem Taxihalteplatz vorbei, sah, daß die noch nicht alle in Streik getreten waren, zwei Autodroschken hielten dort. »Helfen Sie mir, den Kinderwagen hineinheben«, sagte ich zu dem Chauffeur. »Wird nicht gehen, Herr, aber am Gepäckträger können wir ihn festmachen.« »Gut.« Auf dem wurde der Kinderwagen mit

Riemen und Stricken befestigt, war eine halbe Stunde Arbeit, der andere Chauffeur half mit.

»Wohin fahren wir?«

»Nach Passau.«

»Wohin?«

»Nach Passau, hab' ich gesagt.«

»Nach Passau? Bist narrisch worden? Den schaugt's an, den Ganzandern! Glei tust dei Kinderwagerl wieder runter, dei Glump, sonst stier' ich dir eine.« Ich mußte selbst die Stricke und Riemen wieder entknüpfen, die Chauffeure schauten grinsend zu, und Leute waren stehen geblieben und lachten. Ein elegantes Privatauto kam gefahren, hielt. Der Wagen war leer, sein Chauffeur trat neugierig zu uns. Schimpfend erzählte ihm der des Taxis, was ich ihm zugemutet habe. Der Privatchauffeur stellte sich dicht neben mich, kniff ein Auge zu und deutete mir mit einer Kopfbewegung an, daß ich ihm folgen solle. Dann fuhr er langsam weiter, und ich schob mein Kinderwagerl fort unter höhnischem Halloh der Zuschauer. Um die nächste Straßenecke fand ich das Privatauto, war ein schöner, großer Wagen. Der Chauffeur stand davor, erwartete mich. »Ich fahr' Sie, was zahlen S'denn?«

»Was verlangen Sie?« Er nannte eine Riesensumme.

»Um den Preis könnte man ja so einen Wagen kaufen«, antwortete ich.

»Könnte man«, meinte er lachend. »Darüber ließe sich reden.«

»Wieso?«

»Das erkläre ich Ihnen danach. Jetzt, wollen'S fahren?« Ich wollte, und wir wurden über den Preis einig. Es war ein Auto mit abnehmbarem Dach, so gelang es, den Kinderwagen hineinzubringen.

Dabei bemerkte ich einen Mann, der in einiger Entfernung zuschaute, erinnerte mich, daß ich ihn heute und auch am vergangenen Tag wiederholt in meiner Nähe gesehen hatte, nur war er so unauffällig, daß es mir vorher nicht zum Bewußtsein gekommen war. »Vielleicht ein Spitzel«, dachte ich und ging auf ihn zu. Da enteilte er. Nachdenklich geworden, schaute ich mir das Auto genauer an. Es war ein Zralok-Wagen, ich merkte mir die Nummer, sagte zu dem Chauffeur:

»Warten Sie hier eine Viertelstunde, ich muß mir noch Geld holen, ganz in der Nähe.« Den Rucksack mit meinem Geld behielt ich auf dem Rücken. Ich ging in die Dachauerstraße zu einem Waffenhändler, kaufte einen Browning-Revolver und Munition, dann telephonierte ich auf dem nahen Postamt an die Polizeidirektion, Verkehrsabteilung. »Bitte, können Sie mir sagen, wem gehört das Auto Nummer 6390?« Es dauerte eine Weile, bis man nachgeschaut hatte. »Nummer 6390 ist abgemeldet, hat Direktor Daffodil gehört.« Ich kannte mich aus. Als ich zum Wagen zurückkam, sah ich, daß der Unbekannte in das Fenster hineinsprach und schnell wieder wegging. Anscheinend hatte ich nichts bemerkt, setzte mich neben den Chauffeur, der schon am Lenkrad postiert war.

»Also los!« sagte ich. Wider meine Erwartung fuhr er den richtigen Weg, bald waren wir auf der Landstraße, trotz angespannten Achtgebens merkte ich nichts Verdächtiges. Immerhin nahm ich meinen Browning aus der Tasche und tat, als ob ich ihn putzte, gab die Patronen hinein. Der Chauffeur nahm es nicht zur Kenntnis.

»Ist fei was Kommodes so ein Browning in dieser gefährlichen Zeit«, sagte ich.

»Ja, Sie hätten ihn leicht brauchen können, Herr Emmaus.«

»Was, Sie kennen mich?«

»Aber selbstredend, habe Ihnen doch schon den ganzen Morgen aufgelauert, oder meinen'S vielleicht, das war ein Zufall, daß ich daherkommen bin, wie der Taxi Sie nicht fahren wollt? Haben'S den Hallodri nicht gesehen, der wo Ihnen nachgangen ist?«

»Der vorhin mit Ihnen durch das Fenster gesprochen hat?«

»Freilich, derselbige. Schaun'S ich hab' auch so ein' Browning, da in dem Wandtascherl ist er.« Ich griff hin, richtig, da war er, vorsichtshalber nahm ich ihn an mich.

»Sie könnten ihn auch drin lassen, Herr Emmaus, ich tu Ihnen nix. Gestern in der Versammlung hat mir der Stiermeier, wo ein früherer Kolleg' von mir ist, schon gesagt, was der Daffodil für einer ist, und dann haben's den Daffodil ja gehaut, daß's nur so gescheppert hat. So zugericht' war er, daß ich ihn gleich hab' zum Doktor fahren müssen zum verbinden. Daheim hab ich ihn in seine Wohnung naufgeschleppt, er konnt' fast nimmer gehn. Er ist dann am Sofa gelegen, ich hab' ihm kalte Umschläg' gemacht.

›Losbichl‹, hat er gesagt, ich schreib' mich nämlich Losbichl Rudi, ›magst das Auto haben? Ich schenk's dir, abgemeldet ist's schon.‹ Ich hab' gemeint, er macht Spaß.

›Ja, dank schön‹, hab ich gesagt, ›aber das müssen S'mir schon schriftlich geben, sonst heißt es gleich, ich hab's gestohlen.‹

Ich mußte ihm Papier und seine Füllfeder holen, und er hat geschrieben:

»Ich schenke hiermit mein Auto, Marke Zralok, Nr. M. 6390 an meinen Chauffeur Herrn Rudolf Losbichl unter der Bedingung, daß er darin mit dem Kunstmaler Emmaus eine Fahrt unternimmt, von der dieser nicht lebend zurückkommt.‹

So war also die Sache.

›Schon recht, Herr Direktor‹, hab' ich gesagt, ›aber die Bedingung muß weg aus dem Schrieb, sonst gilt der ganze Vertrag nichts, und ich bin ausgeschmiert.‹

›Aber was fällt dir ein, Losbichl, wir sind doch Ehrenmänner‹, hat er gesagt.

Ich hab nicht nachgegeben, und er hat eine neue Schenkung schreiben müssen, in der nix von der Bedingung gestanden ist. Wissen S' das Auto hat er schon abgemeldet gehabt, damit er ja in nix hineinkommt. So wär' alles hübsch an mir hängen blieben.‹ ›Du schmierst mich nicht so aus wie den Stiermeier‹, hab ich denkt, ›aber ich dich. Nix soll dem Emmaus geschehen, und wenn mir der Wagen nur erst gehört, dann sag' ich dem Herrn Direktor auf und mach einen Taxi.‹ Ich werd' mir einen Taxameter einbauen, aber vielleicht kaufen Sie mir den Wagen ab?«

»Darüber können wir beim Mittagessen reden, Herr Losbichl. Jetzt müssen Sie zuviel auf den Weg Obacht geben, die Straße ist miserabel.«

In Landshut tankten wir und aßen zu Mittag. Es war schon ein bißchen spät dafür, so saßen wir ganz ungestört in der Gastwirtschaft ›Zum bayrischen Löwen‹.

»Also was ist mit dem Kauf, Herr Emmaus?«

»Zuerst möchte ich die Schenkungsurkunde sehen.« Er zeigte sie mir.

»Hm, Herr Losbichl, müßte wohl eigentlich notariell sein, aber sie genügt als Beweis meines guten Glaubens. Ist der Wagen ordentlich in Stand?«

»Tadellos, fast ganz neu, noch keine zweitausend Kilometer gefahren. Und luftgekühlt ist er, das ist sehr kommod' im Winter, friert nicht ein.«

»Was kostet er?«

Ich wußte zufällig Bescheid über die Preise der Zralok-Wagen, so konnte er mich nicht über's Ohr hauen. Allerdings dauerte es lang, bis wir uns über die Summe geeinigt hatten.

»Übrigens, Herr Losbichl, ich kann nicht chauffieren. Wenn das

Wetter einigermaßen gut ist, könnten Sie mich es gleich lehren, in Passau, bei mir wohnen.«

»Ja, das tun wir, ich bleib' gern eine Weile von München weg.« In Plattling machten wir Kaffeestation. Losbichl ließ sich einen Briefbogen geben, schrieb: »Herrn Oberdirektor Daffodil, München! Indem die Sache Emmaus erledigt ist, wern Herr Direktor so schnöll nix mer zu sehn kriegn von ihm. Ich fahr gleich weiter mit meim Wagen trette hirmit aus dem Dinst aus bei Ihnen. Ist besser so. Meine Adrese ist Postlagernd Berlin. Hochachtendst Losbichl Rudi.«

Den Brief gaben wir zur Post.

Vermutlich hat Daffodil es veranlaßt, daß am nächsten Tage in Münchener Zeitungen berichtet wurde, der Kunstmaler Emmaus sei bei einer Autotour tödlich verunglückt. Ich habe das erst später erfahren. Würde es aber auch sonst gewiß nicht dementiert haben, denn es hatte die angenehme Wirkung, daß weder Wirsing, noch die Räte, noch die Waffenparteiler sich weiter um mich kümmerten. Nirgends ist ein Nekrolog auf mich erschienen, das lag wohl an der Unruhe der Zeit. Ich bin nie auf Nachruhm erpicht gewesen, so verletzte das meine Eitelkeit nicht weiter. Die Zeit wurde allerdings immer unruhiger. Man hatte den Fehler gemacht, Ikarus als harmlosen Narren zu betrachten und ihn frei herumlaufen zu lassen. Nun war es geschehen, daß er Simon Ochler vor dem Landtagsgebäude durch zwei Revolverschüsse tötete, worauf er von Räte-Soldaten mit Gewehrkolben niedergestreckt wurde. Der Schädel war schwer verletzt, aber er lebte noch, lag in der Klinik. Die Stadt befand sich in hellem Aufruhr. Wie gut, nicht mehr dort zu sein!

Spät am Abend kamen wir nach Passau, blieben im Goldenen Stern über Nacht, denn ich wollte Vevi bei Tag überraschen.

So fuhren wir denn zeitig am nächsten Morgen hinauf, war eine schwierige Sache auf dem glattgefrorenen, steilen Weg, aber mein Chauffeur machte es sehr gut. Wir hupten, warteten aber nicht, bis jemand kam, ich hatte Schlüssel mitgenommen und sperrte Tor und Haustür auf, ließ Losbichl unten warten und ging hinein. Alles blieb unheimlich still, als ich die Treppe emporstieg. An der Schlafzimmertür hörte ich, wie Vevi drinnen ein Kinderliedchen sang, öffnete leise. Da sah ich ein rührend schönes Bild: sie saß an einer Wiege, schaukelte sie sanft und streichelte mit der anderen Hand das hochaufgeschichtete Bettchen. Sie drehte den Kopf nach mir um, war gar nicht überrascht. »Ich wußte, daß du Weihnachten kommst.«

Sie lächelte und war so schön. Da fiel mir erst ein, daß Weihnachten war, im Drang der Ereignisse hatte ich es wirklich vergessen. Erstaunt blieb ich stehen: »Grüß Gott, Vevi, ist das Kleine schon da?«

»Pst, pst!« flüsterte sie. Ich sah, wie sich etwas in den Kissen rührte. So dunkelhaarig sollte mein Kind sein? Es sprang heraus und bellte. Ich erschrak furchtbar. Aber es war Mauspetz, den Kopf in ein Kinderhäubchen eingebunden, hüpfte er schweifwedelnd und fröhlich kläffend an mir hinauf. Vevi erhob sich und lachte unbändig. Wir umarmten uns innig. Ich war ein bißchen enttäuscht, daß sie schon Kindersachen besaß, ich hatte sie mit meinem eingekauften überraschen wollen, aber glücklicherweise fehlte noch das meiste. Sie führte mich hinüber in das Wohnzimmer. Da stand schon der geschmückte Christbaum.

»Nun wird es doch ein schönes Fest«, sagte sie, »ich habe mich aber elend plagen müssen.«

»Kann ich mir denken, bis der Baum geputzt war und so, und Weihnachtskuchen hast du vielleicht auch gebacken.«

»Damit nicht, aber das Beten – – –. Du hast sicher noch nicht gefrühstückt. Ich will gleich Kaffee machen, gehst du mit in die Küche?«

»Und inzwischen erfriert mir mein Losbichl.«

»Was ist denn das wieder?«

»Nun ja, der Chauffeur, ich habe dir doch ein Auto mitgebracht, und er wartet draußen mit dem Wagen.« Sie wollte es gleich sehen. Indem sie vor mir herging, fand ich, daß sie schon recht unförmig war, und beim Gehen schob sie die Hüften vor wie eine Kuh. Natürlich sagte ich ihr das nicht, obgleich es mir eigentlich sehr gut gefiel, es hatte so etwas Anheimelndes. Losbichl ging draußen stampfend auf und ab.

»Ach, wir haben Sie so lang warten lassen, jetzt kommen Sie in das Haus zu einem heißen Kaffee«, entschuldigte sie uns. Er wollte ihr aber erst noch den Wagen genau zeigen, machte die Türen auf, sie mußte sich hineinsetzen.

»Was ist denn das?!« rief sie und hatte auf einmal die beiden Revolver in der Hand.

»Vorsicht! Um Gotteswillen, Vevi, sie sind geladen.« Sie erbleichte, legte sie wie etwas Giftiges zurück.

»Du mußt mir dann alles erzählen, Emmaus.«

Wir frühstückten gleich in der Küche, mit Losbichl, der einen gesegneten Appetit entwickelte.

»Das glauben S' auch nicht, gnädige Frau, daß ich Herrn Emmaus hätt' durchtun sollen. Wär schad' gewesen, gelt?«

»Jetzt reden Sie nicht so dumm daher, Losbichl, das sind keine Späße.«

»Was meint er? Ich fürchte mich«, sagte Vevi. Wir wiesen dem Chauffeur seine Kammer an, dann zeigten wir ihm im Garten den ehemaligen Hühnerstall als provisorische Garage, und er machte sich daran, den Wagen zu säubern. Als wir wieder allein waren, sagte Vevi mit Tränen in den Augen:

»Armer Emmaus, du mußt Schreckliches erlebt haben in diesen Tagen.«

»Allerdings, beinahe hätte ich in einer Volksversammlung reden müssen, aber Gott sandte mir eine Diarrhöe, gewiß hattest du ihn darum gebeten.«

»Braucht man denn dazu einen Revolver?«

»Nein, zwei, du hast dich wohl verzählt?« Ich verschwieg ihr den größten Teil der Dinge, um ihr unnötige Aufregung zu ersparen. Wenn sie erfahren hätte, daß Losbichl beauftragt war, mich umzubringen, würde sie ihm nie mehr recht getraut haben, und ich wollte ihn eine Weile bei uns behalten.

Im Schreck über die Revolver war sie so schnell wieder aus dem Auto gestiegen, daß sie den Kinderwagen nicht bemerkt hatte. Das war mir recht, so konnte ich ihn ihr unter den Weihnachtsbaum stellen, die Baby-Ausstattung breitete ich auf dem Tisch aus, nichts hatte meine Ladnerin vergessen, sogar eine Waage war dabei. Ich hatte die erst nicht kaufen wollen, meinte, unsere Küchenwaage würde genügen, aber die Verkäuferin sagte bestimmt:

»Geht nicht! Gewöhnliche Waagen zeigen richtiges Gewicht, Säuglingswaagen müssen immer einige Pfund zuviel angeben. Deshalb heißt diese Marke auch ›Mutterstolz‹.« Schnell ging ich noch in den Ort hinunter, um die Geschenke für Frau Guggemos, Dellinger und Losbichl zu ergänzen. So verlief der Weihnachtsabend in allgemeiner Glückseligkeit. Allerdings hat Vevi mir leider ein Grammophon geschenkt, das spielte ›Stille Nacht, heilige Nacht‹ und, als ganz besondere Überraschung, war dabei auch eine Platte mit dem Meteoristenlied. Auf deren Rückseite war ›Deutschland, Deutschland über alles‹.

Nach den Feiertagen begann mein Fahrunterricht. Über den Berg zu fahren lernte ich aber erst nach einigen Wochen.

Zu Neujahr bekamen wir zum ersten Mal einen Brief von Frau Katja aus Amerika, der Krieg hatte lange Zeit die Korrespondenz verhindert.

Sie lebte in Boston mit ihrem Vater, der an der dortigen Universität die Professur für Weltuntergangswissenschaft inne hatte. Sie hatte sich wieder der Journalistik zugewandt, suchte den Meteorgedanken in Amerika zu verbreiten, mit ziemlichem Erfolg, meinte sie. Ihr Sohn Washington, so unternehmend veranlagt wie sein Vater (von dessen Tod sie übrigens noch nichts wußte), war nach Guatemala gezogen, um dort in den diplomatischen Dienst zu treten, mit der Absicht, einmal Präsident dieses mittelamerikanischen Staates zu werden. Trotz seiner Jugend war er zum Münchener Gesandten Guatemalas ernannt worden und befand sich gerade auf dem Wege nach Europa. Die Tochter Roswitha wollte ein berühmter Filmstar werden, war nach Hollywood gegangen und hatte bereits die ersten Enttäuschungen hinter sich. Katja hatte nicht vergessen, sich um Vevis Wilcox-Legat zu kümmern, festgestellt, daß es durch Zins und Zinseszins inzwischen fast auf die doppelte Summe angewachsen war, leider aber wohl nie zur Auszahlung kommen werde, doch habe sie ihre Bemühungen noch nicht ganz aufgegeben. Sie war sehr besorgt um uns, riet uns dringend, nach Amerika zu kommen, denn Europa sei jetzt doch wohl eine für Menschen unbewohnbare Hölle geworden. Sicher würde auch meine Kunst in Amerika viel besseren Boden finden als daheim, ich sei bereits in den Kreisen der Kunstinteressenten sehr bekannt drüben. Das Buch des Geheimrats von Wackes über mich, das bisher in Deutschland nicht erscheinen konnte, habe, übersetzt, großen Erfolg in Amerika gehabt. »Amerika erwartet Emmaus, und Katja erwartet Genoveva.«

Der Brief machte uns sehr nachdenklich. Bis dahin war es uns noch nicht recht zum Bewußtsein gekommen, wie vieles sich in den letzten Jahren zum Schlechteren gewendet hatte. Immerhin wohnten wir in dieser Hölle noch ziemlich bequem, wer weiß, ob sich in dem wohnlicheren Amerika so gut leben ließe, und vorerst konnten wir ja gar nicht fort, mußten das Kind abwarten und in ein reisefähiges Alter gelangen lassen. In diesem Sinne schrieben wir zurück und dankten der lieben Katja von Herzen. Bevor unsere Antwort noch dort sein konnte, kam ein zweiter Brief von ihr, an Vevi allein gerichtet. Katja hatte in amerikanischen Blättern über meinen plötzlichen Tod gelesen, ausführliche Nachrufe waren dort erschienen. Sie schrieb aufrichtig teilnehmend und sehr erschüttert, wiederholte dringend ihre Einladung und fügte hinzu, daß materiell Vevis Zukunft in Amerika durchaus gesichert sei, da nach meinem Tode die Preise meiner Bilder dort sofort eine fabelhafte Höhe erreicht hätten. Vevi ist es kalt über den Rücken gelaufen, ich hatte ihr bis dahin nichts von meinem Tode erzählt. Ganz verstohlen legte sie den Finger auf meine Hand, auf meine Backe, um zu fühlen, ob ich noch warm sei. Dann fiel sie mir schluchzend um den Hals:

»Einen Augenblick habe ich gedacht, es sei dein Geist, der zu mir zurückgekehrt ist.« Ich beruhigte sie lachend, mußte ihr nun mehr erzählen, als ich beabsichtigt hatte. »Vielleicht sollten wir doch fort nach Amerika«, meinte sie. Aber wir blieben da.

Vevi wollte mich nun nicht wieder nach München fahren lassen, weil sie fürchtete, ich würde dort umgebracht werden. Ich ließ mir deshalb einen Vollbart wachsen, um unerkennbar zu sein, doch sie gab nicht nach und, bei ihrem Zustand, wollte ich sie nicht aufregen. Aber ich hätte gern wieder einige Perlen verkauft, das war in Passau unmöglich. Meine Barmittel schwanden zusehends dahin, das Auto hatte viel Geld verschlungen, und die Inflation stieg und verteuerte alles. Mit verschränkten Armen mußte ich dem Unheil entgegensehen.

Aber etwas Wunderbares trat ein: In Berlin war mein Ableben bekannt geworden, und Geheimrat von Wackes wollte seinem Museum noch schnell eins meiner Hauptwerke sichern, bevor sie unerschwinglich wurden. Vevi bekam ein Telegramm:

»herzlichstes beileid falls bild hasenfamilie verfügbar erbitte preisangabe wackes nationalmuseum.« Ich hatte das Bild seinerzeit aus dem Lössel-Konkurs zurückgekauft. Wir telegraphierten:

»hasenfamilie vorhanden kunsthändler flagtime new-york bietet 10 000 Dollar emmaus.« Umgehend kam die Antwort:

»biete 2 500 pfund zahlbar sofort nach erhalt wackes.« Worauf wir zurückdrahteten:

»hasenfamilie geht morgen eilgut ab emmaus.«

Gerettet! Aber Vevi meinte:

»Wir hätten es nicht hergeben sollen, man darf nichts verschleudern. Ich habe ja noch meine roten Gurken.«

»Mit denen wirst du sicher noch viel verdienen, aber das geht nicht so schnell, und ich möchte die Hebamme nicht gern schuldig bleiben.«

Der Geheimrat hat pünktlich und in englischer Valuta bezahlt, aber die Sache hat ihn leider seine Stellung gekostet, die ihm viele längst neideten. Als in Berlin wieder geordnete Zustände eingetreten waren, sikkerte es allmählich durch, daß ich noch am Leben sei, und man fand infolgedessen, daß kein Grund vorlag, ein Werk des berüchtigten Meteoristen für die Staatsgalerie zu erwerben.

Kunsthistoriker Professor Grandolf, der Verfasser des Werkes: ›Das gotische Element in der Negerplastik‹ und des klassischen Buches: ›Wandzeichnungen mitteldeutscher Bedürfnisanstalten‹, wurde zum Direktor ernannt, und ›Die Familie Hase‹ verschwand einstweilen im Keller des Museums.

Ich mußte aber doch nach München fahren. Es war ein Gesetz gemacht worden, daß alle ausländischen Valuten sofort an die Reichsbank abzuliefern seien, auf Zuwiderhandlung stand Todesstrafe. Also nützte uns der ganze Segen nichts. Es blieb nichts anderes übrig, als mich persönlich zu erkundigen, was da zu tun sei. So sagte ich zu Vevi: »Teures Weib, gebiete deinen Tränen, ich gehe jede Wette ein, daß ich lebendig wiederkomme.«

Losbichl fuhr mich ganz zeitig früh; meine Lehrzeit bei ihm war beendet, und er konnte nun wieder in München bleiben, beabsichtigte, sich vorläufig als Automechaniker zu beschäftigen, bis er einen billigen Wagen fände und Taxifahrer werden könnte. Ich wohnte im Hotel ›Vier Jahreszeiten‹, stellte dort auch das Auto ein. Von Losbichl nahm ich herzlich Abschied, entlohnte ihn reichlich. Man hat nie wieder etwas von ihm gehört, er ist spurlos verschwunden. Mein erster Gang war zu meinem Rechtsanwalt. »Ich kann Ihnen nur raten, das Gesetz genau zu befolgen. Da kann man nichts machen.« Er war etwas schwerfällig, so ging ich wieder in das Café Gassler, um meinen Perlenschieber zu treffen, setzte auch einige sehr günstig ab. Ganz nebenbei fragte ich: »Was machen jetzt die unglücklichen Valutabesitzer?« Da lachte er: »Hier am Tisch hat sicher ein jeder Dollars, und keiner liefert sie ab. Wir sind nämlich alle Ausländer, die dürfen Valuta haben, Staatsbürger von Nicaragua, Ecuador, Guatemala. Ich bin Guatemalaer. Sehr zu empfehlen, nicht ganz so teuer wie die anderen Länder. Man geht einfach zu dem Gesandten, und der macht es.«

»Na ich bin trotzdem froh, daß ich keine Valuta besitze«, sagte ich.

Von dort aus ging ich zum Gesandten von Guatemala, er hieß Don Washington Guardallo y Estenbis. Als er meinen Namen hörte, war er sehr erfreut: »Ich hätte Sie längst besuchen sollen, meine Mutter hat mir Grüße für Sie aufgetragen, aber wir haben hier jetzt so viel zu tun, wissen nicht, wo uns der Kopf steht. Alle wollen auf einmal Staatsangehörige von uns werden.«

»Ja, Washington, ich bin auch deshalb zu Ihnen gekommen.«

»Ausgezeichnet! Ich mache Ihnen einen ausnahmsweise billigen

Preis.« Er war zu einem schönen und eleganten jungen Mann herangewachsen, sah aber seinem Vater doch etwas ähnlich. Er belehrte mich: »Die Gesetze Guatemalas schreiben vor, daß man dort ein halbes Jahr gewohnt haben muß, um die Staatsangehörigkeit zu erwerben. Ich habe hier Meldeformulare mit Unterschrift des Direktors des Einwohneramts Guatemala. Man setzt einfach Ihren Namen ein und datiert es entsprechend zurück. Übermorgen können Sie die Urkunde abholen. Kostet eigentlich zweitausend Dollars, aber ich gebe es Ihnen für zweihundert. Vorauszahlung, wenn ich bitten darf.«

Ich bezahlte in Pfund und nahm seine Zeit nicht länger in Anspruch, lud ihn herzlich ein, einmal zu uns zu kommen. Ich habe dann meinen Staatsbürgerschein am übernächsten Tag abgeholt. Er sah ungemein ernsthaft aus, groß darüber das Wappen Guatemalas: ein Krokodil, das einen Kaktus auf der Schnauze balanciert, und darunter die Unterschrift des Präsidenten und einiger Würdenträger dieses Staates. Ich machte gleich eine Probe, präsentierte eine Fünfpfundnote zur Einwechslung am Schalter der Reichsbank.

»Geht nicht, is einzuliefern, höchstens gegen Kriegsanleihe und die nur zum Nennwert.«

»Bedaure, keine Verwendung, ich wünsche Mark und zum vollen Pfundkurs.« Ich zeigte mein Dokument:

»Ja, Señor Emmaus, das ist selbstredend etwas anderes.« Ich bekam so viele Tausendmarkscheine dafür, daß der Beamte eine Stunde lang daran zählte. Es funktionierte.

Ich ging möglichst wenig aus, aber natürlich traf ich gerade den Grauen. Er erkannte mich erst nicht, dank meinem Vollbarte und der dunkelgerandeten Fensterglasbrille, aber dummerweise wollte ich ihm entfliehen, und meine Rückseite hatte sich nicht verändert.

»Meteorhalloh, Herr Emmaus! Was? Sie leben noch? Ich dachte, Daffodil hätte Sie killen lassen.«

»Und meine Leiche hat Sie weiter nicht interessiert? Sie hätten mit meinem Tod doch eine Mordsreklame für die Partei machen können.«

»Vielleicht noch mehr mit Ihrem Leben. Ich werde einen Riesenartikel bringen: ›Die Auferstehung des Emmaus – das Meteorwunder‹, werde von Augenzeugen beschreiben lassen, wie Sie aus dem Grabe unverwest und frisch hervorgestiegen sind, nur ein Vollbart ist Ihnen dort gewachsen. Ich werde sogar täuschend echte Photomontagen des Vorgangs bringen, werde berichten, daß Gott dieses Wunder geschehen ließ, damit Sie die Leitung der Partei wieder übernehmen und daß Sie bereit sind, seinem höflichen Ersuchen Folge zu leisten. Die Zahl der Meteoristen ist inzwischen wieder auf einige Millionen angewachsen.«

»Das können Sie machen, aber dann trete ich aus der Partei aus und verlange Berichtigung der Nachricht.«

»Wie wollen Sie das denn dementieren? Sie können doch nicht behaupten, Sie seien noch tot.«

»Das nicht, aber ich habe mich in's Privatleben zurückgezogen und keine Lust, fortwährend umgebracht zu werden. Respektieren Sie meinen letzten Willen! Adjö.« Nun mußte ich leider noch länger in München bleiben, um abzuwarten, ob Wirsing wirklich sein Vorhaben ausführen würde. Er hat es nur teilweise riskiert. Der ›Meteor‹ des folgenden Tages brachte quer über die ganze Vorderseite in Kapitalbuchstaben den Satz ›Emmaus ist auferstanden‹, weiter nichts, und an allen Mauern und Säulen prangten Riesen-Anschläge mit den Worten ›Emmaus ist auferstanden‹. Sogleich veranlaßte ich das Plakatinstitut, genau in der gleichen Größe darunter zu kleben ›und verläßt die Meteorpartei‹. Gleichzeitig teilte ich Wirsing in eingeschriebenem Brief meinen Austritt mit. Vom Hotel telephonierte ich der Redaktion der Zeitung ›Parteiloser Anzeiger‹, sie möchte mir einen Interviewer schicken. Er kam sofort, und ich sagte ihm, daß ich weder tot noch krank gewesen sei, sondern künstlerische Tätigkeit habe meine ganze Zeit in Anspruch genommen. Der Berichterstatter hatte einen Arzt mitgebracht, ich mußte mich ausziehen, und er untersuchte mich genau, Körpertemperatur, Pulsschlag, und bescheinigte, daß ich tatsächlich lebe, mein Körper weise auch weder Leichenflecke noch irgendeine Verletzung oder Narbe auf. Ich erzählte, daß ich beabsichtigte, mich ganz vom öffentlichen Leben zurückzuziehen und mich nur mehr der Malerei zu widmen. Der Zeitungsschreiber hat einen langen Artikel daraus gemacht. Als der erschienen war, wurde ich im Hotel antelephoniert:

»Grüß Gott, mein lieber Emmaus. Vom ›Parteilosen Anzeiger‹ habe ich erfahren, daß Sie in den ›Vier Jahreszeiten‹ wohnen. Das freut mich aber wirklich, daß Sie noch leben, und ich gratuliere zu Ihrem Entschluß, sich wieder ganz der Kunst zu weihen. Ist sehr vernünftig.« Die Stimme kam mir bekannt vor.

»Wer spricht?«

»Daffodil, ich wollte – – –«

»Ach so, und drei Mörder hatten Sie mir auf den Hals geschickt.«

»Sie übertreiben, lieber Herr Emmaus. Jetzt hören Sie zu, ich möchte ein Bild von Ihnen kaufen.«

»Ich verkaufe nichts an meine Mörder.«

»Aber meine Frau hat Ihnen doch nie nach dem Leben getrachtet, und sie möchte so gern von Ihnen porträtiert werden. Darf sie zu Ihnen kommen?«

»Ja, aber Sie nicht.« Ich hängte ein.

»Soll ich sie vorlassen?« überlegte ich. Ich hatte die Frau nie gesehen, Katja war sehr begeistert von ihr gewesen, rühmte ihre Schönheit. Aber was mochte wohl beabsichtigt sein? Vielleicht sollte sie das Todesurteil mit mehr Erfolg vollstrecken. Ach was! Dagegen konnte ich mich schützen. Die Neugier siegte.

Frau Daffodil

Es dauerte einige Stunden, bis mir gemeldet wurde, Frau Direktor Daffodil erwarte mich im Salon des Hotels. Ich ließ sie bitten, sich heraufzubemühen. Sie hüpfte ins Zimmer, wohl ein wenig geniert, und, um es nicht merken zu lassen, kichernd und allzu munter. Dadurch wirkte sie unvornehm, obgleich sie eine sehr elegante Erscheinung war, vielleicht etwas zu füllig, aber das mochte an dem kostbaren Chinchillapelz liegen, in den sie eingehüllt war. Ein vergnügtes, doch bleiches Gesicht, von dunklen Locken eingerahmt, schaute daraus hervor, strahlende braune Augen, eine schmale Nase und ein etwas zu großer Mund mit brennend rot gemalten vollen Lippen. Sie reichte mir die Hand:

»Herr Emmaus? Wirklich Herr Emmaus? Daffodil schickt mich, ich will mich malen lassen.«

»Gnädige Frau, wollen Sie es oder will er es?«

»Ich will es selbst. Es ist ja längst mein sehnlichster Wunsch, daß Sie mich porträtieren. Bisher hatte er es nie haben wollen, nun auf einmal hat er selbst davon angefangen.«

»Deshalb gestatten Sie mir, bitte, eine ungewöhnliche Maßnahme der Vorsicht, ich muß die Tür abschließen.« Verwundert sah sie, wie ich die zweifache Tür des Hotelzimmers absperrte.

»Ja, wirklich ungewöhnlich, Herr Emmaus!«

»Ich muß es Ihnen erklären, will ganz aufrichtig sein. Herr Direktor Daffodil hat wiederholt versucht, mich umbringen zu lassen.«

»Was Sie nicht sagen!«

»Es ist nicht gelungen –«

»Wirklich nicht? Da bin ich aber froh.«

»Und ich bin im Zweifel, ob dieser Porträtauftrag nicht bloß einen neuerlichen Versuch ermöglichen soll.«

»Ist das wirklich wahr? Hat er das gemacht? Nein sowas!« Mit einer komischen Bewegung gab sie ihrem Oberkörper eine Drehung und stieß mich mit dem Ellenbogen in die Seite, wandte mir dann, mit einem Auge blinzelnd, ihr Gesicht zu, eine etwas ordinäre Geste.

»Gnädige Frau, ich kann nicht annehmen, daß es Ihnen bekannt war. Bitte, setzen Sie sich und hören Sie mich an.« In einem Klubsessel sitzend, versuchte sie angestrengt, ihre aufrechte Haltung zu bewahren, reckte das Kinn in die Höhe, wohl um die Halslinie zu verschönern, und blickte aus halbgeschlossenen Lidern, das wirkte hochmütig und abweisend. Trotzdem berichtete ich ihr alles genau, sie schüttelte manchmal den Kopf. Beim Fall Losbichl unterbrach sie mich laut lachend:

»Mir hat Daffodil damals eine lange Geschichte erzählt, wie Losbichl im Gebirge mit dem Auto in einen Abgrund gestürzt ist. Er sei wie durch ein Wunder gerettet worden und befinde sich im Krankenhaus. Zu komisch!« Ihr Gelächter war so stark, daß ich, höflicherweise, mit einstimmte. Plötzlich wurde sie sehr ernst, sprach aufgeregt:

»Herr Emmaus, ich glaube, nun hat er den Losbichl umbringen lassen.«

»Warum?«

»Ich bin mit unserem jetzigen Chauffeur nicht zufrieden, da fragte ich Daffodil heute, ob sich der Losbichl schon wieder erholt habe, und er lächelte unangenehm und sagte:

›Vollkommen, du kannst für sein Seelenheil beten.‹ Ich habe das nicht weiter beachtet.« Nichts war von ihrer Munterkeit geblieben. Sie sank zusammen, hatte auf einmal begriffen. Sie schrie:

»Aber das ist ja fürchterlich!« Dann sank ihre Stimme bis zum Flüstern.

»Und mit so etwas bin ich verheiratet! Daffodil ist mir schon manchmal wie ein Verbrecher vorgekommen. Nach diesem kann ich Ihnen nicht zumuten, mich zu malen. Das tut mir sehr, sehr leid. Ich hatte mich so auf Sie und auf das Bild gefreut.« Schluchzen durchschüttelte sie. Ich legte die Hand beruhigend auf ihren Arm.

»Nein, gnädige Frau, für mich ist es keine Zumutung. Ich male Sie gern, denn Sie sind schön.« Sie wurde ruhiger, drückte mir die Hand. »Ich bin Ihnen dankbar, wenn ich Sie malen darf, und verspreche, diese Sache mit keinem Wort mehr zu berühren.«

»Wir werden doch immer daran denken. Sie sind gütig, Herr Emmaus, und Sie kennen mich so wenig. Wissen Sie denn, ob ich nicht auch einen Revolver bei mir trage, um Sie – Sie – –?« sie brach wieder in Tränen aus. Dann sprang sie auf, legte ihren Mantel ab, reichte ihn mir. Ich bemerkte, daß ihre Hüften noch schmal waren, wenn auch ihr Körper Neigung zu Üppigkeit zeigte. »Untersuchen Sie die Taschen, ob nicht eine Waffe darin ist!«

»Aber ich bitte Sie, gnädige Frau.« Doch sie zwang mich, tatsächlich nachzuschauen. »Und hier am Kleid, bitte!« Sie stand vor mir, die Arme seitwärts von sich gestreckt, in einem dunkel-weinroten Kostüm.

»Die Farbe steht Ihnen ausgezeichnet. Nein, auch da ist kein Revolver«, sagte ich leichthin, indem ich meine Hand nur flüchtig auflegte, auf den Rock und die volle Brust, hier etwas fester, muß ich zugeben. Sie ließ das gern geschehen, kam dem Druck entgegen und quittierte mit einem Lächeln, indem sie den Kopf zurücklegte und mich unter gesenkten Wimpern träumerisch anblickte. Zu meiner Verwunderung spürte ich, daß meine Gleichgültigkeit einer Wärme des Gefühls wich.

»Nein, keine Waffen; aber trotzdem nicht ungefährlich.«

»Wieso?«

»Weil ich fürchte, ich bin im Begriff, mich in Sie zu verlieben.«

»Das darf nicht sein, Emmaus, heute noch nicht.«

»Sie haben recht, es darf nicht sein. Wollen wir morgen mit dem Bild anfangen? Das Zimmer hier ist hell genug dazu. Ich möchte es in Pastellfarben malen, ich besorge mir das Material morgen früh. Vielleicht haben Sie die Freundlichkeit, zeitig am Nachmittag zu kommen, in demselben Kleid.«

»Ja, gern. Und, Herr Emmaus, Daffodil hat mir gleich das Honorar für Sie mitgegeben, hier in diesem Kuvert. Sie sollen das aber erst öffnen, wenn wir fertig sind.« Sie übergab mir ein gesiegeltes Geschäftskuvert sehr großen Formats. Ich begleitete sie hinunter.

»Also auf Wiedersehen morgen!«

»Auf Wiedersehen, gnädige Frau!«

Natürlich habe ich das Kuvert sofort geöffnet. Es enthielt Aktien der Zralok-Werke zu einem sehr ansehnlichen Betrag. Also deshalb war die ganze Bilderkomödie aufgeführt worden! Daffodil wollte mich materiell am Waffengeschäft interessieren und, wenn ich doch, wider Erwarten, von neuem gegen die Rüstungsindustrie auftreten würde, konnte er mich immer unmöglich machen, indem er meinen Aktienbesitz öffentlich bekanntgab. So gedachte er, mich zu bekehren und zu beseitigen. Ob seine Frau davon wußte? Das Beste wäre, ich gebe ihr das Kuvert zurück und verzichte auf das Porträt. Aber die Arbeit interessierte mich und wohl die Frau auch. Ihre Stimmung hatte sich so schnell von einem Extrem ins andere gewandelt, daß es schwierig sein würde, ihren Charakter im Bilde wiederzugeben. Die Aufgabe lockte mich und vielleicht, unbewußt, noch einiges.

Strahlend wie ein Sommertag trat sie zur verabredeten Zeit ein. Nur ein Wölkchen warf seinen Schatten, als ich sie, gleich nach der Begrüßung, ernst und streng fragte:

»Gnädige Frau, wußten Sie, was in dem Kuvert ist?«

»Ja, natürlich! Haben Sie es schon aufgemacht? Es sollte eine Überraschung sein. Ist das Honorar nicht genügend?«

»Doch, gnädige Frau, allzusehr. Ich kann es nicht annehmen, bitte, geben Sie es zurück.«

Sie nahm es nicht. »Aber wieso denn? Wer wird denn so bescheiden sein!«

»Nicht bescheiden, aber ich möchte keine Aktien einer Waffenfabrik besitzen.«

»Ach so. Wie komisch!« lachte sie. »Und ich hätte mich besonders gefreut, wenn Sie an Papas Betrieben beteiligt gewesen wären. Sie rentieren sich gut.«

»Nein, ich male Sie nur, wenn Sie mir das nicht zumuten.«

Zögernd nahm sie das Kuvert und tat es in ihr Handtäschchen.

»Originell«, sagte sie.

Ich begann mit dem Bild, probierte verschiedene Stellungen, sitzend zeigten sich Spuren von Unterkinn, das ging nicht, die stehende Figur war günstiger, allerdings anstrengender für sie, so mußte öfter unterbrochen werden. Wir sprachen nur in den Pausen.

»Wissen Sie, Herr Emmaus, daß ich Sie schon lange kenne?«

»Danke, meine Arbeiten sind ja ziemlich bekannt.«

»Nein, persönlich.«

»Verzeihung, ich erinnere mich wirklich nicht –«

»Wir haben uns nie getroffen, aber Frau Katja Steinbeisova hatte mir so viel von Ihnen erzählt. Sie wollte nämlich, ich sollte Sie heiraten, vielleicht, damit sie Daffodil, mit dem sie nach Prag gekommen war, nicht an mich verliert, obgleich sie eigentlich nicht eifersüchtig war, wenigstens ließ sie es nicht merken. Mag sein, wenn Sie in Prag gewesen wären, hätte alles anders kommen können. Das Leben hängt so sehr vom Zufall ab. Der Mensch ist wie ein Blatt, das der Wind hin und her weht. Sie schwärmte ein bißchen von Ihnen, hat mir auch Ihre Photographie gezeigt. Ich war nicht sehr begeistert. Aber jetzt mit dem Vollbart gefallen Sie mir besser. Ich hatte immer Sehnsucht nach einem Mann mit Vollbart, vielleicht ein Kindheitskomplex, weil Papa einen trug und, wenn er mir einen Gutenacht-Kuß gab, durchrieselte mich immer ein zärtlich-wohliges Gefühl. Jetzt ist er ausrasiert wie alle. Daffodil auch, er hätte mir nie das Opfer gebracht, sich einen Bart wachsen zu lassen, er ist so egoistisch. Ich glaube jetzt, daß er mich nicht wirklich geliebt hat. Ich war ihm nur Mittel zum Zweck. Für mein Seelenleben hat er sich nie interessiert, ich habe nämlich eins. Er ist viel auf Reisen, aber auch wenn er bei mir ist, bin ich einsam. Wir haben nie Zeit für einander gehabt. Er sinnt Tag und Nacht nur auf Geld, und ich habe doch höhere Interessen, Theater und Musik und Malerei und dann Sport, aber der ist mir nicht so wichtig, nur, ohne Reiten und Tennisspiel wäre ich nicht so schlank geblieben.«

»Ja, gnädige Frau, Sie haben eine wunderbar durchtrainierte Linie. Da sind die armen Leute zu beneiden, sie bleiben ganz von selbst mager, unsereinem macht jedes Pfund, das man zunimmt, Sorge.«

»Sie verstehen mich, Emmaus. Ich glaube, daß unsere Seelen auf den gleichen Akkord gestimmt sind.«

»Gewiß, Frau Lona. Jetzt wollen wir weiter malen.«

»Ah, Sie wissen, daß ich Lona heiße? Das ist süß.«

Als es zu dunkel zum Arbeiten wurde, ließen wir uns Tee heraufkommen. »Emmaus, ich habe Sie einige Male von weitem gesehen, im Theater, hätte Sie gern kennen gelernt, aber Daffodil hat es immer verhindert. Er war gar nicht gut auf Sie zu sprechen, sagte: ›der wird uns noch das ganze Geschäft ruinieren mit seinem Meteorismus.‹ Daraufhin habe ich mich für den Meteor interessiert.«

»Das freut mich, Frau Lona. Haben Sie da eingesehen, daß all' Ihr Luxus mit dem Blut vieler unglücklicher Menschen erkauft ist?«

»Inwiefern?«

»Nun ja, weil das Geld mit den Kanonen verdient ist, die das Blutvergießen verursachen. Haben Sie nie Gewissensbisse darüber?«

»Nein, nicht besonders. Eine Weile habe ich allerdings gemeint, der Meteor hat recht, ich bin sogar eigens nach Prag gefahren und habe Papa erklärt: ›Ihr müßt sofort aufhören, Mordwaffen zu erzeugen.‹ ›Gut, wird gemacht‹, hat er geantwortet. Bald hat in allen Zeitungen gestanden, daß infolge des überhandnehmenden Pazifismus die Waffenfabriken gedenken, ihren Betrieb einzustellen. Glauben Sie, das Volk ist darüber beglückt gewesen? Es hat getobt und mit Aufruhr gedroht, man dürfe doch so viele Arbeiter nicht brotlos machen. Papa hat gesagt: ›Siehst du, die Leute wünschen sich Kanonen, wollen Soldaten werden, Untertanen sind nur glücklich als Kanonenfutter.«

»Das hat Ihr Papa schlau gemacht. Er weiß, daß Arbeiter nicht sehr weit denken. Wenn er wirklich den Krieg aus der Welt schaffen wollte, hätte er mit dem internationalen Rüstungskonzern beschließen müssen, die Mordwaffen in so schlechter Qualität zu fabrizieren, daß sie unverwendbar wären. Dann hätte die Welt den Frieden.«

»Glauben Sie das nicht! Die Leute würden Krieg führen, auch wenn sie mit bloßen Fäusten gegeneinander kämpfen müßten. Man soll nicht soviel an das Glück der Völker denken, sondern mehr an sein eigenes, sonst verpatzt man beides, nicht Leute befreien wollen, die lieber Sklaven sind. Aufgezwungene Wohltaten sind bloß komisch.«

Ich wurde ein wenig mißtrauisch: »Hat Sie Daffodil abgerichtet, mir das zu sagen?«

Rot vor Zorn fuhr sie mich an: »Daffodil kann mich zu gar nichts abrichten, wir stehen nicht auf so intimem Fuß. Überhaupt, er ist mir unsympathisch. Aber ich will nicht, daß Sie Ihr Leben verpfuschen durch Ihren sogenannten Idealismus. Idealismus ist bloß eine Art Eitelkeit, eine sehr dumme. Nur Genuß macht glücklich. Das Leben kann so herrlich sein, Liebe, Kunst, Sonne, man darf es nicht versäumen.«

Vielleicht hatte sie recht: »Sie sind gescheiter, als ich dachte, Lona. Doch wir wollen nicht philosophieren. Ich schlage vor, wir gehen in die Weinstube hinunter und soupieren gut. Daneben spielt eine Jazz-Kapelle, es wird ein bißchen getanzt.«

Unser Abendessen in dem Weinlokal war ausgezeichnet, ganz unberührt von Hunger und Not, die das Land aushöhlten. Wir tranken Burgunderwein und dann Champagner, kamen in Stimmung.

»Ach, Emmaus, warum haben wir uns nicht schon früher gefunden?«

»Ja, Lona, vielleicht wären wir glücklich miteinander geworden. Tanzen wir jetzt?«

Wir tanzten. »Dein Bart kitzelt mich so schön, es ist ein wundervolles Gefühl.«

»Ist er nicht ein bißchen altmodisch? Zur Zeit der Vollbärte wäre dieser Tango unmöglich gewesen, wenigstens in der Öffentlichkeit.«

»Jeder Tanz soll eine sexuelle Angelegenheit sein. Deshalb sind die sogenannten rhythmischen Tänze so schauderhaft, ich habe oft mit Katja darüber gestritten.«

»Doch hat sie mir eine Photographie von dir in einer rhythmischen Tanzfigur gezeigt. Ich kann nicht finden, daß sie asexuell gewirkt hätte, sie hat einen tiefen Eindruck auf mich gemacht.«

»Wirklich? Hättest du dich damals in mich verlieben können?«

»Ja, jetzt auch. Und du tanzt so wundervoll, es ist, als ob du schwebst, und doch spüre ich bei jeder Bewegung deinen warmen Körper, möchte ihn küssen.«

Als wir wieder beim Champagner saßen, kamen sich unsere Seelen immer näher und unsere Körper auch, doch war die Stunde noch nicht spät genug, so mußten wir brav und korrekt beisammen sitzen und konnten nur in heißen Worten Gefühle austauschen. Dazwischen gingen wir noch einige Male zum Tanz.

Aber schließlich sagte sie: »Emmaus, jetzt kann ich nicht mehr tanzen, der Wein ist mir ein wenig in den Kopf gestiegen, alles dreht sich ringsum. Ich glaube, ich muß jetzt heimfahren.«

»So ruhe dich doch erst ein wenig bei mir aus, wir lassen uns den Kaffee ins Zimmer kommen.«

Das taten wir, und sie lag auf der Ottomane, lachte und war sehr lustig.

»Weißt du, Emmaus, wie du mich gestern nach Waffen untersucht hast, da fiel mir ein, wie ich einmal mit Daffodil nach Rumänien gereist bin. Da wurden wir an der Grenze auch nach Waffen untersucht, und dem Zollbeamten kam meine Brust verdächtig vor, und er behauptete: ›Da sind Bomben darin.‹ Er machte das Kleid auf und schaute nach, da half kein Protest. Das war komisch.« Sie lachte und konnte nicht aufhören zu lachen. »Ach, ich bin so glücklich hier bei dir, so furchtbar glücklich. Ich bleibe hier, schlafe auf dem Divan.« Sie drehte sich nach der Wand um, vielleicht schlief sie wirklich.

»Heute werde ich sie nicht mehr los«, dachte ich, »ach was, ich lege mich auch schlafen. Ich kleidete mich in mein Pyjama und ging ins Bett. Als ich das Licht ausgelöscht hatte, sah ich im Halbdunkel, daß sie aufstand und sich auszog.

Auf einmal war sie im Bett bei mir, lachte: »Ach, eben dachte ich, ich wäre daheim. Wir wollen schlafen, leg deinen Bart auf meine Brust.«

Es wurde eine schöne Nacht. Wir schliefen bis spät in den Tag.

Das Telephon weckte uns. Wir wollten nicht darauf reagieren, aber es gab keine Ruhe. »Wenn es Daffodil ist, sage ihm, ich bin hier und es geht ihn nichts an.«

»Wenn er sich aber scheiden läßt. Ich kann dich nicht heiraten.«

»Wird er nie, für ihn bin ich die Firma Zralok.«

Als ich zum Apparat ging, hörte ich: »Ferngespräch von Passau. Ist unterbrochen.«

Der Teilnehmer meldete sich nicht mehr. Es blieb nichts übrig als wieder einzuhängen. Noch nie hatte mich Vevi antelephoniert, wenn ich in München war, und ich hatte die Zurückhaltung sehr geschätzt. Der Anruf bedeutete sicher nichts Gutes, es mußte etwas passiert sein.

»Ich fahre jetzt sofort nach Passau«, sagte ich.

»Was ist los, Emmaus?«

»Ich weiß es nicht, wohl irgend etwas Schreckliches, meine Frau – –«

»Du bist verheiratet?«

»Natürlich! Hast du das nicht gewußt?«

»Nein, du machtest einen sehr unverheirateten Eindruck. Aber ich bin ja auch verheiratet. Ist gleich.«

»Dich würde jeder für ein junges Mädchen halten.«

»Wie lieb du bist! Mußt du wirklich fort?«

Schreckensherrschaft in Passau

Angstvolle Sorge um Vevi, innige liebende Sehnsucht nach ihr hatten mich ergriffen, merkwürdig, daß diese Ergriffenheit meine Gefühle für Lona nicht abschwächte, sondern so verstärkte, daß die Flammen in unerhörter Glut über uns zusammenschlugen, als wir uns zum Abschied umarmten.

»Bleibe bei mir, Emmaus, du bist die Herrlichkeit, nie wieder können sich zwei so lieben wie wir. Ach –«, sie schlang die Arme noch fester um mich, ihre Lippen nahmen die meinen gefangen, wollten sie nicht freigeben. Gewaltsam mußte ich mich ihr entwinden. Eine Weile lag sie noch wie vernichtet, mit zusammengezogenen Brauen, doch selig lächelnd. Dann, in plötzlichem Entschluß, begann sie ebenfalls sich anzukleiden. Es fiel mir auf, daß sie in ihrem Täschchen eine Zahnbürste mitgebracht hatte.

»Wann wirst du mein Bild fertig malen?«

»Vielleicht bald, der Kopf ist ja schon fast fertig. Bitte, hebe es einstweilen auf, du kannst es wohl holen lassen, man muß Papier darüberdecken, damit sich die Pastellfarbe nicht verwischt.« Während wir unsere Toilette beendeten, bestellte ich Rechnung und Frühstück ins Zimmer, wir wurden schnell fertig damit. Ich war voller Unruhe, setzte Lona in ein Taxi, verabschiedete mich eilig, aber herzlich, holte meinen Wagen aus der Garage und fuhr nach Passau. Ich sauste in einem Rekord-Tempo dahin, ohne Aufenthalt, glücklicherweise war der Straßenzustand günstig. Als ich ankam, dunkelte es bereits, leichter Schnee begann zu fallen. Ich fuhr den Berg hinauf.

Auf halbem Wege kam mir ein Totenwagen entgegen. Ich erschrak so furchtbar, daß ich fast die Steuerung verloren hätte. Ich hielt, rief den Kutscher an:

»Um Gotteswillen! Wer ist denn gestorben? Die Frau?«

»Nein, ein Arbeitersoldat ist verunglückt droben bei der Gaudi.« Ich fragte nicht weiter, mit Herzklopfen schaltete ich wieder ein. Oben vor dem Haus stand ein Sanitätswagen, ringsum auf der Erde viel Möbel und Einrichtungsgegenstände kunterbunt durcheinander, der Schnee rieselte darauf. Stühle waren umgefallen, ein Stuhlbein hatte ein Bild durchbohrt, Pinsel und Farben lagen, zusammen mit Kochgeschirr, auf einem Federbett, aus einer zerbrochenen Vase waren die Blumen gefallen und das Wasser lief über den Gobelinbezug eines Lehnstuhles. Daneben führte Dellinger einen aufgeregten Wortstreit mit struppigen Arbeiter-Soldaten in verwahrlosten Uniformen. Einer von ihnen hatte den Kopf verbunden, mehrere die Hände. Sehr bestürzt hörte ich Dellinger schreien:

»Ihr Lumpen übereinander! Jetzt das Haus wegnehmen und alles, wo die Frau grad'das Kinderl kriegt hat! Das ist ja Mord, das könnt ihr vor unserem Herrgott nicht verantworten.«

»Ein' Herrgott gibts nimmer, du halt dein Maul, sonst schießen wir dich nauf wie den anderen Hund.«

Meinten sie vielleicht mich? Ich trat hinzu. Dellingers Worte überhaspelten sich, als er mich begrüßte:

»Weil S'nur da sind, Herr Emmaus! Die wollen unser Haus stehlen, und wir sollen raus und die Möbel auch und die gnä' Frau hat ein' Buben kriegt und – –.«

Ein Soldat schlug ihn mit der Faust in's Gesicht: »Jetzt bist stad! Jetzt red' ich! Sie sind der Emmaus, gelt?« Er zog einen schmutzigen Zettel aus der Tasche, las vor, es war gerade noch hell genug dazu:

»›Die Feste Oberhaus, Baulichkeiten samt Inventar, nebst dazu gehörigen Grundstücken wird als vormaliger ärarischer Besitz beschlagnahmt und geht hiermit in das Eigentum des Freistaats Bayern über. Ist sofort zu räumen. Der Arbeiter- und Soldatenrat, München.‹ Sie sehen, von Stehlen kann gar keine Rede nicht sein, ist alles gesetzlich.«

»Ganz richtig, liebe Genossen. Ist nichts dagegen zu sagen. Alles für das Volk und durch das Volk. Nur ein bisserl schnell arbeitet ihr. Morgen ist auch noch Zeit. Seid nicht solchene Hammel! Wo doch mein Weib grad geboren hat. Was tatest denn du sagen, wenn man deiner Frau das Wochenbett unterm Arsch wegziehen wollt? Und bei der Kälten und auf die Nacht! Überhaupts, hat euch der Dellinger schon ein Bier gegeben?«

»Fallt dem gar nicht ein, dem neidigen Tropf, sagt, is keins da.«

»Nein, das kann wahr sein. Aber ich hab' viel was Feineres für euch. Da, Genossen, nehmts die Gläser auf, wo aus dem Küchenschrank gefallen sind, und gehts mit mir.«

Ich flüsterte Dellinger noch zu: »Sagen Sie meiner Frau, ich komme gleich zu ihr, muß nur erst schnell die Herren versorgen.« Aber er war offenbar schwer enttäuscht, als ich den Genossen unter den Arm nahm und mit der ganzen Bande in den Keller ging. Dort hatten wir einige Fässer selbstgekelterten Apfelwein und schweren, süßen Johannisbeerwein, die hatten die Kerle noch nicht entdeckt. Ich schlug Zapfen in die Fässer und schenkte ein. Einige leere Kisten wurden als Sitzgelegenheit herbeigeschoben.

»Also prost, Genossen! Es lebe der Freistaat Bayern und die Weltrevolution!« Sie probierten zuerst zungenschnalzend, dann tranken sie den Wein wie Bier hinunter.

»Wirklich alle Achtung, is fei was Guts.« Bald sangen sie die Arbeitermarseillaise und Soldatenlieder.

»Also, nichts für ungut, Genosse Emmaus, du bist ja ganz a grübigs Manderl.«

»Bal's euch nur schmeckt. Hauts euch zuwi!« In erstaunlich kurzer Zeit hatten sie sich einen Zustand absoluter Ungefährlichkeit angetrunken, einige waren eingeschlafen, andere lallten nur noch, lagen am Boden herum. Dellinger kam, um nachzusehen, war jetzt mit mir zufrieden.

»Die Gewehre wollen wir aber beiseite schaffen«, sagte er, »sonst geht's uns wie dem Mauspetz.«

»Wieso? Was ist mit Mauspetz?«

»Tot. Wie die Lumpen daherkamen, wollte er sie nicht hereinlassen, hat sich auf sie gestürzt und sie fürchterlich zugerichtet und zerfleischt, mußten sich verbinden lassen vom Doktor, und einen hat er in den Hals gebissen, durch die Ader. War schnell hin. Der Doktor hat ihm nimmer helfen können. Und einer hat gleich das Gewehr genommen und unseren Mauspetz erschossen.«

»Armer Mauspetz!« Sein Tod erschütterte mich.

»Wird meiner Frau arg sein.«

»Sie darf es noch nicht wissen, hat der Doktor gemeint, ist halt noch ein bisserl schwach. Und überhaupts soll sie nicht hierbleiben in dem Saustall, sondern ins Krankenhaus, er hat den Sanitätswagen geschickt.«

Wir banden schnell die Gewehre zu einem Bündel zusammen und nahmen es mit. Nun endlich hatte ich freie Hand, mich um Vevi zu kümmern, stieg ins Haus hinauf. Das fand ich in einem schrecklichen Zustand und fast ausgeräumt. Gerade trugen die Sanitäter Vevi und das Kind wohlverpackt auf einer Krankenbahre hinunter, es schrie mit dünnem Stimmchen. Frau Guggemos ging nebenher, tränenüberströmt. Von Vevi war nur das Gesicht zu sehen, sie weinte.

»Ich bin wieder bei dir. Alles wird gut«, sagte ich und streichelte ihre Stirn. Da lächelte sie. Ich durfte im Sanitätswagen mitfahren. Im Krankenhaus bekam sie ein eigenes Zimmer, das Kind blieb mit darin, ich sah es zum ersten Mal, fand es eigentlich weder lieblich noch rührend. Der Oberarzt, der die näheren Umstände schon kannte, war sehr besorgt, wollte die genauere Untersuchung erst vornehmen, wenn sie sich ein wenig ausgeruht hätte, einstweilen konstatierte er nur leichtes Fieber. Ich saß eine Weile an ihrem Bett, hielt ihre Hand in der meinen. Jetzt sah ich erst, wie bleich und angegriffen sie aussah. Wir sprachen wenig.

»Ich bin froh, daß ich dich noch einmal sehe, Emmaus. Glaubst du, ich muß sterben?«

»Nein, im Gegenteil, du mußt leben, und wir werden glücklich sein, und ich freue mich so mit dir und dem Kleinen. Er ist herzig. Und das Haus und alles bekommst du wieder in Ordnung.«

»Du warst lang fort.«

»Ja, viel zu lange, aber jetzt bleibe ich da.«

»Immer«, hauchte sie. Sie schlief ein. Die Krankenschwester machte mir ein Zeichen, daß ich jetzt fortgehen solle.

Ich ging auf das Telegraphenamt, meldete ein dringendes Ferngespräch nach München an, mit der Gesandtschaft von Guatemala, bekam auch sehr schnell Verbindung, glücklicherweise war Washington Guardallo noch anwesend. Ich teilte ihm mit, wie man gegen mich und mein Eigentum vorgegangen war, ersuchte ihn, sofort Einspruch zu erheben und umgehende Aufhebung des Befehls zu verlangen. Er war sehr entrüstet darüber, daß man sich so einen Übergriff gegen einen Bürger seines Landes erlaubt habe, das werde die Herren teuer zu stehen kommen. Er wollte die Sache schnell in Ordnung bringen, fragte auch, welchen Schadenersatz ich beanspruche. Doch dessen Festsetzung behielt ich mir für später vor.

Danach suchte ich den Passauer Vorsteher des Arbeiter- und Soldatenrats auf. Man hatte Herrn Stadtschreiber Hamböck, dem Sekretär des früheren Bürgermeisters, diese Funktion übertragen, weil er sich doch ein wenig mit den Geschäften auskannte. Ich traf ihn nicht mehr im Rathaus. In seiner Wohnung erfuhr ich, daß er an seinem Stammtisch im Bayrischen Löwen sei. Dorthin ging ich. Er saß Karten spielend beim Bier mit Passauer Arbeitersoldaten und einigen Bürgern. Wir kannten uns gut.

»Ja, was wäre denn jetzt das, Genosse Emmaus, kommen Sie auch mal zum Bier? Ganz eine seltene Ehr'!«

»Ist halt ein bisserl weit von Oberhaus, sonst kämet ich öfters. Aber heut hab ich was mit Ihnen zu reden, haben' S' ein' Augenblick Zeit? Nix für ungut, wenn ich beim Tarock störe, aber es pressiert.«

Wir setzten uns an einen Nebentisch, ich trug ihm meinen Fall vor, sagte ihm, daß ich Staatsangehöriger Guatemalas sei und die Sache bereits dem Gesandten übergeben habe, er werde sie mit äußerster Energie verfolgen, selbst wenn es darüber zum Krieg zwischen Bayern und Guatemala kommen und der eben abgeschlossene Friede wieder aufgehoben werden müsse, den Guatemala mit unterzeichnet hatte.

»Genosse Emmaus, ich bitte Sie um Schonung für unser unglückliches Land. Ich bin selbst entsetzt über das Geschehene. Die haben uns Passauer Räte nicht einmal befragt oder auch nur verständigt, die Siebengescheiten in München haben einfach ihre Leut' hergeschickt. Wie die sich da oben aufgeführt haben, hat ma schon g'hört. Hat uns damisch g'freut, daß Ihr Hund einen totbissen hat. Wenn wir gewußt hättn, daß Sie nicht hiesig sind, wären wir längst eingeschritten. Sinds' noch droben, die Herrn Vollzugsorgane?«

»Ja, im Keller liegens', alle stinkbesoffen. Wir haben ihnen derweil ihre Gewehr' verräumt, daß s'keinen Schaden nicht anrichten damit.«

»Das war gscheit. Jetzt sag ich's gleich meine Rät', sind ja alle hier in der Wirtschaft, und wir gehn nauf zu der Bagaasch.«

Wir begaben uns wieder zu den Stammtisch-Genossen. Die waren Feuer und Flamme für den Vorschlag, sofort nach Oberhaus hinaufzumarschieren, besonders als sie hörten, daß die Münchener bereits entwaffnet seien. Sie holten schnell ihre Gewehre, wir zündeten Laternen an und gingen los.

»Sauber schaut's aus hier!« meinten sie, als sie oben die Möbelhaufen beim Haus sahen. »Das werden wir gleich haben. Wir verhaften die Bürscherln einfach, und morgen müssen sie die Möbel wieder neintragen und alles instand setzen.« Ich führte sie in den Keller. Dort sahen sie, nicht ganz ohne Neid, wie gründlich das Getränk gewirkt hatte, versuchten vergeblich, einige der Glücklichen zu wecken. Nach kurzer Beratung blieben vier Mann als Wache da, um am nächsten Morgen das Weitere zu veranlassen. Stühle wurden ihnen vor den Kellereingang gestellt, und Frau Guggemos gelang es noch, Speise und Trank für sie zu finden. Der Keller wurde abgeschlossen. Wir anderen zogen wieder nach der Stadt hinunter in lebhafter Unterhaltung über die Ereignisse. Ich ließ mir im Goldenen Stern ein Zimmer geben und verbrachte dort den Rest der Nacht. Bevor ich schlafen ging, rief ich das Krankenhaus an und hörte, das Befinden sei zufriedenstellend.

Im Bett fiel mir ein, ich müßte eigentlich Gewissensbisse haben wegen der Sache mit Lona. Es gelang mir aber nicht. Immerhin beschloß ich, mir am nächsten Morgen den Vollbart abnehmen zu lassen. Das habe ich auch gemacht und hatte das Gefühl, mit ihm sei Lona erledigt.

Herr Hamböck fand zeitig am folgenden Tag beim Betreten des Rathauses ein Telegramm aus München vor:

an räterat passau

beschlagnahme oberhaus aufgehoben übergriff unterer organe verhaftet diese

räterat münchen

»Na ja, will's wieder keiner gewesen sein. Aber verhaftet sind s', so gescheit waren wir schon selber.« Wir gingen, zusammen mit den Genossen vom gestrigen Abend, wieder nach Oberhaus hinauf. Die Wachtposten hatten den Berauschten zur größeren Sicherheit die Hände mit Stricken gefesselt. Das gefiel ihnen gar nicht, als sie spät und sehr verkatert wach wurden. Sie schimpften ausgiebig auf den Reaktionär, der sie übertölpelt habe, »der gehört an die Wand gestellt«.

»Wenn nur ihr nicht an die Wand gestellt werdet«, lachten die Wachleute.

Indem kamen wir, und Hamböck las ihnen, in seiner ganzen Präsidenten-Würde, das Telegramm vor. Da schauten sie sich gegenseitig erstaunt an, wurden ganz klein. Der eine sagte: »Da in meiner Rocktasche hab ich den Auftragszettel, ich kann ihn nicht außi langen mit meine gefesselten Pratzen.«

Hamböck holte das Schriftstück hervor, verglich die beiden und sprach: »Da seids halt eingangen, werdet nicht viel machen können gegen die Ganzandern.«

»Solchene Lumpen! Das wollen Genossen sein! Da pfeifen mir auf die ganze Revolution.«

»Habts halt verspielt«, fuhr Hamböck fort. »Ich geb' euch einen guten Rat. Schauts jetzt, daß ihr hier wieder Ordnung macht. Wir binden euch los, und ihr tragt die Möbel wieder eini und bringt drinnen alles sauber instand, und danach könnt ihr wieder heimfahren oder wohin ihr sonst wollt.«

Ich fügte hinzu: »Natürlich gebe ich euch den tarifmäßigen Stundenlohn für eure Arbeit. Wenn ihr es schön macht, sogar das Dreifache. Einverstanden?«

»Aber selbstredend, Herr Obergenosse. Und unsere Gewehr' könnts zum Andenken dabehalten. Mir tun nimmer mit, san ausgeschmiert gnug.« Sie wurden befreit, bekamen jeder eine Tasse Kaffee und Brot und machten sich, trotz ihrer benommenen Köpfe, eifrig an die Arbeit, die Sachen wieder einzuräumen. Zufällig waren zwei von ihnen gelernte Tischler und einer Tapezierer, auch ein Anstreicher war dabei. So gelang es ihrem Fleiß, im Verlauf zweier Tage alle Spuren des Gewaltstreiches zu beseitigen. In neuem Glanze strahlte Oberhaus. Ich zahlte ihnen den versprochenen Überlohn. Mehrere von ihnen wollten in Passau wohnen bleiben, die anderen fuhren wieder nach München, verabschiedeten sich herzlich von mir, einer bat mich, ich möchte ihn mit nach Guatemala nehmen. Ich hörte später, daß sie aus der Partei ausgetreten und zur ›Standarte‹ gegangen sind.

Als die Reparationsarbeiten angeordnet waren, verließ ich Oberhaus und begab mich zu Vevi. Sie hatte den Schock merkwürdig gut überstanden, ihr Befinden war fast das einer normalen Wöchnerin. Vorsichtshalber hatte man ihr noch nicht gestattet, das Kind selbst zu stillen, aber sie verlangte dringend danach. Ich war dagegen.

»Ich will nicht, daß du die Schönheit deiner Brust dadurch verdirbst. Eine Frau ist keine Kuh.«

»Du denkst natürlich, Gott habe mir diesen Apparat bloß aus ästhetischen Gründen gegeben, nein, Gott macht alles praktisch, und er würde es nicht verstehen, wenn wir so etwas Zweckmäßiges nur als Dekoration benutzen. Das wäre, als ob man eine Nähmaschine zur Zierde ins Zimmer stellt.« So ließ ich es zu und habe dann gefunden, daß sie recht hatte und daß die animalische Funktion des Säugens sogar ein schöner Anblick ist. In den habe ich mich immer wieder versenkt und zu ergründen versucht, ob die Rührung, welche mich dabei ergriff, mehr künstlerischem oder mehr erotischem Gefühl entsprang. Gewiß haben die großen Meister ihre Madonnen nicht mit rein geschlechtslosem Entzücken gemalt. Sobald Vevi wieder daheim sein würde, wollte ich sie so mit dem Kinde malen.

Nach zehn Tagen könnte sie ohne Gefahr zurückkehren, meinte der Arzt, und sie war sehr erfreut zu hören, daß jetzt das Haus wieder vollkommen in Ordnung käme, ein Wunder, auf das sie nicht einmal zu hoffen gewagt hatte.

Etwas Peinliches stand noch bevor, ich mußte ihr Mauspetz Tod schonend mitteilen. Ich habe nie die Technik solcher Nachrichten beherrscht und machte es gewiß wieder sehr ungeschickt, begann: »Die Inder glauben an Seelenwanderung, sie meinen, wenn ein Tier stirbt, zieht seine Seele um, in ein anderes oder in einen Menschen.«

»Ja, meinst du, das gibt es? Denke dir, ich habe geträumt, Mauspetz hat schweifwedelnd bei unserem Kind gestanden. Auf einmal ist er immer kleiner geworden, bis er nicht größer war als eine Fliege, und die flog dem Kind in den Mund. Erschrocken habe ich gerufen: ›Mauspetz, komm sofort zurück!‹ Aber er kam nicht, und das Kind hat gelacht. Jetzt weiß ich, Mauspetz wird bald sterben.«

»Ja, das kann sein, er ist wohl schon gestorben.«

»Du wolltest es mir bloß nicht sagen.« Sie weinte, doch mit Beruhigung merkte ich, daß es nur Tränen dritten Grades waren.

»Ach, Emmaus, wie gut, daß unser Kind nun Mauspetz' Seele bekommen hat, die schönste, die zu haben war.« Nach einer Weile des Nachdenkens fuhr sie fort: »Wir könnten dem Kleinen den Namen Mauspetz geben, hattest du schon darüber nachgedacht, wie es getauft werden soll?«

»Eigentlich nicht, aber wenn es schon einen verrückten Namen haben soll, hätte ich vorgeschlagen ›Nevermind‹, zur Erinnerung an meinen Onkel.«

»Nein, das geht nicht, das ist kein Kalenderheiliger.«

»Ich habe auch nie vom heiligen Mauspetz gehört. Überhaupt, ein Kind soll keinen zu auffallenden Namen bekommen, wird es ein Dutzendmensch, wirkt er lächerlich, wird es ein Genie, hat er ihn nicht nötig, wird es ein Verbrecher, erleichtert er den Steckbrief.«

»Wie kannst du behaupten, unser Sohn wird ein Verbrecher?! Wenn er doch Mauspetz' Seele hat!«

»Das habe ich ja gar nicht behauptet.«

»Doch das hast du.« Jetzt weinte sie Tränen ersten Grades.

Als sie wieder vernünftig war, einigten wir uns auf den Namen Vincenz, das war der Kalenderheilige des Tages der Geburt. Zufällig hatte Herr Hamböck diesen Vornamen, und so baten wir ihn, Taufpate zu sein, wodurch er sich sehr geehrt fühlte.

Als Überraschung für die Heimkehrende hatte ich in Oberhaus ein Kinderzimmer eingerichtet und mit Wandmalereien verziert: grüne, blumige Wiesen, auf denen Schafe weideten und rosa bebänderte Lämmer hüpften, von Mauspetz betreut. Der erwachende Sinn sollte sich mit friedlichen Vorstellungen erfüllen.

Wir haben auf Mauspetz' Grab einen schönen Gedenkstein errichtet mit der Inschrift: ›Dem treuen und tapferen Verteidiger der Festung.‹

Vevis Bild als stillende Mutter malte ich mit viel Freude. Ich wollte das wohlgelungene Werk als Muttergottesbild der Domkirche in Passau stiften. Man fand es aber für diesen Zweck zu weltlich, weil der Kinderwagen im Hintergrund stand, der käme weder in der heiligen Schrift noch auf den alten Darstellungen vor.

Es folgte eine friedliche und glückliche Zeit. Wir ignorierten die Weltgeschichte und ihren Stumpfsinn. Mochte sie sehen, wie sie ohne mich fertig wurde, mir war jetzt das Malen wichtiger.

Im Frühjahr bekam ich einen Brief von Lona. Sie schrieb, daß sie mich nicht vergessen könne, immer auf mich gewartet habe, sie wollte mich in Passau besuchen, nächsten Montag würde sie kommen. Ich erschrak sehr. Vevi sah, wie ich den Brief schnell in die Tasche steckte, um ihn später zu verbrennen. »Du verbirgst mir etwas, sicher etwas Unangenehmes.«

»Ach nein, nichts Besonderes, nur ein Liebesbrief«, lachte ich.

»Familienväter bekommen keine Liebesbriefe.«

»Furchtbares Wort! Jetzt bin ich erst richtig Gefangener auf Oberhaus.«

»Wieso Gefangener? Du kannst doch tun, was du willst.«

»So schlage ich vor, wir machen eine schöne Autotour zusammen, damit wir wieder einmal eine andere Gegend sehen, vielleicht an einen See.« Sie stimmte freudig zu, umarmte mich, versuchte dabei, mir den Brief aus der Tasche zu ziehen, ich war aber schneller.

»Meinst du, wir können Vincenz solange allein lassen, Vevi?«

»Es wird gehen, Frau Guggemos ist so besorgt, und ihre Enkelin wird ihr helfen.« Das Auto wurde gründlich nachgesehen, und an einem wunderschönen Tag im Mai fuhren wir, noch im Morgennebel, an den Chiemsee. Von unterwegs, aus Burghausen, gelang es mir, heimlich ein Telegramm an Lona zu senden: ›leider unmöglich bin auf hochzeitsreise emmaus‹. Und wie eine neue Hochzeitsreise war es für uns beide. Nirgends gibt es so herrlich blühende Frühjahrswiesen wie an diesem See. Wir übernachteten immer an anderen Orten, machten auch eine Fahrt mit dem altmodischen Dampfschiff nach den Inseln, freuten uns an Frühling und Sonne. Nach einer Weile begann es zu regnen. Das pflegt in dieser Gegend nicht so bald wieder aufzuhören. Wir kehrten zurück nach Oberhaus, waren uns ganz nahe und verliebt wie am ersten Tag. Wir fanden Vincenz wohlbehalten vor.

Frau Guggemos sagte: »Besuch war da, Herr Emmaus, will heute wieder heraufkommen.« Vevi sah, wie ich erbleichte:

»Aha, war das der Brief gewesen, Emmaus?«

»Welcher Brief? Ach so, nein.«

Es beruhigte mich schnell, zu hören, daß der Besuch ein Herr war.

Verhängnis

Und dann kam der Graue. Ich war so erleichtert, daß ich ihn freudig begrüßte. Ernst saß er mir gegenüber, sah mir mit durchdringendem Blick gerade in die Augen, ganz nahe, flüsterte: »Wir brauchen Sie, Emmaus.«

Ich antwortete nicht.

»Wir brauchen Sie, Sie kommen mit mir. Sie kommen.« Immer starrer fixierte er mich.

Ich fühlte mich sonderbar bewegt, konnte ihm nichts erwidern.

»Sie kommen mit mir, kommen mit mir, kommen mit mir.«

Es war, als sei mir das Hirn aus dem Schädel genommen. Zwischen den Augen empfand ich dumpfen Schmerz, hatte Mühe, sie offen zu halten, war wohl von der Fahrt ermüdet.

»Sie müssen mit mir kommen. Ikarus ist zurückgekehrt, droht. Der Meteor braucht Sie. Der Metor leuchtet wieder. Sehen Sie, wie er strahlt. Sie folgen ihm. Sie folgen.«

Ich glaubte wirklich das strahlende Meteorzeichen zu sehen. Es blendete mich. Ich mußte die Augen schließen. Ich war wie im Traum. Willenlos ging ich mit. Ich weiß nicht mehr, wie ich meinen Mantel angezogen habe, wie ich meinen Handkoffer nahm. Es war ein Gefühl, als hätte ich keine Füße, schwebte. Alle Sinne waren mir in Nebel gehüllt, reagierten nur schwach und gedämpft. So habe ich Mühe, mir die Geschehnisse wieder vorzustellen und bin unklar in meiner Erinnerung an sie.

Gewiß ist, daß ich, was ich an barem Geld und Valuten besaß, Vevi übergab und daß sie entsetzt fragte: »Emmaus, wohin willst du gehen? Was ist dir? Ich fürchte mich«, und daß ich wortlos und ohne Abschied dem Grauen folgte.

Ich hörte ihren aufschluchzenden Schrei, als wir davonfuhren.

Und auch alles, was dann geschah, sehe ich im Geiste nur matt, wie durch getrübtes Glas. Die Autofahrt verlief in Schweigen, und Schweigen gähnte durch Münchens Straßen, als wir in der Dunkelheit ankamen.

Wir hielten in der Filsingergasse beim Meteorverlag. Wirsing geleitete mich hinein, wir betraten das riesige Redaktionszimmer. Es schien mir noch viel größer geworden zu sein, das kam wohl von dem Halbdunkel, nur durch eine kleine Bürolampe im entferntesten Winkel erhellt. Dort war ein eisernes Bett für mich hergerichtet. Stühle standen da und ein Tisch mit sauberem Tischtuch und Nachtessen für uns beide. Wir speisten, ohne ein Wort zu wechseln. Dabei bohrte mir Wirsings Blick andauernd mitten durch die Stirn, schmerzte. Nach dem Mahl fordert er mich durch eine Handbewegung auf, mich auf's Bett zu setzen, er saß daneben, halb nach mir gewendet, so daß er mich dauernd fixieren konnte. Er faßte meine Schultern, drehte meinen Oberkörper sich zu und sprach mit seiner flüsternden, eindringlichen Stimme ganz nah auf mich ein:

»Hören Sie aufmerksam, ich gebe einen kurzen Bericht über die Lage: Ikarus ist wiederhergestellt, redet, redet, gewinnt immer mehr Macht, führt das Heer der Standartisten gegen den Rätefreistaat. Nördlich vor München, in Dachau, hielt das Räteheer die Höhe besetzt. Ikarus war im Anmarsch. Die Arbeitersoldaten erkannten die Gefahr des Moments, erklärten, sie wollten siegen oder sterben, aber nur unter der Bedingung, daß man ihren militärischen Stundenlohn sofort auf das Doppelte erhöhe. Wurde bewilligt. Standen zu grimmiger Verteidigung bereit. Morgens erfolgte der Angriff. Die Glocke schlug neun Uhr. Das Räteheer brach in den donnernden Ruf aus: »Brotzeit is.« Sie waren gewohnt, punkt neun Uhr zu frühstücken. Leider wollte der Feind nicht so lange warten. Traf die Tapferen bei Brot und Bier sitzend. Manche aßen auch Würste. Wenigstens sind sie nicht hungrig in Walhall eingegangen. Wurden alle niedergemacht. Die Räterepublik ist erledigt. Was nun? Die Zukunft gehört uns, dem Meteor. Ikarus ist nur Werkzeug in der Hand der Rüstungsindustrie, Daffodil, scheinbar ihm untergeordnet, ist der Allgewaltige, nennt sich ›Reichslotse‹. Die Waffenfabriken haben wieder überfüllte Lager, stellten sich zeitweise um auf Erzeugung von Mikrophonen, Phonographen, Rundfunkgeräten. Die habe ich alle aufgekauft oder durch mir dienstbare Rätesoldaten beschlagnahmen lassen. Sind eingelagert. Wir besitzen Hunderttausende davon, sind jedem Gegner überlegen.«

Ein Zweifel dämmerte mir auf, verdichtete sich zu der Frage: »Und die Waffen?«

Er legte mir die Hände noch härter auf die Schultern, verkündete leise, doch mit monumentaler Festigkeit: »... können ohne die dazu gehörigen Menschen nichts ausrichten. Menschen werden durch Worte gelenkt. Worte sind gefährlicher als Waffen. Gott ist mit den stärksten Mikrophonen. Kanonen sind altes Eisen. Schon haben wir durch heimliche Überredung erreicht, daß Millionen das Heil vom Meteor erwarten, von Ihnen – warten auf Sie, auf Sie, auf Sie, den Auferstandenen. Schöpfen Sie jetzt eine machtvolle Rede! Das Grammophon empfängt sie und verkündet sie. Alles ist bereit. Werner Kluft hat die Verfassung bis ins Kleinste ausgearbeitet, die Aktien der Vaterland A.G. sind in sechzig Millionen Exemplaren gedruckt. Du wirst herrschen, Emmaus, du allein.«

Er strich sanft mit zwei Fingern über meine Stirn, und ich entschlummerte.

Das Nächste, was mir erinnerlich ist, war, daß ich in den Aufnahmeapparat sprach: »Halloh, Halloh, hier Meteor. Ich spreche zu den Soldaten der Welt. Der Meteor tritt euch ohne Waffen gegenüber. Warum? Weil ihr Menschen seid wie wir. Ihr einzelnen Menschen wollt uns einzelne Menschen ja gar nicht töten. Ihr werdet nur als Masse dazu gezwungen. Von wem? Von den großen Herren, die die Mordwerkzeuge fabrizieren. Warum? Weil sie ihre Mordwerkzeuge verkaufen wollen, Geld verdienen wollen. Hunderttausende friedliche Bürger werden zu Soldaten gemacht, ja Millionen. Werden getötet, verlieren Arme, Beine, Augenlicht. Witwen und Kinder weinen, hungern. Namenloses Elend entsteht, damit ein paar Reiche immer noch reicher werden können. Wie verlocken sie euch? Sie lügen euch vor, das Vaterland sei in Gefahr, die Ehre könne nur gerettet werden, wenn man ihnen die Mordwerkzeuge abkauft, die Mordwerkzeuge verwendet, mordet. Menschen mordet. Menschen, die euch lieben wollen und die ihr lieben könnt. Aber die Herren befehlen euch: Ihr müßt hassen. Sonst können sie nämlich ihre Mordwerkzeuge nicht verkaufen. Erinnert euch: Ihr wart glücklich, eure Kinder waren glücklich. Jetzt herrscht Verzweiflung. Man treibt euch hinaus zum schlachten und zum geschlachtet werden. Wie Vieh. Weshalb laßt ihr euch das gefallen? Werft die Mordwaffen weg, wie wir sie weggeworfen haben. Wir haben sie weggeworfen, weil wir euch vertrauen. Wenn man euch sagt: Das Vaterland ist in Gefahr, so schreit: Das ist Lüge. Wenn man euch sagt, eure Ehre ist in Gefahr, so schreit: Das ist Lüge. Wenn man euch sagt, durch Krieg werdet ihr mächtig und reich, so schreit: Das ist Lüge. Wenn man euch sagt: Die Politik verlangt den Krieg, so schreit: Das ist Lüge. Der Meteor will keine Politik. Politik ist Verbrechen. Der Meteor will euer

Glück. Kein Krieg mehr. Keine Steuern mehr. Der Staat als Aktiengesellschaft. Jeder ist Aktionär, jeder verdient. Niemandem wird etwas genommen. Kein Haß mehr, kein Mord. Ihr sollt rufen: Wir wollen nicht hassen, wir wollen glückliche Menschen sein. Werft eure Gewehre weg, verlaßt die Kanonen, verlaßt die Flugzeuge und kommet zu mir! Weit breite ich die Arme aus. Kommet! Hier wartet das Glück auf euch. Hier Meteor, Halloh, Halloh.«

Dann verläßt mich die Erinnerung wieder, und ich weiß nur, daß der Graue und Werner Kluft mit mir im Auto saßen, und daß wir nach Dachau hinausfuhren, wo schon viele Tausende in Meteorkleidung aufmarschiert standen. Ikarus mit seinen Truppen hielt die Höhe besetzt. Vor ihnen waren Lautsprecher, Mikrophone aufgestellt, aber viel mehr noch und viel größere vor unserem unbewaffneten Heer, das die Ebene erfüllte.

Ikarus sprach: »Soldaten! Kein äußerer Feind hat euch besiegen können, nur der innere. Der bedroht euch jetzt wieder, bedroht euer Vaterland, eure Ehre, will euch wehrlos machen. Nichts Herrlicheres gibt es als ein Held zu sein, als den Heldentod zu sterben. Der Moment ist von weltgeschichtlicher Bedeutung und mit blutiger Schrift – – –« Da setzten die Mikrophone der Meteoristen mit so gewaltiger Stimme ein, daß die Rede des Ikarus nicht mehr vernehmbar war, schallten wieder und wieder über die Massen hin, verkündeten meine Rede. Man sah, wie Unruhe in den Reihen der Bewaffneten entstand. Ein Gewehrschuß wurde abgefeuert, blieb aber vereinzelt. Die Mannschaften auf der Anhöhe lösten sich in verschiedene Gruppen auf, die sich durch Zeichen miteinander verständigten, da unsere Lautsprecher so mächtig ertönten, daß jedes gesprochene Wort unhörbar blieb. Plötzlich saß ich auf einem Pferd, in Meteoristentracht wie wir alle, ritt ganz allein der feindlichen Front entgegen, während meine Rede noch immer hinausgeschmettert wurde.

»Weit breite ich die Arme aus«, rief sie, und ich tat es.

Die Soldaten des Ikarus kamen auf mich zu, begrüßten mich mit so gewaltigem, freudigem Zuruf, daß sogar die Lautsprecher übertönt wurden, versuchten mir die Hand zu drücken, warfen ihre Gewehre weg. Einige weinten, andere lachten. Sie kamen herüber und schüttelten den Meteoristen die Hände. Ich ritt weiter auf Ikarus zu, den ich im Hintergrund bemerkt hatte. Er versuchte vergeblich, seine Leute zurückzuhalten, gestikulierte, schrie wohl, aber man hörte nichts. Jetzt war ich ihm ganz nah. Seine blutunterlaufenen Augen schienen aus den Höhlen zu treten, zitternd und schweißbedeckt sprang er auf mich zu, zückte seinen Revolver. Doch bevor er abdrücken konnte, war ihm Daffodil von hinten in den Arm gefallen, suchte ihn zu beruhigen. Ikarus stürzte zu Boden, von einem Krampfanfall geschüttelt. Die Lautsprecher schwiegen an beiden Fronten.

Daffodil trat zu mir ans Pferd, grüßte militärisch stramm, verneigte sich dann tief und sprach: »Auch ich grüße euch. Ich war ein schlechter Lotse, habe wohl falsch gesteuert. Emmaus, du sollst von jetzt ab des Reiches Lotse sein, Lotse und Kapitän zugleich. Wir wollen keine Kanonen mehr fabrizieren. Der Meteor halloh, halloh.«

Ich ritt wieder zu dem Heer hinab, dankte in einer kurzen Ansprache und verkündete, daß bald durch Volksabstimmung entschieden werden solle, ob Meteor oder Standarte die zu erwählende Staatsform sei.

Der Einzug in München glich einem Triumph. Alle Glocken läuteten. Endloser Jubel herrschte. Die Menschen wallten, blumengeschmückt, durch die Straßen. Überall wehte die Meteorflagge. Auf öffentlichen Plätzen spielte Musik, wurde getanzt und getrunken. Das glückliche Zeitalter brach an.

Wirsing geleitete mich zum früheren Königspalast, der meine Residenz sein sollte. Ich sprach vom Fenster aus zur Menge, die mir begeistert huldigte. Im Schloß waren auch die Arbeitsräume eingerichtet worden, in denen meine Getreuen unter Wirsings Leitung walteten. Ihm verlieh ich den Titel ›Reichslotse‹. Mich selbst nannte ich ganz schlicht ›Präsident‹. Es war viel zu erledigen, viel aufzubauen. Daffodil, der das Meteorgewand trug, war eifrig bemüht zu beweisen, daß er sich jetzt aus voller Überzeugung zum Meteorismus bekenne. Nach einigem Zögern hatten wir gefunden, daß sein Organisationstalent sehr nützlich werden könne. Er berichtete auch, daß die Zralokwerke die Waffenfabrikation vollkommen aufgegeben haben, Rundfunkgeräte würden sie in geringerem Ausmaße noch weiter herstellen, ebenso Automobile und kleine Privatflugzeuge, die sollten durch niedrigen Preis der Allgemeinheit erreichbar werden. Insbesondere aber seien sie im Begriff, sich fast ganz auf landwirtschaftliche und gewerbliche Maschinen und Werkzeuge umzustellen, die sie durch Rationalisierung der Produktion unerhört billig liefern könnten. Sie beabsichtigten auch, ein ganz neuartiges Kreditsystem einzuführen, das selbst dem Ärmsten die Anschaffung gestatte. Auf diese Weise würde der technische Fortschritt allen Werktätigen zugute kommen, nicht bloß wenigen Kapital-Herren.

In den ehemaligen Königszimmern war auch mein Schlafgemach. Ich ruhte in einem herrlichen Empire-Bett, das allerdings etwas unbequem war, ebenso wie das Bestreben der alten Dienerschaft, meine Lebensweise nach höfischem Brauch zu gestalten. Eines Morgens trank ich meine Schokolade, noch im Nachtgewand, als mir der Kammerdiener meldete, eine Dame wolle mich sprechen, lasse sich nicht abweisen, er fragte, ob er sie vorlassen dürfe. Ich versank in Nachdenken, klarere Erinnerungen stiegen auf, ein Schrecken durchfuhr mich.

»Frau Daffodil?« fragte ich.

»Nein, Frau Genoveva.«

»Ich lasse bitten.«

Sie schritt in das Gemach, dunkel gekleidet, schlank, marmorblaß, eine Erscheinung wie für diese königlichen Räume geschaffen. Ich erhob mich und begrüßte sie mit entsprechender Feierlichkeit.

»Emmaus, was ist aus dir geworden? Was bedeutet dieser Unsinn? Kehre zurück zu mir und zu unserem Glück und zu Vincenz.«

»Nein, Genoveva, du wirst hier bleiben, bei mir, bei deinem Volke, als meine Gemahlin, als die höchste Dame des Staates.«

»Wir wollen leben wie bisher. Das war so schön.«

Es gefiel mir, daß sie nicht weinte, rührte mich. ›Nicht unter die Haut gehen lassen!‹ nahm ich mir vor.

»Das Heil der Menschheit hängt davon ab, daß ich bleibe, Genoveva.«

»An deinem Pyjama fehlt ein Knopf.«

»So?«

»›Das Heil der Menschheit‹, das ist eine Phrase. Du kommst dir furchtbar wichtig vor und bist ein bißchen komisch. Wichtigkeit ist die Wurzel allen Übels. Geh, sei doch nicht so geschwollen!«

»Genoveva, du dürftest dich etwas respektvoller ausdrücken.«

»Also willst du mit nach Oberhaus kommen oder nicht?«

»Unmöglich.«

»So bleibe ich auch nicht dort, ich gehe und nehme Vincenz mit. Katja hat mir geschrieben, sie hat die Wilcox-Erbschaft für mich freibekommen, lädt mich dringend ein. Sie hofft, du wirst mitreisen, in Boston bietet dir die Universität den Lehrstuhl für Meteorismus an. Kann ich ihr sagen, daß du nachkommen wirst?«

»Nein.«

»So lebewohl, Emmaus.«

»Lebewohl.« Ich hielt ihr die Hand zum Kusse hin, aber sie übersah diese königliche Geste. Sie ergriff meine Hand, drückte sie lange, als müßte sie mich wiedergewinnen. Jetzt standen ihr die Tränen in den Augen, liefen aber nicht herab. Langsam ging sie hinaus. Ich blieb allein, in einsamer Größe. In der Tür zögerte sie, tat wieder einige Schritte zu mir hin.

»Ach, Emmaus, du mußt mir noch das Rezept geben, nach dem du immer den süßen Senf gemacht hast.«

Indem wurde Daffodil gemeldet, und sie eilte fort.

Er entschuldigte sich, daß er mich so früh schon störe, aber er habe eine Bitte an mich, eine große Bitte. Ikarus sei völlig zusammengebrochen, befinde sich in einem Nerven-Sanatorium, die Ärzte fürchteten für sein Leben. Ikarus habe den Herzenswunsch, mich zu sehen, wolle mir sagen, daß er seinen Irrtum erkannt habe und bereue. Er möchte ein getreuer Apostel des Meteor werden. Der Bursche tat mir leid, vielleicht wollte ich auch etwas Großzügigkeit markieren. Ohne mich zu besinnen, ließ ich mir vom Kammerdiener meinen Gala-Meteoristenrock anlegen und ging mit.

Irrenhaus

Die Nervenheilanstalt, weit draußen im Osten der Stadt, wo die Wälder beginnen, machte schon von außen keinen erfreulichen Eindruck, mit ihren wenigen, vergitterten Fenstern. Innen kam sie mir noch mehr wie ein Gefängnis vor, und die Krankenpfleger, die sich überall zeigten, hätten ebensogut Gefängniswärter sein können. Drei gesellten sich zu uns, begleiteten uns zu dem Zimmer des Ikarus. Ich fand es sonderbar, daß eine dreifache Tür hineinführte, eine Doppeltür hätte wohl genügt, um die Ruhe des Patienten gegen Lärm zu schützen. Es war ein düsterer Raum, nur von oben, durch ein kleines Fenster in der Decke, beleuchtet, fast ohne Möbel, die Wände dick gepolstert.

»Armer Ikarus!« sagte ich. »Wie geht es ihm?«

Einer der Pfleger, sie waren alle drei mit eingetreten, zuckte die Achseln, deutete auf das Bett hin. Da lag Ikarus, die Augen geschlossen, bleich, mit zuckenden Lippen. Er war sehr gealtert, und nun, da sich seine Züge stärker ausgeprägt hatten, fiel mir von neuem und noch erschreckender als früher auf, wie sehr er mir in seinem Äußeren ähnelte. Sogar der Altersunterschied war kaum noch zu bemerken.

Ich trat auf ihn zu: »Ikarus, ich bin gekommen. Ich verzeihe dir alles.«

Er riß die Augen weit auf, faßte meine Hand mit beiden Händen, schüttelte sie, versuchte vergeblich etwas zu sagen. Es war mir peinlich, und ich wollte meine Hand zurückziehen. Er hielt sie aber mit großer Kraft umklammert, es gelang mir nicht, sie freizumachen.

»Was hat er?« sagte ich zu den Pflegern. Die lächelten nur. Daffodil stand uninteressiert dabei.

Ikarus zog mich mit gewaltigem Ruck zu sich ins Bett hinunter. Ich wollte ihn abschütteln, wehrte mich krampfhaft. Zwei Pfleger waren herzugetreten, standen hinter mir.

Plötzlich packten sie meine Beine, hoben sie hoch, so daß ich vornüber in das Bett hineinfiel.

Im Nu war Ikarus herausgesprungen, alle vier hielten mich im Bett fest. Verzweifelt rang ich gegen die Übermacht. Daffodil blieb in einiger Entfernung, mit abgewandtem Gesicht. Ich sah, wie einer der Pfleger eine Injektionsspritze füllte, spürte den Einstich und noch einen, dann schwand mir das Bewußtsein.

Ich weiß nicht, wie lange ich so gelegen habe. Als ich wieder zu mir kam, war ich im Bett, mit dem hellgestreiften, baumwollenen Krankengewand bekleidet. Kein Mensch war zu sehen. Ich brauchte eine Weile, bis mir klar wurde, was geschehen war. Dann packte mich Entsetzen und Wut. Ich sprang aus dem Bett, rief so laut ich konnte:

»Halloh! Halloh! Hilfe! Zu Hilfe!«

Niemand kam, es war, als ob die Wände jeden Ton verschluckten. Und an die Wände versuchte ich zu trommeln, aber ihre weiche Polsterung blieb stumm, auch die Tür war gepolstert. Ich wollte mich ankleiden, legte den Krankenkittel ab. Aber wo waren meine Sachen geblieben? Verzweifelt schrie ich wie ein wildes Tier. Da schaute der bebrillte Kopf eines Arztes zum Türspalt herein, sagte, nach rückwärts gewendet: »Dauerbad.«

Bevor ich noch auf ihn zuspringen konnte, hatten sich die Pfleger auf mich gestürzt, steckten mir einen Knebel in den Mund, transportierten mich in ein lauwarmes Bad, schnallten mich darin fest. Von Zeit zu Zeit erschien einer von ihnen, um dem sich abkühlenden Wasser wieder warmes zuzuleiten. Endlich überwältigte mich die Müdigkeit, ich schlief ein. Vielleicht hat man mir noch eine Einspritzung gegeben.

Spät am Morgen erwachte ich im Bett. Ich überlegte, wie ich mich retten könne, kam zu dem Beschluß, alles widerstandslos über mich ergehen zu lassen und auf Gelegenheit zur Flucht zu warten. Die Pfleger schienen sehr befriedigt, als sie mich so ruhig fanden. Die Krankenschwester Cäcilie brachte mir reichliches Frühstück ans Bett, und ich war sehr hungrig.

»Gelobt sei Jesus Christus«, sagte ich zu ihr.

»In Ewigkeit Amen«, antwortete sie, fragte, ob ich geistlichen Zuspruchs bedürfe.

»Später wird er mir ein großer Trost sein, heute bitte ich Sie nur, mit mir zu beten.« Wir beteten, auch bei den anderen Mahlzeiten, die sie mir hereintrug.

Auf diese Weise gewann ich ihr Vertrauen. Ich lag den ganzen Tag ruhig zu Bett, wartete auf Besuch des Arztes. Vielleicht würde sich der ganze Zwischenfall aufklären, sobald er käme. Er kam nicht.

Der Abend senkte sich bleischwer herab und eine schlaflose Nacht. Und auch der nächste Tag und die nächste Nacht vergingen ebenso. Dann endlich erschien der Oberarzt, von Assistenten und Pflegern begleitet. Mit gewinnender Freundlichkeit kam er zu mir ans Bett, fühlte meinen Puls: »Schon viel normaler. Na, wieder ein bißchen unruhig gewesen, Herr Lössel?« Wütend schrie ich ihn an:

»Ich bin nicht Herr Lössel. Man hat mich hierhergelockt. Das ist kein Sanatorium, das ist ein Irrenhaus. Diese Kerle da sind von Daffodil bestochen. Sie haben mich mit Gewalt hier in das Bett geworfen. Ich will fort, die Regierungsgeschäfte warten auf mich. Helfen Sie mir, Herr Sanitätsrat, ich bin ja nicht Ikarus, ich bin Emmaus.«

»Werden Sie doch ruhig, lieber Herr Lössel. Erinnern Sie sich, Herr Präsident Emmaus war vor einigen Tagen hier bei Ihnen, nicht wahr? Wenn ich gewußt hätte, daß sein Besuch Sie so aufregt, hätte ich ihn nie erlaubt.«

»Das war doch ich! Infamer Betrug! Menschenraub! Ikarus hat mein Meteoristengewand gestohlen, meinen Galarock, vielleicht angezogen. Retten Sie mich! Retten Sie mich!« Noch ein Assistenzarzt kam herein, flüsterte dem Oberarzt etwas ins Ohr, zeigte ihm ein Zeitungsblatt, das den offenbar sehr bewegte. Ich rief:

»Herr Sanitätsrat, Sie müssen doch sehen, daß ich ganz gesund bin, daß ich Emmaus bin. Lassen Sie, bitte, sofort den Reichslotsen Wirsing kommen, damit er es Ihnen bestätigt.«

»Das wird nicht gehen. Ich erfahre soeben, Präsident Emmaus hat den Reichslotsen Wirsing und sechs seiner Berater erschießen lassen.«

»Was?! Das hat Ikarus getan? In meinem Namen! Oh, diese Schufte! Ich muß hinaus, das Volk aufklären, sagen, daß er ein Betrüger ist, ein Mörder. Helft mir! Helft mir doch!« Ich wollte aufstehen. Mild lächelte der Oberarzt, wandte sich dem Assistenten zu, befahl:

»Spritze, Dauerbad.«

Da konnte ich nicht länger an mich halten. Rasender Zorn durchkochte mich, ich sprang aus dem Bett, schlug den Oberarzt mit der Faust ins Gesicht, seine Brille zerbrach, boxte Assistenten, Pfleger nieder, trat sie, kratzte, biß, brüllte wie ein Orkan der Verzweiflung, rannte hinaus.

Man hat mich wieder eingeholt, auf die übliche Weise mit Morphium und warmem Bad beruhigt und dann, schon im Halbschlummer, in's Bett gebracht.

Als ich erwachte, saß Schwester Cäcilie neben mir, hatte Tränen im Auge und streichelte meine Stirn. »Armer Herr Lössel, geht es Ihnen jetzt wieder besser?«

Von neuem stieg Wut in mir auf, doch ich beherrschte mich, ergriff ihre Hand: »Liebe Schwester Cäcilie, wenn Sie wirklich um mich besorgt sind, nennen Sie mich niemals Herr Lössel –«

»Ach so, ich verstehe. Es soll alles geschehen, um Sie zu beruhigen und wiederherzustellen. Sie waren so schön auf dem Wege der Besserung, die Ärzte hatten Sie schon bald als geheilt entlassen wollen, da kam jener unglückliche Besuch. Aber jetzt sind Sie wieder gut und lieb. Danken wir Gott dafür!« Wir beteten.

»Und noch eine Bitte habe ich, liebe Schwester Cäcilie: Wenn ich ruhig bleiben soll, veranlassen Sie, daß ich diese Wärter nicht mehr sehe, diese bezahlten Schufte, die mich ausgetauscht haben.«

»Wie meinen Sie das? Das ist doch – –, aber ja, ich will den Oberarzt darum ersuchen, es sind genug andere Pfleger da.« Sie hat tatsächlich erreicht, daß ich jene Burschen nicht wieder zu sehen bekam. Und das war gut, denn jetzt kam es nicht darauf an, einen oder den anderen zu erwürgen, so gern ich das getan hätte, sondern mehr als je in meinem Leben hieß es nun: ›Nicht unter die Haut gehen lassen!‹ Ich überlegte, was zu tun sei. Es war klar: Hier würde es mir nicht gelingen, irgend jemanden von meiner Identität zu überzeugen. Flucht war unmöglich, wenn mir nicht von außen geholfen wurde, und ich konnte niemandem über meine furchtbare Lage schreiben, Briefe würden zweifellos geprüft und zurückgehalten werden. Vielleicht später, wenn sich die Beziehungen mit Schwester Cäcilie in anderer Richtung ausgestaltet haben würden. Aber einstweilen schien mir das noch zu romantisch, und möglicherweise hätte sie jedes sündhafte Erlebnis sofort gebeichtet. Also blieb mir nichts übrig, als in Ruhe abzuwarten, bis man mich als geheilt entlassen würde, mich immer so zu benehmen, wie es nach psychiatrischen Begriffen einem normalen Gehirn entspricht. Um vom Irrenarzt als geistig gesund betrachtet zu werden, ist es nötig, dessen verrückten Ideen nicht zu widersprechen.

So ließ ich es mir ruhig gefallen, als der Patient Ikarus Lössel zu gelten. Es war keine leichte Aufgabe, zumal ich wenig schauspielerisches Talent besitze, aber ich habe sie konsequent durchgeführt, und es gelang mir, die Zufriedenheit der Ärzte zu erringen.

Ich mußte an die Schulzeit denken, wo das Wohlwollen der grimmigen Lehrer auch nur als Lohn unablässiger Verstellung zu haben war. Und genau so langweilig war das. Ja, sogar eine Art Examen gab es hier manchmal, wenn der Oberarzt zur Prüfung meines geistigen Zustandes Fragen an mich richtete, beginnend mit: »Wieviel ist zweimal zwei?«

aufsteigend bis zu: »Wer war Cicero?« Und ich antwortete korrekt: »Einer der bedeutendsten römischen Staatsmänner.« Im Gymnasium war ich mit zwei Stunden Karzer bestraft worden, weil ich gesagt hatte, Cicero sei ein reaktionärer römischer Politiker gewesen, der die sozialen Bestrebungen Catilinas in niederträchtiger Weise unterdrückte. Auch auf die Frage des Arztes: »Wer war der größte Staatsmann Deutschlands?« wußte ich richtig Bescheid: »Bismarck.« Und wer ist der größte lebende Deutsche?« Darauf schwieg ich. »Emmaus ist es. Sie wissen es nicht. Also sind Sie noch nicht ganz gesundet.«

Ich kam mir wieder wie ein Kind vor, das, gleich allen Kindern, mit Schmerzen darauf wartet, erwachsen zu sein. Erwachsene vergessen das und bilden sich ein, die Kindheit sei ein glücklicher Zustand.

Ich hatte jetzt sehr viel Zeit zum Nachsinnen. An die Zukunft mochte ich nicht denken, die Gegenwart war trostlos, so versenkte ich mich in die Vergangenheit, ließ mein ganzes bisheriges Leben im Geiste vorüberziehen. Gestalten längst Verstorbener wurden mir wieder lebendig. Merkwürdig, wie wenig mir meine guten Eltern bedeutet hatten! Das bedrückte mich. Jetzt kam es mir vor, als träten sie leibhaftig vor mich hin und sähen mich vorwurfsvoll an. Gab es vielleicht doch ein Jenseits? Oder begann sich mein Geist nun wirklich zu verwirren? Am Abend vor dem Einschlafen faltete ich die Hände, ein Vers, ich weiß nicht woher, fiel mir ein:

›Lasse im finsteren Raum, Mutter, mich nicht allein.‹

»Liebe Mutter, hilf mir in meiner Not!«

Wie ein betrübtes Kind schlief ich ein.

Am nächsten Tage habe ich mich darüber geschämt.

Schwester Cäcilie kam herein: »Ihre Mutter besucht Sie, ist Ihnen gewiß recht?«

Es überlief mich kalt: »Was? Meine Mutter! Meine Mutter?«

Ich muß totenbleich geworden sein, denn die Schwester sagte: »Oder fühlen Sie sich vielleicht nicht wohl genug? Dann wollen wir lieber warten.«

»Also doch! Das gibt es wirklich! Sie soll ruhig hereinkommen, Schwester. Ist sie durchsichtig?«

»Wie meinen? Ich möchte eigentlich den Arzt verständigen.«

»Nein, das auf keinen Fall! Sie wird schon mit ihm reden.« Ich hörte unterdrücktes Weinen hinter der angelehnten Tür.

»Mutter, komm zu mir!« rief ich aufspringend.

»Mein guter Junge!«

Eine verschleierte Gestalt wandelte herein und umarmte mich.

Es war Frau Lössel.

Die Überraschung wirkte verschieden auf uns beide. Ich fand den Fall sehr komisch und, seit langer Zeit zum ersten Male wieder, konnte ich herzhaft lachen. Frau Lössel dagegen begriff den Zusammenhang nicht. Das Mutterauge hatte sofort gesehen, daß ich nicht ihr Ikarus war. Ich wandte mich schnell zur Krankenschwester:

»Bitte, Schwester Cäcilie, lassen Sie uns ein wenig allein, wir haben wichtige Familienangelegenheiten zu besprechen.« Cäcilie verschwand gehorsam. Frau Lössel, jetzt sehr beunruhigt, fürchtete, dem lieben Ikarus sei etwas passiert:

»Ach, Emmaus, Sie sind hier! Besuchen Sie auch Ikarus? Wo ist er? Wie geht es ihm?«

»Nein, keine Sorge, liebe Frau Lössel! Ikarus ist wohlauf. Ich bin hier an seiner Stelle.« Sprachlos, mit offenem Munde, starrte sie mich an, bemerkte wohl erst jetzt, daß ich die Anstaltskleidung trug. Dann fand sie Worte:

»Wieso? Was ist los? Ist das ein Spaß?«

»Vor allem regen Sie sich nicht auf und sagen Sie hier niemandem, daß ich nicht Ihr Ikarus bin, sonst hält man Sie auch für verrückt und sperrt Sie ein.« Ich erzählte ihr, wie es mir ergangen war, oft durch ihre Zwischenrufe unterbrochen. Am liebsten wäre sie gleich zum Oberarzt gestürzt und hätte ihn aufgeklärt. Mit Mühe gelang es mir, sie davon abzuhalten und ihr begreiflich zu machen, daß ein Arzt nie einen Irrtum einsehen darf.

»Aber was machen wir bloß mit Ikarus, diesem Lausbuben, dem frechen?« rief sie, »und wie bringen wir Sie wieder heraus, lieber Emmaus?«

»Ja, dazu müssen Sie mir helfen. Lassen Sie sich nichts anmerken. Sagen Sie, daß Sie sehr erfreut sind, Ihren Sohn so gesund zu finden und fragen Sie, ob Sie nicht eine kleine Spazierfahrt mit ihm machen dürfen.«

Es wurde gestattet. »Aber bitte, nicht zu weit, gnädige Frau Kommerzienrat, es darf ihn nicht anstrengen.«

»Selbstverständlich, Herr Professor.«

Mit Vergnügen bemerkte ich, das Lössels jetzt ein schönes Auto hatten, es ging ihnen wieder gut. Der Chauffeur öffnete dienstfertig die

Wagentür und half der dicken, alten Dame hinein, schien ein wenig erstaunt, daß ich in meinem Krankenanzug auch Platz darin nahm.

»Wir fahren natürlich nicht wieder zurück, Frau Kommerzienrat, ich kann wohl heute bei Ihnen bleiben?«

»Ja, das wird uns riesig freuen. Wir haben uns wieder größer etabliert, besitzen eine schöne Villa im entworfenen Stil, Gästezimmer mit Bad, nur hochherrschaftlich. Aber wird man Sie nicht zurückholen wollen?«

»Das kann man nicht so ohne weiteres, wenn Sie sich kräftig auf die Hinterfüße stellen. Ich weiß schon, wie wir das machen.«

»Ja, darüber sprechen wir später«, sagte sie und deutete auf den Chauffeur zum Zeichen, daß er nicht alles hören sollte. So schwiegen wir bis zur Ankunft. Das Haus lag weit draußen in dem eleganten Villenviertel Bogenhausen. Wir traten ein.

»Das ist unsere Hall. Genau nach der im Schloß Windsor kopiert. Nur die Verzierungen hat der Architekt weggelassen. ›Ornamente sind nicht mehr fein‹, sagt er. Alles schlicht und gediegen. Sehen Sie den herrlichen offenen Kamin, mit elektrischer Heizung und zwei Karyatiden, die eine stellt mich vor, die andere meinen Schorschl, der Bildhauer hat sie direkt nach Photographie ausgehauen, ganz in Marmor. Gelt, da schauen Sie?«

»Ihren Geschmack habe ich schon immer bewundert, Gnädigste. Ich bin begierig, alles anzuschauen. Aber jetzt sind erst einige eilige Dinge zu erledigen.«

»Natürlich, lieber Emmaus. Wir können dabei Kaffee trinken.« Sie bestellte ihn, und wir begaben uns in das Schreibzimmer des Kommerzienrats. Er war noch nicht daheim. Zuerst verfaßte ich ein Telegramm an den Oberarzt:

›habe ikarus heimgenommen befindet sich wohl brief folgt kommerzienrätin lössel.‹ Das ließen wir gleich aufgeben. Dann setzte ich ihr einen Brief auf:

›Hochverehrter Herr Professor! Nicht genug kann ich Ihnen danken, daß Sie meinem Sohn Ikarus die volle Gesundheit wiedergegeben haben, das vermag nur ein genialer Psychiater. Auch mein Gatte ist hocherfreut und dankt Ihnen herzlichst. Ikarus wird jetzt im Elternhaus bleiben, und wir hoffen, daß er nie wieder einen Rückfall erleiden wird. Sollte sich der geringste Anlaß zu neuerlicher Befürchtung ergeben, werden wir nicht ermangeln, unseren Sohn sofort Ihrer einzig dastehenden ärztlichen Kunst anzuvertrauen. In tiefgefühlter Dankbarkeit und Hochachtung

Kommerzienrätin Lössel.‹

Das mußte sie sofort schreiben und als Expreßbrief absenden.

»Und wenn man Sie trotzdem zurückholen will?« »Dann sagen Sie einfach, daß ich nicht gemeingefährlich bin und nicht entmündigt, basta. Nun eine andere Frage:

Meine ganze Garderobe befindet sich im Schloß, vielleicht trägt Ikarus sie jetzt. Ich habe nur diesen Krankenkittel. Sind Anzüge von Ikarus da?«

»Natürlich, liebster Emmaus, ich gebe Ihnen gleich einen.«

Sie führte mich in sein Schlafzimmer, wir suchten eine passende Kleidung aus. Ich mußte ihr gestatten, mir beim Umziehen behilflich zu sein. Das machte ihr viel Spaß, mir war es etwas peinlich und bedenklich, besonders da sie dabei immer das Gespräch auf alte Zeiten zu lenken versuchte. Einmal nannte sie mich sogar ›Bubi‹.

Glücklicherweise kam der Kommerzienrat jetzt nach Hause. Bei meinem Anblick stutzte er einen Augenblick, hielt mich zuerst wohl auch für Ikarus. Dann stotterte er:

»Ah, der Herzog höchstselbst, welche Ehre!«

»Wieso Herzog?«

»Nun, Herr Präsident haben doch vorige Woche verkündet: ›nicht Präsident will ich mich fürder nennen, nicht Kaiser, ganz schlicht walte ich unter dem Titel: Der Herzog.«

»So? Das auch noch! Lieber Herr Kommerzienrat, ein furchtbarer Schwindel ist im Gange. Kommen Sie, ich erkläre Ihnen alles.« Ich führte ihn in sein Schreibzimmer. Er hörte mir stumm und kopfschüttelnd zu. Auch Brief und Telegramm der Kommerzienrätin erwähnte ich, die saß weinend dabei. Sein altes runzliges Gesicht wurde immer sorgenvoller, mit einer sonderbaren Geste der Fassungslosigkeit klopfte die Fläche seiner mageren Hand auf das pralle Bäuchlein, wo die beiden untersten Westenknöpfe offenstanden. Als ich zu Ende war, schwieg er zunächst, stand langsam auf, zündete sich umständlich eine Zigarre an, bot mir aber keine.

»Und was gedenken Sie jetzt zu tun?« fragte er mich.

»Zunächst will ich einmal meinen Rechtsanwalt, Dr. Wurmbrand, anrufen.«

»Das dürfen Sie nicht tun, Sie wissen wohl noch nicht, daß jetzt alle Telephongespräche abgehört werden. Auch die Post wird streng überwacht. War ein großer Fehler, an die Irrenanstalt zu telegraphieren und zu schreiben. Jetzt ist der herzogliche Geheimdienst schon über Sie informiert. In den letzten Wochen hat sich alles gründlich geändert hier. Das Leben ist gefährlich geworden. Der Herzog läßt jeden erschießen der ihm nicht beistimmt. Meine Frau hat keine Ahnung, in welche Gefahr sie uns gebracht hat. Ich muß Sie leider bitten, unsere Villa sofort zu verlassen.«

Schreiend schnellte die Kommerzienrätin aus dem Klubsessel empor: »Du bist der gleiche Lump wie dein Ikarus! Dir geb ich –«, Sie schlug nach seinem Gesicht, traf nur die Zigarre, die fiel funkensprühend auf den dicken Smyrnateppich. Der Kommerzienrat hob sie auf, versuchte mit dem Taschenmesser das zersplitterte Ende wieder rauchbar zu machen, seine Hand zitterte, es gelang nicht.

»So eine Gemeinheit! Willst unseren guten Emmaus einfach auf die Gasse werfen, in den Tod jagen! Wo soll er denn nur hin? Ein Geld hat er jetzt natürlich auch nicht dabei und – –«

»Dafür wird gesorgt. Schrei bloß nicht so, das Personal hört es sonst und denunziert uns.« Er schloß seinen Sekretär auf, brachte etwa dreißig Einhundertmarkscheine. »Darf ich Ihnen aus der momentanen Verlegenheit helfen, Herr Emmaus? Wäre mir eine große Freude.« Ich drehte ihm den Rücken zu, aber die Kommerzienrätin ergriff die Scheine und steckte sie mir in die Hosentasche. Ich tat, als hätte ich es nicht bemerkt.

»Ich gehe jetzt fort«, sagte ich.

»Nein, mein lieber Emmaus, du mußt bleiben. Wir verstecken dich.«

»Ich will niemanden in Gefahr bringen. Ich gehe.«

»Aber wohin nur? Wohin? Was kann man tun? Halt, ich weiß, wo ich Sie hinbringe.« Sie stürzte hinaus.

Der Kommerzienrat ging im Zimmer auf und ab, die Hände auf dem Rücken.

»Dumme Geschichte, dumme Geschichte«, sagte er vor sich hin, immer wieder.

Nach einer Weile kam seine Gattin in elegantem Mantel, brachte mir einen Überzieher und Hut aus dem Vorrat des Ikarus sowie einen kleinen Handkoffer voll Wäsche und Toilettesachen.

»Kommen Sie, Emmaus!«

»Wohin geht ihr?« fragte der Kommerzienrat.

»Das werde ich dir gerade auf die Nase binden.«

»Nehmt ihr den Wagen?«

»Kannst du dir denken! Damit der Chauffeur angeben kann, wo Emmaus hin ist.«

Der Trenchcoat des Ikarus paßte mir sehr gut. Die Kommerzienrätin führte mich hinaus, durch den schönen Garten, in dem noch Blumen auf den gepflegten Beeten blühten, auf die Straße, an vornehmen Häusern und Parkanlagen vorbei, die Anhöhe hinauf.

»Wir gehen nach Oberföhring zur Frau von Stuhlreif.«

»So? Wer ist denn das?«

»Sie kennen sie gut, das ist doch mein Annerl.«

»Die Hasen-Anna? Ach, die hatte ich ganz vergessen. Richtig, die gibt es ja auch noch. Ich wußte nicht, daß sie geheiratet hat.«

»Freilich. Zuerst allerdings meinten wir schon, sie würde uns auf der Hand bleiben. Sie hatte wenig Ansprache, und die Mannsbilder haben es nie so recht mit ihr gehabt, und dann, wie wir unser Sach verloren haben und in einer kleinen Wohnung hausten, da war es natürlich ganz aus. Sie erbarmte mich oft, schaute schon aus wie ein Apfel im März, bald tat ihr der Kopf weh, bald das Kreuz und immer war sie bei ganz einem schlechten Humor. Gelernt hatte sie auch nichts Rechtes und wenn wir ihr sagten: ›Annerl, du solltest auch ein bisserl was verdienen‹, antwortete sie: ›Ich kann ja nix, daran seid ihr schuld. Am besten wärs, ich läge auf dem Friedhof.‹ Dann haben wir geweint miteinander. Sie ist am Fenster gesessen tagelang und hat auf die Gasse gestiert. Außen war ein Spionspiegel, da hat sie alles gesehen. Ganz besonders hat sie sich für die Hunde da draußen interessiert, alle aus der Nachbarschaft hat sie gekannt. ›Fünfzig Manderln laufen vorbei, bis einmal eine Hündin daherkommt. Schrecklich, was die armen Tiere leiden müssen, da ist's kein Wunder, daß es so viel Tollwut bei ihnen gibt‹, hat sie gesagt. Grad gefreut hat es sie, wenn ein Hund doch mal ein Weiberl gefunden hat. Da ist eine grausliche, läufige Bulldoggin gekommen und die Hunde hinterher, ganz narrisch. ›Wie du nur so einen Saustall ansehen magst! Schütt doch einen Krug Wasser darauf!‹ hab ich gesagt. Da ist schon ein Bier-Auto von der Spatenbrauerei dahergesaust, mitten hinein in die Viecher. Die sind schnell auseinander, aber ein schöner Jagdhund hat nicht mehr loskommen können, soviel ihm sein Herr gepfiffen hat und gerufen: ›Tasso, da gehst her! Sofort herein!‹ Tasso ist mitsamt der Hündin überfahren worden, die war gleich tot, ihm hat es einen Fuß abgeschlagen, und geheult hat er, können Sie sich denken, und geblutet! Die Anna ist hinaus, hat ihn ins Haus geholt und verbunden, ihr ganzes Kleid war voller Blut. Sein Herr ist mit herein und hat sich sehr bedankt. Er hat sich vorgestellt: ›Major von Stuhlreif, Ziegeleibesitzer in Oberföhring.‹ War schon ein alter Herr mit weiße Haar, aber hochnobel. Er hat nach seinem Auto telephoniert. Bis es gekommen ist, hat er sich mit der Anna unterhalten, meistens über die Hunde. Er meinte auch, daß es viel zu wenig Hundeweiberl gibt, das sei statistisch erwiesen und es sei ein großer Mißstand. Die beiden haben gut harmoniert, und wie er gegangen ist, hat er gefragt, ob er wieder Visite machen dürfe, und er würde der Anna gern seine zwei preisgekrönten stichelhaarigen Vorstehhunde zeigen, es freue ihn, daß sie soviel Herz für die Tiere habe. Er wollte den Schaden von den Blutflecken an Annas Kleid ersetzen. ›Aber ich bitt Sie, Herr Major‹, hab ich gesagt, ›ist nicht der Rede wert. Das Kind hat eine Freude damit gehabt.‹ Beim Abschied hat er mir die Hand geküßt.

Dann ist die Anna wieder am Fenster gesessen und hat nach den Hunden ausgeschaut. Oder nach ihm, ich weiß es nicht. Nach acht Tagen ist er dahergekommen mit seinem Tasso, der konnte schon ein bisserl hinken und hat sich so gefreut mit der Anna und ihr die Hand geleckt. Sie mußte mit dem Major im Auto nach Oberföhring fahren und wie sie zurückgekommen ist am Abend, war sie endlich einmal gut aufgelegt und hat erzählt, daß das ganz ein richtiger Besitz ist, den der Major hat, die Ziegelei und Landwirtschaft und das herrschaftliche Haus und so schöne Hunde. Dann ist der Major jeden Tag gekommen, und schließlich ist die Anna ganz zu ihm gezogen, denn er hat keine Frau gehabt, hatte nie die richtige gefunden. Auf Annas Rat haben sie eine Anstalt gebaut, wo Hundeweiberln gehalten wurden, damit die Manderln immer eins finden könnten, wenn sie Bedarf haben. Sie ist dafür zum Ehrenmitglied vom Tierschutzverein und vom Hundezüchterklub ernannt worden. ›Freya, Ehevermittlung für Hunde‹ nennt sich das Institut. Und am Tage der Einweihung haben Major von Stuhlreif und meine Tochter geheiratet. Es war ein großes Fest und eine schöne Hochzeit mit vielen Reden beim Schampus. Mich hat es ein bisserl geniert, was die alles gesagt haben, man hat sich nimmer ausgekannt, meinten sie die Hunde oder das Brautpaar.

Eine Woche nach der Vermählung ist der Krieg ausgebrochen. Der

Major hat sich gleich wieder gemeldet und ist mit hinaus. An der Marne ist er auf dem Felde der Ehre gefallen, den Heldentod. Jetzt führt die Frau Majorin das Freya-Institut allein weiter und die Ziegelei und die Landwirtschaft.«

»Freut mich, daß Ihre Tochter einen Lebenszweck gefunden hat, wünschte, ich wäre auch soweit. Und was soll ich bei ihr machen?«

»Vor allem sind Sie dort in Sicherheit. Oberföhring ist ein kleines Dorf, und der Ortsvorstand tut nur, was die Frau Majorin will. Sie brauchen sich nicht zu melden und so. Eine Beschäftigung für Sie wird sich auch ergeben, Sie malen gewiß gern Rassehunde. Und dann, die Anna möchte eine Zeitung herausgeben: ›Die Hundehochzeit, Organ für Sichfinden der Hunde‹, soll sie heißen, dabei können Sie ihr helfen, denn sie hat es nicht so mit dem Schriftlichen, braucht einen Redakteur.«

»Zu gütig.«

Frau Majorin Stuhlreif war zu Tränen gerührt, daß ich mich ihrer erinnerte und sie besuchte. Sie machte eine Art Hofknix vor mir. »Diese Ehre, Herr Oberherzog, hätte ich mir in meinen kühnsten Träumen nicht zu erhoffen gewagt.«

»Pst! Pst!« wehrte Mama Lössel. »Nix Herzog, ganz stad sein!«

Und ich fügte hinzu: »Nein, es ist nicht so mit mir, wie Sie meinen. Ich habe meine Identität verloren.«

»Ihre was? Na, da müssen wir sie halt suchen, werden sie schon finden, vielleicht mit einem Spürhund, die Tiere sind ja so gescheit.«

»Blühend schauen Sie aus, Frau Majorin, Sie sind noch schöner geworden.«

»Gehn S', machen S' nicht solche Sprüch', meine Schönheit habe ich alleweil noch tragen können.« Tatsächlich sah sie frisch, rosig und gesetzt aus, die Landluft bekam ihr offenbar gut.

»Weißt, Annerl«, erklärte die Kommerzienrätin, »die Geschicht' mit der Identität ist ein bißl kompliziert, du tätest es vielleicht nicht recht verstehn. Ich sag dir nur soviel: der Herr Emmaus muß eine Weile bei dir wohnen bleiben, und es darf niemand erfahren, daß er es ist.«

»Aber wenn ich Herr Emmaus zu ihm sage, weiß es jeder gleich.«

»Da haben Sie recht, Frau Majorin. Sie waren immer sehr klug. Ich muß hier unter anderem Namen auftreten, schlage vor ›Herr von Oberhaus‹.«

»Gewiß, Herr von Oberhaus, Sie sind mir ein sehr lieber Gast.«

»Und er könnte dir viel helfen, Annerl. Ich habe ihm vorgeschlagen, er soll deine Zeitschrift ›Die Hundehochzeit‹ redigieren, er scheint aber keine Lust dazu zu haben.«

»Ich bin da nicht Fachmann genug.«

»Sie haben doch den Meteor herausgegeben.«

»Das wohl, aber das intime Familienleben der Hunde hat mich weniger interessiert.«

»Es gibt nichts Herzigeres.«

Bei den Hunden

Sie hat mir ein großes, bequemes Zimmer in ihrem Hause angewiesen, mit schöner Aussicht über die weiten Auen des Isarflusses. Tagsüber war sie immer sehr beschäftigt, Gutsarbeiten und Ziegelei zu beaufsichtigen. Ich begleitete sie manchmal, und da ich von der Landwirtschaft einiges verstand, hielten mich die Leute wohl für eine Art Verwalter. Auch dem Hunde-Harem widmete sie viel Zeit. Da waren Hündinnen der verschiedensten Rassen, jede rief sie bei Namen, alle kannten und liebten sie. Ich konnte mich mit dieser Einrichtung nicht recht befreunden.

»Was wird nun mit den vielen Welpen, die da sicher zur Welt kommen? Töten Sie die?«

»Was fällt Ihnen ein! Das wäre grausam, und die Kleinen sind so süß. Die Wissenschaft der Tierärzte gibt uns Mittel zur Geburtenbeschränkung und -verhütung. Allerdings in diesen Zeiten kann es gar nicht Nachwuchs genug geben. Das Vaterland braucht Kriegshunde, Rüden sowohl wie Hündinnen. Mit Begeisterung lassen sie sich für den Heeresdienst abrichten. Wenn im Weltkrieg ihre Zahl nicht so lächerlich gering gewesen wäre, hätte uns der Endsieg nicht entgleiten können. Was zehn Generäle nicht sehen, riecht oft ein Hund. Und er kennt den Feind sofort an der Witterung, springt ihm an die Kehle, unerbittlich bis zur Vernichtung.« Ich ließ mir zeigen, wie sie abgerichtet werden und erlernte die Dressur auf den Mann.

Die Mahlzeiten nahm ich mit der Majorin ein. Wir sprachen oft von der schönen Zeit am Aubinger See, ich berichtete ihr von meinem gemütlichen Passauer Heim, besonders Mauspetz' Leben und Schicksal erweckte ihre Teilnahme, sie erzählte viel von Hunden und von den kleinen Erlebnissen ihrer Betriebe, von den Taten ihres seligen Gatten sprach sie, der so herzensgut war und mir sicher gefallen hätte.

»Sagen Sie, Frau Majorin, hat er eine Sonnenbrille gehabt, mit dunklem Glas?«

»Ja, woher wissen Sie das? Sie muß noch da sein.«

»Ich wußte es überhaupt nicht, aber können Sie sie mir leihen?«

Ich bekam sie, brauchte sie, um mich unkenntlich zu machen. Dazu schnitt ich mir auch einige Haare vom Kopf und klebte sie auf die Oberlippe. Niemand erkannte mich, als ich in die Stadt fuhr. Dort ging ich in ein Kleidergeschäft und stattete mich vollständig neu aus. Kein Stück von den Sachen des Ikarus wollte ich weiter benutzen, ich hob sie sorgfältig auf, in einer Kiste luftdicht verschlossen.

Am folgenden Tage fuhr ich wieder zur Stadt, besuchte meinen Anwalt Dr. Wurmbrand zu einer ungestörten Unterredung. Er erkannte mich erst, als ich Schnurrbart und Brille abgelegt hatte, begriff nicht, was das zu bedeuten habe. Ich legte ihm meinen Fall vor. Er schlug in Gesetzbüchern nach, überlegte, dann gab er von sich:

»Ich kann Ihre Rechtssache nicht führen. Der Anwalt ist berechtigt und verpflichtet, die Vertretung natürlicher oder juristischer Personen zu übernehmen, bedarf dazu einer Bevollmächtigung seitens derselben. Sie sind gegenwärtig weder eine juristische noch überhaupt eine Person. Vom Rechtsstandpunkt aus sind Sie als nicht existierend zu betrachten, somit auch nicht berechtigt, eine wie immer geartete Vollmacht auszustellen. Sie haben nicht nur Ihre Persönlichkeit eingebüßt, sondern überhaupt jede Realität. Sie sind gegenwärtig weder eine juristische noch überhaupt eine Person.

Ich mußte lachen: »Was soll ich denn nun anfangen?«

»Ich habe Sie bereits davon in Kenntnis gesetzt, daß ich Sie nicht mehr rechtlich beraten kann.«

»Sagen Sie, Herr Doktor, Sie haben wohl einfach Angst?«

»Auch wenn ein Fall so viele Gefahrenmomente in sich birgt wie der Ihre, kann ich mich doch nicht zu irgendeiner Form der Auskunftserteilung herbeilassen. Ich wiederhole, Sie sind ein non existens.«

»Wirklich?« Ich schüttete ihm das Tintenglas auf den kahlen Schädel.

Das tat mir sofort leid, weil ich damit nicht als Gentleman gehandelt hatte, und außerdem konnte es zu meiner Vernichtung führen. Dr. Wurmbrand sprang wütend auf, wollte etwas unternehmen, dann besann er sich, sagte bloß: »Sie existieren trotzdem nicht. Adjö.«

Ich ging, nahm Brille und Schnurrbart wieder vor.

Ich war sonderbar bewegt, kam mir vor wie ein abgeschiedener Geist, der nur noch ein wenig spukte und die Menschen mit Furcht erfüllte. Wem konnte ich weiterhin erscheinen? Gab es niemanden, der sich nicht fürchten würde, geneigt wäre, mir zur Wirklichkeit zurückzuhelfen? Vielleicht einer der alten Meteoristen? Aber die waren wohl alle zum Herzog übergeschwenkt. Höchstens Konditor Wothan, der war immer sehr unentwegt, wie ein Fels ragte er aus seinen Zuckerwaren, und die Ermordung seines Freundes Wirsing würde ihn erbittert haben.

Ich ging in seinen Laden, kaufte eine Schachtel Konfekt für die Majorin. Die Auswahl war immer noch nicht sehr großartig, Schokolade fehlte ganz. Im Hintergrund sah ich Herrn Wothan auftauchen, er sah alt und vergrämt aus. Sein Blick streifte mich flüchtig, und ich grüßte ihn mit dem Meteorgruß, der jetzt außer Brauch gekommen war. Er merkte auf, erwiderte ebenso, kam näher. »Meteorhalloh!« sagte ich flüsternd. Mißtrauisch und fragend schaute er mich an.

»Kamerad Wothan, ich möchte Ihnen eine wichtige Mitteilung machen, kann ich mit Ihnen unter vier Augen sprechen?« Er zögerte, fühlte an seine rückwärtige Hosentasche, wohl nach einem Revolver oder Knicker.

»Bitte!« Er führte mich in ein Nebenzimmer, wo Vorräte aufgestapelt waren, dürftige Vorräte. Es gab keine Sitzgelegenheit, wir sprachen stehend.

»Jetzt hab' ich aber satt von der Bespitzelung«, sagte er, »ich kümmere mich nicht mehr um die Meteorsache, das könnte man nun allmählich wissen.«

»Nein, ich bin kein Spitzel. Hören Sie: Der Herzog ist gar nicht Emmaus. Er ist ein gewisser Ikarus Lössel, ein Geisteskranker, der ihm sehr ähnlich sieht. Mit Hilfe Daffodils hat er sich durch einen Gewaltstreich an seine Stelle gesetzt und Emmaus im Irrenhaus eingesperrt. Niemals hätte Emmaus gutgeheißen, was seitdem geschehen ist, nie den Reichslotsen umbringen lassen.« Wothan zweifelte noch immer. »Das kann ich glauben oder nicht. Wer sind Sie eigentlich?« Ich riß den Schnurrbart herunter, setzte die dunkle Brille ab: »Emmaus. – Es ist mir gelungen zu fliehen.« Wothan starrte mich an, strahlte dann, ergriff meine Hände, schüttelte sie heftig. Gleich darauf aber versteinerte er wieder, betrachtete mich prüfend.

»So? Aus dem Irrenhaus entflohen? Und wie können sich zwei Menschen so gleich sehen? Vielleicht sind Sie doch der Narrische und bilden sich nur ein, Sie wären der Emmaus. Kommt mir alles so gspaßig vor.«

»Ja, ich weiß, es ist sonderbar, aber es ist so wie, ich sage. Wenn nur Wirsing noch lebte! Erinnern Sie sich, wie Sie ihn mir als Drucker der Flugblätter empfohlen haben und wie er dann zu mir nach Oberhaus kam?«

»Ich sehe, Sie sind wirklich der Emmaus. Froh bin ich, daß Sie wieder da sind. Das ist eine furchtbare Sache. Wir müssen überlegen. Kommen

Sie!« Er führte mich in seine Wohnung hinauf, wir setzten uns nebeneinander auf das rote Plüschsofa, rauchten, tranken Kirschlikör.

»Jetzt wird mir alles klar«, sprach Wothan, »ich konnte nie begreifen, wieso Sie sich von einem Tag zum andern so gewandelt hatten, auf einmal genau das Gegenteil machten von dem, was wir erstrebt und endlich durchgebracht hatten. Es muß gelingen, Sie wieder einzusetzen.«

»Nur bis ich die Dinge wieder ins rechte Geleis gelenkt habe, dann mag es ein anderer in unserem Sinne weiterführen, und ich ziehe mich still zurück.«

»Eine Agitation wie früher gibt es nicht mehr, Flugblätter, Zusammenkünfte, mündliche Propaganda, das alles ist jetzt unmöglich. Jeder überwacht und denunziert den anderen, herzogliche Polizeispitzel überall. Er nennt sich jetzt Herzog, die Massen jubeln ihm zu. Am Zujubeln erkennt man den Pöbel. Der wünscht, geknechtet zu werden, würde diesen Usurpator Ihnen vorziehen, selbst wenn wir bekannt geben könnten, welcher Gewaltstreich geschehen ist. Wir wollten den Weltfrieden. Die haben schon wieder Freude an Krieg. Alle Zeitungen sind Regierungsblätter, machen in Kriegsstimmung. Das Fürstentum Fichtenstein mit seinem achtzig Mann starken Heer bedroht das Reich und muß gestraft werden. Österreich verweigert den Durchmarsch, die Schweiz ebenfalls. Es wird etwas geschehen. Der Herzog verspricht dem Volke für die Zeit nach dem Siege herrliche Neuerungen; Abschaffung der Individualität, keine Familiennamen mehr, nur Nummern. Aufhebung des Privateigentums.«

»Das wäre also Kommunismus.«

»Keineswegs. Alles soll dem Staat gehören.«

»Auch die Industrie?«

»Ja, sogar die Rüstungsindustrie.«

»Das wird Daffodil wenig gefallen.«

»Er hat die Zralokwerke bereits ins Ausland übersiedelt. Er selbst ist geflohen, sonst wäre er festgenommen worden. Das Volk ist begeistert und voller Hoffnung. So etwas Schönes können wir ihm nicht bieten.«

»Ach, Wothan, das sehe ich jetzt: nie kann man nur mit Vernunft regieren. Wunder will das Volk, nicht Befreiung von den Peinigern, sondern Befreiung von sich selbst, von seiner eigenen ihm ekelhaften kleinen Persönlichkeit. Bis wir unsere Mikrophone wieder aufstellen können und ihm etwas Neues erzählen werden.«

»Werden wir das je können? Der Gewaltige wird es nie zulassen.«

»Er wird nicht mehr da sein.«

»Ich sehe keinen Weg dazu, lieber Emmaus.«

»Es wird sehr einfach gehen, wie ein Wunder.«

»Gerade haben Sie getadelt, daß das Volk Wunder wünscht, und nun hoffen Sie selbst darauf.«

»Ich bin auch nur ein Mensch und warte auf Wunder. Allerdings kann man ja ein bißchen nachhelfen.«

»Sie geben mir Rätsel auf, Emmaus.«

»Zerbrechen Sie sich den Kopf nicht weiter, lieber Wothan. Zur gegebenen Zeit wird das Rätsel gelöst werden. Dann werden wir uns wiedersehen.«

»Vorher nicht? Wo wohnen Sie? Sind Sie nicht gefährdet? Kann ich Ihnen irgendwie behilflich sein?«

»Herzlichen Dank! Ich brauche nichts. Wo ich wohne, kann ich Ihnen nicht sagen, bitte, betrachten Sie das nicht als Mißtrauen.«

»Ich hoffe, Herr Emmaus, Sie sind nicht etwa in Verbindung mit dem Ausland? Das könnte ich nicht billigen, dann würden sich unsere Wege trennen.«

»Nein, mein Wort darauf, ich habe mit keinem Ausland etwas zu tun. Nicht einmal von Frau und Kind, die in Amerika sind, habe ich je etwas gehört. Ich würde sie gern wiedersehen.«

»Ich wünsche, Sie erleben es.«

»Keine Furcht! Ruhig warten! Mikrophone bereit halten! Inzwischen vergessen Sie mich bitte, schweigen werden Sie ja von selbst, und verkaufen Sie weiter unbekümmert Ihre Bonbons. Es wird einmal wieder Schokolade geben.«

Ich klebte meinen Schnurrbart wieder an, setzte die Brille auf, wir drückten uns die Hand. »Auf Wiedersehen, Kamerad Wothan.«

»Auf Wiedersehen Emmaus, Meteorhalloh.«

Auf der Straße dachte ich: »Weshalb habe ich ihn eigentlich besucht?« Nun, ein Ergebnis davon war immerhin, daß ich wieder das Gefühl gewonnen hatte, nicht völlig ohne Zusammenhang mit der Welt zu sein. Sicher dachten im Verborgenen noch sehr viele wie wir und würden, wenn es so weit wäre, hervorkommen wie Regenwürmer nach dem Gewitter. Vielleicht konnte Wothan heimlich doch einige Zuversicht unter Gleichgesinnten verbreiten, doch darauf rechnete ich nicht einmal, die Gefahr wäre zu groß gewesen.

Jedenfalls war mein durch Dr. Wurmbrands Verhalten erschüttertes seelisches Gleichgewicht wiederhergestellt, und frohen Mutes fuhr ich mit dem Autobus nach Niederföhring, ging von dort zu Fuß hinauf in unser Dorf, verbrachte einen angenehmen Abend in Unterhaltung mit der Majorin und dem Pfarrer des Ortes. Ich wollte nicht so bald wieder die Stadt besuchen und begann, den Hunden mehr Aufmerksamkeit zuzuwenden, ihre individuellen Verschiedenheiten zu beobachten. Die Rassenvermischung, die bei den Grundsätzen der ›Freya‹ unvermeidlich war, ergab oft überraschende Resultate an eigentümlichen Körperformen und Geistesveranlagung. Manche dieser Hunde sind Stammeltern neuer Rassen geworden, meistens erst auf dem Umwege über England. Ich interessierte mich besonders für Hunde, die durch ihre Größe, ihren ausgebildeten Geruchssinn und ihre wilde Kraft zu Kriegshunden geeignet waren. Kriegshunde waren sehr begehrt. Die Militärverwaltung hatte uns zwei geübte Abrichter zur Verfügung gestellt. Um die Wichtigkeit dieses neuen Groß-Kampfmittels ins rechte Licht zu stellen, plante die Heeresverwaltung, nach Vollendung der Dressur, eine feierliche Hundeparade in der Moosacher Sport-Arena unter Teilnahme des Herzogs und seiner Generäle.

Nahe der Ziegelei hatten wir einen abgelegenen, mit hohem Bretterzaun umgebenen Platz für die Lehrstunden. Zuerst mußten die Hunde den Parademarsch erlernen, bald schleuderten sie die Beine, durchgedrückt, in die Luft, besser als irgendein Rekrut. Dann sollten die Geländeübungen kommen, aber ich hielt die ›Dressur auf den Mann‹ für wichtiger, veranlaßte, daß sie vorher gelehrt wurde. Die Technik des Unterrichts war ziemlich einfach: Zwei Mann wurden mit dick wattierten Anzügen bekleidet, Kopf und Hände auf die gleiche Art geschützt. Sahen wie Taucher aus. In der Hand hatten sie einen Stock. Die Schüler wurden zwölf Stunden vor Beginn nicht mehr gefüttert, waren hungrig und gereizt. Dann gingen die Taucher auf sie zu, piekten mit den Stöcken nach ihnen, markierten gleichzeitig Angriff auf den unwattierten Dresseur. Der rief: »Faß! Faß!« solange, bis die Hunde sich wütend auf den Gegner stürzten, bissen. Dann bekamen sie ein Stückchen Fleisch zur Belohnung, wurden gleich darauf mit dem Rufe »Herein!« an der Leine zurückgezogen. Das übte man solange, bis sie auf das Kommando: »Faß!« sofort ansprangen, und man brachte ihnen bei, in die Kehle zu beißen. Beim Kommando ›Herein!‹ ließen sie gehorsam ab. Doch war damit die Dressur noch lange nicht beendet. Mannsgroße

Puppen, Phantom genannt, wurden gebastelt, sahen täuschend wie Menschen aus, waren mit alten Uniformstücken Kriegsgefangener bekleidet. Wir lehnten sie an den Zaun oder stellten sie auch frei auf. Nach Kommando fielen die Hunde über sie her, durften sie beliebig zerbeißen und zerfleischen, bevor wir sie zurückriefen.

»Die merken sich den Geruch der feindlichen Uniform genau, werden ihn gleich wiederkennen und nur die Feinde anpacken«, meinten die Abrichter. Ich schlug vor, anstatt des Kommandos ›Faß!‹ den Ruf ›Hurrah‹ einzuführen. Das schien praktischer, und die Hunde hörten bald nur mehr auf dieses Kommando. Ich hatte mir die zwei schönsten Hunde vorbehalten. ›Tell‹ und ›Thor‹ hießen sie, waren das Resultat eines Frühlingsabends von Wolfshund und Bernhardinerin, die ihrerseits einen Spritzer deutsche Dogge im Blute hatte. Schön waren die Tiere eigentlich nicht, aber groß wie Kälber, sehr gescheit und gelehrig, hatten eine feine Nase und ein ungeheueres Gebiß. Ich wiederholte die Dressurübungen oft mit ihnen, auch nach Feierabend, unermüdlich. Die Abrichter lachten:

»Ach, Herr von Oberhaus will Ehre einlegen beim Herzog mit seiner Zucht, vielleicht einen Orden bekommen.«

Sie waren ein bißchen eifersüchtig auf mich, behaupteten, sie hätten keine Uniformen mehr übrig für meine Phantome. Das verschlug mir nichts, denn glücklicherweise hatte ich die Kleidungsstücke des Ikarus aufbewahrt, und Mama Lössel, die nicht wußte, daß ich sie nicht trug, hatte mir noch einen ganzen Koffer voll heraufgebracht, als sie ihre Tochter besuchen kam.

»Ich habe mich hier sehr gut eingelebt, Frau Kommerzienrat, bin Ihnen von Herzen dankbar. Am liebsten bliebe ich immer hier, und die Frau Majorin ist so liebenswürdig.« Die Kommerzienrätin drohte schelmisch mit dem Finger:

»Ah, Sie Planer! Na, Sie beide paßten gut für einander, schau schau.«

»Aber Mama, Herr von Oberhaus ist ja verheiratet.« Die Majorin errötete.

»Schade, liebe Kinder, wirklich schade. Damals am Aubinger See wart ihr doch ein wenig verliebt, er hätte nur ein bisserl einen Renner braucht, dann wärt ihr ein Paar worden.«

»Aber du hast mir ihn nicht gegönnt. Meinst du, ich habe nix gemerkt?«

»Annerl, du versündigst dich. Der liebe Gott im Himmel weiß, wie gern ich Herrn Emmaus als Schwiegersohn gehabt hätte.«

»Ja und als was noch!« Weinend stand sie auf und ging hinein, wir waren draußen in der Laube gesessen neben dem Hause.

»Haben S'schon mal sowas gesehen, Herr von Oberhaus? Sind halt die Nerven, die Nerven.«

»Nein, ich glaube, die Frau Majorin hat ganz gesunde Nerven, da fehlt sich nix. Ich freue mich, daß sie sich zu einem so tüchtigen und tatkräftigen Menschen entwickelt hat, seitdem sie auf eigenen Füßen steht. Sie haben sie immer ein bisserl eingeschüchtert daheim.«

»Sagen S'gleich kujoniert! Ich bin halt eine sogenannte starke Natur. Was kann ich dafür, daß ich gar soviel Charakter hab'? Ach Emmaus – –.«

Nun weinte auch sie und versuchte, mir um den Hals zu fallen.

Tell und Thor waren, wie immer, bei mir. Sie hatten schon die ganze Zeit den Koffer mit den Kleidern des Ikarus beschnuppert, unter bösem Knurren und Zähnefletschen. Jetzt mißverstanden sie die Armbewegung der Kommerzienrätin, sprangen mit mächtigem Satz an ihr hinauf, schnappten nach ihrem Hals. Sie schrie fürchterlich.

»Sofort herein!« rief ich, riß die Hunde im letzten Augenblick zurück.

»Pfui! Ihr werdet doch dem braven Frauerl nichts tun! Schämt euch!« Sie schämten sich in der Tat, krochen mit eingezogenem Schweif zu mir hin.

»So, und jetzt entschuldigt ihr euch bei dem guten Frauerl, macht schön bitte bitte!« Das wollten sie aber durchaus nicht tun, drehten den Kopf nach dem Koffer und schnüffelten dort hin, brummend.

Die Majorin kam, tödlich erschrocken, herausgelaufen, fand ihre Mama halb ohnmächtig, holte schnell etwas Kölnischwasser und netzte ihr Stirn und Gesicht. Dann führte sie sie hinein, ließ sie auf dem Sofa niederliegen. Nach einer halben Stunde hatte sich die Kommerzienrätin erholt und trank ein Glas Bier.

»Ihr mit eure Hundsviecher!« sagte sie bloß.

Sie ist noch am gleichen Tage wieder nach Haus gefahren, wir verabschiedeten uns herzlich, sie wollte bald wiederkommen.

Der Koffer blieb da, sein Inhalt war mir sehr dienlich. Tell und Thor habe ich nicht weiter wegen ihrer Attacke bestraft, denn ich verstand, warum der Geruch des Koffers sie so erregt hatte. Ich setzte die Dressur alsbald fort, bekleidete die Phantome auch fernerhin mit den Anzügen und Mänteln des Ikarus, ließ sie, nach Kommando ›Hurrah‹, zerbeißen, bis nur noch Fetzen vorhanden waren. Die hob ich auf, und sobald ich den Hunden einen davon vor die Nase hielt, gerieten sie von neuem in Wut.

Manchmal las ich eine Zeitung und bemerkte mit Verwunderung, wie die Geisteskrankheit des Herzogs sich immer gefährlicher entwikkelte. Seine letzte große Rede schloß mit den Worten: »– denn wisset, ich, Emmaus der Herzog, bin Gott.«

Sogleich war ein Gesetz erschienen, daß vom fünfzehnten Oktober ab der Herzog die göttliche Allmacht ausüben werde. Leitartikel der Zeitungen schrieben, wie dankbar ihm das Volk, ja die ganze Welt, sein müsse, daß er diese unsagbar schwere Pflicht auf sich nehme.

Im Schloß, das er bewohnte, wurden Diener dabei betroffen, wie sie sein prunkvolles Bett hinausschaffen wollten. Angehalten, erklärten sie, daß es in die Kirche gestellt werden müsse, die sei doch Gottes Haus, er brauche sein Bett dort.

Als ich das las, durchfröstelte es mich. Schwer fiel mir aufs Herz, wie ich, großartig, als Herrscher, im Schloß residiert hatte. War ich da nicht selbst schon von einer Art Größenwahn befallen? Hätte ich, wenn ich dort geblieben wäre, mich nicht auch nach einiger Zeit für einen Gott gehalten? Ich begriff, wie erschreckend ich, auch im Geistigen, dem Ikarus ähnelte. Oder war es überhaupt tief in der menschlichen Natur begründet, daß der Besitz unumschränkter Macht zum Wahnsinn führen mußte? Ein Wunder hatte mich davor bewahrt und, wenn es mir je gelingen würde, wieder an die Spitze zu kommen, wollte ich mich wohl hüten, wieder in den alten Fehler zu verfallen. Ganz bescheiden würde ich auftreten, wie ein geringer Bürger hausen, in einem Hotel zweiten Ranges oder in einem möblierten Zimmer mit dünnem Kaffee und zwei Margarinebrötchen in der Früh. Allerdings, Vevi müßte zurückkommen, sie würde mir meine frühere Großspurigkeit verzeihen. Aber dann konnte ich ihr doch nicht zumuten, in einem möblierten Zimmer zu wohnen, mit Fettflecken an den Wänden und knarrenden Betten.

Ach, knarrende Betten! In Melk an der Donau hatte das Bett geknarrt. Welch eine glückliche, unbeschwerte Zeit war das! Ich versank in wache Träume.

An Vevi zu schreiben beschloß ich, ihr alles zu erklären, sie um Vergebung zu bitten. Vielleicht würden sich Mittel und Wege finden, ihre Adresse zu erfahren und den Brief unzensuriert hinausgelangen zu lassen. Wie mochte sie jetzt über mich denken, wenn sie hörte, was hier unter meinem Namen geschah? Ob sie wohl je versucht hatte, mir zu schreiben? Schon möglich. Der Brief wäre sicher geöffnet und zurückbehalten worden. Ich nahm Briefpapier zur Hand.

Die Magd kam herein: »Der Postbote hat einen Brief für Sie gebracht.« Der erste Brief, den ich nach Oberföhring bekam! Fieberhaft öffnete ich ihn. Ein zweites Couvert lag darin, die Postmarke war von U.S.A.

Geschah wieder ein Wunder? Wurden Wunder zur Gewohnheit? Aber die Adresse, mit Schreibmaschinenschrift, lautete: »Mr. Ikarus Lössel c.o. Kommerzienrat Georg Lössel. München-Bogenhausen, Germany.« Mit Heftklammer war daran ein Zettel befestigt: »Lieber Herr von Oberhaus! Dieser Brief ist uns von Mr. Powell, dem amerikanischen Gesandten, einem guten Freund meines Georg, übergeben worden, er hatte ihn unverletzt bekommen. Ich habe ihn aufgemacht und gesehen, daß er vermutlich für Sie bestimmt ist. Herzlich grüßt

Kommerzienrätin.«

Ich konnte mich schwer entschließen, den Brief zu lesen, wollte wenigstens die vage Hoffnung möglichst lange genießen. Endlich gab ich mir einen Ruck und sah ihn an:

»Mein lieber Emmaus! Ich weiß alles und es tut mir furchtbar leid, denn ich habe Dich nie vergessen können, habe lange gehofft, Du würdest wieder zu mir kommen. So ist das Schreckliche über Dich hereingebrochen, ohne daß ich es wußte, sonst hätte ich Äußerstes gewagt, alles daran gesetzt, Dich zu retten. Aber jetzt ist man hier eifrig bestrebt, das Unheil wieder gut zu machen. Daffodil ist hier und sieht ein, welche Riesen-Dummheit er begangen hat. Du mußt mir sofort mitteilen, was unternommen werden kann, um Dich aus dem Irrenhause zu befreien. Ich hoffe, daß ich den richtigen Weg gewählt habe, um in Verbindung mit Dir zu treten, ---« Ich küßte den Brief rasend klopfenden Herzens, – schreckte auf: Das war doch nicht Vevis Handschrift! Ich las weiter: »– die Antwort kann auf dieselbe Weise erfolgen. Jedenfalls wirst Du gut daran tun, diesen Brief sofort zu vernichten. Tausend Küsse Deine getreue Lona.«

Lona?! -- Ach, Frau Daffodil! Es war, als hätte man mir ein Stück Eis hinten unter den Hemdkragen geschoben. Aber dann zerschmolz es, und ich lachte wie besessen.

»Nein, Frau Daffodil, Ihr Herr Gemahl wird lange auf meine Antwort warten können.«

An die Nacht mit ihr erinnerte ich mich jedoch ohne Reue. Sonderbarerweise hatte ich jetzt das Gefühl, als sei Vevi schuld an der Enttäuschung, die mir dieser Brief bereitet hatte. Eine leise Bitterkeit gegen sie blieb zurück. Ich wußte, wie unbegründet die war, aber ich habe ihr nicht geschrieben, fand, daß ich allzusehr in sehnsüchtigem Gefühlsdusel schwelgte und Gefahr lief, meine Tatkraft von näherliegenden Dingen abzulenken.

Was die Zeitungen berichteten, wurde immer grotesker: Einige Priester, die die althergebrachte Form des Gottesdienstes nicht aufgeben wollten und die Anbetung des Herzogs für Ketzerei erklärten, waren festgenommen worden und standen vor ihrer Verurteilung wegen Landesverrats.

Die Universität dagegen stellte sich voll und ganz auf den Boden des neuen Glaubens. Der alte Theologe Professor von Slapgosch veröffentlichte eine Abhandlung: »Die göttliche Natur des Herzogs durch Bibelstellen belegt.«

Der naturwissenschaftlichen Fakultät gelang es, durch Experiment und physikalische Untersuchungen auch den letzten Zweifel ad absurdum zu führen.

Die Historiker verkündeten, daß die Wellenförmigkeit des weltgeschichtlichen Geschehens zwangsläufig in dem persönlichen Wiedererscheinen Gottes zu diesem Zeitpunkt und an dieser Stelle der Erdoberfläche resultieren mußte.

Der Philosoph von Schripzwift, ein Sohn des verstorbenen, weltberühmten Geheimrats von Schripzwift, legte seinen Vorlesungen die These zugrunde: »Dogmatische Metaphysik und transzendentale Logik bedingen die apriorische Erkenntnis der Gottnatur des Herzogs.«

Die Mathematiker erklärten es für eine längst bekannte wissenschaftliche Tatsache, daß die arithmetische Formel: »Herzog gleich Gott« sowohl durch Lehrsätze der nicht-euklidischen Geometrie als durch das Parallelenaxiom bewiesen werde.

Die Astronomen allerdings nahmen die Priorität dieser Deduktionen für ihre Fakultät in Anspruch, hätten sie doch von jeher erkannt, daß das Wiedererscheinen Gottes an bestimmte kosmische Umlaufszeiten gebunden sei, die einerseits mathematischen Gesetzen folgten, deren tellurische Lokalisation anderseits erst der minutiösen Teleskopie deutscher Observatorien zu danken sei.

Dr. Wurmbrand hatte erfaßt, welche Aufstiegs-Gelegenheit jetzt die akademische Laufbahn bot, hatte die Kanzlei sehr vorteilhaft an seinen durch Erbschaft begüterten Konzipienten verkauft und habilitierte sich, indem er als Privatdozent über das Thema las: »Formal-logisch-konstruktive Gegebenheit des Gott-Herzog-Rechtsgedankens auf Grund des corpus juris und der kanonischen Edictorial-Justiz.«

In heller Begeisterung huldigten die Künstler der neuen Gottheit, die ihnen unbegrenzte Möglichkeiten der Betätigung in Aussicht stellte. Die religiöse Kunst war immer das beste Geschäft. Dazu mußte man natürlich tief innerlich gläubig sein.

Unser Nachbar, der Sixtenbauer von Oberföhring, fragte mich: »Sie, Herr Dr. Oberhaus, Sie sein doch ein Studierter, was meinen denn Sie? Glauben S', der alte Herrgott wird jetzt ganz ruhig ins Austragstüberl gehen und das Sach dem Herzog übergeben? Ich fürcht' alleweil, er macht noch ein' rechten Krach. Und wie wird das jetzt werden mit die Kirchensteuern? Steuern werden eh nie nicht geringer.«

Doch der Herzog war schlau genug zu verordnen, daß vom fünfzehnten Oktober ab die Kirchensteuer aufgehoben sei. Da waren auch die Bauern zufrieden.

Allerdings wurde dafür die Umsatzsteuer um zweihundert Prozent erhöht. Aber das machte ja eine andere Behörde, nicht der neue Herrgott.

So war alles in schönster Ordnung.

Auch den untragbaren Übergriffen des Fürsten von Fichtenstein war jetzt ein Damm gesetzt. Er war zum Herzog in Audienz befohlen worden, hatte draußen vor dem Schloß im Regenwetter zweieinhalb Stunden warten müssen. Endlich vorgelassen, war er zunächst vom Herzog grob angefahren worden, wie er es wagen könne, mit triefenden Kleidern vor ihm zu erscheinen. Dann war ihm die Abdankungsurkunde vorgelegt worden. Er wollte zuerst nicht unterschreiben. Da ließ der Herzog alle Fenster und Türen öffnen. Es entstand ein so starker Luftzug, daß der nasse Fürst vor Kälte zitterte und einen neuen Anfall seiner erst kürzlich überstandenen Influenza befürchten mußte. So war er zur Einwilligung gezwungen, unterzeichnete schnell und wollte sich entfernen. Aber donnernd tönte ihm des Herzogs »Halt!« entgegen. »Herr Fichtenstein, Sie bleiben natürlich als Geisel hier!«

Man hat ihn nie wiedergesehen.

Die Zeitungen schrieben über den Fall Fichtenstein, daß dieser größte Sieg der Weltgeschichte hauptsächlich der einzig dastehenden Organisation einer furchtbaren neuen Kampfmethode: Masseneinsatz von Kriegshunden, zu danken sei. Am fünfzehnten Oktober, kurz Gottestag genannt, werde die längst geplante große Parade der Kriegshund-Regimenter stattfinden und sich zu einem Schauspiel von unerhörter Einmaligkeit gestalten.

Von diesem Tage ab sollte zum ersten Male des Herzogs neu geschöpftes Abzeichen in Gebrauch sein: Das Gottesauge in einem Dreieck. Der Heraldiker Professor Hubauf hatte es auch für das neue Reichswappen verwendet: Adlerkopf mit Gottesauge. Auf weißem kreisförmigem Grunde, inmitten der roten Fläche, zeigten die Fahnen das Wappen.

In herrlichem Flaggenschmuck erstrahlte die Sport-Arena des Vorortes Moosach, sie war auch reich mit Tannenbäumchen, Blumen, Draperien und eigens für diesen Zweck gewebten Teppichen geschmückt, die, nach Entwürfen erster Künstler, den Herzog in seiner segensreichen Wirksamkeit darstellten. Die Arena war in der Art antiker Amphitheater rund angelegt, als großer kreisförmiger Platz, von ansteigenden Sitzreihen umgeben, die an der Eingangstelle unterbrochen waren. Dem Eingang gegenüber waren die erhöhten Sitze der Preisrichter und die ehemaligen Hoflogen. Das Volk strömte schon vom frühen Morgen an hinaus. Glücklich, wer sich einen Platz sichern konnte. Die Schutzpolizei war vollzählig ausgerückt und nahm im Schweiße ihres Angesichts an jedem einzelnen genaue körperliche Durchsuchungen nach verborgenen Waffen vor. Zwei Frauen, deren Hutnadeln eine allzu gefährliche Länge aufwiesen, wurden verhaftet und gefesselt abgeführt, ebenso ein älterer Mann. Er hatte ein polizeiunbekanntes, ungemein verdächtig aussehendes Instrument unter der Kleidung verborgen. Später erwies es sich als ein Bruchband, und so konnte er leider nicht bestraft werden.

Den zahlreich erschienenen Film-Operatoren gelang es nur durch große Geldopfer, eine Entrollung der unbelichteten Filme zu verhindern, sie durften ihre Apparate an geeigneten Punkten aufstellen.

Schon immer schützte ein umfassender Sicherheitsdienst das Leben des Herzogs. Er war stets von bewaffneten Geheimpolizeibeamten umgeben, nie hatte sich ihm ein Unbefugter nahen dürfen. Heute zum ersten Male würde das getreue Volk ganz in seiner Nähe weilen dürfen. Da war natürlich größte Vorsicht geboten.

Man hörte Autos kommen, mit dem Herzog-Signal tuten. Eine Fanfare ertönte.

Jetzt senkte sich feierliche Stille herab. Man flüsterte: »Er kommt.«

Weltgeschichtsbewußt schritt er herein, umgeben von seinen Generälen, alle in prächtigen mit Gold und Orden überladenen Uniformen. Nur Er ganz schlicht in einfachem Militärmantel, der auf der Brust das herzogliche Gotteszeichen trug. Sehr bleich, schaute er nicht rechts noch links, als er majestätisch mitten durch die Arena zur Königsloge ging, in der er einsam Platz nahm, von wenigen Geheimpolizisten umgeben. Vor der Loge stellten sich die Generäle auf. Die Musikkapelle intonierte das Standartenlied, das Volk sang es begeistert mit.

Nun war im Programm eine dem Gewicht des Anlasses entsprechende Rede des Herzogs vorgesehen. Epochale Aufschlüsse über Vergangenheit und Zukunft des Universums erwartete man. Lautsprecher und Empfänger waren aufgestellt. Die Stifte der Journalisten fieberten wie Rennpferde vor dem Start. – Man wartete, wartete. Eine peinliche Pause trat ein.

Leider hatte nämlich der Astrologe, den der Herzog vor jeder Unternehmung befragte, dringend davor gewarnt, das Wort zu ergreifen, ja sogar geraten, die ganze Parade bis zu einem günstigeren Stand der Gestirne zu verschieben.

»So befehle ich schon für jetzt eine bessere Konstellation.«

»Mein Herzog, ich fürchte, die Weltordnung steht dem entgegen.«

»Unsinn! Aberglaube! Die Weltordnung bin ich – ab morgen. Jede andere Meinung ist Landesverrat.«

Dann hatte er auf einen Knopf gedrückt, Diener waren erschienen: »Abführen! Erschießen!« lautete der Befehl. Und willig war der Astrologe mit ihnen gegangen, denn auch sein eigenes Schicksal hatte er schon aus den Sternen gelesen.

Aber die Rede fiel aus.

General Wedepohl begab sich in die Loge hinauf und fragte in strammer Haltung, ob die Parade beginnen dürfe. Durch eine Handbewegung gab der Herzog seine Zustimmung. Der General ließ ein Fanfarenzeichen blasen und schritt zum Eingang, wo schon das Hunderegiment sichtbar wurde.

Der Herzog stieg majestätisch von der Königsloge herab, blieb mitten in der Arena stehen, in einer napoleonischen Pose, die Arme über der Brust verschränkt.

Das Hunde-Regiment marschierte herein, in gleich präzisem Stechschritt wie der ihm voranschreitende General und die geleitenden

Offiziere. Auf den Kopf jedes Hundes war ein kleiner Stahlhelm durch Kinnriemen befestigt. Sechser-Reihen waren formiert, die größten Tiere als Flügelhunde, so auch Tell und Thor. Den tadellosen Parademarsch nahm der Herzog mit Befriedigung entgegen, man glaubte sogar zu bemerken, daß er anerkennend nickte. Vor ihm angelangt, beugte sich jede Reihe Hunde, mit eingeknickten Vorderpfoten, tief zur Erde nieder und leckte huldigend den Boden zu seinen Füßen.

»Ganz ordentlich«, sagte er leise und die Hunde setzten ihren Marsch nach der Seite fort, rings um die Arena, während die Kapelle den Präsentiermarsch spielte.

Wir Dresseure hielten uns bescheiden im Hintergrund. Den Kniefall-Trick hatten die anderen Abrichter heimlich mit ihren Schülern geübt, ohne mir etwas davon zu sagen. Sie wollten mich bei den Höchstkommandierenden ausstechen. Tell und Thor hatten ihn nicht gelernt, und ich war etwas besorgt. Schon kamen sie als Flügelhunde ihrer Reihe vor den Herzog. Den Stechschritt machten sie ebenso korrekt wie alle anderen, aber an dem Kniefall nahmen sie nicht teil, blieben stehen, schnüffelten mit geblähten Nüstern zum Herzog hin, erkannten den Geruch, knurrten.

»Aha, das Phantom!« dachten sie, horchten, ob nicht das gewohnte Kommandowort gerufen werde. Dieses Phantom hier roch zwar genau so, aber blickte sie zornig an, verschränkte die Arme noch fester und krächzte:

»Na, wird's bald?« Da mußte etwas nicht stimmen.

Um den Versager zu kaschieren, gab der Begleitoffizier der Kapelle ein Zeichen, und sie bliesen Tusch. Im Hintergrund rief ich so laut ich konnte: »Hurrah – Hurrah«, und das Publikum stimmte ein in den Ruf. Das war das Zeichen, auf das Tell und Thor gewartet hatten. Sie stürzten sich auf den Herzog. Der wandte sich, tödlich erschrocken, um, so geschwind, daß sie seinen Hals nicht zu packen bekamen. Einen Augenblick waren sie verblüfft. Das hatte das Phantom nie gemacht, und es war nie davongerannt, noch dazu so schnell. Sie setzten ihm nach. In solch einem Rekordtempo wie der Herzog war noch keiner je um die Arena gelaufen. Und einem Hasen gleich schlug er Haken, daß die Hunde an ihm vorbeisausten. So gewann er einen kleinen Vorsprung. Das Publikum, zuerst erschrocken, lachte nun wie bei einer Zirkus-Clownerie. Die beiden Hunde kamen näher, mit langen Sätzen sprang er vor ihnen her, in Todesangst, hilferufend.

Schnell schwand die Fröhlichkeit der Zuschauer.

Das Hurrah war auch für die übrigen Hunde der eingeübte Befehl zum Angriff. Nur blieb ihnen jetzt unklar, gegen wen der Angriff zu richten sei. Verwirrt schlossen sie sich in der Mitte des Sportplatzes zu zu einem dichten Haufen zusammen.

Die Geheimpolizisten kamen von der Loge herunter, knallten ihre Revolver ab, um den Herzog zu schützen. Thor wurde in die Flanke getroffen, fiel zuckend zu Boden, Blut floß ihm aus dem Maul, er streckte sich, zitternd, starb. Die übrigen Schüsse gingen fehl. General Wedepohl bekam eine Kugel in den Arm, ein Begleitoffizier erhielt Streifschuß, einige Hunde der Truppe ebenfalls, sie bluteten, heulten.

Nun wußten sie, gegen wen sie anzuspringen hatten.

Wenn Hunde zu großen Rudeln versammelt sind, erwachen in ihnen leicht wilde Urinstinkte der Wolfsahnen, ebenso wie Menschenmassen oft von atavistischen Gefühlserinnerungen an ihre Vorfahren, die ängstlichen Affenherden vorzeitlicher Wälder, ergriffen werden.

Panik packte Publikum, Polizei, Militär, Dresseure, Musikanten. Von der rasenden Hundetruppe verfolgt, stürzten sie zum Ausgang. Man hörte, wie sich draußen Kläffen und Geschrei immer weiter entfernten.

Ich hatte mich abseits gehalten, ging nun in die Arena, um zu sehen, ob Thor nicht mehr zu helfen wäre. Nur wenige Zuschauer waren noch in den Sitzreihen, alle in großer Aufregung, einige Frauen ohnmächtig. Ich bemerkte erst jetzt Frau Kommerzienrat Lössel. Gerade kam Tells wilde Jagd bei ihr vorbei. Der trachtete nun allein, mit doppelter Wut, den Herzog einzuholen, rückte ihm näher und näher. Schon hatte er ihn endlich erwischt, im nächsten Augenblick würde er ihn zerreißen.

Die Kommerzienrätin eilte zum vordersten Platz, rief entsetzt: »Ikarus! Ikarus! Helft Ikarus!«

Blitzschnell, wie nur je in Momenten der Gefahr, rasten Gedanken durch mein Hirn: »Sollte ich ihn retten? Sollte ich ihn zerfleischen lassen? Aber vor den Augen seiner Mutter? Nein! Gentleman bleiben!«

Ich trat vor, rief: »Tell! Herein! Sofort!«

Im gleichen Augenblick gewahrte der Herzog die Kommerzienrätin. »Mama! Mama!« schrie er auf, während der Hund, brummend aber gehorsam, von ihm abließ. Weinend stolperte Ikarus zu ihr hin, barg sein Gesicht in ihrem Schoß. Sie streichelte ihn: »Armer Bub! Komm, wir wollen hier fort.« Sie nahm ihn bei der Hand und führte ihn hinaus. Er schluchzte noch immer, blutete ein wenig aus dem Sitzfleisch. Den Daumen der anderen Hand hatte er in den Mund gesteckt, lutschte daran. Draußen wartete Lössels Auto. Mutter und Sohn stiegen ein. Sie sagte leise dem Chauffeur: »Zur psychiatrischen Klinik, Universitätsstraße.«

Tell war noch sehr aufgeregt, der Stahlhelm war ihm über die Schnauze gerutscht. Ich wollte ihn davon befreien, aber schon versuchte er selbst, ihn mit der Pfote zu beseitigen. Die verfing sich im Lederriemen, und er sprang wie besessen, auf drei Beinen hinkend aber blitzschnell, davon, hörte auf keinen Zuruf, war nicht einzuholen, ich sah ihn oben zwischen den Sitzreihen verschwinden. Lange mußte ich suchen, bis ich ihn dort zusammengekrümmt unter einer Bank fand. Tot. Er hatte die Pfote nicht mehr aus dem Riemen herausgebracht, der Stahlhelm hatte sich dadurch so fest auf Maul und Nase gedrückt, daß Tell erstickt war. Ich machte Wiederbelebungsversuche. Ohne Erfolg. So legte ich ihn neben den toten Thor, nahm auch diesem die unnatürliche Kopfzier herunter, warf das Ding zu den übrigen Hunde-Stahlhelmen, die auf dem Sande der Arena herumlagen, neben einer zertretenen Posaune, einigen Orden und zwei Säbeln. Auch ein Offiziersmantel lag dort. Mit dem deckte ich meine toten Freunde zu. Das war alles, was ich für sie tun konnte. Ich verließ sie, traurig und bedrückt.

Uff! – Ikarus war erledigt. Das Wunder war geschehen, ungefähr so, wie ich es erwartet hatte.

Die schönsten Wunder sind immer die, bei denen man ein bißchen mithilft.

Aber was würde ich nun tun? Ich hatte es mir mit keinem Gedanken vorher überlegt. Das einzige, was ich getan hatte, war, daß ich dem Konditor Wothan bei meinem Besuch geraten hatte, die Mikrophone bereit zu halten, und das entsprang mehr momentaner Eingebung als einem Plan. Sicher hatte er das gewissenhaft und richtig besorgt, würde wohl nun erwarten, was ich weiter anordnete. Oh verflucht, ich wußte es nicht! Nur nichts übereilen!

Es war jetzt unheimlich still und menschenleer beim Sportplatz. Auch das ferne Geschrei der Menschenmenge, die, von den wütenden Hunden gejagt, der Stadt zu flüchtete, war verstummt. Später habe ich gehört, daß, als die Panik abflaute und viele der Leute wieder zur Besinnung kamen, sich auch die Hunde beruhigten. Sie kamen zu einem Fleischerladen, fanden den viel interessanter, gaben die Verfolgung auf, stürzten hinein und fraßen, was sie erwischten. So haben sie nacheinander alle Fleischerläden geplündert. Die Fleischer haben sich nicht getraut, der herzoglichen Hundetruppe Widerstand zu leisten, denn das wäre Aufruhr und Hochverrat gewesen. Davon wußte ich noch nichts, als ich langsam und in Gedanken versunken zur Stadt schlenderte, durch die schweigenden Straßen des Außenbezirks. Dann, je weiter ich in das Innere gelangte, sah ich mehr und mehr Menschengruppen beisammen stehen, die, aufgeregt aber leise und ängstlich, miteinander sprachen. Endlich kam ich zum Löwenbräu, davor wogte wimmelnde Menge. Zeitungsverkäufer brachten schon Extraausgaben über das Ereignis des Tages. Erstaunlich, wie sich das in der offiziellen Beschreibung darstellte.

Unter anderem war da ein Bericht des Generals Wedepohl: »Die Parade der Hundetruppe, welche bekanntlich zugleich den Charakter eines Manövers zu tragen bestimmt war, hat voll, ganz und epochal die ungeheuere Schlagkraft dieses neuen Kriegsmittels erwiesen. Auch die anwesenden Militär-Delegierten befreundeter ausländischer Mächte waren des rückhaltlosesten Lobes voll über den glänzenden Erfolg und baten, denselben sofort den Kriegsministern ihrer Heimatstaaten melden zu dürfen. Mit geradezu überraschendem Elan sind die Kriegshunde vorgestürmt. Jeder Widerstand hätte schon im Keime ersticken müssen. Was sie da Vorbildliches an Kampfesmut, Umsicht und Zielbewußtheit leisteten, steht in seiner unerhörten Beispiellosigkeit einzig da. Die gesamte strategische Wissenschaft der Welt wird umlernen müssen. Der Vorsprung, den unsere Kriegsbereitschaft nunmehr gewonnen hat, ist ein so ungeheurer, daß kein Feind es jemals wagen wird, uns auch nur scheel anzusehen. Das verdanken wir der genialen Idee unseres Herzogs, der leider ein Opfer seiner heldenhaften Wagefreudigkeit geworden ist. In der vordersten Reihe stehend, wollte er selbst die Abwicklung der militärischen Vorgänge genauest wahrnehmen und erlitt einen leichten Unfall. Das sofort zusammengetretene Ärztekonsilium hält Schonung und Bettruhe für unerläßlich. Gefahr ist nicht vorhanden. Die Temperatur ist normal.«

In diesem Sinne schrieben auch die Journalisten.

Man las es und lachte. Alle die vielen Zuschauer der Parade hatten schon erzählt, was in Wirklichkeit geschehen war, und die Kunde hatte sich schnell verbreitet.

»Das wäre der Moment, in dem ich wieder auftreten müßte, jetzt würde ich die Lautsprecher brauchen«, dachte ich. Am Rand des Platzes stand eine öffentliche Telephonkabine. Dorthin eilte ich, um Wothan anzurufen. Sie war besetzt. Wothan stand darin und sprach. Er kam heraus, sah mich, rief: »Meteorhalloh! Gleich sind die Mikrophone da.« »Meteorhalloh!« antwortete ich laut, und schon stimmten viele der Umstehenden mit in den Ruf ein, der außer Gebrauch gekommen, ja zuletzt streng verboten war.

Ich stieg auf den erhöhten Stand, den sonst der Verkehrsschutzmann einzunehmen pflegte. Die Mikrophone wurden gebracht und aufgestellt.

Ich begann: »Halloh, halloh! Meteorheil!«, bemerkte, daß mich viele erstaunt, ja erschrocken ansahen, miteinander flüsterten. Totenstille trat ein.

»Ja, schaut mich nur an! Ich bin es, Emmaus. Aber ich bin nicht Euer sauberer Herzog, den hat man jetzt wieder ins Narrenhaus gebracht, wo er hingehört. Ein Irrsinniger, der mir ein bißl gleichschaut, hat sich eingebildet, er wäre ich. Und er und der Daffodil von den Zralokwerken haben mich gefangen genommen und mich eingesperrt und die Regierung an sich gerissen. Und ihr habt nichts gemerkt, ihr Hornochsen! Nicht einmal, wie er sich zum Herrgott erklärt hat. Dieser Schwindler hat, zusammen mit den Waffenfabrikanten, in kurzer Zeit zerstört, was unser Meteor aufgebaut hatte. Vielleicht tat er recht daran, und wir hatten unrecht. Niemand hat ihm widersprochen. Ihr wart einverstanden, wart zufrieden – – –.«

»Nein! Nein! Nieder mit dem Herzog! Hängts die Lumpen auf!«

»Allerdings man unterdrückte euch wie nie zuvor. Man wollte euch jetzt in neue Kriege schleppen, warf euch ins Gefängnis, ließ hinrichten ohne Recht und Urteil. Das ist nun vorbei. Ich bin wieder frei, bereit, wieder die Leitung zu übernehmen, will da wieder anfangen, wo ich aufhörte, als mir die Gauner durch Gewalt und Hinterlist die Zügel aus der Hand stahlen. Wollt ihr mich wieder haben?«

Tausendfaches »Ja!« und »Meteorhalloh!« ertönte. Die Menge stimmte das Meteorlied an. Ich wurde von meinem Postament heruntergehoben und auf den Schultern durch die Straßen zum Schloß getragen.

Wundervoll war, wie mich im Schloß die Bediensteten empfingen. Es gibt nichts Geistesgegenwärtigeres als Kammerdiener. Sie schienen nicht im geringsten erstaunt, geleiteten mich in meine Gemächer, die

Ikarus zuletzt bewohnt hatte, fragten, was ich zu befehlen geruhe. Ich geruhte zu befehlen, daß mir vom nahen Hofbräuhaus eine Maß Bier geholt werde und ein Kalbsnierenbraten. Weltgeschichtliche Umwälzungen machen immer sehr hungrig, besonders wenn sie einem keine Zeit zu einer richtigen Mahlzeit gelassen haben. Die Leute, die mich hergetragen hatten, hörten diesen Befehl noch, schienen etwas enttäuscht, vielleicht kam er ihnen nicht majestätisch genug vor.

Ich hörte, wie einer sagte: »Auf eine Maß Bier hätte er uns auch einladen können.«

So rief ich den Diener zurück, schrieb ihm auf eins der Verordnungsformulare, die den Schreibtisch bedeckten:

»An die Hofbräuhausverwaltung. Sogleich in das Schloß zu liefern: eine Portion Nierenbraten (aber mit Niere) und ein Maß Bier. Heute abend ist an alle Gäste des Hofbräuhauses unentgeltlich Bier zu verabfolgen.

Emmaus, Präsident.«

Zu den Unzufriedenen sagte ich: »Warum bloß auf eine Maß? Ihr dürft heute auf meine Kosten im Hofbräuhaus soviel Bier trinken, wie ihr wollt, habe eben Befehl dazu gegeben.«

Damit hatte ich die Volksseele ganz für mich gewonnen. »Halloh Präsident Emmaus! – Er lebe hoch! – Meteorhalloh!« jauchzte man, eilte hinaus. Ich trat ans Fenster, sah unten die freudig erregte Menge, öffnete es, wurde jubelnd begrüßt, rief: »Meteoristen! Ich danke euch. Eine neue Zeit ist angebrochen. Geht jetzt ins Hofbräu, da gibts heute Freibier, Symbol der wiedererlangten Freiheit.« Tief im Innersten bewegt, flutete die begeisterte Menge dort hin, unter Hochrufen auf mich und den Meteor.

Präsident

Allein geblieben in den königlichen Gemächern, begann ich wieder, mich gewaltig und erhaben zu fühlen, erschrak darüber. Nein, dem wollte ich nicht zum zweiten Male verfallen, alle Kraft zusammennehmen, um dagegen anzukämpfen.

Doch aß ich in einsamer Größe den Nierenbraten. –

Der Diener meldete, Herr Wothan habe antelephoniert, ob er seine Aufwartung machen dürfe.

»Natürlich! er soll sofort kommen.«

»Herr Präsident, zu welcher Tür soll ich ihn hereinführen?«

»Dumme Frage! Das ist doch gleich.«

Der Diener stammelte verlegen: »Herr Präsident verzeihen, – ich habe nur gemeint, – nämlich der Herr Herzog, – nämlich da war es nicht gleich, zu welcher der Türen, – wissen Herr Präsident denn nicht?«

»Ach, red' nicht so dumm daher, – der Herzog soll mich, – was war denn da?«

»Wenn Herr Präsident gestatten, werde ich es zeigen.«

»Also!«

Der Diener trat an den Tisch, drückte auf einen Knopf, deutete auf die gegenüberliegende Zimmertür. Vor der Schwelle, in ihrer ganzen Breite, gähnte ein schwarzes Loch. Was bedeutete das? Ich ging hin, sah in bodenlose Tiefe, unten glaubte ich Wasser rauschen zu hören. Der Diener drückte wieder auf den Knopf, das Loch schloß sich durch ein aufsteigendes Brett. Ich berührte das mit der Fußspitze, es war ganz fest, und jetzt fiel mir ein, daß ich vorhin gerade durch diese Tür hereingegangen war.

Ich überlegte einen Augenblick, begriff.

»Was rauscht da unten?« fragte ich.

»Ein Fluß, der unterirdische Stadtbach. Wer da hineinfällt, ist hin.«

»War wohl ein gutes Mittel gegen unangenehmen Besuch? Ist es oft angewendet worden?«

»Noch nicht oft, wurde ja erst vor zwei Monaten geplant. Der junge Innenarchitekt Professor Zerm hat es ihm entworfen.«

»Wirklich ein Wunder der modernen Raumkunst!«

»Als es fertig war, wurde es zuerst an dem Architekten selbst ausprobiert. Der Herzog war sehr befriedigt.«

Ich erinnerte mich, in der Zeitung über das rätselhafte Verschwinden des Professor Zerm gelesen zu haben, und daß man später seine Leiche weit unterhalb Münchens im Isarfluß gefunden und daß der Herzog einen prachtvollen Kranz zur Beerdigung geschickt und der Witwe kondoliert hat.

»Die Witwe«, fuhr der Diener fort, »ist selbst zur Audienz beim Herzog erschienen, um sich für das ehrenvolle Beileid zu bedanken. Er hat versucht, sie zu trösten. Ich glaube, es ist ihm gelungen. Eine Weile ist sie jeden Tag gekommen. Dann gab er Befehl, man solle sie nicht wieder vorlassen. Sie hat sich aber hereingedrängt und hat ihm einen Mordskrach gemacht. Herausgekommen ist sie nicht wieder.«

»So – so. Noch jemand?«

»Herr General von Kreibischt kam aus Berlin, um dem Herzog seine neue Idee: ›Hundestrategie‹ zu unterbreiten, legte eine Denkschrift mit Plänen und Berechnungen vor. Der Herzog war begeistert. ›Wird gemacht!‹, sagte er. ›Selbstredend strengste Diskretion!‹ Der General ist verschwunden. Jetzt hat man gehört, daß der Herr Herzog selber die Hunde erfunden haben will. Am gleichen Tag besuchte ihn sein treuester Anhänger, der Oberstandartenwart Horzel, sah das Schriftstück des Generals Kreibischt und war entzückt. Er durfte zum Souper bleiben. Seitdem wird er vermißt. Und dann – – –«

»Genug für heute, mein Besuch wird gleich kommen. Natürlich will ich die Fallgrube nie verwenden, sie muß ausgefüllt und gesichert werden.« Ich verschloß diese Tür, nahm den Schlüssel in meine Tasche, wollte späterhin die Angelegenheit, ohne großes Aufsehen, näher untersuchen lassen.

Wenn ich auch dem Diener gegenüber den Gleichgültigen gespielt hatte, so war ich durch die Mitteilung doch tief erregt, erschüttert. Ich war mir entsetzlich klar, daß alles, was an schlimmen Trieben im Grunde meiner Seele verborgen schlummerte, sich auf Ikarus vererbt und voll entfaltet hatte. Die Sache mit Witzgall, damals am Aubinger See, fiel mir ein, und wie ich bei der Kommerzienrätin die Leiter durchsägte. Das war eine der Ikarusfalle verdammt ähnliche Idee. Zufall, daß Professor Timm sich nicht das Genick brach. So blieb es ein Scherz. Nah beieinander wohnt Verbrechen und Humor. Vielleicht hatte Ikarus es auch nur als lustigen Streich betrachtet, daß er mir meine Persönlichkeit stahl. Aber nein, Ikarus besaß den sturen, egozentrischen Ernst des Raubtiers. Ganz sachlich, nicht verspielt wie ich. Er gehörte einer neuen Generation an, daran mochte das liegen.

Wothan wurde gemeldet, trat ein, brachte einen kleinen, älteren Herrn mit, der die Meteorkleidung höherer Charge trug. Wo hatte ich diesen mageren Vogelkopf, dessen borstiges, weißes Haar bis tief in die Stirn hineinwuchs, schon gesehen? Ein dünner, blond gefärbter Schnurrbart gedieh kümmerlich über schmalen Lippen, der Hals mit seinem spitzen Adamsapfel entstieg, lang und faltig wie der einer Schildkröte, dem weiten Uniformkragen. Daneben würde Wothans vierschrötige Gestalt wie die eines Athleten gewirkt haben, wenn nicht die Backstuben-Blässe des Gesichts und die Weichlichkeit der Körperformen den Konditorberuf verraten hätten. Beide begrüßten mich mit Meteorhalloh und herzlichen Glückwünschen. Nun erst erkannte ich den Bankdirektor Werner Kluft wieder und war nicht sehr erfreut.

»Ach, Sie sind es, Herr Kluft! Und als Meteorist verkleidet! Ich dachte, Sie seien jetzt eine der Hauptzierden der Standartenpartei.«

»War, Herr Präsident, war.«

»Jetzt möchten Sie also wieder umschwenken, Herr Kluft! Halten Sie Verrat und Lumperei für etwas Schönes?«

»Im Gegenteil, Herr Präsident, Anständigkeit der Gesinnung ist der sicherste Weg zum Erfolg.«

Unaufgefordert setzte er sich, ich wollte ihn schon am Kragen packen und hinauswerfen, aber Wothan hielt mich zurück. So setzten wir uns ebenfalls.

»Wir dürfen nicht vergessen«, sagte Wothan, »daß Herr Kluft immerhin der eigentliche Schöpfer des Meteorgedankens ist. Ich glaube nicht, daß er aus bloßer Wankelmütigkeit auch unter dem Usurpator im Amt blieb.«

Kluft drückte ihm die Hand: »Ich danke Ihnen für die durchaus richtige Beurteilung.« Dann, zu mir gewandt: »Ich habe sofort erkannt, daß der Herzog nicht Sie waren, ahnte allerdings nur dunkel, was da geschehen sein mochte. Ich schwieg, weil mir niemand geglaubt haben würde, und weil ich keine Lust hatte, umgebracht zu werden wie unser tüchtiger Wirsing. Der Schwindel konnte nicht lange dauern.«

»Und so haben Sie mich verraten und verkauft.«

Kluft hatte die Gewohnheit, beim Sprechen den Kopf wie ein Futter pickendes Huhn zu bewegen, dabei mit zwei gekrallten Fingern auf der Tischplatte zu scharren. Das tat er auch jetzt, als er mir antwortete: »Ich gestehe offen, es lag mir wenig an Ihrer Person, Herr Emmaus. Mein Ziel war und ist einzig die Durchführung des Meteor-Prinzips. Nur dadurch kann die Menschheit vor dem Untergang bewahrt werden. Ich gedachte, als Minister, den Usurpator allmählich, ohne daß er es merkte, in unserem Sinne zu beeinflussen, hoffte das umsomehr, als es mir gelang, mich unentbehrlich zu machen. Seit dem Kriege war unsere Wirtschaftslage trostlos, unser Geldwert so schlecht, daß die für Ernährung und Industrie nötigen Rohstoffe vom Ausland nicht eingehandelt werden konnten. Zur Sanierung gab es zwei Wege: entweder Besserung unserer Valuta oder Verschlechterung der Valuta der Rohstoffländer. Ich wählte beide. Wir haben in der staatlichen Druckerei die tüchtigsten Fachleute der Welt, von denen ließ ich Milliarden Banknoten der ausländischen Staaten herstellen, in solcher Vollendung, daß die Fälschung nie entdeckt werden konnte. Die wurden nicht etwa direkt zur Bezahlung von Lieferungen verwendet, sondern massenweise ins Ausland geschmuggelt, dort heimlich, gratis, verbreitet. Der Geldwert sank in allen Ländern rapid, bei uns stieg er, denn gleichzeitig ließ ich unseren Notenumlauf verringern, Stabilisierung der Valuta nannte man das. Jetzt können wir wieder alle Rohstoffe vom Ausland kaufen.«

»Aber Herr Wothan bekommt immer noch keine Schokolade in seine Konditorei.«

»Ist mir bekannt. Ich wollte selbstverständlich unsere wiedererworbene Kaufkraft vor allem zur Hebung der Ernährung verwenden, aber das gelang nicht. Staat und Politik waren noch fest miteinander verklebt. Der Herzog bestand darauf, vorerst das Volk ruhig weiterhungern zu lassen und alles nur auf die Wiederherstellung der Wehrmacht zu verwenden. Nie früher sind so ungeheure Summen für Rüstung und Waffen ausgegeben worden. Ein Volksvermögen verschwendet für Kanonen. Und Wiederaufrüstung ist die Mutter des Krieges. Vom Herzog war nichts zu hoffen. So mußte er sich selbst unmöglich machen. Ich riet ihm zu unpopulären Maßnahmen. Ich habe ihm die Lockspitzelei, die Aufhebung der Gerechtigkeit, die Steuer-Auspressung suggeriert, und ich war es, der ihn dazu brachte, sich zum Herrgott zu erklären. Das konnte weder Gott noch sonst jemand lange ertragen. Und nun ist der Usurpator beseitigt. Das ganze Volk atmet auf, und ich freue mich, Sie, Herr Emmaus; wieder im Amte zu wissen. Ich stelle meine ganze Kraft der Durchführung der Meteor-Idee restlos zur Verfügung und bitte um Ihr Vertrauen.«

Er wollte mir die Hand drücken, ich bemerkte es nicht. »Alles schön und gut, Herr Kluft, Sie sind offenbar ein großer Zauberkünstler. Ob

Sie weiterzaubern werden, hängt nicht von mir ab, mein Wille ist nicht selbstherrlich. Der Meteor ist bekanntlich eine Aktiengesellschaft, und nur die Generalversammlung kann über die Anstellung von Direktoren entscheiden. Ich denke, wir werden die konstituierende Generalversammlung auf heute in drei Wochen einberufen, ich betraue Sie mit der unparteiischen Durchführung. Setzen Sie die nötigen Erlasse auf und bringen Sie sie mir zur Unterzeichnung.«

Er stand auf und verbeugte sich feierlich vor mir.

Indem erklang von draußen Musik und Lärm. Wir gingen zum Fenster. Ein Fackelzug erschien vor dem Schloß, rief mir begeistert zu. Reden wurden gehalten, die ich meistens nicht verstand, doch konnte ich einer entnehmen, daß aus dem ganzen Reiche, auch aus Berlin, bereits Nachricht eingetroffen sei, daß dort alles Volk freudig mein Wiedererscheinen und das Verschwinden des Herzogs begrüße, alles Heil vom Meteor erhoffe. Ich winkte zum geöffneten Fenster hinunter, rief bloß: »Meteorhalloh!« Kluft umarmte mich so, daß es alle sehen mußten und schrie mit sich überschlagender Stimme hinaus: »Emmaus lebe hoch!« Die Menge stimmte ein, die Musik blies einen Tusch, langsam verzog sich der Fackelzug unter Absingung des Meteorliedes.

Wir blieben noch beisammen, ich ließ ein einfaches Nachtmahl und Moselwein servieren, aber Kluft sagte, er tränke grundsätzlich niemals Alkoholisches. Er war auch Nichtraucher.

»Der Meteor ist meine einzige Leidenschaft«, erklärte er, »sie erfüllt mich ganz. Übrigens, wir dürfen nicht vergessen zu sorgen, daß die Zeitungen unsere Sache in der richtigen Auffassung bringen. Ich bin dafür, daß wir den ganzen Fall Ikarus wahrheitsgemäß veröffentlichen lassen.«

»Nein, Herr Kluft, wir wollen die Presse nicht knebeln, und alle Blätter dienen doch der Standartenpartei und dem Herzog.«

Da lachte Kluft zum ersten Mal, allerdings nur mit den Mundwinkeln, die Augen lachten nicht mit. »Sie sollten die Intelligenz der Presse nicht unterschätzen, Herr Präsident, sie dreht ihre Fahne immer nach dem Wind, Fingerspitzengefühl, nennt sie das. Wollen wir nicht die Redaktionen anrufen, daß sie uns sofort Berichterstatter schicken?«

Das gefiel mir nicht, aber es schien wohl nötig. Bald waren die Zeitungsleute da, hatten auch Photographen mitgebracht. Sie freuten sich wie Kinder am Weihnachtsabend über den herrlichen, sensationellen Stoff, den ich ihnen zu schenken hatte, fragten nach allen Einzelheiten, natürlich wurde auch fleißig photographiert. Zum Schluß sagte ich ihnen, daß sich in drei Wochen der erste politiklose Staat konstituieren werde, als Aktiengesellschaft.

»Jedermann ist Aktionär, auch Sie, meine Herren. Ob ich oder ein anderer den Betrieb leiten soll, das wird erst die Generalversammlung bestimmen, in voller unbeeinflußter Freiheit. In der Zwischenzeit muß ich wohl als provisorischer Leiter im Amt bleiben.«

Ich habe mich nicht entschließen können, von der Fallgrube des Herzogs etwas mitzuteilen, weder den Reportern noch Kluft. Nur Wothan erzählte ich es, als wir dann, allein zurückgeblieben, noch eine Flasche Wein tranken. Er war entsetzt.

»Man darf und kann das Furchtbare nicht geheimhalten«, meinte er, »vielleicht wird es gut sein, den Irrsinn des Herzogs so klar beweisen zu können. Diesen Topf sollten wir am Herd lassen. Weshalb haben Sie es den Journalisten nicht gesagt?«

»Gefühlssache, außerdem, im gegenwärtigen Augenblick ist es besser, daß die Person des Herzogs uninteressant wird, die sachlichen Fragen sind jetzt wichtiger, man darf davon nicht ablenken. Immerhin, der Fall soll untersucht und das Ergebnis zu Protokoll gebracht werden, schon in den nächsten Tagen. Reden wir nicht mehr davon, das ist alles so ekelhaft.« Ich wurde sehr verstimmt.

»Weshalb traurig sein, Herr Emmaus, jetzt, wo Ihnen das Glück in den Schoß fällt?«

»Nein, zum Teufel, ich bin nicht glücklich. Ich habe mich da auf Dinge eingelassen, die mich nichts angehen und von denen ich nichts verstehe. Kluft könnte das alles viel besser machen, ich will vorschlagen, daß er Präsident wird. Ich bin durchaus ein Privatmensch. Ich hätte Maler bleiben sollen. Ich habe den mir bestimmten Weg verlassen.«

»Ach, lieber Herr Emmaus, ich kann Ihnen das nachfühlen. Habe ich Ihnen je erzählt, daß ich eigentlich Bildhauer werden wollte? Mutter Natur hatte mich ausersehen, Ewigkeitswerte zu schaffen, – und gerade ich mußte Konditor werden. Furchtbar!«

»Ja, Kuchen vergeht, Kunst besteht, doch trösten Sie sich, Sie sind der erste Konditor der Stadt.«

»Und Sie sind der erste Mann des Staates.«

»Ich pfeife auf die Ehre. Der Ehrgierige lebt nicht in sich selbst, er lebt nur in der Bewunderung der anderen, in den dreckigen Gehirnen seiner Mitmenschen, wie die Trichine im Schwein. Sind Trichinen glücklich? Darüber schweigt die Wissenschaft – –.«

Ich hatte wohl schon ein bißchen zuviel Moselwein getrunken. Wothan bemerkte auch, daß mit mir nichts Vernünftiges mehr zu reden war und ging nach Hause.

Am nächsten Morgen erwachte ich beizeiten, fröhlich, als ob mich etwas Angenehmes erwarte. Was? Ach ja, ich hatte nun drei unbeschwerte Wochen vor mir, in denen ich nicht auf das Heil der Menschheit bedacht zu sein brauchte. Ich frühstückte seelenruhig, las dabei die Zeitungen. Die berichteten in Riesenlettern und mit vielen Bildern über mich und Ikarus. Da mein Erlebnis gedruckt vor mir lag, schien es mir weit entfernt, versank aus meinem Bewußtsein, störte mich nicht mehr. Ich trat aus dem Gemach, sah die wundervolle Architektur des weiten, langen Korridors. Das helle Licht hoher Rundbogenfenster spielte auf dem Fußboden, von bläulichen Schatten unterbrochen. Ich versank in den Anblick, war ergriffen. Das mußte ich malen.

Wo waren meine Farben, meine Malgeräte? Ich eilte fort, um neue zu kaufen, der Laden war ja ganz in der Nähe. Dort waltete immer noch die gute alte Dionysia Pruckner. Sie hatte alle Maler betreut, wußte genau, welche Farben, Pinsel, Leinwand jeder bevorzugte. Hinten im Laden hing die große Aktstudie, die der berühmte Professor Hopf nach ihr gemalt hatte, da er noch ein armer Akademieschüler war und Dionysia ihn unterstützte. Er blieb nicht der einzige, für den sie sorgte, besonders, als sie älter geworden war.

»Ah, Grüßgott Herr Emmaus, auch wieder hiesig? Brauchen S'doch endlich wieder mal was? Was machen Sie für dumme Geschichten! Hab's grad im Tagblatt gelesen. Das kommt davon, wenn einer nix tun mag. Und Sie hatten doch so ein gutes Genie bei sich! Freut mich, daß Sie wieder was Gescheites arbeiten wollen. Eben war eine Dame da, ganz eine noblige, im Auto, hat eine Malstaffelei gekauft und einen Malkasten und Farben, ich sollt' das Sach gleich ins Schloß schicken. Wohnen S' denn alleweil noch da? Ich wüßt ein schönes Atelier für Sie.«

»So? Das war gewiß die Majorin von Stuhlreif, bißl dick und alt, nicht wahr?«

»Nein, so gar alt war sie nicht, eher jünger und dick auch nicht. Hier wär Ihre Leinwand, wird sofortigst aufgespannt und mit hinübergeschickt.«

Es mußte trotzdem die Stuhlreifin gewesen sein. Ich zerbrach mir den Kopf nicht weiter darüber, konnte es kaum erwarten, mit Malen anzufangen.

Endlich vor der Staffelei! Ich gab mich ganz der Wollust meiner Augen hin. Formen und Farbtöne vereinten sich zu einer Symphonie, die bald rauschend, bald im spielenden Tanz des Lichts auf der Leinwand erschien, so leicht und frei, als sei die Hand unbeteiligt. Es war herrlich.

Vor dem vollendeten Werk erwachte ich wie aus einem schönen Traum. Doch betrachtete ich es nun mit abwägender Kritik und war nicht recht befriedigt. Es fehlte ein gesteigerter Mittelpunkt. Weshalb wandelte nicht eine hell-seidene Barock-Dame durch den Gang, wie zur Zeit der Erbauung des Schlosses? Oder wenigstens einer der Hofherren in farbigem, goldbetreßtem Kostüm? Ich sehnte mich danach.

Geschah ein Wunder, daß plötzlich eine hohe Gestalt, in Rot und Gold gewandet, im Hintergrund auftauchte und auf mich zuschritt? Nein, kein Wunder war es, im Gegenteil, es war General Wedepohl. Er kam zu mir in seiner roten Gala-Uniform, die war reich mit Goldschnüren geschmückt, zahllose schimmernde Orden, weitausladende Epauletten, ein antiker Form nachgebildeter Helm erhöhten die Pracht. Er schlug die Hacken zusammen, grüßte stramm militärisch:

»Gestatten Herr Präsident, General von Wedepohl. Ersuche um Audienz. Hochernste Angelegenheit.«

»Wunderbar, Herr General! Ganz ausgezeichnet! Sie sind ein großartiges Motiv!«

Rausch packte mich von neuem, jetzt hatte ich, was mein Bild brauchte. Der General, über den Empfang verwundert, stellte sich steif und breitbeinig hin, voller Zorn, mit beiden Händen auf seinen Schleppsäbel gestützt.

So war es gerade richtig. »Halt!«, donnerte ich ihn mit Kommandostimme an.

»So bleiben Sie stehen, genau so! Rühren Sie sich nicht!«

Er stand wie versteinert. Oder wie hypnotisiert. Militär ist für Hypnose sehr empfänglich, sagen die Ärzte. Seine Augen glotzten geistesabwesend, nach einer Stunde lief ihm Schweiß die Backen herab, ein Tropfen hing lange Zeit an dem Unterkinn, das sich über die Goldborte des Kragens hervorpreßte.

»Sobald er heruntertropft, höre ich auf«, nahm ich mir vor. Der Tropfen fiel, gleichzeitig begann der General zu zittern, wurde sehr bleich, aber da war ich schon fertig.

»Schluß!« rief ich. »Ich danke Ihnen, Herr General.«

Sofort war der Bann von ihm geglitten. Er warf mir einen wütenden

Blick zu, nahm den Helm ab, trocknete sich mit dem Taschentuch Stirn und Schädelplatte.

»Ist es Herrn Präsidenten jetzt gefällig?« Meine Malerei würdigte er keines Blickes, als ich ihn nun ins Zimmer geleitete. Ermattet sank er in einen bequemen Stuhl, ich ließ Cognac bringen, den schluckte er auf einen Ruck. Dreimal füllte ich ihm nach, dann war er erholt, begann:

»Ziel und Zweck meines Kommens ist in erster Linie, Tuchfühlung mit Herrn Präsidenten zu nehmen. Die militärischen Gesichtspunkte fanden stets weitgehendstes Verständnis bei dem Herrn Herzog. Ist anzunehmen, daß die Regierung im selben Geiste weitergeführt werden wird?«

Ich antwortete nicht.

»Darf wohl voraussetzen, daß auch fernerhin die Belange der Landesverteidigung voll und ganz gewahrt bleiben?«

Ich schwieg.

»Insbesondere, da das Ausland neuerdings bedrohliche Haltung zu nehmen beginnt. Die Maßnahmen des Herrn Finanzministers Kluft werden dort nicht als Erfordernis unserer Selbsterhaltung gewürdigt, sondern als feindselige Akte betrachtet. Wird er im Amt bleiben?«

»Das weiß ich nicht. Fragen Sie ihn!«

»Habe ich bereits. Er wird.«

»Na also.«

»Aber Herr Präsident haben angeordnet, daß in drei Wochen Volksabstimmung stattfindet.«

»Mir nicht bekannt. Ich habe nur die konstituierende Generalversammlung der Aktiengesellschaft Deutschland einberufen.«

»Und wenn die beschließt, Minister Kluft nicht weiter amtieren zu lassen?«

»Dann wird das Ausland die bedrohliche Haltung aufgeben.«

»Aber vielleicht wird die Versammlung auch Sie selbst, Herr Präsident, absetzen wollen.«

»Das wage ich kaum zu hoffen, es wäre zu schön. Darf ich Sie dann noch einmal porträtieren, ganz groß, in Ihrer prächtigen Uniform?«

»Wie meinen? – Um mich kurz zu fassen, ich möchte mir ganz unmaßgeblich erlauben, Herrn Präsidenten zu ersuchen, den Termin der Abstimmung zu verschieben, bis unsere politische Lage mehr geklärt sein wird.«

»Der Meteor kennt keine politische Lage. Übrigens – hat Sie vielleicht Herr Kluft zu mir geschickt.«

»Jawohl, Herr Präsident.«

»Möchte er vielleicht selbst Präsident werden?«

»Jawohl, Herr Präsident, und es wäre gut.«

»Warum wäre es gut?«

»Dann bleibt unsere Rohstofflage gesichert, wir können weiter rüsten.«

»Freut mich, daß Sie so aufrichtig sind, Herr General.« Ich schenkte die Gläser wieder voll. »Also Prosit! Auf das Wohl des neuen Präsidenten Werner Kluft! Ich werde für seine Wahl eintreten.«

»Im Namen des Vaterlandes danke ich Ihnen, Herr Präsident.« Er schüttelte mir kräftig die Hand.

»Ich will ebenfalls aufrichtig sein, Herr General. Kluft ist ein Tatsachenmensch. Er weiß auf den Pfennig genau, wie teuer die Verquikkung von Staat und Politik kommt. Er wird nicht weiterrüsten.«

»Halten Sie ihn denn für keinen Ehrenmann?«

»Hoffen wir das Beste!«

Mochte der General das auslegen wie er wollte. Jedenfalls verabschiedete er sich hochbefriedigt.

Auch ich war in gehobener Stimmung, freute mich, nun wohl bald wieder ganz ich selbst werden zu können. Kluft würde natürlich den General enttäuschen, so wie er den Herzog an der Nase geführt hatte, und wie er es mit mir versuchte. Nur ahnte er nicht, welchen Gefallen er mir damit tat. Eins an ihm war echt: sein Meteorismus. Dem würde er immer treu bleiben, hoffte gewiß, durch ihn als einer der großen Weltbeglücker in die Geschichte einzugehen. Ich wollte ihm die Karten offen auf den Tisch legen, telephonierte ihn an:

»Herr Kluft, eben war General Wedepohl bei mir. Bitte, kommen Sie sofort zu einer Besprechung.«

»Stets gern zu Ihrer Verfügung, Herr Emmaus, will sehen, ob Herr Wothan jetzt mitkommen kann.«

»Wenn nicht, so kommen Sie eben allein.«

»Ausgeschlossen. Ich gehe nie unbegleitet ins Schloß.«

»Warum?«

»Damit ich nicht versenkt werde, ich habe da beim Herzog einmal etwas erlebt.«

»So? Sie wissen das? Gut, ich komme zu Ihnen in das Konferenzzimmer Ihrer Bank. In einer halben Stunde bin ich dort.«

»Wird mich freuen.«

Kluft empfing mich sehr reserviert: »Um was handelt es sich, Herr Emmaus?«

»Wedepohl sagte mir, Sie möchten gern Präsident werden.«

»Möchte ist zuviel gesagt, aber es könnte sich vielleicht als notwendig erweisen, dann wäre ich bereit, dieses Opfer zu bringen.«

»›Opfer‹ ist gut!«

Mit pickender Kopfbewegung, scharf betont: »Ja, Opfer im Interesse der Sache. Der Meteorstaat wird eine rein wirtschaftliche Angelegenheit sein, ihn zu leiten erfordert einen Fachmann.«

»Zum Beispiel einen Bankdirektor.«

»Sehr richtig. Niemand bewundert Ihre einzig dastehenden Qualitäten herzlicher als ich, Herr Emmaus, doch fürchte ich, daß dieselben sich zum großen Teil auf Gebiete erstrecken, die für die Gegebenheiten eines technisch-kaufmännischen Unternehmens nicht von zwingendem Belang sind. In Ihrem eigensten Interesse dürfte es liegen, einen Fehlschlag hintanzuhalten. Ein solcher wäre ein katastrophales Unglück allergrößten Ausmaßes.«

»Wollen Sie Präsident werden?«

»Ja und nein.«

»Ja *oder* nein?«

»Ja.«

»Warum haben Sie das nicht gleich gesagt? Ich habe nichts dagegen. Soll ich Sie im Rundfunk empfehlen oder wie machen wir das am besten?«

»Belieben Herr Präsident nicht etwa zu scherzen?«

»Nein, Ernst. Der Fall ist erledigt, für heute. Sprechen wir von etwas anderem! Sie erwähnten die Versenkungen im Schloß, also kennen Sie diese Wahnsinnstaten des Herzogs. Ich halte es für gut, sie jetzt nicht öffentlich bekannt zu geben. Nicht wahr?«

»Gewiß, es wäre nicht opportun.«

»Hat er Sie auch auf diese Weise beseitigen wollen, oder wie haben Sie davon erfahren?«

»Er hätte es bei mir schwerlich versuchen können, ich sagte Ihnen schon, daß ich nie ohne Begleitung zu ihm ging. Die Diener hatten mir nämlich alles sofort berichtet, ich entlohnte sie ja stets sehr großzügig für wichtige Mitteilungen. So hatten sie mich auch von dem Besuch des Generals von Kreibischt verständigt, und ich eilte in Begleitung des Herrn Oberstandartenwart Horzel zum Schloß, erfuhr dort, daß Herr von Kreibischt bereits verschwunden sei. Horzel ging ahnungslos hinein, blieb zum Souper. Ich hatte mich von ihm verabschiedet, wartete aber lange Zeit in einem abgelegenen Zimmer auf ihn. Er ist nicht wieder zum Vorschein gekommen. Als der Herzog schlafen gegangen war, schlich ich mich mit einem Diener in das Zimmer, ließ mir die Fallgrube zeigen, rief hinunter ›Herr Horzel!‹ Keine Antwort kam, nur das Wasser rauschte.

›Herr Standartenwart, hören Sie doch!‹ – Nichts! –

›Herr Oberstandartenwart, leben Sie noch?‹

Totenstille. Er war schon fortgespült.«

»Und Sie meinten, ich könnte auch die Fallgrube benutzen, um mich Ihrer Nebenbuhlerschaft zu entledigen?«

»Keineswegs! Das war nur eine Form der Konversation. Ich kenne Ihren edlen Charakter viel zu gut.«

»Kommen Sie morgen vormittag zu mir ins Schloß, ohne Zuhörer!«

Er kratzte verlegen auf der Tischplatte, blickte mich nicht an, sprach zögernd: »Ich werde sehen, daß es geht, meine Zeit ist allerdings sehr in Anspruch genommen.«

»Wir wollen die Aussagen der Diener zu Protokoll nehmen. Das kann später einmal von Nutzen sein.«

»Ach so!«

»Ja, so! Auf Wiedersehen, pünktlich um zehn Uhr, nicht wahr?«

»Gewiß, Herr Präsident.«

Er kam mit dem Glockenschlag, allerdings in Begleitung Herrn Wothans. Ich sprach meine Freude darüber aus, einen so vorsichtigen Mann zum Nachfolger zu bekommen. Ich hatte auch einen Notar beigezogen, damit das Protokoll amtlich beglaubigt werde. Der war in stark angeheitertem Zustand erschienen, fragte, ob etwas zu trinken da sei, bekam eine Flasche Portwein und war jetzt schon ziemlich hinüber, immerhin, für eine Beurkundung noch genügend bei Bewußtsein. Die Diener mußten antreten, wir sagten ihnen, es sei ihre gesetzliche Pflicht, die reine und ganze Wahrheit zu sagen, ließen sie eine Eidesformel nachsprechen, wozu wir natürlich nicht berechtigt waren. Sie berichteten, was ich schon wußte. Außerdem nannten sie noch ein Dutzend Namen von prominenten Parteigängern der Standarte, die der Herzog auf dieselbe Weise beseitigt hatte. Einem nur war es gelungen, sich im letzten Augenblick am Rande des Loches festzuklammern. Der Herzog trat zu ihm hin, entschuldigte sich:

»Pardon! Aber das Wohl des Vaterlandes verlangt es«, hielt ihm seine brennende Zigarre an die Finger, bis sie loßließen. Dann, zu den Dienern gewendet:

»Wohl das erste Mal in der Weltgeschichte, daß das Vaterland durch eine Zigarre gerettet worden ist.«

»Schade«, meinte Kluft, »wenn er noch vier Wochen weiter gewirkt hätte, würde er die ganze Standarte eigenhändig weggeschwemmt haben. Offenbar traute er seinen Freunden nicht.«

Auch einige den Dienern unbekannte Persönlichkeiten waren geopfert worden. So kam einmal eine Dame mit einem Empfehlungsschreiben unseres Gesandten aus Amerika. Was sie zu bestellen hatte, war dem Diener nicht klar geworden, beim Horchen hinter der Tür konnte er anfangs nichts verstehen, solange sie nur leise sprach. Dann schienen sie in Streit zu geraten, und sie rief mit erhobener Stimme:

»Nein, Sie sind es nicht, das weiß ich sehr genau. Sie haben meinen Mann ins Unglück gestürzt. Ich verlange, daß er sofort ohne Gefahr zurückkehren kann und alles wiedererhält. Sonst werde ich den ganzen Skandal veröffentlichen, dann ist es gleich vorbei mit Ihrer Herrlichkeit.«

Und der Herzog antwortete ihr sehr freundlich: »Aber gnädige Frau, regen Sie sich nicht unnötig auf! Sie wissen doch, wie hoch ich Ihren Gatten schätze. Ich will machen, was Sie wünschen, noch heute abend werde ich das Erforderliche betätigen. Also Alles in Ordnung? Wünsche Ihnen wohl zu ruhen, Gnädigste.«

Vermutlich wollte sie nun fortgehen. Ein gräßlicher Schrei ertönte. Der Diener öffnete behutsam die Tür ein klein wenig. Er blickte in die gähnende Fallgrube. Die Dame sah er nicht wieder.

Bei seiner Aussage hatte mich mehr und mehr ein furchtbarer Schreck gepackt. Jetzt rang ich nach Atem, mein Herzschlag stockte, ich sprang auf, taumelte, stöhnte:

»Um Gotteswillen, meine Frau! Vevi!« Alle waren um mich bemüht, reichten mir, wie in solchen Fällen üblich, ein Glas Wasser. Kluft klopfte mich auf die Schulter:

»Lassen Sie den Mut nicht sinken, lieber Präsident. Vorerst ist es ungewiß, ob es wirklich Ihre Frau Gemahlin war. Und selbst wenn sich das Furchtbare bewahrheitet, dürfen Sie sich Ihrem Schmerz, den ich von ganzem Herzen mitfühlen kann, nicht restlos hingeben. Unsere große Sache bedarf Ihrer noch.«

Ich legte die Arme auf die Tischplatte, vergrub mein Gesicht hinein, ich glaube, ich weinte. Der Notar erwachte und ließ sich erzählen, um was es sich handelte, schlug vor, zuerst einmal das Schreiben des Gesandten zu lesen, daraus müßte doch ersichtlich sein, wie die Dame hieß. Das Suchen nach dem Brief lenkte mich ein wenig ab. Er war nicht zu finden. Ich bat, mich allein zu lassen. Vorher wurde das Protokoll in aller Eile fertiggestellt, unterschrieben. Der Notar setzte einen schönen Amtsstempel neben seinen Namen.

Immer nach niederschmetternden Schicksalsschlägen werde ich sehr müde. Im Bett schlief ich sofort, bleiern und traumlos, bis spät in den Morgen.

Da legte sich mir ein Alpdrücken schwer und beklemmend auf die Brust. Aber nein, das war kein böser Traum sondern Wahrheit, ich war wach. Mit erschreckender Anschaulichkeit stellte sich mir Vevis furchtbares Ende vor Augen. Nein – nein – das durfte sich nicht ereignet haben! Ein Wunder müßte geschehen – sie würde wieder bei mir sein, gütig und jugendlich und schön, wie ich sie zuletzt gesehen hatte. Wenn ich ihr doch gefolgt wäre! Wie ruhig hätten wir uns zusammen des Lebens freuen können. Und alles wäre, wie es früher war. Wo blieb das Glück? Ich hatte es fortgeworfen, mir eingebildet, ich könnte es für die Menschheit erringen. Eitelkeit! Zum ersten Mal in meinem Leben quälte mich Schuldbewußtsein. Arme, gute Vevi! So war sie noch einmal gekommen, um mich zu retten, hatte ihr Leben für mich geopfert. Vielleicht hatte sie mir vorher von Amerika aus geschrieben, und der Brief war natürlich von der Zensur unterdrückt worden. Der Gedanke weckte Zorn und Tätigkeitsdrang in mir. Sofort wollte ich die Freiheit der Post wiederherstellen, des Ikarus ganze niedrige Spitzelei beseitigen, Rechtszustände schaffen. Dazu brauchte ich die Generalversammlung nicht abzuwarten.

Wie immer, wenn ich seelisch leide, frühstückte ich sehr ausgiebig, dann eilte ich fort, um die nötigen Maßnahmen zu veranlassen, Kluft sollte sich um die Einzelheiten kümmern.

Als ich bei ihm erschien, drückte er mir mit inniger Leichenbittermiene die Hand, war dann sehr getröstet, daß mich mein Schmerz nicht davon abhielt, wichtige Staatsangelegenheiten zu betreiben.

»Wird sofortigst gemacht, Herr Präsident. Und dann wäre es auch gut, wenn Sie es bereits über sich gewinnen könnten, noch heute eine kleine Rundfunkrede zu halten und mich für die Abstimmung zu empfehlen. Aber nur, wenn es die Schonung zuläßt, deren Sie gewiß bedürfen.«

»Ja, ich will tun, was ich kann. Jetzt kommen Sie mit auf das Oberpostamt.«

Dort wurden wir in einen riesigen, von Oberlicht erhellten Saal geführt, die Briefüberwachungsstelle, Abteilung A für ankommende Briefe. (Abteilung B für abgehende Briefe befand sich in einem anderen ebensogroßen Raum). An langen Tischreihen saßen die fleißigen Prüfer. Postbedienstete brachten in großen Körben die eingelaufenen Briefe herbei, schichteten sie in Haufen. Zuerst wurden sie nach ihren Herkunftsländern sortiert und verschiedenen Tischen zugeteilt. Jeder einzelne wurde durchleuchtet, um explosiven oder sonstwie lebensgefährlichen Inhalt zu entdecken. Dann schnitt der Zensor den Briefumschlag auf, nachdem er ihn mit einer Nummer versehen und diese sowie Namen des Adressaten und Absenders in ein Buch eingetragen hatte. Er las alles genau durch, machte sich hie und da Notizen. Enthielt der Brief Verdächtiges, brachte man ihn in ein anstoßendes Zimmer, auf dessen Tür stand: Geheime Briefpolizeistelle. War nichts zu beanstanden, wurde er in einen Kasten gelegt und wanderte zum Code-Zensor, der ihn auf verabredete Wortzeichen zu untersuchen hatte. Fand der nichts, setzte er ebenfalls eine Nummer darauf und verbuchte sie. Nun kam der Brief zur chemischen Prüfstelle, die auf Lesbarmachung von Geheimschriften spezialisiert war. Oft zerstörten die Lösemittel den Brief vollständig. Überlebte er die Experimente, so bekam er auch hier Nummer und Buchvermerk und war zur Zustellung an den Adressaten bereit, man brauchte bloß noch den Umschlag wieder zuzukleben und mit dem Amtsstempel zu versehen, ›Herzoglich geprüft und zugelassen‹ stand darauf. In dieser Weise sollten täglich Hunderttausende von Briefen behandelt werden, keiner der Beamten machte sich der geringsten Fahrlässigkeit schuldig, und die Menge der auf Behandlung wartenden Post wuchs ins Ungeheure.«

»Wo sind die Briefe aus Amerika?« fragte ich den Oberpostdirektor.

»Fünfte Reihe, Abteilung U. S. 27.« Die leitete ein kräftiger Mann, der sicher für nützliche Arbeit brauchbar gewesen wäre. Ein Gebirge von Briefen, so hoch, daß es durch einen eigenen, sinnreichen Stäbchen-Mechanismus gestützt werden mußte, umgab ihn und seine Unter-Briefprüfer. Wir gingen hin, die Beamten sprangen auf, grüßten stramm mit dem Standartengruß. Zu ihnen schien noch keine Kunde von dem Umschwung gedrungen zu sein. Triumphierend schwenkte der Herr Oberprüfer einen Brief, jetzt behandle man bereits den ersten von den vor drei Monaten eingetroffenen. Der Direktor warf einen flüchtigen Blick darauf, meinte: »Ist sicher unbestellbar. Adressat verstorben.«

Nun schaute auch ich hin, die Aufschrift war: ›Herrn Reichslotsen Wirsing c/o Meteorverlag, Filsingergasse 11, München, Germany.‹ Es überlief mich eiskalt, war das nicht Vevis Handschrift? Ratsch – wurde das Kuvert geöffnet.

»Geben Sie her!« rief ich, riß es mit zitternder Hand an mich.

Der Brief lautete: ›Sehr geehrter Herr Reichslotse! Ich wende mich an Sie denn ich halte Sie immerhin für einen ehrlichen Menschen wenn auch nicht direkt sympathisch, und Sie wissen sicher was eigentlich mit Emmaus los ist und wo er steckt und was das für ein Kerl ist, der ihn jetzt vertritt. Hier stand in einer Zeitung der wirkliche Emmaus ist abgesetzt worden und der jetzt regiert das ist ein falscher. Mein Emmaus würde auch nie solche Dummheiten gemacht haben wie der. Im Kino sah ich die Wochenschau aus München: Herzog Emmaus läßt den Fürsten Fichtenstein verhaften. Da merkte ich gleich, das ist nicht mein Gatte sondern wer Anderer. Ich kenne mich nicht aus und bin sehr besorgt. Deshalb meinte Frau Katja Quarteller-Steinbeis ich solle zu Euch nach München reisen und nachschauen. Das mache ich jetzt. Der deutsche Gesandte gibt mir für alle Fälle ein Schreiben an seine Regierung mit. Wenn Sie meinen Mann sehen, bereiten Sie ihn bitte schonend auf meinen Besuch vor. In München gehe ich zuerst zu Ihnen, und Sie werden mir alles sagen und mich zu ihm führen. Aber zu dem Richtigen, nicht wahr?
Hochachtungsvoll Genoveva, Präsidentin Emmaus.‹

So war also kein Zweifel mehr. Vevi war von Amerika nach München gefahren, hatte versucht, Wirsing zu sprechen. Der lebte nicht mehr. Sie hatte sich dann selbst Aufklärung verschaffen wollen, war in die Höhle des Raubtieres geeilt, verschlungen worden.

Meine Begleiter sahen, wie ich erbleichte, schwer atmete. Sie führten mich in das Privatbüro des Direktors, labten mich durch einige Gläser Zwetschgenbranntwein. Darauf wurde mir besser. Von neuem mischte sich Wut über die Briefzensur in meine Trauer.

»Herr Oberpostdirektor, ich kann nicht umhin, aufrichtig zu bewundern, wie genial Sie die Briefüberwachungszentrale organisiert haben. Sie muß aufgehoben werden, sofort, augenblicklich!«

»Ein wahrhaft edelmütiger Entschluß, Herr Präsident! Aber, wenn ich mir erlauben darf, was geschieht dann mit den vielen Beamten, die dadurch beschäftigungslos werden?«

»Wir können sie bei der Arbeitslosenzählung verwenden oder bei der Schlachtviehuntersuchung, oder vielleicht wird sich der eine oder der andere zu einem richtigen Beruf entschließen müssen.«

»Unmöglich! Diese Herren sind nur noch zur Briefprüfung zu gebrauchen.«

»Dann sollen sie Anstellung bei den Zeitungsredaktionen suchen. Die erhalten täglich tausende von Einsendungen und Zuschriften, die sie ungelesen in den Papierkorb werfen. Nun können sie die von den geübten Leuten prüfen lassen.«

Es blieb bei der Aufhebung. Der Oberpostdirektor ließ sich einen längeren Urlaub bewilligen, er schämte sich vor seinen Beamten und fand, daß die ganze Post nun keinen Zweck mehr habe.

Kluft dankte mir herzlich dafür, daß ich selbst die Verantwortung für diese Maßnahme auf mich nehmen wollte, denn sie würde ihren Urheber den größten Teil aller Beamten-Stimmen kosten.

»Ich werde mich erkenntlich zeigen, Herr Präsident und Sorge tragen, daß die Leiche Ihrer verehrten Frau Gemahlin aufgefunden wird. Die Stadtbäche fließen in die Isar und diese in die Donau. Ich lasse die ganzen Flußläufe absuchen, bis hinab zur Landesgrenze bei Passau.«

»Kolossal nett von Ihnen, Herr Kluft.«

›Passau!‹ Das drang mir wie ein Pfeil ins Bewußtsein, weckte schmerzliche Erinnerung an versunkene, schöne Zeit. Traurig und ziellos schlenderte ich durch die Straßen der Stadt. Das ekelhafte Wort Witwer fiel mir ein. Ich besorgte mir eine lange, schwarze Krawatte, denn die kleine Smokingkrawatte, die ich vorläufig trug, kam mir unpassend vor. Man verkaufte mir in dem Geschäft auch einen Armflor, schwarzgerandete Taschentücher lehnte ich ab.

Ich schlich ins Schloß zurück, doch erkannten mich viele im Vorbeigehen und huldigten mir mit dem Meteorgruß, ich dankte ebenso. War das nicht alles Unsinn und die Ursache meines Unglücks? Gut, daß ich keinen Bekannten traf, mit dem ich hätte reden müssen. Ich hatte ja wenig Bekannte und keinen einzigen Freund, nie hatte ich einen Freund gehabt, fiel mir jetzt ein. Jeder normale Mensch hat doch Freunde. Wozu? Sie würden sehen, daß ich in Trauer bin und ihr Beileid abladen und so herzlich an meinem Schmerz teilnehmen, daß ich sie schließlich trösten müßte. Das blieb mir erspart. Aber nicht erspart blieb mir die Beschäftigung mit Staatsangelegenheiten. Kaum war ich vernichtet in einen Lehnstuhl gesunken, als mich Kluft antelephonierte und mir unter vielen Entschuldigungen nahelegte, die versprochene Rundfunkrede zu halten. Nein, nur das nicht, lieber wollte ich jetzt gleich sprechen. Er war einverstanden, holte mich im Auto zur Sprechstelle. Ich sagte dem Volk, daß die Meteorsache nun in alle Ewigkeit gesichert sei und so fest im Volksbewußtsein verankert, daß ich meine Aufgabe als erfüllt betrachten könne. Was noch zu geschehen habe, sei eine rein technische Angelegenheit, deren Ausführung in die Hände eines erfahrenen Organisators gelegt werden müsse. »Wir haben das Glück, den tüchtigsten Fachmann der Welt zu besitzen: Werner Kluft. Ihm werde ich meine Stimme geben und rate allen, dasselbe zu tun. Ruhig kann ich dann ins Privatleben und zu meiner Kunst zurückkehren. Meteordeutschland halloh, halloh!« Darauf ertönte das Meteorlied. Ich fuhr wieder zurück.

Bei einem Glas Whisky, eine Pfeife rauchend, dehnte ich mich bequem im Klubsessel und war traurig, bemerkte, daß ich mir nicht mehr recht deutlich und lebhaft vorstellen konnte, wie Vevi aussah, schon schwebte sie wie im Nebel. Und ich hatte sie doch so oft gemalt und gezeichnet, das war alles auf Oberhaus geblieben. Ich versuchte, mit Bleistift sie aus der Erinnerung zu skizzieren. Es gelang nicht. Ich verzweifelte. Da fiel mir ein, daß ich in der Zeitung gelesen hatte, der Kunsthändler Hunyadi habe eine Anzahl alter und neuer Meisterwerke dem Museum als Leihgabe überlassen, wohl in der Hoffnung, daß der Staat einige davon erwerben würde. Darunter auch das Bild, auf dem ich Vevi als stillende Mutter gemalt habe. Ob es ihm Vevi verkauft hatte oder ob es in Oberhaus gestohlen worden war, wußte ich nicht, war auch gleichgültig.

Diana

Am nächsten Vormittag ging ich zur Bildergalerie, Neue Pinakothek heißt sie. Ein trüber Tag, naßkalt, schon fiel der erste Schnee. Auch im Museum war es traurig, wie in allen Museen, den Katakomben der Kunst. Öde und menschenleer streckten sich die bilderbehangenen Hallen. Jetzt war keine Reisesaison, und die Einwohner der Stadt verirrten sich niemals in diese Räume. Ich mußte unten meinen Schirm abgeben, dann wandelte ich durch die Einsamkeit zum Hunyadi-Saal. Da hing mein Bild zwischen einem pfeildurchbohrten heiligen Sebastian des Greco und einem intensiven Selbstporträt van Goghs, beide angeblich echt. Aber Vevi lächelte glückstrahlend, nun lebte sie mir wieder. Ach, und unser Kind, der kleine Vincenz! Den hatte ich ganz vergessen. Was mochte aus ihm geworden sein? Er wäre wohl schon zwei Jahre alt. Ich beschloß, mich mehr für ihn zu interessieren, Vatergefühle zu haben, später, jetzt wollte ich Vevi küssen. Ich schaute mich um, ob nicht doch vielleicht ein Zuschauer da wäre, bemerkte eine verlassene Malstaffelei in einiger Entfernung, darauf eine Leinwand. Farbenkasten und Palette lagen noch daneben am Boden. Jemand hatte angefangen, mein Bild zu kopieren. Miserabel! Welch ein Pfuscher mochte das gemacht haben! Nein, so durfte es nicht bleiben. Ich ergriff Pinsel und Palette, setzte frische Farben auf und versuchte Einiges zu verbessern, geriet in Eifer und auf einmal hatte ich alles übermalt, in flüchtigen, skizzenhaften Strichen Vevis Bild wiederholt. Es war, als ob ich sie nach dem Leben malte, heiß stieg die Erinnerung in mir auf, erneuerten sich die Empfindungen jenes Tages. Ich fühlte mich entrückt in Sonne und Paradies.

»So eine Fechheit! Jetzt haben Sie mir meine ganze Arbeit verpatzt!« Plötzlich wurde ich heftig in den Rücken gestoßen und zur Seite geschoben. Eine schmale, harte Hand entriß mir die Palette. Schmal und hart war auch das Gesicht der dazugehörigen Malerin, aber nicht häßlich, ziemlich regelmäßige Formen, Nase etwas zu spitz, nicht mehr jung. Ich starrte sie an, schwieg etwas verlegen und nachdenklich.

»Nun?!« fauchte sie zornig.

»Sie sind eigentlich ganz schön«, sagte ich, »keine Venus allerdings, mehr eine Diana. Ich könnte Sie mir gut mit Pfeil und Bogen durch die Wälder streifend denken, vielleicht paßte das besser zu Ihnen als Pinsel und Palette und Pinakothek.«

»Wieso? Was fällt Ihnen ein! Ob ich häßlich oder schön bin, das kommt hier gar nicht in Betracht.«

»Doch ein bißchen. Wenn Sie unangenehm aussehen würden, könnte ich Ihnen sagen, daß Sie keine Erlaubnis haben, mein Bild zu kopieren, mich erst fragen müßten.«

»Ihr Bild, Unsinn! Es gehört Herrn Hunyadi, und ich kopiere es für ihn. Schon zum dritten Male.«

»Und die Signatur?«

»Auch.«

»Das ist bekanntlich strafbar. Wenn ich Sie der Polizei übergebe, werden Sie eingesperrt.«

»Und ich werde Sie der Polizei übergeben, weil Sie meine Kopie ruiniert haben. Sachbeschädigung. Was geht Sie das Bild an? Sie verstehen nichts von Kunst, sonst hätten Sie mir nicht so unverschämt alles verschmiert.«

»Ich bin nämlich der Maler des Originals. Ich heiße Emmaus. Nun wollen wir einmal vernünftig sein, Diana.«

»Kennen Sie mich denn? Woher wissen Sie überhaupt, daß ich Diana heiße?«

»Heißen Sie wirklich so? Ich wußte es gar nicht.«

»Ja, natürlich! Diana Käsbohrer. Ein dummer Name, nicht wahr? Papa war nämlich Gymnasialoberlehrer.«

»Wieviel bezahlt Ihnen Hunyadi für eine Kopie?«

»Fünfundvierzig Mark, Malmaterial frei geliefert.«

»Für das Original verlangt er zwanzigtausend, habe ich gehört. Das hier ist nicht mehr Ihre Kopie sondern jetzt Originalarbeit von mir.« Ich nahm ihr den Pinsel aus der Hand und signierte das Bild. »So, jetzt muß er Ihnen mindestens zehntausend Mark dafür geben.«

»Jetzt hätte ich Ihnen wohl noch dankbar zu sein, daß Sie meine Arbeit so zugerichtet haben?«

»Nein. Sie haben bloß kein Talent.«

»Das weiß ich, aber man muß doch leben.«

»Muß man? Weshalb? Viele Leute müssen sogar sterben. Die Frau, die ich da gemalt habe, ist gestorben.«

»War es *Ihre* Frau?«

Ich zeigte auf meinen Armflor.

»Kürzlich erst? Deshalb sind Sie wohl heute hierhergekommen? Sie haben sie gewiß sehr geliebt. Verzeihen Sie, daß ich Sie beleidigt habe.« Tränen standen ihr in den Augen.

»Sind Sie traurig, weil ich sagte, daß Sie kein Talent haben?«

»So schön und nun ist sie tot! Ach, wenn ich nur ein bißchen so schön sein könnte, wäre ich auch geliebt worden und gern würde ich sterben.« Sie setzte sich auf die gepolsterte Bank mitten im Saal, stützte die Ellbogen auf die Knie, vergrub das Gesicht in die Handflächen. Ich fand, daß ihr geschmeidiger Körper in dieser Stellung eine elegante, ausdrucksvolle Linie bildete, fühlte mich gerührt. Ich setzte mich neben sie, legte den Arm um ihre Hüften.

»Sie werden doch nicht behaupten, daß sich nie jemand in Sie verliebt hat?«

»Ach, ich habe viele Enttäuschungen erlebt. Jetzt werde ich schon alt, bekomme scharfe Züge. Männer sind Egoisten. Nur einer war wirklich ein fein empfindender Mensch, ein bißchen zu pathetisch vielleicht. Immer wenn unsere Herzen sich ganz nahe kamen, dann fiel ihm der Name Diana Käsbohrer ein, und er mußte lachen, und es war aus. Komik tötet die Liebe.«

»Nein, Diana, ich finde dich nicht komisch und du bist nicht alt und ich könnte mich in dich verlieben.«

Sie erhob ihr Gesicht aus den Händen, wendete es mir zu, ernst, mit weitgeöffneten Augen. Wir schauten uns tief und lange an, dann senkte sie die Lider, lächelte ein wenig, bog den Kopf zurück und lehnte ihn an meine Schulter. Ich umfaßte sie fester.

Sie stand auf: »Hier ist es unheimlich, van Gogh durchbohrt uns mit seinen Augen, und der Sebastian schaut uns entsetzt an. Wir wollen in den Carton-Saal gehen, wo die großen, klassischen Cornelius-Werke hängen und die Konturzeichnungen der Nazarener. Dahin kommt sicher kein Besucher, dort sind wir ganz ungestört.«

Hand in Hand zogen wir an langen Bilderwänden vorbei, schauten sie nicht an, nur uns gegenseitig.

»Du hast einen elastischen, federnden Gang, Diana, fast sportlich.«

»Voriges Jahr war ich Weitsprung-Meisterin von Bayern. Jetzt trainiere ich mehr auf Speerwerfen.«

»Eine Diana!«

»Ja, merkwürdig, wie du das gleich herausgefühlt hast.«

»Du bist also doch begabt. Besser gut gesprungen als schlecht gemalt.« Vor den blutleeren Bildern des Cornelius stand eine große Bank, besonders weich gepolstert, denn im Sommer kam manchmal ein Ferienreisender ins Museum und wurde in diesem Saal vom Schlaf übermannt. Wir ließen uns darauf nieder, küßten uns, zuerst flüchtig, dann sehr ernstlich.

»Herr Emmaus – wenn du mich erst lang genug kennst – glaubst du – du – wirst mich wirklich lieben können?«

»Nicht erst dann. Jetzt.«

»Oh«, seufzte sie, wir umarmten uns heiß, sanken miteinander auf die Polster. Ein Orkan riß uns in jagende Wolken, wir flogen hoch über Berge und Täler. Dann, auf weißen Pferden, durch Frühlingswiesen, ritten wir langsam zurück in die Wirklichkeit. Wir ruhten wortlos, ergriffen, eine Weile beisammen. Sie strich mir sanft über die Haare. Ich hielt eine ähnliche Geste für notwendig, küßte sie ungemein zart auf die selig geschlossenen Augen.

Sie erfaßte meine Hand.

»Du sollst ewig bei mir bleiben.«

»Nein, die erste Skizze ist immer besser als das ausgeführte Bild.«

»Du hast doch so schöne Bilder ausgeführt. Wenn ich je geträumt hätte, daß der berühmte Maler Emmaus – ach, ich weiß, du verachtest mich jetzt – weil ich – gestern haben wir uns noch gar nicht gekannt. Sage, daß du mich verachtest!«

»Bitte keine Minderwertigkeitsgefühle! Du, die Meisterin von Bayern!«

Ich erhob mich.

»Ich komme mit dir ins Atelier.«

»Ich habe kein Atelier. Ich wohne doch im Schloß.«

»Im Schloß? Bist du mit dem Präsidenten Emmaus verwandt?«

»Allerdings. Sehr nahe sogar.«

»Um Gotteswillen! Du bist es selbst. Dann bin ich dir freilich nicht vornehm genug.«

»Du Dummes! Bitte, komm' morgen zum Mittag zu mir, zwei Uhr, wird mich sehr freuen.«

»Aber du mußt mir versprechen, daß du mich nicht umbringen läßt.«

Bei diesen Worten fiel mir Vevi wieder ein. Ich setzte mich auf den Rand der Polsterbank, wurde sehr betrübt. Diana auch. Schließlich weinten wir beide. Sie schluchzte noch, als sie einschlief. Ich ging leise hinaus, weckte unten die Garderobefrau, die ebenfalls schlief mit meinem Schirm fest im Arm, als ob er ewig bei ihr bleiben sollte. So ging ich wieder ins Schloß.

Diana hielt es für lebensgefährlich, ins Schloß zu kommen! So gab es also immer noch einige, die mich mit dem Herzog verwechselten. Dagegen mußte etwas unternommen werden. Ich verfaßte sogleich ein Flugblatt, in dem ich den ganzen Fall von Anfang an mit allen Einzelheiten schilderte und betonte, wie abgrundtief verschieden Ikarus von mir war. Das wurde im ganzen Reich verbreitet, den Zeitungen zum Abdruck übergeben, im Rundfunk vorgetragen.

Kluft war glücklicherweise stets skeptisch gewesen, und so oft Ikarus mein Depot anzugreifen versuchte, hatte er die Auskunft bekommen: kein Guthaben. Mit der Post erhielt ich jetzt einen Konto-Auszug der Bank, ich durfte ohne Sorge für meine materielle Zukunft sein. Auch Oberhaus gehörte noch mir, ich wollte demnächst einmal hinfahren um nachzuschauen, denn nun hatte sich doch schon lange niemand darum gekümmert, wer weiß, ob sich nicht auch dort irgend ein Usurpator aufgetan hatte. Schmerzlich genug würde es sein, so viele liebe Erinnerungen wieder aufzufrischen. Vielleicht fiele es mir leichter, wenn Diana mich begleitete. Nur kannte ich sie noch wenig, wußte nicht, ob sie Zartgefühl und Zurückhaltung genug besäße, um die Bitterkeit meiner wehmütigen Rückkehr zu mildern.

In einer Vitrine standen kostbare Nymphenburger Porzellanfiguren, darunter eine Diana neben einem Rehkalb schreitend, wohl nach antikem Vorbild. Wie eine Huldigung für meinen Gast stellte ich sie vormittags in die Mitte des Tisches, als ich antelephoniert wurde.

»Herr Präsident Emmaus?«

»Ja, am Apparat.« – »Diana Käsbohrer spricht. Erinnern Sie sich meiner noch?« Aha, sie war vorsichtig. Gut!

»Natürlich. Du kommst doch zum Essen?«

»Verzeihung, Herr Präsident, ich vergaß ganz zu sagen, ich esse nie Fleisch.«

»Wird vom Präsidenten genehmigt.«

»Und dann, ist es nicht besser, wenn wir Sie zu einander sagen?«

»Gehört das zur fleischlosen Kost?«

»Vielleicht.«

»Also auf Wiedersehen um zwei.«

»Auf Wiedersehen. Ach und dann habe ich noch eine Bitte, Herr Präsident, dürfte ich meinen Bräutigam mitbringen?«

»Was?! Deinen – seit wann sind Sie denn verlobt?«

»Seit gestern abend, Herr Präsident.«

»Bringen Sie ihn nur mit.«

Das nahm mir den Atem so, daß ich das Gespräch nicht fortsetzen konnte. Ich lachte heftig. Aber vielleicht war es nur ein Trick, weil sie sich fürchtete, allein zu kommen. Ich würde ja sehen.

In der Küche war man nicht sehr erfreut, daß nun das Menu auf Vegetarisch umgestellt werden mußte. Mich störte es nicht, ich sorgte auch für alkoholfreies Getränk.

Pünktlich zwei Uhr kamen die Gäste. Diana, in einem schwarzen, hochgeschlossenen Kleid, schien heute weicher, gelöster, jugendlicher. Sie versuchte eine Art Hofknix, gab es auf, als sie sah, wie komisch das auf mich wirkte.

»Herr Präsident, darf ich Ihnen meinen Verlobten vorstellen? Doktor Hellmuth Schnipser.«

Er trug einen bereits etwas glänzenden, dunkelblauen Anzug, war kleiner als Diana, mager. Durch Hornbrille und lange, braune, am Scheitel schon gelichtete Haare, war versucht, dem Gesicht ein wenig Individualität zu geben. Auf dem Rockkragen hatten sich Kopfschuppen abgelagert. Er machte eine tiefe, feierliche Verbeugung. Ich drückte ihm die Hand.

»Sehr angenehm! Auch Vegetarier, Herr Doktor?«

»Aus tiefinnerlicher Überzeugung, Herr Präsident.«

»Also nicht aus verdorbenem Magen?«

»Nein, aus unverdorbener Seele, wenn Herr Präsident gestatten.«

»Na, dann können wir ja gleich zu essen anfangen. Ich habe nämlich Hunger, und die Unterhaltung vor Tisch ist immer ein bißchen steif.«

Wir setzten uns. Es war so gedeckt, daß wir nur die eine Hälfte des runden Tisches einnahmen, Diana saß zwischen uns. Genießend löffelte Doktor Schnipser seine Suppe.

»Eine unübertreffliche Minestra!«

»Ja, wir beziehen sie direkt aus Italien. In Fässern. Waren Sie in Italien, Herr Doktor?«

»Noch nicht, vielleicht werden wir das Land der Orangen zum Ziele unserer Hochzeitsreise wählen.«

»Können Ihre Patienten Sie so lange entbehren?«

»Ich bin nicht Arzt, ich bin Dr. phil.«

»So, also Lehrer?«

»Nein Ethiker.«

»Wie macht man denn das?«

»Meine Lebensaufgabe ist die Ertüchtigung der gesammten Volksgemeinschaft, A im negativen Sinne, indem ich nachweise, was zu unterlassen ist, B im positiven Sinne, indem ich aufbaue.« Dabei häufte er sich einen riesigen Berg der Vorspeise auf seinen Teller.

»Im Aufbau ist er groß«, sagte Diana, scheinbar tiefernst.

»Sehr interessant, Herr Doktor, da kann ich sicher viel lernen.«

»Zweifellos! Der Meteor hat die Bedeutung der ethischen Methoden niemals in ihrer ganzen Tiefe erfaßt. Mögen seine Ziele auch oft billigenswert sein, so sucht er sie doch auf Irrwegen zu erreichen. Nehmen wir zum Beispiel den Völkerfrieden. Kann ein Tiger neben einem Schaf wohnen, ohne es zu zerfleischen? Nein, er kann es nur, wenn er beschließt, sich ebenfalls von Pflanzen zu ernähren. Also ist Fleischnahrung der Urquell aller blutgierigen Instinkte, bei Tieren sowohl als bei Menschen. Durch Weltgesetz muß der Fleischgenuß verboten werden, dann ergibt sich die Abrüstung ganz von selbst. Der Meteor sollte darin vorangehen. Wollen Sie mir versprechen darauf hinzuwirken, Herr Präsident?«

»Ich bin gegen alle Verbote. Aber man kann die Viehpreise so erhöhen lassen, daß Fleischgenuß unmöglich wird. Diese Ethik dürfte auch den Bauern sehr einleuchten. Sind Sie schon lange mit Fräulein Käsbohrer verlobt?«

»Wir lernten uns im Verein für naturgemäße Lebensweise und Leibesübung kennen, abgekürzt ›Nalelei‹, den ich geschaffen habe. Von Anbeginn bewunderte ich das klassische Ebenmaß ihres Körpers, ihre Kraft, ihre herbe Jungfräulichkeit, ihre künstlerische Begabung.«

»Ja, Diana ist hervorragend.«

»Nicht wahr? Es gereicht mir zur innigen Freude, daß Sie Dinchens Leistungen Beifall zollen. Gestern abend, im Nalelei, schilderte sie mir das Zusammentreffen mit Ihnen und wie Sie Ihre Malerei für so vollkommen erachteten, daß Sie nicht umhin konnten, dieselbe eigenhändig zu signieren und den Wert der Arbeit auf zehntausend Mark festzusetzen. Eine Anzahl von fünf Werken gleicher Kostbarkeit dürfte wohl jährlich ihrer Staffelei entquellen können. Während mich bis daher Erwägungen wirtschaftlicher Natur stets genötigt hatten, meine Gefühle hintanzuhalten, sah ich nun mit einem Male diese Hindernisse schwinden und konnte die elementare Gewalt meiner Zuneigung nicht mehr eindämmen. Ich legte ihr mein Herz zu Füßen und sie, die Herrlichste von allen, nahm es huldvoll auf.«

Er warf ihr einen verliebten Blick zu und wollte ihre Hand drücken, was er umso leichter tun konnte, da eben eine Pause zwischen zwei Gängen des Mahles war.

Sie hatte ihre Hand aber unter dem Tisch, wo sie gerade die meinige drückte. Deshalb fand er sie nicht und versuchte, sich mit ihrem Knie zu begnügen. Dort traf er leider meine andere Hand. Die kniff ich fest in die Finger.

»Au!« schrie er, »ist ein Hund hier?« Er beugte sich zur Seite, hob das Tischtuch, um nachzuschauen.

Da saßen wir schon wieder steif und korrekt nebeneinander, Diana und der Herr Präsident.

»So werden Sie nun Frau Ethikerin, ich gratuliere«, setzte ich das Gespräch, zu ihr gewendet, fort.

»Danke«, sagte sie bloß und lächelte, während Herr Doktor Schnipser weiterredete:

»Hand in Hand mit ihr wird die Arbeit an der Veredlung und Hinaufzüchtung unseres Volkstums umso erfolgreicher sein, wenn Herr Präsident geneigt sind, mit Hand anzulegen. Sache der Gesetzgebung ist es, unter Androhung schwerster Strafen, jedem Volksgenossen zu befehlen, daß er sich sofort mit allen Fasern des Seins zutiefst im Heimatboden verwurzle. Meine Schrift ›Mensch ertüchtige dich!‹, die nur der niedrige Geldwille der Verleger bislang der Öffentlichkeit vorenthielt, weist den Weg, welcher einzuschlagen ist, um die erdgebundenen Grundlagen alles transzendentalen Höherstrebens zu realisieren. Die ethischen Belange – – –.«

In diesem Augenblick wurde Kluft gemeldet, schon stürmte er herein, voller Wichtigkeit:

»Ich habe sie, ich habe sie!«

Schnell die übliche Vorstellung, dann fragte ich: »Wen oder was haben Sie?«

»Ihre Frau natürlich.«

»So ist doch ein Wunder geschehen, sie lebt?«

»Leider nicht. Mit peinlichster Sorgfalt wurden die Flußläufe abgesucht. Unweit der Stadt Landshut fand man dabei die Leiche Oberstandartenwart Horzels in der Isar, sie wird seiner Familie übergeben. Inzwischen war ein Herr des Flußbauamtes auf die Idee gekommen, zunächst einmal im Stadtbach selbst zu suchen und, richtig, fast direkt unterhalb des Schlosses hatte sich ein vorstehendes Stück Eisen in das Kleid Ihrer Frau Gemahlin verhakt und gehindert, daß sie fortgeschwemmt wurde. Die Gerichtskommission ist auf meine Veranlassung sofort zusammengetreten und hat das Protokoll aufgenommen. Ich habe dafür gesorgt, daß Sie fern bleiben konnten. Sie sind wohl einverstanden, daß Ihnen der furchtbare Anblick erspart wird?«

Ich nickte stumm, erschüttert. Diana ergriff teilnehmend meinen Arm und führte mich in einen Lehnstuhl. Sie und die anderen setzten sich mit besorgten Mienen zu mir.

Man servierte den Mokka. Doktor Schnipser wies ihn streng zurück, betonte scharf: »Der Volksgesundheitler lehnt den Kaffee ab, als welcher ein nicht minder unheilvolles Vergiftungselement darstellt denn Alkohol und Tabak. Zumal die heimischen Fluren uns in der Gerste sowie in der Frucht des gewaltigen Eichbaums vollwertigsten Ersatz bieten, dessen Erzeugung und Verbreitung der Nalelei seine Kräfte zu weihen gedenkt.«

Kluft saß dicht bei mir und sprach mit belegter Stimme: »Ich möchte soviel wie möglich die notwendigen, schmerzlichen Banalitäten von Ihnen fernhalten. Ich besorge alles. Haben Sie besondere Wünsche?«

»Einäschern, in Passau beisetzen«, stieß ich mühsam hervor und sank zusammen.

»Armer Emmaus«, hauchte Diana und streichelte meine Hand.

Der Ethiker bemerkte: »Den irdischen Teil unserer Lieben heiliger Flamme zu übergeben, ist uraltes Brauchtum der Ahnen.«

»Oh Gott, er wird doch nicht etwa zum Begräbnis kommen«, fiel mir ein, so bat ich Kluft: »Einäscherung und Beisetzung ganz ohne Feierlichkeit, keine Blumen außer von mir, keine Menschen dabei.«

»Ein Begräbnis ist bloß ein Symbol. Ja, man kann sogar behaupten, ein Toter hat nurmehr sinnbildliche Bedeutung«, dozierte der Ethiker.

Da bat ich, man möge mich alleinlassen.

Beim Fortgehen flüsterte mir Diana zu: »Nimm es ihm nicht übel.«

»Diana, du mußt mich begleiten auf dem schweren Gang, du allein. Ich benachrichtige dich.« Sie gab mir ihre Adresse.

Die Bestattung

Auf meinen Wunsch brachten die Zeitungen nichts über den traurigen Fall. Die Leichenverbrennung geschah in aller Stille und Heimlichkeit. Die Asche wurde in einem Metallkästchen aufbewahrt, während Kluft noch telephonisch mit einem Passauer Beerdigungsinstitut verhandelte. Es ergaben sich Schwierigkeiten, da die Kirchenbehörde, der Feuerbestattung feindlich, keinen Platz auf dem Friedhof gewähren wollte. Ich hätte das durch eine Regierungs-Maßnahme erzwingen können, aber die Geistlichkeit hatte noch eine große Anhängerzahl, man durfte sie nicht verärgern, und außerdem wollte ich jedes Aufsehen vermeiden. Persönlich stand ich auf freundschaftlichem Fuß mit den meisten Pfarrern Passaus, war sogar mit dem Bischof gut bekannt, so würde ich die Genehmigung durch persönliche Rücksprache gewiß leicht erlangen können. Ich gab Diana Bescheid, daß sie mich zum Mittagszug an der Bahn treffen solle. Sie erschien pünktlich, schwarz gekleidet, wie es der traurige Anlaß erforderte, das kleidete sie sehr gut. Auch Kluft kam, brachte mir die Asche, er hatte das Metallgefäß in ein Köfferchen getan, damit es leichter und unauffälliger zu transportieren sei.

Außerdem übergab er mir ein sauber mit schwarzem Seidenband verschnürtes kleines Paket. Es enthielt das Handtäschchen, die Armbanduhr und die paar Schmucksachen der Toten, traurige Reliquien, deren Betrachtung ich auf später verschob, wenn ich mehr ins Gleichgewicht gekommen sein würde. Jetzt war ich noch sehr verstimmt, und die Bahnfahrt verlief trübselig.

Wir kamen abends in Passau an und begaben uns ins Hotel, nicht den Goldenen Stern, da war ich zu sehr bekannt, sondern in das vor kurzem neu erbaute Hotel Union. Dort war es auch viel komfortabler, mit Zentralheizung und Aufzug, Hall und Portier. Der war taktvoll genug, uns nicht ein Zimmer mit zwei Betten anzubieten, und wir schrieben unsere richtigen Namen in die Meldezettel. Für alle Fälle gab er uns zwei nebeneinanderliegende Zimmer, die waren durch eine Tür verbunden, oder eigentlich getrennt, denn, als ich es in der Nacht für meine Pflicht hielt, mich nach Diana umzusehen, fand ich die Tür verschlossen, und mein Klopfen blieb wirkungslos. Sie hatte ein feines Gefühl für die Schwierigkeit der Situation, spielte auch in der Folge die Rolle der objektiven Begleiterin sehr konsequent. Wir sagten wieder Sie zueinander. So sehr ich ihre Korrektheit anerkennen mußte, enttäuschte die mich doch ein wenig und, weit entfernt mir ein Trost zu sein, wurde dadurch meine Sehnsucht nach Vevi zu neuer Verzweiflung gesteigert.

»Warum, oh warum kann kein Wunder geschehen?«

Auch der kommende Tag brachte Unannehmlichkeit. Die Geistlichen wiesen mein Gesuch ab, in diesen Zeiten umsichgreifender Gottlosigkeit sei strengstens auf Befolgung der kirchlichen Gebote zu achten, keine weltliche Macht wäre imstande sie umzustoßen. So beschloß ich, die Asche auf Oberhaus beizusetzen. Das war zwar auch nicht erlaubt, aber die Zivilbehörden würden nicht wagen, es mir zu verbieten, besonders wenn ich sie nicht fragte.

Wir gingen hinauf. Oberhaus fand ich merkwürdig wenig verändert. Da war noch die alte Frau Guggemos, ihr Vollmondgesicht durchzogen jetzt viele Runzeln wie Mondgebirge, und da war der brave Dellinger, der war jetzt mit ihrer Enkelin Ursula verheiratet, und ein Kind hatten sie auch schon, auffallend groß für die kurze Zeit. Da war noch das Gewächshaus und der Kuhstall, und alles war so wie es früher war.

Dellinger begrüßte mich sehr erfreut. »Sind S' doch endlich wieder kommen, das is gscheit. Jetzt gehn S' mir aber nimmer fort.« Wir schüttelten uns die Hand. »Und wo ist die gnädige Frau? Ist doch wohl auch dabei?«

»Ach, Dellinger, meine gute Frau lebt nicht mehr.« Das ging ihm sehr nahe, Tränen rollten über seine stoppelhaarigen Backen herunter, bildeten helle Streifen auf der unsauberen Haut.

Er ging hinein, um es der Mutter zu sagen, und wir traten ebenfalls ins Haus. Frau Guggemos kam wehklagend aus der Küche. »Alleweil haben wir gewartet auf euch, und nun kommt sie nimmer, die liebe gnädige Frau. Drum sind S' auch in Trauer. Wann ist sie denn gestorben, so schnell, und der Bub, der lebt aber noch, gelt? Ach, wärt's halt dablieben!«

Sie schaute Diana mißtrauisch an, der war unter dem Blick nicht recht wohl zumute.

»Ist wohl ein Verwandtes?« fragte Frau Guggemos.

»Nein, eine Schülerin von mir.«

»So so, lernt sie auf Präsident?«

»Nein, auf Malen.«

Sie rief ihrer Enkelin, der Urschel, die wurde vorgestellt, man sah, sie war stark in der Hoffnung. Dann bekam sie den Auftrag, in den Zimmern einzuheizen, wir wurden inzwischen in die Küche geführt zu einem warmen Kaffee.

»Einmal hat uns die gnädige Frau geschrieben, daß sie bald kommen wird, – und nun –.« »Später erzähle ich Ihnen alles, Frau Guggemos, jetzt wollen wir sie erst begraben, hier im Garten.«

»Nicht am Gottesacker? Das wär doch eine Sünd'. Und wo ist denn die Leich'?«

»Ich habe die Asche mitgebracht.«

»So ist sie bei einem Brand umkommen? Ist schrecklich!« »Sie ist im Krematorium in München verbrannt worden.«

»Hat sie dort gewohnt? Und der Bub auch? Nur grad gut, daß Sie auskommen sind im Kremorium.«

Ich fand es schwierig, ihr jetzt alles zu erklären, zumal mir eben zu meinem Schrecken einfiel, daß ich das Köfferchen mit der Asche nicht mehr gesehen hatte, seitdem wir angekommen waren.

»Fräulein Käsbohrer, haben Sie den Aschenkoffer?«

»Nein, Herr Emmaus, ich weiß nicht, wo er ist.«

»Oh, verflucht, wir haben ihn in der Bahn liegen lassen. Wir müssen ihn holen. Kommen Sie, Fräulein Käsbohrer!«

Wir waren aufgesprungen. »Ich muß schnell zur Bahn gehen, meine Frau holen, kommen gleich wieder.« Wir eilten hinaus, und ich hörte noch, wie Frau Guggemos sagte. »Der arme Herr! Nun ist er narrisch worden.«

Im Fundbüro des Bahnhofs zeigte man uns alles, was eingeliefert war, Regenschirme, Rucksäcke, Taschenmesser, ein totes Huhn, auch ein Köfferchen fand sich. Ich wußte nicht genau, wie unseres ausgeschaut hatte, so wollte ich es schon nehmen. Aber Diana sagte. »Das ist es nicht.«

»Ach was, nehmen wir es halt, wir können doch nicht mit leeren Händen zurückkommen, und zum Begraben ist es gut genug. Ist ja nur ein Symbol, sagt Ihr Schnipser.«

Aber Diana wollte das durchaus nicht, sie entwickelte wirklich sehr bedeutendes Feingefühl. Ich meldete den Verlust. Der Bahnbeamte kannte mich gut von vielen Trinkgeldern her, meinte: »Vielleicht hat es der Schaffner, der mit dem nächsten Zug kommt. Dann schicke ich es Ihnen gleich hinauf nach Oberhaus.« Betrübt kehrten wir zurück. Der Kaffee war längst kalt geworden, mußte aufgewärmt werden, und man schaute mich so sonderbar an, war nicht mehr recht herzlich. »Kommen Sie, Dellinger, haben Sie Blumen im Gewächshaus?« Ja, er hatte. Da waren wieder Maréchal Niel-Rosen, die Vevi so geliebt hatte, sie blühten, und Azaleen und Hyacinthen und Amaryllis. Mit Fichtenzweigen zusammen ergaben sich schöne Kränze. Als wir mit dieser Arbeit fertig waren, mußte Dellinger Schaufel und Spaten holen, und wir sahen uns nach einer geeigneten Ruhestätte für Vevi um. Trotz dem nebligen Wetter fand ich die Baumgruppe, unter der ich sie einmal gemalt hatte, ich wußte, von da war ein weiter Blick über das Flußtal, ein schöner, feierlicher Platz. Hier ließ ich ausschaufeln, gut, daß die Erde noch nicht gefroren war. Dellinger schüttelte den Kopf darüber, daß die Grube bloß so klein werden sollte.

»Vorläufig legen wir die Kränze hier nieder, da halten sie sich am besten«, sagte ich, »mit der Beisetzung warten wir noch etwas, heute wird es schon zu dunkel.«

In der Tat nahm die Abenddämmerung schnell zu. Dellinger sprach einstweilen ein Vaterunser, auch Diana und ich hatten die Hände gefaltet und schauten in die leere Vertiefung, still im Innern betete ich. »Nur einmal noch laß' mich sie wiedersehen. Schenk' mir ein Wunder!«

So angespannt war mein Sinn, daß ich zu sehen glaubte, wie durch den Nebel sich eine schattenhafte Gestalt näherte.

»Was kommt da?« flüsterte ich klopfenden Herzens.

»Wird die Urschel sein, holt uns zur Abendsuppe«, meinte Dellinger.

Jetzt wurde die Erscheinung schon deutlicher, schien durch den Nebel zu schweben.

»Vevi – du?« Eine Mischung von Grauen und Entzücken durchschüttelte mich, ihr Geist kam, mir ein letztes Lebewohl zu sagen.

Ich wollte sie fassen, aber ich zitterte so, daß ich mich an einem Baum stützen mußte. Diana bemerkte meinen Zustand, näherte sich mir teilnahmsvoll, umfing mich.

»Emmaus, lieber Emmaus, ich bin ja bei dir.«

Die Erscheinung stand unbewegt, ganz nahe, ich konnte ihre Augen erkennen, die waren weit aufgerissen, maßlos erstaunt, wohl darüber, daß sie nun bloß noch Seele war.

Und fürchterlich war es, als der Geist zu lachen begann – lachte – lachte –, so konnten nur Abgeschiedene lachen. Nie werde ich dieses Lachen vergessen.

»Liebe, gute Vevi, sage mir ein Wort. Nicht lachen! Du siehst, wie traurig ich bin, daß du von mir gingst.«

»Wenn es aber doch so furchtbar komisch ist, was ihr da macht.«

Schnell erholte ich mich wieder. »Nein, das ist gar nicht komisch. Komisch führst bloß du dich auf. Du weißt offenbar noch nicht, wie sich Abgeschiedene zu benehmen haben.«

Die Erscheinung bemühte sich vergeblich, ernst zu bleiben, wurde sachlich. »Hier, diesen Handkoffer schickt dir der Stationsmeister.«

»Und du findest es komisch, daß dein Geist mir hier deine Asche bringt! Nun können wir sie beisetzen.« Weinend öffnete ich den Koffer, Diana entnahm ihm das Metallgefäß, behutsam senkten wir es in die Grube, gedachten sie jetzt zuzuschaufeln.

»Requiescat in pace«, sagte ich feierlich.

»Et in spiritu tuo«, respondierte Diana.

»Aber seid ihr denn alle verrückt geworden? Das ist ja wie ein Begräbnis? Weshalb vergrabt ihr diese Cakes-Schachtel? Und was für eine alte Ziege hast du dir dazu mitgebracht? Wenn du dir wenigstens etwas Junges, Knuspriges ausgesucht hättest!«

»Gnädige Frau, auch der abgeschiedenste Geist hat nicht das Recht, die Feinfühligkeit der Lebenden zu verletzen«, sprach Diana streng.

»Vevi, ich muß schon sagen, im Leben warst du taktvoller. Fräulein Diana Käsbohrer ist über alle Vorwürfe erhaben.«

»Käsbohrer heißt sie auch noch und Diana, da könnte ich mich einfach totlachen.«

»Wenn du es nicht schon wärst.«

»Bin ich tot?« Grauenhaft schallte ihr Lachen, als sie auf mich zuflog, die Arme um meinen Hals schlang und mich küßte. Deutlich spürte ich die neblig-kalte Berührung. Ich stieß einen gräßlichen Schrei aus, dann schwand mir das Bewußtsein.

Eine weiche Kinderhand tätschelte mir ins Gesicht. »Papa ausdust?« fragte es. Ich schlug die Augen auf, fand mich im warmen Zimmer, auf dem Sofa liegend, unter einer Daunendecke. Es roch gut nach Eau de Cologne. Vevi saß nahe bei mir, hatte noch die Flasche in der Hand und das Batisttuch, mit dem sie mir die Stirn eingerieben hatte. Jetzt war sie ernst, schaute mich besorgt an. Vorsichtig schob ich die Hand unter der Decke vor und zwickte sie prüfend in den Oberschenkel. Sie schrie ein bißchen auf, fühlte sich warm und lebendig an.

»Du scheinst ja wieder ganz munter zu sein«, lächelte sie.

»Du auch, Gottseidank.« Kein Zweifel, was da saß, war kein Gespenst, sie lebte. Mein Blick ruhte bewundernd auf ihr, sie gefiel mir mehr als je. Sie war schlank und elegant, doch hatte sie jetzt etwas Mütterliches bekommen, wie warmer Kamillentee.

»Kann ich eine Tasse Kamillentee haben, Vevi?« Ob welcher im Hause sei, fragte sie Frau Guggemos, die, ängstlich abwartend, mit Dellinger in der Nähe stand.

»Ja, natürlich.«

»Dann machen Sie bitte einen, wird ihm gut tun auf den Schreck.«

»Auch Millitee haben«, quäkte Vincenz. Frau Guggemos und Dellinger verschwanden beruhigt. Ich warf die Decke ab, setzte mich auf, zog Vevi neben mich, wir küßten uns herzlich und lange.

»Wins auch Bussi«, störte uns der Kleine, und ich mußte seinen Wunsch erfüllen.

»Kinder schmecken nicht gut«, fand ich.

»Doch, am besten sogar«, protestierte Vevi.

»Na, sagen wir am zweitbesten.« Auf das einigten wir uns.

»Hast du öfter solche Anfälle wie heute, Emmaus?«

»Ach nein, es war nur die Freude des Wiedersehens.«

»Ja, das habe ich mir gleich gedacht. Und deine Ziege, sie hat sich auch so gefreut?«

»Ach ja, wo ist Fräulein Käsbohrer?«

Inzwischen war der Kamillentee gebracht worden, wir saßen am Tisch und tranken ihn, Vincenz bekam Milch, kroch dann am Boden herum, eine Angewohnheit kleiner Kinder, die mir sehr zuwider ist.

Vevi fuhr fort. »Wirklich, deine Diana war dann ganz nett. Sie hat mir geholfen dich hereinzubringen, unglaublich kräftig ist sie, die hätte dich ganz allein getragen, wenn Dellinger es zugelassen hätte. Zu mir sagte sie ›Ich freue mich zu bemerken, daß Sie lebendig sind, für Sie wie für Herrn Emmaus‹. Sie will abreisen, ist bloß noch ins Hotel gegangen, um deine Sachen heraufzuschicken, aber ein wichtiges Paket möchte sie dir selbst übergeben, deshalb kommt sie noch einmal. Ich habe sie gebeten, zum Abendessen bei uns zu sein, vorausgesetzt, daß du dich bis dahin wieder erholt hast. Ist dir wohl recht?«

»Ja, sie ist eine ganz ordentliche Person.«

»›Ordentliche Person‹ ist schön gesagt, habt ihr etwa nicht im Hotel zusammen geschlafen?«

»Nein.«

»Und auch sonst nicht?«

»Nein, Vevi. Du weißt, ich bin immer aufrichtig. Ich würde es dir sagen.«

»Schwöre es beim Leben deines Sohnes.«

»Welches Sohnes? Das ist kein Schwur für mich. Ich schwöre es bei Mauspetz Andenken.«

»Gut!«

Da biß mich etwas ins Bein. Sollte vielleicht –? »Mauspetz geh weg!« rief ich, aber es war Vincenz, der da unten herumkroch und an meiner Wade zu knabbern begann.

»Siehst du«, sagte Vevi, »Mauspetz' Seele wohnt in unserem Vincenz, jetzt weiß ich, daß du mich belogen hast.«

»Jedes Wort, das ich gesagt habe, ist wahr. Die ganze Zeit habe ich mich nach dir gesehnt.«

»Ich mich nach dir nicht immer, erst zuletzt. Damals im Schloß warst du ja reichlich geschwollen, ekelhaft. Deshalb bin ich mit Vincenz zu Katja gefahren, nach Boston. Ich hatte es gut bei ihr. Die Erbschaft habe ich auch bekommen. Dein Name bedeutete viel in Amerika, man huldigte mir als der Gattin des kommenden Retters Europas, übersetzte dein Buch ›Mein Meteor‹, kaufte es millionenweise. Interviews, Abbildungen auf der ersten Seite aller Blätter. Das schlug plötzlich um, Nachrichten kamen über immer schlimmere Gewalttaten des Präsidenten Emmaus. Bald war kein Name so verhaßt wie deiner. Ich mußte mich schämen, ihn zu tragen. Ich schrieb dir, versuchte dir klar zu machen, wie entsetzt ich und die ganze Welt über dein Verhalten waren. Ich bekam keine Antwort, schrieb noch einmal. Nichts! Ich konnte es nicht begreifen, ein Mann ändert sich nicht so schnell. Ich versuchte es mit einem Brief an deinen Rechtsanwalt, auch der blieb unbeantwortet. Eine lange traurige Zeit verging. Dann fingen die Zeitungen an, Sensationsmeldungen zu bringen. Du bist abgesetzt – ein Anderer regiert für dich – gibt sich für dich aus – hält dich gefangen. In der Kino-Wochenschau sah ich eine Aufnahme des sogenannten Herzog Emmaus. Nein, das warst du gar nicht. Was ist da passiert? dachte ich. Ich wollte selbst nach München reisen und nachschauen, schrieb an Herrn Wirsing, daß ich komme. Dann hat sich meine Abreise verzögert. Katja hatte mir geraten, ich sollte mir zur Sicherheit vom deutschen Gesandten einen Geleitbrief mitgeben lassen, und das ging nicht so schnell. Dadurch bin ich erst viel später nach München gekommen, und der Herzog war schon weg und du regiertest wieder.«

»Du hast Glück gehabt. Wärst Du vor dem fünfzehnten Oktober gekommen, lebtest du jetzt nicht mehr. Ikarus hätte dich umgebracht.«

»Ebenso wie den Wirsing? Ich habe den nicht mehr getroffen, und man hat mir gesagt, wie es ihm ergangen ist.«

»Noch schlimmer. Der Herzog hatte dann eine Fallgrube im Schloß eingerichtet, darin ließ er die Menschen verschwinden. Was ich heute beerdigt habe, war die Asche einer Frau, die er so ermordet hat. Man meinte, du wärst es. Du warst es nicht. Ich bin froh.« Ich küßte sie.

»Wer war es dann?«

»Ich weiß es nicht. Man wird nachforschen müssen.«

»Nette Zustände habt ihr gehabt! Gut, daß es vorbei ist. Du wohnst also wieder im Schloß, und das gefiel mir nicht recht, ich hatte keine Lust, zum zweiten Male enttäuscht zu werden. Deshalb wollte ich zuerst ganz still ein bißchen warten, ob du nicht gleich wieder so großartig würdest. Vincenz war auch krank, Erkältung und Fieber, der Arzt riet zu dem Luftsanatorium Ebenhausen. Dort wohnten wir, und er wurde bald wieder gesund. Ich war inkognito, als Mrs. Leibenfrost aus Boston. Einige Male fuhr ich in die Stadt, ist ja ganz nah. Ich sah dich von ferne, freute mich, daß du so geund aussiehst, trotz allem, was du durchgemacht hast. Man hat es mir erzählt, und in der Zeitung stand nun auch die ganze Geschichte. Ich dachte, wenn du nur wieder Lust zum Malen bekämst, dann wäre alles gut. Deshalb habe ich bei Pruckner Farben gekauft und dir hinbringen lassen. Hat es etwas genützt?«

»Ach, ich dachte, die wären von der Majorin Stuhlreif.«

»Wer ist denn das schon wieder? Damen-Bekanntschaften hast du! Ich glaube, du bist ganz entartet.«

»Sie ist die Mutter der Kampfhunde, die mich gerettet haben. Und gemalt habe ich wirklich mit deinen Farben, war eine gute Idee. Jetzt will ich wieder viel malen.«

»Du hättest nicht damit aufhören sollen. Weltverbessern darf nie zum Hauptberuf ausarten.«

»Nichts darf zum Hauptberuf ausarten. Schau dir die Maler an, die ihr Leben lang Tag für Tag an der Staffelei stehen, da ist das Malen bloß noch eine Reflexbewegung, wie Gähnen, wenn man müde ist oder weil ein anderer gähnt. Velasquez hat auch abwechselnd gemalt und Staatsgeschäfte betrieben, infolgedessen ist er der beste aller Maler geblieben.«

»Dann hast du verkündet, du wirst die Regiererei Herrn Kluft überlassen. Nun war alles in Ordnung, und ich wollte zu dir. Ich telephonierte ins Schloß, man sagte mir, daß du nach Passau gefahren bist. Deshalb bin ich hier, ich hatte längst herkommen wollen.«

»Alles wird gut. Ich habe erreicht, was ich wollte. Der Meteor ist durchgedrungen, Staat und Politik sind für ewige Zeiten getrennt, es gibt nie wieder Krieg. Ein Volk in Freiheit und Wohlstand. Wir beide bleiben zusammen, hier.

Und alles wird so wie es einmal war, das ist das Glück – –«

»Das ist das Glück«, wiederholte sie, und wir umarmten uns herzlich und lange.

»Ach, entschuldigen Sie bitte, ich wollte nicht stören«, sprach Diana. »Schön, daß Sie wieder funktionieren, Herr Emmaus. Ich war wirklich recht erschrocken, wie Sie umfielen. Unsere Nerven waren wohl ein bißchen überreizt.«

»Mein Mann würde es sehr bedauert haben, wenn er Sie nicht noch gesehen hätte. Sie bleiben doch zum Nachtmahl?«

»Danke, gern, wenn es nicht zu spät wird. Ich wollte hauptsächlich dieses Paketchen abliefern, das uns mitgegeben wurde.«

Sie legte es auf den Tisch. Ich knüpfte das Seidenband auf. »Vevi, vielleicht ist es dir peinlich, darin sind die letzten Habseligkeiten der Toten. Wenn du lieber nicht zuschauen willst – –.«

»Ihr werdet wieder sagen, daß ich taktlos bin, aber ich bin bloß neugierig.«

Ich wickelte ein kleines, elegantes Handtäschchen aus, es war noch sehr durchnäßt. Trübselig wie die Toilettensachen ägyptischer Gräber wirkten Puderdose, Lippenstift und Hautcrême. Außerdem enthielt es eine Armbanduhr, Ringe, eine Halskette und ein kleines Buch, ganz feucht. Das war ein Paß. Ich schaute hinein, erschrak.

»Oh Gott, Lona!«

»Lona?« fragte Vevi. »Schon wieder eine Freundin, von der ich nichts weiß. Die Damen scheinen sich ja um dich gerauft zu haben.«

»Ach nein, bloß – Frau Daffodil ist ermordet worden.«

»Frau Daffodil? Das war doch die Zralok-Tochter, Katjas frühere Gymnastikschülerin. Die wampige Nudel habt ihr für mich gehalten?«

Diana konnte eine Bemerkung nicht unterdrücken: »Die Majestät des Todes hebt alle wampigen Nudeln auf. Vielleicht hatte sie eine schlanke Seele.«

Entschuldigend sagte ich: »Fräulein Käsbohrer ist nämlich die Braut eines Ethikers. Ethiker, das ist ein Mensch, der alles Edle gepachtet hat und weiterverpachtet.«

»Nein, Herr Emmaus, Schnipser ist einfach ein Idealist, das brachte ihn mir nahe.«

»In Ihrem Interesse sehr zu begrüßen, verehrte Diana. Katzen und Idealisten fallen immer auf die Füße.«

Vevi gefiel diese Wendung des Gesprächs nicht, sie stand auf. »Kommt jetzt zum Essen.«

Diana und ich legten Lonas traurige Hinterlassenschaft in das Handtäschchen, wickelten es wieder ein und gingen, uns die Hände waschen.

Beim Waschbecken sagte sie leise. »Du bist gemein gegen mich.«

Ich begriff, daß ich ihr etwas Tröstliches sagen mußte, es fiel mir nichts anderes ein, so hauchte ich gefühlvoll. »Weil ich dich liebe.«

Dann begaben wir uns ins Speisezimmer.

Diana hatte nicht erwähnt, daß sie kein Fleisch aß, aber glücklicherweise gab es auch viel Gemüse und Salat. So konnte sie ihren Magen betrügen, indem sie jedes Stückchen Kalbsbraten sorgfältig in ein Salatblatt einhüllte, bevor sie es verschluckte. Wir tranken dazu Fruchtsaft. Daß es der starke Johannisbeerwein war, brauchte man ihr ja nicht zu verraten, und sie wurde recht aufgeräumt, erzählte Vevi, auf welche Weise sie mich kennengelernt habe.

»In Wirklichkeit sind Sie aber noch viel schöner als auf dem Bild, gnädige Frau. Ich kann gut verstehen, daß Emmaus so verzweifelt war, als er meinte, er habe Sie verloren.«

»Und deshalb wollten Sie ihn trösten.«

»Ich tat, was in meinen schwachen Kräften stand.«

»Wie wäre die Sache nach meinem Begräbnis weitergegangen? Dachten Sie nicht ein bißchen daran, Frau Präsidentin zu werden?«

»Höchstens wenn er Präsident der Künstlervereinigung gewesen wäre. Politik ist gemein.«

»Aber er wollte doch die Politik abschaffen.«

»Das ist bloß eine Politik mit anderem Vorzeichen, und Politik verträgt sich nicht mit Kunst.«

»Ganz meine Meinung. Haben Sie ihm das gesagt?«

»Wir fanden keine Zeit dazu.«

»Sie übertreibt«, fiel ich ein, »sie hat doch sogar Zeit gefunden, sich zu verloben. Prosit! Auf das Wohl Herrn Schnipsers und auf eine glückliche Ehe.«

Wir stießen an, sie trank das Glas in einem Zug aus, war schon ziemlich alkoholisiert, sprach: »Ehe ist auch nur eine Liebe mit negativem Vorzeichen.« Unvermittelt schluchzte sie: »Ich hätte nur dich lieben können, Emmaus.«

Vevi schaute erstaunt auf.

»Hätte! bitte zu beachten, liebe Vevi.«

»Habe«, sagte Diana unter einem Tränenausbruch.

Ich wurde ernstlich bös: »Fräulein Käsbohrer, Sie benehmen sich sehr unsportlich, Weitsprungmeisterin von Bayern.«

»Jetzt Speerwerferin. Ach, ich bin so unglücklich. Ich weiß, Ihr könnt mich nicht leiden«, heulte sie.

»Kommen Sie, liebes Fräulein Käsbohrer, Sie sollen jetzt schlafen gehen«, sagte Vevi mild.

»Nein, ich weiß, Sie wollen mich in den Ziegenstall sperren. Ich bin eine alte Ziege, und Sie sind so schön und knusprig.«

Wir mußten sie ins Bett tragen. Vevi zog sie aus, küßte sie auf die Stirn. »Armes Ding! Aber wunderbare Muskeln hat sie.«

Diana schlief sofort ein.

Ein klein bißchen war ich ängstlich, ob Vevi mir nicht eine Szene machen würde, ich bemühte mich, unbefangen zu scheinen, aber sie war es wirklich.

Lachend kam sie aus dem Gästezimmer: »Sie kann nichts vertragen, jetzt trinken wir noch den Rest, und dann gehen wir auch zu Bett. So ein happy end sollten alle Begräbnisse haben.«

Nach den Anstrengungen des Tages und der Nacht schliefen wir bis spät in den Morgen hinein. Diana hatte schon gefrühstückt und einen Zettel hinterlassen, auf dem sie herzlich für die Gastfreundschaft dankte und sich verabschiedete, sie müsse zur Bahn eilen, um den Morgenzug noch zu erreichen.

Beim Frühstück sollte ich immer Vincenz bewundern. Ich gab mir alle Mühe, aber ich merkte, daß er schon gelernt hatte, Bewunderung in Empfang zu nehmen. Aus pädagogischen Gründen sagte ich deshalb: »Winz, du bist ein häßlicher Zwerg.« Unerwarteterweise schien er es zu verstehen, fing an zu brüllen, so daß ich ihn mit einer Liebkosung beruhigen mußte, auf dieselbe Weise hatte ich Vevi zu besänftigen. »Eigentlich müssen wir auch nach München fahren«, sagte sie, »es ist einiges zu besorgen. Ich muß eine geübte Kinderpflegerin für deinen häßlichen Zwerg haben, eine vom Sanatorium Ebenhausen habe ich so gut wie engagiert, ich brauche sie bloß zu holen. Natürlich im Auto, das steht noch in München in der Garage, die Reparatur wird wohl fertig sein. Und Weihnachten ist bald, dafür ist viel einzukaufen. Wir wollen wieder so ein schönes Weihnachten haben wie damals.«

»Ja, das wollen wir.«

In Haus und Wirtschaft mußten wir noch manches anordnen nach so langer Abwesenheit. Wir konnten erst am übernächsten Tag fahren. Vincenz blieb den treuen Händen von Frau Guggemos und Ursula anvertraut.

Vevi mochte durchaus nicht im Schloß wohnen, so stiegen wir im Hotel Continental ab, als wir am Abend ankamen. Auf meinen Anruf kam Kluft bald zu mir. Ich sprach ihn vorerst allein, erzählte ihm vom Wiederauftauchen meiner Frau, wozu er mich herzlichst beglückwünschte, und sagte ihm, daß die Ermordete Frau Daffodil sei.

»Frau Daffodil? Ach, das wird ihren Gatten gewiß interessieren. Er ist, so viel ich weiß, seinerzeit vor Ikarus nach Amerika geflüchtet, und der hat ihm sein ganzes Vermögen konfisziert. Wissen Sie Daffodils Adresse?«

»Nein, die steht wohl im Paß der Frau. Hier habe ich, was man bei ihr fand, bitte, nehmen Sie es an sich und stellen Sie es ihm zu.«

»Und die Asche?«

Die hatte ich ganz vergessen, sagte: »Ich wollte sie ungestört ruhen lassen.«

»All right, am einfachsten ist, wir schicken ihm eine andere Blechbüchse, Asche gibt es ja genug.«

»Ja, die hat doch nur symbolische Bedeutung.« Dann fiel mir ein, daß das ein Zitat war und ich fügte hinzu: »Sagt Doktor Schnipser.«

»Kenne ich nicht.«

»Seien Sie froh. Aber meine Frau müssen Sie endlich kennen lernen. Was wir noch zu bereden haben, kann sie ruhig anhören, nicht wahr?« Ich rief sie aus dem anderen Zimmer herbei. »Das ist unser Direktor Kluft, der Deine Leiche gefunden hat, aber auch sonst ist er sehr tüchtig, und er wird den Meteorstaat viel besser leiten als ich.«

»Freut mich, Sie zu treffen, Herr Kluft. So lieb, daß Sie meinen Mann wieder zu einer vernünftigen Arbeit kommen lassen wollen.«

Aber Kluft fühlte sich schuldbewußt: »Verzeihung, daß ich so ein Durcheinander angerichtet habe, jetzt bedauere ich umsomehr, nicht schon früher die Ehre gehabt zu haben, Frau Präsident vorgestellt zu werden. Dann wäre dieser traurige Irrtum unmöglich gewesen.«

»Lassen Sie sich darüber nicht noch mehr graue Haare wachsen, aber bitte, nennen Sie mich nicht Frau Präsident. Wie ich höre, ist ja eh bald Neuwahl, und dann ist es vorbei mit dem Krampf.«

»Ja, Ihr Herr Gemahl war so gütig, mich als seinen Nachfolger zu empfehlen. Nur drei Tage sind noch bis zur konstituierenden Generalversammlung der Aktiengesellschaft Deutschland. Würde Herr Emmaus nicht morgen noch eine kleine Rundfunkansprache halten? Es wäre erfreulich, wenn die Abstimmung nicht nur die überwältigende Majorität, sondern Einstimmigkeit ergeben würde. Freiheit, Friede und Meteor sind für Jahrtausende, ja für alle Zeiten gesichert. Das wird die schönste Weihnachtsgabe sein, die das deutsche Volk sich darbringt.«

»Und Ihnen, lieber Kluft. Darauf wollen wir ein Glas trinken. Sie soupieren doch mit uns?«

Am folgenden Tag gingen wir zuerst den Wagen holen. Es schmeichelte Vevi doch ein wenig, daß mich viele, ganz fremde Menschen auf der Straße grüßten, hochachtungsvoll wie einen Souverain. »Sie grüßen nur, weil du dabei bist«, wollte ich ihr einreden, »so eine schöne Frau haben sie noch nicht gesehen und so einen wunderbaren, eleganten Pelzmantel. Mit dem sollte man dich malen oder wenigstens photographieren.« Da bemerkten wir, daß wir gefilmt wurden.

»Katja wird sich freuen, wenn sie uns in der Wochenschau sieht«, meinte Vevi. Dann machten wir Weihnachtsbesorgungen. Das langweilte mich, besonders da in den Geschäften großer Andrang war. Deshalb machte ich einen Abstecher ins Schloß und regierte ein bißchen, das heißt ich unterzeichnete Schriftstücke, die Kluft und die Sekretäre vorbereitet hatten. Ich holte, wie verabredet, Vevi im Kaufhaus ab, und wir fuhren zu Wothan, um Süßigkeiten einzukaufen. Obwohl sein Laden gedrängt voll war, nahm er sich ein wenig Zeit für uns, führte uns in das Nebenzimmer, freute sich herzlich, Vevis Bekanntschaft zu machen. Er war voll strahlender Zufriedenheit: »Jetzt haben wir es geschafft, lieber Herr Emmaus. Fest steht und treu der Meteor. Herrliche Zeiten erleben wir.«

»Und Schokolade gibt es auch wieder, wie ich sehe.«

»Ja, soviel man will, die Auswahl ist groß, womit kann ich dienen?« Wir machten unsere Einkäufe, verabschiedeten uns händedrückend.

»Und Sie stimmen doch für Kluft, Herr Wothan?«

»Jawohl. Ich verstehe gut, daß Sie jetzt Ihre Ruh' haben wollen. Wenn der Kuchen gebacken ist, zieht man ihn aus dem Rohr.«

Am Nachmittag hielt ich die versprochene Rundfunkrede. Sie wurde über alle Sender und zu einer großen Volksversammlung im Bürgerbräukeller übertragen und scheint dort viel Anklang gefunden zu haben. Wenigstens zog nachher eine begeisterte Menge vor das Hotel, die erfahren hatte, daß ich bereits nicht mehr im Schloß wohnte, sondern im Continental. Sie huldigte mir mit Hochrufen und Ansprachen, ruhte nicht, bis ich mich auf dem Balkon zeigte und mit obligater Rührung einige Dankesworte sprach. Vevi stand neben mir wie eine huldvolle Königin.

»Jetzt bist du dir aber auch einmal großartig vorgekommen«, sagte ich nachher zu ihr.

»Ich habe bloß gedacht, der Teufel soll sie holen.«

»Hast du vielleicht darum gebetet?«

»Das nicht. Hätte ich es tun können?«

Im Bett, vor dem Einschlafen, faltete sie die Hände, ich weiß nicht, ob sie das Gebet nachgeholt hat.

Umschwung

Beim Frühstück fiel uns ein, daß wir noch mehr Spielzeug für Winz brauchten. Die paar Schritte zu dem Laden wollten wir zu Fuß machen, danach mit dem Wagen die Kinderpflegerin in Ebenhausen holen und heim nach Oberhaus fahren. Wir kauften einen großen Teddybären, der quiekte beim Drücken wie ein Schwein, sehr laut. Vevi wollte ihn deshalb nicht nehmen, ein Bär dürfte höchstens brummen. »Und unseren süßen, kleinen Winz recht erschrecken, nicht wahr?« sagte ich. »Unsere Spielwaren sind alle von einem berühmten Kinderpsychologen begutachtet«, sekundierte mir der Verkäufer. Ich durfte den Bären tragen, ließ ihn gar nicht erst einwickeln, sonst hätte sie schließlich doch noch widersprochen. Als wir wieder auf die Straße traten, sahen wir Zettelankleber eifrig mit Maueranschlägen auf rotem Papier beschäftigt. Wir lasen:

Deutsche!

Gefahr droht dem Vaterland. Regierung und Volk von Fichtenstein hat uns ein Ultimatum übermittelt, verlangt sofortige Befreiung seines sattsam bekannten Fürsten (»Donnerwetter, den habe ich ganz vergessen loszulassen«, bemerkte ich mit Schrecken), droht also mit Krieg. In dieser Schicksalsstunde zwingt mich die tiefbedauerliche Erkrankung unseres erhabenen Herzogs und der schmachvolle Pazifismus seines nichtswürdigen Stellvertreters, die alleinige Regierungsgewalt zu übernehmen. Von heute ab untersteht der Staat militärischer Leitung. Ich werde euch zu unerhört glorreichen Siegen führen. Das Standrecht wird hiermit verkündet. Ich setze es als selbstverständlich voraus, daß jeder Deutsche von dem heißen Wunsche beseelt ist, restlosest seine Pflicht zu erfüllen, bereit, den letzten Blutstropfen für das Vaterland zu verspritzen. Wer nicht von diesem Wunsch beseelt ist, wird erschossen. Ebenso wird mit dem Tode bestraft: Jeder, der Handlungen unternimmt oder Nachrichten verbreitet, die geeignet sind, den Wehrwillen zu schwächen sowie jeder, der die Anzeige solcher Straftaten unterläßt. Herr Fichtenstein bleibt nach wie vor fest in unserer Hand. Ich habe ihn in Ketten schmieden lassen.

General Horst von Wedepohl.

Schnell sammelte sich ein Haufen Leser davor, tief ergriffen, feierlich ernst. Auch ich bemühte mich ernst zu bleiben, so heftig, daß ich dabei auf den Teddybären drückte, er quiekte, nicht sehr lange zwar, doch wurde es unangenehm vermerkt.

Eine dürftige Straßendirne ehrwürdigen Alters krächzte: »Wollen S'vielleicht meinen Wehrwillen schwächen? Geben S'fei Obacht, daß S' nicht derschossen werden.«

Da mußte ich lachen:

»Wehrwille? Wer will Ihnen denn schon was? Ist einem jeden wohl vergönnt.«

»Und Sie sind ein Spion, anzeigt gehören S' mitsamt Ihrem Mensch da.«

Vevis eleganter Pelz entfremdete uns offenbar dem Volke. Wütende Gesicher, Fäuste näherten sich uns, drohten.

Mit leichter Verbeugung wandte ich mich Vevi zu: »Kommen Sie, Frau Generalin, wir wollen Ihrem Herrn Gemahl den guten Erfolg seines Aufrufs berichten.«

»Ja, das wird Horst freuen.«

Hochachtungsvoll wich die Menge zurück. Wir würdigten sie keines Blickes, als wir davonwandelten.

Wir gingen dem Stadtinnern zu, um die Wirkung der Proklamation zu studieren.

»Hm, ich hätte gedacht, die Leute würden so etwas einfach abreißen, auslachen.«

»Fast habe ich mich ein bißchen gefürchtet, Emmaus, die schauten so wild.«

Schon wimmelte es auf den Straßen wie in einem gestörten Ameisenhaufen. Vor den Plakaten drängte man sich aufgeregt. Männer zogen truppweise, festen Trittes, dahin. Man sah, wie der Heldenmut ihren Brustkasten wölbte, wie überlebensgroße Gefühle in ihnen emporwuchsen, sich in Hurrahrufen Luft machten und ›Nieder mit Fichtenstein‹, ›Heil Wedepohl‹. Das fand tausendfaches Echo. Hier und da stand ein besonders Aufgeregter auf einem erhöhten Mauervorsprung, einer Denkmalsstufe und sprach zündende, kriegsbegeisterte Worte, ich hörte nur einzelne: Nieder – nun wollen wir sie dreschen – hoch – Schmach – Ruhm – Ehre – haut sie, daß die Lappen fliegen – Lumpenpack – Vaterland. Ein neuer Kriegsgesang brauste plötzlich empor, ganz spontan, direkt aus der Volksseele, daher Plagiat bekannter Lieder:

»Lieb Vaterland magst ruhig sein,
Wir ziehen jetzt nach Fichtenstein,
Hinein,
Haun alles kurz und klein.
Die Vöglein im Walde sie sangen so schön:
Den Fürsten, ja Fürsten, sollt ihr nicht wiedersehn. Hurrah.«

So mächtig ertönte er, daß die Stimme meines Teddybären nicht durchdringen konnte. Im Hintergrunde wurden einige Spione verprügelt und abgeführt. Ladenfenster wurden eingedrückt und die Auslagen geplündert. Kurz, alle Zeichen edelster nationaler Begeisterung waren vorhanden.

»Niemand grüßt uns mehr, Emmaus.«

»Sei froh, wenn uns niemand verhaftet. Es riecht ein bißchen brenzlich.«

»Wollen wir nicht lieber gleich heimfahren?«

»Könnten wir auch – und auf der Flucht erschossen werden. Gefahren nicht zur Kenntnis nehmen! Nichts unter die Haut gehen lassen! Aber wenn du lieber ins Hotel zurück willst, führe ich dich hin und besorge meine Sachen allein.«

»Das würde dir so passen, ohne mich umgebracht zu werden. Nein, wir beide gehören zusammen wie Gans und Gurkensalat.«

»Weshalb nennst du mich Gurkensalat? Übrigens, darin ist der Geschmack verschieden.«

»Deiner auch, ich weiß. Möchtest du vielleicht Fräulein Diana treffen und mit ihr zusammen ins Gefängnis geworfen werden? Da soll euch der Schnabel sauer bleiben, ich gehe mit dir und beschütze dich. Was willst du jetzt tun?«

»Jetzt gehen wir erst einmal zu Kluft, wir sind ihm einen Gegenbesuch schuldig. Vielleicht ist ihm noch nichts passiert.«

Auf dem Wege dahin begegneten wir schon vorbeiziehenden Truppen, meist mit Fahnen und lärmender Militärmusik. Sie waren aber noch nicht feldmäßig ausgerüstet, der Aufmarsch galt einstweilen wohl mehr dem inneren Feind. Von dem war indessen nichts zu sehen, über allen Meteoren war Ruh. Vor einer Abteilung ritt General Wedepohl höchstselbst, in prächtiger Uniform, goldstrotzend, ordengeschmückt. Sein breites Gesäß blähte sich stolz auf dem Sattel, auch das entgegengesetzte Körperende zeigte imperatorischen Ausdruck. Die Augenbrauen vereinigten sich jetzt über der Nasenwurzel, das verlieh düsteren Schicksalsblick, war offenbar mit einem angekohlten Streichholz hergestellt, ich kannte seine Züge doch sehr genau, seitdem ich ihn gemalt hatte. Er ritt wie im Triumphzug, wurde stürmisch begrüßt, alles jubelte ihm zu, rief ›Hurrah‹ und ›Heil Wedepohl‹, Hüte wurden geschwenkt, dem Austräger einer Gärtnerei wurde sein Korb aus der Hand gerissen, man warf die Blumen. In der Begeisterung griff jemand auch nach meinem Teddybären, ich hielt den fest, so ergab sich ein lautes Quieken.

Das hätte mir übel bekommen können, denn gerade in diesem Augenblick setzte die Militärmusik aus. Befremdet blickte der General zu uns hin, mir blieb nichts übrig als mitzuhuldigen und, merkwürdig, er schien besonders mir zu erwidern, nickte freundlich und senkte grüßend die Degenspitze. Vevi dankte durch gnädiges Kopfnicken.

»Vielleicht habe ich ihm gefallen«, meinte sie, »er wird dir nichts tun.«

»Bilde dir nichts ein, Vevi, so grüßt der Toreador den Stier, bevor er ihn schlachtet. Jetzt kann es gefährlich werden.«

In Klufts Bank stand das Publikum an den Schaltern Queue, jeder wollte sein Geld abheben. Gerade wurde der Eingang geschlossen, durch Anschlag verkündet, daß die Auszahlungen erst am übernächsten Tage fortgesetzt würden. Wir kamen noch hinein, ließen uns beim Herrn Direktor melden. Er holte uns sofort in sein Allerheiligstes, erfreut, uns zu sehen. Wir mußten es uns bequem machen, Likör trinken, Zigaretten rauchen.

»Ich fürchtete, Sie könnten etwa verhaftet sein oder gar schon erschossen, Herr Kluft.«

»Ich? Warum denn? Ich bin jetzt mehr als je unentbehrlich. Zum Kriegführen gehört Geld, und das Geld bin ich. Wedepohl weiß sehr gut, daß nur ich mich auf die Finanzstrategie verstehe.«

»Und der Meteor? Gestern waren Sie noch überzeugt, daß er das einzig Wahre ist.«

»Auch heute noch und immer, und er wird durchdringen, nur ein bißchen verspätet und nicht von Deutschland aus. Hier ist der Meteorismus nur möglich, wenn er dem Volk von einer Obrigkeit unter Strafandrohung befohlen wird. Der Normaldeutsche empfindet Freiheit als eine Art Unordnung. Ordnung, Ordnung über alles. Unser teures Vaterland hat die besten Buchhalter der Welt hervorgebracht, und das Linienblatt ist die deutscheste aller Erfindungen.«

»Wir sollten die Meteoristen zum Widerstand aufrufen. Ich bin zum Kampf gegen den Militarismus bereit, will gern die Führung übernehmen.«

Kluft lachte: »Gnädige Frau, darf ich Ihnen zu Ihrem heroischen Gatten gratulieren? Ich dachte, er hätte längst erkannt, wie unappetitlich Heldentum ist.«

Vevi wurde bös: »Finden Sie Verrat weniger unappetitlich?«

»Ja, gnädige Frau. Verrat ist eine Form der Strategie, die oft notwendig ist. Was hat unser braver Wothan jetzt von seiner Unentwegtheit?«

»Wothan? Was ist mit ihm?« fragte ich erschrocken.

»Man hat mir vorhin berichtet, daß er, die Meteorfahne schwingend, an der Spitze einer getreuen Schar durch die Straßen zu marschieren begann, überzeugt, daß Zehntausende sich anschließen, die Kriegshetzer einfach hinwegfegen würden. An einer Straßenbiegung wollte er sehen, wie viele schon mitzogen, er drehte sich um und gewahrte, wie der letzte seiner Getreuen eben in einer Bedürfnisanstalt verschwand. Wothan stand allein mit seiner Fahne, und schon kam Übunor und führte ihn ab.«

»Übunor? Was ist das?«

»Wissen Sie das noch nicht? Wedepohl hat eingesehen, daß manche Gewaltstücke des Herzogs sehr unpopulär waren, auch unserem Ansehen im Ausland schadeten. Er hält es für gut, sich immer auf Übergriff untergeordneter Organe ausreden zu können. Deshalb hat er kurz vor seinem Staatsstreich eine Polizeiabteilung mit dem Namen Übunor, Übergriff untergeordneter Organe, geschaffen. Ich habe übrigens sofort Wedepohl veranlaßt, dafür zu sorgen, daß Wothan nicht erschossen wird. Er hat es mir versprochen. Ich möchte Ihnen empfehlen, die Auflösung der Meteorpartei sogleich selbst zu proklamieren, verboten wird sie ja doch, und Sie verlängern dadurch Ihr Leben. Nein, kein Kopfschütteln! Bitte, gnädige Frau, reden Sie ihm zu.«

»Ach nein, ich glaube nicht, daß General Wedepohl ein Unmensch ist. Er hat mich auf der Straße so nett gegrüßt.«

»Wirklich? Dann steht die Sache ganz faul, nehmen Sie es, bitte, nicht zu leicht. Sie müssen wenigstens Zeit gewinnen, um ins Ausland flüchten zu können.«

»So ernst ist es? Aber die Partei löse ich nicht auf. Die mögen sie verbieten, kann ich nicht hindern. Ich selbst helfe nicht dazu. Können Sie mir mein ganzes Bankguthaben auszahlen, möglichst in Dollar?«

»Dürfen wohl auch englische Pfunde dabei sein? Freut mich, daß Sie sich in Sicherheit bringen wollen. Niemand kann garantieren, daß der General Sie nicht alsbald verhaften und aburteilen läßt.«

»Sagen Sie, Herr Kluft, halten Sie Wedepohl für einen militärischen Ehrenmann?«

»Er entstammt einer alten Offiziersfamilie und wird nie die Traditionen seines Standes verleugnen.«

»Er hat meine Ehre gekränkt, hat mich nichtswürdig genannt und mir schmachvollen Pazifismus vorgeworfen.«

»Sie? Er sprach doch vom Stellvertreter des Herzogs, ich hatte es auf mich bezogen.«

»Nein, Herr Kluft, mich hat er gemeint, und er wird mir volle Satisfaktion geben müssen.«

»Ach so. Gute Idee. Solange das läuft, gebietet ihm sein Ehrenstandpunkt, Sie in Ruhe zu lassen. Unangenehm ist, daß der Geforderte die Wahl der Waffen hat. Säbelfechten kann er gewiß besser als Sie.«

»Allerdings, aber bei der Hundeparade hat er einen Schuß in den Arm bekommen, der scheint noch ein bißchen schwer beweglich zu sein, er wird sich lieber schießen. Darf ich Sie bitten, mein Kartellträger und Sekundant zu sein, ihn um Revokation zu ersuchen?«

»Ich? Aber ich kann Ihnen diesen letzten Freundschaftsdienst nicht verweigern. Doch wenn er nun bereit ist, öffentlich zu revozieren?«

»Mich für einen würdigen Stellvertreter des Herzogs, einen kriegsbegeisterten Ehrenmann zu erklären? Dann könnte er es mit seiner Offiziersehre nicht vereinbaren, mich überhaupt verhaften oder bestrafen zu lassen.«

»Er wird das Duell vorziehen.«

»Furchtbar!« schluchzte Vevi. »Das soll ja direkt gefährlich sein.«

»Beruhigen Sie sich, gnädige Frau, nicht jede Kugel trifft, und nicht jede Pistole hat eine Kugel. Es kommt alles auf den Unparteiischen an.« Ich überlegte einen Augenblick, dann schlug ich für diese Funktion Don Washington Guardallo y Estenbis vor, er gehöre einem alten spanischen Adelsgeschlechte an und werde dem Gegner daher wohl genehm sein. Als Vevi diesen Namen hörte, erinnerte sie sich: »Ach, Washington sollte ich ja ---« Ich mußte schnell meinen Teddybären quieken lassen, um sie zu unterbrechen und ihr durch ein Zeichen Schweigen zu gebieten. »Ist das nicht der Gesandte von Guatemala? Spanischer Uradel steht glücklicherweise gerade hoch im Kurs. Der Fall muß erst dem Ehrengericht vorgelegt werden. Darüber vergehen einige Tage, und Sie können Ihre Abreise in aller Gemütsruhe vorbereiten. Inzwischen fragen Sie Don Quartaller y Steinbeis, ob er es machen will. Ich werde ihm dann schon die nötigen Instruktionen geben.«

Kluft wußte also, wer dieser Guardallo war, aber das zu verraten lag nicht in seinem Interesse. Beim Abschied vereinbarten wir, uns gegenseitig über den weiteren Verlauf zu informieren.

Vevi und ich gingen jetzt zum Speisen ins Hotel. Dort war ein Brief für sie abgegeben worden: »Gnädige Frau, das Leben Ihres Gatten ist in Gefahr. Sie beide sollten schleunigst ins Ausland reisen. Wenn ich Ihnen irgendwie nützen kann, stehe ich gern zur Verfügung. Freundschaftlich ergeben Diana.«

»Die fehlte uns gerade noch«, sagte Vevi, »immerhin, angenehm edel.«

Nach dem Essen fiel es ihr wieder ein, daß Katja ihr Grüße für Washington aufgetragen hatte. »Wie ich das nur vergessen konnte! Aber ein Begräbnis ist immer die beste Entschuldigung, besonders das eigene.«

Wir begaben uns zu Don Guardallo, und er war hocherfreut über unseren Besuch, ließ sich ausführlich über seine Mutter berichten.

»Eigentlich schade, Herr Emmaus, daß Sie nicht mehr Bürger unseres Staates sind, jetzt könnte es Ihnen wieder viel nützen.«

»Bin ich es denn nicht mehr? Ist Guatemala nicht mehr mein süßes Heimatland?«

»Nein, Ihr Paß ist abgelaufen, und auch wenn wir das Datum ein bißchen verbessern würden, ließe man ihn nicht gelten. Als Präsident eines Landes gewinnt man dort automatisch die Staatsangehörigkeit. Völkerrecht. Auch der Italiener Napoleon wurde so Franzose. Es könnte zu Komplikationen führen, zu Kriegserklärung Deutschlands und Guatemala. Wir sind nicht hinreichend gerüstet. Unsere Kanonen brauchen alle drei einige Reparaturen. Es ist wichtig für mich, stets gute Beziehungen zu der hiesigen Regierung zu haben. Auch der neue Regent General von Wedepohl ist mein Freund.«

»Ausgezeichnet! Dann möchte ich Sie um eine Gefälligkeit bitten. Es hat sich eine kleine persönliche Differenz zwischen dem General und mir ergeben, die soll dem Ehrengericht vorgelegt werden. Da braucht man einen Unparteiischen. Ich könnte mir keinen geeigneteren denken als Sie, den Repräsentanten eines streng neutralen Staates, Sie würden sowohl General Wedepohl wie mich sehr zu Dank verpflichten.«

Er zögerte, Vevi blickte ihn feurig an und lächelte: »Das wird Ihre Mama freuen, lieber Washington, ich werde es ihr gleich schreiben.«

So stimmte er zu, ich dankte herzlich und sagte ihm, daß Direktor Kluft, als mein Sekundant, alle Einzelheiten mit ihm besprechen würde, fuhr fort: »Natürlich ist es unverschämt von mir, Sie gleich um noch etwas zu bitten, ich brauche es nämlich sehr notwendig.«

»Aber selbstverständlich, lieber Herr Emmaus, jeden Betrag.«

»Ach nein, furchtbar liebenswürdig, aber Geld habe ich genug. Ich möchte morgen auf ein paar Tage nach Passau fahren, hin und zurück, könnten Sie uns dazu Ihr Auto leihen? Meins ist so reparaturbedürftig wie Ihre Kanonen. Würde uns riesig freuen, wenn Sie mitkommen wollten.«

Er war sichtlich erleichtert: »Der Gesandtschaftswagen steht Ihnen jederzeit zur Verfügung. Mitfahren kann ich leider nicht, in so unruhiger Zeit muß ich auf dem Posten sein.«

»Das tut mir leid. Ich hätte Ihnen gern unseren Besitz Oberhaus gezeigt. Ich möchte ihn Ihnen schenken.«

Er war erstaunt: »Schenken? Sie meinen wohl verkaufen?«

»Ja, für einen nominellen Preis, der gestundet bleibt.«

»Hm.« Er verfiel in Nachdenken. Dann schaute er mich durchdringend an.

»Lieber Herr Emmaus, wir wollen einander nichts vormachen. Ich erfasse die Situation jetzt. Sie glauben, Wedepohl wird Sie einsperren oder umbringen lassen. Um Zeit zu gewinnen, wollen Sie ihn auf seine Offiziersehre festlegen, indem Sie ihn wegen Beleidigung zum Duell fordern, inzwischen oder danach sich in Sicherheit bringen. Vorher möchten Sie noch einmal nach Passau fahren, um Ihre Angelegenheiten dort zu ordnen. Sie fürchten, daß der Übunor Sie auf der Landstraße in Ihrem Wagen überfällt, deshalb brauchen Sie den unverletzlichen der Gesandtschaft. Ihrer ist nämlich ganz in Ordnung, ich sah, wie Sie mit ihm hier vorfuhren, der Vorwand war ein bißchen unüberlegt. Und um Ihre Besitzung nicht einzubüßen, möchten Sie sie mir gern zum Schein verkaufen. Richtig?«

»Richtig. Sie haben die Intelligenz Ihres Vaters und das Herz Ihrer Mutter geerbt.«

»Danke. Ich will Ihnen beiden in jeder Weise helfen. Ich bin bereit, das alles zu machen. Die Verkaufsurkunde Ihrer Besitzung lassen Sie bitte vorbereiten, setzen Sie einen beliebigen Preis ein, der einstweilen nicht bar zu erlegen ist. Die Umschreibungskosten und Abgaben tragen Sie wohl? Ich werde Ihnen außerdem eine Privaturkunde ausstellen, daß ich jederzeit bereit bin, den Kauf rückgängig zu machen. Den Wagen können Sie morgen haben. Solange Sie ihn brauchen, kann ich wohl Ihren benutzen und provisorisch mit dem Hoheitszeichen Guatemalas versehen lassen? Herrn Klufts Besuch erwarte ich.«

Wir verließen ihn sehr befriedigt. Auf den Straßen leuchteten uns überall neue Plakate entgegen. Ich stoppte und stieg aus, um eins zu lesen.

Es enthielt Vorschriften darüber, welche Jahrgänge sich unverzüglich bei ihren Truppenteilen zu stellen hätten, ferner, daß der Besitz von Waffen bei Todesstrafe verboten sei, alle Parteien seien aufgelöst, die Vereinsvermögen beschlagnahmt, das Tragen von Parteiabzeichen gelte als Landesverrat, ebenso jeder Versuch der Aufhetzung zum Frieden. Die machtvoll hervorbrausende volkliche Kriegsstimmung habe bereits vielfach zu Tätlichkeiten gegen Landesverräter geführt, deshalb seien diese zur eigenen Sicherheit in Schutzhaft zu nehmen und werden erschossen.

Vom Hotel aus rief ich Kluft an, berichtete ihm von dem günstigen Erfolg und unserer Absicht, auf ein oder zwei Tage nach Passau zu fahren, um das Kind zu holen und Anordnungen für die Zeit unserer Abwesenheit zu treffen.

Daß wir die Kinderpflegerin nun nicht mehr abholen konnten, war Vevi nicht ganz recht, sie hatte schon so ein schönes hygienisches Kostüm für sie gekauft, und aus unserem fröhlichen Weihnachtsfest würde nun auch nichts werden. »Und du hattest doch gesagt, der Friede sei auf Jahrtausende gesichert.«

»Ist er auch, nur fängt er etwas später an. Je gefährlicher eine Sache ist, desto sicherer wird sich ein Heilmittel dagegen finden, sobald der Bazillus entdeckt ist. Und der Meteor hat ihn entdeckt, den Bazillus politikus.«

»Und wenn er ihn nicht entdeckt hätte, wäre es jetzt viel gemütlicher für uns.«

»Gemütlichkeit ist nicht der Zweck des Lebens. Gemütlichkeit stinkt.«

»Nein, sie riecht gut, wie Kinder und Weihnachtsbaum.«

Ich mußte ihr das letzte Wort lassen.

Am folgenden Morgen lenkte ich den Guatemala-Wagen Passau zu.

Von unseren Weihnachtseinkäufen nahmen wir nur mit, was für Frau Guggemos und ihre Familie bestimmt war. Angenehmerweise war das Wetter noch mild und trocken, die Straßen gut. Wir passierten unbeanstandet Patrouillen, die bedenklich nach Übunor aussahen, Militärposten, Absperrungen. Städte, ja sogar Dörfer, durch die wir kamen, sahen schon sehr kriegsmäßig aus, Fahnen wehten von den Häusern, Männer in Militärmützen zogen singend zur Gestellung, Burschen schrien und waren angetrunken, Mütter weinten. An Mauern hatte sich der kriegerische Sinn in Kreide-Inschriften ausgetobt, heldisch, aber nicht immer orthographisch.

Frau Guggemos und Dellinger waren sehr betrübt, daß wir Oberhaus schon wieder verlassen wollten. Einigermaßen tröstete sie, daß ich ihnen alle Einnahmen aus Haus, Grundstücken, Vieh für die ganze Zeit unserer Abwesenheit frei überließ und ihnen noch darüber hinaus eine gewisse Summe aussetzte, die sie jeden Monat von München her erhalten sollten. Wir nahmen nur unsere allernotwendigsten Sachen in die Reisekoffer, andere verpackten wir gut, damit sie uns später nachgesandt werden konnten. Als wir zubettgingen, weinte Vevi so, daß Vincenz, den sie beim Einschlafen im Arm hielt, ganz naß wurde, und ich ihn trocken legen mußte. Ich war auch traurig.

Dann, am Tag, besorgte ich die Grundbuchauszüge für den Verkauf, den ein Münchener Notar beurkunden sollte. Auf Vevis Wunsch bestellte ich ein Kreuz für Lonas Grab und stiftete ihr Seelenmessen in der Domkirche. Mit Dellinger gingen wir alle Grundstücke ab, besprachen, was anzubauen sei, und welche notwendigen Reparaturen an Haus und Stall vorgenommen werden müßten. Vevi hielt sich lange im Gewächshaus auf, Winz auf dem Arm, er trug einen Strauß Rosen, als sie herauskamen. Dann war unsere letzte Nacht auf Oberhaus.

»In schöneren Tagen kommen wir zurück, und alles wird so wie es früher war und auch das Glück«, sagte ich, und Vevi glaubte es und war gefaßter. Ganz zeitig fuhren wir am nächsten Tag ab. Winz war gut eingehüllt und noch sehr schläfrig. Vermutlich winkte man uns nach, aber wir schauten uns nicht um.

Vevi mußte nun meistens im Hotel bleiben, um Winz zu betreuen, und ich hatte alles allein zu erledigen. Zuerst brachte ich die Sache beim Notar in Ordnung, Guardallo unterzeichnete den Kaufbrief und die versprochene Zusage späterer Rückgabe. Kluft hatte mit Guardallo gesprochen und General Wedepohl meine Forderung überbracht, das Ehrengericht sollte jetzt zusammentreten. »Wenn wir nur unseren Unparteiischen durchsetzen, ist alles in Ordnung, er hat dann die Waffen zu besorgen und wird die Pistolen mit Blindschüssen laden. Wir müssen überlegen, was nach dem Duell sein wird.«

»Wir möchten dann ins Ausland reisen, Amerika womöglich.«

»Ist Ihr Paß in Ordnung?«

»Nein, überhaupt nicht.«

»Unangenehm! Das muß zuerst gerichtet werden, wir sollten einen Sachverständigen befragen, kommen Sie.«

Wir gingen in die Mittererstraße, durchschritten einen Hof. Im dritten Stock eines schmutzigen, alten Gebäudes war ein Emailschild. ›Karl Schmidmaier. Photograph. Paßberatung.‹ Kluft läutete, zweimal kurz, einmal lang.

Die Tür wurde ein wenig geöffnet, der Kopf einer alten Frau erschien, faltig-schlaffe gelbe Haut, fast japanischer Typus, aber blonde Haare, in der Mitte gescheitelt.

»Ah, Herr Direktor, kommen Sie herein, bitte«, flüsterte sie freundlich grinsend. Wir traten ein, und ich sah, daß es keine Frau war, sondern ein kleiner, breiter, zwitterhafter Mann. Er führte uns in sein Büro, in dem auch jetzt am Mittag noch Licht brennen mußte. Alle Wände deckten Regale mit beschilderten Kartothekbänden, Schreibtisch, Rohrstühle und ein Kassenschrank waren die Möblierung, in einer Ecke standen photographische Apparate. Ich wurde vorgestellt, wir setzten uns. Kluft berichtete meinen Fall ausführlich, verschwieg nichts, fragte: »Was empfehlen Sie uns, haben Sie etwas Passendes auf Lager?«

Schmidmaier erwiderte mit gedämpfter Stimme: »Das Beste ist, Sie fahren nach einer Hafenstadt, von da ins Ausland. Welches Ausland, das muß ich erst nachsehen.«

»Können Sie einen Paß machen, mit dem ich nach Amerika komme?«

»Sie irren sich, mein Herr, ich bin kein Paßfabrikant. Ich vermittle nur echte Pässe. Ich tue das aus reiner Menschenfreundlichkeit, meine einzige Bedingung ist, daß ich die nötigen Fotos selbst anfertigen darf. Dafür ist eine kleine Vergütung zu zahlen, zweitausend Mark für jedes Bild.«

»Einverstanden. Aber wieso echte Pässe?«

»Ich stehe in Verbindung mit allen Meldeämtern, Polizeifunktionären, Krankenhäusern, Beerdigungsanstalten, die halten mich dauernd informiert. Wenn durch eine dieser Stellen ein Paß verfügbar wird, sei es, daß man ihn eingezogen hat oder der Inhaber verstorben ist, wird er mir zur Verfügung gestellt. Bei Bedarf wird eine neue Fotografie eingeklebt, die Stempelung kunstvoll erneuert, und der Paß ist zur Weiterverwendung bereit. Noch nie ist einer meiner Pässe beanstandet worden, Tausende von Dankschreiben bezeugen das.« Er stellte einige Fragen an mich betreffend das Aussehen meiner Frau und ihr und mein Geburtsjahr, holte einen Registerband herbei, blätterte darin, notierte, sprach: »Da habe ich etwas sehr Schönes. Paßinhaber ist vor kurzem hier verstorben, Paß ist bei der Polizei verblieben. Er und seine Frau waren etwa im gleichen Alter wie Sie beide, auch das Aussehen dürfte ziemlich genau stimmen. Der Klaviervirtuose Emmerich Emmenthaler aus Zürich mit Gattin, Kind und Kindermädchen.«

»Der kürzlich in der Tonhalle mit seinem Konzert ausgepfiffen wurde?«

»Derselbe. Er wollte mit seiner Familie nach Amerika reisen, starb hier nach einer Darmoperation. Die Frau hat sich und dem Kind das Leben genommen. Der Paß ist frei. Amerikanisches Visum und Einwanderungserlaubnis sind auch vorhanden.«

»Gut. Aber in Amerika möchte ich unter meinem richtigen Namen leben.«

»Dafür ist doch das einfachste, Sie verschaffen sich außerdem einen echten deutschen Paß zur späteren Legitimation. Herr Direktor Kluft kann Ihnen sicher dazu verhelfen.«

Aber Kluft bedauerte, es ablehnen zu müssen. Schmidmaier war bereit, auch diesen zu besorgen, nur wäre das etwas teurer. Der betreffende Beamte habe in riskanten Fällen einen festen Tarif von fünftausend Mark, er selbst verdiene nichts daran, berechne auch die Fotos nur einmal. Ich erklärte mich einverstanden, machte eine Anzahlung, wurde bei Blitzlicht fotografiert. Vevi mußte später zu demselben Zweck zu ihm gehen, ich blieb solange bei Winz, ging mit ihm sogar ein paar Schritte spazieren. Soldaten marschierten vorbei, ich hob ihn auf den Arm, damit er sie sehe und für sein Leben einen Abscheu bekomme.

Als ich ihn wieder auf den Boden gesetzt hatte, versuchte er, eine stramme Haltung anzunehmen, im Stechschritt die Knie durchzudrükken und den Kriegsgesang nachzumachen: »— wiede sehn — huah —«

Vorbeigehende sagten: »Der wird einmal ein tapferer Vaterlandsverteidiger.«

Ich schämte mich für ihn, und da beschloß ich, ihm meine Lebensgeschichte aufzuschreiben, ganz wahrheitsgetreu. Bis er lesen gelernt, würde sie längst fertig sein, er sollte sich daran emporranken, alle meine Fehler und Irrtümer vermeiden lernen und als tüchtiger Meteorist aufwachsen. Meine Frau hat dann allerdings gemeint, es sei keine Lektüre für Kinder. Vevi kam zurück, und ich berichtete ihr Winzens Untat. Sie lachte und ließ es ihn noch einmal machen. Nun verlor ich leider meine Selbstbeherrschung und verabreichte ihm einen kräftigen Denkzettel. Er heulte. Vevi sagte verächtlich: »Und du sprichst von Weltfrieden!« Ich gab ihr recht, auch entarteten Kindern gegenüber soll man Gentleman bleiben.

An diesem Tag schmollte sie zum ersten Male.

Als ich Guardallo seinen Wagen zurückbrachte, war er eben im Begriff, das Guatemalazeichen auf den meinigen malen zu lassen. Ich ließ mit der Arbeit innehalten und statt dessen CH, das Zeichen der Schweiz, anbringen. Er wußte schon, daß der Ehrenrat am folgenden Tage zusammentrete.

Der Weg in die Zukunft

Nun folgte eine lange Zeit des Wartens. Vevi ertrug sie schwerer als ich.

Bald bekam ich meinen deutschen Paß. Kunstmaler und Präsident a. D. Emmaus mit Frau, Sohn und Kinderpflegerin. Vevi hoffte nämlich noch immer, sie würde die mitnehmen können. Der Paß der toten Klaviervirtuosenfamilie brauchte etwas länger, weil die Amtsstempel über den neueingeklebten Fotos genau nachgemacht werden mußten. Schmidmaier war ein geübter Retuscheur. Jedes Meisterwerk ist seines Lohnes wert. Dann konnte mir Kluft mitteilen, daß das Ehrengericht den Zweikampf für unerläßlich erklärt habe. Da beide Teile Guardallo als Unparteiischen wünschten, war es damit einverstanden. Wedepohls Sekundant war Oberleutnant von Perlepsch. Der und Kluft vereinbarten die Bedingungen: Pistolen, Distanz zwölf Schritt, zweimaliger Kugelwechsel. Als Ort der Handlung wurde eine Waldwiese unweit des Sportplatzes Nymphenburg ausgewählt. Zeit zweiundzwanzigster Dezember, morgens acht Uhr, denn es wurde ja erst spät hell.

Kluft meinte: »Niemandem wird etwas passieren. Die Hauptschwierigkeit für Sie wird sein, nach Beendigung des Duells schnell genug zu verschwinden, denn dann sind Sie wieder vogelfrei, und der Übunor wird schon auf Sie lauern. Am besten ist, Sie packen Ihre Sachen beizeiten ins Auto, fahren mit Weib und Kind hin, lassen den Wagen in der Nähe warten, und dann schnell hinein und fort.«

Ich sah mir am Tag vorher die Waldwiese an. Sie lag nahe der Landstraße, der Wald war stark ausgelichtet, weite Abstände zwischen den Bäumen. Daneben befand sich eine große mit niederen, buschartigen Zwergtannen bestandene Fläche, die zur Fasanenhegung diente, ein baumfreier Wiesenstreifen schloß sich an, dahinter lag der Sportplatz, jetzt im Winter nur selten zum Training benutzt.

Dann besorgte ich mir alle Autolandkarten, studierte am Abend die Wege nach der Nordsee zu. Ich erklärte Vevi die Gefahrlosigkeit der Schießerei, sie glaubte mir zwar nicht recht, aber doch ein bißchen. Wir machten Wagen und Gepäck reisefertig, so daß wir morgens nicht aufgehalten wären, auch die Hotelrechnung beglich ich schon. Wir gingen zeitig ins Bett, schliefen fest.

Wir hatten bestellt, daß wir halb sechs Uhr geweckt werden und dann frühstücken wollten. Das taten wir mit gutem Appetit. Ich prägte Vevi genau ein, daß sie unter allen Umständen ruhig mit Vincenz im Auto an der Landstraße warten, sich nicht sehen lassen solle, bis ich käme. Sie war sehr tapfer und ruhig. Gegen halb acht Uhr fuhren wir ab, es waren einige Kältegrade, begann ein wenig zu schneien. Im Wagen sagte Vevi auf einmal: »Weshalb machen wir eigentlich diesen Unsinn? Ich verstehe nicht, daß man sich totschießen lassen soll, weil man beleidigt worden ist. Fahren wir doch einfach weiter und lassen die mit ihrem Duell sitzen.«

Ich erklärte ihr, daß ich das aus Rücksicht auf Guardallo und Kluft nicht tun könne, es würde ihnen sehr schaden, und ihre Freundschaft sei für mich wichtig. Unterwegs mußten wir einmal halten, weil Winz ein Geschäftchen verrichten wollte, so kamen wir als letzte an. Drei Autos standen schon da, ich fuhr unseren Wagen vor die anderen, so daß er später als erster abfahren konnte.

»Erschrick nicht, wenn es knallt, und bleibe sitzen«, ermahnte ich Vevi, stieg aus und begab mich zum Kampfplatz, wo man, bereits etwas nervös, auf mich wartete. Guardallo hatte den Pistolenkasten neben sich stehen, auch den Arzt hatte er mitgebracht, der zog seinen weißen Kittel über den Mantel, legte Instrumente und Verbandzeug bereit, bedeckte beides mit einem Leinentuch. Ich wurde mit ihm bekannt gemacht, ebenso, sehr förmlich, mit Herrn von Perlepsch, einem blonden Riesen. General Wedepohl würdigte mich keines Blickes, schaute starr durch sein Monokel ins Weite, dem Rauch seiner Zigarette nach. Ich sah ihn zum erstenmal ohne Orden, in einem einfachen, kurzen, dunklen Uniformjäckchen, das seine mächtige rückwärtige Wölbung frei zur Geltung kommen ließ. Seinen Mantel hatte er abgelegt. Kluft sowie Guardallo trugen dunkle Winterüberzieher. Auf Aussöhnungsversuch verzichteten beide Sekundanten. Guardallo ließ sie die Pistolen auswählen, nachdem er geladen hatte, die gab dann jeder seinem Kombattanten weiter. »Auf Kommando ›fertig — los‹ ist gleichzeitig zu schießen.«

Er maß die Entfernung ab, zwölf lange Schritte, fast springend. Nun standen wir uns mit der Waffe in der Hand gegenüber, Wedepohl mit dem Rücken gegen die Fasanenhegung, ich mit dem Rücken der Straße zu, die Sekundanten in einiger Entfernung neben uns. Guardallo kommandierte laut: »Fertig — los!« Unsere Pistolen knallten genau im gleichen Moment, es klang wie ein einziger Schuß. Fasanen flogen schreiend auf. Verletzt war niemand. Wedepohl konnte seinen Fehlschuß offenbar nicht begreifen, flüsterte seinem Sekundanten etwas zu, und der fragte den Unparteiischen, ob die Waffen gewechselt werden dürften. Niemand erhob Einspruch, so tauschten wir die Pistolen, sie wurden frisch geladen, wir nahmen wieder Stellung.

»Fertig — los!« Wir schossen, ich einige Sekunden später, wieder schrien die Fasanan.

Erstaunt über den neuerlichen Mißerfolg zog General Wedepohl die Augenbrauen in die Höhe, das Monokel fiel herunter. Er bückte sich, um es aufzuheben.

Im selben Augenblick fuhr ihm von hinten ein Blitzstrahl in den prall gespannten Hosenboden. Er schrie laut auf, fiel vornüber. Der Strahl blieb aufrecht stehen, vom plötzlichen Anhalten erzitternd, es war ein langer Wurfspeer aus hellem Holz, die Stahlspitze hatte sich tief ins Sitzfleisch gebohrt, Blut floß auf den dünnen Schnee, der General lag flach auf dem Bauch, mit ausgebreiteten Gliedmaßen wie ein überfahrener Frosch, wimmerte.

Zuerst gewann der Arzt die Fassung wieder, sprang herzu, schnitt ein Stück aus der Hose, untersuchte die Wunde, zog den Speer vorsichtig heraus. Alle wollten ihm behilflich sein, brachten das Verbandzeug. Ich begriff nicht, was vorgegangen war, sah aber, daß ich hier nicht mehr gebraucht wurde. »Ist der Zweikampf beendet?« fragte ich den Unparteiischen. »Ja, Herr Emmaus.« — »Dann habe ich die Ehre, mich zu empfehlen.« Langsam ging ich fort, unserem Wagen zu.

Ich sah hinter vielen Baumstämmen Übunorer auftauchen, sie beachteten mich nicht, eilten zu dem Verwundeten, suchten mit gezückten Revolvern zwischen den Zwergtannen nach dem Attentäter, feuerten aufs Geratewohl Schüsse ab, erschreckten die Fasanen, die strichen kreischend ab, baumten auf, flogen hin und her, verstärkten die Aufregung. Ich stieg in unseren Wagen. Der Motor war ein bißchen kalt geworden, brauchte eine Weile, bis er ansprang.

»Gott sei Dank«, sagte Vevi, »gut ist's gegangen, nichts ist geschehen.«

»Doch etwas, aber nicht mir. Weiß der Teufel, was es war! Nachher erzähle ich es dir.«

Während wir noch hielten, schauten wir ein wenig der Treibjagd zu; wie eine solche wirkte nämlich das Durchsuchen der Fasanenhegung mit Schießen, Lärm und Vogelgeschrei. Das dichte Tannengebüsch verdeckte den Übunormännern die Aussicht auf die dahinterliegende Wiese. Sie bemühten sich so eifrig, den Attentäter zwischen den Tannen zu finden, daß sie nicht bemerkten, wie zwei ihrer Leute, Revolver in der Hand, einen Burschen verfolgten, der über die Wiese flüchtete. Er war in einem blauen Trainingsanzug, ein guter Läufer, sie holten ihn nicht ein. Besonders der eine Übunorer blieb mehr und mehr zurück, feuerte im Laufen den Revolver ab, traf aber seinen Kameraden. Der fiel hin, blieb regungslos liegen, scheinbar Kopfschuß. Der geschossen hatte, setzte die Verfolgung fort, direkt auf die Landstraße zu, ein Stück vor uns. Links neben der etwas erhöht liegenden Straße befand sich ein breiter, sumpfiger Graben, der mußte die Flucht aufhalten. Doch mit einem ungeheueren Satz sprang der Bursche hinüber. Der Übunorer machte es ihm nach, hatte wohl die Breite unterschätzt, erreichte das Ufer nicht. Der Sumpf war mit einer dünnen Eisschicht bedeckt, die brach wie Glas unter dem Fallenden. Er versank mitten im tiefen Morast, konnte sich aus dem Schlamm nicht herausarbeiten, schon ragte nur noch eine Hand über das zersplitterte Eis, krampfte sich und verschwand. Das alles war viel schneller vor sich gegangen, als ich es hier beschreibe. Ich hatte unser Auto langsam anfahren lassen, es kam gerade zu dieser Stelle, als der Flüchtende über die Landstraße lief. Die war auch auf der rechten Seite von Sumpf flankiert, schilfbewachsen, noch viel breiter als auf der linken, unmöglich zu überqueren. Der Läufer hielt inne. Wir sahen ihn deutlich.

»Diana!« rief Vevi und öffnete die Wagentür, winkend. Ich stoppte, Diana sprang herein, und nun fuhren wir schnell weiter. Niemand verfolgte uns, der Vorgang war unbemerkt geblieben.

Diana war nicht einmal der Atem ausgegangen nach diesem Schnelllauf und Rekordsprung. Sie drückte Vevi die Hand: »Herzlichen Dank, gnädige Frau! Aber es wird besser sein, Sie setzen mich bald ab. Sie gefährden sich sonst.«

»Unsinn! Wir werden Sie nicht den Hyänen überlassen. Sie müssen bei uns bleiben, je weiter wir uns von München entfernen, desto geringer wird die Gefahr. Wir reisen unter anderem Namen, mit einem Schweizer Paß. Der kann für Sie mit gelten, denn er lautet auch auf eine Kinderpflegerin. Das Kostüm für die habe ich im Koffer. Wir nehmen es nachher heraus, und Sie ziehen es an.« Wir fuhren mit neunzig Kilometer Geschwindigkeit. Nach einer Stunde hielten wir an einer geschützten Stelle. Der Kostümwechsel wurde im Wagen vorgenommen, dann verzehrten wir dort einiges von den Vorräten, mit denen wir uns für lange Fahrt versehen hatten.

»Sie haben mir das Leben gerettet«, sagte Diana.

»Und Sie das meine, Fräulein Käsbohrer. Der Übunor hätte mich geschnappt, wenn Ihre Tat nicht seine Aufmerksamkeit abgelenkt hätte. Jetzt wollen wir nach Amerika reisen, über Hamburg. Wir brauchen unsere Autofahrt nicht zu übereilen, durch den Schweizer Paß sind wir geschützt, können uns in Ruhe einige deutsche Städt ansehen. Zuerst werden wir in Bamberg übernachten.« —

In Bamberg hat Diana eine Tante besucht, die war Oberin im Kloster der Dominikanerinnen. Bei ihr ist sie geblieben, um ins Kloster einzutreten, vorerst als Novizin.

»Aber Klosterfrauen treiben doch keinen Sport, liebe Diana.«

»Das weiß ich. Ich habe alles gebeichtet, und meine Tante sagt, ich muß unbedingt auf Seelenheil trainieren. Dort bin ich auch vor dem Übunor sicher, kein männliches Wesen darf je ein Kloster der Dominikanerinnen betreten, und die Aufgenommene verschwindet als Person, bekommt sogar einen anderen Namen, vielleicht Schwester Bibiana oder so. Ich werde für euch beten.«

Vevi und sie küßten sich zum Abschied. Wir sagten ihr herzlich Lebewohl. Dann fuhren wir weiter.

In der Dämmerung des Weihnachtsabends machten wir in einem einsamen Tannenwald Thüringens halt. Wir stiegen aus, befestigten Kerzen auf einem kleinen Baum, sogar Äpfel und Nüsse, die wir bei unserem Proviant hatten, hängten wir daran. Langsam fiel Schnee. Es war eine absonderliche Stimmung. Ein Eichhörnchen wagte sich herbei und holte eine Nuß. Die Lichter brannten, Vevi sang leise: Stille Nacht — heilige Nacht. Winz stand daneben und drückte seinen Teddybären liebkosend an sich, der quiekte und störte die Weihe ein bißchen. Doch es war ein stilles, feierliches Weihnachtsfest, vielleicht noch schöner, als wir es uns gedacht hatten. Dann gingen wir wieder zum Wagen. Ich hatte den Arm um Vevis Hüfte gelegt, sie trug unser Kind auf dem Arm und sprach:

»Anders wird alles, als es früher war — das ist das Glück.«